猫腻 / 著

择天记

第三卷
莫道君行早

图书在版编目(CIP)数据

择天记.第三卷,莫道君行早/猫腻著.—北京:人民文学出版社,2017
ISBN 978-7-02-012725-2

Ⅰ.①择… Ⅱ.①猫… Ⅲ.①长篇小说—中国—当代 Ⅳ.①I247.5

中国版本图书馆CIP数据核字(2017)第068679号

责任编辑　胡玉萍
　　　　　涂俊杰
责任校对　刘晓强
装帧设计　刘　静
责任印制　苏文强

出版发行　人民文学出版社
社　　址　北京市朝内大街166号
邮政编码　100705
网　　址　http://www.rw-cn.com

印　　刷　三河市鑫金马印装有限公司
经　　销　全国新华书店等

字　　数　510千字
开　　本　890毫米×1290毫米　1/32
印　　张　15.375　插页3
印　　数　1—40000
版　　次　2017年4月北京第1版
印　　次　2017年4月第1次印刷

书　　号　978-7-02-012725-2
定　　价　39.00元

如有印装质量问题,请与本社图书销售中心调换。电话:010-65233595

目录

第一章 —— 001
所有的修为都施展了，所有的保命本领都用了。所有的真元都消耗了，所有的血都快流尽了。这场战斗是这样的惨烈，这样的决然。

第二章 —— 079
如果人生能够像这个叫初见的女孩一样，倒也确实不错。

第三章 —— 157
他用一整座黑曜石来做棺木，用一片日不落草原以为陵园，用一个世界来做自己的封土。

第四章 —— 215
这片大陆千年以来最大的秘密，终于在他眼前展露出了绝大部分的真容。

第五章 —— 319
数百年，真是好久不见。这让他如何不快意，如何不纵情大笑！

第六章 —— 429
盛宴已经开始，如何能够提前离席？

第一章

所有的修为都施展了,所有的保命本领都用了。所有的真元都消耗了,所有的血都快流尽了。这场战斗是这样的惨烈,这样的决然。

1·隐形的翅膀

这是陈长生与黑龙认识之后,黑龙第一次没有事先谈定好处,便同意帮他做事,因为那名魔族让她想起了一些不怎么愉快的往事,尤其是那口大铁锅,让她看着就很厌烦,而且那名魔妇提到了那个吃龙的人,这让她更烦。

黑龙离开陈长生的手,化作一道肉眼根本看不见的虚影,向着湖心急掠,然后像片落叶一般,悄无声息沉入湖底,轻而易举地顺着那条天地倒穿的通道,回到山崖那边的寒潭中,破水而出,向着某片园林急掠。

她现在的实力境界,没有任何办法可以影响到这场战斗,陈长生要她做的事情是去示警,寻找帮手,在陈长生想来,如果能找到那些通幽上境的各宗派前辈最好不过,但她却不这样想,她很清楚现在这片园林里,哪个人类修行者最强。周园的世界很辽阔,但她的运气不错,没用多长时间,便看到了在山崖上独自行走的那名白衣少女,只是看着那名白衣少女身上的弓箭,不知为何,她觉得有些寒冷和恐惧。

便在这时,腾小明微微挑眉,向远方看了一眼,作为二十四魔将,他的境界极其强大,黑龙虽然来去如电,悄无声息,却让他感知到了些动静,只不过黑龙的动作实在太快,快到他什么都无法看到。

"既然梁笑晓和七间都是你们要杀的人,那我就明白了。"陈长生看着刘小婉说道。先前他施发穿云箭的时候,对方没有任何反应,他就觉得有些蹊跷,现在看来,这对魔将夫妇竟是刻意放任自己求援,好把梁笑晓和七间都引过来,准备一网打尽。

刘小婉看着他微笑说道:"如果能在最短的时间里解决所有问题,当然最好。"

陈长生看了被折袖穿着咽喉、奄奄一息的那名魔族美女，依然有些疑惑无法得到解决。"我很不明白你们从哪里来的这份自信，可以以二敌四。"

折袖面无表情说道："如果在周园外，以二十三、二十四魔将的赫赫凶名，我这时候肯定已经逃了。但既然你们通过某种方法强行压制实力境界进入周园，那么你们就只能用这种境界战斗，你们最强也就是通幽上境。"

刘小婉看着他平静说道："自信，是强者的基础。"

"但是你知道吗？陈长生和我一样，都是话不多的人。"折袖看着她忽然说道。

刘小婉秀眉微挑，有些兴趣，问道："这可看不出来。"

折袖说道："他和你们说这么多话，包括我现在和你说话，其实和你们的目的一样……都是在拖时间。"

刘小婉的眉挑得更高了些，问道："为什么？"

"你说得很对。自信，是强者的基础。"折袖说道，"陈长生很自信，他比你们想象中的陈长生更强，巧的是，我也是这样看待自己的。"

便在这时，树林里响起一个清冽而骄傲的声音。"不错，我也是这样想的。"

话音落处，两名身着素色剑服的少年，从树林里走了出来。离山弟子，终于登场。他们已经做了战斗的准备，带着一身剑意而来。他们望向那对魔将夫妇，清爽剑气，夺目而出。在稍远处的山林里，隐隐有衣影显现，应该是庄换羽也快到了。至此，场间局势发生了极大的变化。

五个人类少年里的天才，对上两名魔族强者，无论从哪个角度看，都有得打，而且胜算颇大。正如折袖先前说的那样，无论这对魔将夫妇在周园外的实力如何霸道，在周园里，他们最强也只能展现出通幽上境的实力。陈长生没能完全解决的困惑，便在于，他们为何如此自信？

刘小婉的神情依然温和，完全不像梁笑晓和七间那般如临大敌，看着陈长生说道："就算要战，似乎也应该先换人。"她把握着那名东方隐世宗派女弟子的生死。那名魔族美女的生死，则在折袖的指尖。

"你是国教学院的院长，虽然这么小，连我都觉得教宗在胡闹……"刘小婉看着他笑着说道，"但既然是离宫的人，想必不会看着同类死去，长生宗是玄门正宗，离山虽说好杀，也不可能眼睁睁看着同类去死，斡夫折袖是狼崽子，光吃肉就能活着，但你们做不到。"

听完这番话，折袖看了陈长生一眼。在雪原里，他是谁的面子都不会给的狼族少年，什么离宫，什么离山，都和他无关，他只要活着，然后杀死敌人，但京都一行后，他便把自己的位置摆得很正，在周园里，他就是陈长生的保镖。

陈长生看了七间一眼，七间看了梁笑晓一眼。

"换。"陈长生和梁笑晓同声说道。

七间点头，表示理应如此。折袖没有说话。刘小婉轻轻挥袖，不知做了些什么，腾小明挑着的筐中那位、即便被斩断了右手，依然昏迷不醒的美丽女子醒了过来。骤然醒来，首先感觉到的便是疼痛。那名女子的脸色骤然间变得苍白无比，两行眼泪夺眶而出，但她咬着牙，除了最开始的时候，哼了一声，竟是没有再发出任何声音。此情此景，就连折袖都有些动容，似乎生出些怜惜与敬意。七间用极快的速度解下外衣，振臂而出，将她包裹了起来。

这时候，那名女子才发现自己竟是浑身赤裸，微惊之后，恨恨地盯了刘小婉两眼。刘小婉微微一笑，并不在意。

"请不要慌张。"梁笑晓用最简洁的语言，把此时的情况解释了一番。

"多谢几位同道相救。"那名女子微微下蹲行礼，略有些紧的衣袍，裹着不着寸缕的身体，谁都会有些尴尬，赤裸洁白的双足，踩在满是沙砾的地面上，谁都会有些无措，但她美丽的眉眼间，竟没有任何慌乱，就像是个大家闺秀，还穿着家居的常服。折袖眼中的欣赏神情越来越浓了。七间看了他一眼，在心里哼了一声。那位大家闺秀般的东方隐派女弟子，向陈长生等人走了过来。刘小婉夫妇未做任何阻拦。

河滩地面难行，她刚刚断手，流了很多血，正是虚弱的时节，但她走得很稳，大概是不想再带来任何变数。片刻后，她走到了陈长生等人的身前。七间向前走了两步，伸手准备去搀扶。那名女子美丽的眉眼间现出一丝羞意与抗拒。七间这才醒过神来，有些讪讪地收回手，侧了侧身体。陈长生对折袖点了点头。折袖收回锋利的指爪，抓住那名魔族美女的肩头，准备掷还给刘小婉夫妇。

变化。绝对会出现的变化。已经被人们默默等待了很长时间的变化。终于，在这一刻发生了。

最先发生的变化，在折袖处，当他把那名魔族美女抛向空中时，看上去奄奄一息、随时可能死去的她，忽然间睁开了眼睛。两条赤裸的腿，就像是两柄泛着寒光的剑，斩向折袖的咽喉。她的咽喉上，那个破洞还在流血，她的断腕处，还在淌血。从被制住开始,她便一句话都没有说过,所有人都以为她已经无力再战。谁都没有想到,她等待的只是折袖的指尖离开自己咽喉的那瞬间。

紧接着的变化,发生在七间的身前。就在他讷讷然转身的那一刻,那名东方隐世宗派女弟子脸上的羞意骤然消失一空,只剩下一片漠然。一道寒冷的剑锋破开衣袍,带着一股恐怖的气息,刺向七间的咽喉。这件衣袍,本就是七间的。她利用的,就是七间的善良与守礼。

变化既然开始,自然不止如此。七间没有转身,看似全无准备,眼看着便要死在那名女子的偷袭之下,然而却一道清亮的剑光亮起。离山法剑!中正,但绝对不平和,满是肃杀之意!瘦小的七间,他的剑,却有绝对的大气!那柄诡魅偷袭而来的剑,哪里敌得过他蓄势已久,无心无愧的剑!

只听得一声脆响,七间手中的离山法剑直接挑飞了那名女子手中的剑,嚓的一声,在她的左颈处留下一道血痕!如果不是那女子身法太过诡异,如果不是七间战斗经验算不得太过丰富,只怕这一剑,他就要把那女子的头颅斩下来!七间对偷袭都有准备,更不要说折袖。在那名魔族美人赤裸紧直的双腿如两把剑一般绞过来时,折袖的双手已经等在了半空中。仿佛刀锋刺进腐朽的木板,噗噗数声闷响!折袖的十个手指,全部深深地刺进了那名魔族美人的脚踝,鲜血顿时迸流。那名魔族美人发出一声愤怒的惨号!折袖神情漠然,手指抽出,身影骤虚,双手破空而落,准备直接把此女撕成碎片。

就在这时,腾小明神情漠然解下扁担,拿着系筐的两根绳索,舞了起来。那两根绳索,仿佛活过来一般,分别系住那两名女子。嗖嗖声中,那两名女子险之又险地脱离了七间和折袖的攻击范围。那名冒充东方隐世宗派的女子,神情依旧凛然端庄,仿佛大家闺秀,只是染透了半片胸腹的鲜血,则让她显得有些狼狈。那名魔族美人更是凄惨,从湖心石梳头到现在,连续受到重伤,再也无法支撑,直接坐倒在了地上。

铿的一声,陈长生短剑归鞘。梁笑晓的剑,亦已出鞘,握在手中。先前这一幕偷袭与反制,发生得太快,他们虽然有准备,竟还是没有来得及出剑。不得不说,腾小明不愧是二十四魔将,眼光见识阅历经验和境界实力,稳稳地比在场这些人类高出一筹。

湖畔再次变得安静。那名坐在地上的魔族女子,不停地喘息着,根本不在意自己未着丝缕，恨恨地盯着陈长生等人，说道："我不服！"

那名穿着七间衣袍的女子微微挑眉，脸上亦是流露出不悦的神情，问道："她这个蠢物也就罢了，你们凭什么看穿我？"

那名魔族美人恼火说道："什么叫我这个蠢物？"

那名女子摇了摇头，似乎不愿意理她，看着七间问道："你如何知道我会袭击你？"

七间看了折袖一眼，说道："我不知道，他告诉我的。"

那名女子望向折袖，微微挑眉说道："那你又是从哪里看出我就是南客？"

听着南客的名字，折袖的神情变得凝重了很多，看着她沉默了片刻，再次做了确认，摇头说道："你不是南客……我说过，如果是南客，根本没必要做这么多事情，直接走出来就把我们杀了，哪里需要这么啰嗦，这么麻烦。"

那名女子微微蹙眉说道："那你是怎么看出来的？我没有魔角，而且我的血是红的。"

那名魔族美人的恢复力极其可怕，受了这么重的伤，竟只是坐了会儿，便再次站起身来，一脸怒意说道："是啊！我的血是绿的倒也罢了，我前些天做了新发型，剪的多了些，没办法完全遮住魔角让你们看出破绽倒也罢了，那这个丫头呢？她明明血是红的，角都没有，你怎么能看出她是我们族人？"

陈长生等人也望向折袖，不知道他到底是怎么看出来的。

折袖沉默了很长时间后说道："你们做得太刻意，像是故意让我们看到，她的血是红的。"这说的是魔将夫妇二话不说，便把那名女子的手砍断一事。

刘小婉看了眼那名女子，笑着说道："看看，我就说你那个法子是多此一举。"

那名女子看着折袖，很是不解，问道："就这么一个理由？没别的证据了？"

"生死之间，一个理由就够了。"折袖面无表情说道。

那名女子闻言更加不悦，心想自己辛辛苦苦想出来的计策，怎么在这些人类之前全无用处？

那名魔族美人看着她嘲笑说道："看看，我就说你的脑袋不大灵光，却偏偏天天喜欢骂我是蠢物。"

那名女子面无表情说道："如果你不是蠢物，就不会想着一个人偷偷溜走，妄图想一个人杀死这两个人。"

陈长生等人有一种很奇怪的感觉。那名魔族美人生得极为魅惑诱人，一身熟媚风情，那名女子则是神情端庄、容貌妍丽，仿佛自幼被严格培养长大的大家闺秀，但看着这二人互相嘲弄、彼此争执的时候，却觉得二女无比相似，竟仿佛是同一个人那般。

七间的感觉更加怪异，这是他第一次真正见到魔族，和魔族战斗，发现他们原来也会斗嘴吵架，就像宗门里的那些师兄师姐一样，但下一刻，他便醒过神来，明白自己这种想法太过危险。让他醒过来神的，是那两名魔族女子身体的变化。她们先前明明被斩断了的手，竟以一种肉眼可见的速度恢复！不是重新愈合，生张出肌肉骨骼组织那般恐怖的画面，而是她们的手腕上多出了一个半透明的、淡青色的手。然而那个仿佛灵体的手，正在逐渐地变成真正的手。

陈长生很是吃惊，魔族的肉体复原能力虽然强悍，但除非是那些极纯血的皇族，也没有谁能够断肢重生。更何况，这明显不是断肢重生之类的绝世魔功。折袖终于想起来了些什么，脸色顿时变得苍白起来。这两个魔女，确实不是南客，她们是……南客的双翼。

"你们玩够了吧？"刘小婉看着二女，有些无奈说道："如果不是你们事事争先，处处争先，今日的事情只怕早就处理完了。仔细大人杀死那只凤凰后，知道这件事情，对你们再施三年惩罚，看你们怎么办。"

听到这话，两名魔女的脸上流露出畏怯的神情，再不多言。

刘小婉望向陈长生，带着歉意笑了笑，然后说道："动手吧。"

黑发飘舞，衣袂狂动。这一次不是偷袭，只凭实力而战，反而却给陈长生等人带来了极大的压力。七间凛然无惧，执剑而上。折袖面无表情，带着金属色的锋芒，已然探出指尖，向着那名魔女再次攻击。湖畔气息一阵大乱，剑气与魔息彼此冲突。陈长生看着刘小婉，神情凝重。梁笑晓盯着腾小明，面色微白。以境界论他们比折袖和七间高，所以理所当然，这两名魔将是他们的。

这一战，年轻的人类们还有得打，有得打，便不见得会输。或者，能够撑到黑龙带着别的人类高手赶过来？这就是陈长生的计划，但，他弄错了一件事情。刘小婉刚才看着他说动手吧，实际上不是对他说的，而是对另一个人说的。飞沙走石之间，一把剑来到了折袖的身后。这把剑很强，这把剑很阴险。折袖再如何警惕小心，也没想到，有剑会从身后刺来。

扑哧一声，这把剑刺进了他的腰部。鲜血，就这样喷了出来。几乎同时，那名魔女飞到他的身前。她的双手泛着惨绿，刺进了他的肩头！她的黑发散如钢针，直刺他的眼瞳！在生死关头，折袖发出一声暴戾至极的厉啸！狼族少年的眼瞳，变得血红一片！

2·伤心一剑

眼瞳变红，颊畔毛发骤生，正是妖族变身！只是片刻，折袖的力量便大了数倍，身体的强度也到了一种难以想象的程度，那名魔女的双手，把他的肩撕得血肉模糊，却没有办法弄碎他的骨头，最关键的是，那柄阴险刺入他腰间的剑，没有办法继续前进。那把剑嗖的一声拔出，向着折袖的后颈斩落，以那把剑上附着的气息，就算折袖已经完全变身，都没有办法抵抗。

七间的余光看到了这幕画面，震惊无比，但他的剑此时正与那名女子纠缠在一起，根本无法相救，他左手握住剑鞘，便向折袖身后横打而去，用的是犀利至极的离山剑法，想要拦住那把剑。然而，那把剑像灵蛇一般泛动起来，仿佛对七间的剑法熟稔到了极点，于空白之中斜掠而去，竟是轻而易举地突破了七间的剑势！那把剑的第二刺，本来就不是向着折袖而去，目标本来就是七间！

湖滩上再次响起噗的一声轻响！七间的小腹被那柄阴险却又强大至极的剑直接刺中，鲜血狂飙！瞬间，那把剑闪电般抽离七间的小腹，再次斜向而前，刺向陈长生！那个人的第一剑重伤折袖，第二剑重伤七间，于悄然无声之间，于措手不及之处，带来了极惨痛的后果，陈长生能否避开这第三剑？

折袖和七间先后中剑，陈长生终于反应了过来，脚下幻起耶识步，险之又险地避开了那道从侧后方刺来的剑锋。然而此时，那对魔将夫妇的攻击也到了。腾小明面无表情，拎起两个挑担，向着陈长生掷了过来。陈长生此时被那柄阴险的剑逼至前方，根本没有余力再次避开。那两个担子，仿佛两座小山一般，砸向他的头顶。陈长生真元疾出，短剑出鞘，施出极巧妙的一记花开两枝，于看似不可能的境地里，准确地先后刺中那两个挑担。只听得嘶啦之声连续响起，那两个挑担纷纷碎裂，化作两团烟尘。腾小明手中的扁担，破烟尘而至，照着他的头顶重重砸下！

如果说先前那两个挑担，像是两座小山，那么这名二十四魔将的扁担，就像是真正的山，带着无比森严的阴影，直接笼罩了陈长生的身体。轰的一声巨响！湖岸上的滩地，出现了一个极大的土坑！烟尘狂暴地到处飞舞，不远处的树林，伴着喀喇的响声，不停地倒下，片刻间，竟是有数亩的树林被震翻在地！

那名魔族美人厉啸一声，趁着折袖腰间重创的机会，魔功尽展，手指泛着奇异的绿芒，不停地向折袖袭去。那名容颜端庄的女子，下手也没有丝毫温柔，身上的衣袖在劲风中轻摆，隐约间，仿佛出现了无数根羽毛，无数道劲气，袭向七间的面门。折袖眼眸血红一片，看着异常狰狞，双手在空中闪出数道灰影，极其强悍地挡住了那名魔族美人的强攻，然而七间小腹被那把剑贯穿，伤得太重，再无余力战斗，被那名女子生生击倒在地，脸色苍白，神情委顿。

至此，三名人类少年都已经被逼入了绝境。

一直没有出手的刘小婉终于出手。她拎着手里那只大铁锅，带着恐怖的破空声，来到三名人类少年的身前，手腕一翻，大铁锅便向他们的头顶罩了下去。那口铁锅真的很大，大到可以覆盖头顶的天空，仿佛阴云一般，如果让这口大铁锅落下，陈长生三人绝对再无幸理。

就在此时，湖岸滩地上那个深坑里，那个满是烟尘的空间里，忽然迸起一道亮光！紧接着，响起如战鼓一般的脚步声！湖风骤破，凄厉啸鸣！陈长生握着短剑，跃出深坑，拦在折袖和七间身前，一剑刺了过去！他向着那个遮蔽天空的铁锅刺了过去！

铿的一声响，铁锅的中间破开一个洞！紧接着，令人耳酸的金属摩擦声响起，陈长生握着的短剑，刺穿了铁锅，然后继续向前！铁锅如黑云般覆下，此时多了一片光亮。陈长生的剑，在那片光亮里前行，同时带来更多的光亮，仿佛在阴晦的雨云里，垂下的一道天光！

擦擦擦擦！那是剑的步伐！擦擦擦擦！那是折袖的爪牙！

嗤的一声轻响，刘小婉面色微白，急掠而后，颈间多了一道血丝。那名魔族美人闷哼一声，颓然后坠，赤裸的胸前，多出数道血痕。七间终于支撑不住，捂着小腹，跪到了地上，指间满是鲜血。但至少，他现在还活着。陈长生和折袖也都还活着。

战局骤分。湖畔再次变得安静下来。刘小婉轻轻摸了摸颈间的血痕，看着陈长生的眼光依然如先前一般温和，但多了些慎重。她怎么都想不到，陈长生手里那把短剑，竟是如此的锋利，竟能如此轻而易举地刺破自己的法器。这把剑究竟是什么材质做成的？

陈长生回头望向折袖——他已经受了很重的伤，只能希望折袖还有再战之力。折袖的上半身到处都是血，但还能站着，颊畔的灰毛还未完全收回，正在不停地喘息，显得格外辛苦，眼神亦是寒冷异常。看着折袖的眼神，陈长生的心也冷了起来。

刘小婉和腾小明对视一眼，看到了彼此眼中的异色。这三个人类少年居然能够撑过这一轮真正的攻击，实在是超出了他们的想象，要知道在进入周园之前，就连他们也不知道那把阴险的剑的存在。

"如果你肯听我走之前的一起上，那狼崽子早就死了！"那名魔族美人被折袖的指锋再次重伤，看着身旁的女子恼怒说道。

那名女子看着陈长生二人沉默了会儿，然后平静说道："就我们两个人，还真不见得能打赢这两个少年郎。"

陈长生没有理会她们在说什么。折袖也不再关心谁是南客。七间也同样如此。因为他们更关心的事情是那把剑，那把阴险的剑。他们看着梁笑晓，神情各异。七间脸色苍白，神情震撼，很伤心，以至于有些失神，看着梁笑晓喃喃问道："为什么？"梁笑晓的脸色甚至比七间更苍白。但他的脸上没有表情，也没有说话，哪怕他手中的剑正在淌着同伴的血。

3 · 明白人

没人能想到，那把阴险而毒辣的剑来自于己方，偷袭的人是梁笑晓。

折袖有无比丰富的战斗经验，而且向来性情冷漠，极少信任人，陈长生因为成长环境和遭遇的缘故，向来处事也极为小心谨慎，所以无论那两名魔族女子如何魅惑可怜，都没有办法骗到他们，然而，就连他们两个人也没有想到梁笑晓会忽然发难。

从天书陵到周园，陈长生一直注意到梁笑晓对自己隐隐有敌意，但他接触过的神国七律里，苟寒食是厚道稳重的君子，关飞白是暴烈的剑客，或者是对手，是敌人，但他从来没有认为这些离山剑宗的弟子会是阴险的小人，更想不到梁笑晓居然会与魔族勾结！

人类与魔族之间的战争已经绵延了近千年时间，无论是北方的大周还是南方的长生宗等宗派，有多少前辈和同门前赴后继的死去？作为修行者，更应该清楚这是一场灭族之战，为何梁笑晓却心甘情愿为魔族所驱使？

最震惊的人，当然还是七间。他的小腹被梁笑晓的剑锋贯穿，受了极重的伤，但更伤的还是心。他看着梁笑晓，脸色苍白，神情惘然，直至此时，依然无法理解，自幼一起长大、平日里对自己照拂有加的三师兄，为何会下此毒手！

梁笑晓没有说话，脸色同样苍白，眼眸深处隐隐有挣扎，但更深处却有道近乎癫狂的痛快之意。那是痛意，也是快意。

陈长生三人想了很多事情，想了很多种可能，事实上，只用去了很短暂的片刻时光。

魔族向来冷酷无情，眼看着布局终于成功，梁笑晓偷袭得手，哪里会给他们喘息的机会，说道理的时间。腾小明面无表情提着扁担再次掠到三人身前，双手前后相握，毫不怜惜地当头再次砸下！湖畔的风骤然间碎成无数细缕，近处的所有树木尽数被摧折而倒，那根恐怖至极的扁担，像座山一般压了下来。

就算陈长生三人没有受伤，也极难正面挡住凶名赫赫的二十四魔将的全力一击，更何况他们现在的状况非常糟糕。折袖的双肩血肉模糊，有些杂乱未曾消退的狼毛间，隐隐可以看到森然的白骨。更可怕的是，造成这些伤势的，是那名魔族女子藏在手指里的孔雀翎——狼族少年的眼瞳深处，已然能够看到一抹极小的绿意。传说中的孔雀翎，有能够毒死强大妖兽的毒素，现在那些毒素，已经开始在他的身体里肆虐。

七间更是凄惨，腹部汩汩地溢着鲜血，哪怕逼出最后的气力，也只能勉强握住离山法剑，连站都无法站起，又如何能够战斗？

陈长生看着稍好一些。从坑底执剑疾冲而出的他，浑身灰土，无比狼狈，身体表面没有什么伤口，衣服上也没有血渍。事实上，也只是看着好些。先前他在坑底硬接了腾小明的第一记扁担，哪怕身体浴过龙血，也无法完全撑住，左臂的骨头已经出现了裂痕，更有几根肋骨已然断裂，更麻烦的是，他的识海受到了极大的震荡，无比烦恶难受，胸口极闷，随时可能吐出血来。

身受重伤的三名少年，如何能够面对这记如山般的扁担？

梁笑晓先前偷袭成功后，飘然后掠，隔着数十丈的距离，看着这幕画面，沉默不语。那名魔族美人，笑颜如花。那名端庄闺秀，神情平静。刘小婉同情着，然后等待着。等待陈长生三人，没有任何意外地死去。

陈长生当然不想死。可以毫无疑问地说，从十岁那年开始，他就是这个世界上最不想死的那个人。为了不死，他做了很多努力，自然也有很多准备。当谁都认为他们必死无疑，包括七间，甚至是在生死间走过无数遭的折袖都在心里默默说那就这样吧的时候，他再一次开始努力，拿出了准备好的东西。

那是一个金属球，表面有些鳞片般的线条。陈长生把自己的真元灌进金属球里，金属球的表面闪起一道亮光，然后快速颤动起来，那些鳞片不断裂开。细碎的机簧声与金属摩擦声，密集响起。裂开的金属球，瞬间变化，生出数道薄面般的伞面，然后是伞骨、伞柄。这些变化用去的时间非常短，那柄挟着魔将雄浑力量的扁担还没有落下。一把有些旧的油纸伞，出现在陈长生的手里。这把伞看似寻常无奇，就像他的人一样。

轰的一声巨响！湖畔的滩地上，没有再次多出一个巨坑，而是多出了数十道深约数尺的裂痕！劲气四溅，击打着坚硬的鹅卵石，在上面留下清晰的痕迹。恐怖的冲撞溅出的气息，有的掠进树林深处，在那些树皮上留下斑驳的痕迹，不知多少没有来得及逃离的鸟儿，凄惨地被击落在地。烟尘渐敛，湖后山崖里的回响也渐渐远去。

陈长生没有死。因为那记扁担，被他手里那把寻常无奇的伞，挡了下来。那把伞的边缘，垂落下淡淡的黄光，如帘幕一般，把陈长生罩在了里面。他站在折袖和七间的身前。

看着眼前的这幕画面，那名魔族美人伸手掩嘴，震惊无语。梁笑晓微微挑眉，面露凝重之色。刘小婉微微皱眉，露出思考的神情，仿佛想起了些什么。只有腾小明依然神情木讷，右脚向前再踏一步，双手举着扁担，再次击下！湖上的风云，被那条扁担携来！

又是轰的一声巨响！黄纸伞再一次挡住了。但陈长生的脸，变得更加苍白。在汶水城里，唐家老太爷把这把传说中的法器赠予了他，折袖曾经说过，这把伞，可以抵抗聚星境强者的全力一击。同样是折袖说过，既然魔族用某种方法把两名聚星境的魔将，强行压制境界送入周园，那么腾小明和刘小婉现在最多也就是通幽巅峰。按道理来说，他手中的这把伞，当然可以抵抗住对方的攻势。问题在于，能够挡住多少记这名魔将的全力一击？使用法器，也需要真元辅助，他的真元数量比同境界的修行者本来就要少很多，又能撑住多久？最关键的问题是，这把黄纸伞的面积并不大，如果这些魔族强者群起而攻之，他怎么才能保护住折袖和七间？

没有办法。他没有办法能够保护好同伴，再撑下去，依然困境难解，那么，他只能把同伴送走。

就在黄纸伞防御住那记扁担的同时，他的右手闪电般探出，将数颗药丸，塞进了身后折袖的嘴里，同时把一个小东西塞进他的手里。那些药丸是离宫教士按照他的方子炼制的解毒丹药。他的医术承自计道人，计道人是整个大陆医术方面的最强者，由此可以想象这些药丸的功效，或者不能化解孔雀翎的毒，但至少可以帮助折袖压制一段时间。

至于那个微凉小事物，则是一颗钮扣。离开京都的时候，他只带了一颗钮扣，本想着在周园里遇到什么危险，可以帮助自己保命。但现在，似乎要给别人用了。当初在国教学院，落落把钮扣送给他的时候，说得很清楚，这钮扣最多只能带两个人离开。

陈长生举着伞，看着正在高速掠来的数名魔族强者，没有转身，对身后的折袖平静说道："带他走。"

魔族在周园里布的局，肯定不止于此，但湖畔连续发生的事情，已经足以帮助他们确认，在他们三人中，魔族首位的目标是七间。不然，魔族完全可以集全力，先把他和折袖杀死，而不是像现在这样，直到等到七间进入必死之局，刘小婉才说出那三个字，梁笑晓终于出剑。

折袖明白这一点，虽然他不明白，七间就算是离山掌门的关门弟子，又凭什么让魔族如此重视。他也明白，陈长生把那颗钮扣给了自己，便等于是把生的希望给了自己，而陈长生留下来，便要直面死亡。他还明白，陈长生不会自己带七间走，也不会扔下七间，那么在排列组合里，便只剩下一种可能。他同时明白，自己这时候中了剧毒，无力再战，留下来帮不了陈长生，还不如带着七间离开。他最明白的是，陈长生既然已经拿定了主意，那么无论自己怎么做，都没有意义，只能是浪费时间。

折袖毫不犹豫，把七间抱了起来，同时激发了掌心里的那颗钮扣。在他怀中，七间的小脸异常苍白，蹙着眉尖，闭着眼睛，睫毛微眨，看着非常可怜，却根本不知道发生了什么事情。一道青烟，在黄伞下生起。在最后的时刻，折袖看着陈长生的后背，面无表情想着，到底谁是谁的保镖？今天如果自己能活下来，好像真的要欠某人一条命了。

几乎同时，魔将的第三记扁担落了下来。地面剧烈地震动，无数烟尘弥漫，遮住了那道青烟。无数道裂缝出现，新鲜的泥土翻滚而出，仿佛春耕时的田地。

烟尘静敛。陈长生一个人站在原地。他左手撑着伞。他右手握着短剑。他的神情极为认真，准备着最后的战斗。

4·一条名为勇气的路

"那是千里钮？"刘小婉看着陈长生左手里的伞，微诧问道："难道这是苏离都买不起的那把伞？"

人类与魔族之间的战争格外残酷，在雪原的分界线上，暗杀之类的事情从来没有停止过。为了赢得这场灭族之战的最终胜利，双方无所不用其极，只要有机会，绝对会不惜一切代价，杀死对方阵营里有机会成长起来的那些年轻天才们，折袖之所以年纪这么小、还在坐照境时，便在大陆上拥有了如此大的名声，便是因为，他孤身一人却能在最残酷、最危险的地方生存了下来。

为了保护己方的年轻天才，让他们有足够的时间成长，人类世界的宗派学院会在最器重的晚辈弟子们真正成长起来之前，派出强者暗中保护，或者赠予一些保命的法器，比如天海胜雪在拥雪关战斗的时候，神将费典时常隐匿在旁，像神国七律、庄换羽、苏墨虞、钟会这样的年轻天才，都有这样的待遇。魔族之所以会选择周园里进行暗杀，正是因为周园很特殊，人类的前辈强者无法进入，年轻的人类修行者们只能自己保护自己。

当然，那些年轻的人类修行者肯定会有保命的法器，像陈长生这样深受教宗宠爱的人更是如此，只是……陈长生的法器实在是太多了些，而且都是那样的罕见强大。无论是传说中的黄纸伞，还是被修行者珍视若命的千里钮，放在大陆上，都是最高等级的法器！至于他手中那把看似普通的短剑，拥有着难以想象的锋利程度，更是令刘小婉都感觉有些惧意。

按照他们原先的安排，潜进周园的魔族强者，以剑池传闻为引，集中在湖畔，加上隐藏在人类里的那个奸细，暴起发难，应该能够很轻易地杀死陈长生、折袖和七间三人，如此便算是完成了任务的四分之三，然后再去与大人会合，杀死徐有容。

谁能想到，如此周密的安排，最终竟被陈长生一个人给破坏了。折袖中了孔雀翎的毒，七间的小腹被剑贯穿，想来腑脏经脉也受到了极大的创伤，但终究是离开了湖畔，暂时还没有死。

刘小婉望向梁笑晓，目光落在他左手腕那道云纹丝带上，点了点头。她并不认识这名离山剑宗的弟子，只知道他是在南方声名颇盛的神国三律，是入园之前军师说过的那个会帮助他们的人类。

梁笑晓的脸色依然苍白，声音也有些轻微的颤抖，但语气很坚定："必须确认七间死……来到这边的所有人都必须死。"

陈长生用一颗珍贵的千里钮送折袖和七间离开，如果是在真实的世界，这些魔族高手再如何强大，也没有办法追上他们，遗憾的是，这里是周园，有天然的空间壁垒，折袖和七间不可能真的去了千里之外，必然还在园内。

最关键的是，刘小婉可以随时掌握到他们的行踪。

"不用杀你，我很满意，因为我很喜欢你。"她看着陈长生神情温和说道，"我很难得会喜欢一个人类，因为刚才你很认真地劝我不要吃人肉，别的人类，包括我的很多族人，知晓关于我们夫妻的传闻之后，只会厌憎或者害怕，没有谁会像你一样认真地劝说，你是个很不一样的孩子。可惜的是，你不能活下来，因为这是军师的要求。"

说完这句话，她拎起那个破了洞的大铁锅，身影骤虚，向着湖面上飘了过去，腾小明把两个筐子重新系到扁担上，也随之而去。

湖畔只剩下了那名魔族美人、端庄女子，以及梁笑晓。

陈长生看着梁笑晓问了一个问题："为什么？"

这是他很想知道的事，也是七间最想知道的事——数百年来，很少出现人类为魔族效力的事情，更何况梁笑晓身为神国七律，前途无比光明远大，魔族根本不可能给予他更多的好处和前途，怎么想，他的叛变也没有任何道理。

梁笑晓没有回答，缓缓举起手中的剑，眉眼之间尽是霜意。

"留下我们三个，你会不会觉得这低估了你？要知道我都很好奇，你身上还会不会有别的什么宝贝。"那名魔族美人看着陈长生媚声说道。

那对夫妇去追杀七间和折袖，似乎确实是一种轻视，但陈长生不会这样想，这个阴谋幕后是那位神秘而可怕的黑袍大人，无数年来的无数事迹早已证明，那位魔族军师向来算无遗策。魔族留下三个人杀他，那便说明，他们三个人一定能够杀死他。

"人类历史上最年轻的国教学院院长，就要这样悄无声息地死去，连我都觉得有些怅然。"那名魔族美人看着他叹息说道。

那名神态端庄的美丽女子与她的气息截然相反，然而当她们站在一起，却真的很像，就像一对双胞胎般。隐隐约约间，陈长生甚至看到她们两个人的身后，生出一道清光凝成的羽翼，就像先前她们断手重生时的画面一样。一道强大而寒冷的气息，从这两名女子身后的光翼里散发出来。

陈长生的神识感知非常敏锐，他非常确定，这种强大不是自己能够对抗的。更何况，梁笑晓那柄卑鄙阴险、但确实强大的剑，还在一旁。他的肋骨已经断了数根，臂骨的表面不知道有多少道裂纹，先前他数次险些喷出鲜血，都被他强行咽了回去，识海受震严重，本来就不通畅的经脉，此时真元的运行更加凝滞——虽然表面看着没有伤，但他的伤已经非常重。

很明显，他的敌人们也非常清楚这一点。这是一场没有任何悬念的战斗，哪怕他有很强大的法器，很锋利的短剑。如果战斗再持续片刻，他连伞都快要举不起来，他连剑柄都会握不住，又能有什么用？但陈长生根本没有这种自觉。他一手拿伞，一手拿剑，神情依然认真专注。绝望？不，只要坚持下去，一定会有希望。

远方的山林里，那个人影似乎有些犹豫。如果他能在这场战斗中，展现出来意志与能力，或者可以帮助那个人获得更多的勇气。而且，他一直在等待着黑龙回来的好消息。

白色祭服在山风里轻轻摇摆，少女在山脊上沉默地向前行走，有些孤单、疲惫，但神情依然宁静。

看着少女背着的那把长弓，黑龙心生警惧之意，明明她就是来找她的，可忽然间，她不想靠近她。黑龙的视线，顺着白衣少女的足迹望向远方，看到了伸向草原深处的那座山峰。此时太阳再一次向西方落下，那片神秘的草原再次开始燃烧，那座山峰也变得血红一片。前日看到那座山峰时生出的异样感觉，再次出现在黑龙的神识里。她想去那边看看，那里仿佛有什么事物，正在遥遥地呼唤着她。但她不敢过去。因为此时此刻，暮峪的顶峰，万丈霞光里，坐着一位十来岁的小姑娘，和一个弹琴的老者。

黑龙的视力非常好，她甚至能够看清楚那个小姑娘眉眼间的稚气。她非常清楚，先前心里生出的警惧不安，一半来自白衣少女的长弓，一半便来自这个小姑娘的眉眼间。作为世间血统最高贵、最骄傲的玄霜巨龙，她因为这种警惧不安而感到万分羞耻。如果是真实本体的她，无论是那个白衣少女，还是那个小姑娘与弹琴老者，她可以轻而易举地一口吞了，连水都不用喝一口。但现在，她只是一缕附着在玉如意上的龙魂。她没有能力参与到陈长生与那些魔族强者的战斗之中。至于现在，即将开始的这场战斗，她更是连靠近都不能。

穿着白色祭服的少女，继续沉默地翻山越岭。眉眼漠然的小姑娘，继续在山的那头等待。无论要过多长时间，她们总会相遇。

满山的野草间，忽然出现一道陷痕，向着山下不停蔓延，仿佛有块大石头在向下滚落。从山上滚下来的不是石头，是折袖和七间。草叶锋利，山石坚硬，没有在折袖的脸上留下任何伤痕。七间颓然无力地伏在他的肩上，黑发散乱，脸色苍白。折袖背起七间，向着落日的方向狂奔，鲜血不停淌落。

此时，他们已经穿过了那片天地倒错的湖，来到了山崖这边的世界。他不知道那对魔将夫妇正在身后追赶过来，更不知道对方能够随时掌握自己的行踪，但本能里对危险的敏锐嗅觉，让他异常警惕，他仿佛能够听到身后传来的脚步声，甚至能够听到那口破了的铁锅发出的怪声。他必须更快些。然而下一刻，他忽然停下了脚步。

七间艰难地睁开眼睛，看着面前那条笔直的道路，虚弱地问道："怎么了？"

折袖面无表情地看着眼前的路，问道："接下来怎么走？"

七间声音微弱说道："我怎么知道。"

因为大朝试对战里的一些事情，他一直很厌憎这个狼族少年，根本不想和对方有任何交集。现在，他却被对方背在了身上，这已经让他很委屈难过，谁知道，这个家伙居然还要问自己这个重伤之人如何走，真是一点用都没有。

"我看不见了，所以从现在开始，由你指路。"折袖的声音很平静，没有任何情绪波动。晚霞映照着他的眼睛，不是红色的，而是深沉的绿。孔雀翎的毒终于发了。晚霞同样映照着山道，更加幽静，也更加漫长。

5·狼 突

因为失血过多，七间有些迷糊，听到折袖的话，过了会儿才反应过来，瞬间清醒了很多，脸色更加苍白，艰难转头望向折袖的侧脸，看着他依然面无表情的脸上，那双明显已经失去神采的眼睛，身体顿时僵硬无比。

"你……看不见了？"七间声音颤抖说道，便要从他的身上下来。

折袖没有让他下来的意思，两只手像铁条一般抓着他的腿弯，让他无法离开。感受着腿上传来的温度与力量，七间又羞又急，用尽力气想要离开。任由他如何挣扎，折袖都毫无反应，就这般站着，像座雕像一样。七间的力气越来越小，挣扎的幅度也越来越小，终于放弃了，无力地重新伏到了他的肩上。这时候再望向折袖，平日里那张面无表情、令他无比厌憎，只想远离的死人脸，忽然间，多了一些说不清楚的味道。是的，真的很像一座雕像，像一只站在山崖上，望着远方的狼，或者是少年。

不知不觉间，七间的心底变得柔软了很多，眼底也柔软了下来，看着折袖的脸，苍白的小脸上流露出敬佩的神情，然而不知为何，他又觉得特别难过，尤其是看着折袖的眼睛时，于是他哭了起来，哭得很是伤心。

折袖的神情依旧漠然，似乎根本没有受到不能视物的影响，说道："如果哭能解决问题，我绝对是世界上最擅长哭的那个人。"

在雪原上，在与魔族的战斗当中，有无数需要解决的、与生死相关的问题。

七间觉得很丢脸，抬起手臂用袖子去擦脸上的泪水，却怎么也擦不干净，因为泪水不停地在流。

折袖的声音变得有些迟疑："或者……你……"然后他沉默了会儿，又说道，"不要哭了，没事儿。"很明显，他不擅长安慰人，更不擅长哄人，所以语气显得有些生硬，但因此更显真挚。

七间抽了抽鼻子，有些委屈地嗯了声，也不知道这份委屈是对谁的，然后低声说道："那……咱们走吧。"

折袖看着眼前的黑暗，定了定神后说道："还是往畔山林语的方向。"

七间扶着他的肩，有些困难地抬起头来，望向二人身前那条笔直的山道，说道："一直向前，四百丈后右转，我会说。"

折袖毫不犹豫，抱紧他的腿弯，便向前走去，竟对他的话没有任何怀疑。这让七间有些感动，也有些不解。山风吹拂着折袖的脸，他已经干脆闭上了眼睛。然后，山风才落到七间的小脸上。那风，仿佛带着某种温度。七间觉得有些温暖，有些安心。周园的山野里，不停地响着脚步声和七间清稚虚弱的指路声，还有折袖依然沉稳冷漠的应答声。

"慢点,前面有坎。"

"一条小溪,两丈,对面是沙地。"

"你没事儿吧?"

"再快点儿。"

"可是……"

"没有可是。"

"小心,别撞树上了。"

按照折袖的想法,他们必须尽快地找到周园里的那些人类修行者,然而奔跑了数十里,竟是一个人都没有遇到。绝大多数人类修行者,昨夜已经按照陈长生或者那个白衣少女的安排,集中在了那几处园林。现在想来,这应该也是魔族那位传奇军师早就算到了的事情。

周园与外界隔绝,人类修行者为了争夺法器或者传承之类的事物,必然会内讧。就算有人成功地阻止了混乱,那么入园的人类修行者,肯定也会被集中到几个区域,而像折袖、离山剑宗弟子,这些魔族必杀的目标,反而更可能自行其是。

折袖和七间在某片山崖处停了下来,距离最近的人类修行者聚集地畔山林语,还有数十里的路程。在他们侧后方的那道山坡上,已经能够看到两道被落日映照的极长的身影。那对魔将夫妇已经追了上来,依然挑着担,拎着大铁锅,看似像搬家一样,实际上速度快得有些骇人。

七间痛苦地咳了两声,小脸变得更加苍白,报告道:"西南,圭轸星位,大约……六里,不,五里。"对他们来说,远方山坡上那对魔将夫妇的影子,就像死亡的阴影,必须要想办法摆脱。

"他们停下来了。"七间有些吃惊。

折袖说道:"他们在看我们会往哪边走。"

他现在虽然看不见任何景物,但前两天他随陈长生在周园外围的这些山野里走了很多遍,把地理环境都记在了心里。如果他们还是按照原先的计划,去畔山林语与人类修行者会合,那对魔将夫妇只需要往斜里一插,穿过一片山林,便能拦截住他们。

折袖沉默片刻,计算了一下双方的距离与位置关系,知道没有办法赶到畔山林语。他隐约记得在湖畔似乎听谁说过，魔族能够随时掌握他们的位置。就算对方不能掌握自己的位置，现在看来，那对夫妇不愧是魔将，明明是两个人对两个人的追杀，竟是用上了兵法与布阵——追杀与逃亡已经持续了数刻时间，他们竟是根本没有办法靠近畔山林语一步，反而被逼得越来越远。折袖背着七间，感受着落在脸上的最后的余晖，沉默片刻后，转身望向西南方向。他看不见，但他想看看那对想杀自己的魔将。

　　远处的那片山坡，被晚霞笼罩，正在燃烧。刘小婉和腾小明站在火烧一般的草甸里，也在看着他们。彼此遥遥相望。

　　"我要开始跑了。"折袖忽然说道，平静而坚定。

　　看不见路，却要奔跑？七间很吃惊，抓着他肩头的手，下意识里攥紧了些。

　　折袖说道："你随时报告他们的位置，同时替我指路，现在……你首先告诉我，面前这座山崖，有多陡。"

　　七间的声音很虚弱，这时候更加颤抖，因为紧张，看了会儿后说道："大概是四三分角……你真的可以吗？"

　　"肯定会经常跌倒，只要爬起来再跑。"

　　折袖沉默了会儿，说道："会摔得很痛，你不要哭。"

　　七间轻轻嗯了声。

　　折袖又沉默了会儿，说道："抱紧点。"

　　七间又轻轻嗯了声，然后双手向前紧紧地搂住他的颈，头靠着他的肩。

　　做好了所有准备，折袖深深吸了一口气，体内的真元狂暴地运转起来，将那些试图从眼底向更多地方散去的孔雀翎毒素尽数压制，然后向下蹲去。随着他的动作，他的双膝，以一种超出人类想象的方式，奇异地弯折起来。他脚上的靴子前端破裂开来，锋利的爪锋从深色的狼毛里探出，刺进坚硬的崖石里，发出铿的声音。同时，他的脸颊边缘和颈上，生出无数坚硬粗糙的毛发。他的眼瞳因为妖化而变得血红一片，又与眼瞳深处的绿色毒素一混，变成了一种很奇怪的颜色。看着就像是新结的柠檬果，酸得很有力量，可以刺激出来无数精神。

　　"怕吗？"他问道。

　　七间没有回答，手搂得更紧了些，靠得也更紧了些。

　　折袖似乎有些意外，安静片刻后，唇角微微扬起，应该是笑了。如果陈长生看到这幕画面，一定会非常吃惊，因为他不记得自己曾经看见折袖笑过。遗憾的是，七间这时候把脸埋在他的颈间，没有看到。折袖不再多说什么，抱紧七间的双腿，便向崖下陡峭无比的岩壁冲了下去。

沙石四溅，岩屑乱飞。折袖背着七间在山野间狂奔，他的脚每一次落下，都会深深地刺进坚硬的山崖，抓地的效果极好。孔雀翎的毒素，损害到他的眼睛，却没有影响到他别的能力。妖化之后的狼族少年，拥有近乎完美的平衡能力与速度，在奔跑中对力量的运用，以及对环境的本能适应，强大到难以想象的程度。只是片刻时间，他便背着七间，冲到了山崖的下方。

数里外那片山坡上的魔将夫妇，明显没有想到他们会选择这种方式、这个方向突围，停顿了会儿才开始再次追击。伴着轰隆隆的声音，山崖微微震动，两道尘龙紧随而来。

"南野，轸星位，四里。"七间收回视线，用虚弱的声音尽可能清楚地说道："三百，二百四，二百，一百七，石阶，斜四一角，准备……跳！"

折袖如同一只真的年轻公狼，背着他在山野间狂奔着，化作一道灰影，向前方纵跃十余丈，直接跳到了石阶上方。

七间感受着下方传来的剧震，小腹剧痛，却忍着没有发出任何声音，虚弱说道："直行四百丈，入林？"

折袖此时全部的心神都用在奔跑上，没有回答，只是点了点头。

七间重新把头搁到他的肩上，感受着不停传来的震动，看着越来越近的那片树林，双手更紧，心情也更加紧张。

看不见路，背着一个身受重伤的人，却依然要以最快的速度奔跑。而且是在山野间。这很疯狂。折袖做的就是这么疯狂的事情。疯狂必然要付出代价。哪怕他已经妖化，七间用尽所有努力计算着，不停地给他指着路，依然难免跌倒，而且是重重的跌倒。但就像在山崖上，他说过的那样，每次跌倒，他都会毫不停顿地再次爬起，然后继续奔跑。因为只有这般疯狂不要命的突奔，才能活下来。

最开始数次摔倒的时候，七间总会下意识里闭上眼睛，但后来他不再闭眼，因为每次摔倒的时候，折袖总会在落地之前，用强悍的身体协调能力调整姿势，确保承受最多冲击的是自己，尽可能地不让他受到任何伤害。无论他们摔倒的地方是泥地，还是沙地，是柔软的溪水，还是坚硬甚至锋利的山崖。七间不再闭眼，不是因为折袖的保护让他不再害怕，而是他想尽可能地把前路看得更清楚一些，希望他能少摔几次。

折袖的身上已经满是伤口，鲜血不停地流着。他闭着眼睛，低着头，沉默着，继续狂奔着。七间紧紧地抱着他，眼圈早就红了。他想哭。

但他说不要哭。他听话。所以他不哭。

一路追杀逃亡。看着暮岭，却无法靠近，只能平行向前。最终，无路可走。折袖背着七间来到了那片草原的外围，终于停下了奔跑的脚步。

刘小婉和腾小明，也停下了追击的脚步。这对魔将夫妇，看着远处将要落下的太阳，和那半片太阳之前那对少年的身影，眼中生出佩服的神情。

折袖低着头，不停地喘息着。汗水与血水在他的身上脸上到处都是，让那些深色的毛发纠结在一起，显得格外缭乱。七间靠在他的肩上，贴着那些很硬很刺的毛发，明明应该很不舒服，但他却觉得很柔软。

"对不起。"他抱歉说道，"我指路没有指好。"

折袖面无表情地说道："是我跑得不够快。"

远方的落日，始终还悬在天边，不知道为什么没有完全被地平线吞没。无边辽阔的草原，在晚霞下泛着金光，仿佛神国的广场。这里便是周园最中心、最神秘，也是最凶险的地方——传说中的日不落草原。数百年来，曾经有很多修行者试图进入这片草原，然而进去的人，再也没能活着回来过，只留下了一些传闻。说来也很奇怪，如果真的没有人能活着离开这片草原，那么这些传闻又是如何留下来的？

"接下来，我们去哪里？"七间轻声问道。

向前走便是这片草原，是死亡。转身，便是战斗，也是死亡。就像在青藤宴上，唐三十六和陈长生说过的那样，七间是个很柔弱的孩子。但他毕竟是离山剑宗的弟子，而且他是离山掌门的关门弟子，他的腰间系着的是离山的法剑。在他看来，如果要死，那么当然要转身做最后的战斗。

折袖没有转身，也没有询问他的意见，背着他，便向那片约一人多高的草原里走了进去。

"没有人能活着从这片草原里出来。"七间紧张地说道。

"我不是人，我是狼。"折袖说道，"草原是我的家，我不相信有什么草原能困住我。"

七间不再多说什么，抱着他，有些舒服地把头靠在他的肩上。草原里到处都是一样的野草，再也不需要他指路了。那么，随便走吧，走多远都行，走多久都行。哪怕是一条死路，有人陪着，也要走到尽头去看一看。

野草，擦着他们的衣衫，发出沙沙的声响。

远方的太阳，依然没有落下。就像他们一样倔强。

6·不想走进黑夜的人们

腾小明和刘小婉夫妇站在草原外围，看着远在天边、悬在地上的那轮太阳。刘小婉说道："听说草原里的太阳永远不会落下，所以才会叫做日不落草原……不过我更不明白的是，如果没有人能活着从草原里出来，那么不落的太阳又是谁看到的？"

腾小明憨厚地笑了笑，没有说话，他知道妻子并不是真的询问什么，而只是心情有些不好。"居然让那个狼崽子背着人跑进了草原……就算他会死在里面，那我们怎么办？难道要一直等下去？怎么才能确定他死了？"

刘小婉望了腾小明一眼，心想以自家夫君的霸道修为，如果是在周园外面，何至于追了这么长时间，都追不上一个中了毒的狼族少年，当然，更早些时候，陈长生他们肯定早就被杀死了，为了进入周园，他们夫妻二人付出的代价实在太惨重了些。

腾小明知道妻子在想些什么，伸手轻轻抚了抚她的头发，安慰说道："我是愿意的。"

谁也不知道，这次魔族潜入周园的任务，是这对凶名在外的魔将夫妇自己要求的，因为他们厌倦了无休无止与人类的战争，想要离开军队，归老田园。然而他们很清楚，魔君陛下肯定不会同意自己的要求，整个魔域，只有军师大人能够帮助他们达成心愿。所以他们找到了军师，然后军师要求他们进周园办好这件事情——为此，他们强行降境，至少要损失两百年的寿元，但如果说能够完成这件事情，携手归于田园，那么就像腾小明说的那样，他们愿意。

他们是聚星中境的强大魔将，哪怕降境到了通幽，依然拥有通幽境修行者难以比拟的战斗能力，曾经攀上高峰的人，再在丘陵间漫步，自然行走随心，按道理来说，在周园里的这些人类修行者，除了徐有容之外，他们都可以轻松杀死。只是他们没有想到南客大人的那对侍女，会因为争功而弄出那么多麻烦事，更没有想到，那个叫陈长生的人类少年身上居然带着那么多珍贵的法器，甚至就连折袖表现出来的强悍能力与意志也超过了他们的预算，居然成功地跑进了日不落草原。虽然进入草原肯定也是死路一条，但毕竟不是被他们杀死的。

这里是草原外围的边缘，那轮红日看似永远不会落下，其实只是落得慢了些，随着时间的推移，三分之二的日面被眼中一望无尽的野草吞食，天色变得更加暗淡，刘小婉说道："等段时间看看情况，先吃饭吧。"

腾小明很老实地嗯了声，放下肩上沉重的担子，取出干柴与砖石开始砌炉生火。刘小婉从担子取出今年的新稻与玉泉山上取的清泉，开始准备淘米煮饭，然而看着清水从锅底汩汩流淌而出，才想起来，先前在湖畔的时候，这口大铁锅被陈长生的剑刺穿了。

刘小婉怔了怔，始终都很温和亲切的脸上，终于出现了一丝恼意："陈长生这个小家伙难道不知道砸锅毁灶，是大陆最重的仇怨？"

腾小明憨厚地笑了笑，说道："咱们要杀他，他哪里还顾得上这些。"

刘小婉像少女般哼了哼，不悦说道："总之这个仇我记住了，如果那两个丫头还杀不死他，我可不会让他好过。"

腾小明安慰说道："回老家后，咱们再也不会和人打架，砸锅卖铁，能得些钱也不错。"说完这句话，他从筐子里取出另一口锅，接过她手里的米开始淘洗，准备蒸饭。

"晚上吃什么菜？"刘小婉问道。

腾小明望向草原里，听着隐约传来的一些啸声，犹豫说道："里面应该有不少妖兽，我进去逮两只？不走太远，应该没事。"

"为了饭菜冒险……我们不是鸟，也不是人类。"刘小婉没好气说道，然后走到筐边，翻拣了半天，找到了一个东西，拿起来说道："刚才走的时候，我把左侍的左手带过来了，搁饭锅上蒸熟，蘸着自贡辣椒水吃？"先前在湖畔，以公平的名义，她斩断了那名端庄女子的一只手。那只手，现在被她拿在手里，断处还残着些血迹。

腾小明接过那只断手，用泉水冲洗干净，揭开锅盖，加了一层蒸屉，又找了个瓷盘，放了进去。"双侍近乎灵体，这手里的灵气太足，只怕不好消化。"他想了想，说道："还是不要用辣椒水了，待会儿配些杏草。"

家里向来是他做饭，刘小婉对这些不怎么擅长，自然没有意见。锅里的水还没有开，草原里的那两个少年不知道死没死。刘小婉和腾小明并肩坐在草原外的一块石头上，看着以极缓慢速度下沉的落日。

"好久没有这样了。"

"嗯。"

"七十三年前，你还是个小兵，怎么就有胆子请我一起去看落日呢？"

"嗯……和同僚打赌输了。"

刘小婉瞪了他一眼，说道："你终于肯说实话了。"

腾小明想了想，老实说道："我已经承认了四百四十一次。"

刘小婉不再理他，靠在他的肩上，看着远处那轮落日，满足说道："真好看。"

腾小明想了想，决定此处应该撒谎，说道："嗯。"

刘小婉面露向往的神色，说道："回老家后，我们可以天天这样坐着看夕阳。"

腾小明想了想，觉得不能再继续撒谎，不然将来会有些辛苦，老实说道："会腻的。"

刘小婉微微挑眉，说道："看我看久了，也会腻。"

腾小明不用想，也没有撒谎，诚恳说道："不会。"

再美的人儿，如果只是看她的美，那么总有一天会看腻。

陈长生还没有这种生活经验，但他对看太阳这种事情很有发言权，因为他从来看不腻。每天清晨五时醒来的时候，天都还没有亮，洗漱清理完毕，站在梅下或是庙旁或是湖边或是大榕树上，看着太阳照常升起，是他最开心的事情。

晚上他基本都在睡觉，对黑夜很陌生，而且因为那个原因，他不喜欢黑夜。无论是良夜还是寒夜，什么夜他都不喜欢，无论是温和地走，还是愤怒地进，他都不要。他怕死，因为他不想死。他不怕死，因为他想过无数次死。所以在死亡之前，他总能绽放出一种难以想象的力量。黑龙曾经看见过。圣后娘娘看见过。苟寒食看见过。现在，轮到他的敌人们看见那种力量。

梁笑晓的肩头多了一道剑伤，鲜血淋漓。那两名强大的魔族美人，身上到处都是剑痕，脸上早已没有笑容，只剩下严肃与认真。陈长生左手执伞，右手执剑，脸色苍白，毫无血色，真元已然消耗殆尽。但他的神情依然认真。从开始到现在，他始终这样认真。在这种时候，他更要认真地活着，活给死亡看。

7·光之翼

陈长生神情认真专注，但不潇洒，因为他这时候的姿势有些怪。如果他举着伞以为盾，执剑向前，那么便是英武登上战场的勇士，但现在，他手里的伞没有举起来，而是拖在滩地上，短剑倒执于腕间，膝盖微弯，身体微微前倾，似乎随时准备跳起逃走，那么看着就像个小贼，准备拼命的小贼。因为他已经快要不行了，体力枯竭的情况下根本没有办法长时间把黄纸伞撑开，只能任由它拖在地上，直到攻击到来才举起来挡一下攻击，那把锋利至极的短剑同样如此，残存的真元不足以让他施展出那些威力极大的飞驭剑法，连劈刺这些较为费力的动作都很困难。

短剑倒执于腕间，施展出来的剑法自然不可能大开大阖，只能在细微处下功夫，那两名魔女连续遇着几次危险之后才认出来，他用的竟是圣女峰的破冰剑，不由震惊异常——这套剑法向来只有圣女峰的女弟子练，他又是从哪里学会的？

无论是那名浑身不着寸缕的魔族美人，还是那名穿着七间剑袍的端庄女子，她们现在的神情都很凝重，看着陈长生的眼光异常严肃。这名人类少年居然在这种境况下支撑了如此长时间，实在是让她们有些难以理解，甚至隐隐有些佩服。

但战斗终将持续，胜利永远归于神族！她们身后有两道约丈许方圆的光翼，下一刻，光翼振动的速度骤然加快，沙滩只闻得嗖的一声，她们在原地消失，下一刻便来到了陈长生的身后，双手泛着诡异而可怕的绿芒，刺向他的面门！如此可怕的速度，近乎光电，诡魅如烟，完全已经超出了大多数人的想象能力。陈长生如此能够撑这么长的时间？他是怎么应下来的？就在那两道光翼在他身后显现的瞬间，他动了，真元在截脉里涌动，脚步看似自然、实际上异常精确地向左前方一踏，身影骤然一虚，便来到了数丈之外。

那两道光翼再次疾动，带动着那两名女子来到陈长生的身后，拦在了他与湖水之间。陈长生举伞格挡，只听得嘶啦的一声响，在极短的瞬间内，双方不知道互相出了多少招，然后再次分开。两名女子的身上再次出现数道剑痕，然后渐渐敛没，就像她们身后光翼上那些被陈长生割破的裂缝一般。

那名魔族美人盯着陈长生，脸色苍白说道："果然是耶识步！"

先前她们便震惊于陈长生的诡异身法，几番试探下来，终于做了确认。她们是南客的侍女，也是南客的双翼，而且身躯并非凡质，所以拥有极其可怕的速度天赋，单以短距离内的趋跃速度或者冲刺能力，真的可以说是骤若光电，不要说通幽境修行者，就算是聚星境的真正强者，也没有多少人能够跟得上她们的速度。陈长生的身体浴过黑龙的真血之后，力量和速度都可以说达到了通幽境的巅峰，也没有办法比她们的速度更快，但……他会耶识步！是的，他的耶识步虽然不完整，是他自己做的简化版的，但足以帮助他在最危险的时刻，避开对方快若闪电的攻击。这就是他能够活到现在的最重要原因。

梁笑晓握着剑，站在山林之间，看着这幕画面，听着那名魔族女子的声音，神情微变。至于与陈长生比拼速度与反应多次的那两名女子，神情则是变得更加凝重。

魔族在周园里的布置，之所以到此时还没能完全成功，就是因为陈长生超过了她们的想象，无论是他身上的诸多强大法器，还是他的身法剑法，又或是坚韧如石的意志，但她们真正紧张的原因在于，陈长生的这些情况，包括那柄锋利的剑，那把坚固至极的伞，还是那颗珍稀至极的千里钮，以及他掌握的耶识步，军师大人肯定非常清楚，可为什么进入周园之前，军师大人没有做出过任何警示？军师大人甚至连提都没有提过！

不要说那是陈长生的秘密，军师大人都不知道，军师大人无所不知，这是所有魔族人最坚定的信仰……那么大人他究竟想做什么？难道这场发生在周园里的阴谋，有她们都不知道的更多的内容？会不会与主人有关？她们想不明白这件事情，所以不安。事实上，不要说她们，就是她们的主人，甚至伟大的魔君陛下，都从来弄不清楚那个神秘的黑袍中人的真正想法。

她们忽然觉得湖面上吹来的风有些寒冷，这才注意到太阳快要落山了。但她们没有接到军师的新命令，那么便必须把命海里的那四盏灯火全部熄灭，把那四个人全部杀死。

陈长生忽然向湖畔的树林里疾掠而去。梁笑晓神色凝重，横剑于胸，毫不犹豫，便是离山剑宗威力最大的剑招。先前，他和陈长生有过数次对剑，无论他的剑法如何强大，剑势如何森然，都没有办法刺中施展出耶识步的对方，偶有两次，陈长生被那两名南客的侍女用光电般的速度缠住，他伺机出剑，却又被陈长生的剑招轻易破掉。梁笑晓拿陈长生没有任何办法，觉得自己无论如何变招，仿佛都会被这名少年提前猜到，而且对方总能使出最合适的剑招破之。这种感觉非常不舒服，非常糟糕。

这一次也不例外，陈长生贴着手臂的短剑，于满天剑风之中，轻易地找到他剑势的最终落处，伴着一声脆响，用最简单也是最有效的方法格住，然后微暗的湖畔林间亮起一抹剑光，梁笑晓被迫急掠而后，才避了开来。离山剑法总诀，现在就在国教学院里。梁笑晓的正宗离山剑法学得再好，再如何娴熟强大，又如何奈何得了陈长生？他的法器多，奇遇多，最多的还是知识，通读道藏是一件事，国教学院藏书馆里与修行相关的书籍，在短短一年时间之内，绝大部分也都变成了他识海里的养分，无数剑谱尽归于心，除了苟寒食和关飞白，年轻一代的修行者里，谁敢说会的剑法比他更多？

如果是在周园里面对别的魔族强者，哪怕以一敌三，陈长生有诸宝诸法护身，说不定还真的能杀将出去，甚至有可能获得胜利，就像此时……他破了梁笑晓的离山剑，假意要投林而归，实际上却是将体内残余的真元尽数燃烧，把全部的力量都灌注到了短剑之中，翻腕一振，化作一道凄厉至极的寒芒，斩向眼前看似虚空一片的林梢！

嚓的一声锐响。那两名女子扇动着光翼，刚好就在那处出现！只见一道血水飙起，两名女子的颈前，出现了一道深刻的剑痕，如果再深一些，只怕能够看到里面的骨头！

夕阳照着湖畔的树林，风拂着湖面，涛声微作。陈长生一手执剑，一手握着伞柄，胸口微微起伏，喘息渐止。他的眼中出现一抹遗憾的神色。这一剑，虽然重伤了那两名女子，却没能一剑割喉，所以，没有任何意义。她们被斩断的手，都能重新复生，更何况是身上的那些伤口。

为什么那名容颜端庄的女子没有角？为什么她的血是红色的？为什么那名不着寸缕的魔族美人，动用魅功时，头顶的魔角便会自动消失？一切的一切，都是因为她们不是人，也不是魔。

她们是巫，更准确地说，她们是巫灵，她们的身体介于真实的存在与灵体之间。她们站在一起，明明眉眼、神态截然不同，却给人一种双生子的感觉，因为她们本来就是双生的，她们是一双翅膀。就像此时她们身后的那对光翼。那对光翼和近乎灵体的身躯,让她们拥有难以想象的速度,就算陈长生动用耶识步,也没办法逃离。如果只有一只翅膀,那么永远无法飞翔,就像她们如果分开,其实只是普通的通幽上境强者,所以在湖心里,在湖畔,才会被陈长生等人接连重伤,可如果她们站在一起,那么便能直上青天,比单独的战力强上十倍有余!

实力最强的刘小婉和腾小明这对魔将夫妇之所以离开去追杀折袖和七间,除了七间是他们要杀的首要目标,还有一个原因,就是这对夫妇看得很清楚,陈长生因为真元或者修行功法的问题,瞬杀强度不够,那么怎么都是一个死字。

清光凝成的双翼,在那两名女子身后轻轻摇摆,很是美丽。在陈长生眼中,这对光之翼却是如此的可怕,他握着剑柄的手微微用力,试图找到脱困的可能,却找不到。那两名女子低头望向颈间的伤口,却看不见,于是侧目,望向对方的颈间,动作极为同步。妖绿色的鲜血和艳红的鲜血,从那两道剑伤里不停流出。她们清晰地感觉到痛楚,和先前那一刻死亡的阴影,她们真的愤怒了,神情却愈发平静而严肃。那对光翼忽然疾速地振动起来。

湖畔起了一场大风。暮色里,多了一道艳丽的流光。

8·坠入落日的倒影

最后的时刻到了,再隐藏后手已经没有任何意义,陈长生毫不犹豫坐照自观,点燃了最后那片残存的雪原。但不知为何,他没有让神识去触动幽府之外的那片湖水。雪原瞬间猛烈地燃烧,源源不断地补充着他的真元。

耶识步动。他的身影骤然在林前消失,倏乎间出现在远处,然后再次消失,再次出现,时隐时现,如魅似烟。但那道流光的速度实在太快,无论他出现在何处,下一刻便会迎头遇上那道流光。剑锋破空之声,不停响起,湖畔的风和湖上传来的涛声,被切割成无数碎絮。不时有鲜血在空中溅射而出,像花朵一般,然而当血花落到地上的时候,先前战斗的人,已经出现在了数十丈外的地方。那些血花,有时是绿色的,有时是红色的。

陈长生的身体浴过龙血之后,果然强大无比,战斗到此时,表面竟还没有任何伤口。只是,虽然有黄纸伞的保护,他还是被那两名女子带着剧毒的孔雀翎击中了数次,那道阴险而森然的力量,穿透了他的肌肤,深入他的腑脏,带来了极其严重的内伤,有两次他险些吐血,都被他硬生生咽了回去。但这一下他试图行险，真元尽数在剑中，黄纸伞的防御出现了漏洞，挨了一记重击，没有办法再完全忍住，一道极细的血水从他的唇角流了下来。

已经无力再握紧伞柄，黄纸伞失去意义，他可不想把这样宝贵的法器留给敌人，心意微动，只听得一阵细碎的金属撞击声与摩擦声，黄纸伞瞬间收拢，变回原先那个带着鳞片的金属球，然后消失在他的掌心里。他也不再翻腕执剑，就这般随意地提着，看上去就像个提酒回家去给大人喝的少年。

太阳越来越低，温度也越来越低，远处草原方向的落日余晖，给湖水带来最后的温暖，为风带来最后的驱使，拂在他的脸上。他从袖子里取出手帕仔细地将唇角流出的那道血水擦干净，然后收回，那块手帕也不知去了何处。就在这般短暂的时间里，风还是与那道血发生了亲密的接触，带出了一些味道。那不是血腥味，而是一种很奇怪的味道。

梁笑晓站在山林前，横剑严守以待，防止陈长生凭借耶识步遁入林中，隔得稍远些。那两名女子是巫灵，五识非常敏锐，而且就在陈长生的身前，很近，所以闻到了这个味道。真的不是血腥味，也不是甜味，更不是深冬的生铁味，而是一种……香味。这香味很淡，像深谷里的幽兰，却又极香，仿佛那株幽兰就在她们的眼前。那香味是某种晶莹剔透的果子在缓缓成熟的过程里，释放出来的气息，又像是山风在万壑松谷间吹拂一夜带出的清新，又似乎是朝阳起时照着海滩上的石头蒸出来的咸意，这股香味无比复杂，却又无比单纯，醇美到了极点，却又干净到了极点。

数年前的那个夜晚，这种味道曾经让西宁镇后面那片大雾里，无数神奇的生命因之而不安。一年前，这种味道曾经让国教学院隔壁那个小姑娘逾墙而至。除了定命星的那一夜，这种味道已经很长时间没有在陈长生的身上出现过，哪怕他在大朝试对战里流血，或是在地底空间里血肉模糊之时，然而，在天书陵那夜观碑之后，这种味道重新出现了，就在他的血液里。

越亲近自然，越清灵的生命越能闻到这种味道，而且越无法拒绝，越想亲近。拥有白帝一氏血脉天赋的落落，都会有那般表现，这两名身为灵体的女子又哪里能够禁受得住？只是瞬间，她们便醉了、痴了，仿佛回到了出生时的那片花海。她们身后那对光翼振动的速度渐渐变缓，显得无比清柔，哪还有半点力量，更像是在扇风。

陈长生并不明白发生了什么事情，但他知道这是自己逃走的最后机会。梁笑晓闻不到那个味道,所以他很清醒,一直警惕,很快便发现了湖畔的异样,神情骤凛,寒剑脱手而出,离山法剑里最威严、也是防御力量最强的铁崖三式连续出手,在陈长生与湖水之间形成一道难以逾越的屏障。他希望借此一阻,能够等到那两名女子恢复正常。他很确信,就算陈长生对离山剑法再如何了解,耶识步再如何变幻莫测,也没有办法在这么短的时间里穿过铁崖三式。

但陈长生没有用耶识步。湖畔剑风大作,剑势大起!汶水三式之夕阳挂!他倒转剑招,以剑为人,以人为剑,直接把自己从湖畔掷向了空中。其时,夕阳红艳,正在西面的天空里挂着。已经变得有些幽沉的湖面上,还有一轮落日。陈长生破空而起,越过梁笑晓的剑势,高高飞向天上,然后落向湖面。他落在了湖面上那轮落日的倒影里!水花四溅!

那两名女子惊醒过来,眼睛里依然残留着微悯的神情,不知道先前那刻究竟发生了什么事情,下一刻,微悯尽数转成了怒意!眼看着,终于要把那个难缠的少年杀死,怎么能让他逃走!光翼疾速地振动起来,湖畔响起令人耳疼的嗡鸣声。一道流光直射湖水中心,然后在空中陡然转折,射进了湖水里。

天色已暗,湖面上那轮落日的倒影,根本没有办法照亮太大的范围。白天的时候清澈透明的湖水,现在已经变得有些幽暗,尤其是湖水深处更是晦沉一片,极难视物,就仿佛是墨水一般,唯如此,远处那抹光亮显得越来醒目。

陈长生弹动双腿,拼命地向那抹光亮游去,他记得很清楚,那里便是他和折袖过来的通道。然而还没有游出去十余丈,他身后的湖水里便传来了一道巨大的压力。他不用回头,便知道是那两个女子追了过来。光翼在湖水深处急剧地振动,仿佛两道永远不会累的桨,带动着那两名女子的身体,破开一条清晰的水线,向他射了过来。湖水被搅动得一片大乱,仿佛沸腾一般。陈长生知道来不及游到那片光亮处,在水中一个转身,短剑再次握在手里,双腿快速地弹动,保持着倒游的姿势,同时准备着对手的到来。

微弱的光线在湖水里散开,那两名女子一人浑身裸着,一人的剑袍紧紧裹着身躯,看着就像两条白鱼,身后的光翼照亮了周遭的空间,泛着幽蓝的光芒,非常美丽,即便是在这种时刻,他都心生赞叹之意。那道水线不断向前延伸,很快便来到了他的身前。

陈长生握着剑向前刺去,不料那名神情端庄的女子竟是动了真怒,不躲不避，任由他把剑刺进了自己高高隆起的胸脯间，同时双手像锁一般抓住了他的手，几乎同时，另一名女子也缠了上来，是真正地缠了上来，双手抱住他的左臂，紧实的双腿绞住了他的腰。

那两面光翼缓缓合拢，就像贝壳一般。陈长生被封在了光翼里，与那两名女子紧紧地靠在一起。如果不是生死搏斗，或者用依偎，是对此时画面更好的形容。近在咫尺。他们看着彼此的脸，在湖水中微有变形的眉眼。那名端庄的女子，神情漠然。那名熟媚的女子，眼中流露出一丝调笑之意与歉意。湖水深处越来越黑，湖底更是如此，仿佛深渊，仿佛夜色。他最陌生也是最不想进入的夜色。只有那对光翼依然散发着光线。

在冰冷的湖水里，向死亡的夜色落下，陈长生的眼前变得有些模糊。他知道不得不冒险去做那件事情了，不然等到意识也模糊的时候，后悔都会来不及。他现在就有些后悔，不该让黑龙离开，它虽然不能帮自己战斗，但在这片湖中肯定有些别的办法。就在这个时候，他忽然感觉到了一道剑意。那道剑意很微渺，但很清新。他想起来，在来到这边之前，站在那片潭水旁的时候，他也感知到了一道剑意。就是这道剑意吗？

湖畔的三层铁崖剑意渐渐消散。看着已然回复平静的湖面，梁笑晓沉默了很长时间。从进入离山剑宗到现在，他的人生毫无疑问是非常成功的。但最成功的那瞬间，在他想来，应该是不久前，自己的剑刺穿七间小腹时的那一刻。当然，那也是他最难过的一刻。什么时候最失败？他以前认为是上离山后，遇到大师兄的那一刻。因为从那一刻起，他就知道自己这辈子都没有办法追上大师兄。但现在，他不再这么想。他的人生最失败的那一刻，或者，便是遇见陈长生的每一刻。好在那个人死了。

梁笑晓收剑回鞘，转身向湖后的山林里走去，默然想着，只要把来到湖这边的所有人都杀死，那么这次周园之行便是成功的。山林里的那道身影，已经离开了很久，速度很快，是名副其实的逃跑，不过湖这边的世界和辽阔的周园相比很小，他能逃到哪里去？没有用多长时间，他便找到了那个人。

庄换羽从来都不以英俊潇洒著称，在京都里的名声大多来自他的修道天赋，在青藤六院的学生中，他也向来被认为是极朴素的一人，但他毕竟是天道院的骄傲，衣着虽然简单，但很干净，而且不会有任何失礼的地方。这时候的他，却很狼狈，衣衫上到处都是树枝挂出来的破口，脸上还有草屑，鞋都跑丢了一只。而且，他也很失礼。

9·过去和现在的命运（上）

庄换羽看到了那支穿云箭，识得那支穿云箭，所以他向湖边赶了过来，然后看到了这场魔族蓄谋已久的暗杀。然而从始至终，他都没有出现，没有出手。最开始，他确实是来不及出手。而当梁笑晓的剑先伤折袖，重伤七间后……他则是不敢出手。但那时候，他还有些勇气，因为那对最强大的魔将夫妇离开了。陈长生之所以能够坚持这么久，就是想给他勇气，梁笑晓始终没有全力加入到这场战斗，也是在警惕他。从某种程度上来说，他是起了作用的。问题是，他始终没能积起足够的勇气冲到湖边，而当陈长生再也坚持不下去的时候，他所有的勇气就在那瞬间消失一空。他转身就走，开始逃跑。这，真的很失礼。

"我在天书陵里观到了第三座碑，我已经破了境！"

庄换羽右手拿着天道院的佩剑，左手拿着一件法器，看着拦在身前的梁笑晓，脸色苍白说道："我也是通幽境！我不怕你！"

他也曾经是青云榜上的少年天才，虽然排名比不上梁笑晓，但在世人眼中与神国七律齐名。可这时候的他，灰头土脸，神思混乱，哪还有半点少年天才的模样。

梁笑晓说道："你可以出剑。"

世间就算真的有浪子回头金不换，也没有人能这么快的回头。就算真的有知耻而后勇这种事情，也很少有人能在这么短的时间里看清楚自己衣服下的小，然后重新勇敢起来。庄换羽手中的剑微微颤抖，就像他的声音一样，握都快要握不住，又如何能够刺出？

"你知道我父亲是谁。"庄换羽失态地喊道，"你要敢杀我，也是一个死字！"说完这句话，他才想明白，身前这个人连魔族都敢叛变，连离山掌门的关门弟子都敢杀，自己又如何吓得住对方。想到这一点，他竟莫名的愤怒起来。

梁笑晓面无表情，在心里默默想着，那么，有谁知道我的父亲是谁吗？

庄换羽见他没有反应，更加不安，颤声道："如果你真要逼我，大不了我们同归于尽。"说完这句话，他没有把剑举起来，却把左手那件法器举了起来。

033

梁笑晓的目光落在那件法器上，神情微变，认出居然是天道院的镇院七法器之一的玉石！这个发现让他有些意外。此人既然随身带着如此强大的法器，先前如果和陈长生合力，说不定还真会带来一些想不到的变化。

"没想到庄副院长如此疼爱你这个儿子，居然不顾院规，把这么宝贵的法器都偷偷给了你。"他看着庄换羽漠然说道，"如果这件事情传出去，你说会是什么结果？"

庄换羽稍微冷静了些，说道："那又能如何？还能比死更惨？"

梁笑晓说道："剑池的线索，看来也是庄副院长找到的，他没有告诉茅秋雨，没有报告给离宫，只偷偷告诉了你一个人，这又是什么罪？最重要的是，先前你没有出去帮陈长生，这又是什么罪？我想，就算你出了周园，只怕结局真的比死还要惨。"

庄换羽脸色更加苍白，完全不知道该说些什么。梁笑晓回首望向已经完全平静的湖面，沉默片刻后，忽然说道："陈长生已经死了，折袖和七间肯定也死了，知道这件事情的，就只有你。"

庄换羽隐约明白了他的意思，却有些不相信，而且……对方的要求，确实完全超过了他的接受程度。"你要我像你一样？"他苍白脸上生出两抹红晕，却不知道是因为愤怒，还是别的什么原因，比如羞耻。

梁笑晓看着他静静说道："除此之外，我还有什么理由放你走？"

庄换羽的呼吸变得粗重起来，依然不明原因，愤怒还是羞耻还是紧张？过了很长时间，他有些失魂落魄问道："这……到底是为什么呢？"

这个问题是他问自己的，也是问梁笑晓的。七间问过这个问题，陈长生问过这个问题，梁笑晓一直没有回答，此时也不例外，他望着平静湖面最后的那抹夕阳余烬，心想世间哪里有那么多的为什么？

周园的边缘是连绵起伏的山野，然后有丘陵，三道极为雄伟的山脉通向中心区域那片广阔无限的草原，暮峪是其中最长也是最高的一座，崖壁陡直，光滑如刀削一般，千丈高的山脊上只有唯一的一条道路，极为险峻。

那位穿着白色祭服的少女，便行走在这条高而险峻的山道上，她的两边都是天空，她仿佛行走在天空里，白衣像一抹缓缓移动的云。如果她继续向前走去，那么总有一刻会走到暮峪的最前端，也正是暮峪之所以得名的那座山峰，在那里，她可以看到草原里的落日景象，可以看到周园里绝大多数地方的画面，但今天，她首先会遇到那名弹琴的老者，还有那名眉眼漠然的小姑娘。她并不知道那对老少在等着自己，她继续向落日的方向走去。

黑龙飞得更高，所以能看到在山道上行走的那个她，也能看到在山道尽头等待的那个她，它的做法与陈长生最开始的计划有些偏离，但这时候已经无法再做改变，它决定想个办法警告一下那名白衣少女。然而就在这时，被晚霞笼罩的暮峪山岭间，忽然响起铮的一声琴音，这声琴音异常清脆，却又极为悠远，只是瞬间便传出去数十里的距离。

白衣少女停下脚步，微微侧头，仿佛在倾听，清丽但并不是特别美丽的脸颊上流露出一丝笑意，没有警惕，反而更像是在欣赏。琴音起便不再停歇，淙淙如流水，连绵成曲，那是一首欢快的曲子，像是在欢迎远道而来的宾客，又像是猎人在庆贺今夜的收获。如果猎获极丰，人们会在野地里点燃一座大大的篝火，把那些食物悬在火上烤至流油，任由香味让夜色里的那些猛兽流口水。

黑龙下意识里向那片辽阔的草原望去，它很清楚，在那些和人类差不多高的野草里，隐藏着多少猛兽，然后，它看到草原的边缘在燃烧，那是落日最后的光辉与热量，那仿佛就是一座篝火。

时间流逝的虽然缓慢，但越过临界点的时候，却往往那样的突然，没有任何心理准备，太阳便完全沉没到了地平线下，夜色正式来临。没有太阳不代表没有光线，只是天空与大地都黯淡了很多，那片辽阔的草原，连它也看不到尽头的草原，就这样变成了一片幽暗的海洋。看着那片草原海洋，黑龙发出一声轻幽的叹息，叹息里有满足的意味，有怀念的神思，因为这让它想起了自己的家乡。幽暗不是总会代表寒冷，它虽然是玄霜巨龙，也喜欢温暖，家乡那片深蓝近墨的海水便是温暖的，炽烈的太阳让海水的温度像洗澡水一样合适，那些岛上的沙滩像银屑一般……

圣后娘娘剥离了她的神魂，灌注进玉如意里，让她跟着陈长生进行这次周园之行，以便随时报告他的情况，从某种意义上来说，她依然还是囚徒，监禁她的地方从皇宫地下的洞穴变成了一方小小的如意，束缚她的力量不再是那道铁链而是死亡的阴影，她还必须面临心情上的低落，背叛带来的心理压力，怎么看，这趟旅行都不是什么好差使。然而当她跟着陈长生离开京都后，她才发现这是一件极好的事情，数百年来第一次离开地底那片寒冷孤寂的世界，看到了无数已经变得有些陌生的风景，看到了那么多人类、妖族这些曾经的食物，这让她感觉无比喜悦，甚至忘记了很多事情，直到此时，她终于想起了自己的家乡。

到不了的都叫做远方？对龙族来说，这个世界上没有到不了的地方。回不去的名字叫家乡？是啊，家乡还能回去吗？她看着幽暗如海洋的草原，想着遥远的南方那片如草原般的深海，想起家乡，想起父亲，想起了很多事情，然后开始伤心。

和传说中不一样，龙族不是生活在高山峻岭上被云雾遮掩的奇怪洞穴中，作为最强大也最具智慧的生命，怎么可能喜欢那种幽暗湿冷的环境？龙族喜欢椰风、银滩、碧海、阳光与风，还有宫殿。从这一点上来说，任何生命进化到最高境界，都没有太大的差别，魔族念念不忘要南侵，消灭所有的人类，不知道和这有没有关系。

龙族生活在南海深处，那里的海水很温暖。那里也是黑龙的家乡。同为龙族里血统最高贵、也是最强大的存在，和负责领袖整个龙族的黄金巨龙不同，玄霜巨龙更加骄傲，性情无比冷漠，喜欢离群索居，从来都不乐意与别的同伴打交道，换个简单的词来说，那就是高冷无比。无数年前，龙族的领袖——黄金巨龙一族不知因为什么原因，从大陆上消失，玄霜巨龙便自然成了龙族族长的天然人选。在当时的情况下，只要她的父亲点头，便会成为龙族的族长。但她的父亲并不愿意，不厌其烦，独自一人离开南海，重临大陆。

琴音还在继续，如召唤，如回忆，如那些年雪原上的风。黑龙望着幽暗的草原，望着那道暮峪，忽然间不知为何悲从中来，龙眸里溢满了泪水，于是周园的空中落下了一场小雨。此时的她只是一丝离魂，在精神强度方面远没有本体强大，竟是被那道琴音触动了经年的魂，而且……她并不想抵抗。因为这道琴音让她想起往事，让她看见了离开家乡之后的父亲。

她的父亲是千年来最强大的玄霜巨龙，拥有比夜色还要深沉的黑，呼吸间便是万里冰霜雪剑，强大到难以想象的程度。她的父亲遇到了一个人类。那个人拿着一把仿佛能把天空砍穿的大刀。她的父亲再如何强大，也没有办法抵抗这把刀。那把刀似乎能够把刀锋前的所有事情，都一刀两断。更何况那场大战就发生在周园里。那个人是周园的主人。

那把刀真的砍断了这里的天空，湛蓝的天空上出现了一道清晰的刀痕。随着时间的流逝，刀痕渐渐隐没，但刀痕下方的草原，却多了很多异象。天空断了，比夜色更深沉的黑色也一刀两断。她的父亲从天空里摔落下来，巨大的龙躯化作了一座山脉。那座山脉在落日下，仿佛会燃烧，山脉的最前方，是座高傲的山峰，那就是龙首。草原也会燃烧，那些草上的红霞，仿佛龙血斑斑。

黑龙终于明白了当年发生了什么事情，为什么父亲一去不返。她的龙眸里满是泪水，然后骤然寒冷，变成雪屑。人类，果然是人类。无耻的人类，冷血的人类。她望向山顶孤道上那名白衣少女，漠然想着，去死吧。

山道两边都是崖壁，极为陡峭，光秃秃的石壁看上去很光滑，更加可怕，也不知道这些只能容一人行走的石阶，当年是谁凿出来的。此处的风要比地面大很多，也寒冷很多，往下望去，因为山太高，云只在崖壁之间，却无法团聚成形，被吹成了丝丝缕缕的模样。

听着高妙而隐含深意的琴音，白衣少女想起的、看见的却是一些很世俗的东西，比如小镇上的棉花糖，离家不远那座小桥下的柳树在春天里挂着的絮，还有小时候刚进青曜十三司时，不适应有些厚重的被褥，随便蹬了两脚，结果那被子便碎了，宿舍里到处飘着棉絮。想到那件往事，她笑了起来，唇角微扬，于是那张只是普通清丽的脸顿时便明亮起来，以至于就连清寂山道都温暖了几分。

伴着琴声，她向前继续走去。崖顶绝道间，居然有棵树。她走到树下，略作歇息。因为环境的缘故，这棵树没有剩下一片青叶，只有光秃秃的枝丫，和两旁的崖壁很是和谐，竟似要融进山里一般，难怪先前没有看到。她从袖子里取出手帕，很认真地擦了擦额头。这般寒冷的山顶，就算不停地行走，按道理来说，也不应该流汗，更何况以她的修为天赋，然而手帕取回时，竟真的有些湿。看着手帕上的湿痕，她摇了摇头，然后再一次笑了起来。原来自己也会紧张啊。收好手帕，她静静靠着那棵树，不再继续行走。

10 · 过去和现在的命运（中）

琴音缭绕在她的身周。她看不到弹琴的人，只听得到琴声，却不知道从何而起。弹琴的人，在哪里？

一曲罢了。她取出一张方盘，搁在身前的地面上。那张方盘不知是用什么材质制成，本体黝黑仿佛生铁，却比铁多了一份温润，像是墨玉，却比玉石要

037

多了一份坚强。黑色方盘的表面上绘着很复杂的图案与线条，如果有懂得的人看到那些图案，大概会联想起来离宫外面那些算命骗钱的假道人。

是的，这是一张用来推演命数的命星盘。那些线条相交的地方，都是星辰的位置，而整个大陆，只有她和很少的一些强者，才明白那些线条是星辰移动的轨迹。她的双手落在命星盘上，然后开始移动，动作非常自然流畅，就像是在崖间唤云的风，海畔浴翅的凤。

随着她的动作，命星盘上那些图案和线条也随之开始运转起来，无数道圆环的旋转速度并不一样，有的快有的慢，看上去无比复杂，如果盯的时间长些，只怕会眼花甚至直接晕过去。但她没有。她静静看着命星盘，睫毛不颤，没有错过那些图案线条哪怕最细微的变化。

不知过了多长时间，她结束了自己的推演计算，收起命星盘，向树外走去数步，解下长弓，挽弓搭箭，向着山道尽头的某处射了过去。嗖的一声响，夜晚的山崖被惊醒。弓弦的振动更是让那棵孤树摇摆不定，竟似有断掉的迹象。

然后，又过去了很长时间。没有任何异变发生，那支箭仿佛消失在了虚空里，她抬头看着夜空里的某处——箭逝的那处——沉默思考了很长时间。这是她的箭，无论面对再如何强大的敌人，哪怕是聚星境的强者，也不可能如此悄然无声，至少应该会有回响。没有回响，只能说明两种可能，今夜她的敌人比她的实力强大太多，或者她推演计算出来的位置有问题。

前者不可能，因为这里是周园，而且如果是魔将那种水准的魔族强者，根本不需要等到现在，对方早就应该出手。那么便是计算出来的位置有问题。她对自己的推演之术非常有信心，如果真是算错，那么只有一种可能，那就是位置本身出现了问题。在这一刻，她像陈长生在天书陵前观碑时一样，想到了一句话。

位置是相对的。

这里的相对，指的是空间里的相对，是遥遥相对。如果空间本身并不真实，无法计算，那么在这个空间里的位置，自然也无法计算。这条孤寂的山道，原来是通向一个虚假的空间吗？那道清扬的琴声，是在欢迎她走进这个死地，所以才会那般欢愉？她负手走到崖畔，望向远处那片草原，开始思考。

如果黑龙能够看到这幕画面，一定能够想明白，为什么圣后娘娘会无比宠爱这名白衣少女，因为她这时候的模样，真的很像年轻时的圣后。但黑龙看不到。在她的眼中，那名白衣少女走到那棵孤树下后，便再也没有动过，没有拿出命星盘推演，更没有挽弓向夜空里射出那一箭。

周园的世界也已经来到了夜里。但这里也看不到满天繁星，不是因为雪花飞舞得太疾，雪云积得太厚，而是因为那片从雪老城里漫过来的阴影遮蔽了整片天空。

这里离雪老城太近了，恐怖的魔君不需要出城，便可以把自己的意志推进到此间，化作一片阴影，漠然地注视着那个人类。如果是普通的人类，在这片阴影来临的那瞬间，便会被冻成冰柱，神识尽毁，最后化作雪原上的烟尘，但苏离没有，因为他不是普通人。他的左肩上有一道清晰的伤口，却看不到鲜红的血，只能看到漆黑浓稠如墨汁一般的东西，而且那些黑水还在汩汩的沸腾着。这是什么毒，竟如此可怕？

苏离看着远处那座如小山般的魔将，微嘲说道："这么多年过去，你还是只知道弄这些小家子气的毒，难怪一辈子都只能添老大的脚背。"

那名魔将在魔族大军里排位第二，正是无比恐怖强大的海笛大人。先前不知道发生了怎样激烈的战斗，第二魔将海笛在苏离的肩上留下这道恐怖的伤口，却付出了更惨痛的代价。他的右臂被苏离的剑斩了下来。但在海笛的脸上看不到太多痛苦和愤怒，只有一片漠然。

他看着苏离无所谓说道："一百多年前就被你斩过一次，养上十来年就能养好，至于老大的脚背，她如果愿意给我舔，我早就跪了。"

苏离啧啧称奇，说道："也就你们魔族才能无耻到这般理直气壮的程度，不过就算你把老大舔舒服了，现在被我斩了一臂，难道就不怕老三乘虚而入，取了你的性命，然后把你撕来吃了？"魔族以实力为尊，他说的这幕画面还真有可能发生。

一道声音在夜雪里响了起来，那是黑袍的声音："不会发生这种事情，因为我不允许，陛下也不允许。"

海笛望着苏离点点头，拾着自己的手臂向远方退去，每一步脚步落下，雪原上便会出现一道深约数丈的裂痕。这是他伤后难以控制气息的结果，真难想象他完好无损时拥有怎样可怕的力量。当然，更难想象的是，一剑把他的手臂斩下来的苏离，究竟强到了什么程度。

苏离虽然胜了一场，却没有任何机会。因为又有两座如山般的魔影缓缓靠近。那是第四魔将和第七魔将。为了杀死这位离山小师叔，魔族出动了太多强者。那都是真正的强者。自数百年前，那场天昏地暗的大战结束之后，这种阵势还是第一次出现。

苏离往身前吐了口血唾沫，搓了搓有些冷的脸颊，说道："一场一场又一场，你们烦是不烦？能不能干脆些？"

黑袍笑了起来。虽然有帽子的遮掩，看不到他的脸，但他宛如深海般的眼睛里流露的笑意却是那样的清晰，夜色掩之不住。他看着苏离微笑说道："你开始慌了。"

苏离微嘲说道："只有真正心慌的人才会慌着用这种心理战。"

黑袍平静说道："时间慢慢地流逝，你不知道自己的女儿还能撑多长时间，怎么可能不心慌呢？"

听到这句话，苏离沉默无语。从开始到现在，他的唇角始终微扬，哪怕与海笛血战之时也如此，对魔族的阴谋和这片冰雪天地充分地表达了自己的轻蔑与不屑。这时，那抹笑意终于敛没。

11 · 过去和现在的命运（下）

黑袍看着苏离，声音从帽中透出来，就像是深渊下吹来的一股寒风："你准备发疯？"

苏离沉默了会儿，笑意重新显现在脸上，说道："担心有什么用？发疯又有什么用？我现在得想办法活着离开才是，我只要活着，她就一定能活着，如果不能，那么到时候再来发疯也不迟。"

黑袍平静无言，他很清楚，这句话不是威胁，而只是冷静陈述的客观事实，如果苏离今夜能够从魔族筹划已久的这次围杀中逃走，那么如果他的女儿在周园里丧生，他必然会发一次大疯，就算是魔君陛下，也不会愿意看到那样的混乱景象。

"所以我不用担心什么。"苏离举目望向深沉的夜色里，说道："只要我不死，你们谁敢杀她？"

黑袍笑了起来，说道："按照道理来说，确实如此，但你知道，我偶尔也会做些没有道理的事情。"

苏离收回视线，静静望向他，说道："你是世间最神秘的人物，也是最理智的人物，我不相信你会做这么不理智的事。"

黑袍平静解释道："因为我已经承诺了别人，你的女儿一定要死，所以她一定会死。"

苏离注意到，他的这句话里说的是别人，是一个人。"谁？"

黑袍没有直接回答他的问题，缓声说道："当年长生宗把你挚爱之人浸在寒水潭里生生淹死，你自南海归来后，得知此事，一怒拔剑闯进长生宗，一夜之间斩了十七名长生宗的长老……这件事情谁都知道，但无论是你们离山剑宗的掌门，南方圣女或教宗，以至天海娘娘，都不能说你什么，因为你怒的有道理，而且你发起疯来，他们也拿你没办法，只能当作这件事情没有发生过。"

苏离想着当年那件往事，神情不变，眉眼间却现出一抹寂寥。

黑袍继续说道："但你想过没有，这些真正的强者没有说话，刻意忘记那件事情，却有些很弱小的人不会忘记这件事情，一直想着要发出自己的声音？那些被你杀死的人，他们也有后代，那些人也是被别的人所挚爱的对象。"

苏离沉默片刻后，忽然说道："你没有必要信守承诺，尤其是对一个人类。"

此言一出，雪原之上的温度陡然变得再寒冷了数分。寒冷，意味着运动的停滞，代表着那柄行于夜空之间的剑，速度缓了数分。也代表着，在女儿的生命受到严重威胁的情况下，苏离有了谈判甚至是妥协的想法。对于狂名在外的离山小师叔而言，这种态度便意味着妥协，是很大的让步。

然而，对方不准备与他进行谈判。

"作为一名阴谋家，我比谁都懂得信守承诺的重要性，尤其是对人类的承诺。唯如此，我才能让越来越多的人类相信我。从某种意义上来说，我的承诺非常珍贵，因为必然会实现，而且那代表着雪老城对整个天下发出的邀请。"黑袍看着他平静说道，"当然，最重要的事情还是杀死你，死人，是没有办法发疯的。"

雪花继续飘落，寒夜恢复正常，如道如小山般的魔将身影，缓缓停在了外围。夜空里传来一道极为清锐的剑啸。苏离伸手一拍剑鞘，衣袖轻振，只闻剑啸自天边而来，铿的一声，剑归于鞘，说不出的潇洒如意。外围一个黑色身影微微摇晃，似将要垮塌的山陵，然而最终撑住了，只是他手里拿着的那柄寒铁长矛，喀的一声，从中断成两截。苏离自夜空里收剑，顺势断了第七魔将的兵器，真可谓强得无法形容。

但那位魔将大人并未流露出任何惊惶的神色，也不显愤怒，冷漠至极地说道："苏离，你今天死定了。"

苏离望向黑袍，非常认真地问道："我今天真的死定了？"

黑袍说道："是的，我们推演了三十七次，你必死无疑。"

听到这句话，苏离沉默了很长时间。他想要听到黑袍的答案，因为他相信黑袍的答案，但这不是他想要听到的答案。无论是人类的至圣强者，还是白帝城那对夫妇，无论他们愿不愿意，都必须承认一件事情。在王之策消失之后，整个大陆最擅谋划推演计算的人，便是这位把身体藏在黑袍里的魔族军师。

黑袍做出来的计划，极少有失败的时候，他亲自参与的谋划，更是从来没有出过问题。想当年，太宗皇帝陛下带着无数强者、百万铁骑，北伐魔域，最终却在雪老城外无功而返，此人便是魔族最大的功臣。已经有数百年时间，黑袍没有专门布局来杀一名人类强者，直到现在。他要杀苏离。他推演了三十七次，苏离都必死无疑。那么，苏离或者真的就该死了。

苏离自己也这样认为，但他认为并不见得会死："为了杀我，你们做了这么多事，到底哪件是真，哪件是假？你们究竟是要杀死周园里那些小孩子，还是要借这件事情引我出来杀死？如果你自己都弄不清楚，或者我还有机会。"

"都是真有，也有可能是假的，但杀你是最真的一件事，就像先前说过，那些年轻人是人类的将来，你是人类的现在，我是一个活在当下的庸俗之人，所以最先做的事情，当然是要把你杀死。"黑袍平静说道，"天海和教宗还有圣女，为了人类的将来，试图推动南北合流，为何直到现在都没能成功？南方为何可以撑到现在？原因不在长生宗、不在槐院，而在离山小师叔苏离你，所以，我如何能不杀你？"

苏离说道："如果我死了，人类南北合流，对你们魔族半分好处也没有。"

黑袍摇头说道："不想被周国吞并，这是很多南人的想法，你只不过是南人最锋利、最强大的一柄剑，就算这柄剑折了，那些南人的想法也不会改变，相反，改变想法的会是天海，以那个女人的雄心，如果世间从此没有你这个人，那些世家再试图抗拒南北合流，那么她必然会带领大军南下，将整个人类的版图纳入她的统治之中，只不过其时的南北合流，靠的不再是大势，而是大周的铁骑。"

苏离沉默不语，那是一幕极可能发生的画面，他此时已经能够清晰地看到。

"到了那天，人类世界定然大乱，天海带领大军南下，陛下再带领大军南下，南下呵南下……不停地南下，从冰天雪地的世界，去往温暖的阳光普照之地，那将是布遍尸骸与鲜血的旅程,我不清楚谁会获得最终的胜利,但这是我们想要的结果。"黑袍看着他平静说道:"所以,请你去星空里与家人团聚吧,数年后,当你俯瞰这个兵荒龙死人灭绝的世界时,请记得与我打声招呼。"

站在崖畔,负手看着那些如丝缕般的云雾,寒风如刀,无法刮掉白衣少女眉眼间的疲惫。连续两天未眠未休,在周园里奔波救人,连续使用消耗极大的圣光术,即便是她也该觉得累了。疲惫并不可怕,可怕的是心底深处的那抹警意。

那道琴声,身后的这株孤树,还有这个笼罩着山道的虚境,让她感觉到了极大的危险。自童时修道、血脉觉醒以后,这是她隐隐感知到的最大危险。她不知道具体的原因,不知道山道的那头是谁在等着自己,不知道对手耗费如此大的心神,设置这个虚境把自己与周园隔绝开来,究竟有何用意。但她知道,自己应该把这片虚境破开。这没有什么道理,不需要道理,既然对方设局困住自己,自己当然要破局,对方的虚境,自己当然要毁掉。

她把手指伸到唇边,轻轻咬了一下,然后发现没有咬破,不禁有些不好意思。然后她再次用力咬下,细眉微拧,现出痛意。她看着指尖渗出的那抹血珠,蹙眉不喜。她不喜欢痛,更不喜欢伤害自己。她把手伸向山道边的深渊上方。那滴殷红的血珠,脱离她的指腹,向崖壁间那些如烟似缕的云雾里落下。随着坠落,那滴血珠的颜色发生着变化,越来越红,越来越艳,越来越明亮,直至最后,变成了金色。就像是一滴融化的金子,里面蕴藏着难以想象的能量。

山道四周的温度急剧升高,石板上刚刚覆上的那层浅浅的霜骤然汽化,那株孤树变得更加委顿。崖壁石缝里极艰难才生出来的数棵野草,瞬间燃烧成灰。如金子般的血珠,落到了云雾里。只听得嗤的一声响。云雾之中光明大作,那些云雾就像是棉絮一般,被瞬间点燃。莽莽的山脉间,忽然生起了一场大火,把深沉的夜,照亮的有若白昼。

一滴血,便带来了如此壮观的画面。这便是天凤真血的威力吗?看着重新明亮清晰起来的山脉,她的脸上露出满意的神情,然而下一刻,眉头又蹙了起来。把手指头咬破,真的有点痛。她把手指伸到唇前,轻轻地吹着,显得极为认真专注。同时她轻声自言自语,像哄孩子一样对自己说道:"不痛……不痛……不痛啊,乖。"

从进入离山学剑的那一天开始，苏离的命运便确定了，他要守护那座山峰，还要守护整个南方，所以哪怕他这一生绝大多数时间都在云游四海，但每隔一段时间便要回离山一趟，向京都里那位娘娘和更北方的魔族证明，铁剑依然在。

从血脉觉醒的那一天开始，她的命运也已经确定了，她要守护青曜十三司、守护东御神将府、皇宫以及离宫，现在又加上了一座圣女峰，她要守护的东西实在有些太多，事实上最后指向的毫无疑问会是全体人类。

如何守护？凭什么要她去守护？最重要甚至是唯一的原因，当然是她身体里流淌着的天凤血，所有人都因为这一点，对她或者宠爱，或者敬畏，投以无尽的期待与希冀，却没有人知道有时候她真很不喜欢自己身体里流淌着的那些血。

那些血太纯净、太圣洁，于是在所有人眼中，她便是纯净的、圣洁的，所以她这个生于京都的周人，居然成了南方圣女峰的继承者，可她从来不认为自己是一个纯洁、圣洁的少女，就像整个大陆都称她为凤凰，她却觉得这个称谓俗不可耐。

她皱着眉尖，吹着指尖，看着燃烧的云雾里若隐若现的魔鬼的角尖，心想如果自己不是怕痛，说不定真会想办法把身体里的这些血全部流光算了。但是血可以流光吗？不可以，所以她可以心安理得地怕痛，如果这就是她的命运，那么，先往前走走再说吧。

云雾燃烧干净，只剩一片清明，山崖重新回复黑暗之中，却比先前明亮时，反而给人一种安全的感觉。她顺着山道继续向前走去。

有人的命运，则并不是从出生的时候，或者血脉觉醒、或者拜入某强者门下的时候确定的。说来有些悲哀，而且容易令人莫名愤怒的是，他们的命运要随着别人的命运确定而确定。山道尽头的峰顶，便是传说中的暮岭，真正的暮岭。坐在这里，可以看到草原里那种神奇的悬光图案。

小姑娘坐在崖畔，静静看着峰下的草原，漠然或者说木讷的双眼里，没有任何情绪。她叫南客。她是魔君的第三十七个女儿。她出生的时候，魔君非常高兴，因为她身具孔雀的血脉天赋，所以给她取名为南客。南客就是孔雀。那时候，她的命运应该是受到父王的宠爱，然后成为整个魔族的骄傲。然而在她一岁的时候，南方那个女童的血脉觉醒，正式开始修道。有比较，便有落差。更何况，她是皇族。

于是，骄傲便成了尴尬，甚至是耻辱。从那一刻开始，她的命运终于确定了。战胜那个她，或者杀死那个她。

12 · 草屑

　　黑暗的山崖，孤独的山道，伸手不见五指的深渊，只有迎面吹来的风，带着脸颊畔的青丝与衣摆。越深的黑夜，白色的祭服越是醒目。暮峪峰顶，弹琴老者缓缓抚摸着琴弦上新刮弄出来的絮毛，默然想着，一曲断肠，两曲断魂，三曲终了，这幻境竟还是困不住你？难道真有道心纤尘不染的人类？

　　他是南方某个巫族遗落在外的长老，他最擅长精神攻击，他的琴声可以营造出难以辨别真假虚实的幻境，尤其是今夜借助周园暮峪之势，他营造出来的这片幻境，可以让进入其间的智慧生命看到回忆溪河上游最遥远、最模糊也是最难忘记的那些片段，从而不想回去，直到渐渐沉醉或者说沉沦于其中，最后便是长时间的沉睡，再也无法离去⋯⋯

　　弹琴老者不知道在暮峪上方的高空里，有只黑龙的离魂正关注着这一切，从而被自己的琴音拖进了这片幻境。

　　黑龙看到了数百年前的很多画面——那是她的血脉才能感知到的龙族的气息残留，那是她才能辨识出来的暮峪的本体带给她的精神冲击，当初和陈长生站在山野间望向暮峪时，她便心有所感，觉得谁在召唤着自己，直到此时她终于明白了这个世界为何会让自己如此悲伤——周园原来不仅仅是那个人类的家园，也是她父亲，那条千年以来最强大的玄霜巨龙的墓园。

　　弹琴老者不知道这些事情，他的琴音幻境想要困住的人是那名白衣少女，他关注的对象自然也是她。白衣少女在琴音幻境里看到了些什么，他不知道，只知道她没有片刻动摇，更没有沉醉沉沦于其间，只在崖上那株孤树下静静站了会儿，便看穿了这片幻境，并且轻松破境。

　　她咬破了自己的指尖，向琴音来自的天地洒落了一滴血珠。那泛着金黄色的、庄严圣洁却又无比暴烈，仿佛蕴藏着无数能量的血⋯⋯轻而易举地烧融了云雾，摧毁了琴音构织的幻境，那血就是传说中的天凤真血吗？

　　弹琴老者望着夜色里的山道微微动容想着，却没有说什么，整个雪老城都知道一个忌讳，绝对不要在南客公主殿下面前提到凤字。

"生命的本征是欲望和混乱，没有绝对透明的灵魂，修道也不可能把道心修得纤尘不染，相反，她的精神世界比你想得更加复杂，她在自己的道心之外布了很多道伪装，你的琴声只触及她最浅显的数层，又如何能够打动她？连打动都做不到，又如何能够迷惑她？"小姑娘神情漠然说道："其实我很好奇，像她这样伪装下去，一时圣女一时平凡，会不会将来某一天她都会忘记自己究竟是谁。"

"若真如此，她将来会遇到极大的问题。"弹琴老者若有所思，轻拨琴弦，一道凝而不散的气息随着琴音而去，继续将这片山岭与真实的周园世界隔离开来。

小姑娘从来没有想过单凭琴音幻境便能困住对方，那名白衣少女用血轻易破境，但虚境犹存，要离开便必须来相见。

命运的相逢，就在今夜。

她看着夜色下的山道，面无表情说道："凤凰这种癫物，向来最终都会自焚而死。但我一定会让她在自焚之前，先死在我的手中。"

夜风在孤寂的山道上吹拂，祭服飘起如大氅，白衣少女看似极慢，实则极快，如鹤般翩然而至，来到暮岭的峰顶。周园的夜空里没有星星，山下的草原深处却悬着一抹昏暗的光团，那是什么？她想着这些事情，望向崖畔坐着的那个小姑娘。

小姑娘站起身来，转身说道："你来了。"

白衣少女怔住了。看到小姑娘的第一刻，她便猜到或者说最终确认了对手是谁，如此小年龄却如此强大，自然是那位传说中的魔族公主殿下南客——她之所以此时如此吃惊，是因为她没有想到南客居然长这个样子。

南客年龄十岁左右，眉眼其实很清秀，稚意未褪，可以说是个很好看的小姑娘，但她两眼之间的距离稍微有些宽，乌黑而冷淡的眼瞳有些向眉心偏，眼瞳里的情绪也很木然，于是……看着有些呆。

她就像个在村子里长大的女童，每天要做的事情便是到后山去打一大筐猪草，然后吃饭睡觉等着明天天亮再去打一大筐猪草。是的，她就是个村里的女童，她的生活就每天打猪草。不知道为什么，白衣少女就这样认为，虽然她没有在乡村里生活过，更没有打过猪草，甚至都不知道猪草长什么模样，但她就这样认为。

如果这是命运的相逢，南客肯定想过很多次，她也想过很多次。她以为自己看到的南客会是一只孤傲的孔雀。在所有的传说里，凤凰能够号令百鸟，就只有孔雀永远那样的冷漠高傲，孤独地飞翔在太阳照不到的地方。她从来没有想到过，南客就像一个每天打猪草的小姑娘，看着有些呆，有些木讷，有些可怜，无来由让人有些心疼，每天不停地打猪草。这个让她也不期然地显得有些呆怔。

暮岭上的夜风轻轻地拂着，时间缓慢地流淌着。

她不知道该怎么说，有些不明所以的紧张。她觉得自己不知道该怎么面对这个叫南客的小姑娘，于是望向了那名弹琴的老者。她是天命真凤，只需要一眼便能看到真实。她看出来那名弹琴老者是烛阴巫的长老，战力或者只在通幽境巅峰，但在精神层面上的力量却远远超过这种程度，用在周园里杀害人类修行者最是适合不过，魔族军师黑袍果然不会放过任何细节。

只是，有些可惜。

她看着老者膝上那段古琴，看着微微起絮的琴弦，有些遗憾地摇了摇头。那是烛阴巫部流失多年的祖传圣器——瑶琴。如果这把瑶琴不是用来设置幻虚二重境，而是配合南客一道来攻，说不定她真的会非常危险，甚至有可能死去。

南客说道："我要杀你，任何人都不能插手。"说话的时候，小姑娘的黑发在夜风里飘舞，仿佛有草屑落下。

13·流 星

南客的神情凛然而骄傲，眼神专注而认真，看着徐有容，就像两道锋利的锥子，她说话的语速并不慢，但音调没有什么起伏，显得格外漠然，明明是个小女童的模样，却给人一种居高临下俯视众生的感觉，透着强大的自信。

人族与魔族年轻一代里最尊贵也是最强大的两种天赋血脉，终于在周园暮岭的峰顶相遇，可以说这是宿命，也可以说是彼此意愿的呈现，这场注定将会记载在史册里的战斗，开始之前，当然要有与之相应的仪式感，南客行礼，白衣少女回礼，然后开始对话。

"你就是徐有容。"

山顶的夜风有些大，没能听清楚那名白衣少女有没有回答"是的"这两个字，但……是的，她就是徐有容。她就是那只转世的天凤，当今大陆最有前途的年轻强者，下一代的南方圣女，天海圣后最喜爱的晚辈，秋山君最爱慕尊重的师妹。而现在，她还多出了一个世人皆知的身份——国教学院院长陈长生的未婚妻。

南客打量着她，细眉缓缓地挑了起来，漠然的小脸上流露出不喜与失望的

047

神情："那些庸碌无知之辈，经常拿你来与本殿下比较，我对你难免也有些好奇，不想今日见着，却是如此令人失望。"

徐有容睫毛微眨，眼睛明亮，有些好奇问道："哪里让你失望了？"

南客举起手指着她说道："就你现在这好奇的模样，便很令人失望，举止形容一点都不大气，像个小媳妇儿似的，个子也不高……真不知道人类究竟佩服你什么，就连我那位兄长也视你为珍宝。"

魔族少主喜欢天凤徐有容，在整个大陆都不是什么秘密，虽然那位魔族少主肯定没有见过她。有趣的是，人类虽然骂那位魔族少主骂得厉害，却并不怎么真的生气，反而有些莫名的骄傲与喜悦，而这，也正是南客所不齿的。

被形容为小媳妇，徐有容并不生气，只觉得有些新鲜，又想着，你这个天天打猪草的乡村小丫头，又哪里像传闻里阴森可怕的南客？不过南客话里的有些内容，让她很不悦——南客说她个子不高。因为她的身材确实不怎么高挑，尤其是穿着宽大的白色祭服，看着便更小了些，可爱居多。

徐有容想了想，看着南客微笑说道："但我比你高。"虽然这句话是笑着说的，但她的语气非常认真。

听到这句话，南客的神情也更加认真起来，眼神里的呆漠被愤怒取代。尤其是徐有容微微仰着头，显得很骄傲。确实值得骄傲，哪里不大气了？

南客的视线从她的脸上向下移动，落在她的胸前，沉默片刻后，说道："不知羞耻，也不怕玷污了你身体里的血！"

徐有容微羞而笑，并不接话。

南客更加生气，说道："你太让我失望了，凭什么与我齐名！"

说话的时候，她的黑发狂舞于夜色之中，竟把夜的黑都压了过去。

在人类世界里，南客这个名字很陌生，只有像教宗大人、圣后娘娘这样的大人物才知道她是谁，又或者是像折袖这样经常与魔族打交道的年轻人，但在魔域里，这个名字则代表着强大与霸道。

南客是魔君最小的几名女儿之一，但这并不是关键，因为魔君在他漫长的生命里，拥有过太多的伴侣，有籍可查的子女便有数十名之多，她的名字之所以能够在雪老城里如此可怕，最关键的原因在于，她的天赋血脉很强大，而且她是黑袍大人唯一的弟子。

"你今年才破境通幽，我去年便已经成功，而且我年龄比你要小，所以很明显,我比你强。"南客看着徐有容面无表情说道,"来吧,让我们公平地战一场,让我证明你的弱小,让整个大陆知道,我们之间,究竟谁能飞得最高。"

徐有容平静不语,作为被挑战的一方,自然流露出来某种气度与自信。

弹琴老者始终在一旁沉默旁观,南客殿下的要求他不敢反对,看到此时,便是活了数百年的他,也觉得有些愕然,注定会惊动整个大陆的这场宿命之战,怎么从开始到现在,就像是两个不省世事的小姑娘在斗气?当然,这不可能便是这场战斗的全貌,战斗终究要靠战来分出生死,然后见到胜负。

暮岭峰顶,骤然风起,夜色乍乱,南客飘然而起,借风而掠,剑已在手,隔空刺向徐有容!南客的剑表面上看不出什么特异之处,但事实上非常特异。这把剑非常细,但绝对不秀气,因为这把剑非常长,长得异常夸张,甚至要比山下那些古槐还要长!南客用的剑法,也看不出什么特异之处,仿佛就是直刺而出,但因其简洁,却有着难以想象的威力。

夜风瞬间狂暴起来,绕着崖坪发出恐怖的轰鸣。峰顶上方约数百丈的空中,忽然出现一道明亮的弧线。崖下数十丈下方的深渊里,也出现了一道相对黯淡的弧线。那是弹琴老者用琴声构造出来的虚境边缘。如此高妙,即便是徐有容也不得不暂留其间的虚境,竟被她这看似简单的一剑直接用剑意逼了出来!这是何等样霸道的剑势!一剑隔着数百丈而起,却迎面而至!

看着这一剑,徐有容的脸上没有流露出任何震惊神情,也没有任何警惕的意味,反而觉得很理所当然。因为她知道自己有多强,那么便知道南客应该有多强,对这一剑早有心理准备。就在南客出剑的那瞬间,她从身后解下长弓,立于身前。不知道是不是因为这一剑来得太快的缘故,她没有来得及从箭匣里抽出箭来,于是弓弦上空无一物。她两根秀气的手指并拢,温柔而坚定地拉动弓弦,然后松开。整个动作如行云流水一般,却又异常简洁清楚,仿佛能够让你看到每个分解开来的画面。

弹琴老者早已停止了拨弦的动作,崖间琴音已止。此时,她拨动了弓弦,于是崖间再次出现一道琴声。清鸣而悠长的一声……嗡!隔着数百丈,徐有容挽弓射南客!然而,弓弦上没有箭,怎么射?弦动之声刚起,夜空里便响起了一道箭鸣。这声箭鸣很清亮,更悠长,仿佛已经在夜空里无声无息地响了很长时间,直至此时,才给世界听见!一道箭,自夜空深处而来,如闪电一般,射向南客的双眼之间!

这是哪里来的箭？这便是先前，徐有容在孤树畔，推算良久之后射出的那一箭！都以为因为虚境的干扰，这支箭消失于山崖之间，谁能想到，这一箭竟一直在夜空里飞行，直至此时，才给世界看见！孤树旁一箭，起于数刻之前，落于此时！

　　轰的一声巨响！暮峪峰顶沙砾疾滚，劲气四溅，昏暗的夜色都无法遮住那些冲撞产生的空气湍流。坚硬的崖石表面上，出现了无数道细微的裂缝。那些裂缝，都来自于南客脚下。她的脚很小，穿着两只蛟皮靴，踩着那些向崖畔蔓延而去的裂缝，画面看着很是震撼。那些裂缝代表着无比恐怖的力量冲撞。

　　南客没有想到这一箭，但她挡住了这一箭。两道清晰至极的剑意，在她的身前十字相交，将那支来自夜空深处的箭，挡在了外面。箭尾高速地颤抖，那两道十字相交的剑意，也随之而颤抖，崖坪上的空间，竟也随之颤抖起来，光线折射变形！四溅的气息画面后，是南客的脸，她的神情依然漠然，眼神依然呆滞。啪的一声轻响，徐有容的那支箭被震成无数粉絮，那两道霸道至极的剑意，也随之消散。同时消失的，还有二人之间的一道透明屏障，却不知道那是虚境，还是什么。

　　这一刻，南客的裙摆轻摇，然后化作虚无。下一刻，她便出现在崖坪的另一处，距离徐有容近了数十丈，手里的剑直刺过去。然而，徐有容的速度更快。她没有移动，而是再次举起手里的长弓，拨动了弓弦。这一次，弦上有箭。箭鸣起于夜山。

　　南客裙摆再摇，身形再次虚化，瞬间出现在崖坪的另一处。嗖的一声。就在她身形出现的同一刻，徐有容的第三支箭便射了过来。这一箭依然没能射中南客，只射中了夜风，然后消失在了遥远的夜空里。

　　看着南客那奇诡难言的身法，徐有容的脸上终于第一次流露出慎重的神色。但她挽弓射箭的速度没有受到任何影响，动作还是那样简洁而自然，自然到不像是在战斗。南客的身法太快。徐有容的箭法却拥有与南客同等的速度境界。

　　如果普通人旁观这场战斗，只会看到南客在原地消失，然后下一刻在某处出现。同样，他们也无法看明白徐有容在做什么，在他们的视线里，大概只能看到夜空里的箭镞在微微颤抖，看到无数徐有容挽弓的画面，却无法看到她在做什么。

只有把这些画面都组合起来,才能看到真实的世界。只属于她们的真实世界。而如果让陈长生看到这场战斗,他则能很轻易地看明白。徐有容是把圣女峰的破冰剑,当作……箭法在用!而南客用的是整个大陆最诡异难测的……耶识步!

而且她用的不是陈长生凭借难以想象的记忆力与毅力学会的简化版的耶识步,是完整版的耶识步,甚至可以说是完美版的耶识步,较诸当初在国教学院里刺杀落落的那名魔族高手,她的身法不知道要高明多少倍!

按道理来说,不是耶识族人,便没有办法学会完整版的耶识步,更不要说完美版的,但南客是皇族,所以她天然拥有魔域各族的血脉天赋,从这种意义上来说,修行从来都不是一件公平的事情。

徐有容的境界修为都不逊于南客,极少展露在世间的箭法更是精妙无双,契合自然之理,面对着南客诡妙难言的步法,她平静不语,毫不慌张,伴着声声弦响,送出道道箭鸣,竟让南客没有办法靠近自己的身前!

但是……箭匣里的箭,数量是有限的,终有射完的那一刻。这是现实,而现实便意味着在某一刻肯定会发生,也许就在下一刻。就在下一刻,徐有容的箭匣空了。她再也没有办法影响到南客的诡异身法。

破空声起,南客的身影在夜色里虚实交幻,便来到她身前数丈之外。一声霸道至极的厉喝,从南客娇小的身躯里爆发出来。同时爆发的还有一道明亮至极的剑芒!那道宽约数尺的剑芒,来自她紧握着的那把长剑之上。剑芒在夜空里画出一道圆弧,无比狂暴地斩向徐有容的身体!这道剑芒带着霸道无双的剑势,直接封住了徐有容身周的所有方位,竟给人一种避无可避的感觉!

暮峪峰顶夜风狂拂,剑芒明亮仿佛闪电。徐有容的发带被剑意所侵,悄无声息地断开,黑发泻落于肩。如果被这道剑芒斩中,她必死无疑。她会如何接这一剑?她向着那道剑芒伸出了自己的手。那只手很白皙、很秀气。和狂暴恐怖的剑芒相比,显得那般渺小而脆弱。但她的神情依然那样的宁静,自信。隔着明亮的剑芒,她平静地看着南客的眼睛。她的黑发在剑风里轻轻飘舞。一道无形的气息,从她的手散发至夜色里。那道气息很温和、没有任何杀伤力,仿佛像是在召唤什么。

忽然间……嗡!嗡!嗡!嗡!嗡!暮峪峰顶四周的夜空里,忽然响起无数道凄厉至极的箭鸣!十余支箭破夜色而出,自四面八方而来!这些箭都是她先前射出的箭,看似消失于夜空之中,却如在山道上射出的第一箭那般,根本未

051

曾远离，只是在等待着她的召唤！她向夜空里伸出了手。夜空里便多出了十余道流光，仿佛流星自天而降，向南客轰去！

14 · 梧 桐

十余道流星自天而降，夜空被照耀得微显明亮，能够看清楚最前端，那些仿佛燃烧的箭镞。

南客的脸依然漠然木讷，眼瞳却急剧地收缩起来，双手紧握着剑柄，来不及把长剑斩向徐有容，而是刺向了夜空里。刺向夜空是一个动作，如果静止，那也只会是一个画面，但她的这一剑，却像是向夜空里刺了无数记，同时，也是无数个静止画面的组合。南客高举着剑，垂直于头顶的夜空，眼睛盯着数丈外的徐有容，却有无数道剑光，在她的身周闪耀而起，变成了一道完美至极的光球。光球的表面有无数道细痕，那些都是剑。十余道箭化作的流星，轰在了那道剑间光团之上！沉闷如雷般的巨响在暮峪峰顶不停中炸开！南客那双蛟皮靴下的坚硬崖石表面，再次出现无数道裂缝，而且比先前要更加深。

那些箭被她的剑尽数挡下，震飞而走，但这一次却没有再次消逝于夜色之中，而是如有灵性一般，伴着清亮的箭鸣再次袭来！十余道箭化作了满天箭雨，接连不断地轰向南客！啪啪啪啪，峰顶响起无比密集的声音。那些声音是金属撞击的清脆鸣响，是锋利与坚硬刮弄的令人耳酸的异响。崖顶出现无数火星，甚至是线状的火花，那些都是箭与剑相交的结果。但没有一道箭能够接近南客的身体，就连那些须臾即逝、缥缈不定的火花，都无法飘进她的剑组成的光球之中。

峰顶地面上，到处都是箭刻出来的痕迹，或深或浅，密密麻麻，仿佛暴雨在沙面上留下的痕迹。南客盯着剑光外的徐有容，后者高举着长剑，似乎根本没有动。但每一瞬间，她便出了无数道剑。从徐有容处望过去，那些细长的剑影，在南客的身后，变成了一道扇形。仿佛孔雀开屏。

看着暮峪峰顶火花四溅，听着那些细碎的声音，弹琴老者动容无言。此时南客的精神尽在长剑之间，徐有容的神识再如何强大，在控制漫天箭雨之外，也很难再发起攻击，局面似乎僵持住了。令弹琴老者真正动容的，是南客的长剑开出来的屏。直到此时，他才知道，原来公主殿下居然已经走到了这一步，果然不愧是魔族皇族年轻一代里的最强者。

修到聚星境的修行者，有一个最大的不同，便是他们拥有自己的领域——那是属于他们自己的世界，名为星域。在星域里，没有人能伤害到他们，除非对手在境界上拥有压倒性的实力优势，强行击破。在魔族里有类似的说法，但皇族的强者们拥有的自我领域并不叫星域，而被称为月环。南客因为年龄的缘故，实力境界尚有不足，没有办法召唤出完整的月环，但她竟用完美至极、没有一点漏洞的剑法，完美地补足了境界上的残缺。那道盛开于暮峪峰顶的剑屏，便是她的月环！

至此，弹琴老者终于不再担心这场战斗。因为就算徐有容的血脉天赋再强，依然要受限于自身的境界，那么只要她还停留在通幽境内，那么她便永远无法伤害到南客。这意味着，这场发生在周园里的战斗，南客立于不败之地！弹琴老者震撼想着，军师大人必然是知晓此事，才会把杀死徐有容的重任，毫不犹豫地交给了殿下。大人果然算无遗策。

弹琴老者不再担心，但他忘记了一件事情，不败不等于胜利。面对着用剑法模拟月环的南客，徐有容的表现堪称完美，这里说的完美是指绝对的完美。无论是漫天箭雨落下的频率，还是每一道箭光的角度，都非常完美。南客展开剑屏，也只能支撑，而无法找到任何机会反击。对于骄傲的她而言，这是不能接受的事实。她来到周园的目的，就是要击败徐有容，杀死徐有容。

清鸣不停，箭雨不止，崖顶的火花持续不断地闪耀着，更外围的夜色里，那些流光就像是伤痕一般，随时间渐渐隐去，转瞬间，却又多了很多痕迹。难听至极的摩擦声与恐怖至极的撞击声，回荡在南客的耳边。她盯着徐有容，神情木然，呆滞的眼神渐渐变得锋利起来。

忽然间，她闭上眼睛，带着几丝疯狂意味，大喊了一声！"啊！"

伴着这声呐喊，她周身的剑光变得更加明亮，剑势陡然再涨三分！啪啪啪啪一阵乱响，她的身影骤然一虚，然后再实，便从自己的剑屏里穿了出来，一剑直刺徐有容！她竟是不顾漫天箭雨，将全身修为凝作一剑，便要斩徐有容于剑下！就算她这一剑斩实，那些流光般的箭，也必然会刺进她的身体，这场战斗，竟如此之快便来到了最凶险的时刻！

弹琴老者神情骤变，霍然从琴畔站起身来。以魔族公主之尊，舍生忘死的

053

一剑,该有如何强大的威力?南客的这一道剑,有两道清光。两道剑光相交,斩向徐有容的面门!弹琴老者脸色微白,震撼喊道:"南十字剑!"

在人类的世界里看不到魔族的月亮。在魔域里,能够看到人类头顶的星空,但因为位置或者别的什么的缘故,魔族眼中的星空并不是满天繁星,而是两条像银河一般的星带。那两条星河在夜空里相交,就像一个十字。相对雪老城,星空在南方,所以魔族称之为南十字。南客这时候斩向徐有容的这一剑,分作两道星光,正是在魔域极为著名的南十字剑。弹琴老者更知道,南客殿下的那把长剑,便是著名的南十字剑。一剑乃剑法,一剑乃剑身。南客,用南十字剑施南十字剑!

强大的剑意破空而起,尚未来到徐有容的身前,只听得极远处的夜空里,响起无数声细碎的破裂声!弹琴老者微白的面容上闪过一丝痛楚,身体摇晃。那是虚境破碎的声音。紧接着,暮峪脚下遥远的草原深处,那团奇异的悬光也开始闪耀起来,投向此间的光线有些轻微的变形,那证明了空间正在扭曲。南客的这一剑……已经达到了周园规则允许的峰值,甚至已经快越过那道界线!

十余道箭化作的流光,在夜色里高速穿刺,以至于肉眼望去,仿佛一片磅礴的箭雨。南客解开月环,将剑屏化为一剑,便等于把自己袒露在了这片恐怖的箭雨之中。如果徐有容能够接下她这道恐怖的南十字剑,那么接下来,便轮到南客面临极大的危险。问题在于,这道南十字剑的威力如此恐怖,南客手中的南十字剑亦是魔域威名赫赫的兵器,如果在人类世界里,完全有资格排进百器榜中。徐有容的手中只有一把木弓,如何能够接得住?

一声琴音,原来弦断。弓弦从尾部断开,像花蕊一般卷曲而起,落在了徐有容的手腕上。她握着弓身插进身前的崖石里。啪的一声闷响,崖石骤碎,长弓入地,迎夜风而飘摇,仿佛变成一株树。轰的一声巨响!威力无比恐怖的南十字剑,斩在了长弓之上!这把弓很长,所以感觉并不是太结实,而且明显是木制的,然而却挡住了这道剑!

只有光滑崖石的峰顶,这株树必然是孤单的,就像先前她在山道上看见的那株树。山道是幻境,她看见的那株树,本就是她想看见的树。她当时在山道上看到的那株树是梧桐树。此时这把长弓,同样是梧桐。这把弓,本就是百器榜上的神兵!梧桐,圣女峰的强大法器,在百器榜中排名三十一和三十二!为什么一件法器有两个排名？因为梧桐并不是一件法器，而是两件。在夜空里呼啸攻击的那些箭，便是梧桐树飘落的叶，名为梧箭。此时她手中握着的长弓，便是梧桐树坚挺的树干，名为孤桐。梧箭与孤桐。吾的剑，孤的桐。

这是一件王者之器，非圣人或帝王，不能用之。但徐有容可以用，甚至只有她，才有能力把这件法器发挥出最大的威力。就像为什么在山道上，她看见的那株孤零零的树是梧桐一个道理。她是凤凰，栖于梧桐。她是天生的王者。

清光如海浪砸上礁石一般散开，四处飞溅。两道强大气息的冲撞，照亮了暮岭的峰顶，也照亮了她们彼此的眼睛。徐有容看着南客，神情宁静，不言而自强大。孤桐挡住了南十字剑，梧箭何在？夜色中破空之声大作，无数箭雨向南客落下。南客的剑，与徐有容的长弓对抗着，如何避开这片箭雨？就像先前说过的那样，她未能一剑结束这场战斗，便轮到她面对绝对的危险。

就在这个时候，一个令人意想不到的画面出现了。南客握着剑柄的双手交错分开，一剑敌住徐有容的长弓，另一手挥剑而出，剑屏再生，将那十余支梧箭尽数格开！南十字剑，原来是两把剑！就像梧桐是两件法器一样！

暮岭峰顶，今夜流光溢彩，清鸣不断。这是一场令人难以想象的战斗，要论激烈程度，肯定比不上周园外那百年难遇的惊天伏杀之局，却更加令人痴迷。

就像传闻中那样，无论修为境界还是心志，她们都极为相近，就连兵器与法门，竟也如此相似。就像想象中那样，她们终于相遇，然后战斗，凤凰与孔雀，梧桐与南十字剑，谁会获得最后的胜利？

——如果有命运，那么她们就是宿命的对手，任何看到今夜这场战斗的人，都会坚信不疑。如果这场战斗没有人看到，那会是整个大陆的遗憾。好在，这场战斗有位旁观者。弹琴老者脸上的每根皱纹都在抒发着震撼与赞美。不只是对南客的，也是对徐有容的。他没有见过如此强大的血脉天赋与战斗能力。更不要说她们还如此的年轻。梧箭遇着剑屏，南十字剑遇着孤桐，现在悬崖上的战局再次进入僵持阶段，就要看谁能够撑到最后。

弹琴老者很清楚这一点，所以他赞美着站起身来。公平的战斗？就像魔族从来不相信人类的眼泪一样，那是很虚伪的词汇，没有任何意义。然而南客此时看了他一眼，虽然只是余光，依然寒冷胜雪。魔族从来不信奉什么公平正义，但她信奉骄傲。于是，弹琴老者收回了脚步。

暮峪峰顶始终明亮一片，那来自于箭与剑的摩擦带出的火花，来自于剑与弓之间的气息对撞形成的流光。

在火花与流光之间，徐有容普通清秀的脸上，光泽越来越亮，越来越平静，那代表着自信。一道堂堂正正的气息，从她的白色祭服上散发出来，无比光明。

南客的眼神依然有些呆，却越来越厉，因为越来越专注，越来越寒冷。忽然间，她的唇间迸出一道清啸！那声音有些稚嫩，却无比骄傲，象征着不羁与高傲。那是一只在沼泽深处独自静立的孔雀，看着向远方飞去的百鸟投以轻蔑的一眼。无声无息间，一道鲜血从她的双手间流出来，涂满了南十字剑的剑柄！她流出来的血，不是红色的，因为她不是人类，但也不是普通魔族血液的绿色，她的血异彩纷呈，斑斓无比！这血不恶心，相反有一种很妖异的美丽。

那道血仿佛很冷，就像是流动的冰一般，缓缓地覆盖了南客的手与剑柄，然后开始燃烧，然而那火焰竟似乎也是冷的！冰一般的火苗，在南十字剑上猛烈地燃烧起来！

只是瞬间，梧桐弓身上便覆上了一层冰雪，片刻后，竟是生出了数道冰刺！弓身与崖面相连的地方，剧烈地颤抖起来，带出了数道裂缝，竟似乎有承受不住的迹象！这就是越鸟的真血吗？徐有容默然想着。然后，她的眉尖微微皱起。不是警惕不安，更不是恐惧，而是提前开始怕痛。流血，真的有些痛。她不喜欢痛，所以她不喜欢这种战斗方式。但南客既然已经向她发出了邀请，她没有办法拒绝，因为她更不喜欢失败和死亡。因为痛楚，她的眉尖蹙得越来越紧，看着有些可怜，她的眼睛却越来越亮，神情越来越平静。

一道鲜血从她指间缓缓流出，淌到她紧握着的弓身上。那道血是红色的，因为她是人类，然而与夜风接触一瞬后，那血便变成了金色。那血仿佛是流动的黄金，无比庄严，无比圣洁，里面仿佛蕴藏着无穷无尽的能量与温度。梧桐长弓，就这样燃烧了起来。那些冰霜与雪刺，瞬间净化成青烟。

15 · 血战到底

孔雀名南客，又名越鸟，描述天赋血脉时一般用后者。南客身体里流淌着的，便是越鸟真血。这种血寒冷透骨，遇风而成冰霜，较诸西北雪山派的功法不知道要天然强大多少倍，除了玄霜巨龙的血，世间再难寻觅如此至寒的物质，而越鸟之血更可怕的地方在于,这种血有剧毒,即便是最强大的妖兽也无法抵抗。

斑斓色的血水从南客的手腕流到剑柄上,再染上梧桐长弓,如果是一般的人早在先前那一刻便死了,但徐有容没有,她没有被南客的血冻成冰雕,也没有感染血里的那些毒素,因为她是天凤转世,她的身体里流淌着天凤的真血,她的血拥有无穷光热,可以燃烧一切。

暮峪峰顶的战斗来到了最后的阶段,徐有容和南客终于开始了天赋血脉之间的较量,在前面的战斗里,她们已经证明,无论修为境界、意志神识的强度还是剑招箭法方面,水准都几乎完全相同,那么就看谁的血能够燃烧这个世界或是冰冻这个世界吧。

在魔域在人类的世界以及红河畔的白帝城里,无数传说中,凤凰都是百鸟之王,按道理来说,徐有容在这场天赋血脉的较量中似乎必然会取得最后的胜利,然而不要忘记,在那无数传说里,总有一只骄傲冷漠地看着百鸟世界的孔雀,那只孔雀从来不听从凤凰的旨意。

如果凤凰真的能够轻易胜过孔雀,孔雀如何敢不听命,还能拥有自己的冷傲与自由?这说明了一个很浅显的事实,孔雀与凤凰之间最大的差距是气质和世界观不同带来的选择不同,而血脉的强大程度其实很接近。

徐有容和南客的血继续流淌,染遍涂抹了剑柄与剑身还有弓身,然后落在了二人之间的崖面上,那些坚硬的石头也迅猛地燃烧起来。整个暮峪峰顶都开始燃烧,无论是金黄色的光明的圣火,还是斑斓的幽暗的寒冷的冰火,都是真正的火焰,仿佛能够把灵魂都烤焦。

两道无比强大的气息,随着两种高贵而冷傲的血脉对抗而不断提升,弹琴老者布置的虚境再也无法支撑,伴着无数密集的噼啪碎响,变成了无数片透明的琉璃,然后消失在了夜空之中。

一道光浪从徐有容和南客的身间,向着四面八方散去,瞬间便到了数百里外!夜色里的暮峪山岭被照亮得有若白昼,峰前那片广阔的草原陡然明亮了起来,尤其是外围,那些野草仿佛也开始真正的燃烧,草原深处那些细碎而阴森可怕的声音骤然消失,无数隐身其间的强大妖兽,感知到了这来自峰顶的这道光浪里蕴藏着的两道无比高贵强大的气息,不敢有任何妄动。

"真的很了不起。"刘小婉望着暮峪方向震撼说道。

这对魔将夫妇在草原外围防止折袖和七间逃出来,用过晚饭之后正在洗碗,没有想到远处的峰顶正在发生如此可怕的一场战斗。

腾小明把碗放进筐中，问道："我们是不是应该过去帮忙？"

以他们的神识强度，可以清晰地感觉到暮岭峰顶那场战斗的激烈程度，那抹来自天凤真血的金黄色火焰，实在是太过明亮。

"来不及。"刘小婉摇头说道，"而且殿下不会喜欢我们多此一举，军师大人既然说徐有容死定了，那么她便必然死定了。"

把暮岭峰顶及那道孤清山道与周园世界隔绝开的虚境破了，飘飞在极高夜空里的黑龙，这才第一次真正看到下面的景象。她这才知道原来徐有容早就已经离开，那场宿命的战斗已经开始。

此时周园里有很多人已经注意到暮岭峰顶的这场战斗，虽然看不清楚细节，不知道是谁在与谁战，但峰顶那片狂暴燃烧着的火以及火焰里隐隐传出来的恐怖强大气息，足以令他们动容而震撼。

黑龙没有。她俯视着峰间那两名少女，竖眸里的神情很冷漠淡然，甚至隐隐有些不屑，如果她现在不是一缕离魂，而是真身前来，不要说峰顶二女战得如此激烈热闹，她随便吐口龙息，只怕那片火便会熄灭。

"小小世界，两只小鸟玩火，蚂蚁缘槐夸大国，蚍蜉撼树谈何易。"她微嘲想着这些词句，但下一刻忽然发现，暮岭峰顶燃烧的那些血与火，流露出来的气息竟让她都有些警惕……原来，那两个少女不是普通的小鸟，如果她们的血脉完全觉醒，和她竟是同一个等级的。

暮岭峰顶，两道高贵但气息决然不同的鲜血混在了一起，两道明亮幽暗不定的火焰也混在了一起，所谓血火交融，便是如此。越过重重火焰与剑弓之上的光面，徐有容和南客的视线相遇，精神世界隐隐相通。

只是瞬间，徐有容便看到了很多画面，那是雪老城里的画面，魔宫里的画面，以及那个像打猪草的女童成长里的幕幕画面。相反，南客看到的画面却很少，只看到了东御神将府外那座小石桥，桥下的柳絮，以及青曜十二司的校园。

南客未作任何掩饰，她冷漠而孤傲，不惮于被任何人，哪怕是徐有容这样的对手看到自己的真实内心，而不知为何，理应更加光明的徐有容却在这些年的修行里，有意无意地在自己的精神世界之外蒙了很多道纱。

"凤凰果然是最虚伪的生物，要成为腐朽王座上的主宰，就要像你这样小家子气地活着吗?那还不如干脆去死。"南客看着她的眼睛,在相通的精神世界里冷漠说道。

徐有容没有接话,平静问道:"你想与我同归于尽吗?"

南客神情漠然说道:"我不怕死,你怕死,所以如果一起去死,先死的肯定是你。"

徐有容微微挑眉,她不喜欢这种战斗的方式,也不喜欢南客说话的方式,她认为生死是值得敬畏的对象,不应该如此轻慢地提及。

南客盯着她说道:"你们人类总相信那句废话:能力越强,责任越重,既然如此,你就越不敢去死,因为你的肩上还有很多责任。"

徐有容平静问道:"那你呢?身为魔族公主,难道不需要背负责任?"

南客眼神漠然说道:"我有数十名兄弟姐妹,我需要背负的责任极少,除了自己的渴望和老师的期望。"

徐有容沉默片刻后说道:"你的父亲知道这件事情吗?如果你今天死在周园里,你老师和你父亲之间会不会发生什么事情?"

很简单的对话,说的是生死与责任,却没有辩什么道理,只是想让对方知道自己是如何的不怕死,而对方必然应该有怕死的理由。这番对话发生在相通的精神世界里,攻击的也是精神。

很明显,徐有容这段经过思考之后的话语,没有取得任何意想中的效果,南客神情依然漠然,对自己的生死和魔族的将来毫不在意。

"神族需要的是强大的后代与胜利的荣耀,只要我能够杀死你,证明神族的血脉永远是最高贵的,父皇他又怎么会悲伤失望?他只会高兴地做几首长诗刻在我的墓碑上。"说完这句话,南客向前踏了一步,漠然的眼神无比坚定,握着剑柄的双手间,血流出的速度陡然加快。

随着她踏出这一步,数百丈外的山崖某处出现了一道裂缝,一块数丈方圆的崖石向深渊里崩落。南十字剑更加明亮,一道在她身前,仿佛真正的星河,一道在她身后,如孔雀开屏,挡住四面八方袭来的箭雨。寒冷而斑斓的血,化作无数的火焰,在崖上猛烈地燃烧着。她的神情依旧漠然,仿佛感觉不到痛,也没有任何对死亡的恐惧。

她看着徐有容的眼睛,在精神世界里最后说道:"你确实很强,要杀你,当然要多流些血。"

徐有容的神情依然宁静，看不到一丝疲惫，但连续两天两夜不眠不休，奔波于山野间用圣光救伤，她其实已经很疲惫。

怎样才能战胜已然疯狂的南客？只能以血换血。

意念微动，她握着长弓的手掌间，鲜血仿佛泉水一般汨汨流出。圣洁的金色火焰猛烈地燃烧，让急剧寒冷的崖顶重新温暖起来。那道圣洁而强大的气息，从她的身躯里源源不断地释放出来。两道强大的气息对冲着，从暮峪峰顶向着夜穹冲去。

只听得遥远的某处传来啪的一声轻响，夜空深处一片仿佛透明的曲面，忽然间出现一道裂痕，然后有一道流星坠落。这里是周园，那道流星应该也不是真的流星，但也不是梧箭。那道流星坠落在暮峪周边某处，只闻得轰的一声巨响，整座山岭都开始摇撼起来——暮峪侧面的一片山崖完全塌了。

徐有容和南客看着彼此，没有理会。她们的鲜血不停地流淌，气息不断地提升。夜空里响起越来越多噼啪碎响，生出越来越多的流星，向着暮峪落下。

16·凤殒

周园的空间壁垒开始出现崩碎的征兆。这是这场战斗必然会带来的影响。徐有容和南客，她们的血脉本源太过强大，此时燃烧生命摧发到极致，释放出来的气息早已超越了通幽境巅峰，达到了周园规则允许的上限。当然，周园不会毁灭，因为负责维持这个世界运行的规则会直接毁灭所有的威胁，也就是徐有容和南客的存在。周园世界所使用的武器，便是那些碎裂的空间壁垒残片。那些空间壁垒残片，离开夜空，化作流星，轰向暮峪峰顶！

如果徐有容和南客不停止战斗，继续提升自己的气息，那么她们肯定会死，会随着这座暮峪一道，被无数颗流星变成粉末！

她们会死。南客很清楚这一点，先前她向徐有容刺出那道南十字剑时，便已经造成周园里的空间开始扭曲，这让她最终确认周园世界能够容纳的极限是什么。她要做的事情，就是把自己的实力境界提升至极限，逼着徐有容同时提升至极限，然后超越周园能够容纳的极限！

这就是她的战法。这代表着她决然的战意！

为什么她的老师，那位算无遗策的魔族军师黑袍，会把杀死徐有容的重任交付给她？就是因为黑袍非常清楚她愿意与徐有容一道去死。她的命运因为徐有容而确定，那么她便邀请对方一起走向命运的终点，欢欣愉悦，因为这代表着她也可以确定对方的命运。所以，徐有容今夜在周园里便一定会死。虽然人类少女肯定不想接受，但没有办法。如果她继续燃烧天凤真血，周园的世界便会降下无数道流星，带来死亡，如果她停止，便会更快被南客杀死。

这是一场宿命的战斗，这是一场无法逃避的战斗，战斗的结局已经提前注定，是那样的悲伤而令人心生悯然。

似乎没有谁能够改变这一切了。但暮岭峰顶，一直都有位旁观者。弹琴老者沉默无言，观战到了此时，终于没有办法再忍下去。他非常确定，南客殿下的战法肯定得到了黑袍大人的同意，但他同时更加确定，这件事情魔君陛下毫不知情。他没办法眼睁睁看着南客殿下在自己眼前死去，因为他不想事后承受魔君的万丈怒火，更不想在雪老城里艰难生存至今的部落遗族，被魔君的怒火打进深渊里，永世沉沦无法翻身。于是他的手指落在了琴弦上，非常认真严肃地拨出了一个音。

听着这声琴音，南客漠然的眼神里闪过一抹怒意，片刻后，才渐渐回复寻常漠然——她与徐有容之间的这场战斗，不容他人插手。但此时她的所有精神与意志，都在徐有容处，没有办法阻止那名弹琴老者来帮助自己。改变不了的事情，就只能接受。让她平静的是，今夜还有件改变不了的事情，那就是徐有容一定会死。

琴声淙淙响起，很温和，然后却暗含杀机。

琴声入耳，徐有容脸色更加雪白，识海里掀起无数惊涛骇浪，竟险些无法握住孤桐长弓，让南客的剑锋斩到自己的身上。那名来自烛阴巫部落的长老，精神力的攻击非常强大可怕，她的心神要用来对抗更加可怕的南客，竟被一击重伤！一道鲜血从她的唇角缓缓淌下。与她握着长弓的手指溢出的鲜血不同，这道血不是来自于她的意志，并不是主动地燃烧生命，而受伤的后果。

她的眼神依然宁静，神情依然专注，静静看着南客，看都没有看那名弹琴老者一眼，左手破夜风而起，向着夜色里落下。不是隔空也能伤敌于无形的神奇道术，她只是把手拍向了夜色里。夜色里什么都没有，她拍什么？

下一刻，夜色里忽然多了一张黑色的方盘。那张黑色方盘静静悬浮在她身

061

旁的空中，仿佛一直都在这里，只不过没有人注意到。这是徐有容的命星盘。她的左手落在了命星盘的正中央。没有手指轻拨，这样时刻，没有时间去推演去计算自己的命运究竟是什么。她要做的事情，能做的事情，只能是试图掌握自己的命运。她把自己默默积蓄了很长时间、准备觅机给南客致命一击的雄浑真元，尽数通过这一拍，灌进了命星盘中！

一声沉闷的声响！这声响很像是铜锣，更像是破锣，声音并不好听，有些沉闷。但依然响亮。这是命星盘发出的声音。这是命运发出的强音。

峰顶劲风狂吹，命星盘闪耀光芒，那些除了她自己根本无人能够看懂的星轨命线疾速地转动起来，变成无数道令人眼晕的光丝。淙淙如流水的琴声，直接被这记破锣声打断。古琴上数根琴弦啪啪断开。弹琴老者脸色苍白，如遭重击，连连吐血。将命运拍乱，将强敌重伤，徐有容这一记看似轻描淡写，实际上强大到了难以想象的程度，但为此她也付出了极大的代价。

南客稚声再起，南十字剑再近三分！徐有容握着孤桐长弓的手剧烈地颤抖起来，眼神依然宁静，却不再如先前那般明亮，显得有些黯淡。最触目惊心的是，她唇角溢出的鲜血变得越来越多。

弹琴老者催动雄浑至极的神识，强行压制住识海里受的重创，把经脉里狂暴的真元瞬间平伏，不顾伤势，伴着一声长啸，再次出手！他从古琴畔飘离，双手直落徐有容的头顶，夜色里，只见他的十指泛着幽幽的白光，竟似像是没有了血肉，只剩下白骨一般。

徐有容的左手拍击命星盘发出那声强音后，顺势握住了命星盘的一角。她不知道这名巫族长老的双手有什么古怪，想来肯定也有剧毒。她想也未想，手腕一翻，握着命星盘便向对方迎面砸了下去。这一记砸看似简单，就像是小孩子打架，但其实非常不简单。这是天道院的临光剑，最后一式。

天道院的临光剑以快速犀利著称，而这最后一式则是快到难以想象的程度，唯因其快，所以观之简单至极。徐有容的临光剑，要比天道院任何一名学生都要学得更好。她的这一拍比天道院任何学生的最后一式临光剑都要快。快到弹琴老者也没能避开。

一声沉闷的撞击声响起，弹琴老者直接用双手与她手里的命星盘直接对上，瞬间指断骨裂，连退十余丈，呕血不止！

徐有容同样受到了这次撞击的反震，眼神变得更加黯淡。

南客的眼神依然那般木讷漠然，但却前所未有的明亮起来。弹琴老者一招惨败，却给她争取到今夜最好的机会。清稚的啸声再次响彻山崖。南客的身形骤然虚化，剑屏收敛，理也不理那十余支梧箭，双手相合，将南十字剑合为一体，刺向徐有容！嗖嗖嗖嗖，梧箭破夜空而至！噗噗噗噗，十余支箭尽深射进她的身体！南客神情不变，仿佛根本感觉不到痛楚。两道明亮至极的剑光，仿佛两道星河，斩向徐有容的面门。

　　摩擦声响起，那是桐弓底端破开崖石的声音。最终，桐弓没能抵御住南十字剑的威力，离开了地面！离开地面的长弓，就像是没有根的梧桐树，瞬间微现萎态。明亮的剑光破弓而入，斩在徐有容的左胸，暴出一道鲜血！

　　纵然已经到了这样的紧急关头，徐有容的眼神依然宁静，手腕一翻，横执长弓将南客的剑格开，飘然向后急掠。白色祭服在夜风里展开，上面染着鲜血，仿佛受伤的白鹤，依然清逸脱尘。

　　南客哪里会给她离开的机会，随之前掠，便如影子一般。桐弓与南十字剑相交，在夜空里斩出无数道湍流！南客浑身是血，眼睛却更加明亮，双手离开剑柄，闪电般向前探出！她的指尖泛着幽幽的绿芒！

　　孔雀有一支尾羽，世间最毒、最锋利、最快。这便是孔雀翎，真正的孔雀翎！南客的十指插进了徐有容的双肩，深刻入骨！鲜血四溅，金色的光明却仿佛多了很多黑色的斑痕！

　　痛，好痛，真的很痛。徐有容从来没有这般痛过。所以她很生气，前所未有的生气。白色祭服伴着嘶啦声响，碎成无数碎片。无数道金光，随着她手指的方向，击打在了南客的身上。沉闷的撞击声，密集地响起。南客的身上出现了无数道指洞，斑斓的鲜血不停喷涌！

　　孔雀有翎。凤凰有羽。这便是徐有容的万道羽！

　　所有的修为都施展了。所有的神器魔兵都用了。所有的保命本领都用了。所有的真元都消耗了。所有的血都快流尽了。这场战斗是这样的惨烈，这样的决然。

　　暮峪峰顶一片安静，崖间烟尘渐敛，那些洒落的鲜血却还在燃烧着，炽烈的高温与寒冷不停交融消弭，明亮至极。徐有容站在崖畔，脸色微白，衣上血点斑斑。南客看着更惨，浑身都是伤口，血水不停地流着。但她胜了。

一声清啸，在暮峪峰顶连绵不绝响起！她的声音是那样的稚嫩，却又是那般的冷酷。这声清啸寒冷！骄傲！霸道！最后竟给人一种癫狂的感觉！虽然有些遗憾，但胜利才是最重要的事情。虽然有强者帮助,但死亡才是胜负最公平的裁判。

她和徐有容都已经油尽灯枯，但下一刻，徐有容便会死去。今夜，她终于战胜了宿命的对手。这意味着她战胜了自己的命运。越鸟之啸，渐渐变低，然后停止。

南客回复先前那般漠然的模样，木讷说道："我的血在你的身体里，你的身后是万丈深渊，所以你死定了。"

徐有容站在崖畔，夜风轻拂脸畔的发丝。她低着头，不知道在想些什么。是在想应该用怎样的姿势来迎接死亡吗？

"请把这份荣耀赐予我。"南客看着她认真说道。

徐有容抬头望向她，眼中出现一抹解脱与戏弄的意味，像看透世事，可以平静迎接死亡的老人，又像是调皮的小女孩。"为什么要让你高兴呢？"

她微笑着说完这句话，转身走进悬崖里的夜色中。

看着空无一人的崖畔，南客的眼里出现了一抹惘然，愣愣说道："你是个白痴吗？以为自己真是凤凰？"

徐有容是天凤转世，并不是真正的凤凰。她没有双翼，也没有到修行到从圣境界，自然不能自由飞翔。她走进悬崖里的夜中，自然要坠进死亡的深渊。

一片安静，无论是崖上还是别处。徐有容……天凤转世，即便在最近这十余年野花盛开的年代，都是毫无疑问最美丽的那朵鲜花，被人类视为将来的领袖，被魔族视为将来最大威胁的少女就这样在周园里安安静静地死了吗？

南客走到崖畔，看着下方漆黑的深渊，默然想着，就算死也不肯死在自己的手里，这算是你最后的骄傲还是回归真我？

黑龙在云端沉默无言，她不喜欢人类，大概就陈长生是个例外……尤其在周园里感知到父亲的英魂讲述的那段往事之后，她对人类强者更是充满了敌意，自然也包括徐有容这个有可能成为最强者的人类少女。按道理来说，她不应该对徐有容的死亡有任何同情和悲伤的感觉，而且她记得很清楚，陈长生说过很多次，他并不喜欢这个未婚妻，可为什么她还是觉得有些惘然，甚至有些不安，如果让陈长生知道自己目睹了徐有容死亡的画面，却没有做任何事情，会不会怪自己？

徐有容在死亡的深渊里坠落，双眼紧闭着，耳畔的风声是那样的遥远，鲜血再次从唇角溢出，遇着夜风便开始燃烧，变成一串明亮的火浆向后方飘去，却只能照亮身边很小的地方，不足以照亮前路。

地面越来越近了吧？死亡也越来越近，只是周园里的这座山怎么如此之高，究竟要落多久，才会获得最后的安宁？不，死亡是终结，并不是安宁，那不是她修道追寻的彼岸星海！她从崖畔跃出，并不是去投奔死亡，只是不想死在那个打猪草的小姑娘手里！

只是怎么才能不死呢？她闭着眼睛，想着这个问题，又哪里能有答案。她坠落得越来越快，风越来越疾。于是她越想越觉得寒冷，惘然无助。

忽然，她想起多年前离开京都的时候，圣后娘娘对她说过的一句话。"凤凰儿，怕疼可以，但不要怕死，尤其……是你。"

然后，她的眼睛睁开了。

17·凤 鸣

阴影覆盖着周园内外。深夜的雪原，夜空里只有无数雪花，看不到星星，却能清晰地看到，那片从雪老城延伸出来的阴影。那片阴影比黑夜还要更黑，比死亡还要加寒冷，代表着魔君的意志，无论那道穿行于其间的剑光再如何耀眼，也没有办法在短时间内破开。不过那道剑光已经足够强大，甚至已经拥有与那片阴影相对抗的能力，剑光无法斩开阴影，却能轻松地斩落别的很多事物。比如恐怖的第三魔将的臂膀，以及第七魔将的咽喉。第七魔将捂着咽喉，像一座山般，缓缓倾塌。

那道剑光再次归来，进入鞘中，收敛气息。然而无论是将死的第七魔将，还是别的魔族强者，都没有因为这幕画面而有任何情绪变化，这场必死的杀局充满了令人生畏的淡漠意味。

苏离低着头，不知道在想什么，右手握着剑柄，黑发已然披散在肩，随着夜里的寒风，轻轻飘舞，如魔如神。

黑袍的目光穿透深幽的海洋，落在他的身上，淡然说道："你的女儿就要死了，你也马上就要死了，这会是怎样的感觉？"

这句话毫无疑问是心理攻势，甚至可以说是很粗陋、简单的心理攻势，但简单不代表没有力量，黑袍就是要用这句话破他的心境。

苏离抬起头来，看着黑袍平静说道："既然是要杀我，为何非要让这些家伙轮流来战？往火堆里不停添柴，只会不停被烧成灰烬。"

"只要添的柴足够多，总有一刻会把火堆压熄。"黑袍淡然说道，"这种战法或者会付出更多的代价，但可以保证你一定会死。"

苏离默然，因为他知道黑袍说的是对的。来自雪老城的那片阴影隔绝了他与人类世界之间的联系，而且魔族还有很多真正的强者没有出手，比如那位传奇的魔帅，比如黑袍始终只是静静坐着。为了杀死离山小师叔，魔族做了很周密的安排。这个安排涉及周园内外以及遥远的南方大陆。

无论白帝城或是人类世界里的那些强者有什么对策，都已经来不及了，魔君的威压在准备着，雪老城里的魔族元老会也在等待着。这种杀法是磨杀，黑袍要用足够数量的魔族强者，生生磨掉苏离的剑意与气势，就这样简单甚至有些枯燥地杀死对方。因为只有这种方法才不会出现任何意外。

"你是大战之后人类世界最夺目的一颗星辰，你已经给这片大陆带来过太多意外，而你知道我最不喜欢意外。"黑袍看着他说道。

苏离沉默了很长时间，说道："不，我不会死。"

黑袍的声音微微扬起，显得有些感兴趣，问道："噢？为什么呢？"

苏离看着他平静说道："没有道理，也没有原因，我就是认为自己不会死，同样，我相信丫头，还有那些代表人类将来的孩子也都不会死。"

黑袍说道："我很欣赏你临死前还能保有如此没有道理的自信。"

苏离再次笑了起来，眼瞳里映着雪空，仿佛将要燃烧。

可以怕疼，但不能怕死，尤其是你……为什么？难道死亡还不如疼痛可怕阴森？而且为什么要说尤其二字？为什么自己不能怕死？

在向死亡深渊坠落的过程里，徐有容想着这句话以及由此发散开来的很多事情，忽然间明白了一些道理，于是她睁开了眼睛。

为什么她最不能怕死？因为她是凤凰，她的命运注定了，就是要不停地在死亡与痛苦之间淬炼自己的灵魂，直至某朝某刻，她能够宁静地迎接死亡，这样才能迎来真正的新生！

这就是向死而生的意思吗？娘娘，你就是要告诉我这一点吗？只是瞬间，徐有容觉得眼前无尽的深渊忽然间变得光明起来。

此时的她身受重伤，真元枯竭，剧毒正在侵蚀着她的身体与精神，然而她明悟到的道理，却让她前所未有的平静下来。

不停地坠落，崖间的风拂着唇角的血像火线一般后掠。她的眼中也有无数珍珠般的光点生出。向着深渊底而去，她平静地等待着死亡的到来。

平静是一种无畏的态度，但不是无知，她感知着死亡的阴森寒冷，体会着死亡的真义，然后再次开始恐惧起来。这种恐惧并不意味着她离开了无畏的心境，依然还是一种感知，一种清晰而明确的、深深烙进精神世界里的感知。只有这种死亡带来的大恐惧，才能在她的精神世界内核最深处激发出难以想象的能量，那些隐藏在她血脉里的能量！那种磅礴的能量开始燃烧，开始让她进入一种清醒与恍惚交杂的奇异状态之中，随着死亡的逐渐来临，她身体深处的一个灵魂苏醒了过来。

那是凤凰的魂，也是她自己的魂。

那是她以往从来没有直视过、甚至没有发现过的自己。

她睁着眼睛，看着漆黑不见五指的深渊与看不见却寒冷得如此真实的夜风，真正地明白了命运。命运让她离开圣女峰，来到周园。但命运并不是她与南客相遇，而是与自己相遇。与另一个自己、最真实的那个自己相遇。不虚此行啊！在向死亡坠落的过程里，她生出无限感慨。

死寂一片的深渊里，寂静的山崖里，高绝的暮峪上，周园里的广阔世界中，忽然响起一声清鸣。那声音并不成熟，带着些稚意，却无比清越。与这声清鸣相比，先前南客的清啸，顿时显得不够大气。这声清鸣，乃是雏凤之鸣。王者之气，在这场凤鸣里展露无遗！

南客在崖畔静静站立，不知道是祭奠那个宿命对手的死去，还是感慨于自己的生命从此刻开始便将归于寂寞。过了片刻，她转身向着崖间的石坪里走去。斯人已逝，虽然有些意料之中的怅然与空虚，但更多的终究还是满足，从今夜开始，再没有人能够与她飞翔在同一片天空里，这很值得高兴。

然后，凤鸣响彻山崖。她停下脚步，转身望向崖外的夜空，脸上流露出不可思议的神情。一双火翼出现在夜色里，照亮崖壁，带着徐有容向远方飞去。

18 · 狼嗥

一双火翼在夜空中展开，向着远方飞翔而去，仿佛一颗移动的星辰，照亮了周遭的视野，分外醒目。

南客站在崖畔，沉默看着这幕画面，小脸异常苍白。万道羽在她身上留下的伤势，已经被她强行镇压住，但却怎样也镇压不住心头那抹愤怒不甘的情绪。

一声清丽却又异常暴戾的雀啸，从她的唇间迸发而出，向着远方传去，似乎在召唤什么。弹琴老者闻声神情骤变，伸手想要阻止，却因为伤势的缘故无法起身，只能眼睁睁看着下一刻，南客向崖外跳了下去！

雏凤清鸣响彻周园。周园边缘地带的三座园林里，有很多人类修行者在此聚集，先前暮峪峰顶那场血战产生的天地异象，吸引了很多人的视线，自然，他们也没有错过那声凤鸣。

在更幽静的山野中，还有些通幽上境的人类强者在暗自探险寻宝，陈长生和徐有容用了两天两夜时间都没能找到，青曜十三司的烟花警讯也没能让这些人现出行踪，其中有位三百岁的南方散修，这时候正在一棵古槐畔，依据前人笔记里的一段记述，试图找到南方巫族遗落在周园里的一件威力极强的法器，忽然间听到了这声凤鸣，愕然转头望去，苍老的面容被夜空里的那双火翼照亮，有些浑浊的眼睛里流露出震惊的神情，然后转为无尽的贪婪。

折袖背着七间在草原里行走，他的眼睛已经不能视物，听力却依然敏锐，当那声凤鸣响起时，他停下了脚步。七间艰难地睁开眼睛，望向西方的夜空，有些惘然说道："是徐师姐吗？她也进了周园？"

"应该是她。"折袖侧耳听着那声凤鸣在草原上空的回响，确认道。

今年周园开启后发生的这些事情都是魔族的阴谋，魔族拟定必杀的对象里，肯定有徐有容的名字，七念虚弱说道："不知道魔族派谁去对付她，不过……应该没事吧。"

徐有容和秋山君不是普通的年轻天才，他们的天赋血脉具有压倒性的优势，在周园这样一个有上限的小世界里，按道理来说，魔族应该拿徐有容没有任何办法才是，但想着湖畔的那个杀局和三师兄的忽然叛变，七间还是很担心。

折袖想着湖畔那两名气质截然不同、却仿佛双生的美女，那两个美女泛着绿色幽芒的指尖，还有自己眼睛深处不停蠢蠢欲动的剧毒，心知那二女肯定就是南客的双翼，说道："南客来了。和徐有容对战的肯定是她，只不知谁胜谁负。"

整个大陆，无论人族还是魔族，同样是通幽境，却能够威胁到徐有容的，只有南客一人。听到南客的名字，七间的脸色更加苍白，沉默了会儿说道："接下来我们去哪里？"

时间已经入夜，日不落草原里的太阳却没有落下，如果说悬浮在地平线上的那团神奇的、模糊的光团就是太阳的话。那对强大的魔将夫妇在草原外守着，他们不能出去，只能在草原里行走，那么，该往哪里去？都说日不落草原里隐藏着极为可怕的凶险，只要进来的人都无法出去，那么，凶险在哪里？

折袖说道："取流水瓶。"

七间依言取出流水瓶，有些不敢相信自己的眼睛，说道："我们已经进来三个时辰了？"

那轮红暖而模糊的太阳，悬在草原边缘、天与地的分界线上，不停地转动着，光线没有任何变化，时间感觉确实容易出问题，但让七间如此吃惊的原因并不仅止于此。折袖受了很重的伤，但移动的速度从来没有降下来过，三个时辰，至少可以走出百余里，然而，先前暮峪峰顶的火，他们看得如此清楚，那声凤鸣也仿佛就在耳边，这时候回头望去，山……还在那里。在草原里走了三个时辰，他们竟像是才刚刚进来一般。

听到七间的描述，折袖低头沉默了很长时间。这片传说中的草原，终于开始向这两名少年展露自己诡异阴森的一面。

忽然间，前方的深草里忽然响起窸窸窣窣的声音，仿佛是有什么野兽正在里面穿行。下一刻，那些声音尽数消失不见，但那不代表着危险的离去。

七间有些不安，总觉得草丛里有很多看不见的东西正在窥视着自己。

折袖低着头，侧着脸，听着前方野草里传出的声响，脸色变得越来越凝重，越来越难看。他自幼生活在雪原上，以猎杀妖兽为生，自然听得清楚，那些声响都是妖兽的行走声、低飞声、锋利的獠牙摩擦的声音，甚至还有唾液淌下的声音，而且最可怕的是，只是短短片刻，他便听到了至少七种妖兽的声音，而且那些妖兽都是雪原上很罕见的强大妖兽。在雪原上他是猎人，然而在这片周园的草原里，那些妖兽却似乎把他和身上的七间当作了猎物，这让他感觉到强烈的不适应与愤怒，而且他很清楚，如果就这样停留下去，是很危险的事情。

他抬起头来，望向草原深处。他的眼睛看不见，眼瞳无法聚焦，显得很漠然，而且那抹妖异的绿色已经占据了整个瞳孔，看上去异常恐怖。

七间靠在他的肩上，看着他的侧脸，下意识里觉得有些寒冷畏怯，身体微微颤了一下。

"不要怕。"折袖面无表情说道。

话音方落，一连串密集的摩擦声，在他的身体里响起，那是骨骼肌肉摩擦甚至是重新组合的声音，无数粗硬的狼毫从他的颊畔生出，他的双膝再次诡异地向后屈折，他的牙齿逐渐变长，变成锋利无比的獠牙，探出了唇……妖族变身！随着折袖身体的变化，气息也陡然一变，一道冷血而冷酷的意味，向着道路前方的野草里弥漫了过去。

安静的野草深处，忽然间再次响起窸窸窣窣的声音，紧接着，有踏地声响起，却又有狂傲的、带着挑衅意味的低吼声。对狼族少年的变身，这些草原妖兽极为敏感，第一时间做出了反应。

折袖变身之后，眼瞳猩红一片，此时混着孔雀翎的剧毒，再次变成那种柠檬一般的黄色。他明明看不见任何事物，却静静直视着前方，仿佛正盯着那些妖兽的眼睛。嗷！一声冷酷至极、强大至极、暴戾至极的狼哮，从他的唇间迸发而出，在草原里急速扩散开来！

微寒的风吹拂着野草，无数草枝偃倒，隐约可以看到很多妖兽的身影。那些妖兽从这声狼哮里听出了强大与拼命的决心，伴着再次响起的摩擦声，终于四散离开。

七间靠在折袖的肩头，确实有些害怕他现在的模样，虽然他已经提前说过不要怕。于是，他把折袖抱得更紧了些，脸贴得更近了些，他对自己说，这样看不到，就可以不用怕了。

不知道是因为他的动作，还是妖兽们离开时回顾的贪婪眼光，折袖的身体有些僵硬，说话的声音也有些不自然："我们……必须想办法离开，不然那些真正强大的妖兽，听着声音，会过来巡视。"

七间嗯了声，心想你怎么说就怎么是了。

狼族少年的狂哮，在日不落草原里回荡，却没有传到草原外，周园这个小世界，本来就有很多奇异难以理解的地方，就像先前暮峪峰下，那场响彻天地的凤鸣，也没有真正地传到周园的每一处角落，因为有些地方仿佛是这个世界里的另一个世界。

在溪河尽头那片瀑布下方有座寒潭，潭的那边有片湖，湖畔就是另一个世界。

那个世界里的人们没有听到凤鸣，梁笑晓和庄换羽已经不在山林中，不知去了何处，表面平静的湖水深处，依然仿佛沸腾一般，无数细密的气泡，从那两扇光翼之中喷射出来，然后以很快的速度消失无踪。

陈长生被那两名美丽却又可怕的女子用光翼包裹了起来，他当然听不到那声凤鸣，而且就算凤鸣传到他的耳中，也不会让他有任何反应，因为这时候他已经快要被那对光翼变成一颗明亮却死气沉沉的珍珠，仿佛被蛛网缚住的蚊虫，随时可能死去，他的所有心神都用在寻找活路上。

活路在何方？如果真的没有路，那么便要用剑斩开一条道路。问题是，现在他已经没有力气握住自己的短剑，更不要说斩开这对光翼。活路是湖水里那道缥缈却无比真实的剑意？但他想要随那道剑意而去，又如何能做到？

在被光翼缚住之前，他尝试着点燃了幽府外的湖水，却没有任何意义，就像他最开始的挣扎与弹动那样，只显得有些可笑。他的咽喉被那名魔族美人扼住，他的身体被那名端庄女子制住，那两道光翼带来无穷无尽的恐怖压力，压制着他最后的真元与最细微的动作，他没有办法动一根手指头，甚至连眨眼都不能，只能感受着微寒湖水在眼珠上的拂动，那种感觉真的很不好。这一对女子，在合体之后，终于显露了自己拥有多么可怕的力量与境界。他的气息越来越弱，神思越来越恍惚，看着被光翼照视的湖水里那两张美丽的脸庞，觉得好生阴森，心想难道这就是死神的模样？

此时此刻，就连真元运行都被光翼威压镇住的他，唯一还能调动的，就是神识。在死亡真正到来之前，陈长生永远不会投降放弃，他当然要尝试着用神识脱困，问题在于，他没有修行到意念杀人的高妙境界，神识再如何宁和稳定强大，也没有办法用在战斗中。

神识可以用来做什么？在他还没有想清楚这件事情之前，神识便已经落在了短剑上。悄无声息间，数个箱子出现在那双光翼隔绝的世界里。

19 · 剑 唤

那些箱子很重，刚一出现，陈长生和二女向湖底沉落的速度便快了起来。

二女眼中露出异色，她们不知道这些箱子是怎么出现的，里面又装的是什么。箱子没有上锁，在湖水的冲击下，被掀开了盖子，在光翼的柔和美丽光芒照耀下，箱子里的东西，也开始散发另一种柔和美丽的光芒。那是近乎圣洁的白光，拥有难以想象的魔力，至少对人类来说。如果不是这样紧张的搏命时刻，或者那两名女子也会这样认为。

箱子里的东西是银子，散发出来的光泽叫银光，比星光更真实、更诱惑，于是更美丽。这些银子里有陈长生离开西宁镇之前，师父和师兄赠予的盘缠和生活费，有落落送给他的一部分拜师礼，有唐三十六慷慨的分享，还有些是离宫教士们的厚赠，具体多少数量，他从来没有数过，只是想办法换成了银锭，然后带在了身边。现在，在他生命最危险的时刻，他把这些银子一次性全部用了。

光翼的空间里，无数银两被湖水冲的激荡翻滚，像石头一样，砸在他和那两名女子的身上和脸上。

但这还不够，不足以把这一对光翼破开。还需要更多的东西。于是，陈长生的神识继续向短剑的剑柄深处而去。

接下来出现的是一颗夜明珠。这颗夜明珠很圆，很大，比甘露台边缘镶嵌的夜明珠更大更圆，甚至比黑龙居住的地下洞穴顶部的那些夜明珠也要更大更圆，这颗夜明珠是落落送给他的第一份礼物，看上去更像个脸盆。当然，对那两名常年生活在雪老城里的女子来说，或者更愿意用圣月来形容这颗大到出奇的夜明珠。不过她们没有办法像普通女子那般震撼感动，然后狂热，一方面是因为现在是在战斗，另一方面是因为那颗夜明珠直接砸到了那名魔族女子的脸上，即便是在湖水里，那道啪的一声闷响都是那样的清楚，下一刻，那名魔族女子的鼻子里流出绿色的鲜血。那名魔族女子很愤怒，也很慌乱，她完全不明白这颗夜明珠又是从哪里凭空冒出来的，而且被砸得确实不轻。

但这依然还不够，不足以帮助陈长生脱离这一对光翼的束缚。于是陈长生的神识继续向剑柄里去，取出一样又一样事物。

接下来出现的……是半只烤全羊。仿佛还冒着热气的半扇烤全羊，就这样出现在光翼里，直接轰在了那名端庄女子的身上。很明显，那名女子有些洁癖，与半扇满是油汁的烤全羊拥抱着，让她快要发疯了。

但这并不是所有。一只烧鸡，两只烧鸡，三只烧鸡……十几只烧鸡，就像投石器里的石头一般，出现在光翼里，不停向着她砸了过去。还有辽北郡的烧鹿尾、万州郡的烤鱼、汶水的香辣十三碟、南海的清蒸双头鱼……

陈长生神识连动，无数食物接连出现，光翼里的空间瞬间便被填满。这些都是离开京都前，黑龙要求他准备的食物，然而，现在的黑龙只是一道附在玉如意上的离魂，再如何也吃不了这么多。于是这些食物都留了下来，极新鲜，很热辣，非常生猛，保留着原味。光翼里，烧鸡共鸭翅齐飞，红汤共柿果一色。一片混乱，乱七八糟。无数食物与汁液，混在一起，极为恶心。

"这是怎么回事！"那名魔族女子从银钩焖玉菜里挤出一个头来，恼火地喊道，眼神很是慌乱。

陈长生最后取出来的，是他这辈子拥有最多的事物——书。从来没有人知道，西宁镇旧庙里的三千道藏，早已不在旧庙里，而是在他的身边。他把三千道藏放了出来，以三千道藏打人。

轰的一声！无数书籍，填满了那对光翼形成的空间。那对光翼再也无法合拢。伴着那两名女子震惊甚至有些荒谬的惊呼声，光翼就此散开。

书籍与食物，化作无数劲矢，向着湖水四周疾射而去，然后渐渐减速。遗憾的是，光翼虽然被破开，那两名女子却没有放开陈长生。他依然在向湖水深处沉去。那些书籍与食物、夜明珠与银箱，就在四周的湖水里，与他一道向下沉去，画面显得异常奇异。那颗夜明珠，在他的身旁不远处，照亮了漆黑的湖水，照亮了那些一起下落的事物，让他可以看得很清楚。

那些书籍与食物、夜明珠与银箱，各种药材，是他的生活，是他的回忆，或者说，就是他的人生。

看着这些事物，他很轻易地想起来，十几年前在西宁镇旧庙外的溪边和师兄一道背道经的日子，想起来从百草园翻墙到国教学院的小姑娘，在向湖水沉去的过程里，他想起了很多事情，想起了很多人。

有钱的唐三十六，没钱的轩辕破，坐在国教学院门口喝茶的金玉律，教宗大人，梅里砂，师父，师兄你还好吗？

然后他看到了一封信和一个小玩意，这让他想起来了那只白鹤。

继续向湖水深处去，越来越冷，死亡越来越近，他的气息越来越弱，虽然依然睁着眼睛，看着很平静。他的眼睛是那样的干净，哪怕是在湖水里，依然给人感觉就像一片清澈的湖，可以照见人们心里在想些什么。这种平静与干净，让那两名女子感觉到前所未有的不安，仿佛当年拥有生命的第一天，看见还是女童的南客大人眉眼间的漠然一般。

伴着陈长生向湖底飘落的那些事物当中，最明亮的当然是那颗夜明珠，她们没有注意到，在夜明珠的光芒背后，隐藏着一颗金属球，湖水轻荡，金属球缓缓落在他的手掌里，他下意识里收拢手指，握紧了它。

那道极淡而缥缈的剑意，还在湖底的最深处，仿佛在召唤着他，去斩开那条活路，然而他的血已经快要流尽，气息快要消失，就算感知到了，又能如何？就算他握住了金属球，也没有办法展开黄纸伞，又能如何？

忽然间，金属球在他手掌里剧烈地颤抖起来，然后开始高速地转动！哗！金属球表面那些鳞状的线条裂开，伴着清晰的金属摩擦声与机簧撞击声，瞬间绽放成一把伞！在湖水深处暴出一片水花！黄纸伞重新出现在陈长生的手里！两名女子这时才注意到，却已经来不及了。黄纸伞高速地转动起来，激起无数水花，看似并不锋利的伞缘，在两名女子的身上留下数道深刻见骨的血痕！痛哼声起，二女被强大的力量震开。

湖底水浪大动，仿佛再次沸腾一般，黄纸伞带着终于昏迷过去的陈长生，化作一道水龙，轰开湖水，破开一条通道，向着数里外的某处高速掠去！那道缥缈的剑意，就在那里！原来，那道剑意从始至终都不是在召唤陈长生，而是在召唤这把伞！

20 · 于夜空里相遇

冰冷的湖水击打在脸庞上，就像是无数锋利的小刀。不知道过了多长时间，陈长生终于醒了过来，试图睁开眼睛，却被迎面扑来的湖水打得无法生痛，只好再次闭上，他不知道现在是什么情况，只知道自己是在湖水里以难以想象的速度前行，并且通过手中传来的感觉，确认是黄纸伞救了自己一命。

黄纸伞是死物，为何可以自行其是？对他来说，这是非常难以理解的一个问题。前方某处隐隐传来的那道剑意，让他隐约猜到了些什么，但还是没有办法把那道剑意与黄纸伞联系在一起——那道剑意应该属于传说中的剑池，在周园里已经消失了数百年之久，而黄纸伞是当年离山小师叔苏离请汶水唐家制造的新物，二者之间有年代差，按道理不可能有任何关联才对。

又过了段时间，他更清醒了些，艰难地调整姿势，让眼睛眯开了一条缝，看到身后不远处那对光翼，才知道危险并未远离，同时身体里那些看不见的伤势开始清晰地把痛楚传到他的识海里，让他难受到了极点。

黄纸伞在前方不停地高速旋转，就像大西州人制造大船所用的螺旋桨一般，带动着他，高速地向前方奔掠，黑暗冰冷的湖水，不停地冲击着他的身体，带来更多的痛苦，究竟要奔掠到什么时候？黄纸伞要带自己去哪里？

忽然间，他发现湖水消失了，同时很多声音传进自己的耳里。那是湖水破开的声音，是湖畔草中昆虫的鸣叫，那声清稚却又有些暴唳的啸声，应该来自很远，为何却又像是近在耳边？眼前这片黑暗的幕布，是真正的湖底吗？不，那是夜空，之所以如此黑暗，是因为周园里没有星星。

这里是暮峪前方十余里外的一片小湖。今夜这片小湖看到了峰顶那场血火连天的战斗，听到了凤鸣，被火翼照亮，此时又闻雀啸，刚刚试图平静，便被再次打破。黄纸伞转动着，带着陈长生破湖而出！湖水从伞上和他的身体上淌落，向着四面八方洒去，形成一道垂落的水帘。陈长生清醒过来，知道自己终于离开了阴森可怕的湖水，回到了湖上的世界里，只是不知道是在周园中，还是在寒潭那边。下一刻，他发现自己来到了夜空里，小湖在脚下变成了一面镜子，离地至少有数十丈高。陡然间，从湖水深处来到了夜空高处，任是谁，都会有些错愕失神。便在这时，湖水再次破开，那对光翼化作流光，追到了他的身下，翼尖合拢，化作一道锋利的刺，重重地击打在他的胸腹间！

一声闷响！陈长生心血翻涌，险些吐出血来，强行咽下，却不代表没有受伤。本就已经重伤的他，再遭重击，再也无法支撑下去。握着黄纸伞的他，就像一只断线的纸鸢，颓然向夜空更高处飞去。待飞到最高处，再次落到地面，便是死期？想着这些事情，他再次昏迷过去，在昏迷之前的最后那瞬间，他忽然觉得夜空变得明亮些。那不是濒死的错觉，而是夜空真的被照亮了。

把夜空照亮的，是一双火翼。不是那两名追杀他的女子身后的光翼，而是……一双火翼。那双火翼在夜空里舒展开来，很大，散发着温暖而圣洁的火焰。于是，那双火翼里的少女看着便有些娇小。

火翼破夜空而至，就在陈长生快要坠落死亡的那一刻，抓住了他，然后继续向远空飞去。

追杀陈长生来到此间的那两名女子，莫名感到一种极强烈的畏惧，光翼疾振，向后方避开，然后想起先前在湖水里听到的那声雀啸，心里的畏惧更加浓烈，想也不想，以近乎燃烧生命的方式，以难以想象的速度向啸声起处急飞而去。

南客从崖畔跳了下来，如一个石头般越来越快，呼啸的风声吹拂着她的头发，却吹不散她眉眼间的漠然，至于越来越近的地面与死亡，对她来说没有任何意义，因为她看得很清楚，自己的两名侍女已经来到了暮峪峰前的崖下等着。

悄然无声，那两名女子接住南客娇小的身躯，然后转瞬之间化作一团光影，融化在光翼之中，就像是融进碧空里的一抹云，先前追杀陈长生时那双明亮的光翼忽然间变得有了颜色，光翼的边缘涂上了一抹妖异的绿，仿佛从光体变成了实体。

绿色的羽翼在南客背后缓缓摆动，她神情漠然看着夜空里远处，待确认那抹已经变成光点的火翼方位后，毫不犹豫振动双翼，向着那边追了过去，数丈长的绿翼在崖前掀起两道飓风，夜里响起恐怖的呼啸破空声，就此消失不见。

人类或魔族的天赋血脉，与妖族的变身看着有些相似，实际上区别很大，天赋血脉的觉醒一般分为四个阶段，最初的觉醒在于血脉本身，第二次觉醒则是灵魂的觉醒，用更简单的话来说，这一次觉醒之后，修行者和她的天赋血脉就此融为一体，再也不分彼此，真正地明白了自己是什么。

连续两天两夜不眠不休，最终不敌南客与弹琴老者联手，平静地走进绝望的深渊，在死亡的大恐惧之前，徐有容成功地完成了第二次觉醒，她身体最深处的凤凰灵魂就这样苏醒了过来，她的血脉与身体相融相生，神识动念之间，便有火翼展于夜空。

但这并不代表她忽然间拥有了焚毁整个世界的能力，此时的她依然身受重伤，南客的毒血还在她的身体里不停肆虐，这让她的视线变得有些模糊，所以她没有飞回崖顶与南客再决生死，而是向夜空里的远方飞去，她现在最需要的是治疗与梳羽。

然而她没有想到，离开暮峪不过数刻，在十余里外那片看似平静的小湖里，居然会遇着另一场战斗，她只看了一眼，便知道那两名破湖水而出，身体相连，背有光翼的女子便是凶名在外的南客双翼，那么被她们追杀的是谁？

21 · 比翼

不管是谁——在一瞬时光里也不可能看清楚对方的模样——但肯定是进入周园的人类修行者。这个理由便足够了。足够徐有容在飞离暮峪的过程里，不惜再次耗损真元，调整方向，在那名人类修行者重伤昏迷，眼看着便要从夜空坠落然后摔死的关键时刻，把对方抓住，带着一起飞向远方。

她没有飞翔的经验，但有很多骑白鹤游青天的经验，在夜空里飞翔，没有想象中的不安与惶恐，可毕竟是初学者，难免会有些生涩笨拙，尤其是已经重伤，很是虚弱，现在手里还要拎一个人，难免有些摇晃，看着就像喝醉了般。

没有过多长时间，南客便追到了她的身后数里外，隔着这段距离，她都仿佛能感觉到对方的杀意。她没有回头，专注而认真地学习着如何飞行，火翼摆动的频率越来越慢，姿态却越来越稳定，速度越来越快，渐要变成夜空里的一道火线。

凤凰之魂的觉醒，让她明悟了很多道理，获得了很多天赋的能力，单以速度而论，她现在是毫无疑问的大陆第一，无论是大周军方用的红鹰或是大西州的信天鸟，甚至南客和速度最快的银龙，都不可能比她更快。

问题是她现在受伤了。更大的问题是，她现在手里还拎着一个人，那个人昏迷不醒，就像打湿了的面粉袋一样沉重。如果她把这个人丢了，南客也很难追上她，她可以回到人类修行者聚集的园林里，向魔族的阴谋发起反击，也可以觅地暂避，待养好伤治好毒后，再来与南客战，相信必定能战而胜之。

可是她不能，所以没有如果。在整个过程里，她都没有看手中那人一眼——无论是谁，都没有什么分别，就算重重，也没办法丢下，就像在暮峪峰顶，南客说的那样，她始终背负着沉重的责任二字在生存，很多选择已经变成了她的某种本能，不需要思考对错与利弊，只是去做。

两道流光，在草原边缘的树林与湿地里疾掠，只是颜色有些差异，所经之处，草屑乱飞，树叶被震成絮丝。

她始终没有办法摆脱南客，她的视线变得越来越模糊，那是孔雀毒血渐渐要侵蚀识海的迹象，她一直用天凤真血压制着，经历这番追逐，血水渐沸，竟有些压制不住了，或者，她可以燃烧天凤真血以获得更快的速度，可是中的毒怎么办？

南客的身影越来越近，夜色里的草原外围被重新染成了绿色。来不及思考，事实上，她也没有思考便做了决定，在这一刻，她终于低头看了手中那人一眼，有些无奈地想着，大家都是修道中人，讲究餐清风食星光，你每天究竟吃什么，怎么就重成这样？

然后她点燃了身体里残留不多的天凤真血。轰的一声闷响，草原外围开始燃烧起来，隐约可以看到草下有水光。徐有容化作一道火线，消失于天陵。

片刻后，南客来到这里，停了下来，望向远方那道火线，神情漠然，不知道在想些什么。绿色的雀翎轻轻摇摆，寒意向四周蔓延，那些燃烧的野草与芦苇，

077

渐渐熄灭，焦土一片。天凤燃烧真血获得的速度，快到她都没有办法追上。

"妇人之仁，不识大体，小家子气……"南客对徐有容的评价很冷淡不屑，"即便你这次能活下来，又如何还能成为我的对手？"她很清楚，在这样的情况下，就算徐有容体内的天凤之魂苏醒，也很难再活下去。

绿色雀翎缓缓敛回，光线微变，那两名女子出现在她的两侧，跪倒在地，颤声说道："奴婢参见主人，奴婢无能。"

南客没有理会自己的这两名侍女，对她们因为恐惧而惨白的脸色更是看都没有看一眼，若有所思问道："那人……就是陈长生？"

两名侍女急忙将那边发生的事情简要讲述了一番。南客的小脸上第一次出现笑意，但那抹笑意依然很冷漠："原来不是妇人之仁，也不是不识大体，而是关心辄乱……你们两人死在一起，倒有些意思。"

夜风吹拂着脸，本应寒冷，但因为血液正在沸腾燃烧，于是那风也变成了温的。徐有容想去畔山林语，天凤真血却已经燃烧殆尽，再也无法支撑下去，她向身后看了一眼，确认南客没有跟上来，向西北方向折去数里，落到了地面上。

她一直沿着日不落的草原边缘在飞，理由很简单，南客也很清楚，也只有这样，最开始的时候，才能坚持那么长的时间，她此时落下的地方，自然还是草原边缘，那是一大片湿地，里面生长着一望无尽的芦苇。芦苇如一座小岛，四周的苇枝很高，刚好可以遮住从外界投来的视线，仿佛是与世隔绝的一方天地。周围的夜空里没有星星，芦苇丛之间的水面反映着的光线，来自那双火翼，如无数面镜子，看着很是美丽。

徐有容神念微动，金黄色的火焰缓缓熄灭，双翼的本体竟是洁白如雪。她的眉头微微皱起，显得有些难受，那双如秋水般的眼眸深处隐隐有抹令人不安的绿意，绿意的四周有些金色的火星正在不停灼烧，只是非常黯淡，似乎随时可能会熄灭，然后她再次望向那名被自己救下来的人类修行者。

不知为何，她觉得这人看着有些眼熟，虽然视线因为毒素而有些模糊，连此人的五官都无法看清楚，只隐约看到他的脸色很苍白，但不知道为什么，那人虽然在昏迷中，依然给她一种沉稳可亲的感觉。因为这种感觉，她怔了怔。

然后疲倦袭来。她盘膝坐下，开始闭目调息，洁白的羽翼缓缓收敛，像神将府里温暖的棉被一般，把身体裹了起来。

羽翼成双。另一只洁白的羽翼缓缓落下，轻柔地盖在了陈长生的身上。

第二章

如果人生能够像这个叫初见的女孩一样,倒也确实不错。

22 · 纵使相逢应不识

现在是深夜，草原里那团模糊的光晕还悬在地平线上，于是边缘处的芦苇丛也得了些光线，徐有容睁开眼睛，醒了过来，手里的晶石已经变成了没用的粉末，体内的真元恢复了些，但只能勉强镇压住血里的剧毒，却没有办法解决所有的问题。

她神念微动，收起洁白的羽翼，手指触碰到什么，才想起来自己救了一名人类修行者。手指搭到那名人类修行者的脉门上，片刻后她的眉微微挑起，显得有些意外——这名人类修行者的真元数量有些稀薄，而且并不是战斗造成的后果，经脉本身似乎有些问题——这样的修行天赋，居然能够进入通幽境，从而获得入周园的资格，可以想见此人的修行必然极为勤勉。

可惜此人的运气太过糟糕，周园如此之大，他居然遇见了南客的双翼，身受重伤，如果不能尽快得到救治，肯定会死。此人运气太过糟糕的另一个原因，还在于她现在的情况，她现在真元耗尽，流了很多血，根本没办法施展圣光术对他进行治疗。

她站起身来，望向草原深处摇了摇头，又转身望向相反的方向。只见芦苇荡的对面，不远处便是陆地，再远些的地方是片森林，隐约可以看道一道山崖，如果顺着这道山崖走，应该能够走到人类修行者聚集的一片园林里，她还记得那道山崖里有很多山洞。看着芦苇丛对面的山崖密林，她沉默不语，是的，只是记得，并不能看清楚，她现在的视线依然模糊一片。

她觉得那人太惨，其实自己的情况更加糟糕，为了带着此人摆脱南客的追杀，她燃烧了太多的天凤真血，现在血里的剧毒已经开始泛滥，视力以及五感都受到了极大程度的损害，如果不能及时离开周园，她真的会死在这里。

在暮峪峰顶，凤凰的灵魂苏醒了，但有什么意义？没有肉身的灵魂，再强大又如何？没有灯芯的火焰，能如何存在？自己会死在这里吗？

草原里的风轻轻地拂了过来，被野草与芦苇下方的水面降低了温度，有些微寒。她的神情依然宁静，垂在裙畔的双手却微微颤抖，仿佛想要抓住这些风，却无法抓住。她静静看着周园里的山野，慢慢的……慢慢的……不知为何，忽然生气起来。

昨日最后一次离开畔山林语前，她从圣女峰师姐处，知道陈长生和那名狼族少年悄然离开了，看方向应该是向那条溪河上游而去。作为下一代的南方圣女，她知道很多秘密，虽然不确定，但大致清楚剑池的入口应该便在那条溪河上游某处。

陈长生的目的地，原来是剑池。溪河上游，与暮峪峰顶，与这片芦苇，隔着数百里的距离，相距何其遥远，就算陈长生和折袖能飞，也不可能赶到这里。这就是她现在生气的原因。

她从来不隐瞒自己对陈长生的观感，她从来都没有喜欢过这个没见过面的未婚夫，但她与那个人之间毕竟有封婚书，那么，自然有所猜想，甚至是希望。有过希望，现在才会失望。

她看着周园的山野，望着遥远的溪河上游方向，对那个家伙生出很多莫名的恼意："一点大局观也没有，只知道救人治伤，难道看不出来这是魔族的阴谋？行事小家子气的厉害，真是令人恼火。"

周园里的混乱肯定与魔族有关，她想到了这一点，昨夜才会走上暮峪那条孤单的山道。如果陈长生和折袖与她有相同的想法，合力一处，再加上梁笑晓与七间这两名神国七律，那么绝对可以击破魔族的阴谋。但陈长生去找剑池了，所以她做出了这样的评价。她没有想起，在暮峪峰顶，南客也是这样评价他的。

"霜儿说的果然没有错，表面上忠厚老实，善良仁德，关键时刻，才能看到骨子里尽是冷漠自私，在这种时刻，还是觉得剑池比什么都重要。只是……那个家伙为什么会和自己一样，在周园里奔走两夜，不惜辛苦救了那么多人？"

徐有容皱眉想了会儿，最后得出一个答案——陈长生是故意做那些事情，救那些人给自己看的。

"想通过这种手段，来获得……我的好感吗？真是个虚伪的家伙。"

她的心情有些异样，不再去想，转身去看那名被自己救下来的修行者。因为视线模糊的关系，她低下头，凑得极近，才把那人的眉眼看得清楚了些。只见那人在昏迷之中，眉头紧皱，依然给人一种诚实沉稳的感觉，让人很想与他亲近，年龄二十岁上下。

"看起来应该是个老实人，如此年龄便已经通幽，说不得是哪个门派受宠的核心弟子，也许还是今年大朝试的三甲，可惜却要曝尸荒野。"

她确认自己没有办法救这个人，不免觉得有些遗憾，微带怜悯之意摇了摇头，然后伸手在那人的身上摸了摸，想要找到一些能够证明他身份的东西，不料却什么都没有发现，只有一把很普通的短剑，上面也没有任何标识。

她记得昨夜救人的时候，好像看到此人的手里拿着一把很奇怪的武器，形状似乎是伞，却不知道现在去了哪里。她眉头微皱，不知道想到了什么事情，转身向芦苇荡对面的陆地走了过去，湖水湿了她的衣裙，在树林外的沙滩上留下一道痕迹。

就在徐有容的身影消失在树林里的那瞬间，一道极细的黑影，如闪电一般落在芦苇丛中。芦苇随风而摇，一道气息骤生骤敛，一名穿着黑裙的小姑娘，出现在陈长生的身边，她的腰间系着一块玉如意。小姑娘神情漠然，竖着的眼瞳，就像她的衣裙一样幽黑，于是显得眉心那抹红痣愈发鲜艳。

她是黑龙，陈长生叫她吱吱，有时候也叫她红妆。她看着昏迷中的陈长生，漠然的眼神深处隐隐浮现出一抹担忧与不解："你不是在山崖那边吗？怎么会忽然出现在这里？"

作为高贵强大的玄霜巨龙，哪怕只是一缕魂魄，只是看一眼，她便看到了陈长生已经千疮百孔的身体内部，才知道他受了如此重的伤。如果没有人救助，他必死无疑。

"你怎么会和那个女人遇在一起了？"她望着芦苇丛对面的树林，有些不悦地挑起眉头，想着，"陈长生你这个白痴，她答应了你什么？女性人类怎么能相信？"

对她来说，人类留给她最惨痛的记忆，除了早已经消失的王之策，便是天海圣后这个女人。徐有容很像年轻时的天海圣后，再加上陈长生讲过那场婚约的事情，所以她对徐有容先天警惕抵触，没有任何好感。她看到了昨夜徐有容救下陈长生的那幕画面，然后在周园里寻找了很长时间，终于找到了这二人，不料却看到了徐有容再次离开。这更加增添了她对徐有容的恶感。

在她看来，昨夜徐有容之所以冒着危险也要救陈长生，是因为当时有魔族在旁看着，而现在徐有容把陈长生留在这里等死，是因为没有人看到。之所以如此，是因为徐有容非常重视自己的名声，看得比别人的生死甚至自己的生死更重。这样的女人，真的很冷酷虚伪可怕。

她想起陈长生曾经在地底洞穴里对自己讲过的那封信，想起那四个字，小脸上流露出厌憎的神情。把陈长生留在这片芦苇里，自行离去，让他无助地慢慢等死，这就是她在信里说过的好自为之？

她对人类没有任何好感，除了陈长生，所以她现在有些生气，而且她在陈长生身上投注过很多心血，真正的心血，她不能允许陈长生就这样死去，不然那些心血便会白费，所以她现在首先要做的事情，是让陈长生活下去。

怎样才能治好陈长生身体里的那些伤？她想到了一种方法，眉心间莫名流露出羞恚的意味，殷红的那颗痣变得有些明亮。

"记住，你又欠我一条命了。"她看着昏迷中的陈长生恨恨说道。

说完这句话，她俯身抱住陈长生，依偎在他的怀里，然后化作一道黑色的光进入他的身体里。一道至寒至净的气息，从陈长生的胸口处释出，然后渐渐收敛回他的体内。陈长生的脏腑表面有很多细微的伤口，正在不停流血，被这道至寒的气息凝住，血渐渐止了，同时他的血液流动和呼吸都开始变缓。芦苇丛里的水，表面凝了一层薄薄的冰霜。陈长生的眉头上同样凝出一道冰霜。同时，他的手腕里多了一块玉如意。

片刻后，水声哗哗响起。徐有容从树林里走了出来，拎着衣裙，走回到芦苇丛中，却不知道她刚刚去做了些什么。看着陈长生眉头上的那抹冰霜，感受着比先前略寒的环境，她略略挑眉，总觉得似乎发生了什么事情。可芦苇丛四周，明明什么都没有。她取出命星盘，手指在上面似乎无意地拨弄了几下。命星盘没有给出任何指示，那些线条极其凌乱，混沌一片，就仿佛周园里没有星星的夜空，什么都看不到。

她的伤太重，没办法走回那些人类修行者聚集的园林，那么接下来该往哪里去？她伸手抓住陈长生的腰带，向对岸走去，就像拎着一个包袱。因为她个子不高的缘故，陈长生的脸不时浸进水里，在芦苇丛里带出一道水花，惊醒了些游鱼。这人天天吃的啥呀，看着不胖，怎么这么沉？她这样想着。

23 · 尘满面，鬓如霜

晨光熹微，照着草原边缘的水泊，反射出淡淡的光泽。南客站在水畔，神情漠然望着前方，抬起右手，便有清水送上，把药送进唇里。两名侍女服侍她吃完药后，递上湿手巾侍候她洗脸，片刻后，她的精神恢复了些许，伸手在脸前轻轻挥了挥。

虽然到处都是水草，但周园里没有太多蚊蝇，她的动作不是在驱赶什么，而是抹出了一片黑色的幕布，在那块黑色的幕布上，有周园大致的地图轮廓，还有几盏忽明忽暗的光点，那些是黑袍点燃的命灯，为她们指明敌人的方位。

有两盏命灯在草原里，时东时西，须臾间便去往数十里之外，似乎受到某种力量干扰，无法确定位置，那应该便是折袖和七间，他们已经深在草原，按道理来说再无生还可能，所以南客并不担心，视线更多地落在另外两盏命灯上。

那两盏命灯属于徐有容和陈长生，在黑色的幕布上非常醒目，位置在草原边缘，距离人类修行者聚集的几处园林都还很远，而且已经有很长一段时间没有移动过，这似乎表明这两人已经无力再逃，距离她完成黑袍老师交付的任务，应该快了。

弹琴老者不知何时从幕峪峰顶来到此间，与南客主仆三人会合，看着黑色幕布上的命灯光亮，他不像南客那般自信从容，而是有些担心："徐有容和陈长生都身受重伤，应该没有办法走回那几处园林，可是……还有些人类修行者一直隐匿在周园的山野里，而且那些人类修行者大多都是通幽境巅峰，如果徐有容和陈长生在逃亡的过程中，和这些人类修行者会合，那该怎么办？"

黑袍亲自制订的这个阴谋，充分地利用了周园特殊的条件与地理环境，对人类修行者在财富功法之前的贪婪看得极透彻，对人心的掌握堪称完美，所以潜进周园的魔族高手只有数人，便足以令整个周园混乱动荡起来，如果不是徐有容和陈长生，说不定此时的周园早已变成真正的修罗场，问题在于，现在的人类修行者已经察觉到魔族的阴谋，大多数人都聚集在了一起，如果进入正面作战，魔族高手的实力再如何强劲，也不可能是数百名人类修行者的对手。

南客神情依旧漠然，没有解释什么，只是说道："如果徐有容和陈长生在这种情况下遇到别的人类高手，或者会死得更早些。"

芦苇丛与岸之间的水花渐渐平静，然后覆上了一层薄薄的冰。陈长生的身体被打湿，那些水渍很快也都凝结成冰霜，眉与鬓染着雪，如早生华发一般，本就有些早熟的他，看着更多了几分沧桑。

徐有容自然注意到了他身体的异象，微微挑眉，再次给他搭脉，发现此人的真元情况一如先前稀薄，但腑脏上的伤势却稳定了下来，只是心跳与呼吸比正常人都慢了很多，却不知道是此人修行的功法特殊，还是死亡的征兆。

因为毒素的原因，她的视线依然模糊，只能隐约看清此人的眉眼，上面尽是雪霜，看着有些老成，她安静了会儿，忽然伸手把他脸上的那些雪霜抹掉，然后她怔了怔，不明白自己为什么要这样做。

走进晨光笼罩的树林里，踩着松软的落叶，悄然无声，前行了数十丈，她再次停下脚步，望向前方远处一道山崖。树林里有前人踏出来的道路，虽被落叶遮盖，但还隐约能够看到曾经的痕迹，向前伸延，然后在山崖畔转折，形成一个之字形。她把手里的陈长生轻轻放到落叶上，取出桐弓，将弓弦拉至半圆，瞄准那处，却没有说话。

晨风伴着晨光进入树林里，晨光被树叶遮掩，林间很是幽静，晨风却没有被树枝切碎，轻柔地吹拂着她脸畔的发丝，那些发丝偶尔轻触弓弦，没有发出声音，就像是最轻柔的指腹轻轻按着弓弦，下一刻便准备爆发出强音。

有树叶被风从枝头带落，在她眼前模糊昏暗的世界里缓缓飘坠，直至落到她的脚下。长弓纹丝不动，她睫毛不眨，神情宁静而专注，只看着那道山崖，看着那空无一人的地方。

就在那片树叶落在她脚前的瞬间，一道苍老的声音从山崖处响起："是友？"

随着这道声音，首先出现在山崖外的是一只手，那只手腕间系着灰线引，手里握着一块木牌，木牌上用朱红色的颜料，绘成一个极复杂的门派徽记，不知道那颜料有什么古怪，隔着这么远，都能感受到一道清楚的燥意与热度。

进入周园的人类修行者都会有灰线引，木牌上的门派微记表明身份，只是简单的一个动作，却代表了多重意思，可以尽可能地避免不必要的误会，从这个细节就可以看出，那道苍老声音的主人非常小心谨慎。

徐有容只能隐约看到模糊的画面，看不清楚细节，但从她脸上平静的神情上来看，绝对无法看出这一点，她从那人的声音中听出了强烈的戒备与警惕，想

085

着周园开园后的惯例与血腥争斗,再想着自己浑身血迹,确实容易误会,说道:"非敌。"初次相遇,自然谈不上是友,但也并非对手,这就是她给出的解释。

片刻后,一个人从山崖那面走了出来,那人满头白发,容颜苍老,至少已过百岁,神情步伐很是从容稳重,却又并不遮掩自己的警惕,虽然走了出来,垂在腰畔的右手却握着一件法器,似乎随时可能会出手,与徐有容保持着在他看来安全的距离。这个距离很有讲究,能够让他觉得安全,也能让对方觉得安心,不是经历多年风霜雪雨的修行前辈,断不至于有如此绝妙的分寸感。

徐有容感受着对方并不掩饰却也并不刻意散发出来的气息,确认这名老者是位通幽境巅峰的强者,心情微紧,脸上的神情却放松起来。她松开弓弦,握着长弓说道:"请教前辈尊姓大名。"

周园里的规则向来血腥暴力,而且现在不在三处园林、还藏匿在山野里的人类修行者往往都是高手,对周园里的宝物、传承颇有想法,和这种人相遇,说不得便是一场恶战,要知道对方极有可能并不知道魔族已经潜入周园的消息。所以她很平静而直接地继续说道:"魔族已经潜入周园,我们被魔族偷袭所伤。"

这依然还是解释,只是解释里不着痕迹地加入了一些意思,能够潜入周园的魔族必然是强大的,但需要偷袭才能伤到她,那么她必然也是强大的。

不知道那名老者有没有从她这句看似不经意的解释里,得出她想让他得出的结论,因为很明显,这名老者如她先前猜测的那样,从进周园开始,便一直藏匿在踪罕见的山野里,刻意避免与别的修行者接触,以至于到此时还不知道魔族进入周园的消息,此时听到她的话后,很是吃惊。

"魔族如何能进周园?"老者很是震惊,但却没有什么惧意,他望向自己手腕上的灰线引,冷笑说道:"难怪会出这么多的古怪。"很明显,他已经完成了在周园里的寻宝,找到了自己需要的东西,所以曾经试图点燃灰线引离开,却失败了。

徐有容没有解释,因为魔族的阴谋太复杂,而且没有必要。

那名老者望向她身后落叶上的陈长生,看着他满身的冰霜,微感诧异,问道:"这人是你的同伴?"

徐有容摇头道:"我不认识他,只是看到他被魔族强者攻击,恰好救了下来。"

"在那样时刻还不忘救人,你这个小女娃娃不错。"那名老者看着她面露赞赏之色,接着说道:"不过,你们这是要去哪里?"

徐有容说道:"人类修行者现在正聚集在三处园林里,我本准备带着这名同道过去,但因为受伤的缘故,速度不快,至少需要大半日的时间,担心被魔族追上,不想遇着前辈,想麻烦前辈去通知一下别的同道,过来接应一下我们。"

那名老者流露出不赞同的神情,说道:"一道同行便是,我送你们过去,怎能让你们留在此间冒险。"

徐有容说道:"潜进周园的魔族高手实力很强,前辈要照顾我们二人,只怕……"言有不尽之意,却是好意。

那名老者笑了起来,说道:"如果在周园外,说不定要小心些,这在周园里,我倒想会会你说的那些魔族强者。"他的笑意很洒脱,神情平静从容,眼神温和而明亮,说这句话的时候,显得极为自信。一名通幽境巅峰强者,在周园里应该是无敌的存在,老者的自信自有其道理。

不知为何,徐有容没有告诉对方,潜进周园的魔族强者,要比普通的通幽境巅峰更可怕,更不要说还有南客这样的恐怖存在。她流露出好奇与敬慕的神情,问道:"请问前辈您是?"

老者说道:"我姓白名海,于落阳宗里修行两百余年,极少出宗游历,想来你也不知道。"

徐有容微怔,似乎对这个名字有些茫然。实际上,她觉得有些冷。

24 · 我要你的……

落阳宗是大陆极特殊的一个宗派,不属国教南北任意一支,因为这个宗派修行的功法,并不以星光洗髓为根基,而是以地火为能量来源。这个宗派的山门在西南极偏僻的一座火山旁,宗派里的修行者极少现世,没想到今年周园开启,居然也来了人。

如果是普通修行者,大概会如老者所言,连落阳宗都没有听说过。但她不是普通修行者,作为下一代的南方圣女,无论当初在大周京都,还是后来在南溪斋,除了修行与解读天书之外,她还要接触学习很多大陆各宗派的知识,所以她知道落阳宗。她更知道这名叫做白海的老者,乃是落阳宗长老,实力强悍,性情……冷酷嗜血。

"原来是……落阳宗的前辈。"她的声音在中间顿了顿,看上去就像是不知道落阳宗的普通宗派弟子，本着礼数重复了一遍。

那名落阳宗长老白海，看着她颇感兴趣问道："你是哪个宗派的弟子？"

徐有容行了一礼，神情恭谨应道："晚辈是秀灵族人，没有宗派。"

白海神情微异，似乎没有想到这个少女居然是秀灵族人，然后说道："走吧。"

说完这句话，他向徐有容走了过去，很自然，仿佛就是准备去替她扶起躺在落叶里的陈长生。

"好的，前辈。"说完这句话，徐有容把陈长生从落叶里拎了起来，向对面走了过去，也很自然，就像个听从前辈命令的乖巧少女。

无论是她还是白海，都没有注意到，陈长生的眼帘微微颤动了一下，似乎将要醒来，但终究没能醒来。

落叶上响起簌簌的声音，那是鞋底的碾压，每一道声音响起，便意味着距离缩短了一些。

白海忽然停下脚步，淡然说道："你受了这么重的伤，把这位同道给我吧。"

徐有容神情平静说道："多谢前辈高义，我伤不重，还可以撑得住，所以不用。"

此时，二人之间还隔着十余丈的距离。但没有人再往前走一步。落叶的碎裂声不再响起，树林里重新变得安静无比，甚至可以说是一片死寂。过了很长时间，林中才再次响起一声叹息。白海面带憾色，看着她叹道："从相遇到现在，竟是没有任何漏洞，完美至极。"

徐有容看着他平静说道："你也一样。"

很明确的，她不再称呼对方为前辈，您字也变回了你字。

白海微微挑眉，有些不解问道："先前隔着百余丈的距离，您完全可以挽弓射我，为何没有？不要说当时您没有看穿我。"

很自然的，他不再以前辈身份自居，你字变回了尊敬的您字。

徐有容没有解释，因为她不想让对方确定自己真元枯竭，无法保证梧箭能够远距离杀伤一名通幽境巅峰强者。如果再近一些，就像此时一样，只要对方再往前一步，她便会尝试着射杀对方，可惜对方没有。所以她这时候的心情其实也很遗憾。

白海看着她问道："您早就看出来我的意图？"

徐有容平静不语，便是默认。

白海问道："为什么呢？我自认演得很不错。"

徐有容的答案很简单："感觉。"

白海很是感慨，叹道："这大概便是传说中的天赋吧。"

说完这句话，他一掌隔空拍向徐有容的面门。暗红色的火焰，出现他的手掌边缘。随着掌势向前，一掌化作了数十掌，罩住了徐有容的四面八方。

树林里的天空都变成了暗红色。那些暗红色的火焰，比普通的火焰似乎要重一些，仿佛拥有某种实质的感觉，就像是地底看似微暗、实际上无比炽热的岩浆。梢头的青叶骤然卷曲，树皮开始发裂，温度陡然升高。下一刻，这片暗红色的火焰，便会把徐有容和陈长生卷进去。

就在白海出掌的同时，徐有容的右脚踩向地面，啪的一声轻响，她和陈长生身体四周的落叶，从地面震起，漫天飞舞。落叶无法挡住那些带着暗红色火焰的万千掌影，轰的一声，顿时燃烧起来，变成了一片狂暴的火海。恰是这片火焰，挡住了白海的视线和那万千道掌影里蕴藏的杀意。这便是以火制火的道理。

借着火海狂暴燃烧的掩护，徐有容拎着陈长生，化作一道残影，闪进了树林外的山崖之中。那里是白海的火掌唯一无法覆盖的地方，也是她早就已经看好的地方，山崖如果是实体，自然无法进入，但那片崖壁上有一个山洞。在这场暗藏杀机的对话开始之前，她便已经发现了这个山洞，同时做好了计算，一旦没有办法抢得这场战斗的先机，她也给自己准备好了退路。这个山洞便是退路，但是，没有后路。

树林里的火海微乱，白海破空而至，神色沉肃，再次出手。万千道带着暗红色火焰的掌印，骤然间凝作一道笔直的火线，直接向洞中的徐有容后背轰去。这位落阳宗的长老，知道自己今日想要杀的少女是何等人物，哪里敢有半点留手，更不给自己留任何退路，出手便是威力最大的落阳掌，而且将自己的毕生修为尽数施展了出来。

徐有容转身，看着那道蕴藏着恐怖能量的火线，神情依旧宁静，手翻一腕，把桐弓向地面插去。崖洞里的地面很坚硬，啪的一声脆响，石面寸寸破裂，桐弓的底端深深插进地面，比她的人还要更高。只是瞬间，无数道树枝，从桐弓上生长出来，无数青叶，在梢头生出，在被火线灼烧的变形的空间里微微招摇，带来一道极清新的气息，布满整个洞口。

这个过程很难用语言来形容。漫长的时间凝缩在了片段的时光里。百年树木，多少年才能建成一座宫殿？这是一棵孤单的梧桐树的生长，也是一座宫殿的建成。桐弓变成了梧桐树，也建成了一座桐宫，是的，就是大周皇宫里那座桐宫，那座曾经把陈长生困了一日一夜的宫殿。梧桐，作为百器榜上独一无二的双神器，原来还有这番妙用，南溪斋的前代圣女们，竟是把桐宫附在了桐弓之上！桐宫是一种阵法，用来困敌，极为强大，用来防御，则无比坚韧。

轰的一声响，那是火势迅速扩张的声音，也是火浪遇着石墙的撞击声。崖洞洞口，火势燎天而起，青翠的梧桐树叶仿佛都要燃烧起来，然而那道火线，却无法逾越这棵梧桐树一步。这是凤凰栖的梧桐，凤凰就是火，它的血是火，身躯也是火，相伴无数万年，梧桐树里尽是火意与火精，又怎么会怕火？不要说是落阳掌带来的火焰，就算把这柄长弓丢进落阳宗的地火涧里，也不能损其分毫。青枝伸展，把崖洞隔成两个世界，把炽烈的地火与白海拦在了外面。

隔着火焰，徐有容看着白海，神情平静，没有说话。

白海的神情很凝重，但没有因为自己召唤出的火焰无法突破她的桐弓防御而有任何挫败感，看着她说道："我落阳宗建在幽火山谷里，那里除了炽热恐怖的地火，最多的便是瘴气，那些瘴气与地火相生相克，我很想知道，您的这柄长弓能不能顶得住它。"

说完这句话，他收了落阳掌，走到梧桐树前，毫不犹豫地再次一掌拍了下去。这一次没有炽烈的火焰生出，只有一道淡而诡异的气息，伴着无数尘粒般的事物，从他的掌心里喷出，落在梧桐树的树干与青叶上。只是瞬间，青翠的梧桐树便仿佛在风沙满天的北方停留了数年时间之久，蒙上了一层厚厚的灰，再也不复先前那般生机盎然。那些灰是由极细的尘粒组成，每颗尘粒，都是白海在幽火山谷里呼吸吐纳数百年所采集的火瘴之精。外在的逐渐黯淡并不重要，可怕的是那些尘粒正在不停侵蚀着桐弓的本体，梧桐树青翠的树叶上面，已经出现很多细小的灰色斑点，而且那些斑点还在以肉眼可见的速度扩张，树皮上同样也出现了很多可怕的裂口，还在不停向里面深入。

如果是平时，凭借堪称磅礴的真元数量，徐有容便可以让桐弓不染微尘，更不要说她的真凤之血又岂能被区区毒瘴所染？但现在，她只能依靠桐弓自身来对抗这些来自地涧深处的幽火毒瘴，桐弓能撑多长时间？

隔着梧桐树的枝叶，她看着那位落阳宗的长老，平静问道："你为何要这样做？"

白海说道："进入周园的所有人都是为了利益，我自然也不例外。"

徐有容道："你确定……从我身上得到的利益，超过需要冒的风险？"

白海微笑说道："我非常确定。"

徐有容淡然说道："我可以给你无穷的好处，你想象不到的好处。"

当今大陆，修行宗派众多，各有珍秘，落阳宗这样的奇门更是如此，但她绝对有资格说出这样的话，而且对方不得不信。

白海说道："能得到圣女峰和大周朝的双重感激，自然难得，可惜的是，如果不把您逼入现在的绝境，又怎么可能得到这样的好处？"

徐有容说道："你一直都知道我是谁？"

"是的，天女大人……我没说错吧？听说圣女峰所有山门，无论慈涧寺还是南溪斋的弟子，都这样尊称你。"白海看着她微笑说道，"昨夜在我在暮岭下面，看到了您展开的火翼。"

徐有容说道："知道是我，你居然还敢对我不敬？你修行已逾两百年，难道还无法控制自己的贪欲，以至于疯狂？"说这句话的时候，她的神情很平静，仿佛根本没有什么怒意，但自有一种居高临下的感觉。

白海平静说道："贪婪使人疯狂，但我并不是真的疯子，如果是在周园之外，我这时候肯定是跪在您面前，亲吻你鞋前的地面，可是……这是在周园里，而且您已经被那位魔族公主殿下重伤，如果我错过这个机会，我一定会遭天谴。"

徐有容看着眼前一片青叶，平静问道："你想从我这里得到什么？这件神器？还是别的？"

白海苍老的脸上露出一丝诡异的笑容："我……我要……我要您的血。"

25 · 修道从来不愉快

崖洞内外一片安静，只有瘴毒不停侵蚀梧桐树发出的轻微沙沙声，听上去就像是数万只蚕在啃噬桑叶，有些毛骨悚然的感觉。

徐有容沉默不语。潜进周园的魔族，是真正的敌人，而且她没有信心能够战胜这名通幽境巅峰的落阳宗长老，所以刚才她想要付出足够多的代价，换取对方的离去，如果对方担心事后圣女峰的报复，她甚至准备以真凤之血发誓。

然而，她没有想到对方要的是自己的血。无论离宫里的卷宗还是圣女峰的资料里，国教南北两派对这名落阳宗长老的评价都是冷酷嗜血，但这里的"嗜血"二字指的是性情，并不代表此人真的像某些变态的魔族那样喜欢食人肉饮人血，不然用不着离宫和圣女峰出面，离山剑宗也早就把此人杀了。她有些不解，然后想起落阳宗的修行功法与地火相关，大概明白了些什么。如果对方要的是自己的真凤之血，那么自然不会再让自己再活下去。

"我在开始修行之前，是南方的一名书生，最初的人生理想是考取功名，做官，挣银子，娶个漂亮的女子，然而您在圣女峰生活了数年，应该知道南方的那些朝廷，实际上不过是各宗派山门和世家的傀儡，就算做官做到宰相，也不过是那些修行者呼来喝去的狗。"白海想着很多年前的往事，有些感慨，"在宦海里沉浮多年，我终于明白了这个道理，于是想要修行，奈何年岁已长，很难把玄门正宗的功法修到极致，于是我剑走偏锋，拜在了落阳宗的门下，说来也是幸运，我的学识素养极高，道法能力也极强，竟只用了二十年的时间，便修到了通幽境。"

瘴毒缓慢地侵蚀着梧桐树，他和徐有容站在洞里洞外，相隔咫尺，却无法接触，于是他有时间，好好地回顾一下过往，也算是给对方一个解释。

"可是就到这里了。"他有些伤感道，"我再也没有办法继续前进，其后的一百多年时间的修行，全部是在浪费生命，我很不甘心，明明自己拥有足够的智慧与阅历，论起勤勉程度更是不逊于任何人，为何却始终无法突破通幽境？难道是血脉天赋很普通的原因？"

说到这里，他望向青树后的徐有容，毫不掩饰自己眼神里的嫉妒与愤怒："可是血脉天赋不是由自己决定的，是上天胡乱分配的，凭什么像你们这种人就有如此美好的血脉天赋，而像我们这样的人无论如何努力也永远没办法追上你们？凭什么你今年才十五岁就修到了通幽上境，而我却要用一百多年？"

"后来我在宗门里终于发现了一种功法秘籍，可以帮助我突破通幽境这道门槛，只是这种功法修炼起来太过困难，需要最纯粹的火晶替我重新洗髓换血，可是宗门当年的地火之晶已经被祖师爷铸进剑中，然后随他一道消失不见，我到哪里找去？难道我还有本事远渡重洋，去南海里的那些岛屿寻找红龙？我在世间苦苦寻觅了十余年时间，始终没有任何进展，终于让我想到了一种可能。"

白海侧身望向远处草原的方向，说道："祖师爷死了，地火之晶也随着他的佩剑消失无踪，以他当年近乎从圣的境界，谁能杀他？最大的可能，当然是周独夫,那么他的剑会不会遗落在周园里?就在传说中的那方剑池之中?"

"所以今年周园开启,我毫不犹豫地进来。实话说,我看到了青曜十三司的烟花警讯,我甚至还看到了一个被魔族毒死的人类修行者,但那又怎么样?什么事情都比不上找到祖师爷的佩剑重要,只是……我在这里没有找到任何那把剑的痕迹,我甚至连地火之晶的气息都感知不到丝毫,我绝望了。"

他转身再次望向徐有容,因为苍老而略显浑浊的眼睛里,渐渐流露出炽热的神情:"然而就在我绝望的时候,我看到了您展开火翼从暮峪峰顶飞了下来,我知道您受了重伤,我知道这将是我突破境界的最好机会,甚至也有可能是最后的机会!"

"地火之精算什么?您身体里的真凤之血蕴藏着更狂暴、更炽烈、更纯净的能量!只要能够服下您的血,我肯定能够修成那套秘法!我可以轻轻松松地突破通幽境,凝火成功!将来甚至有机会踏进神圣领域!这种诱惑对我们这些人来说有多大,您知道吗?"白海越说越激动,声音越来越嘶哑。

徐有容看着他说道:"我不知道。"

白海怔了怔,问道:"你说什么?"

"修行破境对我来说是很简单的事情,就像吃饭喝水一样,我从出生开始,就注定将来会进入神圣领域,所以……"徐有容看着他平静说道,"我无法理解你的心情。"

说这句话的时候,她很淡然。所以白海无比愤怒,还有极强烈的失落。

如果这时候陈长生醒着,大概能体会到这名落阳宗长老的感受,不是因为他有过这种体会,而是他也经常像徐有容一样,让别人有这种感受——很认真地说着客观的事实,对方却要被迫承受尽的羞辱直至无语。对此体会颇深的唐三十六,曾经如此评价:你和徐有容,都是让人无话可说的家伙。

白海确实无话可说,所以只好狂怒吼道:"血脉天赋?上天不公,待我稍后把你的血吸干净,那你的血脉天赋就会是我的!我就要改变这种不公!"

徐有容知道了原因,便不再理会对方,对于一个冷血修行者充满文艺腔调的呐喊,她没有任何兴趣。她走到陈长生身旁坐下,盘膝开始调息,手中不知何时多了几块极精纯的晶石。周园里无法与满天星辰发生联系,她感知不到自己的命星,昨夜通过晶石很困难才聚起的真元,此时又有了涣散的征兆。

这个事实让她有些不愉快,就像她虽然不在意白海的阴险毒辣,但作为下一代南方圣女，为了人类的将来，在周园里不眠不休奔波两个昼夜，与魔族公主血战连连，最终被迫进入绝境，却要死在一个人类的手中，这也让她感觉很不愉快。

隔着梧桐树的青叶，白海看到了她微微挑起的眉，猜到她此时的感觉，微讽说道："觉得不公平？"

徐有容盘膝坐在地上，神情宁静，虽然没有回答，却感觉仿佛是在说，难道有谁敢认为这是公平的？

"我知道你觉得像我这种人类冷酷自私，阴险狡诈……但你有没有想过，其实你和我们没有任何区别。你以为自己真的是凤凰？你以为你真的像自己想象得那般圣洁无瑕？你以为你就代表着道德？"白海苍老的脸上流露出轻蔑不屑的意味，指着她身后的陈长生说道，"昨夜我看着你从暮岭飞下来，然后一路悄悄追踪，虽没有看到你是怎么救得此人，但想来肯定是在魔族强者们的眼前，那先前你为何准备把他一人留在芦苇荡里？我没有看到你在树林里去做了什么，想来不过是那些俗套的心理挣扎，可你为什么要挣扎？有没有人看到为什么对你有影响？说明你真正在乎的不是什么道德仁义，而是别人对你的看法！"

这番话毫无疑问极为诛心。这位落阳宗的长老，并不知道不久之前，有位黑龙小姑娘和他一样，对徐有容做出过相同的评价。毫无疑问，这番话极为诛心，很难辩解。

徐有容神情平静，仿佛根本没有听到这番话，根本不屑辩解。这种不屑，不是无言之后的伪装，而是她真的对这番话没有任何感觉。别人怎么看待她，她从来没有真正在意过，她不在乎那些魔族强者会怎么想，自然也不会在乎这个无耻的人类修行者会怎么想。

相反，听到白海这番话后，她暗中松了口气。因为这番话透露了一个信息，此人并没有看到她先前离开芦苇丛，去岸边的树林里做了些什么。不过被人这般嘲讽羞辱，终究不是太愉快的事情。

她望向身后的陈长生，微微蹙眉，心想如果不是要带着此人，昨夜自己便已经轻身离开，即便先前在山崖处遇到白海，也至少有三种方法可以避开，何至于像现在这样被困在这个山洞里，稍后还可能会被对方喝掉自己的血……

从血脉天赋觉醒之后，她在人类世界里的地位便很特殊，无论是圣后娘娘，还是圣女老师，对她都是宠爱有加，至于那些青曜十三司里的同窗、圣女峰的同门,以及世间所有修行者,何时敢对她有丝毫不敬?居然想喝自己的血?

这自然也不可能是什么太愉快的事情。她无法接受。她取出命星盘,手指快速地滑动,那些繁复的线条不停变幻,组成更加复杂的图案。

"这是什么?这是命盘?"白海在洞外看着这幕画面,隐隐有些不安。

徐有容没有理会此人,继续着自己的推演。

26·穿过她的黑发的他的手

只可惜到最后,命星盘上的图案依然一片模糊,就像她现在眼中的周园一样。她看不到自己的命运,哪怕最细微的指向都没有,但在那片图案里的某一处,她看到一些灰色的轨迹。看到他人的命运,总是比看清自己的命运要简单一些。

她再次望向昏迷中的陈长生,有些不解想着,怎么此人与自己之间会有联系?就因为自己救了他?只是此人的命运轨迹如此灰暗,简直看不到任何生机,就像先前在芦苇丛里确认的那样,如果没有意外,此人必死无疑。

"你只要还没死,我都会尽可能让你活着,但是……如果你注定要死,能不能请你早点死,自己去死,不要拖着我和你一起死?"她看着陈长生想着。

山洞里退路,却没有后路,她的真元近乎枯竭,凤凰之魂再次沉睡,桐弓不可能永远坚固不破。青翠的梧桐树上,已经出现了越来越多的灰色斑点,那些都是瘴毒的痕迹。

她低着头,两手的食指轻轻相抵,自言自语着:"没事……没事的,容儿一定会没事的。"

这时候的她就像一个普通的小女孩,有些委屈伤心,有些心慌。软弱只是一时,委屈也只是一时。片刻后,她便平静下来。她从来都不是普通的小女孩。她是徐有容。她抬起头来,眼眸明亮。她决定行险,杀掉此人。

时间还在流逝,并没有走过太远距离,桐弓化作的青树,应该还能支撑更长时间,但忽然间,青树化作光点,在洞口消散无踪。她向着洞外掠去,双手在空中划出两道火线,攻向白海。

在明显处于劣势的情况下,自行解除最后的防御手段,抢先发起攻击,这是很勇敢、很出人意料的选择,当然非常突然。但从昨夜做出夺凤血这个近乎疯狂的决定之后,白海便一直处于自己最强大的阶段中——是的,哪怕是被评为冷酷嗜血的他，也觉得这件事情很疯狂，这让他前所未有的兴奋与紧张，竟让他的境界始终保持在最巅峰的状态里，于是才能够找到徐有容的踪迹，以及此时他能够很稳定地接下对方的反扑。

梧桐树消失，依然在上面的瘴毒，化作漫天灰尘在洞口弥漫。白海稳定而强大的手掌，破灰尘而出，直接对上了那两道带着圣洁意味的火线。轰的一声，崖洞内外烟尘更盛，然后有凄厉的破空之声响起，两道残影拖着火星不停地流转，场间的温度陡然升高。

火线骤敛，掌风狂啸，一道身影疾速倒退回崖洞深处，无法站稳，重重地落在崖壁上，发出沉闷的撞击声。被逼进崖洞的是徐有容，她顾不得撞击带来的痛楚，把手伸向身旁。

白海哪里会再次给她调息布防的机会，化作一道灰影，来到她的身前，手中的法器骤然间大放光明，把她刚刚重新握在手中的桐弓击飞，同时身形前趋，枯瘦的手掌闪电般探出，紧紧地扼住了徐有容的咽喉。

这场战斗结束得很快。徐有容不再做无意义的抵抗，微微蹙眉，没有吐血，脸色却比先前更加苍白，显得很虚弱。就算是平时，苦修二百余年终至通幽境巅峰的白海，遇到她也有一战之力，更何况现在她身受重伤，真元已然枯竭。最终的结局，没有任何意外。

白海自己却有些难以相信这个事实。"你败了。"他看着徐有容声音微颤说道，苍老的面容上浮现出一抹不正常的红晕。那是兴奋与激动，也有一些惶恐不安的因素。天凤转世，就这样被自己击败了？自己居然胜得如此轻松？他有些不可思议地说道，"昨夜到底是谁，居然把你伤得如此之重？"

徐有容自然不会回答他的问题，神情依然平静，仿佛对方根本没有扼住自己的咽喉与命运。这种无视让白海再次愤怒起来，厉声喝道："现在我只需要动动手指头，你就会死去，这样的情况下，也不屑于和我说话？"

徐有容静静看了他一眼，依然没有说话，用沉默表明自己的态度。

白海怒极反笑，声音变得有些诡异："不要以为这样就能激我杀死你，你放心，我一定会让你活着，看着自己的血被我吸干净。"

徐有容眼中终于流露出一丝厌憎的神情。不是恐惧，不是害怕，只是厌憎。

白海身体前倾，看着她的脸，声音微颤，感慨说道："你这脸……是怎么做的？居然这么真。"

徐有容看着这张阴险的、苍老的脸，忽然有些后悔。

"我从来没有想过，居然能够有与你近在咫尺的一天。"白海看着她明亮如秋水的眼眸，发出令人牙酸的笑声："哈哈哈哈，这真是我的荣幸。"说完这句话，他的身体再次前倾，与她离得更近了些。

徐有容静静看着他，虽然没有说话，却自有一股神圣不可侵犯的感觉。

不知为何，看着她的眼睛，白海忽然间失去了戏弄对方的兴趣，甚至有些不安，声音微涩说道："您放心，我会让您有尊严的死去……所以就算您有什么最后的手段，希望您也不要用，不然我真不知道一旦希望落空之后，我会做出什么人神共愤的事情来。"

徐有容有些艰难地转过头去，不再看他，然后闭上了眼睛。

白海怔了怔，低头凑向她的颈间。他从来没有做过这种事情，所以有些紧张。尤其是想到，对方是神圣不可侵犯的天凤转世，是真正的圣女，他更加紧张，动作显得有些笨拙。

下一刻，徐有容的眉头再次蹙起，似乎有些痛。

白海的眼瞳急剧收缩。他觉得，那是自己此生品尝过的最美味的仙浆玉液。只是……为什么这么少？

下一刻，他便忘记了这个疑问，那道流入他嘴里的液体，仿佛蕴藏着无穷无尽的火焰，仿佛是真正的太阳的精华，要比落阳宗里的地火纯净无数倍，与之相比，传说中的地火之晶又算得什么？只是瞬间，他便觉得有无数的能量灌注进了自己的身体。只是一口，他便醉了，花白的眉毛飘起，眉眼不停挤弄，如痴如醉，看着极为怪异。

徐有容看不到他的脸，他也看不到徐有容的脸，所以他没发现，徐有容睁开了眼睛。她静静看着崖洞里的石壁。不知道为什么，已经到了死亡深渊之前，正在禁受如此的羞辱与残酷，她的神情依然很平静，仿佛还有余暇思考些别的事。

时间缓慢地流逝，却是那样的坚定，令人心生畏惧。忽然间，徐有容的眉毛再次微微挑起，因为她发现自己似乎算错了。就算自己能够杀死这名可恶的老贼，但自己身体里的血也会被对方吸食干净。这一次，她的眼中出现了真正的悔意，虽然很淡，但终究是有些后悔。她不想就这样死去，更不想死的时候，这个老贼的尸体还会压在自己的身上。

然而就像星空里的命运轨迹一样，一旦开始运行，便再也无法停止。这是她做的决定,她的计划,一旦开始实施,她便成为这个计划里的一环,再也没有办法阻止结局的到来。这就是自己的命运吗?她静静地想着。

命运,是无法改变的。无论国教南北两派,都是如此认为。但有些人并不这样认为。比如王之策,比如那些必须要改变自己命运的人。徐有容以为自己的命运无法改变,只能和这名老贼同归于尽,最后变成崖洞里无人发现的一对尸体,却忘记了这个崖洞里还有一个人。

一只手在她的眼前抬了起来,带着她的视线,慢慢地向着她的颈间移去。这只手不大,指甲剪得很干净,手指修长,平时很温暖,这时候却很寒冷,指缝里还残着冰雪。这只手看着有些疲惫无力,但却是那样的坚决,穿过她的黑发,擦过她的耳垂,落在她的颈间……这只手缓慢而坚定地捂在了白海的脸上,然后向外推去。

27·血案

就像徐有容忘记了昏迷中的陈长生一样,白海也从来没有在意过那名浑身带着冰霜的年轻修行者。而且他此时正陶醉在天凤真血带来的迷幻般的至高快乐之中,没有任何防备,于是竟被那只手推离开来。

崖洞里一片安静,白海看着陈长生,神情有些愕然,片刻后,他才明白发生了什么事情,觉得有些不对劲。

此时,他的唇角还残着一滴血水,配上那张有些扭曲的苍老的容颜,看着异常恶心,就在那滴血水快要滴落的时候,他醒过神来,有些慌张地用舌尖卷进唇里。对想要修行落阳宗秘法、突破通幽境的他来说,徐有容的每滴血都是至为珍贵的宝物,哪里能够浪费,只是这画面未免更加恶心。不知道为什么,他觉得舌根有些发甜,舌尖却有些发麻,心想难道这便是天凤之血的味道?

就在这个过程里,陈长生扶着崖洞的石壁,艰难地坐了起来。他此时是如此的虚弱,似乎只要一阵风拂过便会再次倒下,如何能够克敌制胜?

白海感觉到脸上有些麻痛,伸手摸了摸,发现上面有些水渍,再望向陈长生的手掌,发现他的手掌上亦是覆着冰雪,不由眯了眯眼睛。毫无征兆,他一指隔空点了过去,一道蕴藏着恐怖地火的气息,直射陈长生。

陈长生似乎只是下意识里一掌拍了过去,掌前的空气里却瞬间结出一道冰镜。那道地火气息，触着这面冰镜，嗤的一声响，同时化作青烟散去。

白海的眼睛眯得更加厉害，看着他诡异笑着说道："居然是雪山宗隐门的弟子，以为靠玄霜真气，就能挡住我？"

雪山宗是大陆西北的一个宗派，相传雪山宗的开派祖师拥有玄霜巨龙的血脉，自行开悟创造了一种功法，于是在西北极寒之地开山建派，全盛之时非常强大，无论是魔族还是中原国教正宗，都不愿意轻易招惹，然而随着时间的流逝，玄霜巨龙血脉残留的越来越少，雪山宗也逐渐势微，早在数百年前便已经附于离宫之下，而且也已经很多年没有出现过真正的高手或是有前途的年轻弟子。

没有人会低估一个曾经辉煌过的宗派，就像南溪斋分为内门外门一样，很多大人物都知道，雪山宗也有隐门一系，只不过很少行走世间。落阳宗修行的是地火，与修行寒功的雪山宗天然抵触，当年也曾经有过很多冲突，身为落阳宗长老的白海，自然对雪山宗非常了解，看着陈长生横剑结出的冰霜虚镜，一言便道破了他的来历，同时心中的杀意也陡然间再提数分。

徐有容看着身前陈长生的脸，心想原来是雪山宗的隐门弟子，难怪修行的功法如此特殊。她的视线有些模糊，却可以清晰地感觉到陈长生眼神里的宁静，明明局势依然危急，陈长生依然伤重虚弱，可不知道为什么，她忽然觉得可以放下心来，可以把后面的事情交给这个年轻的修行者了。

"没有想到，居然能在周园里遇到雪山宗故人之后，更没有想到，我在神功告成之前，还需要多杀一个你。"白海看着陈长生诡异地笑了起来，说道，"好在这并不是太麻烦的事情。"说完这句话，他化掌为刀，带起一道火焰，毫不留情地斩向陈长生的面门。

不要说陈长生此时伤重虚弱，就算他完好无损，也不可能是这位落阳宗长老的对手。他的醒来，似乎没有任何意义，甚至可以说，他醒来的太不是时候。他体内的真元已然枯竭，连短剑都无法握住，更不要说召唤出黄纸伞。他没有任何办法可以挡住这记火掌，唯一能够做的事情，就是提起手掌，打向对方的脸。

他刚刚醒来，根本不知道发生了什么事情，也不知道这名老者是谁，只知道这名老者在做很残忍恶心的事情，老者脸上的笑容有些僵硬诡异，笑声阴森可怕，看着就不是好人，那么……他就要打他。下一刻，他可能就会被这名老者的火掌轰成废渣，但他还是想打他，只要能够打到对方那张阴险可怖的老脸，也算是没有白醒这一场。

陈长生就是这样想的，也是这样做的。但他没有想到，自己的手掌居然真的能够打中对方的脸。啪！一道清脆的响声回荡在安静的崖洞里。他的手掌打中了白海的脸。虽然他挥掌的动作轻飘飘，看着没有丝毫力气，但这声音却很响亮。耳光响亮。

白海怔住了，完全不明白发生了什么事情。他的手掌还停留在半道，离陈长生还有一尺距离，掌缘那些恐怖的地火，正在渐渐熄灭，看着有些凄凉。为什么这个雪山派隐门弟子的手掌，能够落在自己的脸上？为什么自己的身体变得如此僵硬？为什么自己体内的真元瞬间消失一空？只是瞬间，无数疑问涌进他的脑海，让他惊愕恐惧。

下一刻，那些惊恐尽数在他的眼中显现出来。他艰难地扭动脖颈，低头望向陈长生身旁的徐有容，说出了最后一句话。他的声音异常沙哑干涩，语句断续，难以成句，充满了恐惧与绝望："妖……妖……女……血……血里有……毒！"

说完这句话，他就死了。落阳宗长老，通幽境巅峰的强者白海，就这样死在了崖洞里。他死的时候，身体已经无比僵硬，右手停留在空中，就连眼睛都无法闭上，眼中泛着幽幽的绿色，看上去就像一座没有破皮的翡翠原石刻成的雕像。这个画面很诡异，很阴森。下一刻，他的皮肤开始溃烂变化，溃烂却没有深入肉骨，只是发生在表面，渐渐斑斓。有的斑斓是美丽，有的斑斓则是恶心。

陈长生觉得很恶心。这时候他才明白，原来这名老者已经中了某种剧毒，只是不知道是何时中的毒。先前老者脸上那副诡异的笑容，便是毒素发作的原因，那时候，他的神识已经与身体渐渐分离。这毒未免也太酷烈了些。紧接着，他才想起崖洞里还有人，望了过去。那名少女的衣裙上到处都是血污，快要掩去原来的白色，寻常清秀也快要被虚弱疲惫的神情掩盖，眼神却十分清冷。他怔了怔，问道："你没事吧？"

28·人生若只如初见（一）

不知道为什么，陈长生说话的速度比平时要慢很多，就像是舌头有些不灵活，显得慢且笨。

徐有容没有回答，艰难地撑着地面坐起，无力地靠着崖洞的石壁，然后抬起头来，只是这么一个简单的动作，就让她的脸色再次苍白了数分，她看着身前已经毙命的白海，看着此人苍老容颜上的斑斓颜色，沉默不语。

先前那刻是她此生所经历的最危险的时刻，她撤掉桐弓，假意突袭，然后理所当然地失败，故意被白海制住，就是要让这名落阳宗的长老吸自己的血，因为只有她知道自己的真凤之血里已经混了很多南客昨夜种下的毒。

这个极为冒险而且很恶心的计策果然成功了，但正如她先前生出悔意时想的那样，如果不是最后时刻，白海被那只手推离她的颈，那么在他中毒身亡之前真有可能吸噬干净她最后的真凤精血，那么她就会真的去死。

想到这里，她才望向陈长生，右手握着桐弓收到身前，神情漠然，有拒人于千里之外的感觉。

清秀的少女神情漠然，眉眼间自有一种贵气，显得极为清高，如果是普通的少年，看见这样的异性或者会自惭形秽，然后暗生爱慕之意，或者会觉得尊严受到挑衅从而觉得不舒服，但这两种感觉陈长生都没有。在京都里，他和莫雨和落落这样的女子相处过很多次，对于这种清贵很是习惯，所以表现得很平静，但不知为何，他觉得这名少女给自己的感觉很舒服，就仿佛是新雨后的春林。

徐有容有些意外于他的平静，也比较满意，不见如何动作，那把长弓便消失不见。陈长生怔了怔，然后想起先前昏迷时隐隐约约传进耳中的一些话。这名少女居然是传说中的秀灵族人？

据说无数年前，大西洲与东土大陆之间并没有浩瀚的海洋，而是连在一处。当时的大西洲叫做大西岭，有一个精灵部落生活在大西岭里，这个部落与妖族联姻，留下了很多混血后代，后来随着大西洲与大陆分开，这些混血后代留在了东土大陆，因为容颜秀美，身法灵动快速，所以被称为秀灵族。

除了清新秀美，继承精灵部落喜爱大自然的特质，秀灵族最出名的便是箭术，每个族人都极为擅长弓箭，在妖族与魔族的战争中，秀灵族发挥了极其重要的作用，也正因为如此，成了魔族最痛恨的对象，终于在两千年前，因为狼族的背叛，秀灵族的祖山被魔族大军围困，妖族救援不及，秀灵族惨遭屠戮，就此灭族，只有一些年幼的族人通过狭小的地下通道，逃出了群山。

如果故事到这里便迎来了结局，或者还更好些，可事实上，那些逃出魔族铁蹄的秀灵族人迎来了更悲惨的命运，因为容颜秀美、身体迷人的缘故，没能被接回红河两岸的秀灵族人，很自然地成为很多大人物的猎物，无论雪老城里的魔族贵族，还是人类贵族，都以拥有一名秀灵族人奴婢为荣。

101

秀灵族人悲惨的命运，随着近千年之前人类与妖族联盟对抗魔族，才得到了些好转，太宗皇帝颁下旨意，禁止买卖秀灵族人，只是在很多王公贵族的府邸里，依然暗中收着很多秀灵族人。直到大西洲长公主嫁给白帝，又与天海圣后结好，这项禁令的执行力度不断加强，才迎来了真正的转机，南方某世家因为暗中蓄养并且虐杀了数十名秀灵族奴隶而被圣后娘娘灭门之后，人类世界里才真正没有了这种现象。

但经历了这么多年的奴役与折磨，本就残存不多的秀灵族人变得更加稀少，现在绝大多数秀灵族人都生活在白帝城，或者远渡重洋去了大西洲，这数十年里，无论京都还是汶水城，都已经很少能够看到秀灵族人的身影。

知道这名少女是秀灵族人，陈长生看着她的眼光难免带上了些同情的意味，心想难怪只凭一把弓箭，便能进入周园，同时对她眉眼间的那抹清冷抵触也更加释然，如果换成他是秀灵族人，对人类也不可能有太多好感。

他刚醒过来，很多事情都没有弄明白，不知道为什么自己会在这个崖洞里，昨夜昏过去之前，看到的最后那眼光明是什么？

他问道："是你救了我？"

徐有容平静说道："你不用谢。"

陈长生有些不知道该如何接话，心想难道先前自己没有救你吗？愣了愣后问道："请问你是？"

徐有容微怔，这才知道对方没有认出自己——要知道平日里无论她在哪里出现，都会被人认出来，因为她的气质非凡，更重要的是，她生得很美。

这与自恋无关，这是客观事实，因为她是整个大陆公认的第一美人，就连雪老城里的魔族贵族们，对这一点都没有什么异议。

她本想问难道你不认识我，然后才想起来，自己进周园之前，已经请青曜十三司的教士做了易容……因为她不想见那个家伙。因为想起那个家伙，她觉得更加疲惫，低声问道："你还能走吗？"

陈长生此时重伤未愈，刚从昏迷中醒来，浑身无力，但不想成为对方的负累，说道："可以。"

"很好，那你带着我走。"徐有容神情平静说道，"不准丢下我。"

陈长生再次怔住，心想原来是这个意思，真气微转，确认了一下自己的状态，然后点了点头。他应下得很勉强，不是心理上的，而是身体状态确实太过糟糕。

徐有容很清楚他现在的身体情况，但没有出言安慰或是鼓励，在她看来，那些俗套的情绪激励除了浪费体力没有任何意义。"我流了很多血，我很虚弱。"她接着说道。

陈长生心想自己醒来的时候，确实看见那个老怪物正在吸你的血，但你当时的眼神那般平静，而且那老怪物接着便死于你血中的毒，很明显是你布下的陷阱，这时候来说这样的话，又是为什么？另外就是，那老怪物为什么要吸你的血？

徐有容见他不能理解自己的意思，有些无奈，说道："我觉得很恶心。"

陈长生不解问道："然后？"

徐有容说道："我不想回忆刚才的画面，而且我很虚弱，所以，我要晕一晕。"

说完这句话，她没有给陈长生任何反对或询问的机会，很干脆利落地闭上眼睛，靠着崖洞石壁，就这样昏迷了过去。

陈长生被这突如其来的变化弄得有些措手不及，想了想却又觉得这名少女说的话实在是太有道理，不得不服。他没有马上带着她离开，因为他也需要调息，恢复些体力，另外需要更仔细地查看一下自己的状况，昨夜在寒潭那边的湖畔，与那两名可怕的魔族女子厮杀多时，腑脏受了极严重的伤，他不想稍后刚把少女扶到崖洞外，自己便吐血而亡。

神魂自识海而出便是神识，自外而返便是坐照自观。他看到了幽府外的那片湖水，与以往不同的是，那片湖水形成的圆球四周染了很多冰雪，向四周散发着寒意，便是幽府所在的那座灵山，也有些看不清楚，偶尔有罡风拂过，那些冰雪便会缓缓落下，不知过了多长时间，荒原上已经覆上了一层浅浅的白色。

昨夜战斗的时候，他真元燃烧殆尽，荒原上的那些积雪早已消融不见，周围里又没有办法感知到命星，他正担心无法恢复真元，便看到了这幕画面，不够有些惊喜，只是幽府外的那片湖水为何会如此寒冷？

他的神识穿过湖水表面的冰霜，继续深入，然后……看到了一幕令他动容的画面。一条细细的黑龙，正安静地沉睡在湖水里，不停地释放着自己的气息，那些气息是如此的寒冷，如此的纯净。陈长生这才知道，就像当初在地底空间里坐照自焚一样，又是黑龙救了自己一命，那些来自于龙魂深处的寒念，帮助他恢复着真元，降低着他的血液流动速度，同时不断修复他千疮百孔的脏腑。只不过和在地底空间相比，黑龙现在要小无数倍，在湖水里卷着身体，就像一个贪睡的孩子，看着很是可爱。黑龙现在只是一缕离魂，为了救他，想必也付出了极大的代价,所以才会一直沉睡。如果没有它,他这时候或者早就已经死了。他望向手腕上多出来的那块玉如意,沉默不语。

然后他望向靠着石壁昏迷不醒的那名白衣少女。他不知道昨夜发生了什么事情,但大概明白,如果没有她,自己这时候或者也已经死了。这名少女是秀灵族人,虽说人妖殊途,但他与妖族之间的关系向来极为亲密,即便少女未曾经救过他,他也不会把她丢下,更何况现在。

只是怎么才能把她带走?陈长生恢复了些体力,跪坐到白衣少女的身前,伸手比画了几个姿势,总觉得有些不大妥当,在现在这样紧张的时刻,他不会像那些酸腐的道德君子一般还要顾忌什么男女之别,只是他确实没有这方面的经验——抓住腰带把她提在手里?扶着她的臂弯一道同行?把她横着抱在怀里?终究还是最简单的方法最可靠,他直接把她背到了身上,双手向上扶住她的大腿。

他背着她走出崖洞,观察了一下四周的环境,踏着林间的落叶,慢慢向着山麓起处走去,他很清楚周园里的地理环境,知道只要一直往前走,就能走到畔山林语,然而他还没有走到前方山道转折的之字路口,便停下了脚步。

29·人生若只如初见(二)

时间看似不停地流逝,其实很缓慢,从徐有容拎着他来到林间,再到这场险恶的战斗结束,没有过去太久,周园的朝阳还在地平线上方不远,晨风与晨光一道落进林中,被切成各种形状的碎片,缓缓地卷动着地面的落叶,发出簌簌的响声,泛出各种光亮。

陈长生看着远方,沉默不语。他没有折袖那种对危险的天然敏感,也没有徐有容用命星盘推演前方危险的能力,他没有在远方的晨光里看到任何身影,也没有察觉到任何危险,更没有看到任何敌人,但他就是觉得那边太过安静,是的,安静并不是足够的理由,但他感觉不对。

大道三千,他只修一门顺心意。那对魔族美人强者肯定还在周园里追杀自己,可能还会遇到像那个老怪物一般阴森可怕的人类修行者,而他现在根本任何能力自保,他只能相信自己的感觉,相信自己修行了十几年的唯一之道。

所以他没有任何犹豫,转身向着树林的另一面走去,神色有些匆匆,脚步却无法匆匆,因为他这时候重伤未愈,还要背着那名白衣少女,更重要的原因是,他现在的身体比正常情况下要寒冷很多,呼吸和心跳比平时都要慢至少三分之一,双眉与鬓间的雪霜再现,衣衫上沾染的露珠结成了无数小雪粒,被晨风拂落后又迅速凝出,然后又被晨风拂落,纷纷扬扬落在他的身后,在林间留下一道清晰的痕迹。

就在他离开这片树林后不久,随着一道微寒的气息,南客与那名弹琴老者来到了此地。她的视线随着落叶表面那些残留的雪霜,移向远方,她的眼光何等样锐利,只是随意一看,便从那些雪霜足迹上得到了足够多的信息,陈长生已经醒来,正在背着徐有容逃亡,他的伤势明显没有痊愈,脚步显得有些迟滞。

一抹困惑出现在她相隔略有些宽的双眼之间,按照她那两名侍女的说法,陈长生昨夜受伤极重,已然濒临死亡,怎么可能在这么短的时间里便恢复了过来?同时她的神识感知到崖洞里白海尸体的存在,但这时候她没有时间去理会先前究竟发生了什么,直接把两只手臂伸向身旁的空中。

那两名魔族美人化作两道清光,消失无踪,一对绿色羽翼出现在她的身后,伴着一阵风啸,她在林中消失不见。弹琴老者看着林外的方向,确认不远便是那片神秘凶险的草原,不由微微皱眉,猜到随后可能发生什么事情,但他没有别的办法,只能随之而去。

树林便是岸,岸之前是一片水泽,青色的芦苇丛占据了所有的视线,仿佛要漫到天际,但事实上,越过这片芦苇,便是那片草原。那道寒冷的气息帮助陈长生镇压着伤势,同时也让他的新陈代谢速度急剧降低,此时他的心跳与呼吸太过缓慢,自然走得也很缓慢,用了很长时间,才走到这里。

他不知道在不久之前,徐有容拎着他从对面的芦苇丛里走了出来,只知道如果继续往前,便有可能误入那片可怕的草原,然而他没有别的任何选择,只能顺着自己的心意,沿着来时的道路再次走回湿地之中,身体在水里走动,带出些许薄冰。

刚刚走进芦苇丛,还没有来得及思考是冒险向前,还是折转方向,岸上传来的风声便告诉他,不用再想了。

一道寒冽的清风出现,绿意十足的幽光,夺走了所有芦苇与树木的颜色。一名神情漠然的小姑娘,在岸边出现,面无表情地看着他,就像看着一只蝼蚁。

陈长生看着她乱蓬蓬的头发与满是血污的衣衫，尤其是她的眉眼，怔了怔，似乎因为看到了什么而有些意外。此外，他没有握住短剑的剑柄，因为他知道自己与这名魔族强者之间的实力差距太多，战斗没有意义，所以沉默不语，于是显得很平静。

他向来很平静沉稳，无论遇着什么样的大事，都不会郁郁，也不会惊慌失措，这种性格特点，让他拥有远超年龄的气质，同时也经常让人觉得意外，徐有容如此，此时的南客同样如此，她没有想到这就是传闻里深受教宗宠爱的少年，问道："你就是陈长生？"

陈长生没有见过对方，也不知道这个小姑娘便是魔君最疼爱的女儿，只是昨日在湖畔，他听折袖提到过那个名字，通过折袖当时的神情，他非常确定这个小姑娘很可怕，同样，他不知道对方的目标是自己背上的那名白衣少女，以为对方是来追杀自己，警惕之余，又有些孩子气的高兴——曾几何时，西宁镇那个不起眼的乡下少年道士，已经成长到被魔族可怕的大人物视作真正的目标。他如此想着，反问道："你就是南客？"

这是陈长生第一次见到南客，也是南客第一次见到他，在此后的岁月里，他们将分别代表人类与魔族在很多不同的战场上相遇，然后厮杀，发生一些并不有趣、只令人感到疲惫的故事。南客曾经不止一次地想起初见他时的那个早晨，每每都会生出淡淡的悔意，心想当时如果自己再果断一些，不去听他说的那些废话，或者真的有可能当时就把他杀死，那么便不再会有后续的那些故事与麻烦。

时间总是单箭头运行，现在的南客不可能知道将来的事情，她的注意力理所当然地还是停留在徐有容的身上，哪怕对方这时候明显已经昏迷不醒，至于陈长生只是她对话的对象而已："你把她放下来，我饶你不死。"

说这句话的时候，南客的神情依旧漠然，然而在她身旁的两名侍女则有些吃惊，心想主人这是怎么了，居然会与人类谈判，而且若就这般放陈长生离开，她们昨日在那片湖畔拼命的战斗，岂不是没有任何意义。

之所以如此，是因为她们不知道南客在昨夜暮峪峰顶的那场战斗中也受了很重的伤，更重要的是，南客看得很清楚，陈长生站在芦苇丛里，随时可能跳进湖中，而那看似清澈无物的湖水里，实际上有一道分界线，线的那头便是草原。

南客不希望陈长生觉得自己已经进入绝路，从而跳进湖中，因为即便是她，对那片浩瀚而神秘的草原，也有很多忌惮。

听到南客的话，陈长生有些吃惊，这才知道原来对方的目的并不是自己，但他当然不可能把徐有容留下来，自己去逃命——他这时候并不知道背上的白衣少女就是徐有容，他也不像徐有容一样自幼便习惯了背着很多东西前行，他只是答应过她，不会把她丢下。

"我做不到。"他看着南客很诚实地说道，然后看着对方的眉眼，欲言又止。

南客有些木讷漠然的眼神里多了些不解，她不明白陈长生有些奇怪的神情反应从何而来，问道："怎么了？"

陈长生想了想，说道："你有病。"

听着这话，南客的眉猛地挑了起来，就像是清晨去山里辛苦打的一大筐猪草被隔壁的醉汉抢走的小姑娘，很是生气，声音顿时高了起来："你才有病，你们全家都有病，国教学院里的所有人都有病！"

略带稚意却非常寒冷且无比愤怒的小姑娘的喊声在安静的芦苇荡四周回荡着。

那两名侍女沉默不语，不知道主人为何忽然之间变得如此愤怒，为什么对陈长生的这句话反应这么大。

听着岸边不停传来的喝骂声，陈长生觉得有些无奈，心想如果不是你非要问，我怎么会说。不过愤怒与敏感，代表着他的判断是真实的，陈长生忽然想到，或者可以用这件事情来换取离开的可能，待南客愤怒尖锐的声音渐渐变小之后，很认真地说道："我不知道你们魔族在京都的奸细有没有掌握到我的师门来历，如果知道的话，那么你就应该明白我的医术不错。"

南客眼中的神情格外冷漠，看着他就像看着一个死人，说道："我不知道你在说什么。"

陈长生在心里默默组织了一下词汇，以确保对方身为魔族也能够听懂，继续说道："你的血脉有问题，如果不尽快治疗，将来你体内的神魂第二次苏醒之后，可能会出现反噬的现象，就算能够保住性命，也可能会变成一个痴呆。"

南客的脸色有些苍白，不知道是昨夜战斗的残留，还是因为他说的话，但她的声音依然漠然冷静："我不知道你在说什么。"

身为魔族公主殿下，黑袍唯一的弟子，即便周围在她眼前破灭，大概也无不能让她的神情有丝毫变化，但她毕竟年龄尚幼，自以为把真实情绪隐藏得极好，却不知道，陈长生和自己的侍女还有弹琴老者都听出了问题。

如果陈长生说的话对她没有任何影响，她怎么会把同样的话重复两遍？公主殿下有病？而且看起来是很麻烦的病？两名侍女的脸色瞬间变得苍白无比，心想自己如果知道了这个秘密，会迎来什么的下场？那名弹琴老者的脸色也变得有些难看。

30·人生若只如初见（三）

看着南客的反应，陈长生更加确认自己的判断。既然已经开了口，他便想要把话说完，在某些时候，他总是习惯性以医者自居，无法接受一个病人讳疾忌医，虽然对方是他的敌人，而且在处于绝对劣势的情形下，他只能在这方面做文章。

"天赋血脉导致的问题，我很有经验，我想你应该知道这一点，如果你肯让我医治，也许我真的能找到办法。"他看着南客说道。

这个大陆第一次知道他的名字，与那个婚约无关，与青藤宴和大朝试也无关，而是因为他成了落落的老师。他之所以成为落落的老师，并且得到了远在白帝城的那对圣人夫妇的默认，是因为他解决了落落的经脉问题，让她成功地掌握了人类道法。折袖自雪原远赴京都，参加大朝试的目的，不是为了进天书陵观碑，就是因为知道他在这方面的能力，刻意前来求医。这两个事实可以充分证明他的医术尤其是在这方面的能力。

南客的问题在于血脉觉醒，与落落、折袖遇到的问题虽然不同，但有很多相通之处。她盯着陈长生，没有注意到身后下属们的精神波动，沉默片刻后忽然说道："如果……我真的有些不适，你替我治好，我让你离开。"

陈长生心想，到这时，你都不肯让这名白衣少女离开，白衣少女到底是谁？他当然不会接受这种安排，说道："如果我走到你身前，你肯定会杀死我，所以最可行的方法应该是离开周园之后，我再替你诊治。"

南客说道："我凭什么相信你？离开周园之后，你回了离宫，我可没办法去找你。"

陈长生未作思索，说道："如果是承诺，我自然会遵守承诺。"

在尔虞无诈的世界里，在无所不用其极的人族与魔族的血仇之前，遵守承诺是非常可笑的事情，然而不知道为什么，看着陈长生平静的神情，南客却觉得他的这句话无比真诚，竟有种不得不信的感觉。这种感觉让她有些不适应，有些不愉快，说道："我凭什么相信你？"

这依然是一句重复的话，到了此时，南客终于发现了问题，略有些呆滞的眼睛里现出一丝恼怒，试图用别的方式来掩盖一下自己的真实情绪，音调毫无起伏说道："我凭什么相信你说的话，难道你只需要看一眼，便能看出我有病？"

这是第三次重复了。陈长生很认真地说道："是的，我只用看一眼就知道。"

南客面无表情，眼神里的恼意消散，只剩下木讷，说道："你怎么看出来的？"

陈长生想了想，说道："你的问题与落落殿下还有折袖都不一样，他们主要是血脉与经脉之间的冲突，而你……应该是神魂与身体之间的冲突，从你的名字看，你身体里那个神魂应该是孔雀转生？孔雀向来以神魂强大著称，被称为大明王就是这个道理，你继承了它的神魂与血脉，自身的天赋悟性又极强，很小的时候，它的神魂便在你的身体里醒了过来，并且不断茁壮成长，远远超过了你身体的成熟程度，二者之间无法同步同调，渐生冲突，这就是问题之所在。"

南客沉默了会儿，说道："我要问的是，你怎么看出来的。"

"神魂居于识海，但你体内的大明王之魂是第二魂，所以居住在这里，在医书上这里叫做松果。"陈长生指着自己的眉间说道，"孔雀的神魂苏醒，不断成熟，所以导致你的松果越来越大，而你身体的成长却跟不上，所以可以很清楚地看出你的眉眼要比正常人……或者说魔族更宽一些。而且你每日每夜坐照自观，心意尽被所系，所以形成一种很特殊的情况……"

他想了想应该怎么形容那种情况，想了半天发现只有一个词能够形容的最精确，望向岸边的南客说道："我之所以能够一眼看出你身体里的病，就是因为……你是斗鸡眼。"

斗鸡眼？斗鸡眼！

芦苇丛四周一边安静，尤其是岸上更是死寂一片，无论那两名侍女还是弹琴老者，脸色都很难看，看着他就像看着一具尸体。

南客的神情依然平静，甚至可以说有些木然，但不知为何，明明现在没有风，她披散在肩头的黑发，却开始飘舞起来，眼瞳渐渐变成幽绿的颜色，配着那张稚意未退、眉眼略阔的苍白小脸，看上去极为诡异可怕。

在暮峪峰顶，徐有容第一次看见南客的时候，也像陈长生先前看见她时一样诧异，不仅仅因为传闻里的南客只是个木讷的小姑娘，更因为她的眉眼确实较正常要宽阔不少,眼神有些呆滞,看上去有些像智力发育不够完全,而且眼瞳确实有些向中间靠拢。但徐有容没有说什么,因为她把南客看成值得尊敬的对手,对对方身体进行评论,是很不礼貌的事情。

陈长生向来是个很讲礼数的人,就算面对魔族这样的敌人,可以与之战斗,但也不会刻意羞辱对方的身体残疾。他之所以当着南客的面说她是斗鸡眼,一是因为他知道这不是真的斗鸡眼,而是她的神魂与身体冲突的征兆,是病征而不是身体残疾,所以觉得可以说。再者就是,他这时候把南客看作一个病人,身为医者当然要言无不尽——他真的没有恶意,也没有想到"斗鸡眼"三个字对一个少女来说意味着怎样的羞辱,然而就是他这样随意认真而诚恳的话,才显得格外真实可信,于是才会让南客感到愤怒至极。

看着南客幽绿诡异的眼眸和无风飘舞的黑发,他才觉得自己说错了什么,赶紧伸手比画着解释道:"当然没有我说得那么夸张,你只是眉眼宽一些,眼瞳受到神魂的影响,本能里向中间集中,所以看着有些呆呆的,但你的智力肯定没有任何问题。"不愧是国教学院的诚实可靠小郎君,这番解释还不如不解释。

南客的神情依旧漠然,黑发却飘舞得越来越快,鼻息也越来越粗。嗖嗖数声厉响。毫无任何征兆,她抬起右手指向陈长生,五道泛着淡淡绿芒的光线,破空而去,直刺陈长生的胸口!这五道绿光里蕴藏着她的本元力量,附着她眉眼间那道骄傲而冷戾的神魂,正是无比强大恐怖的孔雀翎!

昨夜一场激战后,她真元损耗急剧,如徐有容一般也流了无数血,在这种情况下,她不惜本元也要动用这样的攻击手段,只能说她真的已经气疯了,哪里还在乎什么病,她现在只有一个念头,那就是杀死这个可恶至极的人类少年!

南客伤势未愈,但这样强大的攻击也不是陈长生能够接得下来的,更何况他现在的情况更加糟糕。好在沉睡在他幽府外湖水里的黑龙,不停地释放着玄霜气息,帮助他修复了脏腑上的裂口,最重要的是,那些洒落的湖水冰霜,为他补充了一些真元。

那些真元的数量依然很稀薄,不足以用来战斗,但至少可以让他做些什么——神念骤动,他体内荒原上薄薄的冰霜燃烧起来,一阵金属摩擦声与撞击声仿佛在瞬间之内同时响起,黄纸伞出现在他的手中,迎风招摇。

此时的芦苇丛四周安静得没有一丝风,迎伞而来的风,自然来自那五道可怕的孔雀翎。只听得数道恐怖的撞击声接连响起,芦苇丛骤时化作无数粉末,向着天空与岸边激射散开，仿佛就像是被炸开的积雪一般。五道孔雀翎不分先后的、狂暴而简单地，轰在了黄纸伞的伞面上。陈长生哪里还站得住，燃烧最后的真元，拼命地握紧伞柄，然后脚便离开了芦苇丛，向着天空飘了起来，一直飘到了数十丈外，才沿着一道弧线落下，重重地摔进草原里。靠着黄纸伞，减慢了些下落的速度，但他依然摔得不轻，落在水中，溅起一大蓬水花。

原来一望无尽的野草下方，就像外围的芦苇荡一样，也隐藏着很多水泊。微凉的水面打在面庞上，就像坚硬的石头，巨大的反震力让陈长生险些吐出血来，却又强自咽了回去。他从水里艰难地站了起来，顾不得再次爆发的伤势，拖着更加沉重的双腿，向着前方开始奔跑。

被南客霸道恐怖的孔雀翎击中，落入这片草原，这是他事先就准备好了的事情，无论角度、方位，都没有出现任何偏差，换句话来说，他本来就准备逃进这片草原，是的，虽然所有人都知道，进入这片神秘而凶险的草原，便再也无法离开，但他不得不进。因为如果不进这片草原，他便会死，进去，至少还能多活一段时间，哪怕可能只是多几次呼吸的时间。

天空里不时响起凄厉的劲意破空声，南客恐怖的攻击还在持续。

他没有回头向岸边看一眼，这和真男儿不回头看楼塌没有任何关系，他只是想节约时间，想要更快离开。草原里的水并不深，刚刚没过他的腰，但要在里面行走是非常困难而吃力的事情，想快也没有办法快起来。为了避开面前的一丛水草，他转过头去，看着昏迷中的白衣少女，有些不解，心想明明个子不高，怎么比想象中要重呢？

31·人生若只如初见（四）

站在芦苇丛间，看着面前一望无垠的草原，南客的小脸上没有任何表情，眼神还是像平时那般漠然或者说呆滞，只是垂在裙畔微微颤抖的双手，表明她现在有些虚弱，同时也表明陈长生成功逃离让她有多么愤怒。

草原的上空里还残留着数十道白色的痕迹，那是无比霸道强大的孔雀翎形成的近乎撕裂空间的效果，在如此短的时间里，她竟是连续向陈长生发起了这么多次攻击，难怪她现在的脸色如此苍白，真元消耗得如此之多。

如果是正常情况，隔着数十丈的距离，陈长生此时早就已经变成了肉末，但这片周园里最神秘的草原,果然有些神鬼莫测的特异之处,看似清明无物的空间竟是扭曲的,在草原外看到的世界与真实无法准确重叠,她的攻击竟连陈长生的衣袂都没能触到。

有风轻轻拂过草海与芦苇荡,把她的头发吹得更乱,心情也是如此,她的胸膛微微起伏,呼吸很是粗重。着她的背影,知道她这时候正在爆发的边缘,或者说正在爆发的余绪之中,弹琴老者沉默无语,两名侍女更是连声音都不发出一丝。

"我要进去。"南客忽然说道,稚意十足的眉眼间全是不容反对的意味。当然,那是因为她知道这个决定必然会引来反对,哪怕是最忠实于她的下属以及最害怕她的仆人。

果不其然,弹琴老者闻言大惊,毫不犹豫说道:"万万不可。"

南客微微挑眉,有些不耐说道:"为何不可?"

弹琴老者望着眼前这片看似青美怡人的草原,带着几分悚意说道:"从周园开启至今,从来没有谁能够走出这片草原。"

南客面无表情说道:"那是别人,不是我。"

弹琴老者没有任何退让,说道:"即便是殿下您,在这片草原的面前,也没有太特殊的地方。"

南客抬起右手,在身前拂出一片黑幕,看着上面那四盏若隐若现、不停变换位置仿佛在蹦跳的命灯,说道:"要论起对周园的了解,整个大陆没有谁能够超过老师,有老师的帮助,我有离开这片草原的把握。"

听着这话,弹琴老者沉默了会儿,这次魔族针对周园的阴谋,最重要的凭恃便是黑袍大人对周园的了解,在此次之前,谁能想到,周园除了正门之外居然还有别的门,而且那道门居然在黑袍大人的控制之中?进入周园之后,依循命灯寻找着那些必杀的人类年轻天才,每多了解一些黑袍大人对此事的布置,弹琴老者的敬畏便越深,越发觉得大人神秘莫测,此时听着南客的话,一时间竟无法反驳,甚至有些相信。

"只是……为什么一定要进这片草原?徐有容等四人已经全部被赶进了草原,他们不可能再活着出来。"

"徐有容和陈长生在一起,这让我有些不安。不要忘记,他们一个是天凤转世,一个只用一年时间便从不会修行到通幽上境,所有人类都把他们的存在视为奇迹,那么谁知道他们携起手来,会不会真的创造什么奇迹?所以我要进去,就算他们真能创造出新的奇迹,我也会亲手抹杀。"南客在心里默默想着,尤其是陈长生,他必须死。

弹琴老者见她如此坚定,不再多言,叹了口气,解下今晨才重新修好的古琴,横于膝上,开始弹奏一首曲子。随着琴曲向草原里而去,隐隐约约间,那些比人还高的野草之中,传出一些窸窸窣窣的声音,不知是什么。

老者来自阴烛巫族,擅长精神世界的攻击与控制,他的琴声可以在某种程度上驭使,至少驱逐那些低级妖兽,虽然无法对那些真正强大的妖兽造成影响,但如果要在草原里行走,这琴声可以带来很多便利。黑袍安排他随南客一道入周园,自然有其道理。

南客的信心,有很多也正是来源于此,来源于对老师的绝对信任。她对这片浩瀚神秘的草原也极为忌惮,所以最开始追杀徐有容的时候,以及先前面对陈长生的时候,她都控制着情绪,就是不想这些人类对手觉得自己已经进入绝境,从而进入草原里躲避,但现在陈长生已经背着徐有容进去了。

琴声除了驱逐近处的那些妖兽,同时也是传讯的手段,没有过多长时间,只听着一阵沉重的脚步声,刘小婉和滕小明背着担,提着锅也来到了场间。对这对魔将夫妇,南客的神情明显要尊重很多,缓声把自己的决定说了一番。

那对魔将夫妇沉默片刻后,继续用沉默表示了同意,琴声轻扬,水声轻扬,一行魔族强者,破开芦苇荡,走进了草原,这片漫无边际的草原不是森林,但对于这场追逐战来说,对猎人和猎物来说,都是极陌生的森林,他们会面临同样的危险。

关于周园里那片浩瀚而神秘的草原有很多传说,但因为从来没有谁走进这片草原还能活着出来,那些传说的可靠性自然很值得怀疑,而且大多数传说都太过荒诞——只有真正走进这片草原,才会知道里面究竟有什么,就像总要尝过辣椒的滋味,才会知道并没有毒,那种火灼般的感觉也不是真的火。

折袖背着七间在这片草原里已经走了一天一夜时间,但对这片草原依然没有太过真切的认识,只知道眼前所见全部都是草,回头也是草,到处都是草。直到清晨来临,他们才发现脚下的实地正在渐渐变得越来越少,相反,那些野草下面的水泊却越来越多,土壤越来越湿软。

草原渐渐变成了湿地,在这样的环境里行走变得越来越辛苦,蚊虫虽然不多，但隐藏在草丛里的那些妖兽却越来越多。就在朝阳把湿地全部照亮的那一刻，一群妖兽终于承受不住新鲜血食的诱惑，无视了折袖身上散发出来的强悍气息，向他们发起了攻击。

一时间碎草乱飞，水泊碎成万片金叶，妖兽的鲜血不停地泼洒，直到扔下了数具尸兽，这群妖兽才被迫撤离。

折袖伸手斩下很多茅草，铺在湿漉的地面，扶着七间坐下，然后盘膝开始冥想调息，这场战斗从始至终都是他一个人在打，谈不上太过辛苦，但是被真元压制在眼底的孔雀翎的毒素，似乎又有了向识海侵蚀的征兆，他必须处理一下。

七间靠着微硬的草丛，看着不远处那条比屋梁还要大的漆黑无鳞蛇的尸首，脸色很是苍白。他的伤很重。昨日在湖畔梁笑晓偷袭的那一剑太狠，不止刺穿了他的小腹，更是阴险至极地把真元附在剑锋上送了进来，直接震断了他两处极重要的经脉，也在他的腑脏上留下了太多难以复原的伤口，现在血流的速度已经变得十分缓慢，但还是在不停地向外溢。

受了如此重的伤，不要说战斗，他现在连站起来都做不到，只能被折袖背着行走，只能眼看着折袖与那些可怕的妖兽战斗着、厮杀着、嘶喊着、沉默着、痛苦着，这个事实让他觉得很难过，觉得自己像个废物——折袖的眼睛现在看不见，却还要保护他。

不知道过了多长时间，折袖醒了过来，没有睁眼，慢慢地挪到七间的身边，很明显，一天一夜的时间过去，他已经渐渐习习惯自己看不见这个事实。他握住七间的手腕，沉默地听了听脉，然后从怀里取出一颗药丸，喂进七间的嘴里。因为看不见的缘故，他喂药的时候，手指触碰到了七间的嘴唇。

七间的嘴唇有些干，上面还有些因为干渴而将脱裂的皮，但感觉还是有些柔软，这让折袖的手指僵了僵，有些突然说道："如果陈长生在就好了。"

这是没话找话，但七间不懂，问道："为什么？"

折袖这才确认他并不在意嘴唇被自己触摸到，顿了顿后说道："他的医术很高明，就算不能解掉我中的毒，但应该能治好你的伤。"

七间对国教学院有些好奇，但现在很明显不是聊天的好时辰，所以他表示了同意之后，便不再说话。不说话，才能把精力与时间用在恢复体力与真元上。

折袖明白他的意思，闭着眼睛，继续冥想调息，只是现在是坐在七间的身边。七间只需要睁开眼睛，便能看到他的侧脸。

这一路上七间已经昏睡了太长时间,以至于有很多时候都忘了给折袖指路,当然,在这片一望无际,前后没有任何分别的草原里,也确实不需要指路,但总之他已经昏睡了太长时间,所以哪怕依然虚弱,却不想再休息,不想闭眼。他睁着清亮的眼睛,静静看着折袖的侧脸,越看越是出神,不知道在想些什么。

折袖生得很普通,侧脸上也没有生出花来,除了漠然和无情绪之外,没有任何特点,看着就像一个瘦弱的人类少年。但谁能想到,他这副瘦弱的身躯里,竟蕴藏着那般恐怖的力量与难以想象的坚韧意志?尤其是变身之后,更是拥有一种超过本身境界的可怕。

看着他,七间的小脸上流露出敬佩的神情。

32·人生若只如初见(五)

整个大陆都知道,作为离山剑宗掌门的关门弟子,七间年龄很小,境界却极高,更加瘦弱的身体里同样拥有极强的力量,但是这一路行来,他看得很清楚,如果要说到意志力与真正的战斗力,自己远远及不上这个狼族少年。

在年轻一代的修行者里,狼族少年折袖的名气很大,不比神国七律稍弱,甚至有些时候会掩住神国七律的光芒,被唐三十六这样骄傲的人拿来与徐有容相提并论,视作真正要超越的对象,因为……他生活在雪原上,直面魔族多年。

那些年的折袖很小,没能破境通幽,也没有宗派师门的保护,然而他在风雪的掩盖里,不停地猎杀着魔族,却能活到现在,就凭这个事实,就足以说明他的了不起。在离山剑宗,七间和师兄们偶尔会谈及此事,怎么都想不明白他是怎么活下来的。

在折袖出现在京都参加大朝试之前,人们对这名狼族少年的印象就是冷酷好杀,以为这便是他能活到现在最重要的原因,直至这一次来到周园,与他一道同行逃亡,七间才最终明白他为什么能够在那片雪原上活下来,因为折袖真的就像一匹狼般在生存。

这个世界里有无数强大的妖兽,更有龙族这样神奇的高等生物,生活在原野里的狼,相形之下,无论是力量还是血脉都没有什么太特殊的地方,但狼才是这个世界上最有耐心、最有毅力、最谨慎、对危险最敏感的动物,妖狼一族拥有狼的血脉,自然也拥有这样的特点。

折袖是人类与妖狼族的混血，自幼便被逐出部落，悲伤地失去了令人恐惧的集体作战可能，却这却迫使他把狼族单体作战时需要的能力催发到了某种难以想象的程度，对危险的敏感程度，甚至要超过国教教士用命星盘对未知的推演。

看着折袖的脸，七间的心情越发沉重和难过，心想如果不是因为要救自己，无论那对魔将夫妇再如何强大，他当时也应该有机会逃走，哪里会像现在这样，孔雀翎的毒素让他无法视物，更是被迫进入这片死亡的草原。

"对不起……"他收回视线，看着衣衫前襟那道师娘亲手绣的前襟，低声说道："都是我拖累了你。"

折袖闭着眼睛在冥想调息，仿佛睡着了一般，仿佛没有听到他说的这句话。

这让七间更加难过，却又有些安慰，因为他知道折袖肯定听到了。

然而就在他以为折袖会继续沉默的时候，忽然听到了道声音："既然清楚这一点，记得出去之后加钱。"

折袖仿佛真的在睡觉，仿佛这句话不是自己说的一样，只是唇角微微挑起，似乎是在笑。在凶险的雪原里，没有表情才是战斗时最好的遮掩，所以他很少笑，极少有谁见过他的笑容。现在没有战斗，而且他看不见，所以连他自己都没有想到，自己笑了起来。看着他的笑容，七间怔住了，用力地点头，嗯了一声，然后也开心地笑了起来。只是笑容无法持续下去，因为他们还在这片草原里，他的情绪很快便随着草原里的太阳越来越高而低落下去。

周园的历史已经有数百年，至少有十余批，千万名通幽境的人类修行者来过这里，在那位大陆第一强者传承的诱惑下，在剑池传说的驱使下，不知有多少修行者冒险进入了这片草原，然而从来没有人再活着出来过。那些前代修行者无论境界实力还是意志，都不见得比七间和折袖弱。

走进这片草原后，他们只遇到过几群妖兽，很明显，这片草原真正的危险还没有展现出来，但他们已经感受到很多诡异的地方。这片名为日不落的草原上，太阳竟然真的不会沉到地平线下，按照流水瓶的计算入夜后，那轮太阳就会变成一团光晕，绕着草原的四周缓慢地行走。

而且这片草原里的空间似乎是扭曲的，其间隐隐有某种规律，却无法通过观察掌握，加上放眼望去都是青绿色的野草，所以根本没有方向。没有方向自然没有出路，走进这片草原的人，似乎将永远在其间不停地行走，遇到越来越多、越来越强大的妖兽，直至某日终于力竭而死。更何况七间现在伤重难动，折袖的眼睛又看不见东西,那么他们还能撑多长时间?

七间低着头看着小腹上的那团血迹,心情越来越低落,难过说道:"我不明白这是为什么。"

折袖知道他说的不明白,并不是这片草原,而是人心。

离山剑宗的内门弟子们彼此之间向来极为亲厚,在秋山君和苟寒食的带领下,仿佛家人一般。七间作为神国七律的小师弟,更是向来极受疼爱,在他内心深处,也是将师兄们当作亲兄长一样看待,然而谁能想到,平时在离山最照顾他的三师兄梁笑晓,居然会在湖畔刺了他一剑,而且刺得那样的狠!

梁笑晓那一剑直接刺穿了他的小腹,震断了他的数道经脉,更是伤透了他的心。从昨日到此时,哪怕因为伤重而神志恍惚的时候,他都在想着这个问题,他想问问自己的三师兄,这一切到底是为什么?

在天书陵草屋里,折袖曾经亲眼见过离山剑宗弟子之间的感情,以及那几人是怎样的照顾疼爱七间,所以能够明白七间此时的心情,能够清晰地感受到他的失落惘然和难过,但他不知道应该怎么安慰,沉默片刻后说道:"我不知道他为什么要杀你,也不是很理解你们这些同门之间的关系,因为从我开始记事起我就是在独自生活,我不认为世间的事情都需要一个理由,我更看重结果,所以你只需要记住,他要杀你,那么他就是你的敌人,不再是你的师兄。"

折袖是名人,他的故事在大陆上传播得极广,很多人都知道他是人族与妖狼族的混血,很小的时候就被逐出部落,独自一人在风雪里艰难长大。七间抬起头望向他,忽然觉得他的身影有些孤单,看着很可怜,顿时忘了自己的难过,生出很多同情与怜悯,下意识里伸手抓住了他的袖子。七间不知道为什么自己会做这个动作,说道:"现在不一样了。"

折袖微微侧头,闭着眼睛问道:"有什么不一样?"

七间想说现在我就坐在你的身边,你不再是独自一人,却有些害羞,紧张地说不出口来,转而说道:"因为……你进了国教学院?"

折袖心想那头狗熊确实邀请自己进国教学院,但自己并没有答应。他之所以从雪原远赴京都,参加大朝试,是因为他知道陈长生替落落殿下解决了用妖族血脉修行人类功法的问题,那个问题与他面临的问题有些相似,随着年龄增长和境界的增高,他的血脉越来强大,心血来潮的次数也会越来越多,说不定什么时候就会死去,他需要陈长生帮自己治病续命。

如果陈长生能够治好他的病，他自然会离开京都回到雪原。只不过那些都是将来的事情，现在当着七间的面，他没有说，现在身陷日不落草原，极有可能没有将来，何必让这个身受重伤的小家伙更难过？他说道："国教学院……不错，就是那个姓唐的富家子有些烦人，所以我还没有做决定。"

　　"嗯，我也觉得唐棠很烦人，不过陈长生还不错，说起来，在离宫客院里，我们有时候也会讨论，如果没有那份婚约，说不定我们离山剑宗也是可以和你们国教学院和平相处的，我们可以和陈长生做朋友，你……你也可以和我做朋友。"

　　七间看着他的脸轻声说着，声音越来越低。草原上空的那轮太阳却越来越高，空气渐渐变得热了起来，水泊里的蒸汽散发得更多，感觉有些闷，他的手开始出汗，不知道是紧张，还是别的原因，然后药力渐渐发作，感觉有些昏昏沉沉，便欲睡去。

　　他的神思有些恍惚，视线也有些模糊，忽然看见折袖凑了过来，抓住了自己的手，不知道准备做些什么。他下意识里紧张不安起来，甚至有些隐隐地畏惧，然而不知道为何，却又没有什么抵触排斥的念头。

　　折袖准备趁他药力发作的时候，替他治伤敷药，因为两眼不能视物的缘故，自然只能用手摸，两只稳定的手，顺着七间的手背向上移动，来到他的双肩，然后隔着寸许距离，没有触着他的身体下移，来到小腹之上的位置，向下，手指落到了腰带上。

　　离山剑宗的服饰很简洁，甚至可以说朴素，腰带上也没有什么繁复的花纹，但系扣很是结实。在折袖稳定的手指下，再结实的系扣，也抵挡不住片刻，很快，腰带的系扣便被解开，衣衫被掀起。七间紧张到了极点，只是神思有些恍惚，药力带来的昏沉让他想要尖叫都没有力气，身体难以抑制地微微颤抖起来。

　　折袖解开了他的衣襟，那片洁白的肌肤，露在了周园湛蓝的天空下。他看不到，但能感觉到。七间的身体微微颤抖，因为害羞紧张和恼怒。折袖的手也颤抖起来，因为意外的触感揭晓的事实真相。七间羞的要命，紧紧地闭上眼睛，睫毛不停地眨动，恨不得就这样昏过去。然后，他就这样昏了过去。

33 · 人生若只如初见（六）

　　不知道过了多长时间，她醒了过来。醒来时，她发现衣服已经重新穿好，腰带重新系好，整理得非常妥帖，甚至连根草屑都没有，连逃亡一夜的痕迹都看不到丝毫。在衣服的下方，她能清晰地感觉到绷带的存在，伤口不知道是怎么处理的，痛感减轻了很多，似乎也能够做一些小幅度的移动。

她睁大眼睛，看着自己的怀里，感觉着绷带的范围，想象着先前野草堆里的画面，神情有些茫然。过了会儿，她有些困难地转动眼光，寻找着折袖的身影。折袖蹲在水草边缘，是这片草原实地里离她最远的地方，衣服的下摆被撕掉了，两条腿露在外面，姿势有些难看，就像一条狗。被撕掉的衣襟下摆，应该变成了她胸腹间的绷带。

她再次望向自己的怀里，不知道为什么觉得非常委屈，心想："你怎么能不经人同意，就把人的衣服脱了呢？"说起来很奇妙，不再需要隐藏性别之后，她似乎便开始像一个小姑娘般思想，比如用人字自称，而不是我，不过暂时还没有变成人家。她越想越觉得委屈，尤其是折袖始终没有转身，这让她更难过到了极点……哇！她哭了出来。

听着哭声，蹲在水草畔的折袖的背影微微地颤了颤。过了片刻，发现哭声没有停下的意思，他循着哭声走了过来，坐到了她的身前，尽可能语气缓和地说道："不要哭了。"

七间的哭声暂时停下，小脸上到处都是泪水。

折袖顿了顿，接着说道："……不然惹来那些妖兽，又是麻烦。"这还是没话找话。

不管是成年人还是少年，总之，男人们从来都不明白，在这种时刻没话找话，经常就等于没事找事，也就等于找死。

七间怔了怔，再次哭了起来，她记着没有发出声音，所以看着更是可怜无比。

折袖沉默了会儿，解释说道："你知道，我现在什么都看不到，所以……"

没有等他说完这句话，七间哭得更加伤心，难过无比地想着，虽然你看不到，但人家全身都被你摸光了，难道你还想不承认？难道你想不负责任？

折袖觉得很头疼，他活了十几年，战斗了十几年，在雪原上不知遇到过多少可怕的妖兽与魔族，见过无数生死，却……从来没有见过这种状况，心想这该怎么办？再这么哭下去，牵动伤口了怎么办？

听着七间的抽泣声，他很是不安，也有些不解，心想作为离山掌门的关门弟子，你境界这么高，年纪小小便已经通幽中境，剑法这么强，就连关飞白都不见得是你的对手，明慧擅悟，在天书陵里直接看到了第三座碑，怎么看都很了不起，为何偏偏就这么……喜欢哭呢？不知道如何解决，他只好沉默地坐在一旁，却不知道，这种应对方法恰好暗合了男女相处的至理。

女生的情绪问题，永远只能交给时间来解决，很多时候，她们只是觉得伤心难过，想要哭，那么你就让她们哭便是，陪着便是，需要递手绢的时候递一递，需要奉献肩头的时候不要客气，并不需要你在旁不停地安慰说话。在她们还没有真正平静下来、不想搞事的时候，你做的任何事都是多事。

果然，哭声渐低，七间像只受惊的小鸟一样低着头，微羞说道："你……是不是早就知道了？"

这个问题里隐藏着两个意思，非常不好回答——如果他事先便知道，那么事后发生的很多身体接触，尤其是先前的那幕，便可以有更负面向的解释。好在折袖真的是个不擅于言谈的人，所以他依然沉默不语——沉默可以有很多种意思，七间可以选择让她觉得最舒服的那种解释。

事实上，折袖是真的没有想到。在此前的逃亡过程里，有几次，尤其是背着她翻山越岭、听着她轻声嗯嗯的时候，他隐约有些想法，但那些想法转瞬即逝，根本没有往深处继续去想，因为他怎么也想不到，离山掌门的关门弟子、神国七律里最受宠爱的小师弟、十二岁就在青云榜高高在上的少年天才……居然是个女孩子。

这时候再回忆起当初在天书陵里草屋里的那些画面，自然有了完全不一样的解读。当时他们七人同在一个屋檐下，折袖、陈长生和唐三十六占了里屋，离山剑宗四子住在外屋，每天睡觉的时候，苟寒食、关飞白和梁半湖都挤在一起，却给七间留下一大片地方，最关键的是，七间有一床单独的被褥。当时折袖和陈长生还觉得苟寒食等人对七间这个小师弟太过娇惯，或是离山掌门的关门弟子有什么特殊地位，现在他才明白，原来只是男女有别。

接下来该怎么办？折袖沉默无语，七间也不知道说些什么，一种尴尬的气氛在少年与少女之间徘徊不去。

便在这时，草原深处隐隐传来一道震动，紧接着是低沉如雷的哮声，折袖闻声神情微变，偏耳听了片刻，确认是一种极其恐怖强大的妖兽，再也顾不得那么多，取出用来消除味道的粉末，向着草丛四周散去，同时像这一日一夜里那样，在七间面前转身蹲下。

120

在过去的一天一夜时间里,他们已经很多次重复了这个过程,按道理来说,应该很熟练,但或者是因为确认七间是女孩子的缘故,折袖的动作显得有些生硬,向后伸去的双手有些僵硬,看着就像一只快要被炖熟了的鸭子。

看着他这副模样,七间破涕为笑,轻轻拍了拍他的背,示意他再蹲低些,然后慢慢地伏了上去,双手很自然地搂住了他的脖子。

可能真的是心理因素,折袖觉得后背传来的感觉变得柔软了很多。

十余里外的草原里,野草下的土地不断地隆起,发出类似于雷哮般的恐怖低鸣,不知是什么事物正在高速前行。此时的阳光非常炽烈,穿透草丛底的水泊,照亮了无数妖兽的身影,仿佛是一道潮水,正在追踪着他们,看着极为震撼。

在兽潮的最前方,折袖和七间迎着越来越高、越来越明亮的太阳,一路涉水而行。她还是他的眼,他还是她的腿。

"往哪个方向走?"

"西南方向好像有一大片草甸,地势高些,或者过去看看?那声音是从东面传来的,可能需要你快一些。"

对话结束,安静了很长时间,只有水面被踏破的响动,水花四溅,野草渐高。

不知道过了多长时间,七间轻声问道:"是不是很吃惊?"

折袖沉默了会儿,说道:"是。"

她搂着他的颈,靠着他的肩,闻着鼻端传来的熟悉的味道,继续轻声问道:"你有什么想法?"

折袖没有回答,因为不知道怎么回答,什么想法?指尖在你微微颤抖的身体上滑过时的想法?不,那时候的狼族少年脑子里一片空白,没有任何想法。

她心想……沉默代表不高兴吗?又过了会儿,她声音更轻,显得有些紧张问道:"那你觉得我是男子好还是女子好?"

这个问题直接要害。折袖想了想,你从昨天开始便时常嗯嗯啊啊,一路紧紧搂着自己,如果你是男子,这画面确实有些不美,于是说道:"女子好。"

七间微羞,轻声如蚊说道:"女子在一起本来就是好,你是这意思吧。"

折袖心想就有一般不好,你现在行事再不像以前那般大气了,这是为何来着?

这片大陆有个民间故事,是一个关于猪妖背媳妇儿的故事。

是的,无论故事还是现实,绝大多数时候,都应该是男子背着女子,很难想象反过来。所以在这片浩瀚无垠的草原里，折袖背着少女七间。在草原的另一头，陈长生也背着一位姑娘。

在草原是跋涉了很长时间，依然还在湿地之中，行走极为艰难，烈日炎炎，照耀着水里那些芦苇与不知名的野草，仿佛要把所有的青植变成黄金与白银的雕刻，陈长生却没有流一滴汗，身体不停散发出来的寒气，驱散着酷热，抵抗着阳光。

徐有容闭着眼睛，靠在他的肩上，睫毛一眨不眨，不时抿抿嘴唇，看起来，有陈长生这个天然的冰壶，她睡得很香。

直到此时，也没有南客追来的动静，陈长生心想魔族大概也不愿意进这片草原冒险，应该是放弃了，这才放下心来，精神一朝松懈，伤势与疲惫顿时如潮水一般涌来，又像淤泥一般困住了他的双脚，让他再也没有往前走一步的意愿。

四周都是湿地与野草，根本没有坐下歇息的地方，陈长生看着那些比人还要高的草枝，不得已背着徐有容继续行走。只不过现在不是向前行走，而是不停地绕圈，把身周的那些芦苇与野草全部踩倒，渐渐的，一片青枝碾压而成的平地便出现在眼前。

凭借着芦苇与野草的遮掩，外面很难有人看到里面的景象，而如果有人能够从天空向下望去，则会看到一个约数丈方圆的由草组成的小圆圈。徐有容抱着双膝，侧身躺在青草堆上，看着很柔弱可怜，就像刚出生的孩子。

陈长生坐在她的身旁，低头看着她的脸，看了很长时间，神情很是认真，似乎发现了些什么。

34·人生若只如初见（七）

清晨在崖洞里醒来，第一眼就看见那般血腥恐怖的画面，紧接着便是逃亡，再逃亡，虽说曾经有过几句简短的对话，但事实上，这还是陈长生第一次有时间认真看看这名白衣少女的模样。不知道是因为中毒还是别的什么原因，白衣少女的脸颊有些不正常的浮肿，虽说无法掩去她眉眼的清丽，但即便没有这些浮肿，也不过是清丽罢了——对普通女孩子来说，清丽便是极好的形容词，但秀灵族乃是古精灵族与树妖族混血的后代，向来以美貌著称，不然也不可能成为人类与魔族贵族们最贪心的对象，少女既然是秀灵族人，"清丽"一词只能说明她生得很是寻常。

她像个婴儿一般抱着双膝，侧躺在青草地上，紧紧闭着眼睛，长长的睫毛眨也不眨，仿佛沉睡不醒，但陈长生记得她的眼睛，那双眼眸在崖洞里给他留下了极深刻的印象，他的眼睛很干净，被落落和唐三十六都称赞过可以用来照人，她的眼睛也很干净，但和他不同。

她的眼如秋水，却不是湖水，而是一抹更淡更清的水色。

那只青瓷碗静静地搁在檐下，一场清新的春雨洒落大地，顺着檐角淌落，嘀嘀嗒嗒，渐成琴曲，不多时，春雨渐停，阳光重现明媚，那只檐下的碗仿佛先前，但碗中多了些水，没有颜色，却仿佛带着春意，没有味道，却仿佛冲过一番新茶。

是的，便是瓷碗里的那层水，清澈而浅，但不薄。

看着沉睡中的少女，陈长生很想她睁开眼睛，让自己再看看那抹空山新雨后的水色。

紧接着，他想起在崖洞里初见时，曾经看到她眼瞳四周泛着一些奇诡的幽绿火焰——如果所料不错，那应该是南客种下的毒——孔雀尾翎的剧毒，非常难以解除，难怪作为与自然亲近，极擅药草祛毒的秀灵族人，也被这毒弄得如此虚弱。

陈长生把手搁到她的脉门上，发现她的经脉竟是空荡荡的，几乎没有残留任何真元，更加可怕的是，她的气血明显流失了太多，脉搏已然滑软无力，如果再这样持续下去，只怕她真的有可能在睡梦中悄无声息地死去。

这个发现让他紧张起来，赶紧想办法，只是随身携带的药物与食物，已经被他在昨日那场战斗中抛出来打人，他想了想，把神识送入剑柄里，沉默了很长时间，终于在看似已经空无一物的彼处，找到了一个箱子。

那是最后一个箱子，很是沉重，刚刚出现在青草堆上，便让地面向水里沉下去了三分。打开箱盖，无数明亮夺目的金叶子和整整半箱晶石，出现在他的眼前，最上面还有一份薄薄的书册，那是离山剑法的总诀。这是落落给他的拜师礼里，最直接，也是最厚重的一份。如果这箱子里的金叶子与晶石用来买屋子，应该能很轻松地把整条百花巷都买下来。如果他愿意把那本离山剑法总诀毁掉，就连秋山君都会来给他行大礼致谢。

但在这片凶险的草原里，金叶子和离山剑法总诀没有任何用处，他把金叶子尽数推到一边，把离山剑法总诀放回去，把那半箱子晶石全部取了出来，在她的身边堆满，然后走到青草地边缘，盯着那些浅浅的水泊开始发呆，也不知道在想什么，想做什么。

片刻后，他的右手向湖水里插去。只是现在他的呼吸和心跳都已经变得极为缓慢，动作自然也更加缓慢，手的动作与计划完全不能相配，水花微起，却落了空。正有些无奈的时候，他忽然发现手臂四周的水面结了一层浅浅的霜。

下一刻，他把手从水里抽了出来，手指间紧紧握着一只肥美的水蛇，那只水蛇没有任何挣扎，明显是被冻僵了。他现在连抓水蛇都没有能力，但身体里散发出来的至寒气息，却可以帮他做些事情。

再次缓慢地挪回她的身边，他抽出短剑把水蛇的头砍掉，然后凑到她的唇边，开始向里面灌血。她这时候毫无知觉，自然不知道吞咽，难免有些蛇血从唇角溢了出来，画面看着有些血腥。片刻后，水蛇里的血放光了，他把蛇身搁到一旁，看了看那少女的脸，从袖子里取出手帕，开始替她仔细地擦拭。

就算在这种时候，陈长生还是在按平时那样生活。水蛇的血内含辛火，用来补血最合适不过，再加上奢侈无比地堆满她身边的晶石，想来至少可以保证她不会在睡梦里死去。

陈长生到这时候才稍微松了口气，坐在她的身边，看着四周无法望穿的青草，开始真正地发呆。缺少药物，无法直接补血，很难治好她，而且他自己的情况也很糟糕。黑龙在幽府外的湖水里沉睡，散发出来的玄霜寒意，不停地修补着他腑脏上的伤口，但那只能治标。他这时候很虚弱，心跳和呼吸极为缓慢，和那些冷血动物在凛冬将至之前的情况很相似。这意味着冬眠即将到来。黑龙用来救他的方法就是冬眠。冬眠就是睡觉。他这时候最需要的便是睡一场，大睡一场，睡到天昏地暗，地老天荒。

但他不能睡。因为她在睡，所以他就必须醒着。这种感觉很痛苦。

想睡却不能睡，那画面有多惨，作为最有效的刑罚手段，可以想象这是如何的难熬。陈长生为了让沉重的眼帘不会合起，做了更种努力与尝试，拍脸、洗脸、掐腿，试图集中精神，直到最后，他的神识落在那块黑石上，才瞬间真正的清醒过来。

黑石与笔记一道搁在他那个世界的极偏僻的角落里，如果不是仔细去搜寻，很容易错过，或者便是因为这个原因，又或者是哪怕濒死的时候，他本能里也知道珍贵，所以昨天他没有把黑石和笔记连同别的那些事物一道扔进两道光翼里助自己脱困。

　　从西宁镇到京都，退婚从来都不是重要的事，对他来说，重要的是大朝试，因为只有这样，他才能在凌烟阁里静思一夜，为此他付出了难以想象的时间与精力，最终才达成了这个看似不可思议的目标，然而与之前付出的代价相比，他在凌烟阁里的收获相形之下却显得有些可怜，他并没能直接找到逆天改命的秘密，只拿到了这块黑石与笔记。

　　所以他当然会对黑石与笔记格外珍视，希望能够从中获得更多的东西，事实似乎也是如此，在天书陵前陵观碑的那个夜晚，那些石碑飘浮在他的识海中，却始终无法绘满那片星空，就在那时黑石扮演了极重要的角色，帮助他一举突破到通幽上境，那么这份笔记呢？

　　位置是相对的，这是王之策笔记里的开篇第一句话，也是他印象最深刻的一句话。

　　他望向绿意浓到化不开的草原，默默体会着这句话，没有什么发现，却忽然间想到昨日自己和折袖从崖顶跳进寒潭，最终却是从湖面里游出来，当他为了避开南客双侍的追杀向湖底不停沉去时，最后回到这边却是跳进了夜空里……位置是相对的，也是相反的？

　　周园这个世界难道不是一个平面，而是两个相对的位面组合在一起？以溪河最上游的那道山崖为界，那边的湖光山色是个世界，这边的山川草原则是相对的另一个世界，两个世界之间的通道便是那座寒潭以及暮峪前十余里外的那片池塘？

　　陈长生在心里默默推算着这些世界，紧接着，他又想到昨天为何自己会和折袖一道去山崖那边的世界，为何会从那边的世界回到周园正面的世界……那都是因为一道剑意，最初追遁剑意而去，最后则似乎是被那道剑意带了出去。

　　昨夜在湖水深处他快要死去，最后时刻发生的异变，怎能忘记。他低头看着掌心里的金属球，轻轻抚摩着，若有所思。随神念微动，一阵细微而密集的摩擦声与撞击声响起，瞬间，黄纸伞出现在他的手中。沉默片刻后，他站起身来，拿着黄纸伞向前方伸去。黄纸伞没有任何反应。他转动身体，黄纸伞在空中缓慢地移动，带起数道微风。当黄纸伞指向他此时以为的西南方向某地时，忽然停了下来。

　　不是他让黄纸伞停下，而是黄纸伞似乎不想再移动了，便是青草堆上的风都骤然间消失无踪。一道轻微却清晰的颤动,从伞面传到伞骨再传到伞柄,传到他的手里,最后传进他的心里。一道剑意出现在遥远的前方。这道剑意很缥缈,就像昨天他在寒潭边感知到的一样,但又很强烈,让他本能里生出几分敬畏。那道剑言无声无息,仿佛静止在那处已经无数年,但出现本身就代表着一种召唤。

陈长生想着昨夜最后时刻黄纸伞带着自己狂奔的画面,喃喃说道:"这道剑意是在找你吗?"沉默片刻后,他看着黄纸伞说道,"还是说……你就是用来寻找这道剑意的?"

35·人生若只如初见(八)

草原里的空间无时无刻不在发生着变化。除了那些一直生活在其间的妖兽,外来的智慧生命很难摸清楚这种变化的规律,还是那句老话,没有方向,自然无法找到出路,陈长生正为此而苦恼的时候,黄纸伞忽然指向了某个地方——向那边走去并不见得是最好的选择,甚至都谈不上正确的选择,但现在有一个方向,总比先前漫无目的地行走要强很多。就像一道难解的习题,你苦苦思索不得其解,忽然同窗和你说了个答案,你无法确认他是在骗你还是在安慰你,但除了把这个答案抄在卷纸上,你还能有什么选择?更何况那道剑意确实存在,黄纸伞又有什么仇什么怨非要把他带进一条死路?

就此陈长生确定了行走的方向,身体虽然依然虚弱,睡意像蛇一般卷压着他的身体,但心情安定了很多。他在徐有容的身边坐了下来,靠着晶石,强忍着困意,盯着她的眼睛,等待着她的醒来。

不知道过了多长时间,徐有容睫毛微颤,就此醒来,那两抹空山新雨后的透明水色,重新落入陈长生的眼中,让他微怔无语。就像在崖洞里陈长生醒来那刻一样,两个人隔得很近,眼睛互视,但少女的眼中没有出现惊慌,没有羞涩,没有警惕,更没有畏惧,只有平静。

她的眼睛很清澈,不染一点尘埃与世故,仿佛初生的婴儿,但这抹宁静,却又有一种阅尽红尘,久经世事的感觉,就像观雨的老人,这两种感觉并不冲突,融合在一起,形成了一种玄妙难以言说的魅力。

可能是因为太过疲惫,也可能是因为这双眼睛太迷人,陈长生没有移开视线。少年和少女躺在青草堆间,隔着一尺不到的距离,静静对视着。但终究不可能永远这样对视下去,有趣的是,最先有些害羞或者说紧张起来的,是陈长生。

他有些不自在地移开视线,望向不远处的草丛,说道:"你醒了?"

她当然已经醒了,这句话也是没话找话,就像在草原另一边的折袖一样,陈长生也很不擅长言谈,尤其是和女子在一起的时候,但这句确认另有其意。

徐有容轻轻嗯了一声。

陈长生说道:"那就换班吧。"

徐有容微微挑眉:"嗯?"

陈长生说道:"你睡了这么长时间,该我睡会了儿。"

在崖洞里,他从昏睡中醒来,知道是被这名少女所救,紧接着,这名少女留下一句话,便陷入了长时间的沉睡,这让他感到了巨大的压力,仿佛他和她两个人的世界都落在了他的肩上,直到此时,他确认她真的清醒,才终于放松了些。

他把两个人的世界完整地还给了清醒的她,那么他应该可以休息了一会儿了。如此一想,如潮水一般的倦意,瞬间淹没了他的头顶到脚趾头的所有毛孔、肌肉、骨骼以及精神世界,不等徐有容有任何表示,他便闭上了眼睛,开始沉睡,或者说昏了过去。

就像在崖洞外的陈长生一样,徐有容对他的沉睡没有任何心理准备,怔了片刻后才醒过神来,扶着青草堆有些困难地坐起,才发现身边堆满了珍贵的晶石,放眼向四周望去,又发现原来自己已经来到了那片草原里,这让她再次沉默了很长时间。

终于还是走进了这片草原,那么还能有走出去的可能吗?

她凭借通明的道心,把这些紊乱的念头尽数排除出识海,开始坐照自观,发现现在虽然视线比今晨要清晰了些,但南客在自己身体里种下的毒并没有消失,还在不停地侵蚀着她的身体与识海,最大问题则是血脉明显有了枯竭的征兆。

不是真元消耗过剧,而是血快要流尽了。血是活着的道理,没有血,便没有活着的道理。事实上,按照清晨时的伤势推论,她这时候应该继续在昏迷的状态里,不应该醒过来———旦醒来,维系身体运行需要更多的血,而她醒了过来,说明情况得到了些好转。

她看到草堆上那只残缺的蛇身,略一沉吟,大概猜到发生了什么事情,再望向陈长生的眼神里多了几分善意。同是人类修行者,被魔族追杀,互相扶持是理所当然的事情,陈长生已经用事实证明了自己不是一个会抛弃同伴的人,那么她当然也要有所回报，右手轻轻落在他的脉门上。

陈长生的脉搏有些迟缓，较诸正常人慢了三倍有余，但脉象非常稳定，虽说有些虚弱混乱，但和将死之人完全不同。

清晨时分在芦苇丛里，她曾经替他诊过脉，同时用命星盘进行过推演，明明此人应该命不久矣，为何现在却活得好好的？她想了想，觉得应该是与他体内那道至纯至阴的寒意有关，望向陈长生，心想大陆果然藏龙卧虎，早已不复当年盛景的雪山宗依然不可小觑。

就在她望过去的同时，青草间响起了响亮的呼噜声，以重伤之身背着她逃了这么长时间，而且还要与黑龙的冬眠术对抗，陈长生早已疲惫到了极点，此时放松下来，竟是睡得无比香甜，不要说鼾声如雷，就算是真的雷声，只怕也无法让他醒来。

酣睡中的陈长生，不时地吧嗒着嘴，像是在梦里吃着什么好东西，又不时握拳、蹬腿，看上去真的很像个婴儿，让徐有容忍不住微笑起来。

然而就在这时，草原深处、更准确地说是远处传来一道琴声。

徐有容神情不变，眼中却现出了一抹警意。她不会忘记，那名弹琴的老者是烛阴巫的长老，而巫族最擅长的便是驭使毒物与妖兽——日不落草原里的空间是扭曲的，她只醒来片刻，便看懂了其间的玄虚，但扭曲的空间无法隔绝声音，而且隐匿在草原里的那些妖兽，肯定有某种方法可以自由行走。

她如水般的目光落在水上，寒意渐生，因为平静的水面上渐渐出现涟漪，那些向四周漾去的浅浅水波，仿佛有很多小虫子在行走，但事实上水面上什么都没有，这些涟漪起于很远的地方，或者很深的地底。

一道凝练至极的神识，随着她的视线向远处散去，进入那些茂密的草丛里，以及地底的湿泥中。感知向来是双方面的，于是那些茂密草丛里以及淤泥深处的生命，清晰地感觉到了她的气息。那是来自远古、无比威严强大高贵的气息。

远处的草原里响起几声不安的响声，然后是无数细微的摩擦声，地底有些震动源也正在悄无声息地远离，徐有容的气息，以一种碾压的方式向草原四周传播，很多被琴声惊醒，然后四处寻找猎物的妖兽，纷纷四散逃走避让，但……还有很多妖兽没有改变它们的方向。

徐有容的气息，毫无疑问是最高贵强大的，但当她处于虚弱状态的时候，对这些妖兽来说，又是最美味的。

如果此时有人能够从天空往草原望去，便能看到数十里的范围之内，隐藏着无数的妖兽身影，仿佛潮水一般，缓缓向着她和陈长生所在的地方围来，令人感到毛骨悚然的是，如此多的妖兽行走，竟没有发出任何声音。

青草堆里拂起一道风，一双洁白如雪的羽翼出现在她的身后。先前沉睡时，她的真元得到了些恢复，也回了些血，被她此时毫不犹豫地全部用掉。她望向陈长生，准备伸手去抓他的腰带，然而不知为何，却停在了半道。

数十里方圆的草原，已经被数万头妖兽变成了战场，但真正的危险，在战场之外，在更远的地方。那些茂密的水草，在水面上留下极浓的阴影，阴影里潜伏着数百只妖鹫。那些妖鹫浑身灰毛，青喙比普通的剑还要更加锋利。更可怕的是这些妖鹫的目光，冷漠而残忍，极为锐利，无论是剑还是它们自己的尖缘，都无法与之相比。

这种妖兽的智商极高，攻击手段极然诡异，飞行速度极高，在外部世界里生活在东北群山之中，一只妖鹫就足以杀死一名普通的坐照境修行者，好在东土大陆的妖鹫数量极为稀少，但谁能想到，周园里居然有如此多。

数百只妖鹫，没有一只振动羽翼，只是盯着草原深处某个地方，眼神冷酷嗜血，静得令人恐惧。更远处那道缥缈的琴声飘来，灰色的鹫影在水草之中，显得无比阴森。

徐有容转过身去，望向草原远处。她不知道那边隐藏着怎样的凶险，也没有拿出命星盘，但自有感应，知道飞离不是个好选择。她现在重伤难愈，没有办法发挥全部的速度，而且无法辨清草原里的方向，如果选择飞翔，那么真的有可能死在这片天空里。

草原上这片湛蓝的天空，看似无限宽广，可以自由飞翔，但其实很危险。如果她一个人，或者可以成功地离开，但现在有个少年正在她身后沉睡，鼾声如雷。

36·人生若只如初见（九）

徐有容重新坐下，取出桐弓与梧箭，低头静默，不言不语。

陈长生在她的身后，无数晶石围着她。

时间缓慢地流逝，隐藏在草原里的妖兽，因为对她气息的先天畏惧，迟迟没有发起攻击。那道缥缈的琴声，没有变得狂暴，以作催促，而是更加平静，仿佛是在安抚。安抚的是妖兽的心灵，让它们不再畏惧，生出足够的勇气。野草间的水面，忽然间剧烈地震动起来，先前那些微微的涟漪，瞬间连成一片，形成极高的波浪。浪头涌上青草堆，打湿了她垂在膝前的裙摆。

她抬起头来，睁开眼睛，平静地望向湖水深处，弯弓，然后搭箭，手指微松。嗖的一声轻鸣。梧箭破空而去，深深地刺进水中。水里什么都没有，这一箭射的是什么？难道射的是水？下一刻，水面上的波浪居然真的消失了，浪花不再涌动。仿佛这水真的被她一箭射得安静了下来。

徐有容的梧箭，射的自然不是水，也不是波浪，而是水中试图搅起波浪的妖兽。

清澈的水，慢慢地被染红。一只蛟蛇的尸体缓缓地浮了出来，横亘在草海之中，就像是一堵城墙般巨大。一支梧箭在它的双眼之间，深没入羽，与这只蛟蛇的巨大身躯相比，这支箭看上去就像根细草。然而就是这支箭，轻而易举地杀死了这只蛟蛇。这并不是结束，而是开始。

下一刻，水面剧烈地震动起来，无数的水花到处生成，伴着令人心悸的怒啸，数十道巨大的阴影破水而出，向着青草堆落了下来！每一道巨大的阴影，就是一条蛟蛇！每一条蛟蛇的头颅，仿佛都比徐有容和陈长生所在的青草堆更大！数十条蛟蛇，破水而出，遮天而落，声势何其惊人。

与之相较，青草堆上执弓的少女，显得何其渺小。

蛟蛇是大陆上很著名的妖兽，因为它的皮可以用来制作最上等的盔甲。由此也可以知道，蛟蛇的防御能力非常强大，看似光滑柔软的蛇皮非常坚韧，不要说普通的兵器，就算是一般的通幽境修行者，也很难刺破。

随着人类、魔族和妖族这样的智慧生命统治了东土大陆，蛟蛇现在大多数都藏在人迹罕至的野山僻潭里，但依然凶名赫赫，谁能想到，在周园这片草原里，居然会有这么多数量的蛟蛇，而这些蛟蛇，还只是草原里妖兽里的一部分！

难怪数百年来，那些进入草原的通幽境修行者，竟是没有一个能够活着出去。

传闻里，蛟蛇有龙族的血脉，但是它们受了龙族的禁制，神魂永远无法苏醒，只能生活在水里，或者正是因为这个原因，它们对龙族以及凤凰的血脉最为痛恨敌视，这大概便是它们为什么最先向徐有容发起攻击。

数十条蛟蛇来袭，整个天空仿佛都被遮住，光线变得晦暗一片。

徐有容的箭匣里只有十余支梧箭，如何能够对付这些强大的妖兽？这是一个问题，她很快便解决了这个问题，既然箭的数量不够，那么便不用箭。看着带着恐怖呼啸声袭来的巨大阴影，她神情平静再次挽弓，只不过这一次的弓弦上没有箭。她的动作还是那样的稳定、简洁，没有任何多余，不会浪费一丝真元和气力。她的每一次挽弓，仿佛都是第一次挽弓的复制，没有任何区别。除了桐弓指向的位置。

铮铮铮铮！弓弦如琴弦般被拨动，发出鸣响，奏出一首单调却强硬的乐曲。无数道白色的细痕，离开弓弦，破空而去，落在那些巨大的蛟蛇身上。蛟蛇无比坚韧，就连通幽境修行者都无法斩开的外皮，触着那些白色细痕，便纷纷裂开！那些白色的细痕，竟似乎像空间裂缝一样，拥有近乎破开一切的能力！

只是瞬间，那数十条巨大蛟蛇的身上，便出现了无数道密密麻麻的血口，蛇血如磅礴的大雨一般落下，那些裂口里可能看到虬劲扭曲的肉，还能看到那些森然的白骨，画面显得格外血腥恐怖。数十条蛟蛇痛苦万分，上半身在天空里狂暴地扭动，下半身在水里搅起惊天的巨浪。浊浪排空而至，紧随其后的，便是那些蛟伤最疯狂的攻击。

徐有容坐在青草之间，神情宁静，不惧不畏，亦没有避让的意思，只是拉弦的动作骤然间变得更加迅疾，右手化作了一道虚影，再也无法看清楚具体的动作。铮铮铮铮！数百道甚至数千道白色的细痕，离弦而去，在青草堆四周的空间里散布开来。那些蛟蛇根本没有办法靠近青草堆，便被切成了如巨石般的断截，擦擦声响里，断成了无数段，然后化作满天陨石落了下来。

轰鸣响声连绵不断地响起，无数蛟蛇的断身，溅起了无数巨浪，直到过去很长时间，水面才渐渐平静下来。此时的水面，早已被蛇血染红，现在正在逐渐变黑，泛着难以忍受的臭味，仿佛是劣质廉价的墨水。数十条巨大的蛟蛇遮天而至，重伤后的她看似根本无法抵挡，只能与沉睡中的陈长生一道变成食物，然而谁能想到，如此虚弱的她，只是看似随意地拉动弓弦，便将这些恐怖的妖兽，变作了一堆肉段？

当然，她的桐弓拉动看似随意，实际上消耗急剧。而且，这依然不是结束。

如墨一般的水面再次震动起来,出现更多的涟漪,水波到处交错,形成繁复难言的图案。隐匿在草原里的无数只妖兽,在那道琴声的催促下,像潮水一般继续涌了过来。

徐有容看了一眼陈长生,平静的脸上出现一抹不解与自嘲。

不解是对陈长生的,她明明通过命星盘推演出此人命数已尽,为何却偏偏到了此时还活着?以至于让她无法轻身离去。不解也是对她自己,她明明知道这个雪山宗的少年会死,为何却不能把他丢下?从昨天夜里到此时,她随时都可以不理会他,为何做不到?

自嘲,当然是对她自己的,她想起小时候在京都的时候,娘娘经常说她心太软,这样不好,后来去了南溪斋,圣女又常说她心太硬,这样不好,那么自己的心究竟是软还是硬呢?或者,这种不确定和摇摆,就是南客说自己的小家子气?

就在她想着这些事情的时候,草原阴暗的天空里响起锐利刺耳的怪声。她抬头望去,只见数百只妖鹫向这边飞了过来,这一次,天空是真的完全被遮住了,没有留下任何缝隙,阴暗到了阴森的程度,同时也让她的眼神变得更加平静,以至于显得有些漠然。

37 · 人生若只如初见(十)

妖鹫比蛟蛇更加可怕,更强大,快如闪电,攻击诡谲无比。想要在数百只妖鹫的围攻中活下来,最好的方法不是躲避,而是尽可能快地杀死它们,那么她的手段就要比闪电的生成更快、更突然,要比暴风雨更加狂暴。

看着满天鹫影,她淡漠不语,洁白的羽翼在身后缓缓摆动。除了蛟蛇与妖鹫,这片日不落草原里,肯定还有更加强大的妖兽,但她没办法把自己最强的手段留到那时候了。没有任何犹豫,她的眼眸最深处出现了一抹明亮的火焰,就连那些幽绿的毒芒都暂时被镇压了下去。嗤嗤嗤嗤!无数道白色的羽毛,离开羽翼的本体,化作无数道利箭,向着天空里飞去!

凤凰万羽!

数百只妖鹫感受到了这些带着白色羽毛里的神圣气息,纷纷惊恐鸣啸着散开,天空重新恢复湛蓝。但那些妖鹫再也无法看到这片天空,因为那些凤羽来得太快，比闪电更快。湛蓝的天空里亮起无数带着圣洁意味的光点。那些白色的羽毛像利箭一般刺进那些妖鹫的身体，像锋刀一般破开那些妖鹫的羽毛。一时间，天空里到处都是喙断翼折画面，无数血花，就像烟花一般绽放开来。

徐有容却已经没有理会，再也没有向天空里看上一眼。不知何时，青草上的那些晶石开始散发纯净而温暖的光线，那些光线不停地灌进她的身体。她望向四周的草原，平静地再次拉开桐弓。

日不落草原里的太阳不会落下，所以没有落日时，但有暮时，那时的太阳会变成一个光团，天地间的光线会昏暗很多。

暮时，这片草海全部被染红了，无论那道远方的琴声如何凄厉强硬，妖兽终于退走，来时如潮，去时也如潮水，瞬间便消失无踪。

至少有数千只妖兽死在四周的草海里，大多数尸体都被别族的妖兽甚至是自己的同伴拖走以为食物，但因为数量太多，草海里还残留着很多妖兽的残躯，那些污浊的血渐渐下沉混进泥中，水波拍打青草堆边缘留下的血沫却无法消失。

昏沉的光线从草原远方的地平线上斜斜投射过来，让画面显得更加血腥。

徐有容的脸色很苍白，不知道是觉得先前发生的事情太过恶心，还是因为伤势的原因。在她身旁的那些晶石，此时已经全部变成了灰白色的粉末，再也感受不到一丝能量的气息。她慢慢放下手里的桐弓，伸出手指拈了些晶石的粉末，轻轻搓揉着，以此来消解指间的酸痛，治疗指腹间弓弦割出的伤口。如果没有这些晶石，她肯定没有办法击退这一次兽潮。事实上，除了在离宫和皇宫还有圣女峰和长生宗这四个地方，她从来没见过这么多的晶石。这些晶石的数量着实有些夸张。

她望向依然沉睡中的陈长生，默然想着，雪山宗果然不愧是有万年传承积蕴的宗派，而且就像他们传承的玄霜巨龙一样，真的是很在意收集晶石与珍宝，这名雪山宗隐门弟子，居然能够随身带着如此多的晶石。

洁白的凤羽已经收回体内，短时间内，甚至是在推演能够看到的将来很长一段时间里，都无法再次展开，她这时候已经疲惫到了极点，真元已然耗尽，血脉已然枯竭，真正到了所谓油尽灯枯的境地，如果再有敌人出现，必死无疑。

她甚至没有办法向青草堆中间的位置移动，没有来得及解下肩头的长弓，抱着双膝，坐在水边，任由那些泛着恶心味道的血沫打湿自己的裙摆。

仿佛冥冥之中有某种联系，就在她最孤立无助，最需要帮助，最需要休息的时候，陈长生醒了过来。

她没有转身，便知道他睁开了眼睛，说道："你醒了？"

虽然是在周园的草原里，不是在西宁镇旧庙，也不是国教学院，陈长生依然习惯性，或者说执拗地用了五息时间静心，然后才望了过去。只是在草丛里看了她一眼，他便生出强烈的悔意与歉意，发现自己不应该浪费那五息的时间。

徐有容抱着双膝，坐在青草堆的边缘，任由血沫拍打，身影看着格外孤单可怜。

"是的，我醒了。"陈长生起身向她走了过去，他想尽可能走得快些，但因为玄霜寒意的影响，身体仿佛冻僵了一般。

徐有容依然没有回头，因为已经累得连回头的力气都没有，轻声说道："那就交班吧。"说完这句话，她微微侧身，抱着膝盖，把脸搁在膝头，就这样一动不动地睡着了。

陈长生走到她的身旁，看着她紧闭的眼睛、雪白的脸色，沉默了会儿。他轻轻解下她的长弓，右手伸进她的腿弯，左手扶住她的肩头，把她横抱起来，离开泛着血沫的青草堆边缘。在这个过程里，她没有醒来，睫毛不眨，被放下时，依然保持着抱膝而睡的姿势。

白首如新，倾盖如故。没有说过多少话，连对方名字都不知道的陌生人，可以把自己的身家性命托附。只看对方是什么样的人，看对方能够给你几分信任，你又愿意拿几分信任回赠。

直到现在，他和她总共也没有说几句话，但他醒来的时候，她便可以放心地睡去，她一旦醒来，他便可以鼾声如雷。最开始的时候，她先救了他，然后他也在努力地保护她，就在这个过程里，信任自然被建立，而且正在越来越坚固。

陈长生很珍惜这种被信任的感觉。

他把短剑从鞘中抽出，紧紧握在手里，坐在她的身前，望向眼前越来越昏暗的草原。这时候，他才看到已经被血染成墨般的草海，看到那些妖兽的残躯，大概明白自己沉睡的时候发生了什么事情。他沉默了很长时间。

秀灵族人的箭法，果然神妙难言，但……先前他替她解下长弓的时候，摸到弓弦还是热的。在这场他没有看到的战斗里，她究竟拉了多少次弓，射了多少次箭？她是怎么撑下来的？

夜晚终于真正的到来，悬在草原边缘的太阳变得更加黯淡，虽然没有沉下去，但洒落在草原里的光线要少了很多。

他坐在她的身前，静静地看着夜色里的草原，等待着随时可能发生的战斗。时间缓慢地流逝，悬在草原边缘的光团缓慢地绕着圈行走，不知为何忽然间看不见了，原来是被乌云遮住。可能是因为白天被杀得太惨，妖兽没有再次发起攻击，天空里却下起了一场雨。

这片草原的气候相对温暖，但从天空里落下的雨水还是有些寒冷，以他和徐有容现在的身体状况，如果被淋湿，说不得真的要得一场大病。他想也未想，便撑开了黄纸伞，举在了徐有容上方。但这个姿势有些不舒服，黄纸伞再大，也没有办法遮住所有的雨。看着渐被雨水打湿的她的裙摆，他依然是想也未想，便站了起来。寒雨落在草海里，击打出无数水圈，落在青草堆上，泛起无数寒意。他左手举着黄纸伞，站在她的身后，右手拿着短剑，看着重重夜雨里的世界。一夜时间过去，他始终保持着这个姿势。

妖兽始终没有出现，清晨终于到来，乌云散去，湛蓝的天空重现眼底，草原边缘那抹光晕逐渐清晰，边缘锐化，朝阳成形，红暖的光线，渐渐地烘干了被寒雨打湿的青草堆，以及陈长生衣服里的湿意。

徐有容醒了，望向他苍白的脸，有些不解想着，昨夜没有战斗，为何他的伤势却仿佛变得更重了些？

陈长生没有解释昨夜自己撑了一夜的伞，那些寒雨打湿了他的后背。

从前夜开始，他们便在不停地逃亡或战斗，一人昏迷一人醒，这竟是清醒状态下的第一次交谈，崖洞里的那段对话，终究太短。虽然现在他们之间已经极为信任，甚至隐隐有某种默契产生，但清醒的时候，才会发现彼此依然还是陌生人，那么难免会有些疏离感。

陈长生回忆起在京都的李子园客栈里，见到唐三十六时的场景——那次是他这辈子第一次与陌生人打交道，第一次尝试寒暄，虽然事后想来显得有些笨拙，但至少懂得了一些基本道理，比如总是需要开口来打破沉默。

在这片凶险的草原里，寒暄是不可接受的浪费时间，他直接问道："你对这片草原有什么了解？"秀灵族与大自然最为亲近，传闻中可以与草木交流，所以他想听听她有什么想法。

徐有容摇了摇头，说道："没有人了解这片草原。"

陈长生说道:"如果不介意的话,让我决定方向,可以吗?"

徐有容有些不解,看着他问道:"你知道去哪里?"

陈长生没有做过多的解释,说道:"我有一个大概的方向。"

徐有容正准备说些什么的时候,忽然间感知到数百丈外的一道气息。那是南客的气息。日不落草原里的空间与时间都有些诡异,看着只有数百丈的距离,实际上可能还很遥远。但终究是感知到了。

她不再多说什么,表示同意陈长生的决定,可是却没有起身。陈长生明白,她这时候过于虚弱,而且伤势太重,很难在短时间内行动自如,所以他不明白,明明是这种情况,她昨天怎么能够杀死那么多妖兽?

他转过身去,说道:"如果你不介意的话。"

38·人生若只如初见(十一)

徐有容说道:"你的脸白的像雪一样,我如何能不介意?"

陈长生转身看着她说道:"你也好不到哪里去,脸白得像草上的霜一样。"

徐有容微怔,看着水面里的倒影,才发现自己的脸果然苍白得很诡异,下意识里用双手捂住了双颊。

这是少女下意识里的动作,在陈长生的眼中,却非常可爱。

"谢谢。"她醒过神来,扶着他的肩头,靠在了他的背上。

"不好意思。"他伸手挽住她的膝弯,把她的身体往上挪了挪。

就这样,他们离开了这片青草堆,踏破泛着血沫的草海,去往清澈的别处。

草海里的水并不深,浅处将将没膝,深的地方也不过刚刚及腰,只是水底的淤泥太软,陈长生背着一人,左手还要举着伞,走起来便有些困难。好在朝阳升起了有一段时间,草海里的温度逐渐上升,非常舒服,放眼望去都是嫩嫩的绿,走在春光与春水里,再艰难也算是有些安慰。如果没有那些声音,或者他们会更有踏青的感觉。

后方草原里隐隐有破空啸声传来,那啸声来自南客的双翼,无论是陈长生还是徐有容,在对日不落草原有所了解之后,都不担心那些魔族强者能很快追上来,相反草海四周那些细碎的声音更让他们警惕,那些声音属于这片草海的土著——昨日徐有容杀死了很多妖兽,但为此付出了很多代价,同时她清楚这片草原里肯定生活着更加强大的妖兽，甚至有可能通幽境修行者根本无法抵抗的存在。

陈长生撑着黄纸伞，感知着那道剑意的位置，继续向草原里前行。此时的太阳已经快要移到中天，但阳光并不炽烈，像春日一般温煦舒服，徐有容不明白他为什么一直撑着这把破旧的伞，担心自己被晒？还是说这少年修行的玄霜寒气与阳光相冲突？如果事涉雪山宗的独门修行功法，自然不便多言，但有件事情她必须问清楚：“我们究竟要去哪里？”

陈长生说道：“去剑池。”

那道剑意所在的位置，在他想来，极有可能就是传说中的剑池。如果周园里真的有剑池，却一直没有被人找到，那么很明显，剑池最有可能便在这片没有人能走出来的草原里。

徐有容也想明白了这一点，却想不明白他为什么能够确定剑池的位置。

陈长生没有回答这个问题，不是说他不想让黄纸伞的秘密被她知道，而是剑池终究不是普通的宝藏，经过这两天一夜的逃亡，他可以把自己的性命托付给这名少女，给予她足够的信任，可正是因为如此，何必再加上这些筹码来考验人性？人性是不能考验的，每考验一次，便有可能向出题者相反的方向走一步，同样，信任也不是拿来用的，每用一次都是对信任的一次磋磨。

随着行走，草海里的水渐渐变少，实地渐渐增多，这才有了些草原的感觉。走在密集的草丛间，感受到鞋底传来的踏实的感觉，陈长生觉得踏实了很多。然而，草原里那些窸窸窣窣的声音也越来越多，很明显，隐藏在四周的妖兽，要比在湿地里面更多，也有可能更加凶恶。

徐有容取出桐弓，静静观察着四周，随时准备出手，然而不知道为什么，陈长生背着她走出了数十里地，那些妖兽始终没有发起攻击，甚至没有靠近他们，甚至有三次，她清楚地感觉到，在远处观察着己方二人的妖兽散发出来极恐怖的气息，即便是她全盛时期，也不是那些妖兽的对手。为什么这些强大的妖兽没有过来猎杀自己？如果是以前，她或者会以为是自己体内的天凤真血散发出来的气息，直接镇压了那些妖兽的贪欲，但现在她体内的血都已经快要流尽，那些妖兽又是在忌惮什么？

二人继续前行，草原的地面越来越干，野草的高度则在降低，而且逐渐变得稀疏起来。

最终，他们走到了一片刚刚没过脚背的草地里，那些草色泽灰白，却没有枯死，仿佛就像是老人的头发。在绿色的草原里，这些灰白色的短草极为醒目，而且从他们的脚下通往极遥远的草原深处，形成一条明显的道路。不知道这条白草铺成的道路通往何处，隐藏着怎样的危险。

徐有容说道："如果……那个人真的死了的话，这条路有可能通往他的墓地。"

陈长生明白她为何会这般猜想。在道源赋的往生经里，有这样一句话：白草为路，直上星海。

如果周独夫真的死了，真的葬在这个世界里，那么他的墓地最有可能便是在这片草原的深处，这条白草路，代表的便是通往死亡的通道。还有一个强有力的例证，来自于黄纸伞柄传来的微微颤抖，那道剑意，就在这条白草路的远方，如果那道剑意标明的是剑池的位置，那就非常符合逻辑——沉睡在剑池里的千万把剑，那是周独夫的战利品，当然也是对他来说最好的祭品。

"周园里没有星海，剑池便是星海。"他同意徐有容的看法，说道，"看来要走到这条白草路的尽头，才能知道是死亡还是别的。"

徐有容没想到他这么快便想到了自己的判断依据来自《道源赋》，有些欣赏地看了他一眼。

无论是通往星海还是死亡，都极遥远，这条白草路自然很漫长，陈长生背着她走了很长时间，却仿佛还只在起始处。日不落草原里的太阳升起然后落下，并不消失，围绕着草原转圈，然后再次升起落下。

他们行走行走再行走，渴的时候就饮些道旁水洼里的清水，饿的时候陈长生弄些兽肉来吃，困意难挡的时候，他就睡会儿，她静静坐在一旁，待她疲惫了，他便会醒来，如此重复交替，陈长生的伤势稍有好转，她却一直非常虚弱。

某天又到了夜晚降临的时刻，不是真的夜，只是光线变得有些晦暗，天空里忽然下起雨来。陈长生背着她在夜雨里奔走，不知什么时候，黄纸伞被她握在了手里，遮着风雨。今夜的雨来势太猛，只凭一把伞无法遮蔽，只是这荒草漫烟的世界，到哪里去找避雨的地方。就在这时，他们撞破雨帘，看见了一座庙。

39·人生若只如初见（十二）

那是一座破旧的小庙，被风雨侵蚀得极为严重，只能从檐上残存着的祭兽，隐约看出当初的规制与用途。

雨中站在庙前，陈长生和徐有容都没有说话，很安静。

这是一座祀庙。

白草为路，直通星海，千里一祀。

这座破旧的祀庙在白草路边，说明他们猜想的没有错，这条路确实通往某座墓陵——不是所有的墓都能称为陵，千年以来，除了大周王朝的前后三任皇帝，只有一个人敢把自己的坟墓称为陵，以此为规制修建，而且无论是谁都不敢有任何意见。

那个人当然就是周独夫。

"这就是传说中的初祀庙吗？"陈长生看着夜雨里的那座破庙，喃喃说道。

大周王朝的三座皇陵，各有各的恢宏，但唯独千里之外的初祀庙早已被圣后娘娘冒着天下之大不韪拆除。因为娘娘觉得一座远在千里之外的庙，除了用来养一群没用的礼部官员之外，没有任何意义，而且极为浪费。这件事情，就像她当初派周通把天书陵的那间碑庐拆掉一样的干净利落，很有道理，又很不讲理。这间破旧小庙，应该就是整个大陆唯一的初祀庙了。

夜雨继续落着，越来越大，远处草原地面上那轮光团，早已消失无踪，天地一片阴暗。陈长生背着徐有容站在雨中，没有走进那座庙里避雨，不知道为什么。以前肯定也有很多了不起的人类修行者或者魔族强者，像他们一样，找到了这条白草路，看到了这座庙。然后，那些人继续向那座墓陵进发。最终，都死了。

他问道："我们可以回头吗？"

"不能，这是一条无法回头的路。"徐有容摇了摇头。

前两次陈长生沉睡的时候，她用命星盘进行过推演，推演的结果非常不好，虽然算不到准确的自己的命运，但他的命途依旧灰暗，而且如果他们不再继续前行，而是回头，那么就一定会迷失在这片草原里。他们只能往前走，那么会迎来和那些前人一样的结局吗？

庙前除了啪啪的雨水声，没有任何声音。陈长生和徐有容的神情渐渐变得平静，眼神渐渐变得宁静，重新变得从容起来。没有问也没有答，没有互视，不知道彼此怎么想，但他们都坚信自己必将和那些前人不一样。

雨水从檐上落下，在断裂的石阶上砸成水花，还没来得及绽放，便被更多的雨吞没。庙里燃着火堆，不知搁了几百年的木制神像，被劈成废柴后，烧起来味道有些大。陈长生蹲在火堆旁，不停地从里面抽出被打湿的柴火，同时用烛台架翻动火里的那几块根茎。

徐有容靠在草堆上，脸色微白，看着很是虚弱。以她的伤势和真血流失的情况，能够撑到现在，中间还打胜了几场恶战，已经是奇迹。

那几块不知是什么野草的根茎烤熟了，散发着淡淡的香气。陈长生从灰里拣了出来，撕掉外皮，走到她的身前。徐有容接过，用手撕着慢慢地吃着。陈长生静静看着她。直到现在，他都不知道那个夜晚，她是怎么救的自己，因为她从来没有说过，但这一路行来，他亲眼见识过她强大到难以形容的实力，他总认为如果没有自己，或者最开始的时候，她就已经能够平安地离去。

徐有容确实没有说过那些事情，因为她有自己的骄傲，而且她认为这名雪山宗的少年也救过自己，那么便两不亏欠。

没过多长时间，徐有容吃完了，陈长生把打湿了的手帕递了过去，然后开始自己进食。徐有容拿着湿手帕，轻轻地擦拭着唇角，静静看着坐在火堆旁的他，没有说话。一路上，因为各种各样的原因，他们很少说话，但为彼此做了很多事情。同生共死，不离不弃，这些在世界里最光彩夺目，非常纠连的词汇，就被她和他很简单随意地做到了。

愿圣光与你同在。看着他那双能够映出篝火的清亮眼眸，她在心里说道。

然后她对他说道："你是一个好人。"这句话她说得很淡然，但又很认真。

陈长生看着她笑了笑，说道："你也一样。"然后他忽然想起一件事情，有些不好意思地说道，"很抱歉，直到现在才来问你，请问姑娘你怎么称呼？"

徐有容微笑说道："你呢？"

真的很有趣，他们两个人到现在，都还不知道对方的姓名，究竟是谁。

雨还在不停地下着，不知道什么时候才会停，周园里也看不到星星。然而看着她的眼睛，陈长生仿佛已经看到雨停后西宁镇的夜空，没有一丝雾气，纤尘不染，又因为夜空里的繁星而无比明亮，明亮的有些令人心慌，以至于根本没有办法对着这双眼睛撒谎。

徐有容也在看着他的眼睛，那双眼睛很干净透亮，能够清晰在里面看到自己，面对着这样一双眼睛，似乎只能做出诚实的回答。

眼睛是心灵的窗户。这是一句名言，因为在人世间出现的次数太多，于是，只要不是刚刚启蒙的孩童，没有人会愿意说，大多数时候也不会被想起，但这时候，他们看着彼此的眼睛，都想起了这句话。

在汶水城里被民众围观的感觉不好，对方知道自己就是陈长生之后，大概不会像这一路来这般淡然随意。

从很小的时候便过着万众瞩目的日子，无论在京都还是在南方，都是所有视线聚集的所在，是所有人爱慕的对象，她并不喜欢这样的生活，也不希望对方知道自己就是徐有容之后，会不会像别的少年一样眼神顿时变得火热起来，言行却变得拘谨无味起来。

但看着对方的眼睛，他们决定表明自己的真实身份，因为这代表着尊重。

然而，就在他们嘴唇微动，自己的名字便要脱口而出的那一瞬间，他们再一次……改变了主意。

因为他们都有一份天下皆知的婚约在身，如果这名秀灵族的白衣少女知道自己是陈长生，那就会知道自己有个未婚妻叫做徐有容。如果这名雪山派的隐门弟子知道自己是徐有容，那就会知道自己有个未婚夫叫做陈长生。

他们都不喜欢那份婚约，都想退婚，但他不想她知道这件事情，她也不想他知道这件事情。这种情绪很复杂，这种心思很简单，因为再如何了不起，毕竟是少年，终究是少女。

所以，他们做了一个相同的决定。直到很多年后，夜雨里这座破庙里发生的事情，依然没有答案，没有人知道他们是基于怎样的原因，做出了这样的决定，甚至就连他们自己也没有对彼此说过当时的想法。

徐有容的笑容渐渐敛没，很是平静。陈长生的笑容渐渐平静，不想露出破绽。他们的声音同时响起。

"雪山宗，徐生。"

"秀灵族，陈初见。"

夜庙里很安静，只有雨水落下的声音，并不烦心，更添静意。

在崖洞里醒来之前，陈长生曾经隐隐约约听到那名老怪物的声音，知道因为黑龙的原因，对方把自己误认成了雪山宗的隐门弟子，也知道了那少女是秀灵族人，他不想承认自己的身份，于是将错就错，哪里知道徐有容也是这般想的。

她的声音很轻，舌尖微卷，尾音轻轻地拖着，哪怕是说自己的名字，也显得有些生涩，落入他的耳中，觉得很好听。声音好听，名字也好听，姓陈这很好，叫初见也很好，有句话是怎么说的？人生若只如初见？他看着她有些浮肿但依然清丽的脸，想着前些天在青草堆畔，她捂着自己双颊时的可爱模样，心想，如果人生能够像这个叫初见的女孩一样，倒也确实不错。

徐有容想得更简单些，知道这名少年原来也姓徐，当初见到昏迷中的他时，竟觉得有些熟悉、很想亲近，难道就是这个原因？

互通姓名完毕，接下来做些什么？雨庙再次变得安静起来。

"来一局？"徐有容不知道从哪里取出一张棋盘，向他邀请道。

他看着那张棋盘，知道对方像自己一样，还隐藏着很多秘密，忍不住笑了起来。徐有容也自微笑不语，他们都知道彼此并不寻常，只是何必去谈那些无趣无味的事情，如果不能走出这片周园，那些世事又有什么重要？是的，在生死之外，除了享受生命，任何事情都不重要，但重要的是……

"我不会下棋。"他有些惭愧说道，看着她略显失望的神情，补充道，"或者玩些别的？"

徐有容心想如果要打骨牌，还差两个人，如果要玩阳州纸牌，差的人更多，只有两个人，如果不下棋，那能做些什么呢？

长夜漫漫，冷雨凄迷，并不是睡觉的好时辰，更何况，这一路上她睡的时间已经足够多了。那么便只有闲聊了，而且可以不用消耗精神与体力。

只不过他们现在是在逃亡，并不是在相亲，那么自然不会聊到一些太深入的问题，比如你家里有几口人？你爸爸妈妈好吗？你今年二十几了？你眼睛怎么这么好看？你身上是不是残留着玄霜巨龙的血脉？你可曾婚配吗？

这是真正意义上他们第一次聊天，他们是修行者，并不是太熟，所以他们只好聊修行。这里的修行是真的修行，与人生就是一场修行这种酸话没有任何关系。雨庙里的篝火照亮着这对年轻男女的脸，这时候的他们，根本不知道对方对自己的人生来说究竟意味着什么。

40·天才夜话以及追赶

这场发生在雨夜破庙里的闲谈，氛围很好。

每个修行者在漫长的修行路上，都会遇到一些难解的问题，而那些问题与他们自身的情况息息相关，即便是师长也很难给出解答，往往需要很长的时间，才能想通，而那些问题的难易程度，其实在某种意义上代表着修行者的水平。

陈长生在这场关于修行的谈话中，提出来的问题都很难，水平很高，徐有容大多数时候都是静静听着，偶尔才会说几句话，然而那几句话每每就像黑夜里的篝火，非常醒目，照亮了他眼前的世界，让他看到了一条崭新的道路。

这让他很是吃惊，然后很是佩服，这名少女在修行方面的学识素养高得难以想象，像唐三十六和苏墨虞修道天赋也极高，但和她一比则明显要差出一大截，在他平生所见的同龄人中，竟只有苟寒食能够与她较一高低，当然，还有他那位看似不会修行的余人师兄。

因为这些修行问题的层次与奇异的思考角度，徐有容对他也生出很多佩服之意，心想在自己见过的年轻一代修行者里，除了秋山师兄和苟寒食，竟没有人及得上他。要知道雪山宗虽然传承万年，底蕴深厚，曾经无限风光，但毕竟偏在西北，不像京都里的那些学院或长生宗、圣女峰一样，能够随时接触到修行界最新的知识，他居然能够拥有这样的见识与能力，只能说是天赋其才。

寒雨在庙外越来越大，谈话的声音被压得越来越轻，草堆被烘得越来越暖，两个人隔着一尺的距离，靠着墙壁坐着，轻声交谈，偶尔会沉默思考片刻，眉头微蹙，被火光照耀成有趣的形状，然后他提出某种猜想，她又说出另一种可能。

能够在短短一年时间里，从不能修行到成为历史上最年轻的通幽上境，除了老师和师兄自幼给他打下的基础太厚实，陈长生当然也是一位修行的天才，要知道只靠博览群书，通读道藏，是绝对没有办法在大朝试里拿到首榜首名，更不可能一夜观尽前陵碑。至于徐有容那更是不言自明的修道天才，要知道，如果仔细算来，历史上最年轻的通幽上境并不见得是陈长生，更有可能应该是她，因为她比陈长生要小三天。

这个时候他们并不知道对方的真实身份，但已经越来越肯定对方是个修行方面的天才，而天才往往是孤单的，因为缺少能够在精神世界里平等交流的对象，这句话看上去似乎有些老套，但非常真实，所有的天才都希望能够遇到一个同伴，遇到一个能够轻松听懂自己意思的谈话对象，能够与对方讨论一些平时无处讨论的问题，这就像是背后挠不到的某个地方痒了很多年，忽然有人伸手在那里替你挠了挠，这便是挠到了痒处，如何能不舒服？

这场谈话进行得越来越愉快，即便是平静自持的徐有容的眼睛也越来越明亮。

直到夜深，陈长生提出一个有些大逆不道的设想，说可不可以用脾脏之间空隙替代疏二脉的作用，这让徐有容沉思了很长时间，在她刚刚想到某种可能性的时候，忽然间感觉到肩头微沉，然后闻到了一道很淡的体息。

看着靠着自己肩膀甜睡的陈长生，她怔了怔，眼里生出一抹微羞的愠意。她不喜欢被男子接近，更不要说是如此亲密的姿势，这一路行来，她被陈长生背着，已经让她觉得极为负担，更不要说，此时对方竟然靠了过来。她伸出手指，缓缓抵住陈长生的眉心，准备把他推开，然而不知道为什么，却没有用力。如雷般的鼾声，响彻旧庙，竟把外面的雨声都压了下去。

徐有容看着沉睡中陈长生，想起来这一路上他都极为嗜睡，只要有时间，基本上都是闭着眼睛在睡觉，应该是雪山宗那套功法带来的副作用……今夜想必也不例外，先前他应该早就困得不行，却一直在陪她说话，这让她感觉有些温暖。

同时，她还是觉得有些羞，这是她第一次与男子如此亲近。当然，她在他的背上已经好些天，但……那是不得已，那是伤势的原因，那是从权……总之，她有无数种方法开解自己，找到借口，但现在，她没有办法找到借口，他就这样靠着她的肩，眉眼近在她的眼前，无比清楚。

小镇里的嫂子们总说臭男人、臭男人，他倒不怎么臭，没什么味道。好吧，看在你伤重的份上，而且我也伤重，不好移动，便容了你。徐有容这样想着，收回了手指，然后她闭上眼睛，准备伴着夜雨睡去，然而直到很久以后，睫毛依然在轻轻颤抖。

不知道是因为他的打呼声太响，还是因为别的什么。

"好一对奸夫淫妇。"雨不知何时停了，旧庙外响起南客冷漠的声音。

伴着脚步声，她和弹琴老者、两名侍女，还有那对魔将夫妇走进了庙里。她的视线从已经熄灭的火堆移到墙边的草堆上，看着那些凌乱的草枝和身体碾压后的痕迹，很轻易便推断出来，昨夜徐有容和陈长生应该是相拥着睡去。

两名侍女知道大人她自幼便谨守礼数规矩，以道德君子自居，把德之一字看得比什么都重，所以对她此时的反应不以为意。那对魔将夫妇却不免有些吃惊，然后觉得有些好笑。刘小婉笑着说道："他们有婚约在身，如何说得上是奸夫淫妇。"

南客一时语塞,这对魔将夫妇实力高强,而且不是她的下属,她没办法像对待侍女一般训斥,但依然强自说道:"男女授受不亲,即便是未婚夫妻,一日未成亲,便要保持距离,这一路行来,她让他背着,可以说是迫不得已,这又算是什么?"

刘小婉笑了笑,没有再说什么。

既然徐有容和陈长生已经离开,魔族一行强者自然没有停留,出庙而去。

白草道的两侧,草原里到处都是妖兽的气息,有些妖兽强大到就连这对魔将夫妇都觉得有些忌惮。

那名弹琴老者虽然说可以用琴声操控一些低级妖兽,但绝对没有能力控制如此强大的妖兽,更何况他的古琴此时负在身后,根本没有弹响,可是不知道为什么,那些强大的妖兽非但没有向他们发起攻击,甚至隐隐表现出来了一种臣服的感觉。

那是因为南客的手里拿着一块黑木。这块黑木不知道是什么东西,向四周的草原里不停散发着某种信号。

弹琴老者的目光落在那块黑木上,回想起前些天第一次看到南客大人取出黑木时自己的震惊——这样一块看不出任何神奇之处的黑木,居然能够让日不落草原里的妖兽听命,就连那些最强大,同时也是最骄傲暴戾的妖兽,在最初的有些不安分后,很快也都表示了臣服。

很明显,这块黑木是黑袍军师留给南客最强大的手段,南客都没有想到这块黑木有如此不可思议的神奇威力。黑袍大人在这些魔族强者的心里变得越发神秘而伟大起来,他究竟是谁,怎么会对周园如此了解,甚至拥有黑木这个明显属于周园的法器?

这是他们无法理解,也无从去追问的事情,弹琴老者不明白的是,为什么南客大人没有利用这块黑木,命令草原里难以计数的妖兽,直接把徐有容和陈长生撕成碎片,相反却命令那些妖兽不得擅自发起攻击,她究竟想做什么?

"老师把这块黑木交到我的手里,应该便是算到,我可能会走进这片草原,但老师没有提前告诉我这块黑木的来历,说明老师把最终的选择权让我自行处理,我可以用黑木把他们杀死,但也可以去追求更大的梦想。"南客看着白草道的远方,没有看见那两个人的身影,却仿佛看到了,神情漠然说道,"虽然我不明白他们是怎么做到的,但很明显他们知道周独夫的墓地在哪里,知道剑池的位置，那么当然不能让他们死。"

弹琴老者低声说道："可是现在我们已经找到了白草道，何必还要留着他们的性命？"

南客说道："如果没有他们，我们永远不可能在这片浩瀚的草原里找到这条白草道，同样，我无法确定想要走进周独夫的陵墓，还要经过怎样的考验，我永远不会拿没有把握的事情去赌对方已经拥有的东西。"

弹琴老者明白了，不再多言，恭顺地退到一旁。腾小明走到道旁某处蹲下，仔细地观察了一番徐有容和陈长生留下的痕迹，对徐有容和陈长生有很多敬意，心想果然不愧是人类世界年轻一代里最优秀的男女，能够坚持到现在。

南客抬头确认雨后太阳在天空里的位置，继续向前，皮靴碾压着如霜般的白草，留下一道清晰的印迹。弹琴老者、两名魔族美人还有腾小明、刘小婉夫妇，跟在后面。在更后面的地方，在更广阔的草原里，无数妖兽，像潮水一般漫过水泊与荒地，悄无声息地跟随。

好一幕因为壮观而恐怖的画面。

41·孩童雪话以及吵架

陈长生和徐有容也在白草道上，一路前行，无论落雨还是晴朗，那把黄纸伞始终都是撑开的。到了现在，徐有容大概已经猜到，他能够确信剑池的位置，从而带着自己走上这条通往星海墓陵的道路，应该与这把伞有关。

而当天空忽然落下飘舞的雪花时，这把看着有些破旧的伞，才发挥出了它最原始的功能。悄然无声，极厚的雪片落在伞面上，渐积渐厚，白草道更是如此，积雪渐渐没过脚踝，再也很难看到草枝的腰身。

陈长生和徐有容有些奇怪，明明先前还是一片春和景明的画面，为何此时却忽然落下雪来。二人眼前的草原以肉眼可见的速度变白，这时候他们才发现，道旁近处的草丛原来早已经枯萎，草间的水泊被冰冻成了实地。雪间夹杂着寒风，黄纸伞能够承雪，却无法遮住所有的风，温度骤然下降，寒意笼罩四野。

徐有容失血太多，根本无法承受这样的寒意，身体微微颤抖起来。陈长生感觉到了，不敢再继续前行，把她放下后，解下衣裳替她穿上，然后把袖口与衣襟下摆全部系紧。看着他身上那件单衣，徐有容有些担心，准备拒绝他好意，然后想起来他是雪山宗的隐门弟子，修炼的是最正宗的玄霜寒意。

她没有向他道谢，如果要说谢谢，这一路行来，两个人就不用说别的了，轻声说道："愿圣光与你同在。"

陈长生没有听清楚，问道："你说什么？"

徐有容说道："没什么，还有多远到第二座庙？"

陈长生算了一下时间，说道："如果把时间流速的差异抹掉，应该……快了。"

确实很快，他们便在风雪里看到了第二座祀庙。

同时，他们知道距离周独夫的陵墓，还剩下九百里。

风雪里的祀庙，非常破旧，异常寒冷。到处都是白色的雪，无论屋檐还是庙前的石阶。于是石阶上的那一大摊血迹，便显得有些惊心动魄。

徐有容靠着柱子，低头静静坐着，脸色苍白，看着虚弱不堪。

陈长生看着她，沉默了很长时间，说道："以后……不要这样。"

就在他们走进这座风雪庙里的那一刻，一只雪貂从庙旁的雪堆里钻了出来，向陈长生的颈间咬去。雪貂这个名字听着很普通，可如果放在周园外的世界，那是足以令通幽境的修行者也感到畏惧的名字，这种妖兽智商极高，极为狡猾，而且有不输于狼族的耐心，最可怕的是它的体内蕴藏着剧毒，只需要一滴便可以毒死数百名人类。

有些难以理解的是，陈长生和徐有容虽说都是重伤未愈，但他们散发的气息，应该会让这种极聪慧的妖兽了解他们不是普通的通幽境修行者，更不要说南客已经通过那块黑木，向整个日不落草原传达了自己的意志。

可是这只雪貂依然毫不犹豫地向他们发起了攻击，似乎他们的血肉对它来说，拥有一种难以抗拒的诱惑力——就在这只雪貂卷起风雪，忽然出现的时候，一直伏在陈长生背上，仿佛在沉睡的徐有容，忽然睁开了眼睛，伸手将这只雪貂变成了一道青烟。为此，她很艰难才重新积蓄起来的一些真元，再次消耗一空。

"以后不要怎样？"她看着陈长生问道。

陈长生一面拨弄着火堆，一面想着措辞，说道："不要这么……逞强。"

徐有容说道："你觉得我是在逞强？"

陈长生看着渐渐变大的火苗，听出她的情绪有些问题，没有正面回答这个问题，说道："总之，以后不要随便出手。"

先前在那只雪貂发起攻击的瞬间，他已经抽出了短剑，只是没有徐有容快。

徐有容没有再说什么。她之所以不惜消耗真元，也要抢先出手，是因为她觉得这是自己的责任。很明显，那只雪貂是嗅到了她体内残余的天凤真血的味道，才会变得那般疯狂。

陈长生也没有再说什么。

他之所以对她说这些话，是因为他有些内疚，他觉得这是自己的责任。很明显，那只雪貂是嗅到了他体内血液里的味道，才会变得那般疯狂。

燃烧的柴堆发出噼噼啪啪的响声，这座庙比前面那座庙更加破旧，被陈长生劈成木柴的神像都带着雪，有些湿。庙里一片安静，不知道因为什么，两个人沉默了很长时间。

忽然，徐有容盯着他说道："你觉得我是在逞强？"

陈长生依然没有抬头，说道："如果你觉得这个词不好听，我可以换一个。"

徐有容沉默了会儿，说道："无所谓，这个词我从小听了无数遍，早已习惯。"

陈长生把烤好的雪貂肉，递到她的身前，看着她苍白的脸色说道："如果累，就闭着眼睛歇会儿。"

徐有容接过雪貂肉，却没有即刻吃。累这个字和逞强这个词，让她想起了很多事情。在如此虚弱的境况下，那些回忆并不是太美妙，让她真的觉得很累。从很小的时候，天凤的血脉觉醒，她便承载着无数人的希望，"家国族"这三个字都在她的肩上。怎能不累，但是怎能放下。

她把貂肉搁到身前的草上，低头轻声说道："有些事情是放不下的，所以哪怕是逞强，也要这样一直做下去。"

陈长生看着她的模样，生出很多怜意。这个少女的修道天赋极高，想必承受着整个秀灵族的希望，然而秀灵族在这千年里遭受了那么多苦难，数次险些灭族，如今故土已被魔族占领，大陆上诸多强大的势力冷眼旁观，秀灵族想要复兴，谈何容易。她要背着整个部族前行，何其辛苦。

他安慰道："能力越大，责任越大，有些事情，确实不是想放下就能放下。"

其实他何尝不是一直在这样生活，那是死亡的阴影，比任何压力都要沉重，而且与能力没有任何关系，只与命运有关。

徐有容沉默了很长时间，说道："可是实际上我只会修行，别的事情非我所长，亦非我所愿。每每想起长辈们的殷切希望，想起那些复杂至极的事务，我非但没有任何信心,反而越发真切地觉得自己的无用与怯懦,甚至渐渐自卑起来。"

这些话她从来没有对任何人说过,无论是圣后娘娘还是圣女老师,无论是离山剑宗那些亲近的少年,还是南溪斋外门的师妹,又或是青曜十三司的同窗,更不要说京都东御神将府里的父母,但这时候,她却对陈长生说了出来。

如果不是重伤之后太过虚弱,如果不是在这片无人能够走出去的草原里,如果不是死亡近在眼前,以她的骄傲和强大的精神,必然不会说出这些话。话音方落,她便生出了淡淡的悔意,但话已出口,无法再作理会。

陈长生心想秀灵族里的那些长辈说不定就是把你视作下一代的族长在培养,自然需要你熟悉族中的事务,只是你如此聪慧,修行天赋又如此惊人,想来能力必然是极强的,何至于因为这些事情居然自卑起来。

看着他的神情,徐有容有些不解问道:"难道你就从来没有因为什么事情自卑过?"反正都已经开始说了,反正他不知道自己是谁,还以为自己是秀灵族的初见姑娘,那么多说几句又何妨?

陈长生很认真地想了想,想要在过去的十五年里找到一些相似的感觉,却始终都找不到。他真的没有感觉到自卑过,甚至想起在东御神将府里准备退婚时所受到的羞辱,也只有一些无奈和恼火。

"没想到你居然是如此自恋的一个人。"徐有容看着他微笑说道,"可是你觉得自己真的这般完美吗?"

陈长生心想唐三十六才是自恋的人,说道:"世间根本就没有方方面面都完美的人。"说到这里的时候,他忽然想起一个自己没有见过面、却听过无数名次的人——秋山君。他摇了摇头,把那个名字从自己的脑海里甩出去,继续说道,"但不完美不代表就要感到自卑。"

徐有容无法理解,说道:"如果怎样努力,都无法在某些方面胜过对方,难道不会因此而生出羞耻之感?"

陈长生不解说道:"为何要有羞耻之感?"

徐有容说道:"那岂不是不知羞耻?"

陈长生有些惊讶,完全没有想到这个姑娘竟是这样的人,问道:"你有病吧?"

柴堆里的噼啪声已经没有了。庙里很安静,只能听到外面的风雪声,以及徐有容渐渐变重的呼吸声。她有些生气。她有足够的理由生气。

从小到大，从京都到圣女峰，从来没有人敢对她大声说话，更不要说用这般严重的词语教训。就连圣后娘娘和圣女老师，都不会这样。因为她一直走在通往完美的道路上，无比严格地要求自己，没有任何可以被指责的地方。直到今时今日，在这座风雪旧庙里，这个年轻男子说道：你有病吧？

她甚至怀疑自己是不是听错了，但她知道自己没有听错。所以她看着陈长生，强自平静问道："你想死吗？"

42·清风问道

徐有容现在血脉与真元都已经枯竭，非常虚弱，不要说战斗，就连走路都无法做到。于是，她这句你想死吗，非但没有那般骄傲高贵霸气的意味，反而有些可笑，当然，这种可笑在陈长生的眼里，或者更像是可爱。

他笑着说道："如果你没病，怎么会有如此荒唐的想法。"

徐有容努力控制住情绪，说道："这想法哪里荒唐了？"

陈长生说道："我说过，世间根本就没有完美的人。做不到完美，比别人差些，就要生出羞耻之感，这难道还不荒唐？教宗大人养盆栽的水平不如百草园里的花匠，他就应该羞愧？圣后娘娘的女红没有汶水城女工的针法精妙，她也应该羞耻？"

徐有容微微挑眉，说道："我说的是一种人生态度，只有以这样的态度生活，才能变得更加完美。"

陈长生摇头说道："我不是说这种态度不可取，只是你有没有想过，如果如你所言看重的是态度，那么只要我们不停努力，不到人生的最后时刻，就不能说我们没有完美的可能，既然胜负未分，为何要提前羞愧？"

"至于自卑，那就更加不会。"他从火堆里取出刚烤熟的一块根茎递给她，把她手里那块有些微凉的换了回来，继续说道："现在做不到，不代表以后也做不到，而且就算一直都做不到，又有什么？努力应该是发自内心的渴求，而不应该来自与别人比较而产生的心理落差，只要真的努力过了，那就足够。"

徐有容沉默不语，不知道在想些什么。

陈长生又说道："我觉得你应该想清楚。别人对我们的希望并不重要，我们自己希望做什么才真正重要，人难道不应该为自己而活吗？"

徐有容抬起头来，看了他一眼。

陈长生明白她的意思，说道："该承担的责任当然要承担，但活着还是应该为自己而活，而且后者应该在前者之上。"

徐有容想了想，说道："我无法理解。"

陈长生想了想，笑着说道："我也就是随口说说。"

经过这番谈话，他发现这名少女就像森林里的刺猬一样，时刻防备着什么，容易伤到身边的花花草草与带着善意的手，又容易伤着自己，或者正是因为这样，在平静淡然、从容强大的外表之下，她竟是如此的敏感纤细。他先前说完美只是顺着她的话在谈，事实上从来没有想过，他觉得她的这种思维方式很怪异，所以才会觉得她有病。有哪个普通人，会以完美作为生存的目标，一旦发现自己无法做到绝对的完美，就会因此而产生自我否定和贬低？

"你说的话听上去有些道理，或者能够让人生变得轻松些，但如果……"徐有容犹豫了会儿，请教道，"我自幼接受的教育让我无法接受你这种观点，那么我应该怎样面对这种压力？"

陈长生指着她手里那块根茎，说道："趁着热先吃，我们随便聊聊。"

徐有容依言撕开根茎微焦的外皮，伴着一道热气，淡淡的香味也飘了出来。

陈长生说道："首先我们得知道自己最想做什么，活着的目的是什么。"看着她的神情，他赶紧说道，"不要再说'完美'这两个字，完美是用来形容程度的，并不是具体的事实。"

徐有容想了想，说道："我最想做的事情就是修道。"

"那就修道。"他说道。

徐有容有些不高兴，心想你这不是糊弄人吗。

陈长生解释道："除了修道，别的事情你都不去想。"

徐有容说道："但那些事情依然存在。"

陈长生说道："闭上眼睛就是天黑，不看世界，世界就不存在。"

徐有容说道："唯心之言，如何能够说服自己，而且修道也只是手段，并不是目的。"

陈长生看着她，回想着一路行来的所见所闻，说道："如果我没有看错，你修道的目的应该是……变得更强？"

徐有容说道："只有足够强大，才能承担起应该承担的责任。"

陈长生有些无奈说道："我们能不能先把'责任'这两个字忘记。"

徐有容正色说道："一时不敢或忘。"

陈长生认真地想了想，说道："那么我建议你在还没有变成最强大的那个人之前，暂时忘却这个目标，把所有的精神都放在修道这个手段上。"

徐有容说道："没有目标，如何能够行走的踏实？"

陈长生说道："那证明你的目标不够坚定，不可撼动，若那目标已经深入你的意识血液之中，何必需要时刻提醒自己？"

徐有容想了想，说道："有道理……那你修道的目标呢？难道已经忘了？"

"当然没有忘。"陈长生安静了会儿，说道，"我求的是长生。"

他修的是顺心意，求的是长生道。

"这样做有什么好处吗？"徐有容问道。

陈长生明白她问的是存其意而忘其念的好处，而不是求长生道有什么好处。

对于这种做法，世间只有他最能体会到具体的好处在哪里——因为他要追求的目标，本身就是极大的压力——死亡的阴影，一直笼罩在他修道路的尽头，在等待着他，并且越来越近，如果他不是学会忘记这件事情，只怕早就已经在这种大恐怖的压力下变成了疯子。

为什么从西宁镇旧庙开始，他一直在修顺心意？因为如果心意不通，他根本没有办法正常的活着。怎样才能在这般恐怖的压力下，心意顺畅？只能忘却，但记得自己最初的想法，本能里那样去生活，唯如此，才能平静安乐。

他的声音不停地响起，很平静，语速不快，意思很清晰，庙外的风雪再如何狂暴，都无法压住。

破庙的门早就有坏了，有寒风混着雪粒飘了进来，大多数被篝火挡住，有些落在他的脸上，就像火光落在他的脸上一样。寒风与温暖的火光融在一起，便成一道清风。

徐有容听得很认真，看着他的脸，眼睛越来越明亮。这个年轻男子仿佛阅尽世事，却不老气沉沉，依然朝气十足，就仿佛一缕清风，让人觉得极为舒服。

43·过四季而见陵

徐有容不明白，心想你最多也就二十来岁，比我大不了多少，为何会把人生想得这般明白？而且……居然能够用那样简单的语言，把这么复杂的道理讲清楚，雪山宗究竟是怎么教的你？你平时是怎样在生活？

她说道："我没有见过像你这样能言善道的人。"

陈长生微怔，他从来没有想过自己会得到这样的评价。从小和余人师兄在一起生活，他很少说话，大部分时间都是用手势比画，来到京都后被很多人觉得有些沉默寡言，那么自己是从什么时候开始能够说这么多话了？因为在国教学院里要给落落和轩辕破上课？还是说因为这一年里，唐三十六那个令人头疼的富家子天天在自己耳边碎碎念的原因？或者……与说话的对象有关？

看着火光照耀着的少女清丽的脸，他有些无来由的心慌，然后意乱："就是随便瞎说。"

徐有容看着他认真问道："你为什么懂这些道理？"

陈长生心想，那是因为你自幼生活在草原，与世隔绝，没有人和你交流的缘故。

徐有容说道："把责任与压力与生活看得如此清楚，非日夜自省不能做到，你真的很了不起。"

陈长生诚实说道："倒真没想那么多，只是压力这种事情容易带来负面情绪，对健康不好，所以我不喜欢。"

风雪停后，二人离开这座祀庙，继续前行。忽然间，他们便走进了一场暴雨中。不等他们想办法避雨，雨便又停了。太阳重新照耀着草原，雨水瞬间被蒸发，一片闷热，竟仿佛来到了夏天。再往前去，草枝微黄，带着白霜，白草道渐渐融进草原里，看着一片萧瑟，仿佛入了秋。

周园里的这片草原，果然极为神秘，不知道是因为空间扭曲还是时间流速的问题，四季的交替极为迅疾，时常给人一种措手不及的感觉，最夸张的时候，在短短的十余里路程里，他们便从春天来到夏天，又从秋天进入寒冬。环境虽然严酷，但毕竟可以解决，最让他们感到安慰，同时又更加紧张的是，再也没有遇到一只妖兽。

跑出被雨云遮盖的夏季，陈长生把徐有容放在一片烂漫的春花里，然后取出在冬天准备好的一大块洁白的净雪以及在前两座庙里拿的器具，开始融雪煮水，同时开始把清晨时分捉的那只秋雁拔毛剖腹，准备做一锅菱角炖雁肉。

食物的香气渐渐弥漫开来，道路旁的草原里却是一片安静，没有任何声音。这种诡异的死寂，曾经让他们很警惕，但现在已经学会了无视。他更担心的是时间问题，按照流水瓶上的刻度，他们进入周园已经过去了二十几天，每次周园开启只有百日，一旦闭园，里面的小世界规则会有一次倒错，生活在里面的妖兽游鱼没有问题，但拥有识海的修行者，却会直接被天雷轰死。

他不知道周园外的世界现在是什么情况，按道理来说，园门既然关闭，肯定会引起园外人的注意，主教大人梅里砂和月下独酌应该会做出反应，只是不知道有没有办法把园门打开，再就是在周园里的那数百名人类修行者已经聚集在一处，会不会离开那园林，来寻找在山野里落单的同伴？当然，对于后者他没有太多的信心。

"随着越往草原深处，时间越慢，现在我们在的地方，一天大概只相当于外面的一刻时间，所以暂时不用担心周园关闭。"徐有容这些天清醒的时候，一直在用命星盘进行推演计算，通过两个流水瓶的细微差异和草原边缘那轮要落却始终不肯落下的太阳运行的速度，得出了一个相对准确的结果。说这番话的时候，她在陈长生的背上，拿着流水瓶在看，只有一只手能够扶着他的肩，自然完全趴在了他的背上。

到现在，他们两人已经变得熟悉了很多，相处也随意不少，她抱着他的动作已经很自然，不像最开始的时候，哪怕虚弱到无力支撑，依然双手扶着他的肩，让自己的身体与他的后背保持些微的距离，很是辛苦。

陈长生现在也不再像最开始那般小心翼翼，极可能用最舒服的姿势挽着她的腿，而不再担心会不会太上了些。同时，她的随意让他也更加安慰，能够感受到柔软的少女身躯，在漫长仿佛永无止境的旅程里，为他增添了很多力量。身后传来的触觉真的很软，他不好意思想象她的身体，却很自然得出一个结论，果然如传闻中一样，秀灵族的少女确实很迷人。想到少女现在重伤未愈，自己却在想着这些事情，他觉得有些惭愧，可能为了化解这种情者，他说道："以后……叫你软软好不好？"

这依然是没话找话，而且是最笨最糟糕的那种典型例子。话一出口，他便有些后悔。一路行来，他很清楚她是个清冷的女子，颇有端庄之气，绝对不可能喜欢这种调笑。徐有容当然不喜欢，如果是平时，她肯定会非常生气，然后把陈长生打到落落都认不出来。但不知道为什么，这时候她的脸上满是羞恼之意，却没有说什么，也没有做什么。

在春花夏雨秋实冬雪里，他们走过四季，继续前行，偶尔歇息，打怪做饭，调息静神，然后总能找到一座旧庙。他们变得越来越熟悉，哪怕不说话的时候，静静看着彼此，也都不再觉得尴尬。甚至有些时候，他会做个鬼脸，逗虚弱的她笑一笑。

当然，歇息等肉熟的时候，他们还是经常会说话，而且往往都是徐有容主动要求他说些什么。她从很小的时候，便成为这片大陆最出名的人，万众瞩目，出入都有无数强者随侍，但她是孤独的。他在西宁镇只有师兄一人相伴，来到京都后，也习惯了国教学院的安静，但他从来都不孤单。他能感觉到她的孤单，所以每当她想听些什么的时候，他会开始说，漫无边际地随便说着一些小事，比如哪种鱼好吃又无毒，溪水最清的时候，可以看到十几丈深的潭底，那里有一种豚鱼，只要去了剧毒的内脏，最是好吃不过，还有山上的那些松树真的很像妖兽。

偶尔她也会说说，比如小镇上哪位大婶最喜欢骂街，哪家馆子的菜最好吃。他听得不是很懂，猜想应该是她长大的地方。只不过因为越来越虚弱的缘故，而且她觉得自己这十五年的人生在别人眼中看来无比耀眼，和陈长生的生活相比却是那样的枯燥乏味，所以有些自卑，不想多谈。

她很感谢陈长生陪自己这么一个无趣的人说话。

某天风雪再至，他们在白草道畔的第七座旧庙里休息。在篝火畔，陈长生结束了对自己童年的回忆。

她看着他真挚说道："你真是一个好人。"

陈长生心想这个评价还算不错。

她轻声祝福道："愿圣光与你同在。"

夜雨旧庙，开始第一次真正的谈话，到现在，已经过去了数十天。

愿圣光与你同在。

她每天都会把这句祝祷说一遍。

他们离周独夫的陵墓越来越近，她也越来越虚弱。靠黑龙的玄霜寒意，陈长生的伤在缓慢地复原，但她的情况却没有任何好转。孔雀翎的毒在她的体内不停地蔓延，渐渐开始肆虐，她的天凤真血流失的太多，没有任何办法。陈长生曾经冒险深入草原，猎杀了好些妖兽，但到了现在，那些妖兽的血，无论是火性的还是寒性的，都已经无法给她带来丝毫的帮助。

她裹着他的外衣，静静靠在草堆上，看着柴堆里跳跃的火苗，不再说话。雪庙一片安静，即便是风也停了。看着她苍白的脸，还有那双水色渐涸的眼眸，陈长生觉得很难过。那是提前开始的难过。他想说些什么，来打破此时庙里压抑的死寂，却不知该说些什么。

看着他低着头，徐有容知道他的心情，平静说道："和你无关。"

陈长生抬起头来，看着她说道："虽然到现在，你都不肯说第一天夜里的事情，但我知道肯定是你救了我，而且你一直没有扔下我。"

徐有容静静看着他，说道："你也一样。"

陈长生说道："我现在忽然明白了那天夜里你说的话，如果我的实力足够强大，像你没有受伤之前那样强大，那天面对那些魔族强者，我还是可以带你离开，而不是在迫不得已的情况下逃进这片草原，走上了这条绝路。"

徐有容说道："相反，我觉得你那天夜里说的话才有道理，如果我不是这么逞强，或者我根本不会受伤。"

这是她现在真实的想法。如果在周园里发现魔族的踪迹后，她不是因为骄傲的缘故，单身走上那条山道，而是选择与别的人类修行者联手，比如离山剑宗相熟的少年们，又比如说那个叫陈长生的家伙，这一切都有可能不会发生。

雪庙里重新变得安静起来，沉默得令人不安。

陈长生不喜欢这种安静，想着先前她的那句祝祷词，问道："这是你们族人的习惯？"

徐有容心想雪山宗终究还是太偏僻了些，他对道藏无比纯熟，却连这都不知道。"是的，祝你一生平安的意思。"

"谢谢你。"

"我也谢谢你。"

第三章

他用一整座黑曜石来做棺木,用一片日不落草原以为陵园,用一个世界来做自己的封土。

44 · 那个男人的陵墓

徐有容一日比一日虚弱，却从来没有忘记说那句话。那是她真诚的祝福与希望。她知道自己大概很难再离开这片草原，那么如果还有生的可能，她想尽数交给这名好心的雪山宗弟子。

就在她十五年的生命仿佛要走到尽头的时候，白草道提前来到了尽头。就在她的眼睛快要闭上的时候，她终于看到了那座陵墓。她在陈长生的背上，比他要高些，所以要比他先看一瞬间。那座陵墓远远望去，更像一座山，山间没有断崖，青树也很少，于是能够清晰地看到从陵顶到陵脚的那数道直线。

陈长生看着有些眼熟，向那座陵墓走得更近了些，才想起来，原来很像天书陵。在草原里行走了数十日，终于找到了传说中的周陵，怎会不激动，只是他和徐有容现在已经很疲惫，很难表现出来喜悦或者紧张。顺着白草道继续向前，十余里的距离，仍然用了很长的一段时间，二人才终于走到那座青陵之前。由此也可以推算出，这座陵墓究竟有多高，多大。

来到近处，陵墓的细节被看得更清楚，高大也变得更有实感，比如直接通往陵壁正中央那条数千丈长的神道，比如那些组成陵体的巨大方石，和远方第一眼看到时相比，气势顿时恢宏了无数倍，一股威压与肃穆感迎面而来。

陈长生注意到，在这座陵墓的四周，有十根石柱。那些石柱高约数丈，表面上雕刻的花纹早已被数百年的风雨侵蚀成了模糊不清的痕迹，看着很是破旧。与宏伟的陵墓本体相比，这些石柱显得有些怪异，不因为别的，就是显得太矮，看上去有些不搭。

"你可能不知道，离宫外面也有很多石柱，我当初第一次看到的时候就觉得很怪，没想到这里也有。"

他说道:"不知道为什么,这座陵墓我看着也觉得很奇怪,说像天书陵,又感觉哪里有些不一样。"

徐有容有些虚弱地笑了笑,心想自己三岁的时候,就天天在离宫外面爬那些石柱玩。她伏在他的肩头,艰难地抬头看了这座陵墓一眼,神情微惘道:"陵殿的规制有些像长生宗的金殿。"

"不错,就是这个问题。"陈长生说着,"这座陵墓像极了很多周园外著名的建筑,但全部都合在一处后,感觉有些……"

徐有容与他同时说道:"……不伦不类。"

说完这四个字,两人相视而笑。

对周独夫这位最为传奇的至强者,任谁都会敬畏无比,来到他的陵墓前,想必连说话都不敢大声,更何况是如此评点。如果是别的修行者,来到周独夫的陵墓前,不说激动得难以自已,泪流满面,想必也会震撼无言,甚至会大喊大叫才能发泄心头的兴奋。

但陈长生和徐有容没有,他们显得很平静,甚至有些不在意。就在他们显得有些不够尊敬地说出这四个字的瞬间,一路逃亡行来的疲惫与艰辛,似乎就此消失无踪。

徐有容和陈长生是刻意这样说这样做的。这不代表他们真的很平静,像表现出来的这般不在意,而是只有这样,他们才能在最短的时间里冷静下来。

徐有容的脸上带着满足而平静的微笑,在死之前终于看到了这座传说中的陵墓,接近了周园真正的秘密,当然值得高兴。

陈长生看了数眼黄纸伞,确认没有任何动静,那道剑意在他们看到这座陵墓的时候,就已经消失,不知道这意味着什么。那道剑意已经完成了指路的工作?剑池就在这座陵墓近旁?陵墓四周是一望无垠的白色草原,对面的十余里外,隐约可以看到几座旧庙,那不是祀庙,应该是配庙,没有湖也没有潭,剑池会在哪里?陈长生没有思考太长时间,背着徐有容便向陵墓走去,不多时便来到了那条仿佛天道一般的石制长道之前。踏上石道,有灰尘在鞋底溅起,不知为何,他渐渐加快了速度,到最后竟跑了起来。

徐有容抱着他的脖子,微笑想着,毕竟是二十来岁的年轻男子,再如何冷静从容都只是假象,也对,雪山宗承奉的是玄霜巨龙的血脉,而玄霜巨龙是龙族里出了名的喜欢金银财宝,而这座陵墓肯定有无数宝藏,他的脚步如何能不匆匆?

陈长生的伤势渐愈，虽说依然疲惫，但速度很快，没用多长时间，便背着徐有容奔到了这条数千丈的神道尽头，来到了这座巨大的陵墓中腹。看着面前那扇高十余丈的沉重石门，他深吸一口气，双掌向前推去，却发现出乎意料的轻松。

悄然无声，陵墓的门便被推开，越来越宽的缝隙里，喷出些细微的尘砾。陈长生抽出短剑，横在身前，走进了陵墓里，很是警惕。徐有容靠在他的肩头，同样亦是神情凝重，手指不停屈伸，默默地计算推演。这座陵墓，可以说是东土大陆最神秘的地方，里面埋葬着那位曾经让整个世界都恐惧的男人。现在他们自然已经知道，那片神秘的日不落草原只是这座陵墓的陵园。连陵园都如此辽阔危险，更何况是陵墓主体。谁也不知道这座陵墓里有什么。

刚刚走进石门，不过数步距离，忽然间，远方的黑暗里忽然亮起一抹光明，仿佛没有星星的夜里，有人在原野里点燃烧了一堆篝火。陈长生盯着远方，时刻准备着战斗或者转身逃走。下一刻，陵墓深处亮起第二抹光明，紧接着，越来越多的光明依次出现，向着他们而来，变成两条明亮的光线。最终，光明来到他们的身前，原来是镶嵌在甬道墙壁上的夜明珠亮了。那些夜明珠通体浑圆，晶莹透明，每一颗都有碗般大小。

这些夜明珠比不上落落给他的那颗完美，但绝对不比甘露台上的那些夜明珠小，而且这条甬道很长，通往陵墓深处，墙壁上的夜明珠至少有数千颗，真的难以想象，当年周独夫替自己修建陵墓的时候，是从哪里找来这么多颗几乎完全一样的夜明珠。

在夜明珠柔和的光线照耀下，他背着徐有容向陵墓深处走去。这条通往陵墓深处的甬道，应该便是皇帝规制陵墓里的冥道，意为通往幽冥。当然，在国教典籍里，这条甬道一般都被称为明道，意为通往星辰海洋里的无限光明神国。就像陵墓外那条长达数千丈的跨空石道，被称为神道，是相同的意思。在漫长的甬道里行走，只能听到脚步声的回音，纵使有夜明珠照亮前程，还是显得有些阴森恐怖。

陈长生忽然感觉到心脏处隐隐传来一道寒意，分出一道神识自观而入，发现幽府外的那片寒湖里，黑龙似乎有醒来的征兆，不由微微一怔，唇角露出笑容，心想真不愧是传说中最喜欢珠宝晶石的玄霜巨龙，即便沉睡之中，也感知到了这些夜明珠的存在。

徐有容看着他脸上忽然露出微笑，很是不解，又觉得有些诡异，轻声问了问。

陈长生不知如何解释，只好又笑了笑，看着有些傻。

出乎他们二人预料，这条甬道没有任何机关，也没有遇到那些守陵的凶兽，就这样走到了陵墓的最深处，什么事情都没有发生。

明道的尽头又是一扇石门。陈长生的手掌放上去的时候，很自然地想起了当初青藤宴时自己被莫雨困在桐宫里，走到黑龙潭底，推开那扇石门时的画面。当时他抱着必死的念头推开那扇石门，没曾想到，在石门后遇到了黑龙，而这次相遇在其后已经数次挽救了他的性命。

推开这扇石门，又会遇见什么？伴着极轻微的摩擦声，石门缓缓被推开。这扇石门已经数百年没有开启过。门后是一个数百年都没有人来探访过的世界。数十丈高的石柱，撑着穹顶。空间显得无比巨大。陵墓的深处，原来不是墓室，而是一座宫殿。

在宫殿的最深处，有一座黑色石棺。陈长生背着徐有容走到那座黑色的石棺之前，才发现这座黑色石棺无比巨大，就像一座黑石山。站在黑色石棺前，他们两个人的身影很是渺小。这座石棺是由黑曜石制成的，表面暗哑无光，透着股幽然的意味，看不到任何缝隙和拼凑的痕迹，竟极有可能是由一整块黑曜石制成。陈长生默然想着，难道这真的是一座黑石山？

黑曜石棺的表面没有任何花纹，也没有任何表明棺中人身份的文字，唯如此更加显得肃穆。此时正静静躺在黑曜石棺里的那个男人，不需要任何花纹来为自己增添光彩，不需要任何记述来替自己歌功颂德。那个男人少年的时候，曾经被称为洛水第一强者。后来，他在洛阳城外大败太宗皇帝，于是被称为中原第一强者。后来，他远赴南方，连败长生宗及槐院无数高手，碾平了南溪斋的山门，撕掉了当代圣女的面纱，从那之后，他被称为人类第一强者。后来，他于无数魔族强者环峙之中，重伤魔君，飘然远去，于是，他被称为大陆第一强者。这里的大陆第一强者，甚至没有时间的限制，不局限在当时那个年代，而是往前看五百年，往后看五百年，他都是最强，没有之一。所以他又有一个称号，千年第一强者。环顾宇内无敌手，可能是那种寂寞的心情，让他就此消失，只留下一段无法复制的传奇。最后，世人称他为，星空下第一强者。

他用一整座黑曜石山来做棺木，用一片日不落草原以为陵园，用一个世界来做自己的封土，哪里还需要树立墓碑，在碑上刻下自己的名字。

161

他是周独夫。

他只能是周独夫。

站在黑曜石巨棺之前,陈长生沉默了会儿,简单行了一礼,便背着徐有容继续前行,没有作更长时间停留。

徐有容有些无法理解他的平静,问道:"你应该知道这座黑石棺里的人是谁。"

陈长生像背书一般说道:"星空下第一强者,不败的传奇,大周太宗皇帝陛下的结义兄长。"

"如果只是强大,并不足以让他被世人记住这么长时间。"徐有容说道,"人类能够战胜魔族,其实有个最重要的原因,一直被史书和人们刻意地忘记,那就是周独夫击败并且重伤了魔君。"

陈长生没有停下脚步,反而加快了步伐,说道:"我知道这件事情,也明白这件事情的重要性。"

"所以,他除了是传奇,更是一位英雄。"徐有容说道,"我所遇见过的年轻修行者,绝大多数都视他为偶像,狂热地崇拜他,如果让他们能够来到周独夫的棺木前,肯定会认真跪拜,哪里会像你这般淡然。"

"如果是别的时辰,我大概也会那样。"陈长生说道,"但现在我们没有时间去抚古追昔,而且他毕竟已经死了。"

徐有容问道:"所以?"

陈长生说道:"再如何英雄,再伟大的传奇,只要死了便不能再醒来,没办法告诉我们怎么活下去。我们现在的处境很糟糕,在这种时候还只想着悼念前辈,那么我们很快就会成为被悼念的对象,当然,更大的可能是很快被人忘记。"

说完这些话,他们已经来到陵殿后方的石阶,面前有一排门。门前的地面上蒙着一层薄薄的灰,看不到任何痕迹,就连风的痕迹都没有,看起来,这座陵墓确实从来没有打开过,更没有人进来过,他们是第一批来客。

就像这座陵墓的陵门一样,这些石室的门也没有锁。

走进第一间石室,一阵带着腐坏味道的浊风扑面而至,他屏着呼吸,眯着眼睛,借由身后漏过来的光线,望向室内。只见石室内有很多朽坏的木架,至少数百件法器凌乱地散在各处,从形状上看,那些法器必定不凡,只是因为闲置时间太久的缘故,法器上的气息已然消散,和破铜烂铁没有什么分别。

忽然间，徐有容轻声惊呼了起来。陈长生顺着她的眼光望过去，只见最角落的那堆烂木头里，隐约有个什么东西。

45 · 他所寻找的宝藏

周独夫的陵墓，自然用的都不是凡物，那些陈列法器的木架，应该是极昂贵的五花梨木，只是这位星空下第一强者很明显对于古玩器具不怎么在行，只知道五花梨木极为珍稀少见，极耐虫蛀，却不知道这种硬木需要湿润的环境保存，在墓室这种干冷的环境中，只需要数十年便会朽坏。石室角落里的那堆烂木头，在完好的时候，或者可以卖出一个天价，但现在不过是一堆不值钱的烂木头罢了，能够让徐有容这样清冷的少女发出惊呼，自然不是那堆木头，而是埋在那堆烂木头里的某个东西。

陈长生走了过去，拾起一个像尺子般的法器把那堆烂木头扒开，发现下面埋着的也是一件法器，那法器色泽黝黑，不知道是用什么材质制成，摸上去光润无比，很像是西方海边的一种奇特树木的化石。

"这是什么？"他问道，同时把那块黑色的法器递给了徐有容。

徐有容接过那件事物，仔细地观察了很长时间，用手指缓缓地摩挲，最后说道："如果没有认错，这件法器应该是白帝城的魂枢。"

陈长生有些意外，他在三千道藏上都没有见过这个名字，问道："魂枢？"

徐有容把这件叫魂枢的法器递还给他，用眼神示意他收好，说道："是的，这件魂枢最不可思议的法力，就是能够驭使妖兽，哪怕是传说里那些已经快要踏入神圣领域的极品妖兽，也无法抗拒魂枢的命令，白帝氏能够统治妖域如此多年，最初的凭恃便是这点，当然，这也是他们最大的秘密，除了白帝一族，很少有外人知道，如果我不是在长辈处见过一幅画像，只怕也认不出来。"稍一停顿后，她继续说道，"没想到这件妖族的至宝，竟被周独夫从白帝城里夺走，而且被他用在了周园里，那片草原里的妖兽不敢靠近这座陵墓，而且默默守护着这座陵墓数百年时间，或者便是因为魂枢的存在。"

陈长生没想到这法器竟是如此重要的东西，毫不犹豫地收了进去。按道理以及按照平时的性情来说，他应该会与徐有容商量一番，在这座陵墓里找到的宝藏如何分配，但现在他急着寻找别的事物，顾不上说这些，而且魂枢既然是白帝一族的事物,他很自然地想着要拿回京都交还给落落。

徐有容把他的表现尽数看在眼里,却没有什么反应,一路行来的默契与信任,早已让他们之间很难产生误会,相反还提醒了他一句:"按照那张画像上的说明,魂枢应要和魂木配合,才能发挥出全部的功能,但魂木不在这里。"

陈长生拿着那根铁尺一般的废旧法器在烂木堆里随便翻了翻,徐有容见多识广,看着他翻出来的法器便做一番介绍,他才知道原来这些破铜烂铁一般的法器,当年都有那般凶名,甚至有三件法器还曾经上过天机阁颁定的百器榜。

这些法器没能让他的脚步作更长时间停留,确认石室里没有自己寻找的事物,他毫不犹豫转身离开,向右手边的第二间石室走去,在移动的过程里,才终于找到闲暇对徐有容说道:"找到的所有东西,咱们平分。"

徐有容伏在他的肩上笑了笑,低声说道:"如果能出去的话。"

第二间石室里的东西没有朽坏。那些东西虽然不是世间最珍贵的事物,但绝对是所有人都喜欢的事物,哪怕经常被某些清雅之士批评为俗气,甚至拿粪土去形容,可如果让他们看到眼前这幕画面,绝对会激动得浑身发抖,难以自已。

那是满室的黄金,纵使隔了数百年时间,依然闪耀着夺目的光芒,令所有看到它的人不得不眯起眼睛,仿佛如此才不会被灼伤。

徐有容震撼无语,心想周独夫当年纵横大陆之间,究竟做了多少抄家灭户的事情?

陈长生要平静得多,不是因为他的修养有多高,能够视富贵如浮云,而是因为他曾经在大周皇宫的地底,那片寒冷的空间里,看到过更多的黄金,有过经验的人,当然不容易激动,但这并不意味着他就对这满室黄金不感兴趣。先前确认陵墓里没有什么危险,他的短剑已然归鞘,这时候,他把短剑连着鞘从腰间取下,走到满室黄金之间,开始指指点点。

高士说法,顽石也要点头,他可没有指点黄金开智悟道的本事。点石可以成金,他也不是想把这些黄金重新变成石头,从而让后来者体悟万物归一,抱朴不变的道理,他要做的事情,是把这些黄金全部收起来,一块都不能遗漏。

如果待黑龙醒来,发现他居然把黄金留下了一块,一定会和他闹个没完。随着他手中的剑鞘移动,石室里的黄金以肉眼可见的速度减少,直至最后尽数消失,不知道去了哪里。

徐有容知道,她早就已经知道他的那把剑有古怪,应该是个空间法器。她的身上也有类似的法器，桐箭梧弓还有些贴身的衣物，都收在里面。所以她并不觉得惊讶，只是有些好奇，他这把剑的空间似乎太大了些，一路行来已经看他往里面塞了太多东西。

把满室黄金尽数搬走，也没有消耗太多时间，陈长生很快便背着她离开，来到了第三间石室里。

这间石室里是满屋子的晶石，随着时间的流逝，那些晶石里蕴藏的能量都有所散溢，大概只留下了原先的三分之一，但依然是好东西，不用徐有容说什么，他便像在第二间石室里那般照章处理，很快便把室里清扫一空。

第四间石室里是各种珍宝。

这一次陈长生的动作更快，徐有容只来得及眨了眨眼睛，什么都没有说，那些夜明珠、珊瑚、翡翠、白玉之类的珍宝，便被他收进了剑鞘里，以至于她觉得自己是不是眼花了，这间石室里或者刚才根本就没有那些东西？

第五间石室里是各式各样的秘籍功法。

徐有容本以为这一次他会慎重些，以确保那些秘籍功法不会在移动的过程里损坏，要知道，这些秘籍功法属于当年大陆上的无数强者，无数传承至今依然强大的宗派学院，代表着周独夫的无数场战斗，是修行界被遗忘的宝贵历史，珍贵程度和重要性不问而知。然而陈长生依然很快便离开这间石室，没有停留更长的时间，剑锋所向，所见皆空，在他的眼里，这些秘籍功法似乎和不值钱的废纸没什么区别般。

徐有容很不理解，当他在第六间石室门口，只看了一眼里面便转身离开，这种不理解达到了顶峰。她想起先前，无论是面对满室黄金，还是法器晶石时，他的眼神都是那样的清明，没有任何贪婪的神色，就连每个人都应该会有的喜色都看不到一丝，他拿走那些黄金晶石法器时不在乎的模样，似乎只是因为看到便顺手拿了，那么他到底在找什么？

"这座陵墓里有什么是你一定要得到的吗？"她问道。

陈长生没有回答她的问题，没有时间回答她的问题，奔走于石室之间，速度越来越快。

当他走进第九间石室的时候，徐有容注意到，他的眼睛终于亮了起来，并且出现了一抹喜色。

这间石室里没有任何架子，很多瓶瓶罐罐被极为随意地摆在地面上，有些

165

瓶子是用青瓷做成的，有的罐子很像煨鸡汤的瓦罐，也幸亏没有搁在架子上，不然这些瓶瓶罐罐肯定都会被打破。

陈长生走到这些瓶瓶罐罐的前面，手指在上面缓缓移动，目光显得极为专注。忽然间他的手指停住，拿起一个玉盒，那盒上没有标签，不知道里面是什么。玉盒的盖子被掀开，一道极淡的香味飘了出来，他凑到鼻子前嗅了嗅，品味片刻后确认没有错，喜色从眼中来到他的脸上，同时他的身体也终于放松了下来。

徐有容靠在他的身上，感受得最为清晰，发现他的双肩很明显变得柔软了很多，不再像先前那般僵硬紧张。

"这是什么？"她微悯问道。

"这是流火丹。"陈长生取出盒子里的一颗丹药，说道，"主药材是火棘的汁液，火性极强，可以排进世间前三，生血有神效，尤其是对于你来说。"

听完这句话，徐有容怔住了，沉默了很长时间都没有说话。直到这时，她才知道他为何如此紧张，脚步如此匆匆，为何对那些晶石宝藏秘籍如此无视。原来他急着给她找药。这让她很感动。

她修的是世外道法，去的是红尘意，道心如要通明，便不能为物喜人悲。所以在世人的眼中，她很骄傲，很清冷，是一只高高在上的凤凰。

她也是这样看待自己的。她以为自己不应该有这种有损道心的情绪，自己也不会因为任何事情而感动。然而在这片草原里，从那片芦苇丛到这座陵墓，已经有数次，她都快要被他真正感动了，却被她以难以想象的精神力量控制住。

对于像她来说，能够控制住悲喜，相对容易，能够控制住愤怒，也很容易，但感动是一种很特殊的情绪，很难控制。这种情绪从来不会突然地出现，需要很长时间的浸染，但真正出现的那一刻，却必然是突然的，需要某个点。

厚积，然后薄发……这句话可能用来说修行，也可以用来形容这种情绪。到了此时此刻，那种情绪终于推破了坚硬的岩壁，在清风里开始招摇生长，便再难消失。她无法再控制，或者说，她不想再控制。

她真的很感动。

46 · 等待命运的到来

陈长生不知道她这时候在想什么，更不知道在这么短的时间之内，她的情绪发生了如此大的变化。他从玉盒里取出那颗流火丹后，直接伸到她的唇边，然后快速地，甚至显得有些粗鲁地塞了进去。徐有容双唇微启，正准备说些什么，来向他表达自己的感激，以及……感动，然而什么话都没有说出来，直接被那颗丹药堵了回去。

"前后半个时辰里都不能喝水，不然会降低丹药里的火性。"陈长生看着被噎得有些脸红的她，认真说道，心里却生出一些不安。

那颗流火丹很大，徐有容根本没办法说话，用了很长时间才咽下去，很是辛苦，然后咳了起来。片刻后，稍微好过了些，她看着他恼火说道："就算不能喝水，也提前说一声，咳得难受你不知道吗？"虽然是恼火说着，声音却有些幽幽的，是埋怨，却又有些像撒娇。

陈长生感觉不到，微窘说道："不好意思，有些着急，不过咳嗽不用怕，不是被噎着了，应该是排毒的正常现象。"

徐有容自己都没有注意到先前那一刻流露出的女儿家神态，但不知为何觉得有些不好意思，轻声说道："不知道是不是药力发作，有些困了。"

哪里是排毒的正常现象，是没话找话。药力哪可能这么快就发作，是不知如何应答。终究还是唐三十六在京都李子园客栈里说过的那样，他和她真是两个让人无话可说的家伙。

不管是药力发作，还是别的原因，徐有容真的有些困了。

他把她扶到石室外避风的廊间，从第七间石室里取出几块布料替她盖上。陵墓里最珍贵的绫罗绸缎，包括珍稀无比的雪蚕丝被，都已经被时间变成了碎絮，有意思的是，那些最不值钱的麻木却还完好如初。他替她盖着的便是麻木制成的幔帘。

看着沉睡中的少女，他暗自祈祷那味流火丹还能保有足够的药力，然后他走回石室，再一次打开那个玉盒仔细地闻了闻，心里的不安没有消除，反而变得越来越强。

找到药力还没有完全消散的几种灵药收好，这时候，他才终于有时间看一看先前在那些石室里的收获，神识略微扫了一扫，首先看的便是那些秘籍与功法。

他自幼通读道藏，去到京都后，国教学院藏书馆里的数万册书籍也都认真看过，这时看那些秘籍功法，只是看到名字便能想到对应的宗派山门学院。

和世人的想象不一样，这些秘籍功法并不罕见，自然也没办法让他在一夜之间神功大成，说来也是，当年有资格成为周独夫对手的强者，必然都出身于世间著名的宗派山门，他们变成了周独夫刀下的亡魂，但自己所属的宗派山门传承并没有断。

就像离山剑宗的剑法总诀被白帝一氏拿走，离山依然强大。不过……依然就像离山剑宗的剑法总诀，这些秘籍功法自然也极珍贵，至少对那些宗派山门而言，因为这些都是原本。

接下来他开始检查那些法器，因为时间的缘故，石室里的法器绝大部分都失去了威力，在徐有容的指点下他收起来的那几样法器还残存着些威力，但也远远不及当年，和现在百器榜上的那些神兵根本无法相提并论，只有那件黑色的魂枢是个例外。

时间果然才是世间最强大的法器。

陈长生忽然生出一些想法。周独夫是这片大陆真正的传奇，是独一无二的存在，周园是他的世界，这里是他的陵墓，按道理来说，有资格被他挑选来陪葬的，应该有些更好的东西才对，那些东西都被人拿走了吗？

九间石室之前的长廊地面，蒙着一层薄薄的灰，上面有很多凌乱的足迹。但那些足迹都是他自己留下的，法器、宝藏、秘籍都还在，证明以前没有人来过这里。

——过去数百年来，有无数想要找到周独夫的陵墓，从而获得他的传承以及宝藏的修行者们，那些修行者或者才华横溢，或者做了极充分的准备，都至少是通幽境巅峰，才敢走进神秘的日不落草原，然而他们没能来到这里，便死在了途中。他能够找到走出草原，来到这座陵墓，不是说他比那些前辈更优秀、更强大，而是因为他有一把伞。

想到这里，他再次望向手中黄纸伞。走进陵墓后，他也没有把伞收起来。如果没有这把黄纸伞，追循着那道漂缈的剑意给他们指路，他们根本没有任何可能走到这里，更大的可能是，已经在那片凶险的草原里迷路，然后变成了妖兽群的食物，只是接下来怎么离开这里？依然要靠这把黄纸伞吗？还是说要找到那道剑意？

他总觉得黄纸伞带自己来到这里，是命运的召唤。

是的，他相信命运。

这听上去很荒谬,因为他从西宁镇旧庙来到京都,目的就是要改变自己的命运。但在精神世界的最深处,他确实相信命运的存在,甚至比别的任何人都更相信命运的存在。

眼前必须有座山峰,才能翻过这座大山。有条波浪起伏的大河,才能越过这道河流。有目标,才能向着目标前进。必须要有命运,他才能改变命运。

王之策在笔记的最后说道:没有命运。这四个字可谓是惊天动地,但对他来说,则是另一番新天地。他的看法与王之策不同,必须不同,他想要看清楚自己的命运,然后改变之。

如果说命运让他在京都里遇到那么多人,那么多事,最后把他带进周园。那么在周园里,又有什么样的命运在等待着他?黄纸伞感知到那道剑意,带着他来到此地,其中肯定隐藏着某种深意。如果想要离开周园,是不是意味着自己需要找到那道剑意?那道剑意在剑池里吗?剑池又在哪里?走过漫长的甬道,来到陵外,他站在高台之上,左手扶着腰后,右手握着黄纸伞,望向眼前的草原。

此时已然黄昏,远方的太阳已经来到每夜的固定位置——草原的边缘、地平线的上面。一望无垠的草原,在红暖的光线下,仿佛在燃烧,那些隐藏在草原里的水泊,就像是无数面小镜子,映照着天空的模样,他的身后,是周独夫的陵墓。

如果此时看到这幕画面的,是位伤春悲秋的才子,大概能够感受到更多的悲凉感觉,感慨世间一切事物都敌不过时间,但他没有。落日还挂在遥远的草原边缘,陵墓四周却忽然下起雨来。他举起黄纸伞。啪啪啪啪,雨点落在伞面上,变成无数小水花,不停地跳跃,然后落下。他释出神识,通过伞柄向上延去,直至伞面,最后像那些小水花一样跳跃,离开,向着陵墓四周的草原里散去。

他熟读道藏,确信那道剑意不可能产生自我的意识,既然没有自我的意识,那么便不可能主动改变自己的状态。最开始的时候,他能在寒潭边感应到,是因为剑意本就一直存在,等待着被发现,那么现在剑意不应该、也不能够主动消失。

一件事物如果不是主动消失,却无法找到,那么肯定就是被人藏起来了。

陈长生站在雨中,向草原里散发着神识,寻找着自己的目标,同时开始梳理靠近这座陵墓时发生的那些变化——就在徐有容看到陵墓的那一刻,那道剑

169

意便消失了。当时他以为是剑意完成了带领黄纸伞来到这里的使命,所以消失,现在他冷静下来后得出前面那番推论,自然确定并非如此——那道剑意,应该是被某个"人"藏起来了。那个"人"应该就是这座陵墓。

他回头望向身后的陵墓。由巨大石块堆成的陵墓,越往上越陡,高得不可思议。他站在陵墓的正中间,眼中的陵墓更是高得仿佛要刺进天空里的云层一般。他的视线顺着陵墓的顶端,落在那片灰暗的云层上,只见那处黑云滚滚,深处隐隐有闪电不时亮起,显得格外恐怖。即便隔着数千丈,他也能够清晰地感觉到,云层里那道足以毁天灭地的强大气息——陵墓是周园的核心,这道气息应该便是周园规则的具象。

雨势越来越大,陵墓间的巨石尽数被打湿,每级石块之间,有无数道细细的瀑布在流淌,如果有人从陵墓外看过来,一定会觉得这幅画面很壮观,有一种惊心动魄的美丽,但站在陵墓里的他,只能感到惊心动魄,自然感觉不到美。

"如果有时间,应该离开陵墓的威压范围,看看那道剑意会不会再次出现。"他默默想着,然后隐约听到有人在喊自己,握着黄纸伞,再次走进陵墓里。

徐有容已经醒了过来,脸色依然苍白,但看着似乎好了些,恢复了些精神。

他问道:"你在喊我?"

陵墓外的雨太大,虽然有伞,他还是被打湿了,看着有些狼狈。

徐有容没有取笑他,摇了摇头,轻声说道:"你听错了。"

陈长生心想大概是太过担心她的伤势,真的产生了幻听。

徐有容静静看着他,麻布下的双手微微握紧。先前她醒来的时候,看到他不在身边,四周一片幽暗,她竟有些害怕,更准确地说是心慌。自血脉觉醒以来,她从来没有心慌过。她知道,这和对他的依赖无关,与那些情爱更无关。这是意志消沉的表现,她越来越虚弱,即便是通明的道心也开始渐渐黯淡。这是死亡的征兆。

陈长生在她身边蹲下,伸手搭脉,沉默很长时间后,笑着说道:"嗯,药力正在散开,毒素就算清不干净,但应该没什么大问题。"

谎言讲究真九假一。他这句话里就没一个字是真的。

徐有容看着他的眼睛,淡然说道:"你知道自己的笑容很假吗?"

陈长生身体微僵,呵呵笑着说道:"笑容怎么会假?"

徐有容微笑说道:"确实不是假,是傻。"

陈长生装着有些不悦,说道:"就不喜欢你这种清冷骄傲的口气。"

"我会注意的……至少,在你的面前。"徐有容说了一句他没有想到的话。

陈长生愣住了。徐有容笑了笑,继续说道:"可是你刚才笑得像哭一样,确实很傻,而且谁都能看出假来。"

陈长生不知道该说些什么,低下了头,伸手把麻布的边缘向下拉了拉,替她把脚盖住。

"那药没有用,对吧?"她看着他的眼睛,神情很平静,仿佛不知道他的回答将会决定自己的命运。

47·我可能是你的命运

时间……实在是难以想象的一头怪兽,可以让星空下最强的男人死去,也可以让最珍贵的丹药变成废渣。周独夫或者不懂药,但他收集的那些丹药,无论环境还是所用器具都极讲究,可就算这样,也依然没有办法在数百年之后依然保住药力。

徐有容从他的沉默里得到了确认,想了想,然后说道:"既然如此,那我再睡会。"这时候的她已经不再咳嗽,很平静地便睡着了。

如果自己即将进入永恒的睡眠,大概在那之前怎么都没有办法睡着。陈长生看着酣睡中的少女,生出无限的佩服与敬意,要拥有多么强大的意志与精神力,才能在这样的情形安睡?那颗流火丹失效,他该怎么救她?

他犹豫了片刻,决定使用在草原里让他犹豫了十几天的方法——金针推血。金针推血是一种激发生命力和血脉强度的手法,对人的伤害极大,在他的老师计道人改造成功之前,这种针法基本上被国教归在邪术里,严禁使用,即便是现在,这种针法也无法完全避免严重的副作用,所以现在一般只有在病人临死前才会使用。从某种意义上来说,金针推血,就像是最后的那口老参汤。

既然做了决定,便不再犹豫,他坐到徐有容身后,解下缠在左手无名指上的金丝,神识微动,金丝笔直如针,闪电般刺进她的颈后。金针推血很难,最难的便是要一针入病患髓脉,此时她在沉睡,正合适不过。

徐有容微微皱眉,有些吃痛,醒了过来。

"不要动,我是在给你治病。"

陈长生知道她的年龄不大，但处变不惊，遇事泰然，只要自己说清楚，便能配合。果不其然，徐有容很快便平静下来。他附带寒意的真元从金针缓缓送进她的身体里，如潮水般在她的经脉和血管里前行，推散她淤积在膈府之间的毒素，同时也散去了她先前生出的猜疑。

黄豆大小的汗珠，在陈长生的额头上不断涌出，然后被冻成冰珠，滚落到地上，发出清脆的声音。随着时间推移，两人身周的地面上落满了冰冻的汗珠，看上去就像是一片珍珠的海洋，有的冰珠顺着石阶滚落，去到很远的地方，直至碰到那具巨大的黑曜石棺才停下。

过了很长时间，金针从徐有容的颈后收回，重新缠到陈长生的指间。又过了很长时间，他没有说话，徐有容也没有说话。

他低着头，看着地上那些冰珠，有些难过，更多的是不甘心——金针推血，已经是他能想到的最后的方法，非常危险暴烈，然而即便如此，也没有收到任何成效。

这种针法，可以激发人类的生命力与血脉，就算是病榻上奄奄一息的老人，也可以重新恢复些精神，甚至从幽冥里夺回一线生机。然而，这对徐有容却没有任何作用，因为她的血脉已经完全枯竭，她的生命力早已在接连不断的战斗与路程上消失殆尽。没有柴了，再如何施以高温炽烈的火焰，又如何能够点燃？

"抱歉。"说出这两个字的不是陈长生，而是徐有容。她看着他微笑说道，"虽然我不懂医术，但也知道，你刚才用的针法很了不起，可惜我这个病人太不争气。"

这是真话，她的圣光术在周园里救治了很多人，但那和医术是两个领域的事情。

陈长生抬起头来，看着她有些浮肿、依然清丽的容颜，心情非常低沉。

"你的精血已竭，除了能够补血，没有别的任何方法，但前些天我们试过，你的血脉有些特殊，妖兽的血对你没有意义，我甚至认为，除了你自己的血，没有任何血对你有意义，那么就算我们能够离开周园，可能也没办法治好你。"

他对她很诚实地讲解现在的情况。对将死的少女讲述她为何会死去，与他对她强大意志的敬意无关，而是他对于死亡有一种强大甚至执拗顽固的态度，人们不知道自己是如何来到这个世界的，那么离开这个世界的时候应该是清醒的，这样才不算白来这个世间走一遭。

他没有向徐有容解释自己的想法，徐有容却没有伤恸，更没有向他发泄自己的愤怒,仿佛明白他的意思,微笑说道:"但如果能够离开周园,至少你能够活下来。"

来到这座陵墓后,徐有容经常微笑,但那笑容其实很虚弱,陈长生甚至不忍去看。

"我没有找到离开周园的方法,不知道这样会不会让你开心一些。"他看着她笑着说道。他知道她不可能因此而开心,但希望她能够因为自己说的这句不好笑的笑话而开心起来。

徐有容没有开心起来,脸上的笑容反而渐渐敛去,看着他平静说道:"看来,我会死了。"

就因为这句话,这句并不是第一次出现的话,陈长生忽然觉得自己的胸口被一块石头狠狠地砸了下,难过到了极点。记得那天夜里,她说过自己才十五岁,和自己同年。正值青春,却生命已尽,这真是世间最悲伤的事情,是他曾经无数个夜里都提前体会过的悲伤。对于死亡,他准备很长时间,再没有人比他准备的更充分,然而现在看着她就要死在自己的面前,他却依然没有任何办法。

"我不想死。"徐有容看着他很认真地说道。说这句话的时候,她并不难过,神情依然是那样的平静,因为她并不是在恳请他的怜惜,只是告诉他自己最后时刻的想法。

"你不会死的。"陈长生说道。

徐有容说道:"你知道我无法接受这种没有说服力的安慰。"

陈长生忽然间想到了些什么,有些出神,声音微颤说道:"你……不会死的。"

徐有容神情微异,不明白他的情绪为何会忽然有些异样。

"你不会死的。"陈长生第三次重复道,只是这一次,他的声音异常平静而肯定,干净的双眼明亮无比。

徐有容以为他有些发痴,说道:"我的死,不需要你承担任何责任。"

陈长生说道:"可是我不想你死。"

徐有容用疲惫的声音打趣说道:"难道你是神明,不想谁死,谁就不会死。"

"是的。"陈长生清亮的声音回荡在空旷的墓陵里,是那样的肯定。

徐有容怔怔看着他。

他笑了起来。

他不知道命运为什么把自己带进周园,又带到这座陵墓,是因为那道剑意,还是别的什么，但现在他知道了一件事情：自己或者可以改变这名少女的命运。

换一种说法就是，他是她的命运，至少是其中的一部分。

48 · 我以我血荐姑娘

之所以会如此想，是因为陈长生想到了一种可能救活她的方法。

三千道藏里没有提到过这种方法，医术里也没有相关记载，那种方法从来没有人用过，听上去都很荒唐，而且没有任何道理。但他越来越强烈地感觉到，那种方法可能有用。如果他的猜想是真的，那么就像徐有容刚才说的那样……他不想谁死，谁就很难死。只是并不见得管用，而且师兄肯定不会同意。

他没有思考太长时间，望向徐有容认真说道："稍后我会用一种方法，提前和你说一声，希望你到时候不要太吃惊。"

徐有容见他眼神清明，也变得认真起来，问道："什么方法？"

她不惧怕死亡，所以先前才能表现得那般淡然。然而在绝望里忽然看到希望，任是谁都会有些情绪波动，不可能以儿戏视之，自当慎重。

"你知道死马怎么医吗？"陈长生看着她笑着问道。

这是一句很著名的俗语。她以为他用在这里是想说笑话，有些无奈看着他，心想一路上说了多次，你没有说笑的天赋，何苦还要为难自己？

"死马只能当活马医，你没有血，那就给你血。"

陈长生开始卷衣袖，卷到一半，发现堆在一起的袖口有些碍事，于是干脆把衣服脱了下来。

在很多天前，因为徐有容怕冷的缘故，他的外衣便一直披在她的身上，只剩一件贴身的衣裳，很好脱。很快他就脱掉了衣服，握住了短剑，便准备往手腕里割去。

一只手握住了他的左手腕，拦在了短剑的剑锋之前。

"你……要把血给我？"她盯着他的眼睛，非常认真说道，"虽然说我没有告诉过你我的血脉和普通人不一样，但你应该知道，沿途那些妖兽的血对我没用，何必再试？"

陈长生看着她说道："正是因为这些思维惯性，才让我忘记了一些事情。"

"什么事情？"她问道。

陈长生说道："我不是妖兽，我的血也不是妖兽的血。"

徐有容的唇角微翘，那是一丝微嘲的笑容——她不是在嘲笑陈长生痴心妄想，而是自嘲，她身体里流淌着的天凤真血是所有力量与荣耀的源头，然而当她失去那些真血的时候，才发现天凤真血，从她的骄傲，变成了她死亡的原因。陈长生的血自然和妖兽的血不同，但普通人类的血，又如何能够替代天凤真血？

一声惊呼在陵墓里响起！

陈长生没有在意她的意愿，直接把她的手拿开，横着短剑便向手腕割了下去。

他在北新桥井下的寒冷世界里沐浴过龙血，比最完美的洗髓还要完美，从此拥有了难以想象的力量与速度，以及更难想象的身体强度，凭借这些，他才能在大朝试里连续战胜那么多少年天才，直至最后拿到了大朝试的首榜首名。

如果是普通的兵器，哪怕是百器榜上的一些神兵，在他自己的手里，都很难割开自己的肌肤。在湖畔那场伏击战中，那两名强大的魔族美人，到最后险些要把他的内脏击裂，也没能在他的身体表面留下一道伤口，便是因为这个原因。

但他手里的短剑可以。这把短剑是他离开西宁镇旧庙时，师兄余人赠给他的礼物，看上去异常普通寻常，在世间寂寂无名，百器榜上更没有它的身影，但陈长生从来没有见过比它更锋利的剑。无论是唐三十六的汶水剑，还是七间腰间的离山法剑，都不如它。

嗤的一声轻响，他的手腕上出现一道笔直的红线，然后那线以肉眼可见的速度向两边扩展开来，鲜血从那道伤口里涌出，将要滴落。他已经把剑鞘接在了下方。悄无声息，他的鲜血缓慢地流进剑鞘里。

"你到底想做什么？"徐有容很生气，因为他不听自己的话，因为他这么执拗。

然后，她闻到了一股淡淡的香味。那是一种很奇异的香味，比最淡的花香还要淡，比最馥郁的香水还要浓。那道香味被闻到之后，便会发生无数变化，时浓时淡，时清时郁。有时是花香，有时如蜜，有时就像园子里刚结出来的新果，依然青涩，但已有气息。这是什么味道？她看着陈长生的手腕，确定这道香味来自他的血。陈长生的血流得越来越多，那道香味也越来越浓。随着时间的推移，她感受到了更多。

那是最邪恶的诱惑，也是最纯净的甜美。

最古老，又最新鲜。

美妙至极。

那是极为繁复而又生动的生命气息。

那是难以想象的强大的生命力。

徐有容看着陈长生，震惊地说不出话来，要知道即便是周独夫的陵墓，都没能给她如此大的震撼……这是什么血？你究竟是什么人？你……是人吗？想着这些事情，她昏睡了过去。

不是眼前看到这幕画面，闻到这道血的味道让她难以承受精神上的冲击，而是因为事先，陈长生已经悄无声息地把金针扎进了她的合谷穴。

他对她解释自己会用什么方法来救她，只是想告诉她这件事情，并不代表他需要她看着自己做这件事情。为了她能够保持平静的心境，让她昏睡过去，是最好的选择。同时，这样也能保证她不会打扰到这个过程，要知道，他的血每一滴都很珍贵。最关键的是，他不知道她闻着自己血的味道后，会有怎样的反应。

时间缓慢地流逝，他腕间的血渐渐凝住，伤口渐渐合拢。他没有做过这种事情，也不知道剑鞘里的血够不够，为了保险起见，他毫不犹豫拿起短剑，重新把伤口割开，甚至割得更深了些……有些痛，但还在能够忍受的范围里。

如是，重复了四次。鲜血从他的手腕上不停地流进剑鞘里。过了很长时间，他想着应该够了吧？忽然间，他眼前的景象变得有些模糊。难道自己晕血？为什么以前没有发现过。过了会儿，他清醒了些，才明白不是晕血，也不是饿得发慌，之所以如此，是因为血流得太多了。

接下来要做的事情，就是把这些血注入少女的身体里。他用布条将手腕上的伤口紧紧地系死，确保不会影响动作，也不会让血再流出来，然后走到徐有容的身边，解开她的衣裳前襟，露出洁白的颈与光滑的肩头，左手的手指轻轻抚摸着她的肌肤，右手握着短剑缓缓跟着。

一道已经不复清晰、更谈不上强劲，显得格外孱弱的震动，从她的肌肤传到他的指腹里。就是这里。他拿着短剑，抵住那里微微用力，刺了进去。

49 · 我的就是你的，你的还是你的

剑锋破开她的肌肤，割开她的血管。没有血喷溅而出，甚至一丝血都没有流出来，因为她身体里的血已经基本上快要没有了。

陈长生拿过剑鞘，用鞘口对准她颈间的伤口。神识微动，一道血线从剑鞘里出来，更像是从虚无里生成一般。那道血线非常细，似乎比发丝都还要更细，向着她的血管里缓缓地灌进去。整个过程，他非常小心谨慎，神识更是凝练到了极致。

没有任何声音。

只有味道。

他的血的味道，渐渐在空旷的陵墓里弥漫开来。

不知道过了多长时间，他收回剑鞘，右手食指间隐隐冒出一抹寒意，摁在了徐有容的颈间，过了会儿，确认她的血管与创口已经被极细微的冰屑封住，才开始处理自己的伤口。手腕间那道清晰可见、甚至隐隐可以看见骨头的伤口，缓慢地愈合，或者说被冰封住。伤口的旁边还残留着一些血渍。他想起师兄当年私下对自己的交代，犹豫片刻，把手腕抬到唇边，开始仔细地舔了起来，就像一只幼兽在舔食乳汁。

当初师兄曾经对他说过，如果受伤流血后一定要用这种方法，只有这种方法，把血吃进腹中，才能让血的味道不再继续散开，除此之外，无论用再多的清水冲洗，用再多的沙土掩埋，甚至就算是用大火去烧，都无法让那种味道消失。

这是陈长生第一次尝到自己的血的味道。以前在战斗里，他有好些次都险些吐血，然后被强行咽下去，但那时候血只在咽喉，而这时候，血在他的舌上。

原来，自己的血是甜的。

他这样想着。

味道确实很好。很好吃的样子。

真的很好吃。还想再吃一些。

忽然间他醒了过来，浑身是汗，然后被冻结成雪霜。先前他竟是舔得越来越快，越来越用力，就像一个贪婪地舔食着自己死去母亲混着血的乳汁的幼兽。如果不是醒来的快，他甚至可能会把手腕上的伤口舔开。

陵墓里一片死寂。很长时间，才会有轻风拂过。地面上那些冰冻的汗珠，缓缓地滚动着，发出骨碌碌的声音。他疲惫地靠着石柱，脸色异常苍白。因为他流了太多的血，也因为恐惧。

十岁那年，他的神魂随着汗水排出体外，引来天地异象，西宁镇后那座被云雾笼罩的大山里，有未知的恐怖生命在窥视。从那夜开始，他就知道自己的身体有异常人，不是说他有病这件事情，而是说他的神魂对很多生命来说，是最美味的果实，是难以抗拒的诱惑。

——如果让世人发现你血的异样，你会死，而且肯定会迎来比死亡更悲惨的结局。

师兄对他说这段话的时候，就是在十岁那年夜里的第二天。当时师兄用了很长时间，才把这句话的意思表达清楚，因为他的手臂酸软无力，比画手势总是出错。

他问师兄，为何会这样。师兄沉默了很长时间，告诉他，那是因为昨天夜里，他一直在给打扇，想要把他身上溢散出来的味道尽快扇走。

他问师兄，为何要这样。师兄又沉默了很长时间，才告诉他，昨天夜里，他闻着那个味道时间长了，忽然很想把他的血吸干净，想把他吃掉。

在陈长生的心目里，师兄余人是世界上最勇敢的人，是对自己最好的人。如果师兄要自己去死，自己都可以去死，可是师兄如果要吃自己……

他想了很长时间，还是觉得这件事情太可怕了。

身体里流淌着的血，是所有生命向往的美味，对于当事人来说，这当然不是什么好事。所以他不喜欢自己的血，甚至可以说厌憎，又或者说可以是害怕。因为这种心态，他从来不会去想这件事情，甚至有时候会下意识里忘记自己的血有什么特殊的地方。

那夜过去之后的清晨，溢散的神魂敛入他的身体，进入他的血液里，再也没有散发出来一丝，但那种厌憎与害怕，依然停留在他的识海最深处。

来到京都后，他以为已经远离了那段恐怖的回忆，他能感觉到自己血的味道似乎在变淡。然而在天书陵一夜观尽前陵碑后的那个清晨，他第一次在白昼里引星光洗髓，却震惊地发现似乎一切都将要回到十岁那年的夜里。

他不想再次经历那样的夜晚，不想再次感知到云雾里未知的窥视。

于是他变得更加小心谨慎。在战斗里被重伤，想要吐血的时候，他哪怕冒着危险，也要在第一时间里咽回去。面对再如何强大的对手，他都不再敢将幽府外的那片湖水尽数燃烧，因为他担心又像在地底空间里那次般，被真元炸得血肉模糊。

不能流血，不能让自己的血被人闻到，这是他不需要去想，却奉为最高准则的事情。甚至，比他的生命还要更重要。因为他一直记着师兄的警告。但今天在这座陵墓里，他没有听从师兄的警告。因为他要救人。

他看着沉睡中的徐有容，露出满足的笑容。因为中毒，她的脸一直有些浮肿，这时候，那些浮肿明显消减了很多，清丽的眉眼变得更加清楚。最重要的是，她苍白如雪的脸，这时候渐渐生出了几丝血色。

距离周独夫陵墓很远的地方，有座旧庙。如果从千里之外的第一座初祀庙数起，这座旧庙应该是第九座。这也就意味着，距离周独夫的陵墓只有两百里了。

这是刚开蒙的孩童都能算清楚的事情，南客等人自然不会弄错。弹琴老者感慨说道："没想到我这一生居然还有亲眼看见周陵的那一天。"

腾小明挑着担子，望着远方天穹下隐约可见的黑色突起，向来以木讷沉默著称的他，这时候的神情也有些激动，至于他的妻子刘婉儿，还有那两名魔族美人，更是如此。

数十天苦行，即便是这些魔族强者都觉得有些辛苦。不过想着徐有容和陈长生就在前面等着受死，更重要的是，白草道的尽头有可能就是传说中的周陵，这种辛苦又算得什么？

忽然间，白草道微微震动起来，震动的源头来自后方广袤的草原深处。弹琴老者微觉诧异，转身向草原里望去，神情凝重说道："妖兽们似乎有些躁动。"

忽然间，他的神情剧变，张着嘴，却震惊地说不出话来。魔将夫妇也看到了天空里的异象，身上的气息陡然间提升到周园能够容纳的顶点！草原上方的天空里出现了一道阴影。那道阴影是如此的巨大，仿佛要遮蔽半片天空。这道阴影，正在缓慢地移动，远远看过去，就像是一双巨大无比的翅膀。

南客看着天空里的那片阴影，皱眉说道："连天鹏都有些疯意，究竟发生了什么事？"

她不知道，草原妖兽躁动不安的源头，来自于二百里外的那座陵墓深处。在那座陵墓深处，有个少年割开了自己的手腕，鲜血露在了空气里。那股血的味道，在草原里弥散开来，已经淡到了极点，但依然足以令这个世界里的妖兽们生出无比疯狂的渴望。

陵墓的四周，有设计极为巧妙的通风道与光道，不虞雨水会从那些通道里灌进来，却能让新鲜的风与光线进来。也不知道当初周独夫命令设计自己陵墓的时候是怎么想的，难道人死之后还需要呼吸新鲜的风，享受明媚的春光？陈长生想不明白，只是通过光线与空气里湿润程度的变化，确认应该到了第二天清晨，而且陵墓外的雨应该也停了。

就在这个时候，徐有容终于醒了过来。

陈长生看着她笑了笑。

她没有笑，怔怔看着他问道："你把自己的血灌到了我的身体里？"

陈长生说道："更准确的说法是，我把自己的血灌进了你的血管里。"

徐有容有些无奈，有些伤感，有些疲惫，说道："虽然我不知道你是用什么方法做到了这一切，但你觉得这样能行吗？我说过，我的血……"

"是的，这样能行。"没有待她说完，陈长生微笑说道。他的脸色有些苍白，神情有些委顿，但眼神很明亮，很干净，很自信，如初生的朝阳，虽被云雾遮着，却光华不减。

看着他的神情，徐有容生出一个自己都不相信的念头，喃喃说道："这样也能行？"

"好像确实行。"陈长生走到她的身边，观察了一下她颈间的伤口，然后说道，"你自己感觉一下。"

徐有容有些茫然，下意识里按照他的话自观，发现自己的血脉居然真的不像昏睡之前那般枯竭了，虽然不像平时那般充沛，还是有些稀薄，但至少可以保证……活着。

活着，多么重要，多么好，最重要，最好。只是，为什么自己能够活下来？这到底是怎么回事？

此时，她身体里流淌着的血明明应该是他的血，为什么却像自己的血一样，没有任何分别？

50 · 再临绝境

她想起昏睡之前的画面，和那难以忘记的味道，生出无数猜想，震惊无语。

——他的血很纯净，所以可以与自己的身体契合？可是此时自己身体里流淌着的血，带着清晰的神魂烙印，明明是自己的血，他的血怎么变成自己的天凤真血？

她睁大眼睛看着陈长生，很是茫然，有些无助，于是无辜。这是她活了十五年，第一次这样懵懂，这样可爱。

陈长生不知道该怎样向她解释，也不准备向她解释，但担心刚刚离开死亡边缘、实际上依然非常虚弱，需要好好休养的她，因为精神冲击太严重而产生一些新的问题，所以决定编造些借口，然而他的话刚刚出口，便被一阵雷鸣盖了过去。

轰隆隆！沉闷而响亮的雷鸣声从远处而来，直接穿过陵墓的大门，传进他们的耳中。

陈长生有些不解，心想清晨之前雨刚刚停，为什么还有雷声？他扶着她靠着石柱坐好，把准备好的清水与食物端到她的身边，说了声，便向陵墓外奔去。通过漫长的甬道，来到陵墓之外，向雷声起处望去，他的脸色瞬间变得更加苍白。雷声起处没有雨，连云都没有，却也看不到湛蓝的天空，因为远处的那片天空，被一道巨大的阴影所占据。在那道阴影的下方，是一条如潮水般的黑线。虽然看不清楚，但神识无情而冷酷地告诉他真相，那道黑线是由无数妖兽组成的兽潮，在二百里外，如果保持着现在的速度，大概需要一天的时间，就会来到这座陵墓之前。

没有时间去思考为什么草原里的妖兽会忽然来袭，并且变得像军队一样，是不是谁在指挥，他转身走回陵墓，奔回徐有容身前，把她横抱了起来，说道："我们必须离开了。"

一路行来，二人之间已经有很多身体接触，但这种抱法自然不同，徐有容还未从茫然情绪中醒来，便开始微羞，只是羞意未变成恼意，便又被他的话惊着。

"怎么了？"

"有兽潮，应该是向着陵墓来，可能指挥，估计是魔族。"

"应该是魂木。"

简单的两句对话，两个人便交换了足够多的信息，给出了自己的判断。

陈长生抱着她跑出陵墓，此时那道兽潮组成的黑线仿佛还远在天边，并未发生任何移动，但他知道，那些恐怖的妖兽，距离此间又近了些。徐有容也终于看到了这幕堪称壮观的画面，没有惊慌失措，直接问了一个最重要的问题："我们去哪里？"

如此可怕的兽潮来袭，不要说他们现在伤重疲惫，就算是全盛时期，法器都还在身边，也没办法应对这样的情况，便如陈长生所言，离开是必然的事情。可是，能去哪里呢？这片草原是那样的神秘而危险，如果不是有黄纸伞的指引，他们根本没有可能走到这座陵墓，而黄纸伞的方向来自于那道剑意。

徐有容虽然不知道内情，也早已判断出那把伞只会指向陵墓的方向。如果现在他们离开陵墓走进草原，黄纸伞肯定无法给他们指出第二个目的地，那么他们必然会迷失在这片草原之中，像那些前辈强者一样死去。好在接下来看到的画面让他们免于这方面的苦恼，当然这里用好字似乎非常不妥当——在陵墓四周的草原里，他们都看到了兽潮的黑线，所有离开的方向都已经被隔绝了。

陈长生很长时间都没有说话。他本来还有很多疑问，那些兽潮因何形成，是不是他们进入周独夫的陵墓，惊动了某种禁制，这一路行来，为何没有妖兽对自己发起攻击，为什么这些妖兽看上去似乎有人指挥，但这些疑问徐有容已经给出了答案。

"南客禁止那些妖兽攻击我们，是想通过跟踪我们找到周独夫的陵墓。"

陵墓里的魂枢来自白帝城，可以号令驭使妖兽，而很关键的魂木却不在石室里，现在想来，那块魂木应该便是被南客拿在手中，至于为何会如此，那是他们现在不需要关心的事。

那道黑线里有数不清的妖兽，有很多妖兽强大到难以想象的程度，隔着两百里的距离，便是他都能够感知到，有些妖兽散发出来的气息竟可以与聚星境的人类强者相提并论。更不要提天空里那道阴影的恐怖真身。

陈长生问道："她既然可以驭使妖兽，那么完全可以让妖兽带路，何必还要跟踪我们？"

徐有容说道："魂木可能需要与魂枢在一起，才能发挥出全部的作用，或者因为什么原因，她无法与那些妖兽交流，那些妖兽只会跟着她战斗，但不会做别的。"

说完这句话，两个人又开始沉默。

兽潮形成的黑线在陵墓的四周，就算他们是聚星境巅峰强者，都很难突围而出，这时候进行这些分析，确实已经没有任何意义。

雨后的草原有些微寒，陵墓的石块缝隙里生长出来的青树很矮，无法挡风，拂面微寒，陈长生看着她说道："我们回去吧。"既然无法离开，守在陵墓里便成了最好也是唯一的选择。

徐有容说道："我不想死在别人的坟墓里。"

陈长生思考问题要世俗得多，说道："可是外面有些冷。"

徐有容不知从何处取出梧弓，插进石块的缝隙里，只听得一阵簌簌响动，长弓之上生出无数青叶，迎风招展，却把寒风尽数挡在了外面。

陈长生在崖洞里醒来的时候，没有看到梧弓变成的青树，这是他第一次看到，感受着其间强大的防御气息，吃惊说道："居然是桐宫？"

徐有容微微动容，心想你真的就是一名雪山派的隐门弟子？你的身上怎么会有这么多的秘密？居然能够一眼便看破这是桐宫？

陈长生抱她出来的时候，没有忘记麻布裹在她的身上，这时候他把麻布铺到地面，扶着她坐下，说道："既然你不想进去，就在这里看看也好。"

难以逃出生天，依然是死路一条。刚刚在死亡边缘走过一遭的徐有容，见到了真正的本性，心境前所未有的清明，不去想陈长生身上隐藏着的秘密，平静而淡然。

"早知如此，先前何必做那些事，浪费了。"

陈长生不同意她的看法，说道："能多活一刻都是好的，不要说一天，哪怕是一个时辰、一息，甚至是一瞬间，都是好的。"

徐有容感觉到他的真诚，心想这是一个对生命多么眷恋与热爱的人啊，只有这样的人，才会如此善良吧？他真是一个好人。

"谢谢你的血。"

想着先前看到的画面、闻到的味道，即便是正处于初见本性而宁静无双精神状态中的她，神情也有些微妙的变化，看着他的眼神有些复杂。

"我知道你在想什么。"陈长生沉默了会儿，说道，"我的血有问题，我不知道是什么问题，总之闻到我的血的味道的人或者别的生命，都想把我吃掉，没有谁能抗拒这种诱惑。"

除了经脉断绝、命途黯淡、会在二十岁时死去，这就是他最大的秘密。无论是对落落还是唐三十六，他都没有说过，但这个时候，他当着徐有容的面，很平静地说了出来。这并不代表他对这名少女的信任程度已经超过了落落和唐三十六，而是因为现在的环境很特殊，情况特殊，就像当初在地底第一次看见黑龙一样，在死亡的压力下人们总愿意说些什么。

听到他的话，徐有容说道："我没有那种想法。"

陈长生笑了起来，说道："真是个喜欢争强好胜的姑娘，不想喝我的血，吃我的肉也不是什么值得骄傲的事情，而且你不要忘记我把你弄昏了。"

徐有容被他说中心思，也不生气，笑着说道："那你凭什么让我相信你的说法？"

"你刚才应该感受到了。"陈长生想着自己先前险些神志不清，把自己的血吸干净，心想我自己也感受到了。然后他认真说道："而且这是我师兄说的，我相信他。"

徐有容有些意外："你有师兄？"

陈长生很无奈，说道："我还有师父。"

徐有容不喜欢他这种说话的方式，微嗔说道："油嘴滑舌。"

陈长生迫不得已承认道："被一个朋友感染的。"

"你这么闷的人也有朋友？"徐有容打趣说道。

陈长生说道："你这么清冷骄傲的姑娘都能有朋友，我为什么不能？"

"我什么时候告诉过你，我有朋友？"

说出这句话的时候，她秀气的眉毛仿佛要飞起来，显得很是得意。这是赌气，或者说孩子气，或者说置气，反正陈长生怎么都没想明白，没有朋友这种事情，有什么好骄傲的。他再一次地觉得这个秀灵族的天才少女有些孤单可怜，笑着问道："……那我算不算？"

徐有容没想到会听到这句话，看着他微笑说道："算。"

51·临渊对谈，一个动心人

听到这个答案，陈长生有些不知为何的开心，又有些骄傲，说道："谢谢。"

徐有容说道："不用客气。"

"总之我有师兄，他说的话我都信。"陈长生把话题又绕了回去。

徐有容认真问道："关于你血，你师兄是怎么说的？"

陈长生说道："师兄说，只有圣人才能承受住我的血的诱惑。"

徐有容心想你怎么就这么倔呢？于是对话继续。

"既然你的血没有被吸干净，说明没有人禁受过这种诱惑的考验。"

"有。"

"谁？"

"师兄。"

"……你还活着，证明他没有吸你的血，可他不是说只有圣人才能禁受住这种诱惑？"

"是啊，我师兄就是圣人啊。"

到此时，场间终于安静了下来。陈长生和徐有容双目对视，不知道该怎样继续下去。其实他们都不是擅长聊天的人，这时候在死亡之前，刻意想要欢快的聊天，非但没能达到目的，反而显得有些生硬和笨拙。

他们两个人在心里同时叹息了一声，然后转过头去，视线分开。徐有容看着青叶那边的真实世界，看着草原远方那道兽潮形成的黑线，问道："大概什么时候会到？"

陈长生说道："应该暮时之前。"

徐有容安静了会儿，说道："如此说来，这就是我们最后的一天了。"

陈长生是一个对时间非常敏感的人，纠正道："是最后一个白天。"

徐有容笑了笑，没有再与他进行无谓的争论。

陈长生感知到她此时的心情，沉默片刻后说道："师兄说过，如果努力到最后发现还是无法改变命运，那么只好体味或者享受命运带给你一切。"

徐有容这才知道那天夜里在庙中他对自己说的那些话的源头在何处，静静体会片刻，觉得这句简单的话并不简单。她对陈长生的评价很高，听他对那位师兄如此尊重，越发觉得那位师兄不是普通人——修行界以为雪山宗已经衰败，谁想到还有这么多了不起的年轻弟子。

想着这些事情，她很自然地联想到自己的同门，青曜十三司的求学生涯已然远去，南溪斋内门只有她一个弟子，她反而与长生宗，尤其是离山剑宗的那些弟子们相熟一些，而且她和他们道出同系，本来就是以师兄妹相称。

"我也有位师兄。"她说的自然是秋山君。

然后她安静了很长时间。在南方修道的这些年里，秋山君对她一直很好，甚至好到让她都察觉不到，更不会有任何不舒服的地方。世人都说他们是一对神仙眷侣，她也知道秋山君对自己爱意深种，不禁想道，如果自己死在周园里，他应该会多么难过悲伤？

"然后？"陈长生不明白她为何忽然安静下来，问道。

徐有容说道："在那间庙里我们讨论过'完美'这两个字，你说世界上不可能有完美的人，我承认有道理，但师兄是我平生所见最接近完美的人。"

陈长生心想我也认为自己师兄很完美，可在世人眼中，他只是个畸余之人。

"而且师兄对我很好。"徐有容看着他的眼睛说道，不知道为什么会补充这么一句。

陈长生也不知道，更不知道为什么听到这句话后，会觉得有些酸意，就连他接下来的那句话，都有些酸。这种酸没有体现在字眼上，而是体现在音调上，有一种刻意的淡然与无视。

"所以……你喜欢他？"他静静回望着她的眼睛，问道，在这一刻，他觉得自己很强大。

如果是别的时候，别的年轻男子问出这样的问题，徐有容当然不会回答，但现在是在周独夫的陵墓上，问话的是他……或者她本来就是在等他问出这个问题，借着死亡的压力与……他的言语，来看清楚自己最真实的内心。

她在心里很认真仔细地问了问自己，然后给出了答案。她没有说话，只是摇了摇头。

陈长生那抹极淡的酸意并没有就此散去，因为她还是想了想——他没有经历过男女之事，所以不明白，正因为这是她认真思考之后得出的答案，才更值得他开心。

他想了想，问道："他喜欢你？"

这一次徐有容没有想太长时间，直接点了点头。

她没有想到，这样的表现会显得有些骄傲，因为她说的是客观事实。

陈长生让自己平静下来，表现得有些不解，其实就只是想让自己更高兴些，继续问道："既然是完美的，又喜欢你，为何你不接受？"

徐有容很明显回答过类似的问题，只是不知道以前向她提问的是霜儿，是圣女还是她自己，总之，她的回答很平静而顺畅。

"首先，他再强，也不过我这般强。"

话还没有说完，便迎来了陈长生的反对。他这时候，完全忘记了自己的立场，就像那天在庙里一样，觉得这个少女的理念有极大的问题，他想改变她的观念，

186

让她能够更幸福地生活下去，却哪里还记得兽潮即将到来。

"你这种心态就不对，交友不是打架，谁强谁弱有什么关系？"

徐有容不知道他的心理活动，想了想后说道："你说的有道理，作为修道的伴侣，他的境界实力是足够了，甚至可以说，在同龄人里，我很难找到比他更合适的对象，但修道之路何其漫长，既然要长期朝夕相对，总要找个顺心意的对象。"

"顺心意"这三个字很好，陈长生看着她明亮的眼睛，认真说道："我支持你。"

徐有容笑笑无语，心想这种事情哪需要他人的支持——那些都是很好很好的，可我就是不喜欢。师兄什么都好，可我就是没有办法动心，这就是唯一的原因。

毒素渐退，她这时候依然虚弱，脸色很是苍白，谈不上美丽。但她眼中那抹笑意，对陈长生来说，却很好看，直接让他的心动了起来。动心是一个很玄妙的词，很难描述。人的心无时无刻不在跳动。那怎样才叫做动心？心跳的速度变快便是动心？折袖的心跳每隔一段时间都会加快，但那是病。陈长生也不知道。但他知道自己这时候动心了。

52 · 不能要的女人，无耻的男人

远处的太阳在草原的边缘悬挂着，很低，兽潮形成的黑线里，有很多能够飞翔的妖兽飞了出来，遮挡住了光线，天地渐渐昏暗。陵墓高台之上，青青梧桐叶里，阴影斑驳，落在他们的身上，仿佛黑夜提前到来。夜色往往象征着死亡与终结，但很多时候也代表着安全。在夜色的遮掩下，人们敢于做平时不敢做的事情，敢于流露平时不敢流露的感情，敢于说很多平时不便说的话。那些话往往都是真话，都是真心话。

此时，他们已经看不清楚彼此的脸，只能看见对方的眼睛。好在他们的眼睛都很干净，都很明亮。陈长生看着她的眼睛沉默了很长时间，忽然说道："其实，我有件事情骗了你。"

徐有容有些吃惊，轻声问道："什么事情？"

陈长生没有直接回答，说道："之所以我当时会选择骗你，是因为……我有婚约在身。"说出这句话后，他觉得自己轻松了很多，而且他很确定地知道自己为什么会觉得轻松。

徐有容听完这句话后，沉默了很长时间，不知道为什么，觉得有些淡淡的失落，却不知道自己因何而失落。

勇气这种事情一旦从囊中取出来之后，便开始绽放无数光彩与锋芒，很难再把它放回囊中，也很难让它再次变得黯淡无光。

陈长生看着她的眼睛，继续说道："但我不想娶她，我会退婚。"

这是补充，是解释，是宣告，是承诺。虽然他和她之间什么事情都没有发生，他根本不知道对方有啥想法，但既然他先动心了，那么便要把这些事情做得干干净净，就像师兄说过的那样，只有干干净净地做事，才能得到漂漂亮亮的结果。

徐有容觉得他的眼睛太过明亮，低下头去，在心里有些微恼想着，这种事情对我说做什么？然后很奇妙的，她想起自己那位未婚夫，那个家伙用尽手段，就是要娶自己……是的，到了现在，她不得不承认自己的未婚夫很优秀，比她想象得还要优秀，但那个家伙的心机太过深刻，太过虚伪，哪里像这个雪山宗弟子一样诚恳可靠。

为什么自己会拿他和那个家伙比？她忽然想到这一点，微觉心慌，问道："你为什么不想娶……那个女子？"

她问这个问题，是想掩饰自己的情绪变化，是想让自己不去想那些有些害羞的事情，也是她真的很想知道，他究竟喜欢怎样的女子，不喜欢怎样的女子。

陈长生沉默了会儿，说道："我的未婚妻，在我们那边非常出名。"

徐有容心想，西北苦寒之地，曾经的那些世家已然衰落，到底是偏狭所在，再如何出名也不过如此，自己就不了解。

"她……很骄傲。"陈长生很认真地想了想，他虽然很讨厌那个女子，却不想在别的女子面前说她太多坏话，斟酌了一番词语之后，继续说道，"可能是家世的原因，从小的环境不同，所以她真的很骄傲，不是说她趾高气扬、颐指气使，而是说她习惯了居高临下的处理所有事情……包括我。"

徐有容向来都不喜欢那些傲气凌人的世家小姐，说道："你的意思是说她瞧不起你？"

陈长生点了点头。

徐有容心想此人的天赋如此出众、学识如此广博，性情如此诚恳，那位未婚妻都瞧不起他，那得是多么骄傲愚蠢，眼光又得是多么糟糕啊。

陈长生说道："其实我最不喜欢的是她那种故作清高的姿态，都是吃五谷杂粮长大的，又不是餐风食露的神仙。"

徐有容很赞同他的说法，每每看到喜欢南溪斋外门的那些师姐师妹白纱蒙面，行走悄然无声，裙摆不摇，对世人不假颜色，不食人间烟火的模样，她便觉得不自在，所以她经常在崖间独坐，隔一段时间便要去小镇上打打牌，重新找到一些生活的乐趣。

"但后来因为某种原因，她又同意了这份婚约。"陈长生继续说道，"其实我很清楚她的想法，不过是想利用我罢了。"

徐有容心想，大概是后来他进了雪山宗隐门，开始展露自己的才华，看着前途无量，他的未婚妻才会改变主意。一念及此，她对那名女子的评价更低了些，甚至有些不耻——骄傲、愚蠢、眼光糟糕，那都还有得救，但这……可是道德问题。

"这种女子，不要也罢，退婚是最好的选择。"她看着陈长生安慰说道，有些同情他的遭遇。

"是的，我也是这样想的，尤其是现在，我更觉得退婚是对的。"陈长生看着她说道，这句话就是说给她听的。

徐有容看着他越来越明亮的眼睛，听着他声音里的微微颤抖，不由怔住了。她是一个无比聪慧的女子，怎能不明白这代表着什么。她再一次觉得有些心慌，而且越来越慌。她想起自己也有婚约在身，而且没有告诉他，以为这便是心慌的来由，却不明白，在某些特定的时刻，心动得太快，也容易心慌。

天光幽暗，梧叶轻飘，麻木渐暖，陵墓的高台，如夜晚一般。很长时间，都没有声音响起。

"其实……我也有婚约在身。"夜色笼罩的高台上，徐有容的声音很轻，如果不仔细听，很容易被梧桐树上的青叶摇动声盖过去。

"啊？"陈长生的声音显得很吃惊，完全没有想到，然后迅速变成水一般淡。

"是吗？原来是这样啊。"

可能是他的声音里流露出来的情绪太明显，谁都能听出他的失落与伤感，所以徐有容的第二句话紧接着响起，语速有些快，有些急促，但声音里的意思很肯定，没有任何动摇。

"可是我也不想嫁给他，而且，我肯定不会嫁给她。"

同样是解释，是补充，是宣告，那……会不会是承诺呢？

夜色里的高台再次安静下来，过了片刻后，陈长生嘿嘿笑了起来。

徐有容有些羞恼，说道："傻笑什么？"

陈长生说道："没什么。"

如果是唐三十六在场，一定会在这时候加一句，鬼才信你们两个人之间没什么。

很快，陈长生便清醒过来，心想对方的情况并不见得和自己一样，或者自己想多了。他有些好奇，同时也有些不安问道："你……那位未婚夫是个什么样的人？"

徐有容轻声说道："我和他已经认识有很多年了。虽然后来我都快忘记他这个人的存在，但其实在很小的时候我和他就认识，我记得很清楚，那时候的他是个很讨人厌的小孩。"

陈长生说道："小男孩往往都是很让人讨厌的……我也不例外。"

徐有容说道："反正因为某件事情，我决定不再理他，没想到，几年后他又缠了过来。"

陈长生心想，如此行事确实是有些不自尊自爱。

"在我们那边……婚约是很重要的事情，而且这门婚事是长辈指婚，所以很难简单地退婚。"

徐有容以为他是地处西北的雪山宗弟子，这句话里的我们那边自然指的是中原，在陈长生听来，则以为她说的是秀灵族人定居的妖域。

他心想秀灵族经历了那么多次磨难，现在存世的族人数量很是稀少，繁衍后代乃是头等大事，只允许同族通婚，不免严苛，只是对向往爱情的少女来说确实有些残忍。

"既然已经过去了好些年……难道……你的未婚夫就没有变得好些？"

"没有。那个家伙的性情一点都没有改，甚至变得更加恶劣。"徐有容想着霜儿来信里提到的那些事情，越说越是低落："我不得不承认，那个家伙确实有很优秀的地方，但……他又有很多让人根本无法接受的缺点。"

这是陈长生第一次听到她如此恨恨的声音，心想看来她真的是很讨厌那个未婚夫。

"他表面上看起来不理世事，善良老实，实际上心机深刻，长袖善舞。"

说这句话的时候，徐有容想的是那个家伙初入京都，便不知如何便与教枢处联在了一处，进了国教学院做学生，借着旧皇族与圣后娘娘之间的斗争，搅出无数风雨，也让他在京都里站稳了脚、获得了极大的好处，这样的人哪里能是一个不通世情的乡下少年？

陈长生想了想，说道："行事虚伪，确实不好。"

徐有容微讽说道："何止如此。此人还趋炎附势，也不知道用什么……手段，居然讨好了一位贵人，此中细节，便是我也不便再多说些什么。"

这句话说的自然是某人与落落之间的关系。陈长生诚恳说道："按道理来说，疏不间亲，我不应该说些什么，但……这种男人，确实要不得。"

说这话时，他有些想知道，所谓……的手段，到底是什么？在他看来，她的未婚夫是比她那位师兄更加危险的敌人，因为听上去她似乎是在埋怨愤怒批判，但正所谓有希望才会失望，她的埋怨愤怒批判何尝不是说明在她心底深处或者对那位未婚夫曾经隐隐有所期待，他自然想知道更多的事情。

徐有容没有马上回答他的问题，沉默不语。

陈长生在心里想着，难道那手段竟无耻到难以启齿的程度？

徐有容这时候想着来自京都的那几封信。那些信来自她最信任的霜儿，还有莫雨。在霜儿的信里，描绘过这样一幕画面。在春光明媚的国教学院藏书馆里，他和那名年幼的妖族公主搂搂抱抱。在莫雨的信里，描绘过这样一幕画面。在北新桥井底的龙窟中，他和那条黑龙变成的少女抱在一起。是的，就算有再多的缺点，都可以解释，最多解除婚约，变成陌生人，但不至于如此厌弃，唯有这些事情，她无法忍受，如果她能够忍受，那才是对自己最大的羞辱。

"他喜欢拈花惹草。"她尽可能平静地客观描述道，"而且都是些不懂事的小姑娘。"

夜色笼罩的陵墓平台上一片安静。

不知道过了很长时间，忽然响起一声重击，然后是陈长生愤怒的声音。

"真是个无耻败类！"

53 · 黑棺的钥匙

很生气吗？那是必须的。

一个如此善良、宁静、像空山新雨般的少女，居然被人许配那样一个无耻的男人，任谁都会觉得暴殄天物，明珠暗投，愤怒无比，但对陈长生来说……这其实是一件好事。因为与魔族的战争，人类世界其实和秀灵族一样，都很在意婚姻嫁娶，像他和她这样有婚约的年轻人很多，也正像她先前说的那样，婚约是最被尊重的一种契约，如果不是有特殊的情况，很难被解除——好在他和她都遇人不淑。

这句话听着有些怪，但很道理。正因为婚约的对象都这般糟糕，那么才有解除婚约的动力与理由。看起来似乎很麻烦的问题，就这样轻松地解决了，陈长生顿时觉得轻松了很多。他决定乘胜追击，把最后的问题也解决掉。

他看着她的眼睛，说道："事到如今，我也不能再瞒你，其实我……"

黑线看似远在天边，但用不了太长时间便会来到陵墓之前，兽潮会带来死亡，这个世界留给他们的时间已经很少。在生命最后的时刻，忽然心动，这是很悲伤的事情，也是很幸运的事情。他准备告诉她，自己就是陈长生。他相信自己的名字，整个大陆都知道，即便是远在妖域的秀灵族人也应该知道。

徐有容不知道他准备说出自己的真实姓名，她以为他就是雪山宗的弟子，叫做徐生。看着他欲言又止、略显紧张的模样，她也紧张起来。

她以为他要表白。

她下意识里就不想听，也做好了如果他真的说出口就拒绝的心理准备。

只是……她并不想拒绝。如果他说喜欢自己，自己究竟该怎么办？她的思绪有些混乱，紧接着，又觉得自己很莫名其妙。明明一心修道，为何在临死之前，却想着这些情爱的小事？然后，这些莫名其妙的思绪，忽然间消失无踪，只剩下平静。

修道有很多原因和目的，有的为了强大，有的为了探知更多的未知以寻求精神平静，但绝大多数修道就是为了"生死"二字。为了不惧生死，继而了脱生死。为何？因为生死之间有大恐惧，在百年孤独，有永世沉沦。而就在不久之前，正值青春年少的她刚刚在生死间走了一遭。

现在的她处于最平静的时刻，最能看淡俗世红尘，最能看懂自己的内心，一颗道心纤尘不染，通明无双，她看着陈长生，等待着他的话语到来，神情平静，眼中却有一抹极淡的羞意与笑意，那羞没有恼意，只是平静的喜悦，因为那是她所寻求的、所想要修的道。

她这时候依然虚弱，眼神却清透至极，也坚定至极，世间的责任，南北合流的历史意义，对抗魔族，师兄的真情厚意，师长们的寄望，婚约的羁绊，那个家伙在她道心上留下的阴影，只要和他在一起，都将实会被一缕清风吹散，什么都可以不管，不应。

是的，在周园里一路行来，她与他说过很多话，大多围于修行书籍、山川湖海，很少谈及彼此的心事，彼此并不是太了解，但她已经非常确定，他就是自己想要寻找的知己，他就是自己需要的良朋。在圣女峰崖畔，她对白鹤说过，无论是君子还是真人，都不是能够相伴度过漫长修道岁月的理想伴侣，那么现在她可以确定的，那个她愿意与之相伴度过修道岁月的那人已经出现了。

是的，这就是她所寻求，所想要修的道：一道。

在星空下一道前行，一道修道，直到生命的尽头。

是的，兽潮越来越近，死亡越来越近，生命可能马上便会终结，但唯因此，正因此，她更要不欺本心。

长弓化作的那棵梧桐树，在石台的边缘迎风生长，青叶在风中轻轻摇摆，把幽暗的光线晃成更加柔润的光絮，仿佛是谁点亮了蜡烛。

看着她的眼睛，陈长生隐约明白了，有些微干的嘴唇微启，准备说话。

就在这个时候，一道青叶忽然自梢头飘落，缓缓落在他的肩上，打断了这一切。梧桐树的青叶之所以随风而落，自然不是因为到了秋天，而是因为石台下方传来一道震动。那震动看似来自石台，来自遥远下方的草原深处，但实际上，来自陈长生的身体。不知为何，他的身体剧烈地颤抖起来，牙齿格格作响，就像是受了风寒的病人。

徐有容微惊，问道："怎么了？"

陈长生顾不上回答她，望向震动的源头，右手疾速探出，紧紧地握住了剑柄。这道剧烈的震动，就来自于他腰间的这把短剑。他紧握着剑柄，短剑依然不停震动，而且越来越快，频率越来越高，以至于剑鞘表面那极简单的花纹都变成了虚线，再也无法看清。他手里的力量越来越大，却依然不能让短剑安静下来，有些不安，不知道发生了什么事情。这是余人把这把短剑赠给他后，他第一次遇到这样的情况。

他的神识落在剑柄上，试图重新控制住，却也失败，神识顺着剑柄继续深入，来到那处空间里，终于发现了震荡的源头。到处飘着的药瓶、秘籍与黄金珠宝之中，有件黑色的法器正在高速地飞行，将遇到的所有事物，尽数击成齑粉，随着飞行速度地提升,那件黑色法器变得越来越热,也越来越明亮,向四周散播着强大的气息与光线,仿佛要变成一轮太阳。这件黑色法器正是白帝城的魂枢,也是周独夫这座陵墓的核心。此时的它仿佛感知到了外界的什么,所以忽然间变得狂暴起来。

如果陈长生此时的境界再高些,神识再强些,或者可以尝试着凭借对空间的所有权强行镇压住狂暴状态中的魂枢,但现在的他没有这种能力,就连让那块魂枢安静一些都无法做到,如果他再继续尝试,时间再久也无法成功,甚至极有可能空间都会受到极严重的损伤。没有别的办法,他只能放弃,运起神识,把这块黑色的魂枢放了出来。

嗡的一声震鸣,黑色魂枢出现在石台之上,大放光明,照亮了梧桐树上青叶的每一道脉络,释放出难以想象的威压,让徐有容和陈长生的呼吸都变得艰难起来,尤其是徐有容伤势未愈,脸色更是苍白虚弱至极。

幸运的是,魂枢并没有石台上停留很长时间,也没有向他们二人发起攻击。更幸运、也更无法理解的是,这块魂枢明明应该是感知到了正在靠近周陵的什么才会如此狂暴,却没有尝试破开梧桐树上的青叶去与之相会,而化作一道流光,向陵墓深处飞了过去。

陈长生和徐有容对视一眼,看懂对方眼中的意思,他把她背到身上,跟着那道流光,再次走进了这座陵墓。

陵墓的深处,空旷而幽暗,巨大的黑曜石棺,像山一般安静地陈列在大殿的正中间。黑色魂枢悬浮在黑曜石棺的前方空中,一动不动,散发着淡淡的光线,就像是一盏命灯。

陈长生和徐有容回到陵墓里时,看到的便是这样一幕画面。隐隐约约间,他们还听到了一些声音,那声音很缥缈、很幽淡,仿佛来自深渊或者星海,仿佛是人声的呢喃,又像是一道低沉的哀乐。明明来自幽空里的声音含混不清,那道乐曲并不连续,根本无法听清旋律与内容,但他们都感觉到了这曲与声要诉说的内容。

魂兮归来。

陈长生看着黑曜石棺前方的魂枢,沉默片刻后问道:"你听到了吗?"

徐有容轻轻嗯了声,说道:"不是幻听,应该是某种阵法的残留气息。"

"它究竟感知到了什么？我隐约觉得与那些兽潮有关。"陈长生问道。

在他们发现这块黑色魂枢之前，以及随后的时间里，魂枢都一直很安静，然而忽然间变得如此狂暴，强行离开陈长生的短剑，飞到黑棺之前，激发出这些古老阵法的残留气息，肯定有某种特定的原因，孤立事物的状态忽然改变，向来都与外界有关。

徐有容安静想了想，说道："我一直都怀疑魂木在南客的手里，现在看来是真的，而且她离这座陵墓越来越近了。"

先前陈长生就觉得很奇怪，短剑可以隔绝真实世界与鞘中世界，这件魂枢在里面却能感知到外界的气息，到底是什么样的联系，居然能够穿透空间壁垒？此时听到她的话，再想到道藏南华录里曾经提过的器魂不二这四个字，他终于明白了原因。

那块失落的魂木确实在南客的身上，她带着兽潮自四面八方向陵墓而来，越来越近，到先前那一刻，终于让魂枢感知到了。器魂不二，像魂枢这样能够坐镇白帝城的法器，更可以称得上是神器，可以想见器魂之间的联系有多么紧张。不知过了多少年，魂枢终于感到了魂木的归来，自然会有极大的反应。只是为什么魂枢没有破空而去，反而回到了这座黑曜石棺之前？

"魂木是钥匙。"徐有容的视线从魂枢落到黑曜石棺上，说道："不是这座陵墓的钥匙，而是这座石棺的钥匙。"

54·黑棺的秘密

自幼读道藏，书中有铁尺。进入周陵后，陈长生把九间石室里的财宝法器都可以搜刮一空，却没有想过想办法把这座黑石棺打开，虽然说里面极有可能藏着他最珍贵的遗产，同样，徐有容基于对棺中人的尊敬，也没有如此提议。此时听到徐有容的话，他才明白就算自己先前想要打开这座黑曜石棺，也不见得能够做到。有锁才需要钥匙，周独夫如果不想被人惊扰自己的长眠，这座小山般的黑曜石棺自然很难打开。

徐有容说道："魂木应该很早就已经被人带离了周园，不知因何落到了魔族的手中。现在想来，他们能够避开周园正门，另辟一条道路潜入周园，或者也与此有关。而魂木回到周园，也意味这座黑曜石棺终于到了开启的时刻。"

"你是说周独夫临死之前……"陈长生想了想该怎么描述,继续说道:"……就已经准备好要把自己藏在黑石棺里的遗产或者说秘密昭告天下,所以才会让人把钥匙带走?可如果是这样的话,为什么他当年不直接这样做?"

"你先前说过一番话,其实很有道理,时间,才是最强大的法器。"徐有容看着黑曜石棺说道,"众所周知,周独夫没有传人,这说明在死之前,他没有找到他认为有资格继承自己传承的后辈,他让钥匙流落到周园外,或者就是想请时间替他选择传人。"

他有些吃惊,问道:"难道说那把刀真的在这座黑曜石棺里?"

徐有容沉默片刻后说道:"还有一种可能。就像你说的,这座黑石棺里没有周独夫的传承,但有他的秘密。"

陈长生不解说道:"我只是随口一说,难道真有什么秘密?"

徐有容看着他的眼睛说道:"周独夫究竟有没有死,这本身就是千年以来世界最重要的秘密。"

陈长生想着周独夫那些早已成为故事、传说甚至是神话的事迹,望向黑曜石棺的视线凝重了几分。

只是凝重、认真、有些紧张,却没有什么灼热,对于宝藏、前代强者的传承这种事物,无论是他还是徐有容,都显得有些淡然。这种淡然,甚至不能用超出年龄的沉稳来形容。哪怕再如何苍老的修行者,在知道自己有可能拿到周独夫的传承时,必然都会变得无比狂热,比如像在崖洞里吸噬徐有容血液的那名落阳宗长老,如果这时候他出现在黑曜石棺之前,如何能够淡然?

陈长生和徐有容之所以还能够保持冷静,是因为他们本来就是修道的天才,修行的本就是世间最高级的道法本事。周独夫无疑最特殊的那个,但他们本身也是特殊的,有充分的自信与骄傲——能够得到固然是极好的,如果得不到,也与命运无关,他们的命运始终在自己手中。不过想着即将看到的极有可能是千年以来最震撼的画面,他们还是难免有些紧张,陈长生的声音下意识里变得很轻,仿佛是不想惊动黑棺里那个伟大的灵魂。

"这座黑曜石棺什么时候开启?"

徐有容看着魂枢散发出来的光线越来越淡,推演片刻,说道:"应该快了。"

陵墓外,兽潮如黑线一般缓缓而来,那把开启黑曜石棺的钥匙,已经惊醒了魂枢,黑曜石棺的开启就在眼前。

就在他们的眼前，黑曜石棺的上半截开始缓缓地滑动。幽暗空旷的墓殿里，刮起一场大风。魂枢上面散发出来的光线，被拂得更加昏暗，仿佛随时可能熄灭的烛火。

陈长生向侧前方移了移，确保把徐有容的身体全部挡住，短剑已经出鞘，被他紧紧握在手里。

轰隆！巨大的黑曜石棺缓缓地开启，沉重的棺盖与棺身之间发出可怕的摩擦声，真的就像是雷鸣一般。如山般的黑棺，缓慢地上下分离，看上去就像是一道闪电，直接把这座黑山劈成了两段。

看着这幕画面，徐有容眼瞳微缩，喃喃低声说道："两断……"

黑曜石棺的上半截继续滑动，直至过了很长时间，才终于静止。

风依然在空旷的墓殿里呼啸吹拂着，缭绕在黑曜石棺的四周，因为棺身的变化，风声也变得更加凄厉，更加尖细，显得无比阴森，仿佛是谁在昏暗的幽冥里不停哭泣，呜咽不止的声音混进了先前那道不成声的乐曲里，魂兮归来的意思渐渺，氛围却越来越浓。

魂枢终于熄灭了所有光芒。墓殿重新变得幽暗一片，他们站在地面看不到上方的画面，但可以想见，黑曜石棺已经开启，如果那个伟大的男人静静躺在棺中，或者这时候正看着殿顶，当然，更大的可能是他闭着眼睛，又或者已经变成了一具白骨。但那座黑曜石棺里的人叫周独夫，再如何不可思议的事情发生在他的身上，都似乎很理所当然。

风声渐止，乐声渐止，魂兮已经归来，或者不在。

陵墓里一片死寂，徐有容看着如断山般的黑曜石棺，神情有些复杂，很长时间都没有说话。陈长生握着剑柄的右手没有出汗，但不知为何却觉得有些粘腻湿滑，那是紧张的心理状态。故人已矣，那便安好。如果他还活着怎么办？或者更准确地说，从长眠中醒来，复活，又或者，他不甘心离开这个世界，远赴孤单寂寞冷的星海，于是在临死之前用某种秘密把自己变成不朽却邪恶无比的生命，那接下来会发生什么？

陈长生神情依然平静，但实际上内心里已经紧张到了极点。按道理来说，无论周独夫复活还是用秘法变身，只要他能保存神志，那么便应该帮他们去对付已经越来越靠近陵墓的魔族强者们和可怕的兽潮，因为周独夫是人类的强者，是战胜魔君的不世英雄——这也是他和徐有容能够离开周园、活下去的唯一可能——但不知道为什么，他有一种强烈的感觉，如果周独夫还真的没有死，那么周园里的所有人……都会死，甚至整个大陆都会迎来一场血雨腥风。

"我想上去看看。"徐有容的声音打破墓殿的安静。她看着黑曜石棺，因为伤势而略显黯淡的眼睛，不知何时变得非常明亮。

陈长生扶着她走到黑曜石棺之前，仰头看了片刻，确认了攀爬的路线，把她背到身上。片刻后，他们站到了断开的黑山崖畔，望向里面。黑曜石棺的里面，空间极大，不要说放一个人，完全可以在里面开一场堂会，请十几位姑娘来唱曲。

但现在，黑曜石棺的里面，连一个人都没有。

一个人都没有。

没有那个人。

周园是周独夫的世界。这座陵墓是他的死亡宫殿。那片凶险神秘的日不落草原是环绕陵墓四周的陵园，那些无比强大的妖兽是陵墓守卫。很明显，他不想谁来打扰自己的长眠，除了那个流落到周园外的钥匙，在时间的帮助下挑选的新主人。

可是，他却没有在这具黑曜石棺里沉睡。依然没有人看见过他的遗体。他的生死依然在未知之间。他有极大的可能还活着。

这，就是周园真正的秘密。

这，就是日不落草原想要守护的真正秘密。

黑曜石棺里没有那位伟男子的遗骸，但这不代表石棺里就是空的。石棺里垫满了晶石刻出的树叶，极品翡翠雕成的绿草，地精火凝成的胭脂石很随意地散放着。黑曜石棺里有无数珍宝。

徐有容自幼便在皇宫和离宫出入随意，后又在圣女峰求学，不知见过多少宝物，陈长生虽说小时生活清苦，但也曾去过大明宫和离宫，更在黑龙地窟里见过金海珊瑚树和夜明珠点缀的星空，所以先前在那九间石室里看着那些宝藏，他们并未动容。

但这一刻，他们真的有些吃惊。因为黑曜石棺里的宝物数量太多，而且太浪费，刻成树叶的晶石，只能保有原有效果的十分之一都不到，明明可以用来做出无数美妙艺术品的极品翡翠，全部被雕成了草叶，更不要提地精火凝成的胭脂石……这不是暴殄天物又是什么?

最令他们愕然的是,那些树叶和青草还有石头,哪里谈得上半分美感?黑曜石棺里满满的宝物,向幽暗的墓殿里散发着光毫,可就只让人觉得俗气。这些殉葬的宝物,用来配世间再如何权高位重的王公贵族,再如何强大辈高的修行者都绝对够了。但哪里配得上这具黑曜石棺的主人?

在世人的想象中,周独夫应该是个完美的人,尤其是气势方面,必然貌山河,无视星海。

无论周园、日不落草原以及这座宏伟的陵墓,都是明证。这样的人,怎么可以让这些贵重至极却粗劣不堪的珠宝填满自己的石棺?站在黑曜石棺边缘,看着里面的金叶翠草血胭脂,陈长生忍不住摇了摇头,眼睛被棺里散发出来的珠光宝气刺得微眯着,说道:"怎么感觉宝气得很?"

宝气是汶水的土话,唐三十六在国教学院里经常用这两个字来形容天海家和朝堂上的那些老大人,陈长生听得多了,自然记住。

徐有容关心的重点,很明显不在棺内这些炫富的手段上,她看着空无一人的黑棺,沉默片刻后说道:"所有修行者进周园,最想找到的便是周陵,我也不例外,但我想过很多次,如果进入周陵,我最想做的事情,就是确认他究竟死了没有。"

因为这句话,她想起了很多,在进入周园之前长辈们的嘱托,肩头重新变得沉重起来。先前在石台上,因为陈长生清亮的眼睛,她暂时忘却的事情,都因为这座黑曜石棺回到了她的身上。国教的传承、南北合流、对抗魔族,虽然不是系于她之一身,但此时因为这个新的发现,而让她必须做些什么。

"如果……你能活着离开周园。"她望向陈长生,非常认真地请求道,"请你一定要告诉世人,他可能还活着的消息。"说话的时候,她的脸色很苍白,这与未愈的伤势无关,而是精神世界受到了震荡。

在黑曜石棺开启之前,陈长生对周独夫也有一种莫名的、不知来由的惧意,此时听着她郑重其事的请求,看着她苍白的脸色,那种不解越发深重,心想周独夫是英雄人物,为何无论她还是自己,都没有那种对前辈高人的仰慕,反而很是警惕?

"他是英雄,亦是魔鬼。"徐有容看着他说道,"当年远赴北地,一刀重伤魔君,那时候的他是英雄;只为了修道求进,便斩杀无数人类强者,冷血无情,残忍至极,那些时候的他,是魔鬼,称他为枭雄,其实更加合适,如果他还活着,真的重现世间,只怕大陆将会陷入极大的动荡混乱之中。"

陈长生虽然熟读道藏,但对当年的历史没有太多了解,对周独夫此人的性情更没有任何了解,见她脸上满是担忧神色,开解说道:"没有见到遗骸,不代表他就还活着,像这种神话般的人物,归于星海,不留肉身,也是可能的事情。"

"但他的刀也不在这座黑曜石棺里。"徐有容说道。

陈长生闻言沉默,是的,那把刀也不在。

周独夫打遍天下无敌手,靠的就是那把刀。

刀名两断。

一刀两断。

刀锋之前,无论是再如何强大的对手,再如何坚固的神兵利器,甚至是苍莽大地,都会断成两截。就像先前在他们眼前缓缓分开的、如小山般的黑曜石棺。两断刀在百器榜里排名第二,仅次于排在首位的霜余神枪。

但事实上,或者说大陆所有人都认为,如果霜余神枪不是太宗皇帝的随身武器,如果不是在人类与魔族的战争中,那把神枪留下了太多神奇的画面,那么在百器榜上的排名,肯定没有办法压过两断刀,换句话说,在世人心中,两断刀才是真正的百器榜首位。因为在洛阳城外,太宗皇帝手中的霜余神枪,败给了周独夫手里的两断刀。

如果周独夫真的死了,没有留下尸骸,化作一道青烟归于星海,那么无论怎么想,他的刀都应该留在这座黑曜石棺里。那把刀不在黑曜石棺中,便应该还在他的身边,这就是他活着的最重要的证据?

徐有容不再继续思考这件事情,开始面对即将到来的兽潮,并且为之后的事情做准备,看着他说道:"南客是黑袍的弟子,而周陵的钥匙、那块魂木在她的手中,黑袍与周独夫是同时期的人,所以他不可能是周,但很明显黑袍和周独夫之间应该有某种联系。"

陈长生有些不解她对自己说这些做什么。

徐有容看着他的眼睛,说道:"如果你能够活着离开周园,记得一定要把这个发现告诉全世界,这对找出黑袍的真实身份能有很大的帮助,对人类对抗魔族的战争,甚至可能起到决定性的意义。"

这是她第二次请求他。请求他如果活着,要做什么事情。那么首先,她是在请求他活着，不要理会自己，也要活着，把这些消息带出周园。

凤之将死，其鸣亦亮。

如果换作平时，陈长生感动于她的平静与坚持，或者会毫不犹豫地答应她的请求，然后用尽一切方法，争取能够活着离开周园。但这时候，经历了这么长时间相处逃亡之后，在石台青梧里一番对谈之后，他无法答应她的请求。

"就算把你扔在陵墓里，想要突破兽潮，活着离开周园，基本上也是万中无一的事情。"看着徐有容的眼睛，他说道，"万中无一，却要违背本心，我不愿意，因为我修的是顺心意。"

兽潮带来死亡的阴影，在此时此刻，怎样才能顺心意？他的心意就是陪着她，或者逃出去，或者，就死在这里。

徐有容脸色微白，无法接受他这样的决定，目光却很暖，喜悦于他的决定。

陈长生不再给她劝说自己的机会，把短剑收回鞘中，开始收拾黑曜石棺里的那些金叶翠草血胭脂。

这些珠宝确实很俗不可耐，雕工不错，在审美上却极等而下之，但都是用的最极品的材料，非常珍稀贵重，而且周独夫既然没有死，那么这便不算是盗墓——三千道藏里的铁尺，就这样被他绕了过去。

当然，以他的性情之所以愿意这样绕一下，是因为他察觉到幽府外的湖水里，黑龙已经有了醒来的征兆，他可不想稍后被那个脾气不好的龙大爷痛骂一番，狗血淋头的感觉不可能好，龙涎满身的感觉也很糟糕。短剑入鞘藏锋，依然所向披靡，剑鞘指处，那些金叶翠草血胭脂纷纷消失不见，悄无声息地被收走。

做完这些事情后，他扶着徐有容准备从黑曜石棺上下来，忽然间，徐有容不知道看见了什么，发出一声惊呼。他回头顺着她的视线望去，只见被收走珍宝的黑曜石棺里空空荡荡，什么都没有。在黑曜石棺的内壁某处，隐隐约约出现了一些雕刻出来的线条。那些线条不是花纹，似乎是文字。有些线条，又像是图画。

55·神功出世

南客手里那块黑色的木头忽然亮了起来。她低头望向仿佛要变成玉石的黑木，看了很长时间，神情异常专注，往常淡漠，甚至显得有些呆滞的眼神，渐渐变得生动明亮起来。通过这块黑木，她清晰地感知到自己与远方那座高大的陵墓之间，建立起了某种联系。有事物在陵墓里向魂木不停发出着召唤，同时也是在向她发出邀请。

在进入这片日不落草原之前，她并不知道老师给自己的这块黑木有什么具体的作用，但现在，一切都明确了。这就是周陵的核心，或者说是核心的一部分，另外那部分，这时候在周陵里。她不能通过这块黑木控制周陵，但能够控制身后草原里漫如潮水的妖兽。远处那座陵墓里传来的联系，让她确认那就是周陵，是自己寻找的地方，同时，如果所料不差，徐有容和陈长生就在那座陵墓里。

在这一刻，她对陈长生和徐有容甚至生出了些感激。如果不是陈长生和徐有容在前方带路，她根本没有办法找到周陵，靠近它，从而让黑木与魂枢之间建议起联系。要知道，就连她的老师，都无法穿越这片莽莽的草原，找到周陵的位置。南客的眼睛越来越明亮，再也不像平时那般呆滞，仿佛有火焰在其中燃烧。

那座陵墓里有周独夫的传承。只有她自己知道，周独夫的传承对自己这一门的意义有多么重大。在她的立场上，那座陵墓里的传承，甚至那座陵墓本身、这片日不落草原，以至整个周园，都应该是自己师门的。这是师门遗落的世界，今天，终于要被她重新拿回来。

和南客不同，腾小明和刘婉儿这对魔将夫妇，更多的感慨在于陈长生和徐有容能够找到这座陵墓。要知道，自从周园现世，至今已有数百年，无数天才横溢、意志坚定的人类及魔族修行者，都来过这里，试图找到周陵，却没有一个人成功。军师大人对周园的了解明显远胜人类世界的圣者，却也没有办法做到。陈长生和徐有容却做到了。果然不愧是人类世界的未来。军师大人深谋远虑，耗费如此多的资源与心力，也要在周园里杀死这些年轻的人类，果然极有道理。

在日不落草原某处，芦苇与野草被某种锋利的事物割断，厚厚地铺成一个极大的浮岛，躺在上面应该很舒服。七间倚着草堆，看着天空里某个方向，苍白的小脸上写满着惊惧，因为伤势严重而有些暗淡的眼神，变得更加暗淡。此时已经快要接近暮时，按道理来说，那片天空应该变成红暖的颜色，但现在，那里是一片晦暗。晦暗的原因，不是因为那处有云，将要落雨，而是有一道极大的阴影，遮盖了整片天空。那道极大的阴影，随着高天里的罡风缓缓上下掠动，就像是一双翅膀。只是……世间怎么可能有如此大的禽鸟，展翅便能遮住万里天空？天地如何能够容得下这样的生灵？

难道这就是传说……不，神话里的大鹏鸟吗？相传极西之地，大西洲外，无涯海上，生活着一种异兽，名为大鹏，双翼展开，便有万里之遥。据说这种大鹏的实力境界极为强大，已经半步踏进了神圣领域，即便人类世界从圣境界的大强者都很难战胜它。这般恐怖的大鹏，是怎么生活在这片草原里的？平时它隐匿在何处？它为什么不破周园而去？如果是不能，那么这片草原里是什么力量在禁制着它？

七间越想越惊心，小脸越来越苍白。连续数十日的逃亡，她小腹间的剑伤表面已经痊愈，但体内的伤势非但没有好转，反而逐渐恶化，此时心神受到激荡，难受地咳了起来。

折袖不知从何处端了一碗药汤过来，递到她身前，说道："喝。"依然是这般简洁明了，干脆利落。

看得出来，同行数十日，七间对他已经极为熟稔依赖，加上重伤虚弱，竟很自然地流露出小女儿家的神态，似撒娇一般嗔道："这么苦，又没什么用。"

折袖说过，陈长生在的话肯定能够治好他们的毒与伤，但事实上他自幼独自在雪原里战斗生活，无论受伤还是生病都必须自己找药物治疗，这方面的经验很丰富，如果在周园外的世界，七间所受的剑伤再重，他也有治好她的把握。问题是，这里是日不落草原，水泊与干地之间生长着的植物种类很少，大多数是芦苇和野草，很难找到合适的药草。他这些天给她熬的药汤，是很难才找到的葛叶根茎，味道确实很不好，药效也很一般，但……喝总比不喝好。

所以听着七间的埋怨与撒娇，他的回答还是那般简单直接："不喝就打屁股。"

七间苍白的小脸微红，左手下意识里伸向身后捂住。很明显，这样的对话、这样的撒娇与嗔怨、这样的言简意赅的回答，在这些天里已经发生过很多次。甚至有可能，他真的打过她的屁股，就像打小孩子一样。

折袖的方法很有用，而且七间似乎也并不反感，就喜欢被他冷冷地教育几句。她像个小兽般，凑到他的手边，小口地慢慢地开始喝药汤，不知道为什么，觉得药汤还是有些甜丝丝的。喝完药汤，伤势受到药力激发，她再次咳嗽起来，苍白的小脸生出两团不祥的红晕，显得极为难受。

折袖移到她的身后，伸出右掌抓着她的侧颈，按照陈长生在天书陵里说过

203

的法子,将真元缓缓地输进她的体内。这样的事情,他已经做过很多次,很熟练。

芦苇与野草组成的浮岛上,一片安静。

七间闭着眼睛,身体微微颤抖,小脸苍白。

折袖偶尔会睁开眼睛,向远方望去。他什么都看不到,但习惯于警惕。而且只有在七间闭着眼睛的时候,他才能睁开眼睛。因为他的眼瞳深处,那些代表毒素的幽绿火焰,已经变得越来越深,快要占据整个眼瞳,艳丽的令人心悸。如果再走不出这片草原,离开周园,那么他的眼睛,便有可能永远无法复原。

他没有对七间说过这件事情。

不知道过了多长时间,折袖的手掌离开七间的后背。七间轻轻咳了两声,感觉着体内稍微流畅了些的真元流动,不像先前那般难受。

"接下来怎么办?"她看着折袖轻声问道,神情有些怯怯的,仿佛担心这个问题影响他的心情。

折袖看着远方天边那片恐怖的阴影,沉默不语。最近这些天,他们再也没有遇到任何妖兽,这片草原安静得很是诡异,他知道肯定与天空里那道巨大的阴影有关,只是不知道那边发生了什么事情。

"肯定有别的人类修行者进来了。"七间说道,"那道阴影说不定是魔族的阴谋,我们要不要过去帮忙?"

"不要。"折袖说道,"不管是不是魔族的阴谋,都与我们无关。"

七间睁大眼睛,不解说道:"可是……也许有人类修行者正在被攻击。"

折袖说道:"首先,那边太远,我们赶不过去;其次,我们打不过那只大鹏;再次,我不是人类修行者,我没有帮助那些人的义务;最后,如果我没有算错,这件事情可能是我们离开这片草原唯一的机会。"

七间看着他的侧脸,想要说些什么,最终还是没有说。她自幼在离山剑宗长大,接受的教育让她无法眼看着人类被魔族攻击而无视,可是折袖说的这几条理由太过充分,而且最关键的是,她很清楚,在这段草原逃亡的旅程里,她是他的负累,那么她没有任何资格要求他再去冒险。

"最重要的是,你的伤很重,再不想办法,很快就会死。"折袖看着她面无表情说道。

看着他的脸,七间忽然有些伤心,心想自己都要死了,你怎么还能这么平静?

折袖根本不知道她在想什么,继续说道:"我刚才在水上闻到了味道,前方两里外,应该有几棵醉酸枝。"

七间神情微异,问道:"那是什么?"

折袖说道:"一种野草,妖兽或者战马误食之后都会昏迷不醒。"

七间忽然生出一种很不好的念头,问道:"你……准备给谁吃?"

"当然是给你吃。"折袖觉得她这个问题提得非常愚蠢,微微皱眉说道,"你现在心神损耗太大,不知为何,这些天又特别喜欢说话,很明显是伤势渐重的缘故,吃完醉酸枝后好好地睡一觉,虽说对伤势没有好处,但至少可以让你多撑一段时间。"

七间安静了会儿,然后小心翼翼问道:"那种草……你吃过吗?"

折袖面无表情说道:"吃完那种草,昏睡不省人事,就连一只土鼠都能吃了你,我当然没吃过。"

七间微恼说道:"那你让我吃。"

折袖说道:"我不会睡,你自然是安全的。"

这是简单的客观阐述,但落在十四岁少女的耳中,却像是某种承诺,这让她感觉很温暖。

"吃了那种草会睡多长时间?"她问道。

折袖沉默了会儿说道:"我没见人吃过,所以……不知道。"

七间沉默了会儿,幽幽说道:"那你让我吃?"

还是同样的五个字,意思都相同,只不过情绪上有些微妙的差异。

"没有毒,不会出事。"

"我不要吃。"

"如果我的推断没有错,吃了那棵草,至少可以让你再多撑十天。"

"可是有可能睡一百天,一千天。"

"你们人类说话都喜欢这么浮夸吗?"

"反正我不要吃。"七间坚持说道。

折袖不知道她为什么这么坚持执拗,沉默片刻后,再次使用屡试不爽的大招:"如果不吃,就打屁股。"

在过去数十天里,在很多时候,比如吃很苦的药草的时候、比如她非要抱着他才肯睡觉的时候、比如她坚持每天清晨给他洗脸、每天入夜之前却坚持不肯同意让他帮着洗脚的时候、两个人的意见分歧大到无法弥补的时候,最后他都会用这一招。

一路同行,他早已发现这位离山剑宗掌门的关门弟子、神国七律里的幺姑娘并不是想象中那种娇滴滴、被宠坏的女孩子,性情倔强、坚毅甚至可以说有些执拗,别说打她,就连他威胁要把她扔下,都无法让她改变主意。

她只怕被他打屁股。

折袖不知道这是为什么,明明那里的肉最多,打得最不痛。可能因为是女人的缘故。他读过人类世界的书,知道这方面的事情,只是有些无法理解。想着这一路上七间的表现,他便觉得人类真是麻烦,尤其是女人。

为什么每天睡醒之后一定要洗脸?要知道雪原上哪有这么多水,随便拿团雪擦擦不就好了,不擦又能如何?对脸部皮肤保养不好?都已经伤重到要死了,还管那些事情做什么?为什么每天夜里都不肯让自己帮你洗脚?难道你不知道长途跋涉,最重要的就是保证双脚的洁净干燥,这样才能走得更远些?好吧,这一路上都是他背着她,她不需要走路,那么确实也没道理太在乎洗脚的事情。

好在她们总有怕的事情。

比如打屁股。

听着折袖的话,七间小脸羞得微红,却出乎意料地不肯听话,赌气说道:"不要吃就是不要吃。"

听着她清稚而不高兴的声音,折袖微怔,心想这是怎么了,今天居然连打屁股都不怕了?他想着前些天,第一次也是唯一一次打她屁股时的场景,微生惘然,右手下意识里在腿上擦了擦。

七间看到了他的动作,羞恼地在他肩上砸了一拳。只是她现在虚弱得不行,这一拳自然没有什么力量,也不像是撒娇。

"不要怕。"折袖以为猜到了她不肯听话的原因,尽量让声音变得柔和些,说道,"只要我活着,就一定背你出去。"

七间伸手攥着他的衣服下摆,睁大眼睛,可怜兮兮地看着他,说道:"可谁来给你指路呢?"

折袖看不到她的模样,说道:"那片阴影往哪里,我们便反其道而行。"说完这句话,他站起身来,把她背到身上,走下野草和芦苇组成的水岛,走进浅水里，向着那几株醉酸枝草而去。

七间抱着他，小脸靠在他的肩上，没有说话，不知道在想什么。她现在很虚弱，经常容易困倦，这些天被他背着的时候，很快便会睡着。他并不高大，双肩也不宽阔，但给她的感觉，却很踏实，就像一艘汪洋里怎样也不会倾覆的船。但今天她不想睡，抵抗着疲惫与虚弱，静静地看着天空。

折袖感觉到了，停下脚步，沉默片刻后说道："你真不想睡？"

七间默认了他的看法。她总觉得如果吃了那几株野草，就此昏睡，那么可能要过很久很久才会醒来。谁给他指路呢？醒来的时候，会不会看不到你了？如果走不出这片草原，难道我就要在昏睡中死去吗？我不要。就算去死，最好也要清醒着，这样才能确认，还是和你在一起。

因为她的安静，折袖也安静了下来。他不知道她在想些什么，但知道她肯定在想很多很没有意义的事情。人类，确实很麻烦，尤其，是女人。无论什么年纪。

其时暮色如血，远方的天空却晦暗如阴天。他抬头望向远方，感知，然后确认方向。做完这些准备后，他举起右手，化掌为刀，落在七间的颈间。啪的一声轻响，七间昏了过去。

整个世界都清静了。

周园里有片草原，草原上的太阳没有落下，却被一片恐怖的阴影所遮盖。周园外有片雪原，雪原里的太阳没有升起，夜空里同样有一片阴影。与草原上那片恐怖的阴影相比，这片阴影的面积更大，不显狂暴，却更加寒冷可怕，隐隐散发着无敌的气息。

这片阴影是魔君的意志。在这片阴影下，魔将本就极为强大的战力再一次得到提升，那些布成阵法，绵延数十里的普通魔族士兵，也获得了极大的勇气，无论风雪里那道剑光再如何耀眼，都无法让他们生出丝毫惧意。

能够完全不受这片阴影影响的，只有两个人，一个是苏离，还有一个是浑身罩在黑袍里的魔族军师。

黑袍盘膝坐在雪丘上，在他的膝前，是一块铁盘，盘间有山川河流、寒潭湿地，有落日，却没有星辰，正是周园。在铁盘的上方，悬着四盏命灯，那四盏命灯已经变得微弱，尤其是其中两盏命灯更是火如丝线，仿佛随时都会熄灭。在十余里外的风雪里，一道瑰丽至极的剑光，正在天地之间穿梭，却无法离开。

数座如山般的魔将身影，矗立在风雪之中，带着数万魔族军队，正在追杀那道剑光、那道剑光前端的人类。

苏离的年龄并不大，却是离山剑宗的师叔祖，辈分奇高，更高的是他的剑法与实力境界。他不是圣人，他是浪子，云游四海，偶尔才会在世间现出踪迹。他没有排进八方风雨，因为无人知晓他意在何处。但谁都知道，他的实力境界可以在人类世界里排到最前列，与圣人平视，与风雨同行。甚至，因为他的性情，单以个人战力和杀伤力以及对魔族的威胁程度来说，周独夫之后，便是此人。

为了杀死苏离，魔族准备了很长时间，也做好了牺牲很多强者的心理准备，事实上，现在已经有一名魔将战死，三名魔将重伤。就连魔君，都不惜耗损黑夜之力，将意志化作一片阴影，遮蔽了这片天空。

黑袍却显得很平静，始终盘膝坐于雪丘之上，只有当苏离对他流露出杀意的时候，他才会做出反应。他之所以如此平静，是因为他相信自己。这个以周园为引的杀局，是他亲自策划的，没有任何漏洞，他计算得非常准确。苏离再强，终究是人不是神，终究不是周独夫。除非他在绝境之中，因为生死之间的大恐怖、大压力再做突破，不然绝对没有办法活着离开。而黑袍，连这个机会都没有给他。黑袍为苏离准备的是一锅温水，是一座缓缓移动的石磨。

当然，按道理来说，他必须时刻注意着这场风雪之中的杀局，因为毕竟他要杀的人是苏离。然而，就在前一刻，他身前的方盘忽然发生了变化。在那片莽莽的草原之中，在那无法计算推演寻找到、从而始终是一片虚无幻象的位置，忽然间爆发出了极明亮的光芒。那片光芒，照亮了黑袍下他的脸，穿透苍白的皮肤，让隐在里面的青色变得越来越浓，然后出现两抹血色。

三种颜色的交杂，显得很妖艳、很诡异。他那双深沉如幽冥的眼，也被那片光芒照亮。脸上的血色，眼中的明亮，代表的都是激动。是什么样的事情，能够让黑袍这样的人都激动起来？先前那刻，看到陈长生的命灯与徐有容的命灯一道进入草原，让他的神情有些凝重。但现在，他已经忘记了这件事情。

就算是雪老城忽然垮了，就算是苏离这时候忽然一剑破开雪空离去，他都不会有丝毫动容。夜空之下从来没有新鲜事，再如何匪夷所思，都只是小概率，但这片光明不同。他看着铁盘上那团光明，久久沉默不语。他对这个世界，早已不抱任何希望，所以能够淡看一切。但他对这片光明的出现，已经等待了很多年。

周园之局，当然不是黑袍设计的最强之局。数百年前，人类与妖族的联军连破魔族五道防线，直抵雪老城前五百里，祁连山人战死，贺兰山人战死，眼看着局面危殆。他设计了一场非常写意的局。在那个局里，他玩弄的是人心，利用的是太宗皇帝与王之策之间的关系。整个大陆都知道他想做什么，太宗皇帝与王之策更加清楚，然而，却没有办法阻止他。因为人心的问题，一旦出现，便永远无法抹去。王之策黯然辞官。雪老城无恙。

和当年那个局相比，周园之局，无论是从格局上，还是从妙意上都无法企及。但对黑袍来说，周园之局，甚至要比当年的那个局更有意义。失去，然后拿回来，这本来就是最有意义的事情。无数年来，他所做的一切事情，就是为此。铁盘上的那片光芒，不在他的计算之中，是周园之局最大的变数，也是他最欢迎的变数。因为那意味着周园里最宝贵的事物，即将重见天日。杀死苏离，把人类的未来杀死一大半。找回失去的过去。

还有什么比这样的结局更完美？

墓陵深处，黑曜石棺上。

魂枢的光线已然敛没，珠宝已经被收，黑曜石棺里一片漆黑，仿佛黑夜。陈长生和徐有容走进这片夜色，来到那些痕迹之前。那些痕迹是文字，也是图画。文字配着图画，除了小孩子们最喜欢看的小人书，还有一种最常见的可能。这些文字和图画是功法秘籍。

是的。

陈长生和徐有容对视一眼，因为震惊，不知道该说些什么。

黑曜石棺里刻着的功法秘籍，是刀法。这种刀法和那把刀的名字一样。

两断。

一刀两断的两断。

56 · 学 刀

剑是东土大陆最常见，也是地位最高的兵器，无数宗派、学院，最强大的道法手段都是剑法。长生宗下辖无数山门，真正让这个南方教派重镇能够与离宫抗衡的底气，依然还是离山剑宗，或者便是这个道理。

刀则一般都是在军中使用，在战场上结阵杀敌，向来难登大雅之堂，直至千年之前，周独夫横空出世，一把刀败尽世间高手，这种情况才有了改变，然而在周独夫之后，依然很少出现用刀的名家。

为何会这样？因为周独夫的那把刀太锋利，更因为他自创了一套惊世的刀法。那套刀法和他的刀一样，都名为两断。这便是传说中的两断刀诀。

看着黑曜石棺壁上的那些文字与图画，陈长生和徐有容震惊无语。一直都有传闻，周独夫的传承在周园之中，直到此时亲眼看到，他们才确认原来传闻是真的。

和这些刀诀相比，九间石室里的武功秘籍、珍稀的丹药，金玉珠宝完全不值一提。时间确实很强大，可以让丹药失效，让珠宝失色，却没有办法让智慧与知识贬值，黑曜石棺壁上的两断刀诀，毫无疑问就是修行界顶级的智慧与知识。

朝闻道，夕死可。兽潮正在靠近陵墓，天空里那道巨大的、代表着死亡的阴影即将笼罩他们的头顶，陈长生和徐有容把这些事情尽数忘记，开始观看棺壁上的那些文字与图画，希望能够在最后的这段时光里，学习到更多。

他们的视线落在文字起始处，那是两断刀诀的总纲，文字非常浅显易懂，但讲述的道理却极深奥，简单的一把刀、一道锋，在文字里呈现出来的画面，与天地之间发生联系的角度，是那样的意想不到，真是好一篇独出心裁的大好文章。

两断刀诀一共有一百零八记刀法，分作三个部分，在总纲里被称作段，每段三十六记刀法。

第一段名为起，讲就是一个起字，如何起刀，如何起锋，如何起风，如何起势，是这套刀诀里最基础、也是气势最足的一部分。第二段名为承，主要讲的是防御，练到极处，可承天地之变，但这三十六刀又并不是单纯的防御，隐锋潜藏其间，如龙在云中，随时探首噬人，最是沉稳而凶险。第三段名为落，这个落字可以简单地理解为落刀，实际上却是撷自碧落这个词的本义，刀锋所向，自有一派湛湛青天开阔意象，包涵世间所有，能断眼前一切。

看完两断刀诀的总纲之后，陈长生和徐有容没有任何停顿，紧接着开始观看下一幅画面与文字，那便是起字段里的第一刀。这也是两断刀诀的第一刀，有个特别简单的名字：缘起。

图画里并没有刀，也没有使刀的人，只有数道简单的线条。

陈长生有在天书陵观碑的经验，徐有容在圣女峰更是日夜研习解天书的功课，自有自观，明白那些线条是真元运行的线路，同时也是刀意。然而正因为简单，所以难解，棺壁画面上的寥寥数道线条，让他们沉浸其中，竟渐渐忘了时间的流逝。直至某一刻，他们两人终于悟通了这一记刀法，几乎不分先后的醒过神来，下意识里对视一眼，看出彼此心里的震骇。

铁刀出鞘，起于长空，怎么看这都应该是个很简单的动作，怎么可以有如此复杂的变化？如此复杂的变化如何能够记住，并且运用在战斗中？这套刀法就像周独夫的人一样，霸道至极，却又玄奥难解，以他们两人的见识都觉得匪夷所思。除了周独夫是拥有远超世人智慧的天才，再也没有别的任何合理的解释。

这记看似简单的起字段第一刀，竟让他们消磨了无数心神，才终于掌握，当然，一旦悟通这记刀法，那种银瓶乍破水浆迸、铁骑突出刀枪鸣的痛快感受，是那般的强烈，让他们一片畅快，竟似恨不得要大喊大叫数声，才能宣泄出此时的美妙情绪。

陈长生和徐有容只是沉默看着彼此，眼中的震惊情绪渐渐变成不安。只是第一记刀法，便让他们用去了这么长时间，想要把这一百零八记刀法全部领悟直至融会贯通，这又需要多长时间？他们现在最大的问题，就是没有时间。

如果只是时间不够，其实也可以尝试着记几招刀法便使几招，可正如先前所说，这套两断刀诀是好大一篇美妙文章，最奇异特殊的地方便在于，一百零八刀看似分离，实际上却是一个整体，你必须把整套刀法全部悟懂，才能知道这篇文章的意思。像他们先前看似掌握了第一刀，但那种掌握还远远不够，或者说并不是真的掌握。

"先背。"陈长生看着她说道："争取时间，把这些文字和图画全部记下来。"

即便不求理解，只求把这套刀诀尽数复刻在识海里，也是一件极难的事情。

徐有容在心里计算了一下兽潮到来的时间和自己要用多长时间才能记下这套刀诀，确认不够，说道："分头背。"

"好。"陈长生看着她微显苍白的脸，稍一停顿后说道，"我从后往前看，你从前往后。"

如果说这套刀诀是一篇文章，从前向后看是顺序阅读，相对来说自然要轻松些，比起倒背更是如此。徐有容知道他是想着自己重伤未愈，特意如此，便没有拒绝，走到第二记刀法的图画与文字说明之前，开始在识海里记录。

陈长生看了她一眼，确认她现在能够站着支撑会儿，走到黑曜石棺的左面，

211

最后一幅图画之前。

这是落字段的最后一刀,有一个特别霸道的名字:焚世。

他的视线落在那幅图画的线条上,同时,那些说明的文字同时进入他的眼帘。只是瞬间,图画与文字便消失不见,在他眼前出现了一片昏暗的天空,到处都是陨落的星辰,拖着长长的火尾,世界仿佛即将毁灭……

下一刻,他发现那些陨落的星辰所行走的轨迹竟有些眼熟。他想起来,那些轨迹正是两断刀诀名为缘记的第一刀的起势。原来最终与最初果然是联系在一起的,他终于确认总纲里的内容,这套刀法果然需要全部掌握,才能掌握。这套刀法是一个不可分割的整体。或者换句话来说,两断刀诀里的一百零八刀,实际上就是一刀。

理应如此。

一刀,才能两断。

57·一起面对

黑曜石棺很大,像一座小山般,陈长生和徐有容站在棺中,就像站在山里,不知时间之流逝。

徐有容按照正常的顺序看,一张图接着一张图,脚步缓慢地移动,从左向右,陈长生的顺序和她相反,慢慢地从右向左移动。记背要把领悟掌握要简单很多,但要把如此玄妙难言的刀法记下来,也不是太容易的事。

不知道过了多长时间,陈长生的左臂触着她的肩头,两个人才醒过神来,发现已经相遇。如果是唐三十六,大概会轻佻而得瑟地说:真巧,居然在这里遇见你了。但陈长生不会这样说,徐有容也没有说话,两个人对视而笑,便继续看最后的两幅图案。这是陈长生看的第六十九幅图案,意味着他已经背下了六十九招两断刀法,徐有容因为伤势的缘故,较为虚弱,比他看得要少些,背下了三十七招刀法。

又过了段时间,两个人看完了最后的两幅图,再一次几乎同时醒来,再次对视而笑。然而就在下一刻,他们脸上的笑意消失不见,变成了震惊与茫然。黑曜石棺壁上的那些图案与文字,正在……消失!

黑曜石是世间最为坚硬的石材,那些线条图案文字应该是当年周独夫用那把传奇的神刀亲自刻上去的,深刻入石三分,即便历经数百年时间的磋磨,也没有变淡,更不可能被风化,然而这时候,那些线条的边缘仿佛变软了很多,陵墓里幽风轻拂,线条边缘的黑曜石便被吹成了沙砾,簌簌落到了地上!

只是瞬间,陈长生和徐有容根本来不及反应,黑曜石棺壁上的所有文字与图案,便尽数被抹掉,变成了一百零九片微显粗糙的洼陷。这是怎么回事?这幕神奇的画面,让他们两人震惊无语,难道说这些两断刀法被记住之后就会自行消失?如此神奇的手段,周独夫是怎么做到的?两断刀诀已然变成棺底的黑色沙砾,不复存在,黑曜石棺里真的变成空无一物,他们自然不会再作停留。

陈长生背着徐有容离开黑曜石棺,回到墓殿的石质地面上,回想着先前发生的那些事情,心情依然难以平复。

"好在都记住了。"徐有容说道,"出去之后,我们把那些刀法抄录下来,便是完整的。"

自幼生活在西宁镇旧庙里,十五岁的少年陈长生,对男女方面的事情自然难免迟钝,但这时不知为何,却非常准确地把握住了她的意思。这套石破天惊的两断刀诀,现在属于他们,而且不是分别属于他们,就像刀诀一样,属于他们这个整体。如果他们不能足够信任、彼此坦诚,那么这套刀诀便没有任何意义。

"嗯,我们一起练。"陈长生说道。

"如果我们不能离开周园,怎么办?"徐有容看着他清亮的眼睛,有些淡淡的伤感,说道,"难道说这套刀诀就要随我们一起离开这个世界?"

陈长生说道:"不要有压力,如果周独夫真的还活着,两断刀诀自然不会失传。"

徐有容沉默了会儿,说道:"我现在有不一样的想法,如果周独夫没有死,他为何要在自己的陵墓里留下这些刀诀?"

陈长生想了想,猜测道:"有可能他是要去做一件自己都没有把握的事情,留下这些刀诀,也是不想自己平生最了不起的创造就此湮没无闻。"

徐有容看着他的眼睛,说道:"总之,你要尽可能地争取活下去。"

陈长生回视着她的眼睛,心想如果有命运的话,命运给出的条件已经非常清楚,无论是两断刀诀还是想要记住这些美好,都要两个人一起活着,然后一起,才有意义。

"愿圣光与你同在。"她真诚地祝福道。

陈长生身体前倾，有些笨拙拥抱了她一下，说道："与我们同在。"

地面再次震动起来，这一次不是黑曜石棺的开启，也不是来自他的短剑，而是兽潮终于到了。陈长生记得不久前她刚刚说过自己不想死在别人的坟墓里，所以很自然地扶着她向陵墓外走去，经过那条长长的甬道时，没有忘记把墙壁上镶嵌的那些夜明珠全部收走。

看着这幕画面，徐有容觉得有趣之余，也生出更多佩服——能够在生死之前如此淡然，不是谁都能做到的，而且很明显，他是真的不畏惧死亡，如此心境，已近圣贤。

陈长生其实没有想太多生死之间的事情，想得更多的是在幽府外湖水里沉睡的黑龙，他这时候不确知、同时也有些担忧的是，如果自己死在周陵，那么黑龙怎么办？它会随着自己一起长眠，还是就算醒不过来也会活着，毕竟现在的它只是一道离魂？

走出陵墓，来到神道尽头的高台之上，不及向下方草原望去，陈长生看着那棵迎风轻摇万千翠片的梧桐树，对徐有容说道："你的法器再强大，也不可能一直挡着，不如收了。"

徐有容说道："但可以给我们争取一些时间。"与别的那些视境界、法器重逾生命的修行者不同，她从来都认为这些都是身外之物，如果用来换取珍贵的时间或者说机会，别说损耗严重，就算直接毁掉又有什么可惜。

陈长生说道："我们现在最不需要的就是时间。"

在背住两断刀诀之前，时间是急迫的，在其后，时间对他们来说便没有了意义。徐有容虽然被他的血从死亡深渊里拉了回来，但依然重伤虚弱，耗的时间越久越危险，最关键的是，日不落草原里的时间流速与真实世界不同，越靠近周陵，时间流速越慢，他们就算靠梧桐再撑数日，周园外的真实世界或者才过去一瞬间，又能有什么机会？

"有理。"徐有容伸手把梧桐收为长弓，背在了肩上。

青叶骤无，石台四周变得一片空旷。陈长生和徐有容开始直面强大的敌人与未知的结局，迎面而来的虽然没有血雨，但亦是一场腥风。昏暗的天地间充斥着无数只妖兽，草原上与陵墓前，从眼前到天边，黑压压、密麻麻。

第四章

这片大陆千年以来最大的秘密,终于在他眼前展露出了绝大部分的真容。

58 · 清冷的第一剑

暗沉的暮色下，兽潮如黑色的海洋，黑海之前站着五名魔族强者，天空里有一片更大的阴影，仿佛是这片黑色海洋的倒影。

陈长生和徐有容站在陵墓正门前的石台上，隔着数千丈的神道，看着这幕壮观而恐怖的画面，看着最前方那名小姑娘手里散发着无数无线的黑色木块，知道先前的推算是正确的，魂枢在黑曜石棺之前，魂木却在魔族的手中。

徐有容有些遗憾说道："我自幼修道，却信奉道不可道，所谓推演，只是聊尽人事，现在看来，你我只能凭天命了。"

陈长生看着陵墓前的黑海与天空里的阴影，说道："我相信有命运这回事，但我不相信命运可以决定所有事。"说这句话的时候，他很认真也很平静，只有最后那个事字的尾音轻颤了一下，表明他还是有些紧张，他定了定神，继续说道，"魂木果然在魔族的手中，难怪一路来到周陵，始终没有遇到什么妖兽，只是……这些魔族明明早就可以驱使妖兽杀死我们，为什么没有这样做，反而帮我们清道？"

徐有容说道："上次路过那片秋苇的时候说过，最大的可能就是他们需要我们帮他们指路。"

由此看来，在魔族的眼中，周陵的位置至少要远比他和她的生死更重要。魔族寻找周陵做什么？里面有什么东西是他们一定要拿到的？怎么想，都应该是黑曜石棺壁上刻着的两断刀诀，想到此节，陈长生和徐有容对视了一眼。

现在两断刀诀已然毁灭，只有把他们脑海里背诵下来的文字与图画重新组合在一起，才能让刀诀重现。用这个来威胁魔族，以换取一条生路？他用眼神询问道。

"没用的。"徐有容看着神道下方的那个小姑娘冷漠的双眼，摇了摇头。

凤凰与孔雀，宿命的对手，两个不同种族的天才，在周园里的相遇，才引发出来其后这么多的故事。暮峪峰顶那决然甚至可以说惨烈的一战里，无论南客展现出怎样恐怖的实力境界，她都平静以应、隐胜一线，即便最后弹琴老者加入战局，她身受重伤，坠入深渊，眼看着便要进入绝境的瞬间，却让血脉第二次觉醒，生出洁白双翼，破夜空而去。

如果不是因为要救陈长生，在这场战斗里，她是毫无疑问的胜者，只要她能够活着离开周园。然而现在的她，虽然生命暂时无虞，却依然虚弱疲惫，根本无力再战，而南客明显已经恢复如初，一如暮峪峰顶那般强大，甚至更加霸道。

应该后悔吗？应该后悔吧，她神情平静看着陈长生，什么都没有说。

陈长生不知道她在看自己，因为他这时候正盯着陵墓前方的黑色海洋。那片黑色海洋由成千上万只妖兽组成，无数道强大而血腥的气息，冲天而起，仿佛要把草原上方的天空掀开。兽潮里有灰蛟、有妖鹫，还有很多气息强大到他的神识无法感知的妖兽，更不要提天空后方那道恐怖的阴影。

如果四面八方草原里的妖兽开始进攻，这片黑色的海洋可以直接把这座陵墓淹没，不要说他，即便是那些聚星巅峰的强大神将，甚至可能是从圣境界的圣人都只能远避，除非周独夫复生，谁能凭一个人的力量对抗如此恐怖的兽潮？

但不知道是因为这座陵墓残留着周独夫的气息，还是因为那块散发着无数光线的黑木控制着的缘故，兽潮虽然有些蠢动，尤其是那些曾经被徐有容斩杀过很多同伴的灰蛟与妖鹫，不停发出凄厉地啸鸣，却始终停留在陵墓十里之外，没有再靠近一步。

黑色的海洋是一块幕布，一道艳丽的流光在上面画出。看着这幕画面，陈长生想起数十日前那面的湖水里的难以忘记的遭遇，眼瞳微缩，握着剑柄的手下意识里紧了紧。

那道流光瞬间便越过看似漫长的神道，来到数百丈高的陵墓中间，来到陈长生和徐有容身前的空中。美丽而灵动的光翼在昏暗的光线里轻轻扇动，光翼之间是两名仿佛连为一体的美丽女子。她们的眉眼都生得极好看，但容颜与气质却非常不一样，甚至可以说截然相反，一者端庄，一者妩媚，一者眼波流转，风情万种仿佛花国美人，一者眼神静柔，清纯可人仿佛大家闺秀，并肩站在一起，给人视觉和心灵上的冲击力极大。

如果陈长生年龄再长些的话，或者更能体会到这种诱惑，但他现在不过十五岁，而且一心修道求长生，从来没有考虑过那些方面的事，在他的眼中，这两名女子依然还是在那面的湖水里险些杀死自己的可怕魔女。

徐有容说道："她们就是南客的双翼，或者说双侍，一个叫画翠，一个叫凝秋。"

这是陈长生第一次知道她们的名字，微微一怔，再望向她们的目光里便多了些别的情绪。一路与徐有容同行闲聊，他知道了这对南客双翼确实是烛阴巫部用某种方法祭造出来的灵体，有神识与自我意识，然而却要终生听奉主人的命令，生死全不在己，只要主人念头微动，她们便会灰飞烟灭，就此死去。

此时听着这两个名字，他便不喜欢。画翠？凝秋？这是最常见的婢女姓名来历，给人一种怯懦卑微、无法活得痛快的感觉。当然，他知道这名字肯定不是她们自己取的。他不喜欢的是赐她们这种名字，并且可以操她们生死的那位魔族公主殿下。

南客双侍天天服侍自家主人，哪里看不出来他眼神里的意味。

画翠便是那位腰肢极软、眼波亦柔软的妩媚美人，一双眼睛水汪汪地看着陈长生，声音软糯到了极点说道："真是个会疼人的孩子。"

凝秋便是那位容颜秀美、气质极端庄的大家闺秀，却极不喜他眼神里的同情甚至是怜悯，心想那日在湖畔，你险些死在我们二人的手中，居然同情我们的生死被主人控制，真是何其可笑，何其不敬。带着一丝嗔怒，她向石台之上冲去。

"哎哟！你急什么！我还没和他说说话呢！"画翠被她带着向石台之上飞去，有些慌乱地说着话，看似有些手忙脚乱，指尖却已经泛出幽幽的绿芒，阴险到了极点。

嗤嗤声响中，陵墓高台之前的空中，出现了无数点绿芒，星星点点密布。那些绿芒都是孔雀翎的毒，一旦进入血肉，必死无疑。在湖畔战斗的时候，她们想尽一切办法，都没能刺破陈长生的皮肤，此时却依然如此攻来，想必肯定藏着别的手段。徐有容静静看着这幕画面，右手握着长弓，手指在光滑且古意十足的弓身上以某种节奏轻击，随时准备陈长生应对不及的时候出手。

她这时候确实已经没有任何战斗的能力，但至少还可以用梧弓，抵挡住敌人的一击。陈长生没有给她这个机会，右脚向前踏出一步，鞋底在石台上踩出一蓬水花，力量自腰间运至肩头再至手腕，短剑化作一道笔直的直线，向石台边缘外刺了过去！

嚓的一声脆响，石台边缘外的空气，仿佛直接被他一剑刺破了。更奇妙的是，在他的剑刺出的笔直线条四周，空中忽然凝结出无数朵洁白的雪花，那些雪花比自然成结的雪花至少大十余倍，美丽而又具体。雪花飘落，恰好笼罩住了那对光翼。

光翼里的双侍，即便论单独战力，都在通幽上境，与他一样，合体之后，战斗力更是陡增无数，所以那日在湖畔才打得陈长生没有任何机会，今日为了在主人的面前表现，她们更是暗中准备了别的手段，然而没想到，所有后续的手段全部没有来得及施展出来，便被陈长生的这一剑给破了。

陈长生用的这一剑，已经至少十余年没有在大陆上出现过，直是在两个月前的大朝试里出现过一次，所以没有谁认得出来。

他用的是国教学院的倒山棍。

如果要说剑速，国教学院的倒山棍并不如天道院的临光剑，如果要说剑势，国教学院的倒山棍不及汶水三剑，亦不及离山剑宗里的那些风雨大剑，但倒山棍是当年国教学院教习用来教育违规学生的棍法，最重要的在于一个理字。他这一剑看似不讲理，其实很有道理，道理便在于剑上附着的玄霜寒气，在于石台上空飘落的万点雪花。

南客双侍的速度太快，快到他用耶识步也没有意义，而且石台面积太小，不便施展，他更没有办法在空中与对方战斗，所以他必须限制对方的速度，把这场战斗控制在一个相对狭小的空间里。

同时，国教学院的倒山棍，还在于一个严字。严便是不通融，你……不能避！这两个字便是陈长生这一剑的剑心。再加上玄霜寒气，这一剑可谓是清冷到了极点。雪花落下，触着那些幽幽的绿芒，瞬间便把那些绿芒的颜色变得灰暗无比。清冷的剑势，趁势而入，直刺光翼之中的两名女子。陵墓石台之前的空中，骤然响起一声带着愤怒与不甘的怪叫。光翼疾动，雪花被扇开，瞬间退出数十丈外。画翠和凝秋脸色苍白。一道鲜血，从两人的身体之间缓缓流下。看着石台边缘持剑而立的陈长生，她们的眼中满是震惊与不可思议的神情。

59 · 禅雪交心

当日在湖畔，南客双侍一朝合体，陈长生便再没有任何机会，完全不是对手，眼看着便要被活活震死，全靠着那些银箱、烤羊才觅到一线生机，随后借着黄纸伞脱困。而如今以日不落草原里的时间来计算，那场血腥阴险的战斗不过才过去数十日，他居然便能一剑逼退双侍蓄势已久的合击，甚至伤到了她们。一个修行者怎么可能在如此短的时间里，有如此大的进步？他的身上究竟发生了什么事情？

从这一剑里看得很清楚，陈长生的境界没有任何改变，依然还是通幽上境，同时他的真元数量依然相对同等级的修行者要少很多，这记剑招固然精妙，但最大的区别还是他的真元不知何故变得寒冷异常，竟纯借剑势便凝出了一大片雪花。即便这……也不是最重要的变化。最重要的，是他的剑意的变化。他的剑意无比凝练，已成实质。要知道意随心走，短短数十日时间，他的剑心如何能够如此圆融通明？

震惊只是瞬间，战斗里也来不及做更深入的思考，伴着光翼高速振动的破空声，双侍化作一道流光，再次向石台上袭来。石台边缘，一道明亮的剑光照亮了周遭的空间，那道剑光出现的是如此突然，白炽一片，仿佛闪电一般。嗤！剑锋破空声起。那道流光就此停滞，然后疾速后退，在数十丈外的空中化作无数光点，就此消散。

依然还是国教学院的倒山棍，剑势依然清冷，剑意依然凝练，剑心还是那般的通明圆融，干净得难以想象。陈长生执剑于身前，脸上没有露出任何喜悦的神色，也没有因为那对光翼的骤然消散而得意，反而更加警惕。因为他很清楚，自己的剑意虽然大有长进，最开始那一剑可以出乎意料地伤到双侍，但这第二剑应该不可能有如此完美的效果，如电般的剑光，只是伤到了那名叫做凝秋的女子左肩，并没有重伤对方，自然不可能击散对方的光翼。光翼之所以消散成无数光点，那是因为有人确认双侍不是他的对手，不想让她们再浪费时间。

他的视线随着飘散的光点落在数千丈神道的尽头，陵墓前的地面上，然后看见了那名十来岁的小姑娘。光点飘落在她的身上，尽数敛没，她的表情没有任何的变化，因为她自始至终都没有表情。

南客看着数千丈神道的尽头，看着石台上那对年轻的人类男女，没有说话。

根据她的计算推演，徐有容一路逃亡，前期杀死那些妖兽之后，真凤之血应该已经耗尽，现在体内应该只有自己种下的毒血，按道理来说，就算能够支撑到这座陵墓，此时也应该已经死了，为何她还能活着？不过这无所谓，很明显她已经虚弱不堪，无力再战，这场宿命的对决虽然不能说是自己的胜利，但死神才是最公平的裁判，她将死，自己将活着，这就足够，问题在于那个叫做陈长生的少年……

她的老师黑袍并没有把周园全部的计划都告诉她，她自然也更加不知道，因为那柄黄纸伞以及别的某些缘故，黑袍没有来得及把最后的决定告诉她，她一直以为陈长生和七间、折袖一样，都是自己必须杀死的目标，只是现在看来，他并不像想象中的那般好杀。

她对陈长生这个名字不陌生，并不是因为他拿到了人类大朝试的首榜首名，也不是因为他一夜观尽前陵碑，也不是因为他是历史上最年轻的国教学院院长，而是因为他是徐有容的未婚夫。她没有想到，一路在草原里逃亡，这名人类少年居然能够治好自己的伤势，而且他境界虽然没有提升，但较诸双侍曾经仔细描述过的数十日前那场战斗里的表现，剑意以及战斗力，明显有了一个质的飞跃。

在草原里发生了什么事情？还是说，这种变化是在他们进入这座陵墓之后才发生的？一念及此，她的心情变得更加糟糕。当然，无论陈长生和徐有容有再如何神奇的遭遇，她现在只需要通过魂木发布命令兽朝发起进攻，依然可以很轻松地杀死他们，但她没有这样做，因为兽潮对这座陵墓依然保有着某种天然的敬畏，想要强行驱使他们进攻，需要耗费她太多心神，更重要的是，她不想这座伟大而神圣的陵墓，被这些浑身污泥、糟臭不堪、愚蠢至极的妖兽弄得一塌糊涂。如果可能，她不愿意除自己的任何生命靠近这座陵墓，更不要说踏足其间，实在没办法，她也只能勉强接受徐有容以及……此时的陈长生站在陵墓前的高台上，因为在她看来他们虽然是敌人，但有足够强的血脉天赋，不算玷污这座陵墓。

是的，在她的眼中，这是一座伟大而神圣的陵墓。因为这座陵墓里埋葬的那名人类，是她平生最崇拜的对象，甚至要超过她的老师，更不要提她的那位父王，

她从来没有流露过这种思想，甚至在雪老城里有时候还刻意发表过一些相反的看法，因为即便魔族信奉强者为尊，私下里敬畏甚至狂热崇拜这座陵墓里那个人类的魔族数量并不少，但她毕竟是高贵的魔族公主，怎么能崇拜一名人类？

但她从来没有欺骗过自己的内心。她无限崇拜埋葬在陵墓里的那位人类男子。

在雪老城里，在魔域，她的父亲强大得仿佛夜空，只有那个男子曾经把这片夜空撕下过一角。放眼过去与将来，远望大陆与海洋，只要在星空之下，那个男子始终是最强大的个体。在她看来，这样的强者值得所有生命的敬畏，更何况她的师门与那名男子之间有无数隐秘的联系，那种联系早已成为她内心深处最大的荣耀。

今日，她终于来到了这座陵墓之前。与这件事情本身相比，什么魔族公主殿下的尊严，父王对自己冷淡的态度，毫不重要。带着这样的心情，南客顺着神道向这座陵墓走去。

神道数千丈，以她的境界修为，只需要片刻时间，便能越过，但为了表示对陵墓中人的尊敬，她没有这样做。她的脚步很轻柔，态度却极慎重，走得很缓慢，神态很庄严，仿佛朝拜。

行走间，数百道幽绿的尾翎在她的身后缓缓生出，然后开始随风招展，美丽妖艳得难以用言语来形容。草原边缘的太阳已经变成模糊的光团，夜色未至晦暗更甚，行走在神道上的她，映照着最后的暮光，竟越来越明亮，仿佛燃烧一般。

看着这一幕，徐有容的眼睛也亮了起来，然后微黯，因为她再如何想与这样状态下的南客战一场，也已经无力再战。陈长生的眼睛没有变得更加明亮，因为他的眼睛永远都这样明亮，就像南客的表情不会有任何变化，因为她永远都没有什么表情。用唐三十六的话来说，他的眼睛就像是两面镜子，明晃晃的，经常看得人心发慌。

他和徐有容一样，也清晰地感知到，通过神道上仿佛朝拜一般慎重的行走，南客已经把境界状态调整到了近乎完美的程度，展现出来极难以想象的强大，但和徐有容不同的是，他没有生出任何战意，他根本不想和这样状态下的南客战一场。

这就是他和徐有容及南客这样的绝世天才之间最大的区别。他从来不会为了战斗而战斗，不会为了胜利而去获胜，他做这些事情的时候，通常只是为了一个原因：那就是活着。为了活着，他认为这才是最神圣的理由，或者说意义。所以他不需要调整，不需要静思，不需要朝拜，更不需要沐浴焚香，斋戒三日。当他不得已开始战斗的时候，那他必然已经做好了准备。

只是，今天他的状态似乎并不是太完美。

这极可能是他生命里的最后一场战斗，他没有任何信心，但这不是问题，因为他已经打赢过太多场没有任何道理胜利的战斗。问题在于，在应该专心迎接这场战斗的时候，他却有些分心，总觉得有些事情没有做完。

此时南客已经走到神道的最后一段，距离他还有百余丈。

他终于还是没能忍住，转身望向徐有容。

"怎么了？"徐有容问道。

陈长生看着她的脸，想要伸手摸摸，却不敢。徐有容举起伤重无力的手，轻轻拍了拍他的肩，仿佛要把他衣服上的雪花掸掉。那几粒雪花早就已经消融了。

陈长生满足了，看着她的眼睛，非常认真地说道："如果我们能够活着离开周园，我一定会去找你。"

徐有容看着他的眼睛，强忍羞意，故作镇静说道："不用，我会去找你的。"

"好。"陈长生从来没有回答的如此快过。

如果南客这时候放弃朝拜般的姿态，暴起攻击，或者他和她已经死了。幸运的是，南客没有那样做。

做完了这件事情，终于再没有任何事情可以分心。陈长生望向神道上缓缓走来的小姑娘，平静而专注。

就像无数人曾经说过的那样，修行从来不是一件公平的事情，虽然他自幼通读道藏，体质也异于常人，十五岁便已经修到了通幽上境，但血脉天赋的差距不是那么容易弥补的，更不要说，在陵墓的四周还有兽潮化作的黑色海洋。

这是一场有死无生的战斗。但他还是那样的平静，展现出远超自己年龄的沉稳与从容，如果只看背影，此时的他竟有了些剑道大家的风范。

他先前能够一剑逼退强敌，便是因为他的剑心已然与以往不同。这场在草原里的漫长逃亡，历经数十日，他和徐有容做的最多的事情便是对谈。谈的最多的，便是修行。从雨庙到雪庙，从秋天的苇丛到夏天的草岛，他们始终在谈这些。他有修行的天赋，却没有战斗的经验，徐有容教会了他很多。更重要的是，她对修行和生活的态度，那种淡然、平静、从容，影响了他很多。

这就是道心。剑心亦是道心一属。若要论道心通明，整个修行世界年轻一代，谁能比徐有容更强？双剑相交，其锋愈利，剑心也是如此。他现在已然剑心通明，剑意自然强大凝纯。

徐有容不知道他今年才十五岁。但看着他的背影,她有些暗淡的眼睛再次明亮起来,仿佛枯山终于迎来了一场新雨。她离开他的身边,回到陵墓正门前,寻着一个可以避雨避雪避风的角落,盘膝坐下,把保暖的麻布裹在了身上。

他对生命的态度,何尝不是已经影响了她很多。所以,她闭上眼睛,开始休息。

60·打手腕

南客顺着神道来到石台之前数十丈外的地方,看着陵墓正门前的画面,心情微异。徐有容闭着眼睛,有些苍白的脸上神情宁静,仿佛即将发生的事情,与她没有任何关系。这种姿态代表了她对某人的绝对信任。某人,自然是站在石台边缘的陈长生。

南客望向陈长生,有些不解,就算他是徐有容的未婚夫,又如何能够让她如此信任?陈长生也在看她。那天清晨,在密布芦苇丛的湖畔,他与南客只打了一个照面,便转身进入了草原里,时间过去了数十日,他才再次见到这名恐怖的魔族少女。

说她是少女都不准确,看清稚的眉眼大概不过十来岁,两眼之间相距略阔,以至于额头也显得有些宽,眼神漠然或者说呆滞,给人一种木讷的感觉,而这正是因为她眉心里的孔雀神魂太过强大,他确认当初自己没有看错,这个小姑娘确实有病。他想了想,没有说什么,在草原里逃亡了这么长时间,他早就已经想清楚,斗鸡眼确实不是好听的话,而且他这时候很紧张,握着短剑剑柄的手没有流汗,指节却有些发白。

——他现在已经知道南客是魔族的公主殿下,而且据说是魔君所有子女里血脉天赋最高的那个,更可怕的是,她是那名神秘而强大的魔族军师黑袍唯一的弟子。当初在那边的湖畔,他连南客的两名侍女都打不过,就算现在剑法有了极大的提升,又如何能是她的对手?

真正的战斗从来没有开场白,这场发生在陵墓石台上的战斗,将会决定周陵的归属,将会决定魔族这场大阴谋的最终成败,自然更不会有那么啰嗦的台词与试探,没有任何耽搁,也没有任何征兆,随着风起于陵墓四周,战斗便开始了。

幽绿色的双翼在南客的身后迎风招展，嗡的一声轻响，那代表着空气正在疾速变形以及被震荡开来，她娇小的身躯瞬间从原地消失，下一刻便来到了陈长生的身前，她伸出细细的食指，带着一道恐怖的气息，直刺他的眉心。

她来得太快，动作更快，以至于蓄势已久，把剑势早已催发到极致的陈长生……竟来不及出剑。带着双翼的她，速度实在太快，快到难以想象，在整个大陆里大概都能排到极前的位置，除了像金玉律这样的人物，谁能跟得上？

这时候陈长生的任何应对，比如拔剑、横剑、刺、削、劈、撩，都已经来不及。他无法跟上南客的速度与节奏，只要试图做动作，都必然会被她的指尖抢先刺中眉心。她的那根手指很纤细，看着很普通，但指间携着的气息却很恐怖，任谁都能想象得到，如果被这根手指击中，会有怎样的下场。

所以他只能什么都不做，向后疾退，然后退入一片虚无里。

嗡！这声轻响来自南客的指尖，那道恐怖的劲意凝而未发，没能触到陈长生的眉心，却把石台边缘的空间都仿佛要撑裂开来。陈长生在她眼前忽然消失，这让她木讷的神情终于发生了一些变化。这是很难以理解的事情，但其实并没有让她想太多，更没有让她生出警惕，因为她明白了，却毫不在意。

陈长生的身影刚刚出现在石台上另一处，她几乎同时出现，依然一指点向他的眉心。这个事实，反而让陈长生有些意想不到，对方竟能跟得上自己的脚步？要知道，这与速度并没有太大的关系，他用的是最诡秘莫测、短距离内趋避最快的耶识步。

他的身影再次消失，南客的身影也随之消失。下一刻，陵墓正门前出现他的身影，紧随其后，南客的身影也在那里出现，陵墓前的高台上，并没有狂风呼啸，只有微风徐徐，两道身影时隐时现，没有发生任何声音，诡异到了极点。

陈长生没有任何办法摆脱她，没有办法摆脱那根离自己眉心越来越近的细细手指，没有办法摆脱那道恐怖的气息与死亡的味道。他一步由雪宿踏突轸，避开了那一指，出现时，才发现自己已经被南客逼到了高台悬崖边。在大朝试里，在湖畔，曾经无数次让他反败为胜的耶识步，对南客来说明显没有任何意义。

但至少这为他争取了一些时间。在悄然无声、诡异的身影趋掠之间，时间走出很短的片段距离，终究还是走了些距离，让他有了出剑的机会。隔着那根细细的手指,他的视线落在她的眉间,神情专注至极。擦!一道明亮至极的剑光,在高台边缘出现,仿佛要把晦暗的天空都照亮。还是国教学院的倒山棍。这是他最熟悉,也最喜欢的棍法,或者说剑法,所以最快。

但……还是没有南客快,或者说,南客太强了,强到可以很随意地便破了他的这一剑。出剑,至少需要动腕。屈指,只需要动动手指头。南客刺向他眉心的手指微微屈起,指尖准确至极地击在他的剑身上。当的一声清鸣,仿佛是新铸的瓦钟,被燕子衔来的一颗黑石子击中。

陈长生的短剑荡了起来,一道对他来说堪称磅礴、难以负荷的力量,顺着剑身传到了他的肩头。如果是普通的剑,南客这一指便敲碎了。如果是普通的通幽上境人类修行者,南客这一指便会震废他的肩。好在这把短剑不是普通的剑,陈长生浴上龙血的身体比完美洗髓还要完美。当南客的指尖继续向他的眉心而来时,他手中的短剑就像一道苇条般,荡了回来。依然还是国教学院的倒山棍,但这一次不再是刺,而是砸。

他手里的短剑向着……南客的手腕砸落。他没有攻击南客的眉心,因为已经确认,决定速度的根本还是力量,他的速度无法超过南客。他只能选择攻击距离最短的一种方法。这个动作很小,需要翻腕,看着很随意。这一刻,剑不再是剑,而是教棍,或者说真的教鞭。他用的也不再是剑法,而是真正的倒山棍。他要打南客的手腕,就像老师惩罚顽劣的学生。

啪的一声。他打中了。

61 · 有虹起于草原

啪的一声,陈长生手中的短剑准确地击中了南客的手腕,如果不是南客先前那一指太过神妙,让短剑锋刃如柳絮般飘荡而起,想要在最短的时间里落下,也只能顺势而行,他甚至可以强行转腕,用剑锋斩中她的手腕。

即便不能,他看似细微的落剑里依然蕴藏着极大的力量,即便是成年魔将也不可能视若无睹,南客却神情不变,仿佛没有任何感觉,那根仿佛尾翎般锋锐无比的手指虽然偏离了最初的方向,依然强硬地继续向前,准确地刺中了他的胸腹!

陵墓前的高台上绽起一道春雷,陈长生的身体化作一道流光向后疾掠,伴着一声沉闷的撞击声重重地摔在了陵墓的石门上，烟尘顺着门缝以及石门与地面之间的缝隙喷溅而出，在石台之上弥漫开来，让画面变得有些模糊不清。

在衣物与粗粝石面的摩擦声中，陈长生从石门上滑落到了地面，双膝微屈，脸色苍白，咽喉里快要嗌出的鲜血被强行咽回腹中，识海受到的剧烈震荡所带来的痛苦却无法消除，更可怕的是，他体内幽府所在的灵山簌簌落下无数石屑，南客看似随意的一击，竟就险些让他重伤难起。

屈着的膝渐渐变直，奔涌的血水与真元渐渐平复，他站起身，盯着南客的眼睛，等着下一次攻击的到来。南客没有马上发起第二次攻击，而是望向他的左手。陈长生的右手握着短剑，左手提着一把黄纸伞，走出陵墓后，这把伞一直被他握在手里。先前南客的手指没能直接刺中他的胸腹，而是刺在了伞面上。

就像很多小姑娘一样，南客的双眉很细，而且有些淡，这时候看着他手里的黄纸伞，双眉挑了起来，显得有些意外。她听过画翠和凝秋这两名侍女关于与陈长生那场战斗的仔细回报，知道这个人类少年有一把旧伞，那伞有些古怪。然而直到先前那一刻，她指间凝着的恐怖杀意与力量，尽数被那把伞挡下，她才明白所谓古怪是什么。但真正让她意外的是，陈长生居然没有被击倒，居然站了起来。

即便有那把防御能力超出想象的旧伞作为隔绝，自己绝大部分的力量也必然落到了陈长生的身上，他不是徐有容，也不是那个叫做落落的妖族公主，没有足够强大的血脉天赋，就算是完美洗髓，按道理也没办法承受，他凭什么还能站起来？

她没有多想，因为一些偶然的意外，无法改变大势。这座伟大的陵墓，将由她继承，而徐有容和陈长生这对奸夫淫妇，也必然要死在她的手里。

"你的耶识步不对。"她看着陈长生说道。在她身后的草原上兽潮如海，天空里阴影如夜。说这句话的时候，她下巴微抬，神情漠然，明明要比陈长生矮不少，却居高临下，明明比陈长生的年龄还要小，说话的语气却像是在教育自己的学生，明明只是个娇小甚至瘦弱的小姑娘，却仿佛一代宗师。

陈长生知道她说的没有错。他的耶识步，源自那名暗杀落落的耶识族人的启发以及在道藏里的发现，只是一种简化版本，更准确地说，这种版本的耶识步本就是无数年前国教里的某位前贤大能尝试进行的一种模仿。

南客不是耶识族人，但她是魔族里血统最高贵纯正的皇族，血脉天赋让她可以掌握耶识步，而且是完美版的耶识步。他刚才用耶识步与她对战，不得不说是件很愚蠢的事情。

南客之所以说这句话，是因为陈长生那道国教学院的倒山棍里有很明显的训诫意味，这让她很不悦，她要让他明白，究竟谁才有资格教训对方。这句话说完了，她的目的达到了，自然不会再说更多的废话。

她的身影在石台边缘骤然消失，下一刻，再次出现在陈长生的身前，依然一指刺出，依然刺向他的眉心。数十日前，在草原边缘的那片湿地里，陈长生看着岸上的她说她有病，说她是斗鸡眼，说她的眉心里的松果窍被强大的神魂撑出了问题，那么她今天就要在他的眉心处戳一个血洞，看看他里面有没有问题，同时也想看看三只眼睛和斗鸡眼到底哪个更难看些。她是血脉天赋惊人的魔族公主，但毕竟是个十来岁的小姑娘，赌气自然难免，只是她的攻击绝对不是儿戏，非常恐怖。

先前一招惨败，陈长生便确知，自己不可能比她更快，无论是身法还是出剑的速度，所以他没有办法与她进行抢攻，那么，就只能守。陵墓之中寒风骤盛，仿佛来到隆冬，无数道剑光在他身周亮起，然后敛没，仿佛清晨第一缕阳光在村落前照亮的雪花。玄霜寒意借着剑势而出，在陵墓正门之前，化出数百面冰镜，那些冰镜的形状与质感，无比圆融，每一面镜子都是他的剑意。只听得啪的一声脆响，冰镜化作无数霜片溅飞而出，在晦暗的空中形成一道雪球，就此碎裂。几乎在同一个时刻，他眼前的数十面冰镜同时碎裂。

陵墓正门之前下起一场怪雪，雪粒很硬，甚至带着冰碴，寒风更骤。风雪之中出现一道清楚至极的空洞，任谁都看得出来，那是一个瘦小的身影造成的结果。寒风拂在陈长生脸上，吹得细长的睫毛不停颤动，无法静止。

南客的身影出现，还是那根细细的手指，依然刺向他的眉心。哗的一声，陈长生的左手撑开黄纸伞，右手的短剑当中斩落，国教学院真剑！南客的指尖落在伞面上，仿佛一根树枝戳进湿重的被褥，发出一声轻微的闷响。然后她飘然而退，避开了那道精纯至极的剑势，站回石台边缘，双翼在漫天落下的雪霜里缓缓飘动。她的手指不是树枝，而是一座山。陈长生的身体再次被震飞，重重地砸到陵墓石门上。他站的离石门很近，撞的却更重，甚至地面上积着的雨水与雪花都被这次撞击震得跳了起来。烟尘再起，他从陵墓石门上滑落到地上，这一次他用了更长的时间，才艰难地站起身来，其时烟尘已敛。看着站在石台边缘的南客,他的眼神没有动摇,却有些无奈。

这个魔族的小公主实在是太强大了,已经强大到一种恐怖的程度。无论真元数量和雄浑程度,还是修为境界以及战斗意识,以及最基础也是最重要的力量与速度,他都远远不及对方。如今他的剑心通明,剑意澄静无尘,堪称完美,就像先前他用剑斩出的那些冰镜一般。然而,这些堪称完美的剑意凝成的堪称完美的冰镜,在这个魔族小公主的面前却……不堪一击。

她是一座大山。再如何美轮美奂的园林建筑,再如何圆融无隙的心境,再如何强大的身躯,再如何清冷的剑意,都会被这座大山直接碾压成齑粉。怎样才能战胜她?除非他拥有她一样的血脉天赋,一样的真元数量。

但是他没有。他身体里的截脉注定了他很难活过二十岁,也注定了他的修行道路在某些方面要比正常修行者艰难很多,哪怕他引来再多星光,在幽府外贮藏再多湖水,在荒原里承接再厚的雪原,再如何不怕死地狂暴燃烧,依然无法输出足够多的真元数量。

那么他只有一种方法,那就是让自己的剑变得更强。三千道藏,万般剑法,就在那里,供人阅读,然后修行,即便倒背如流,也不过是三千道藏,万般剑法。想要在短时间内让剑变强,与剑法招式无关,只能让剑意变强。或者说,找到一道更强大的剑意。到哪里去寻找如此强大的剑意?一切至此,终于到了终局?

不,陈长生不这样认为,因为他本来就是因为一道剑意,才走过漫漫的草原,来到这座陵墓。这些天,他一直在思考那道剑意召唤自己来到这里究竟意味着什么,是不是那道剑意需要自己做些什么,现在看来这个推测不见得是错的,但至少在此时此刻,不是那道剑意需要他,而是他需要那道剑意。那道剑意就在这座宏伟的陵墓四周,因为某种原因隐匿着。

那道剑意一定在等待着他。

黄昏的日不落草原一片阴晦,远处的天空被那道恐怖的阴影遮蔽,草原上如黑色海洋般的兽潮散发出的阴冷血腥的味道不停向着空中飘去,不知道是不是因为这些缘故,陵墓的上空渐渐聚集起来很多阴云,空气也变得湿冷了起来。

毫无征兆,一场寒雨落了下来,打湿了陵墓里的巨石,把世界的颜色涂得更深了些。徐有容裹着麻布,靠在陵墓正门旁的角落里,不虞被这场寒雨淋湿。陈长生撑着黄纸伞站在寒雨里,看着石台边缘的南客,不知在想些什么。忽然间，他的眼睛亮了起来。不是因为南客散发光明，不是因为他想到了什么，而是因为他的视线越过南客，落在了遥远的草原深处，看到了道彩虹。

那道彩虹其实更应该说是光虹，因为没有七彩的颜色，只是白得耀眼。他眼睛里的光亮，便是那道光虹的影子。他手里的黄纸伞微微颤动起来。那道光虹起于西北方向数十里之外。那里的草原没有下雨，野草与芦苇下到处是水泊，更像是一片海。那里有一株野草，忽然间碎了。草丛里平静如镜的水面，也忽然间碎了。草碎成屑，水碎成纹。那些纹路，与剑身上常见的花纹很相像。

62 · 一道剑意的出现

水面颤动得越来越快，水纹越来越密，向四周散去的纹路渐渐挤在一起，彼此冲击撕扯，最终变成无数颗水珠，被震离水面，与那些碎成粉末的草屑混在一起，形成一个淡青色的雾团，有些透明，远处的光线穿进其中，隐约可以看到一道虚淡至极的影子。

那道影子很细很直，就像是一道没有画完的直线，非常淡，仿佛是画这道线的墨里被灌进了无数顷湖水，给人一种感觉，这道细影明明就在雾中，却仿佛在别处，明明就在眼前，却仿佛并不存在，就算存在也是存在于别的世界，只是某个真实物体在周园里的投影。

那团青色的水雾就是真实世界与别的世界的分界线，按道理来说，这种隔绝空间的屏障应该异常坚固，然而就在它出现后的下一刻，青色水雾便散开了。它散开的是那样的迅速，以至于四周的空间都来不及做出反应，草原里起了一场恐怖的飓风。

——在极短的时间里，物体急剧地扩散，事实上这就是爆炸。用简单的语言来描绘此时的画面，就应该说，那团青色水雾炸开了。只不过……这场爆炸没有发出任何声音，除了呼啸而过的风声，安静的无比诡异恐怖。

悄然无声不代表轻柔无力，无数道恐怖的气息与难以想象的无形锋芒，随着那团青色水雾的消散，向着那片草原的四周扩散，轻而易举地追上然后超越那些被空间变形挤走的飓风，率先接触到草原里的那些活着或没有生命的事物。

无论是野生的芦苇还是南方沼泽里特有的垂金铃，无数草丛被切碎，变成一场纷纷扬扬的绿色的絮雨，哗哗作响四处散落，草丛里的石头也被切碎了，变成指甲大小的石砾，被风吹着在湿地的水中如利箭一般疾射，将那些藏在泥里的青蛙与游鱼击昏，紧接着，那些青蛙与游鱼也碎了，无论鳞片还是鱼鳍，都变成碎末，湿地里的地面也碎了，仿佛被勤劳而愚蠢的农夫翻了七十二遍，最后水面碎了，变成无数水珠，空气也碎了，变成无数道轻扬的絮风。

青色水雾散开，那道细细的影子，终于显现出了真身。四周十余里范围里的草原内，所有的事物尽数都切碎，一片平野，万物皆成齑粉。那道细影的真身，依然是一道影子，淡渺至极，看不真切，只能大概看出，是……剑。这道细影并不是剑的真身，而是剑的影子，或者说，这是一道剑意。

当那道剑意斩碎万物显现真身的时候，整个日不落草原，甚至说整个周园都有所感应。一道极其深沉的震动从周陵地底深处传来。兽潮形成的黑色海洋里，掀起无数道狂澜，那是万千妖兽望向那道剑意的动作。天空里那道恐怖的阴影变得更低了些，仿佛要笼罩整片草原。陵墓正门前，南客霍然转身，望向草原深处，眼睛眯了起来，往常漠然甚至有些呆滞的眼神变得无比锋利。然而，无论是万千妖兽还是她，甚至是天空里那片阴影，都只看到了草原深处那片方圆十里的平野，却没能看到那道剑影。

因为在此之前，那片草原里拂起了一阵清风。那道剑意随风而去，随风而逝，悄然无声，瞬间无踪，自然无影。没有任何人察觉到，这道剑意顺着这场清悠的清风，穿越昏暗的草原，进入阴云，无视自天落下的雨水，来到了周独夫的陵墓之前，然后像蜡梅初生的花蕊落在被厚雪覆盖的大地上，就像上游涌来的第一缕浊水流入干涸千年的河床里，就这样消失在了陵墓中。自然更没有人能够发现这道剑意去了何处。

陈长生左手斜举着伞，没有遮雨，只是防备着南客的攻击，整个身体已经被雨水湿透。雨势渐骤，珍珠般大小的水珠不停击打着黄纸伞的伞面，发出击鼓般的声音。黄纸伞微颤起来，那道颤抖顺着伞面和伞骨传到伞柄，然后清晰地传到他的手中，他的身体里，他的心里。雨声渐大，陵墓前的高台却显得无比安静。

南客转过身来，面无表情看着他，不知道为什么，总觉得这名浑身湿透、看着无比狼狈的少年，与先前变得有些不一样了。她不知道这种感觉从何而来，与先前草原里的异变有何关系，但她知道，有些事情即将发生变化。她不接受任何阻止自己进入这座伟大陵墓的变化,所以她决定在变化到来之前,结束这场战斗。只不过她没有想到,变化已经发生。

哗!那不是暴雨的声音,而是双翼在雨中展开的声音。十余丈的绿翼,在她身后展开,带出两道雨水,映射着昏暗的光线,那些水珠就像是血珠,美丽而惊心动魄。绿翼骤疾,陵墓正门前的石台上狂风骤起,自天落下的水雨纷纷斜射而离,一道强大的气息,直接把所有雨水全部都震飞回了天空里。南客在石台边缘消失,下一刻,带着几抹残着的雨水与冷酷至极的杀意,袭向陈长生。

陈长生的目光越过这些雨水与寒风,与小姑娘的目光相遇,看到的只是冷酷和必杀的决心。在这一瞬间,他的睫毛被寒列的风与杀意凝得不再颤抖,魔族小公主恐怖的全力一击,竟让他有了无法抵挡的念头。想是这样想的,却不能这样做,因为他要活下去,所以他握着短剑,向眼前的雨水与寒风斩去。

然而,就在挥出短剑的那一瞬间,他感觉到了极大的异样,以至于他的手臂变得僵硬起来。这一剑能不能挡住南客的全力一击,他没有任何信心。可是不知道为什么,他觉得自己手中的短剑……似乎很有信心。剑,向着那片寒风与冷雨刺了过去。寒风骤散,冷雨顿止。只是瞬间,剑锋破了这场风雨,来到了南客的眉心之前。这一剑的剑势并不稳定,剑心并不澄静,更谈不上什么剑招。但剑意,无比强大。

63 · 雀跃的第二剑

这一剑确实谈不上什么剑招,剑势也极不稳定,剑心更是糟透了,因为刚一出剑,陈长生便发现了异样,茫然骤然。

什么样的变故,让如此沉稳早熟的他也难以守住心境?——在出剑的瞬间,他忽然发现这把伴随自己很长时间的短剑,不再属于自己了,开始自行其是!短剑斩破风雨,斩向风雨后的南客,看似是他挥剑完成的剑招,但事实上,这与他没有任何关系。在他最初的想法里,面对南客的全力一击,他准备动用国教真剑里威力最大的那一剑,然而……

短剑没有听从他的意志,使出那记剑法,而是就这样直直地刺了过去。这一刺,刺得极为鲁莽草率。如果这场战斗有旁观者,看着陈长生使出这样一记剑招,绝对会认为他是在送死。

这到底是怎么回事？他的身体里有一道力量，不，不是力量，也不是气息，而是一种很难用语言去形容的感觉，让他握着短剑便向前方的风雨直刺过去，他的动作完全依循于那种感觉，在追寻那种感觉，整个动作非常自然。

直刺寒风冷雨的这一剑，并不笔直，剑锋行走的线路歪歪扭扭，看上去就像是个刚学会写字的孩童在纸上随意留下的线条，根本看不出来招式，也没有隐藏着什么深意，但那种感觉却直抵他的内心深处，让他体会的无比真切。

就像剑势，那种感觉是离开深渊的兴奋，是得见青天的狂喜，是欢欣鼓舞，是雀跃不止。不知为何，莫名其妙，这把短剑，兴奋得浑身发抖。这样的剑，怎么可能刺破这片寒风冷雨，正面抵住南客的全力一击，怎么可能战胜这个强大到恐怖的魔族公主殿下？然而，只是瞬间，短剑歪歪扭扭地刺了过去，轻而易举地刺破了他眼前的风雨，然后，刺到了南客的眼前。

陵墓正门前的石台上，响起很轻的一声嗤，仿佛什么东西被刺破了。紧接着是嗡的一声震鸣，仿佛一口巨钟被无数个力士抱着的巨木撞响。一道强烈的震动生出，空气向着四处喷涌而去，卷起无数烟尘与雨雪的残渍。烟尘与雨雪之中，响起南客愤怒的啸声！和暮峪峰顶那场战斗里一样，她的啸声依然清亮，但和那夜相比，此时的她的啸声不再那般沉稳强大自信，而是充满了痛苦、不解与震惊。强劲的气息，瞬间便把石台上的烟尘与雨雪震到台下，一片清明。

南客疾掠而退，双脚落在石台与神道的分界线上，发出啪的一声闷响，那处的青石上出现了数道裂缝。一根半尺长的绿翎，带着妖魅美丽的感觉，缓缓飘落在石台上。南客小脸苍白，看着陈长生的眼神里充满了愤怒的火焰与一丝微妙的惘然。片刻后，她收回视线，望向自己墨绿色的左翼某处，只见那里出现一道剑伤，正在缓缓地溢着血，遥远的天边洒过来的微暗天光，从那里透了过来。

陵墓正门前安静无声。

大概是因为她那声清啸里的痛苦，徐有容也醒了过来，看着眼前这幕画面，微怔无语。南客再次望向陈长生，视线落在他右手握着的那把短剑上，瞳孔微缩。她不明白，这把短剑为何如此锋利？这是什么剑法？为何剑意变得如此之强？

陈长生也在看着手里的剑，神情也有些惘然。他和师兄赠给自己的这把短剑朝夕相处已经一年有余，但为何这把剑现在给自己的感觉竟有些陌生？他知道这把短剑拥有不弱于百器榜里那些神兵的锋利程度，但为何这把短剑能够拥有如此强的剑意？

是的，这时候他已经确认，先前那道强烈的感觉，就是剑意。短剑依循着那种感觉，追寻着那种感觉，看似歪斜难看，实际上却是无比自然，仿佛在云中行走，在水中流觞。这种感觉当然就是剑意，也只能是剑意。

只是这剑意……并不属于他自己，因为现在的他，纵使能够做到剑心通明，境界依然不足以养炼出如此强大的剑意。这剑意究竟是从哪里来的？如果不是短剑自身拥有的剑意，那么又是何时到了自己的身体里？

他握着剑柄的手指节有些发白，带着惘然与震撼情绪想着，难道这道剑意就是黄纸伞一直寻找着的那道剑意？就是那道引领着自己穿越莽莽草原来到周陵的那道剑意？这道剑意不是消失了吗？何时来的？又为何会来？

对于这道剑意他的了解更多，所以想得更多，南客不需要想那么多，所以比他醒过来的更快，眼睛里的震惊与怒意尽数消散，恢复先前的漠然与呆滞，毫不犹豫地再次向他攻了过来，她隐约猜到了些什么，准备通过战斗来证明自己的猜想是否是对的。至于会不会受伤，这从来都不是她在乎的事情。

寒雨再落，十余丈长的双翼在石台上掀起一场飓风，狂风再起，将那些雨点变作石砾，击打在陈长生的脸上与身上。一声雀鸣。一声锵然。南客再次出现在他的身前，右手握着南十字星剑，斩向他的眉心。这是她第一次出剑。换句话说，此时的陈长生在她的眼里，终于可以成为与徐有容同样等级的对手。

如果是平时，如果是此前的那些天，如果是片刻之前，陈长生都很难接下来这一剑。虽然他的剑心通明，剑意无隙，但他的剑意，较诸南客附在南十字星剑上的恐怖剑意，要弱不少。但这个时候，他根本想都没想，便挥剑而出。

事实上，本来就不需要他想。那种感觉再次出现在他的心里，他手里的剑完全是自行依循着那种感觉挥出。看似轻描淡写，实则玄妙难言。陵墓正门前轰的一声巨响，青石地面上出现数道极其深刻的裂痕。南客的南十字剑，被他手里的短剑挡住了。她的南十字星剑法，根本还没有来得及完全施展出全部的威力，便被他手里的短剑破掉。

一道剑芒，从短剑锋端喷涌而出，长约三丈，仿佛要照亮整座陵墓。绿翼骤卷而回，护在南客身前，伴着一声痛苦的闷哼，她再次疾掠而退，双脚落在石台边缘，那处的青石再次被踩出一道裂缝。然而这还不足够，那道锋利至极直接穿透她的双翼，刺向她的眉心。双翼振雨，南客跃起，落在了神道上。但这依然不够。她再次跃起，向后方的雨空里疾退。还是不够。她必须再退，一退再退。只听得一连串密集的青石破裂声。她的双脚像犁一般，把神道上坚硬的青石拖出两道清晰的痕迹，直至退到数百丈外，才终于站住。

一片安静。天空里的阴云不停洒落着寒雨，整座周陵都被笼罩其间，无论是石台还是神道都已经被打湿。落雨的声音仿佛都消失了。一道鲜血从南客唇角缓缓流下，然后迅速被越来越大的寒雨冲洗掉。

陈长生看着手中的短剑，感受着那种强大无比的剑意，不知该做如何想法。事实上，那道剑意不在黄纸伞里，也不在短剑里，而是在他的身体里。因为那道剑意要帮助的人是他。他抬起头来，走到石台与神道的分界线上，望着百丈外雨中的南客，说道："现在，我似乎可以战胜你了。"

雨水在南客苍白的小脸上流淌，顺着湿漉的黑发滴下看着有些可怜，但她的神情依然那般冷漠高傲，居高临下根本看不出刚刚连败两剑，没有任何还手的余地，声音也同样冷淡："这根本就不是你的剑意！"

陈长生安静了会儿，问道："所以？"

南客面无表情说道："就算我败了，也是败在这道剑意的手中，和你又有什么关系？"

是的，这道剑意不可能属于陈长生。无论是与陈长生对战的她，还是在神道下方观战的那对强大的魔将或是那位弹琴老者，又或者是刚刚睁开眼睛，看到这幕画面的徐有容，都非常清楚这一点。

那道剑意太锋利，和陈长生修的道完全不符，关键是这道剑意太强，这种甚至可以弥补真元数量差距离的强大，非时间不能磨砺出来，想要炼养出这样的剑意，至少需要数百年的剑道求索，他才十五岁，就算在剑道方面再如何天才，都不可能做到这一点！

没有人能做到，魔族也不行。就算是周独夫重活一遍，也做不到。

"是的，这不是我的剑意。"陈长生望向陵墓下如黑色海洋般的兽潮后方那片无垠的草原，然后望向南客说道，"但这道剑意来找我，愿意为我所用，就证明我有用它的资格，那它……就是我的剑意。"

南客问道："这道剑意……究竟是从哪里来的？"

陈长生看着她的眼睛，老实说道："你应该猜到了。"

陵墓四周，神道上下，一片安静，因为震惊。虽然正如陈长生所言，南客已经猜到了事情的真相，却依然无法相信，很不甘心。暴雨如注，湿寒刺骨，她的声音却有些干涩："剑池？"

64 · 归来（上）

剑池在周园里，这是一个传说，同时也是很多人很多年来的猜想。

从一千多年前周独夫横空出世，到数百年前他悄然而去，这位好战的绝世天才曾经向整个大陆的强者发起过无数次挑战，他匪夷所思的境界实力很大程度上便是通过这些战斗不断得到提升，在他通往星空下第一强者这个称号的道路上，无数人都败在了那把两断刀下。

他在洛阳一战里当着天下英雄以及大周无数高手的面，击败了太宗皇帝。他在雪老城外，当着无数魔族强者的面，击败了魔君。在天书陵里，他击败了教宗。在红河的源头，他击败了白帝，还有很多很多……甚至可以说，往那数百年的史书上放眼望去，只要是真正的强者，都曾经是他的手下败将。

事实上，除了上面提到过的那几场传世之战，更多的所谓震惊世间的战斗并没有发生在人世间，而是发生在周园。周园是周独夫的小世界，在这里战斗他可以有很多便利，甚至可以做手脚，这看似很不公平，但他的对手们对此没有任何意见，因为他是周独夫，他不屑于这样做，更不需要这样做，他只是不想让那些庸碌之辈看见自己战斗。他的对手自然更不愿意被世人看到自己失败的情形，于是那些战斗在周园里发生，没有观战者，也没有记录者，战斗里的具体细节除了当事者没有任何人知道，只知道那毫无新意的最终胜负。

无数强者败在他的刀下，有些人死去，有些人活着，但他们的剑都留在了周园里，被那把百器榜排名第二的两断神刀留了下来。

那些剑绝非凡物，甚至很多都是百器榜上的神兵，比如大周皇族某亲王腰间佩着的龙吟剑，又比如当代离山剑宗掌门那柄名为遮天的名剑，更是百器榜前十的存在。相传这些遗落在周园里的名剑，尽数被周独夫扔进了一座山池，那座山池便是传说中的剑池。剑池如果真的存在，那就是周独夫为自己树立的一座碑。池中的那些绝世名剑，便是他的战绩与荣耀。

所有能够进入周园的修行者，最想做的事情便是找到剑池，周独夫的传承可能难以找到，但剑池里的那些剑，随便哪把都是神兵，能够令修行者战力大增，更不要说如果能够通过那些剑继承当年那些强者的传承，那又意味着什么？怎能不令人如痴如狂？但是，从来没有人找到过剑池。甚至从来没有人在周园里找到过一把剑，这反而证明了剑池的传闻，那些消逝的名剑必然隐藏在周园里的某一处。

随着时间的流逝，剑池变得越来越神秘，在修行者们心中的地位越来越崇高，甚至已经超过了周园本身，成为修行界真正的传说。可是，真的从来没有人在周园里找到过一把剑吗？那为什么七间和梁笑晓进入周园后，毫不犹豫顺着那条溪河便向上游走去？为什么庄换羽也去了那里？为什么陈长生能够在寒潭畔感知到那道剑意，魔族的暗杀在那边等着他们？

无论是在人类世界还是魔域，已经有不少势力已经隐约查知了剑池的某些消息，或者是因为很多年前有人在溪河畔的森林里拣到了一柄古剑的剑鞘？不，真正的原因是因为数百年前，离山剑宗的一位绝世天才曾经在溪河尽头的那道寒潭里拾到了一把剑。

那位离山剑宗的绝世天才叫做苏离。

可是，剑池究竟在哪里呢？那座寒潭通往山崖那边的大湖，那边的大湖又通往暮峪前方靠近草原的那片小湖，可是这些潭或湖中都没有剑。如果简单粗暴地把所有这些线索联在一起，把这些点联成线，便能看到这条线指向草原深处，那么这是不是意味着传说中的剑池，可能就在草原里？

事实上，这本来就是绝大多数修行者的推论。人类修行者和魔族的足迹已经踩遍了这座周园，数百年过去，依然没能发现剑池，那么剑池最大的可能便是隐藏在这片草原里，因为只有这片草原还没有查探过。只可惜这个推论永远没有办法得到证实，所有进入日不落草原的人都没能回去。所以没有走进日不落草原的人，永远都不可能看到草原里的真实画面。

幸运或者说不幸的是，陈长生和徐有容走进了这片草原，他们可以看到真实，虽然不见得能把真实的信息传回周园外的人类世界。那道剑意招引着他们继续向草原深处前行，仿佛就是要带他们去见到真实，然而他们看到了周独夫的陵墓，却依然没有看到剑池的踪迹。

现在那道剑意就在他的身体里。他确信这道剑意一定来自剑池。只是不知道这道剑意属于数百年前哪把名剑，属于哪位名人。

雨势越来越大，于是把陵墓间穿行的风也带动得渐渐狂暴起来。徐有容的梧桐树落下的几片青叶，先前被气息震到巨石下方被雨雪粘住，这时候竟被大风卷起。青叶被风卷动着，贴着地面滚动，来到陈长生的脚下，然后飘起，触着他的衣衫一角。

嗤嗤！尖锐锋利的声音响起，在那一瞬间，竟把风雨的声音都掩盖了下去。那片青叶被无形的剑意切割成了无数道絮丝，刚欲飞舞，便被风吹雨打去。

数百丈外的神道上，南客满是雨水的小脸似乎变得更加苍白了些。

这幕画面让她更加警惕不安，因为她未曾见过如此强大的剑意，是的，在这里她默默想着的就是"未曾"二字，她的老师黑袍不用剑，她的父王魔君不用剑，魔帅也不用剑，但魔族用剑的强者依然数不胜数，但她依然……未曾……见过如此强大的剑意。这只是一道剑意便如此锋芒毕露，如果剑身犹在，又会如何恐怖？数百年前，这道剑意的主人究竟是哪位绝世强者，竟把剑道修行到了这种地步！

雨水落在短剑的剑身上，发出啪啪的响声，把上面的血渍洗得干干净净，一片明亮，仿佛镜子。陈长生看着这把剑，眼睛也明亮得像是镜子。

在三千道藏里，对剑意有无数种解释，但只有一种说法才被国教正宗接受——剑意就是剑识。剑识不是剑的神识，也不是剑的智识，更不是拥有生命的灵物，而是用剑者的战斗意识与经验在长时间的积蕴之后附着在剑上的信息残留。用更好理解，但并不准确的方法来解释：剑识就是剑的见识。剑识是信息残留也可以说是信息的精华，是战斗意识的结晶，但不是具体的客观存在，无法计算，更无法模拟，反馈进人类的精神世界里，只是一种感觉。

他这时候就是在感觉这种感觉。从这道剑意里，他感觉到了绝对的自信，无上的锋芒，对天地的轻蔑不屑，他感觉到了这道剑意对这片草原的抵触甚至是厌憎，他感觉到了对自由的强烈渴望。当然，最强烈的感觉还是欢喜，雀跃般的欢喜。

最开始的时候，用剑的人不在了，剑还在，但后来剑也不在了，只剩下了剑意。这道剑意无法离开这片草园，被困在，或者说被囚禁在这里，已经很长时间。数百年时间，它无时无刻不想着离开，现在它发现了离开的可能，于是来与陈长生相见，仿佛将要出笼的雀鸟。只是他并不知道，这道剑意的狂喜，除了离开的可能之外，还有与故旧相交的欢愉。

那道巨大而恐怖的阴影占据了天空的一半，另一半的天空里满是阴云，时已入夜，草原边缘的光团黯淡无光，暴雨中的周陵变得更加深沉漆黑，仿佛一座巨大的黑山，如果陈长生此时不是身在黑山中，一定会联想起陵墓里那座巨大的黑曜石棺。

我们一起离开吧。陈长生转身看了徐有容一眼，然后对那道剑意说道。他望向暴雨里的神道，望向南客。

南客在看手中的南十字剑，剑刃上有一个清楚的缺口，那是先前两剑相交的结果。这把剑当然不凡，是当代百器榜上的名剑，然而……却不及陈长生手里那把寻常无奇的短剑锋利。每把剑都有自己最强的地方，她从那道剑意以及剑池的消息带来的震撼中醒来，想明白了很多事情，抬头望向神道尽头的陈长生，神情重新变得漠然而冷酷起来。

"那又如何？那道剑意确实很强大，但当年终究还是成了两断刀前的败将，你以为靠这道剑意就能击败我？还是说奢望能够靠这道剑意离开周园？"她看着陈长生说道，然后张开双臂。清光照亮暴雨里的陵墓，她的双翼化作流光消失，画翠和凝秋两名侍女跪在她身后的雨水中，低头不敢言语，只能隐约看到脸色苍白，应该是先前被那道剑意伤得不轻。

"这道剑意的剑体，想来已经变成了废铁，甚至可能已经变成了灰烟，所以它才能离开剑池，剑身都没了，一道只能消耗不能补充的剑意，你能靠它撑多长时间？更不要说剑意乃是剑识，以你现在的境界，根本无法领悟这种剑识，不通剑法，只怕连千分之一的威力都发挥不出来，既然如此，你凭什么说自己能够战胜我？"暴雨里，随着稚气犹存的声音不停响起，南客的剑势缓慢但毫无中断地变得提升，气息变得越来越狂暴。

陈长生知道她不是在虚张声势。如果用剑者境界修为足够强大，那么无论冥想修行还是在战斗，每时每刻都是在淬炼剑意，可如果剑意的境界比用剑者还要更高，那么战斗便要不停地消耗剑意，无法得到补充。

"最重要的是，剑意我不如你，那我为何还要与你比拼剑意高下？"说完这句话，南客举起了南十字剑。

她依然站在百丈之外，与陈长生之间隔着很远的一段距离，她已经收了双翼，看起来也并不会试图拉近彼此之间的距离，最重要的变化是，她这一次举剑用的是两只手。她的身体很娇小甚至可以说瘦削，南十字剑很宽阔长直，被她用两只小手举向空中，画面显得有些怪异，就像一个小孩子准备玩一个大铁锤，对比极为鲜明。

看着这幕画面，陈长生瞬间猜到她会如何出剑，明白自己犯了大错。既然他现在最大的倚靠就是这道强大的剑意，那么就不应该让她离自己太远。不同剑有不同的强处，一把剑有不同的很多面。剑意，只是剑的一部分。除此之外，还有剑势，还有附在剑上的真元数量。那些都是重要性不下于剑意的重要组成部分。南客的这一剑，就是要靠距离对剑意的影响，逼他用剑势与力量战斗。

一道剑光照亮昏暗的天空以及暴雨里的陵墓。一道幽蓝色的剑芒脱离南十字剑的剑身，如陨石般拖着火尾，向神道尽头的陈长生斩去！陈长生握着剑柄的手指节微白，嘴唇也有些发白，不知道是因为伤势还是雨水太寒冷。

一道虚弱、但异常肯定的声音，在他的身后响起："用伞。"

想出方法的不是那道剑意，剑意不会说话，说话的人是徐有容。陈长生不明白为何她会这样说，但一路行来，他知道她的境界实力尤其是眼光远胜自己，最关键的是，他对她非常信任。所以没有任何犹豫，未经任何思考，他便举起了黄纸伞。

随着他的动作，那道剑意进入了黄纸伞里。不是进入，是归来。

他不明白为何会有这种感觉，但他感觉到这才代表着那道剑意真正归来，甚至整个世界都感觉到了这道剑意的归来，草原变得无比安静，兽潮涌动，无数妖兽发出惊恐不安或者暴怒的吼叫，就连天空里那片恐怖的阴影在那一瞬间仿佛都变得淡了些。

65 · 归来（下）

那道剑意进入黄纸伞，陵墓四周的世界都生出了感应，但最开始变化的当然是黄纸伞本身。黄纸伞依然还是像平时那样，陈旧微脏，外表没有任何变化，散发出来的气息却改变了很多，在这把防御极强的伞状法器，仿佛忽然间变成了一把无比锋利的剑，陈长生眼中，它明明还是伞，手中却清晰地传来剑的感觉。

那道幽蓝色的剑芒到了，挟着南客决然的杀意与无比强大的真元。陈长生举起黄纸伞迎了上去，就像拿着一张圆盾，试图挡住敌人刺来的长枪。数十天前，在周园山崖那边的湖畔，他与那两名侍女战斗的时候，也经常用这种方法，但很明显，今天的黄纸伞与那天的黄纸伞已经有了很大的差别，因为那道剑意？但这与他先前用短剑施展剑意也截然不同，是两个概念。差别与不同在于，拥有了那道剑意的黄纸伞，变得无比强大，甚至有些可怕。

陵墓正门前的石台上，骤然响起无数声尖锐的切割声，那些声音仿佛是空间的裂缝，又像是空气的湍流，急促而短，却又连绵不绝。无数道看似细微的剑风，从黄纸伞的伞面喷涌而出，在他的身体四周缭绕不去，高速自旋，切割着所遇到的一切。雨雪崖道以及那道幽蓝色的剑芒。

自天落下的雨珠被切成粉末，地面上积着的残雪被斩成丝絮，坚硬的地面以及石壁上，甚至陵墓正门上出现了无数道深刻的剑痕。至于那道隔空而至的幽蓝色剑芒，更是在还没有来得及耀亮南十字两道星河的时候，便被切碎成了万道星辉，随碎掉的风絮一道散去。

那些尖锐的切割声渐渐低沉，然后消失。那些细微的剑风，渐渐归于陵墓石崖之间，不复重现。暴雨继续落下，只是比起先前来说，仿佛变得怯懦了很多，尤其是落在黄纸伞上的那些雨。

一片安静。

陵墓下方的草原里，却渐渐变得嘈杂起来，如黑海般的兽潮隐隐掀起波澜，有骚动的迹象。先前这道剑意进入陈长生的身体，被他用短剑施展出来时，兽潮还能够保持平静，但当这道剑意进入黄纸伞，然后轻而易举地斩碎南客的剑势，从而证明了某些事情的时候，草原里的万千妖兽再也无法控制情绪。

有些妖兽畏怯不安地试图退走，更多的妖兽向着陵墓发出愤怒的咆哮，无数道怒吼声汇在一起，仿佛雷鸣一般，将要掀开阴暗的天空，如果不是南客用魂木强行镇住，只怕兽潮形成的黑色海洋，这时候已经向着周陵涌了过来。

南客不知道为什么妖兽的反应如此大，因为那道剑意的出现表明剑池可能即将现世？那为何先前那道剑意出现时，兽潮不像此时这般汹涌？她有些不解，视线穿过雨水落在徐有容的身上。先前正是她让陈长生弃剑用伞。

今日场间都是强者高手，徐有容重伤未愈，虚弱至极，绝大多数时候都闭着眼睛，没有观看这场战斗，但居然就是她明白了些什么。这让南客有些愤怒与不甘，就像先前那道剑意被陈长生所用时，她生出的感觉。

在这里还是要引用唐三十六那名著名的论断，徐有容和陈长生，真的是两个很擅长让人无话可说的家伙。

徐有容撑着精神,看着陵墓下方那片骚动的兽潮,虚弱说道:"收伞。"

陈长生听她的话,把黄纸伞收拢。雨伞收拢后,很像一把剑,很多人都有类似的经验,在雨停后的街巷里,拿着雨伞用伞尖刺泥土与墙壁以取乐。为何?因为伞收拢后,很像一把剑。这时候,陈长生左手握着的黄纸伞,就很像一把剑。

陵墓四周的兽潮,瞬间变得安静无声。那些愤怒的咆哮,就此消失。那些骚动试图向陵墓去的妖兽,变得有些惶恐不安,仿佛有什么大事即将发生。兽潮深处,那几座仿佛山川般的聚星级别的强大妖兽,开始散发暴戾血腥的气息。天空里那道巨大的阴影,比先前变得更低了些。

剑池,是周园最大的秘密。剑,是草原最大的禁忌。这道剑意以及它代表着的剑池,与横行日不落草原的无数只妖兽之间,究竟有什么联系?徐有容默默地推演计算着,心神急剧消耗,脸色变得越来越苍白。最后,她的视线落在陈长生左手里的那把伞上,心想,看来这真的就是传说中那把黄纸伞。

周园外的世界,风雪如故。

天空里那道巨大的阴影,比先前变得更低了些。雪原远方,十余道魔将的身影如山川般矗立,散发着血腥强大的气息。至此,已经有一名魔将阵亡,七名魔将受伤,其中三名魔将断肢。魔族已经付出了足够沉重的代价。

雪片落在苏离的肩上,瞬间被切割成无数碎絮。他的剑上有血,身上无血,看似没有受伤,实际上已经消耗极大,再无法将剑意完美地凝于体内,开始外泄。

黑袍盘膝坐在雪丘上,看着他平静说道:"你虽然叫苏离,但今天你无法离去。"

苏离看着天空里那道阴影,沉默不语。

"你最喜欢吃什么,最不喜欢吃什么,你这些年去了哪些地方,在大西洲杀了多少人,你喜欢山还是喜欢海,你多长时间给你女儿写封信,你当年拜入离山剑宗后用多长时间练成第一式剑招,你和你师父吵架的次数,你师父死在周园之后,你哭了多少天……"黑袍用细长的手指轻抚着膝前的方盘,说道,"我能收集到的所有与你有关的信息,都用在这个局里,你怎么可能离开?"

苏离收回视线,看着他嘲弄说道:"我最不喜欢的就是你这种人。明明最终还是要靠力气打生打死,却总喜欢讲道理、说概率,哪怕最后已经快要死了,奄奄一息的时候都还不忘要摆个智珠在握的模样,你装给谁看呢?"

一道低沉的笑声从黑袍里响起："自然是给你这样被我算死的人看的。"

苏离冷笑说道："你真以为一切都可以计算？"

黑袍说道："为何不能？"

"你当然知道星辰是可以移动的。既然星辰可以移动，那么哪里会有注定不变的命运？没有注定，又如何计算？"苏离望向夜空，没有看到南方那两条繁星汇成的河流，只看到那片阴影前不停落下的雪花，清声说道，"世间一切无时无刻都在变化，雪落的时间久了，越积越厚，或者某一刻便会雪崩，你如何能算出来？"

"剑道不是雪，修道不是落雪，量变不见得会引起质变，绝境也无法让你突破。"黑袍知道他那句雪落的话隐指何事，平静说道，"因为你是剑道不世出的天才。"

这句话是赞美，出自大陆最神秘的魔族军师之口，即便是苏离也应该觉得骄傲，但这句话更是诛心。不世出的剑道天才，如果能够突破，早就已经突破了，不管是生死之间的大恐怖，还是别的什么方法手段。

黑袍继续说道："你无法让剑道达成大圆满，不是因为别的任何原因，天赋、悟性、心志、甚至最关键的幸运，你都从来不缺少，之所以如此，是因为你缺少最重要的一件事物，那件事物对剑道来说，至关重要。"

苏离当然明白他说的是什么。

"剑道，修的是剑。"黑袍的声音没有任何情绪起伏，做出冷酷的结论，"没有一把配得上你的剑，你的剑道就永远无法完整。"

66·名剑风流

剑道修的当然是剑。剑当然重要。只是……有那么重要吗？除了影响战力，难道还真能反过来影响用剑者的境界修为？

苏离现在手里的那把剑，出自离山下的那个小镇铁匠铺，由铁匠铺里的非著名铁匠罗大根亲手打造，耗银数钱，耗时半天，跟着他已经有二十余年。拿着这把怎么看都称不上神兵利器的普通长剑，他依然还是世间剑道第一人，剑锋之前挡者辟易，就在不久之前还刚刚斩杀了一名魔将。

也正是因为他这把普通寻常的剑，离山剑宗对剑器返璞归真的态度蔚然成风，神国七律以及别的年轻弟子出于对小师叔祖的仰慕，纷纷效仿。秋山君明明拥有一把极著名的龙鳞剑，但行走大陆甚至在与魔族强者争夺周园钥匙的战斗里，他却只肯用一把普通长剑，那把剑同样出自离山脚下那座小镇，同样出自那个铁匠铺，同样只花了数钱银子，关飞白亦是如此。但这并没有影响到秋山君和关飞白在大陆年轻一代强者里的地位，手执寻常青钢剑，亦是神国律中人。

"有些愚顽之辈或者会不理解这一点。"黑袍轻轻抹去方盘上的几片雪花，看着苏离平静说道，"但我明白，只要你找不到那把剑，那么无论是槐院里的那把杀秋，还是你手里这把铁匠铺里的劣剑，对你来说都没有任何区别。"

"是的。"苏离沉默了会儿，说道，"我确实差一把剑，我也一直在寻找那把剑。"

很多年前，他被师父从家乡带到离山，走过数十里漫长的山道，进入山门，成为离山剑宗的内门弟子，他用很短的时间掌握了离山剑宗总诀，在剑道上的天赋逐渐展露，得到所有师兄师姐的疼爱以及师侄们的敬畏，但他一直没有自己的剑。

红石峰剑堂分剑的时候，他没有选。每日练剑的时候，与师兄们拟招的时候，他用的都是一把木剑。师兄们问他为何不肯选剑，他说自己不喜欢剑堂里的那些剑，其实在他心里还有一句话——那些剑也不喜欢自己，都躲着自己。

时间过去了整整一年，他完成了基础剑法的学习，初窥剑道真义，终于有资格进入顶峰，走进师父的洞府。他的师父是离山剑宗掌门，整个大陆公认的剑道绝世强者。但他完全没有听师父在说些什么，只是看着师父身后墙上挂着的那把剑。

那把剑的剑鞘是乌黑色的，不知道是什么材料，剑在鞘中，也看不到真容，但不知道为什么，他看着那把剑便欢喜，便高兴，便想手舞足蹈，便想拿过来，抱在怀里，抱着睡觉，甚至洗澡，令他更高兴的是，那把剑在鞘中发出好听而柔和的轻鸣，仿佛是在回应他的欢喜，同时表达自己的善意。

当时的苏离自然不知道，这把剑便是离山剑宗掌门的佩剑，在百器榜里排名前十的遮天名剑。

离山剑宗掌门有些诧异，他的佩剑乃是一把绝世凶剑，锋利无双，冷漠至极，最能断情绝生，为何今日却会发出如此轻柔的剑鸣，为何会对这个小男童如此温柔？这意味着什么？然后他笑了起来，因为苏离是他唯一的弟子，这把剑将来理所当然就是要传下去的，如今看来，人剑彼此相看不厌，真是极好。

就在那天，苏离得到了师父将来会将这把剑传给自己的承诺，这让他非常高兴，以至于当师父因为去年一整年他三十七次违反门规的事情要打他屁股，要他抄写五百遍剑谱的时候，他极其难得地没有顶嘴。

再后来……他的师父进了周园。然后，就没有后来了。他的师父再也没有回来过。那把剑也再也没有回来过。苏离在离山顶峰哭了三天三夜，然后发了七天七夜的呆，才醒过神来，重新投入到剑道的修行之中，只不过这一次他的师兄师姐们发现，他的腰间多了一把剑。

那把剑出自离山脚下的小镇，出自那间不起眼的铁匠铺，出自当时的一位非著名铁匠，也就是现在那位铁匠罗大根的爷爷之手。

春去秋来，年月渐逝，苏离剑道初成，下离山而赴周园。

接下来的数十年里，他每隔十年都会进周园一次，这自然也就意味着，在那数十年里，周园的控制权始终都在人类的手中，魔族始终无法染指，之所以如此，就是因为他要进周园，谁能在他的剑下抢到周园的钥匙？

进入周园他有两个目的，首先他要确认周独夫的生死，如果那位星空下第一强者已经死了，自然一了百了，如果对方还活着，他想要知道自己与对方的差距究竟有多大，处于通幽上境的自己还需要多少时间才能战胜此人。

其次，他想要寻找到消逝在周园里的那把剑。或许是星空从来不曾辜负人，又或者是那把遮天名剑感受到了他的想念，在最后一次进入周园的时候，苏离居然在那条溪河畔的森林里，发现了它，同时这把剑也成为周园开园以来第一把、也是唯一一把被人找到的剑。

然而，那把剑的剑意已经完全消失，留下的只有剑身，虽然这把剑的材质依然是世间难觅的珍稀宝物，但却已经不再是当年的那把剑。名剑如昨，只是风流不再。苏离在那条溪河畔沉默了很长时间，才最终接受这个事实。剑还在，剑意已经不在了，原来师父……真的已经不在了。

带着那把已经失去灵魂的剑，苏离出了周园，远赴汶水唐家，找到当年偶尔还会愿意亲自出手的唐老太爷，希望他能够想方法将这把剑救活。唐老太爷何等样身份，怎么会理会一名离山剑宗二代弟子近乎白痴的要求，理也未理。

苏离只做了一件事情。他站在汶水唐家隐于深山的石坝上，用一夜的时间，便从通幽上境连破数境，来到了聚星境巅峰。

作为大陆最有钱的人，唐老太爷最擅长的事情就是识货，他知道苏离是在向自己展示价值，他承认苏离绝对有这个价值，于是他毫不犹豫地改变了主意，开始四处收购珍稀的材料，试图按照他的要求把那把名剑救活。遗憾的是，即便是汶水唐家，也没有办法完全做到苏离的要求。

回忆到此为止，因为随后发生的事情，即便是向来潇洒不羁的苏离，也觉得有些不好意思。他望向夜空里那片阴影，感知着魔君深不可测的意志，默然想道，如果那把剑能够活过来，此时握在手中，你又何足道哉？

天空里那片阴影越来越低，仿佛要与远处的草原相接。陈长生握着黄纸伞，看着这幕画面，还有兽潮里那些恐怖妖兽目光里的冷漠死寂意味，不知道到底是为什么。

他不知道天空里那片阴影是大鹏的投影。他不知道，这只已经半步踏入神圣领域的大鹏，是周独夫当年的坐骑。他更不知道那道剑意归入黄纸伞，意味着剑池随时可能出现，这对那只恐怖的大鹏来说，是何等样的挑衅。

南客的黑发披散在肩头，被雨水打湿，显得极为凌乱。她的小脸苍白，眼中的漠然早已被愤怒所取代，先前那次交手，即便隔着百余丈的距离，那道凌厉的剑意还是伤到她，她不明白，为何那道剑意进入黄纸伞后竟会变得如此可怕。

"剑意再强大又如何？你不懂剑法，只凭剑意，又能撑多久！"

听着这名魔族小姑娘的声音，陈长生本想说点什么，但最终没有说，这个问题他没有办法解决，而且事实上就算他解决了剑意不能无止境地消耗这个问题，也没有办法解决陵墓四周如海洋般的兽潮。

一声愤怒的清鸣，神道之上寒风乍起，湿重的裙摆飞扬，雨水偏移，南客举剑再斩。两道剑光从南十字剑的剑锋里喷射而出，仿佛两道星河，顺着笔直的神道，斩向陈长生。

陈长生举起黄纸伞相迎，数百道微小的剑风，在伞面上生出，伴着密集的嗤嗤切割声，难以想象的凌厉剑意，直接将那两道星河斩断，然后瞬间切碎成无数碎片，陵墓正门前的石台上到处都是点点星光，飘浮着仿佛萤火虫的海洋。

便在这时，一道琴声响起。神道下端的地面早已被暴雨打湿，那名老者盘膝坐在雨水之中，古琴横于膝前，他低头专注地奏着一首曲子。老者是烛阴巫的长老，最擅长的便是精神攻击，看似淙淙如水的琴声里不知隐藏着多少凶险，雨水自天空落下，与他苍老的手指一道击敲拨弄着琴弦，然后被琴弦的颤动震成一片水雾，伴着或铮然或轻扬的琴声，那片水雾里隐隐约约出现一些物体。

那些并非是真实存在的事物，而是强大的神念，似山鬼，似巫虎，骤然离开老者膝上的古琴，如飓风一般，来到石台之上，没有吹散那片如萤海般的星光碎片，却极为诡秘地避开黄纸伞，化作数缕寒风，落在了陈长生的脸上。

67·一把很重的剑

风有些寒冷，刺脸微痛，但只是寒风，并不是来自弹琴老者的神念攻击。那些如山鬼、巫虎般的水雾意念，看似避开了黄纸伞，却哪里能够真的避过。

陈长生手里这把黄纸伞，乃是汶水唐家用无数珍稀材料，由唐老太爷亲自打造而成，如果执伞者的境界足够，完全可以隔绝所有的精神攻击，即便他现在境界尚有不足，也足以隔绝黑袍在周园外的查看，弹琴老者的意念攻击又算得什么？但弹琴老者的出手代表着一个危险的信号，这意味着南客终于不再坚持自己的骄傲，魔族强者们极有可能会一起出手，向他发起围攻。

这个事实让陈长生很警惕。腾小明和刘婉儿这对魔将夫妇一直安静沉默地站在神道下方，就像他们的名字一样低调，但他从来没有忘记过，在山崖那边的湖畔，这对魔将夫妇展现出来的恐怖实力。这对魔将夫妇事实上都是聚星上境的真正强者，除了五圣人、八方风雨以及苏离这样的绝世强者之外，谁能说能够轻易胜之？哪怕为了进入周园，这对魔将夫妇强行降低境界，只保留了通幽上境的实力，但以他们的战斗经验与意识，如果比拼战斗力，他们甚至极有可能比南客还要更强。

南客的剑势尚未完全被他的剑意斩碎，如萤海般的星光还在黄纸伞的伞面前坚强地飘舞着，他的目光越过黄纸伞的边缘以及南客的肩头，落在神道下方，神情骤凛。只见风雨中，刘婉儿面带微笑看着他，显得很温柔宁静，仿佛一位倚门等儿子归来的母亲，但在她的身边已经看不到那名面容憨厚的中年男子，他去了哪里？

骤然间，神道上方的天空里响起一道如同春雷般的暴响！陵墓间穿行的寒风在这一瞬间仿佛都凝止住了，落下的雨水却变得更加狂暴。陈长生抬头望去，只见阴暗的天空里出现了一个黑点。那个黑点伴着磅礴的暴雨落下，越来越快，在极短的时间里便变大了无数倍，在他的眼中渐要如山。二十四魔将腾小明变成了一座沉重的山峰，手里握着那根看似寻常无奇的扁担，凝风催雨自天空里落下，呼啸破风，其势狂暴无双！

看着这幕画面，陈长生的脸色瞬间苍白了数分，眼神却依然平静如前，没有任何悸意，右手的短剑刺破落下的雨帘，迎了过去。他左手的黄纸伞正在抵挡南客的两道星河，还有那道琴声里巫虎的全势一扑，没有办法移动，如果他想要用黄纸伞挡住腾小明的这招重记，便只有躲进黄纸伞里这一条道路。但那样他便没有任何退路，只能被动挨打，所以他没有这样选择，他选择出剑。在这样紧张的时刻，他没有忘记把黄纸伞里的剑意分出一道运进短剑里。

轰的一声巨响！陵墓正门前的石台剧烈地震动起来，地面上的雨水像惊恐的鬼魂般，撕扯着变形着想要逃离，变成一大片水雾，在水雾的后方角落里，徐有容受到震动的波及，脸色瞬间苍白，再也支撑不住，难受至极，闭上眼睛开始调息抵抗。

水雾落下。陈长生还站在原地，只是比刚才要矮了一截，仔细一看才发现，他的双脚竟然深深地陷进了坚硬的青石地面里，直至没膝！

腾小明自雨空落下的如山重击，确实太恐怖了。陈长生靠着短剑与那道剑意分出的一缕，硬接了这记重击，即便是浴过黑龙真血的身体，都仿佛要碎开，从眉心到锁骨到颈椎再到脚踝每一处的骨头都痛得难以忍受，右手不停颤抖，就像得了重病的老人，如果不是知道没有剑便一定会死，他的右手哪里还能握得住剑柄。

腾小明站在暴雨里，面无表情。他右手握着的那根扁担其实是根铁棍，足有普通人手臂粗细，由魔山秘铁混了极少量的陨石真金炼成，无比坚硬，在雪原战场上，不知生生砸死了多少大周军中强者，此时这根铁棍上出现了数十道极深的剑痕，尤其是顶端更是被削去了半截。

铁棍与陈长生的短剑只相遇了瞬间，便被切割出这么多剑痕，不得不说，那把短剑的锋利程度已经到了某种难以想象的程度，那道剑意更是强大凌厉的令人心寒。但腾小明对此没有任何反应，看着陈长生沉默不语，如一座真正的山峰，即便风雨再如何暴烈，也不能撼动他的身躯丝毫，给人一种格外肃穆的感觉。

这才是真正的强者。陈长生看着站在雨中的这名魔族男子，自然生出这种想法，然后生出更多的想法。如南客先前所言，他连那道剑意的真正威力也只能发挥出来千中之一，如何能够战胜这样强大的对手？最关键的是，以他现在的境界实力，想要挡住甚至战胜这根铁棍，那道剑意与短剑的配合远远不够，他需要一把更能发挥那道剑意威力的剑。

他需要一把更重的剑。

便在他想着这些事情的时候，腾小明再次举起了手中的铁棍，那根密布着剑痕的铁棍竟似比先前还要显得更加可怕，铁棍四周的暴雨竟骤然间散开。神道之上响起如雷般的声音，铁棍破空呼啸而至，沿途的风雨尽数避开。

此时南客的剑势已经完全被黄纸伞散发出来的剑意切碎，弹琴老者的意念攻击也被挡住，陈长生这时候可以尝试用黄纸伞来接这一记铁棍。他的脸色依然苍白，却不再是因为紧张，而是因为雨水太冷，也是因为他为自己心里最后生出的那个念头而不安。

他可以用黄纸伞挡接这一记铁棍，但他不想，因为他隐隐约约有一种感觉，附在黄纸伞上的那道剑意虽然强大无匹，但不是现在境界的自己用来接这记铁棍最好的方法。他还是觉得自己需要一把更重的剑。事实上，他除了用黄纸伞没有别的办法，因为他没有一把更重的剑。可是……他就是觉得自己应该有把重剑。

就在陈长生的这个念头生出的时候，陵墓南方的草原里某处，有异变发生。

远处的雨要比陵墓处的雨势小不少，草丛里的水面被细雨轻轻地敲打着，但忽然间，不知为何那片草原的地面向下沉降，仿佛塌陷一般！草原里的水泊与天上的雨水瞬间被凝成了一个水球，变得无比紧密，仿佛地底有个极重的事物，正在吸引着四周的一切。昏暗的天空深处响起一声愤怒的唳啸。这声唳啸来自那只大鹏。究竟是什么事物的即将问世，竟让它愤怒如此？甚至于能够听到它的警惕不安？

沉重的铁棍破开神道上的风雨，来到了陵墓正门前，距离陈长生只有十余丈的距离，然而他没有举起黄纸伞，甚至伴着一声清鸣，他把短剑收回了鞘中！他自己都不知道为什么要这样做，为什么要收剑？

便在这时，陵墓外响起一道轰隆隆的巨响，仿佛是真正的风雷来到了地面。与这道风雷之声相比，那道铁棍挟着的风雷声，就像是小孩子们过年时烧的爆竹声。一个黑乎乎的事物破开暴雨,来到陈长生的身前,然后静止不动。

那是一把剑,黝黑不知是何材质铸成,剑身上没有任何图案,也不光滑,显得格外粗粝,甚至就连剑锋都没有,就像是没有完成铸造的工作。总之,这把铁剑没有任何特点,没有散发出任何令人侧目的气息,只是很宽很直很长很厚很黑,所以看上去……很重。

陈长生想要一把更重的剑。于是一把重剑出现在他的眼前,静静地悬停在风雨之中。铁剑的剑柄向着斜下方,只要他伸手便能很方便地握住。这把铁剑的姿势摆得太舒服了,舒服到他想都没有想,便抬起了手。他的右手穿过仿佛静止的数重雨帘,握住了剑柄。

这把铁剑的剑柄也很粗,很粗大,很粗糙,他的手掌与剑柄的表面仿佛完全地合在了一处,清晰地感觉到一道沉甸甸的感觉。在这一刻发生了一件事情。那道附在黄纸伞的剑意,并没有听从陈长生的神识指挥,通过他的身体进入到这道铁剑里,因为这道铁剑里本来就有一道剑意,黄纸伞里的剑意不屑于或者不想与那道强大的剑意进行争夺。以陈长生现在的境界和剑道修为,还无法准确地感知铁剑里那道剑意的强大,但他能够清晰地感觉到,那道剑意就和这把铁剑一样,无比沉重。

他收回手,从雨中把铁剑取了下来。想要从雨中取下这把沉重的铁剑,需要极为强大的力量。同时,这把沉重的铁剑也还赠给他一道极为强大的力量。然后他挥动铁剑,向着那道破雨而至的铁棍砍了下去。

铁剑与铁棍在暴雨中相遇。极短时间的安静,然后是连绵不断的风雷之声炸起。雨水被震碎,化作千万道水箭,沿着一个圆圈向着四周疾射而去,陵墓正门前的崖壁上被打出无数深深的小洞,千疮百孔,一道清光从徐有容身后的梧弓上散出,护住了她,但却护不住陈长生。

陈长生的衣衫上到处都是细洞,就像是被虫蛀后的树叶,在雨中飘着,他的脸色苍白到了极点,双脚依然陷在坚硬的青石地面里,四周是蛛网般的裂痕,看着有些凄惨。但他一步未退。

那名强大的魔将退了,被直接震退了百余丈,重重地摔落在雨水中,不停地吐着血,手里那根铁棍,弯折出一个极其夸张的角度。

暴雨声依然如雷,神道上下一片死寂。

68 · 山海剑

暴雨持续落着，腾小明艰难地站起身来，擦掉唇角淌落的血水，望向陈长生手中那把铁剑，震惊无语，心想这究竟是什么剑，居然拥有如此恐怖的重量，如雷般的威力，难以想象的浑厚剑意？这铁剑是从哪里来的？为什么会出现在陵墓之前？

陈长生知道这把铁剑是从剑池来的，虽然到现在为止，他只知道剑池在这片暴雨如注的草原里，却不知道具体的位置，同时在握住剑柄的那一瞬间，他就知道了这把铁剑的来历。

在剑道历史上，这把铁剑非常出名，叫做山海剑。

很多年前，天书化作无数陨石，拖着流火降世，落在大陆中心，便是现在的天书陵。除了那些石碑之外，还有很多残余的陨石碎屑。前人们收集那些陨石碎屑，用尽一切方法炼制，终于炼出了陨铁，也就是所谓的陨石真金。陨铁与大陆任何金属都不相同，极重极沉极韧极坚强，可以说是最好的铸剑材料，事实上，大陆绝大多数陨铁，都被用来铸造了一把剑。也就是陈长生现在手里这把玄铁重剑。

其重如山，其威如海，故名山海剑。

腾小明手中那根铁棍，只掺了极少量的陨石真金，便沉重如山，更何况这把铁剑全部由陨铁铸成，那又该是多么沉重，威力多么恐怖？

山海剑在历史上非常出名，无论是在战场上还是在桐宫外，这把剑与它的历任主人演出了一幕幕悲欢离欢，生死壮阔，铁剑之前不知砸死过多少强者与名人。但真正让山海剑大放光彩的，是记载中它的最后一任主人。

千年之前，大陆出现了一名叫做西客的强者，他拥有白帝一氏的血脉，据说修行的是早已消失的佛宗功法，再加上一身天生神力，单以力量与气势论，在历史上可以排进前三，而当他举起手中那把沉重的铁剑时，更是可以力敌万军。

只有这样的强者，才有资格使用山海剑，把山海剑的威力全部发挥出来，也只有山海剑，才能配得上这样的绝世强者。谁也不知道究竟是西客成就了山海剑的不世威名，还是山海剑让西客在当时的大陆上掀起了无数风雨，总之，铁剑强人一相遇，便胜却人间无数。

西客手持山海剑，在大陆上连败强敌，当年的槐院大教习以及长生宗的大长老，都是此人的手下败将，霸道无双，有人甚至认为他已经进入了从圣境界。最后……就像当年很多绝世强者一样，他满怀豪情走进了周园，然后心丧若死地离开了周园，山海剑再也没有在他身边出现过。随后又过了三年，他在云阳城外一次很偶然的冲突里，死在了一个刚刚声名鹊起的后辈的手中……

那个疑问至此似乎终于有了答案，没有了山海剑的他，似乎只是一个普通的强者罢了。但教宗大人对此有完全不同的评判，他认为最重要的是，败在周独夫之手的西客，失去的最重要的东西并不是这把剑，而是他骄傲霸道的那颗剑心。

这就是山海剑。如果要列出世间十把最出名的剑，无论谁来挑选，这把铁剑都必然会在其中。山海剑用的是最珍稀的陨铁，用了最长的铸造时间，最为宝贵，无论是谁能够拥有这把铁剑，一定都会兴奋得难以自已，无法相信自己的幸运。陈长生也很高兴，心想如果能将这把铁剑带出周园，给轩辕破用最是合适不过，再就是折袖一直说想要一把剑，那么应该去弄一把什么剑呢？

他这时候才注意到，铁剑的最上端原来并不是天然横直，传闻中山海剑绝对无锋并不准确，说来也是，如此神兵必然是在钝意里藏着隐锋，只是被砍断了……是被那把刀砍断的吗？居然能够把山海剑砍去一截，那把刀该有多么强大，那个人又该多么强大？

山海剑不现人间已近千年，只留下传闻，所以腾小明最开始的时候没有认出来，但只看了数眼，想着先前那把铁剑上传来的山海般巨力，他很自然便猜到了这把铁剑的来历，于是更加震惊，沉默无语，微微皱眉，不知道在想些什么。

南客也认出了铁剑的来历，清稚的声音穿透雨帘响起，充满了愤怒不解："这不可能！山海剑怎么可能为了你这个家伙现世！"

陈长生没有说什么，举起铁剑隔着风雨遥遥指向她，行动比言语更有力量，如果山海剑不是为他而出世，为何现在会被他握在手里？

"而且你根本不懂山海剑的剑法，凭什么能够发挥出这么大的威力！"南客问了一个很重要的问题。就像先前说的那样，就算山海剑与剑意俱存，但如果没有相应的剑法，以陈长生通幽上境的修为，怎么可能如此轻而易举地击败一名魔将？

陈长生没有隐藏的意思,对她说道："我看过的书比较多。"

这是去年青藤宴上苟寒食对他说的话,也是他对苟寒食说的话,也是只有他和苟寒食才有资格对彼此说的话,别的任何人都不行,因为没有人比他和苟寒食看的书更多。

三千道藏,星罗万象,有如玉美颜,亦有千种手段,手段便是法门。

说完这句话后,陈长生忽然有些怀念青藤宴,怀念京都,怀念国教学院。那些时节的争执都是些意气之争,不关生死,不分人魔,没有无耻的暗杀偷袭与背叛。现在想来,那些争执不免有些可笑,但又是那样的可爱,和周园里的这些血腥相比,如何能不怀念?

陵墓四周再次变得安静起来,因为传说中的山海剑出现了,因为陈长生居然知道如何使用山海剑,最关键的是,这不是剑意而是真的剑。没有多少人知道当年周园里也曾经出现过一把剑,然后被苏离拾走。在南客等魔族强者看来,陈长生握着的那把铁剑,便是周园有史以来出现的第一把剑。这意味着什么?这是破天荒,破天荒往往都会伴着雷鸣与惊天异变。

这把玄铁重剑究竟是从哪里来的?它的横空出世,是不是意味着剑池即将现世?那些传闻里的名剑,随后也将陆续出现吗?最令南客不解甚至愤怒的是,她想不明白剑池为什么要帮助陈长生。她望向陵墓四周昏暗的草原,任由雨水冲洗着自己苍白的小脸,眯着眼睛寻找了很长时间,却依然没有看到任何与剑池有关的线索,这让她愈发沉默。

"难道还会有剑出现吗?那些剑会继续帮助你吗?就像那道绝世的剑意和这道霸道的铁剑?就算会,难道你还会所有的剑法?我不相信。"

南客想着这些事情,然后向暴雨里伸出双手。随着她的动作,一直站在她身后雨中的两名侍女脸色骤然苍白,尤其是画翠妩媚的眉眼显得痛苦至极,一道血水从她的唇里喷射而出。南客娇小的身躯微微颤抖了一下,仿佛要跌坐到雨中,但最终没有。一道阴寒至极的气息从她的身体散发而出,与画翠喷出的那道血水混在了一起。画翠的血是绿色的。那道绿色的血没有被暴雨冲淡,混进南客那道阴寒的气息之后,反而变得更加浓艳,妖鬼魅到了极点,将凝未凝,边缘隐隐生出起伏。

那是一道孔雀翎。嗖的一声!那道似虚似实的孔雀翎,刺破无数重雨帘,向陈长生袭来!这道孔雀翎混着南客的本命真血,遇风便燃,一路猛烈地燃,即便是狂暴的落雨也没法让火势减弱一分,反而让火焰越来越狂暴!

自逃亡进草原以来,一路上都在给徐有容治疗,陈长生非常清楚这道孔雀翎的可怕之处,不知道黄纸伞能不能承受住孔雀真血的燃烧,至于那道孔雀真血里的毒素,更是令他警惕到了极点。

不得不承认,南客的战斗意识与决断都极为可怕,有着远超年龄的成熟与冷酷。她不惜耗损自己最珍贵的本命真血,便是要针对陈长生的剑与伞。玄铁重剑威力无双,霸道如山海,但却失之灵变,尤其是在陈长生的手里。黄纸伞里的那道剑意更加凌厉,然而毒素与真血这种事物是切不碎的。陈长生不怎么担心自己会中毒,但也不想沾上一星半点那种毒血,转瞬之间,他以身边的两把剑一把伞想了无数种应对那道孔雀翎的方法,却发现没有一种方法是完美的,不过如果他有那剑,或者可以解决这个问题。

当这个念头生起的时候,他自己都觉得很荒唐,因为那太不可思议,太奢侈,太不讲道理,凭什么你想有什么就有什么?谁也不知道那把剑在哪里,就算在周园里,又凭什么……凭什么?就凭当他需要一道剑意的时候,那道剑意便来到他的身体里,当需要一把重剑的时候,这个世界最重的山海剑便来到他身前的雨中,等着他伸手取下。现在他需要那把剑,那么也许……那把剑就会出现?

69·老剑与少年(上)

陈长生想要的剑自然在周园里,准确地说是在剑池里,虽然直到现在他都还不知道剑池在哪里,他想要的剑毫无疑问是一把名剑,就像他此时手里的山海剑一样。

事实上,他想要的那把剑在百器榜上的排名远远不及山海剑,但在某些方面的名气却比山海剑还要大,因为那把剑是极其罕见的、被周独夫从外面的世界带回周园的剑,更重要的是,那把剑是南溪斋的斋剑,也就是说,那把剑是圣女剑。

陈长生并不知道身后的少女是徐有容,他对徐有容这个名字直至此时依然没有任何好感,他这时候想要这把剑,自然不是想给自己的未婚妻准备嫁妆,而是因为传说中这把南溪斋的斋剑自带圣光,能够净化一切毒素,对于魔族的血解大法能进行天然压制。

这个想法确实很荒唐,但却变成了现实。就在他生出那个念头的时候,陵墓正南方的草原某处,忽然生出一道极清新的感觉,那些在暴雨里低着头显得无比疲惫的野草重新挺直了腰身,雨珠顺着叶脉淌落,精神百倍。

一道极轻渺的剑意在无尽的生机里显现,然后消失无踪。下一刻,这道剑意来到陵墓正门前的石台上,与之一同出现的是一把剑。那把剑看着很素净,没有任何多余的装饰,散发着淡淡的神圣意味,把暴雨带来的阴暗照亮了很多。

这就是陈长生想要的斋剑。他伸手到雨中取下这把斋剑,斩向迎面而来的那道孔雀翎。只听得狂暴的火焰里响起一声愤怒的雀鸣,然后嗤嗤声响里,孔雀翎上附着的火苗变成了青烟,那些血火里蕴藏着的恐怖毒素,瞬间被斋剑散发出来的圣光净化一空!

安静,绝对的安静。南客的小脸更加苍白。她身后的两名侍女更是睁大双眼,满脸不可思议的神情。弹琴老者的眼中流露出恐惧的神情,腾小明神情凝重至极。

忽然间,雨声骤顿。一直没有出手的刘婉儿,顺着神道疾掠而上,手里的那口大铁锅化作满天的黑夜,向着那道依然散发着圣光的斋剑罩了下去!陈长生松开斋剑剑柄,在雨中再次握住山海剑的剑柄,挑向那口铁锅,只听得一声金鸣破响,气息狂喷,黑锅被铁剑直接挑飞,夜色掀开了一道口子。夜色之后不是青天,而是刘婉儿的双手。她的双手拿着一条丝带,那根丝带柔软顺滑到了极点,缚在了山海剑上,竟让沉重的铁剑无法再动。便在这时,与她心意相通的腾小明手执铁棍,再次从雨空里落下,砸向他的头顶!

便在这时,草原深处再有异动,一道细剑如流光般穿越数十里的暴雨,来到了陵墓正门前,仿佛自行塞进了陈长生刚刚松开山海剑剑柄的右手里。

那把剑把细很秀气,给人的感觉就像是一根针。陈长生握住这把剑,刺向刘婉儿,秀气的剑身仿佛难以承受暴雨的洗礼,在途中不停颤抖,剑锋闪电般穿行着,就像是在雨中绣着什么。不知道这是什么剑,他用的是什么剑法,只觉绵柔至极,剑招柳绿花红,盛景皆为锦绣!

嗤嗤声响里,那把秀气的剑没能在雨中绣出一幅美图,却将缠着山海剑的那根丝带挑破,秀剑继续挑破雨珠,最终杀至刘婉儿的身前,挑破她的耳垂。如果不是腾小明那根变形的铁棍砸了下来,或者这道秀气的剑会直接把刘婉儿的颈间挑破。

铁棍破空而至,陈长生松开秀剑,重新于雨中握住山海剑,反撩而起,依然是个挑字，只听得一声震耳欲聋的撞击声，铁棍呼啸破空而去，不知落向了何处。腾小明毫不犹豫抓着刘婉儿的肩头，狂暴后退，险之又险地避开陈长生接下来的一剑。

无论是用那把秀气的剑还是山海剑，连续三招，陈长生用的都是挑字，从布里挑线，在夜里挑灯，挑的干净利落，挑的潇洒至极。

三把剑静悬在他身周的大雨里，画面很震撼。

看着那把散发着淡淡圣光的斋剑，南客再无法压抑住心头的震惊，她甚至已经不愿意去想这把传说中的圣女剑为何会出现，怒道："你怎么连南溪斋的剑法都会！"

"难道这就是越女剑？"刘婉儿看着他身旁雨中那把秀气的细剑，很是震惊，没有发觉自己的耳垂渗出了一滴殷红色的血珠。

大陆东南一隅曾经有个强大的剑宗，宗中弟子多为女子，又在故越之地，所以名为越女宗，曾经出过很多剑道高手，直至数百年前并于南溪斋，才渐渐无闻。至于南溪斋更不用多说，作为国教南方教派的圣地，向来受到万民景仰崇拜。

南客和刘婉儿自然震惊于这两道剑的出现，更无法理解的是，陈长生为什么连南溪斋和越女宗的剑法都知道，须知那两套剑法重于神圣净化与小处见机杼，极少男子会修习。

陈长生没有解释。他能够掌握南溪斋和越女宗的剑法，至少是能够掌握这两套剑法大概的招式与剑形，除了通读道藏最重要的原因在于他的勤奋。从西宁镇来到京都，在国教学院的这一年时间里，他做的最多的事情就是读书修行研读世间一切修行法门，除了离山剑宗里神国七律那几位少年，同龄人中再也找不到像他一样勤奋的人。

看着风雨中石台上的陈长生，无论南客还是刘婉儿都生出极强烈的不安情绪。

在魔族进入周园里的强者当中，腾小明是最沉默的一个，论起身份，他是二十四魔将，不要说高高在上的南客殿下，甚至还没有自己的妻子高，但雪老城里所有贵族都知道，那是因为他深爱自己妻子的缘故，要论起真正的战力以及眼光，他才是场中最强的那个。所以他没有让眼前这幕震撼的画面震住自己的心神，右手伸向雨中不知从何处召回自己那根铁棍，在神道上踏出朵朵水花，呼啸而起，向着陈长生再次攻去。

其余强者也醒过来神来，知道不能任由战局再这样发展下去，眼看着已经进入绝境的陈长生忽然间拥有了三把名剑的帮助，谁知道稍后还会发生什么？

破空声连接响起，神道之上劲风大作，暴雨被吹得歪斜如弱柳。一道幽清至极的琴声，带着毫不掩饰的杀意，伴着那数道劲风，向着石台边缘的陈长生袭去。

便在这时，雨空里忽然响起一道啸鸣。那声啸是剑啸，锋利至极，响彻天地，却又奇异地格外深沉，仿佛是一声来自远古的龙啸！

远方的天空里大鹏的阴影正在缓缓下降，忽然间被这声龙啸留滞了片刻。

弹琴老者面色骤白，抚在琴弦上的手指剧烈地颤抖起来，伴着数声啪啪，琴弦骤断，他一口鲜血喷将出来，膝上的古琴瞬间被染成红色。

究竟是何事物，一声啸鸣，竟然神威若此！

便在这时，一把剑破雨空而至，来到陈长生的身前。其剑意高傲至极，霸道无双。

"龙吟剑！"刘婉儿惊呼出声。

陈长生从雨空里取下那把龙吟剑，斩向腾小明。陵墓骤然明亮，仿佛一道虚龙从剑身喷涌而出，重重地击打在腾小明的胸腹之间，只闻一阵恐怖的闷响，腾小明被震飞到数百丈外的神道下方，胸骨不知裂了多少处。

南客近了，真血在她的眼睛里狂暴地燃烧着。陈长生看着她的眼睛，忽然松开龙吟剑剑柄，再次伸向雨空里。又有一柄明亮至极的剑，自远方飞来，落入他的手中。他执剑而前，如水洗一般的剑面，直接把南客斩了回去。

神道上再次响起一声惊呼："秋水剑！"

这并不是结束。这只是开始。剑破雨空之声不停响起。震惊的声音不断响起。

"碧湖剑！"

"丈八神剑！"

"这怎么可能！这是……魔帅的旗剑！"

70·老剑与少年（中）

剑，不停地从草原各处飞来，然后来到陵墓之前的雨空里。十余柄剑，悬停在陈长生的身周。无数道气息，惊天动地而至，但无论是腾小明的霸道魔功，还是南客燃烧的真血，他只需要伸手从雨中取下一剑，便能挥手破之。凝翠和画秋看着这幕画面，脸色苍白，感觉双腿有些发软，快要站不住了。

那些剑有的长，有的短，有的宽，有的细，有的霸道，有的低调，有的散发着圣光，有的溢出魔息，但都有一个相同的特点，这些剑……都很出名。

山海剑、圣女剑、越女剑、秋水剑、碧湖剑、丈八神剑、魔帅旗剑、龙吟剑……时隔数百年，这些消失很久的绝世名剑，终于再一次出现在世人的眼前。

现在，这些剑静静地停在雨里。陈长生站在雨中的剑里。

时间终究还是最强大的法器，曾经的名剑已经残破，保存最好的是南溪斋的斋剑，其次是山海剑，其余的剑或多或少都有些残缺，有的剑身上带着草原里的泥土，当那些泥土渐渐被雨水冲掉后，露出了里面的锈痕，早已不复当初的风采，令人睹之心生悲凉。但在暴雨里，这些剑依然散发着冷漠骄傲的气息。

南客无法理解、无法接受，这些曾经无比骄傲的绝世名剑，凭什么会听从陈长生的意志，无论怎么想，都找不到答案。

陈长生自己都不知道，他只知道这些曾经的绝世名剑想要离开周园，然而数百年来，进入这片日不落草原的魔族人类修行者有很多，这些剑为何会选择他？

最关键的原因是现在黄纸伞里的那道剑意。那道剑意在数百年前与剑身分离，从那一天开始便成为剑池里唯一自由的灵魂，代表着那些无法离开剑池的名剑，向草原外不断释放着自己的气息。

陈长生拿着黄纸伞，所以他能够清晰地感知到那道剑意。当他让那道剑意进入黄纸伞后，那意味着一个曾经离开剑池的故人的归来，他向那些骄傲的名剑证明了自己的身份。但这并不足够，这些名剑已然蒙尘多年，雄心壮志早已渐渐消泯，如果没有足够把握离开，它们宁肯在剑池底继续沉睡，至少可以多存在一些年头，不然奋起最后的剑意精神行此一搏，若不能成功，那便极可能剑折意殒。

陈长生必须向这些剑证明自己有足够的坚持、足够的能力带它们离开周园。前者不是问题，他是正值青春的少年，干净的眉眼里写满了执着与对生命自由的渴望，后者本来是极大的问题，然而当黑龙的离魂进入他的身体开始沉睡后，便不成其为问题。黑龙离魂寄附的那块玉如意，现在正系在他的手腕上，被雨水冲洗着，越来越亮。这块玉如意是天海圣后的随身法器，带着她的强大的气息。

陈长生的坚持与可亲再加上这道强大的气息，通过剑意以及黄纸伞，传遍了整片草原。那些绝世名剑虽然残破，但剑意犹存，随着自己的主人不知见过多少强者，阅历见识极强，然而当它们感知到那块玉如意流露出来的强大气息时，也被震动了。就算周独夫还活着，那道强大气息的主人都有可能把它们带离周园，更何况现在？

于是它们披风戴雨来到了陈长生的身边。

只是这些剑平时在哪里？剑池究竟在哪里？

雨水冲洗着那些陈旧的名剑，也冲刷着南客的小脸。她的脸越来越雪白，就像那把斋剑一样，她的眼眸里的火焰渐渐熄灭，但依然看不到什么惧意——震惊与愤怒是她对这些剑所代表的历史的尊敬以及对陈长生的不屑再以及这两者之间的对照让她产生的失落从而生出的激烈的情绪反应，不代表别的。

看着静悬在陈长生身周雨空里的十余柄名剑，她沉默片刻后说道："你们当年不过是两断刀前的败将，难道今天想要造反吗？"

那些剑听不懂她的话，在雨中继续沉默着，寒冷的雨水顺着魔帅旗剑凄惨的断口处淌落，从山海剑前端的平截面落下，没有回答她。

南客举起手里的魂木，黑色的魂木被雨水打湿后颜色显得更深更重。陵墓四周的兽潮早已骚动不安，此时随着她的这个动作更加狂暴起来。无数声凄厉的妖兽咆哮，离开草原地面，向着雨水落处轰去！她不想这样做，但陈长生和这些剑让她不得不这样做，到此时她再也顾不得那么多，哪怕周陵会被千万只低等的妖兽亵渎污脏。魂木骤然间大放光明。兽潮黑海伴着恐怖的无数声怒吼掀起无数巨浪，草原开始颤动，甚至就连陵墓都开始震动起来，无数妖兽开始进攻！

南客看着他喝道："陈长生，你以为凭这几把老态龙钟的破剑，就能活下去吗！"

陈长生看着陵墓四周漫无边际的妖兽海洋，沉默不语。在他身后不远处，徐有容靠着陵墓正门，抱着梧弓，裹着麻布，闭着眼睛，不知什么时候会再次醒来。

71 · 老剑与少年（下）

当那道剑意出现，当那把铁剑来到陈长生的身边，陵墓四周如海般的兽潮已然生出反应，或者畏惧或者愤怒，骚动不安，只是被南客镇压住了，此时随着她手里那块魂木大放光明，禁制骤失，草原里的万千妖兽哪里还能忍得住，纷纷向着陵墓狂奔而去，一时间大地震动，天地晦暗无光，便是磅礴的暴雨里仿佛都多了些血腥污臭的味道。

只有那片恐怖的阴影依然沉默，虽然缓缓向着地面飘落，却没有展露神威的意图。或者正是因为这只大鹏的表现，草原深处那几只拥有聚星顶阶战力的高级妖兽也没有随着兽潮向陵墓而去，它们并不是在抵抗魂木的召唤，也不是在抗拒南客的意志，而是它们更具智识，隐约察觉到随后将要发生更加严重的事情，故而警惕。这里的严重当然是针对周园而言。

无数只妖兽化作黑色的浪潮一道一道向着陵墓涌去，安静的日不落草原早已变得嘈乱不堪，野草丛底的水泊被锋利的兽爪撕成碎片，然后被鳞腹碾平，泥土不停地翻飞，清水变得无比浑浊，气势何其壮阔可怕。正如先前所言，即便是圣人在此，也无法杀光这些源源不断涌向陵墓的妖兽，只能避走。陈长生站在暴雨里，看着这幕画面，自然想退走，但他已经无路可走。

在他身周，十余柄名剑静静地悬停在大雨里，这些剑曾经阅尽人世沧桑，然而现在它们已然沧桑，或者残缺或者满身锈迹，初现之时声势惊人，但终究不复当年气势之盛，最关键的是，那些曾经握住这些剑的绝世强者，早已逝去。只凭这十余柄残缺的剑，无法抵挡兽潮的攻击，想要变成黑色海洋之前不倒的礁石，需要更多的剑。

陈长生的视线隔着重重雨帘，望向陵墓四周的草原，看着那些恐怖的兽潮，想要找到更多把剑。那些剑应该在剑池里，因为某些原因，没有像山海剑一样出现，还在等待着他的召唤，或者说服，只是，剑池究竟在哪里？

"如果你们在这里，请出来与我相见，因为我需要你们。"这是他的心意，顺着微微颤抖的黄纸伞柄进入伞面，向着一望无垠的草原里散去。他看着烟雨凄迷的草原远处，看着在狼爪蛟腹下呻吟的草原近处，在心里默默对不知何处的剑池说道："我会带你们离开这片荒废的旧园，或者你们将会沉眠，但至少……不会是在这片永远没有夜晚、无法安眠的草原里。"

兽潮越来越近，前方距离陵墓下的神道只有数里距离，站在石台边缘，陈长生甚至能够看清楚最前面那只紫电豹猩红的嘴以及嘴角淌落的涎，甚至仿佛能够闻到那道涎水散发出来的恶臭。

便在这时，他忽然感到了一道震动。这道震动与兽潮无关，与暴雨无关。

这道震动来自草海的深处，大地的深处，非常细微，显得有些衰弱，却是那样的真切。

那只紫电豹像一道真正的紫色闪电般，破开密集的水草，向着陵墓狂奔，猩红的眼眸里满是嗜血的狂暴气息。忽然间，它的眼眸里出现一道警意，然后裂开。紧接着，它的唇角也裂开，淌落的涎水混进了血水，变得猩红一片。它感觉到了危险，疯狂地加速，试图脱离那道震动。那道震动确实很衰弱，传到地面后感觉很慢。然而如闪电般的紫电豹，却无法甩掉这道震动。雨声里响起一道轻微的撕裂声。擦擦！紫电豹的身体四分五裂，变成十余块血团，在奔跑中散开，却依然保持着先前的速度，直至数十丈后才落到地上。画面极其诡异可怖。

在被这只紫电豹踏出的爪印里，湿软的泥土不停挤动翻滚，一把剑缓慢地显现出来。这是一把只剩下半截的残剑，剑柄上锈痕极深，半截剑身上满是泥土，看着异常凄惨，和废铁没有任何区别。这把残剑静静地躺在泥土与乱草里。

雨不停地下着，随着雨水的冲洗，剑身上的泥土被洗去，却无法洗去锈痕，依然灰暗一片，不见一丝明亮锋意，然而终究还是轻了些，这把残剑不停地颤抖着，挣扎着，试图离开地面……就像一个重伤的战士，撑着拐杖，也想要再次站起，然后杀敌。

不知道过了多长时间，这把残剑终于离开地面，歪歪扭扭地飞向陵墓方向，似乎随时可能再次跌落地面。

日不落草原上，速度仅次于紫电豹的妖兽是风狼，这些由雪原狼群与大西洲魅狼杂交而生的妖兽，先天具有不可思议的速度，据说是大陆上唯一能够成功捕食红鹰的妖兽，当然，那主要归功于风狼的集体作战能力以及坚忍耐心。

前方那只紫电豹的离奇死亡，并没有让风狼群的速度有任何减缓，作为周陵最忠诚也是最嗜血的守护者，狼群首领收到了魂木的命令，便要把敢于进入陵墓的那些入侵者全部撕碎，而且最关键的是，狼群由数百只风狼组成，就算会有些死在那些破剑之下，但总会有更多的风狼闯过去，然后向敌人发起攻击。

狼群具有极强的狩猎智慧，在先前的长时间等待之中，狼群首领已经带领着它的属下们悄然无声地挤走别的妖兽，来到了白草道上，因为这里的地面最坚硬结实，距离陵墓正门最近，最适合发起冲锋。

白草道上的凄凄白草尽数变成碎屑，狼群如风一般掠过，因为速度太快，狼数太多，带起刺耳的呼啸声。然而下一刻，那些破风的呼啸声被另一种破风声所取代，那种破风声更加凄厉，或者说，更加锋利。

　　那是剑意破空的声音。

　　风狼首领头顶的那缕白毫，迎风而断。那缕白毫，便是风狼异于其余狼种的最明显的特征，也正是这缕白毫赋予风狼神魂，让它们能够拥有风的速度。现在，这缕白毫断了。风狼首领发出一声愤怒不甘的嚎叫，然而，便是这声嚎叫也没能完整地发出来，从中而止，仿佛被一把剑切断。

　　白草道上出现无数道裂痕，那些裂痕平行于陵墓的方向，像是无数道笔直的直线，拦在风狼群冲锋的道路上。只要越过这道直线的风狼，便会被一道看不见的力量切开。踩在坚硬地面上的狼爪断了。带着飞起的白草絮的狼肩断了。狼尾断了，狼腰断了。数百只风狼组成的狼群，在那些裂痕出现的一瞬间，都断了。就像是一大筐石头被人倒在地面上，白草道上响起哗哗啦啦的声音。无数风狼的尸体被切成碎断，在白草道上不停翻滚，有的滚进了道旁的草泽里，有的直接被更多的剑意切成了碎末。通往陵墓的道路上，到处都是断肢残体，污血四处喷涂着，白草道变成了一条血道，血腥味刺鼻至极。

　　随着血腥味向天空弥散而去，那些裂痕里的剑意也随之逆雨而上，来到了天空里。数千只灰鹫，在高远的天空里飞行，诡魅的安静着，这些妖兽强大而阴险，当初即便徐有容也不得不燃烧最后的天凤真血，才斩杀了那群灰鹫，它们没有像别的妖兽那样狂暴地嘶吼着，而是悄悄向着陵墓飞去。

　　看起来，它们与陵墓之间是一片天空，没有任何事物拦在前面，正方便它们发起偷袭。然而，那些剑意也来到了天空里。草原的裂痕，仿佛也要撕裂开天空。无数声惨鸣骤然响起，无数断羽飘飘落下，更快落到草原地面的，是颜色妖艳的血。数千只灰鹫纷纷落下，一时间，竟比暴雨还要显得更加密集。

　　向着陵墓冲去的无数妖兽纷纷裂体，变成血肉模糊的碎块。草原地表出现无数道裂缝，野草断成碎屑，泥土被切成碎砾，无数道剑意纵横而出，直上天穹。就连高远的天空里的那片阴云，都被切碎，变成无数道碎絮，惘然地飘浮着。

　　暴雨，竟就这样停了。草原边缘那抹不似太阳的落日，终于有机会把红暖的光线洒落陵墓四周。到处都是妖兽的尸体，偶尔有些重伤未死的妖兽，不停发出凄厉地惨叫。向陵墓涌去的兽潮,一时间停止,不敢继续向前,缓缓起伏着。

这是一片血红的世界。黑色的妖兽海洋,也变成了渐趋安静的红海。兽潮之中的陵墓,被雨水打湿后,颜色变得极深,此时看上去就像红海当中的一块黑色礁石。任凭风浪再疾,暴雨再裂,都不曾撼动丝毫。与这片血红的世界以及黑色的陵墓相比,真正震撼的画面在陵墓四周的草原里。

一把残剑从草丛里艰难地飞向天空,发出清亮的鸣啸。一把旧剑破水而出,带着泥水淌落的声音。一把古剑破石而出,带着喑哑的摩擦声。

数十把剑。数百把剑。数千把剑。

或者艰难,或者犹豫,或者喜悦地破开草泽,重新出现在天地之间。无数把剑,出现在陵墓四周的草原上空。

这片草原里到处都是水泊,更像湿地,或者说是草泽。数百年来,无数人都在寻找剑池,却没有人找到过,甚至连一点线索都没有。因为从来没有人想到过,剑池……原来竟然如此之大。剑池,不是一座山池,也不是一处寒潭。那些剑一直都在这片草原里。这片一望无垠、无比广阔的草原就是剑池。不,这哪里是池,这明明就是一片海。

剑海。

草原里一片安静。陈长生站在石台边缘,看着眼前这幕画面,沉默不语。先前他已经隐隐猜到了剑池的真相,但当他亲眼看到万剑出世的画面时,依然震撼到了极点。

南客站在神道上,看着这幕画面,面无表情,不知道在想些什么。凝秋捂着嘴,才让自己没有发出惊呼,而她的同伴画翠坐倒在了雨水里。弹琴老者的脸色异常苍白,身前的古琴上满是血水,竟是不敢向身后看一眼。腾小明与刘婉儿收回视线,对视一眼,看出彼此眼中的那抹抱歉与决然。

没有谁说话,也没有谁动。就连草原里的那片兽潮,都缓缓平静下来。因为那些剑,正在向着陵墓飞去。无数把剑,在红暖的光线里飞行,仿佛要遮蔽天空。随着与陵墓渐近,被雨洗后的万千剑身,反耀着光芒,如繁星一般。那画面,真的很美。

但那些剑飞得很缓慢,并不像刚刚出世时那般傲然强大。无数把剑,飞临到陵墓的四周,缓缓散开,仿佛列阵的士兵。天地间充斥着剑意。那些剑意曾经无比强大，现在已然衰弱，交织在一起，有些凌乱。这些剑意里没有智识，却有情绪，各种各样复杂的情绪。

对于这座陵墓，剑的情绪是冷漠与战意。对于站在陵墓里的那名少年，剑的情绪是得见故人，是请带我们离去。那把刀很无情，时光更加无情。这些剑在草海深处沉睡了数百年，早已残破不堪。就在离开草原的那一瞬间，这些剑已经爆发了最强大的力量。是的，这些剑已然苍老，浑身锈迹，将要腐朽。现在的这些剑，是身受重伤的战士，是扶拐而前的老者。它们本来早就应该离开战场，归老田园，只可惜此处田园不好，亦非故乡，只是牢笼。数百年来，它们无时无刻不想着离开这片草原，最终却只有一个同伴成功，带走了它们的心意。然而，那个同伴再也没有回来过。

直到今日，就在这些剑快要绝望的时刻，故人终于回来相见。有个少年带着那份心意回到了这片草原。剑老了，但少年正青春。陈长生对自由的渴望、对生命的热爱，是那样的纯净而坚定。就像一道清风，唤醒了它们。它们听到了他的召唤，相信他的意志，于是雄心重现。

老剑犹有余威，断锋亦可杀敌。志在千里。要去千里之外。回归故里。

72 · 如山般的妖兽身影

由今日倒推一千余年，至数百年前周独夫在大陆消失，数百年里无数强者败于周手，无数名剑断于刀下，葬于周园这片草原之中。这片草原便是剑池，或者说剑海。其中一把最骄傲最强大的剑，在做了很长时间的准备之后，开始尝试离开这片草原重见天日，从草原边缘破开禁制，迅速潜入草原畔那片小湖，直入山崖那面的世界，如鱼游于大湖之中，再由湖底绕回溪河源起处那座寒潭，借着周园世界的复杂构造，躲避着其间的规则，终于成功。

遗憾的是，这把剑未竟全功，在离开草原的时候，为了抵抗周独夫设下的禁制，剑离留在了草原里，与那些石柱里散发出来的气息相抗，只有剑身来到溪河畔的那片森林里，渐被落叶覆盖。

剑与意被迫分离。

某日，一个叫做苏离的离山弟子来到了周园里，他走进了那片寂静的森林，脚步踏过腐烂的落叶，拾起那柄已然锈蚀、不复当年风采的剑身，然后把它带离了周园。那道剑意却依然被困在草原里，沉默孤单地等待着。又过去了数百年，一个叫做陈长生的国教学院学生来到了周园，他的手里拿着一把黄纸伞，剑与意终于相遇，于是才有了此时的万剑凌空。

这些充满了不屈与抗争意味的历史，属于那道剑以及这万道剑，陈长生无法了解回溯时光，自然无法了解这些细节，但他握着黄纸伞，站在万道残剑之间，对那道剑意传来的情绪有了更加深刻的了解。

这些剑想要离开周园，除此之外，别无所求。

那么，就一道离开吧。就像先前他对这道剑意说的那样，对徐有容说的那样，此时他对陵墓四周的无数把剑也做出了承诺。

陵墓四周一片昏暗，红暖的光线变得寒冷了些，到处都是泥土与铁锈的腥味。万余道残破陈旧的剑，在出世的那一瞬间，爆发出积蓄了数百年的恨意与力量，至少有三分之一的妖兽被杀死，黑色的兽潮被暂时镇压。

但兽潮只是暂时安静，万道残剑不可能继续释放那般强大的剑意、随着时间的流逝，兽潮重新涌动起来，向着天空里的残剑们发出愤怒的嚎叫，不知道是不是因为草原上到处都是血水的缘故，那些嚎叫显得更加恐怖血腥。

剑池终于现世，万剑凌空。

看着这幕画面，无论是弹琴老者还是侍女都是脸色苍白，近乎绝望，便是那对强大的魔将夫妇神情也变得异常凝重，眼眸里甚至可以看到一些不祥的征兆。南客的小脸上却没有任何惧色，只是沉默了一会儿。隔着无数道剑，她看着陵墓正门前的陈长生，声音寒冷强硬的仿佛千年寒冰："你以为这样就可以改变这个故事的结局吗？"

先前山海剑破空而至后，她对陈长生说过类似的话，当时陈长生没有回答，只是握着那把沉重的铁剑遥遥指向她，现在他同样没有回答，随着他的目光，陵墓正前方的数百把剑缓缓转动，对准了她。

行动永远都比言语更有力量，可以用来说服人，也可以用来杀人。

看着这幕画面，南客的唇角微微扬起，看着那些剑轻蔑说道："一群败剑，何足言勇？"

这些剑当年在大陆上都曾拥有盛名，主人都是真正的强者，但最终都败在了那柄两断刀下，然后被周独夫埋葬在了这片草原里，在凄风苦雨与无休无止的太阳照射下，苦苦地煎熬了数百年，或断或残，浑身锈迹。

南客认为自己是这片周园的继承者，怎么可能允许这些剑离开？她举起了手里的那块黑色魂木，面无表情望向陵墓四周空中的那些残剑。随着她的动作，那块黑色魂木骤然间再放光明，只是要比先前更加凝纯，仿佛就像是一个明亮数千倍的夜明珠。同时她漠然的声音再次响起:"败就是败，数百年前你们败了，数百年后你们一样会失败。"

话音方落，她的双脚离开了神道，缓缓向着天空里飘去。残雨落下，她的裙衫轻飘，黑发飘舞，眉眼之间的清稚意味渐渐褪去，只剩下魔性十足的寒意。一道强大的气息，从她娇小的身躯里向着四周散发。数十道黑色的气流，像绸带一般，在她的身体四周缭绕不定。

陈长生从来没有轻视这名强大甚至恐怖的魔族公主，更不要说她是黑袍唯一的弟子，明显与这周园颇有渊源，谁知道她还隐藏着什么手段？听着她轻蔑自信的言语，他知道不能任由事态这样发展下去，神识微动，便有一剑破风而出。

沉重的山海剑带着一阵飓风向着神道上空的南客砍将过去。腾小明与刘婉儿夫妇早已有所准备，暴掠而起，凭着一身强大的修为，生生把那道剑挡住。山海剑很宽很大，其后隐藏着一把秀气的剑。

在生死存亡之刻，陈长生也学会了用这种阴冷的手段。那把秀气的越女剑，借着山海剑挟起的飓风遮掩，悄无声息突破那对魔将夫妇的阻拦，来到南客的身前，伴着嗤的一声轻响，刺向她的眉心。

此时南客已经闭上了眼睛，微显开阔的眉眼间一片雪白，没有任何情绪，也没有看到这道秀剑的来临。

断弦无声，飘拂而起，看似已经心丧若死的弹琴老者，大喊一声，踩着飘起的琴弦，于空中虚踏数步，拦在了南客的身前，用自己的身体挡住了那道秀剑。扑哧一声，秀剑刺进了这名弹琴老者的咽喉，鲜血溅射而出！

飓风之中，沉重如山的铁剑压制着那对魔将夫妇，弹琴老者的尸体正在向着地面坠落，虽然他挡住了越女剑一瞬，然而南客却还没有醒来，陈长生哪里肯错过这种机会，伸手自空中取下那道断了的魔帅旗剑，隔着数百丈的距离，向南客斩了过去！

落着些微残雨的神道上空，骤然间响起鼓荡的风声，仿佛有无形的旗帜在飘扬。战旗飘飘，剑意勇猛而前，前半截已断的魔帅旗剑，带着一出凛冽的剑光。陈长生不会旗剑，但他想尝试看看，能不能用魔族的剑法来破掉魔族公主的防御。可惜的是，他没有机会看到这一剑的结果，因为，他的识海里忽然生出一道警兆，让他强行把将要出剑的魔帅旗剑收了回来，横在了眉眼之前。

铮的一声！只剩下半截的魔帅旗剑在石台边缘外的空中剧烈地震动，发出有些不甘的鸣响。陈长生手腕一阵剧痛，如果不是意志惊人，只怕这把魔帅旗剑已脱手而去。

哪里来的一箭？放眼陵墓正门四周，他没有看到任何箭支，只看到神道上有根毫毛在缓缓飘落。难道先前射中魔帅旗剑的不是箭，而只是一根毫毛？他望向陵墓下方的草原。只见兽潮形成的黑色海洋正中央，有座如山般的妖兽身影缓缓显现。

73·万剑成军

随着南客手中的魂木再放光明，先前被万剑出世震骇的稍显安静的兽潮再次狂暴起来。兽潮深处那座庞大的身影，却依然稳定如山。

那是一只犍兽，传说中的犍兽。之所以用传说二字，是因为在道藏的记载里，这种妖兽早在无数万年前，便被人类和魔族付出极大代价剿杀干净，也因为这种妖兽强大到了极点，已经成为某种传说。

犍兽拥有聚星上阶的强大战斗力，虽然灵识未开，没有真正的智慧，不能完全等同于聚星上境的人类强者，但在它们生活的山林荒原里，绝对拥有与同等境界人类强者相等、甚至更强的杀伤力，因为这是一种极为罕见的擅长远程攻击的妖兽。

犍兽的身躯庞大如山，体表天然覆盖着一层极为坚硬的盔甲，独角之锋可破坚石。它最大的特点也是最令敌人恐惧不安的，是身后那根细长的、生满黑色毫毛的尾巴，当它蹲坐时，细长的尾巴在地面盘旋成堆，而当它遇着敌人或者猎物时，那根细长的尾巴便会竖起来，缠住头顶的独角，便会变成一道弦，它的身躯变成了一把巨弓。

这是很神奇的事情，但更难以理解的是，这把如山般的巨弓，所用的箭，竟是它尾巴上那些细微的毫毛。也不知道那些黑色毫毛究竟是何材质制成，在犍兽身上时柔软如绵，一旦被尾弓射出后，则变得坚硬如铁，其速如电，根本避无可避！

聚星上阶的境界战力，加上如此诡魅难防的攻击手段，在人类与魔族征服大陆的过程里，不知道有多少强者被这种恐怖的妖兽杀死，犍兽的威名日渐远扬，以至于开始有人怀疑它的身体里是不是有独角兽的血脉。当然，这种猜想没有得到太多认可，大陆的云山深渊里不知生活着多少只有一只角的妖兽，独角兽如此圣洁的神物，又怎么会留下如此嗜杀的子孙？

看着兽潮里那些缓缓直起庞大身躯、仿佛山峰显于地面的犍兽，陈长生握着魔帅旗剑的手有些冰凉。隔着数十里的距离，他仿佛也能够看到这只妖兽的眼睛，那是一双像米粒般小的眼珠，里面散发着淡淡的幽光，显得格外恐怖。这只是感觉，但他很确认这只妖兽能够看到自己的眼睛，不然怎么可能隔着这么远也能威胁到自己？

陈长生知道随后这只恐怖的妖兽便将向自己发起源源不断的远程攻击，但在应对那些蕴藏着无穷威力的毫箭之前，他还要解决别的很多问题，比如神道前方隐隐响起的叽叽声，还有兽潮里响起的轰隆如雷的地裂声。

叽叽的声音很微弱，如果不是知道这道声音的主人何其可怕，或者还会觉得有些可爱。陈长生记得很清楚，在道藏四海卷里曾经记载过一种强大的妖兽，就是这样叫的。那种妖兽叫做土狲，身体瘦小，毛色土黄，獠牙与颈部都极长，可以像人类一样站立，奔跑时则是四肢着地，奇快无比，而且它的爪牙无比锋利，可以说无坚不摧，性情极为嗜血残忍，最喜食人类，最可怕的是，这种妖兽极擅长潜地而行，近乎土遁一般神奇，行踪极难捕捉，哪怕是比它要强大很多的对手，往往也会在毫无防备的情况下，被它偷袭得手，然后生生啃食而死，画面极为惨烈。

最让他警惕不安的，还是兽潮海洋里的那道雷声。雷声是草原的地面在裂开，不是被剑意侵凌而裂，而是有一只力大无穷的妖兽正在翻开地面，愤怒地嘶吼着。他看着兽潮里那道如山般的恐怖身影，知道那只妖兽，并没有完全站起来，而是在弯着腰寻找武器。武器可以是山，也可以是湿软的泥土下面那些坚硬的岩石，越大越重的岩石它用起来越是顺手。

这只妖兽叫做倒山獠，身高二十八丈，长吻盘角，拥有难以想象的蛮力，愤怒的时候，甚至可以推倒山峰，然后山丘为兵，以碎石为星，喷疾风如刀，悍勇无比，天机阁地兽榜第三！

犍兽、土狈、倒山獠，都是有资格进入道藏的名字，都是极为强大恐怖的妖兽，已经成为传说，或者被人忘记，然而谁能想到，当大陆早已被人类和魔族统治的今天，在周园这片草原里还有它们的身影。

周园的世界规则对人类的修行境界有强制性的要求，看起来却不影响这些妖兽，难怪数百年来，所有进入日不落草原的人类修行者或者魔族，都再也没有办法出去，只怕都已经成为这些恐怖妖兽的食物。

一道黑毫，自天边来，便让陈长生手里的魔帅旗剑险些脱手，陵墓近处的叽叽声与远方草原里的雷鸣声，进入他的耳中，让他的脸色变得异常苍白，只是瞬间，他便有了死亡到来的感觉。

先前这些高阶妖兽因为那道阴影的缘故，一直沉默，现在万剑凌空，南客飘舞于残雨之中，它们不再沉默，于是三道难以想象的强大气息，开始在陵墓前散发，然后越来越狂暴。

陈长生只有通幽上境，哪怕万道残剑在旁，也无法改变这一点。这三只聚星上阶的妖兽，无论境界还是实力，都有碾压性的优势，他甚至连三只妖兽的威压都有些难以抵抗，该如何办？

此时回想起来，他们从草原边缘一路来到周陵，如果不是南客为了跟踪他们，用魂木命令那些妖兽不得进攻，或者他们早就已经死在了路上，至于南客为什么不让那些妖兽带路？他们有某种猜想。

"这些妖兽并不见得完全听你的话。"陈长生看着天空里那道巨大的阴影，想象着阴影之后那只已经半步踏入神圣领域的传奇妖兽，沉默片刻后望向南客说道。

残雨从天空的碎云里落下，滴滴答答，南客闭着眼睛，黑发在娇小的身躯后狂舞，魂木在她的身前悬浮着，越来越明亮，仿佛要变得透明一般，没有理会他的话，或者根本没有听到。

兽潮继续向陵墓席卷而来，刚刚被染成血红的近处草原，很快便被黑色的海洋再次覆盖。

那道阴森的叽叽声变得越来越微弱，这不代表着那只恐怖的土狈已然远离，相反，这意味着它正在准备发起攻击。

倒山獠在草原水泊里，终于找到了一条数丈长的石棱，站直了身躯，于是一座山丘出现在兽潮之中。

在黑色海洋的后方，那只犍兽沉默地注视着陵墓，米粒般的兽眼里散发着幽光，落在陈长生的身上，它的细尾卷着头顶的独角，绷得极紧，至少数千根黑色的毫毛，密密麻麻地排列在上面。

陈长生无法战胜这三只高阶妖兽，但他并无惧意，眼睛依然明亮，就像是陵墓四周空中的万道残剑里最亮的那个光点。

陵墓四周，寒风微作，万剑微鸣。远处兽潮如海，大兽如山。山海剑飞回他的身前，微微震动。动静两不相宜，剑兽终将一战。如果这些残剑自行其是，与兽潮相争，散兵游勇，大概很快便会纷纷坠落，就此陨灭。但现在，他在这里。万剑皆军，或为士卒，或为前锋，或为中阵，他是将军。

他该如何率领万剑打这一场仗？

他不知道。纵使他自幼通读道藏，把国教学院里珍藏的无数修行秘籍都背了下来，依然不可能学会万种剑法。没有人能够做到这一点。那么，他该如何驭使这万道剑，让这些剑发挥出最大的威力？

他握着黄纸伞，感受着那道剑意传来的信息。进入草原，来到周陵，剑池出世，所有的一切，都与那道剑意有关。或者，那便是答案。

他感知到了那道剑意的傲然与沉稳。傲然与沉稳是两种截然不同的情绪，甚至隐隐抵触，基本上不可能同时出现在一把剑或者一个人的身上。有些奇怪的是，陈长生却觉得这道剑意里傲然沉稳相杂的情形，自己很熟悉。不是对道藏倒背如流的那种熟悉，而是真正的熟悉，用眼睛看到过，用心灵感受过，甚至与之战斗过的熟悉。

很简单他便想明白了，这是离山的剑意，他曾经在那几名离山少年天才的身上感受过——关飞白骄傲自负以至冷漠，苟寒食沉稳温和于是可亲，梁半湖沉默寡言故而可信，七间三者皆具。原来这道剑意来自离山，他望向手里的黄纸伞，沉默不语。

直至此时，他依然不知道这道剑意属于传奇的遮天名剑，但他知道自己应该怎样做了。即便是周独夫复生，也不可能用万种剑意驭使万道残剑施出万般剑法，他更不能，但他可以用这道来自离山的剑意驭使万道残剑使出离山的万般剑法，唯一需要解决的问题是，他如何能够同时控制万道神识。

只需要解决一个问题，那么那个问题往往就是最难解决的问题。哪怕是最能异想天开的离宫玄学家，也不会认为有人能够做到把神识分成万道，尝试都没有任何必要，但陈长生想试一试。

他左手握住黄纸伞的伞柄，神识疾运，驭使着伞中的剑意向着陵墓四周的天空里散去，瞬间接触到了那些残剑，清晰地感觉到了那些残剑里残留的剑意，那些剑意已然疲惫或者虚弱，有些剑意甚至淡得难以发现。

他尊敬而坚定地请那些剑意暂时让位，交出控制权。

霸道如山海剑同意了。

矜持如斋剑同意了。

陵墓四周天空里的万道剑，都同意了。

74 · 剑行草原，仿佛离山

所有的剑都同意了，包括陵墓正前方的天空里，那把飞的最高、最为明亮以至于很刺眼，同时也最为骄傲的那把剑，也没有反对，但那把剑微颤而鸣，对于那道来到自己身体里的剑意，显得有些轻蔑，浑然不在意对方的来历。

现在离山剑意已经让万剑相通，他需要做的事情，便是通过这道剑意，让这万道剑施展出剑招，既然是离山剑意，要施展的当然也是离山剑法——因为与徐有容的婚约以及在京都里发生的很多故事，在很多人眼中，国教学院与离山剑宗、他与以秋山君为代表的神国七律之间有难以解开的仇怨，但有意思的是，他会的最多的就是离山剑法。因为离山剑法总诀一直就在他的身边，也因为他从开始修行起，遇到的那些天才的对手都来自离山。

离山剑宗乃是南方教派镇山之剑，世代修行剑道，从古至今不知创造了多少套剑法，有资格被录入离山剑法总诀里的剑招，便足有三万余式，都已经被他牢牢地记在了脑海里，当然，他不可能在短短一年时间里，就能够把那些剑招需要的剑意全部掌握，但现在有黄纸伞里的那道离山剑意帮助，他施展这些离山剑法没有任何问题，最大的问题依然是他的神识。

他的神识能够分成多少道，能够驭使多少把剑使出那些离山剑法？

雨后初晴的空中，南客闭着眼睛，小脸苍白，黑发飘舞，魂木大光放明，驭使着妖兽向陵墓进攻，同时做着最后一击的准备。看着她以及她身后的兽潮黑海，还有那两座如山般的恐怖巨兽，陈长生也闭上了眼睛。离山剑法总诀里的三万多记剑招，以无法理解的速度，变成仿佛真实的画面，在他的识海里不停掠过。

陵墓四周，响起一阵细微的摩擦声，然后隐隐约约能够听到叽叽的声音，时而在东，时而在西，瞬间数里，根本无法判清位置，自然更加无法加以攻击，那只阴险且强大的土狲来了。

陈长生依然闭着眼睛，忽然抬起右臂，向着神道前方某处指去。随着他手指所向，陵墓前的天空里，响起一阵密集而锋利至极的剑啸。一百把剑，破空而去。抚柳望归！山道十八弯！落涧！系马山前！这些剑招都是离山剑宗的山门剑。从第一式到最后一式，这一百把剑竟分别使出了一百记剑招。这等于一百名离山剑宗的弟子，同时发出剑招。

按道理来说，陈长生的真元不可能如此充沛，但不要忘记，那些剑正在燃烧自己的生命，这是它们最后的战斗。以他现在的修为境界，还有强大至极的遮天剑意，此时这一百把剑爆发出来的威力根本不是普通的离山剑宗弟子发出的剑招所能比拟，而是离山剑宗内门弟子、甚至是神国七律的水准！

一百个梁半湖、一百个七间、或者说，一百个关飞白同时发剑，会有怎样的威力？就算是聚星巅峰的强者，也无法正面抵其锋芒，那只聚星上阶的妖兽呢？

剑光纵横于神道之前，凌厉而向，深深侵杀进神道前方的地底。一座由剑光构成的山门，就这样矗立在神道之前！这座山门巍峨壮观，庄肃神圣，仿佛来自离山！

地底响起一道带着愤怒与惘然情绪的吼叫，紧接着，地面翻滚裂开，那只土狲带着一道黑血，化作一道流光，拼命地向陵墓外围疾掠，竟是在一招之间便受了重伤！

一百把剑没有追击，在神道之前的天空里缓缓起伏飘动。

山门缥缈，仿佛在云雾之中。

有云雾便有湿气，被剑意切碎的阴云，随着自然的想法缓缓靠拢，天空里再次落下雨水，只是细微了很多。

南客闭着眼睛，雨丝打湿了她苍白的脸。弹琴老者浑身是血倒在神道上，已经死了，凝翠昏了过去，画秋也昏了过去，只有那对强大的魔将夫妇还站在，拿着弯折的铁棍与破底的铁锅，站在南客下方，为她护法。

看着神道上那座百剑组成的山门，夫妇二人神情凝重——百剑齐至，聚星上阶的恐怖妖兽瞬间受伤，不要说现在境界被压制在通幽上境，就算恢复到周园外的强大战力，自己能够接下这轮狂暴的剑攻吗？最令他们震撼不解的是，陈长生的神识怎么会强大到这种程度，居然可以分成百道，用一百把剑使出一百记剑招！这片大陆，以往曾经出现过这样的事情吗？

南客身前的魂木越来越亮，天空里那道阴影越来越低，渐要低至她的身下。如黑色海洋般的兽潮，终于来到了陵墓的四周，蔓延而上，开始攻击。无数只妖兽，嘶吼着、咆哮着，跃上陵墓里的巨岩，向着上方快速地攀爬。在很短的时间里，陵墓的下半段便被兽潮所淹没，一片混乱，拥挤的妖兽不停涌动着，显得有些恶心。

陵墓实在太大，妖兽的数量实在太多，到处都是。神道上的一百把剑不停地斩杀，如真正的山门，却没有办法阻止兽潮前进的势头。陈长生还需要更多的剑，那些剑就在陵墓四周的天空里。

站在石台边缘的细雨里，陈长生的脸色变得有些苍白，双眼紧闭，睫毛微微颤抖。无数招离山剑法，正在他的识海里不停地闪过。他的神识与那道剑意一起，通过黄纸伞，落在了所有剑的剑身上。万道神识万道剑。万道剑光万声啸。无数道凄厉的剑啸在陵墓四周响起，瞬间压过兽潮暴戾的咆哮声，占据了整片日不落草原。无数道剑破空而飞，杀向兽潮！

细雨遮不住草原边缘的落日，那团看似没有温度的光团散发出来的红暖光线，落在那些剑的剑身上。那些剑仿佛要燃烧起来，在陵墓四周飞舞着，穿行着，仿佛金乌。金乌归离山！这是一记剑招。一记威力极大的剑招。擦擦擦擦！无数声密集的切割声响起，陵墓西南面上的数百只妖兽，被一片金色的剑雨从中斩断！

数十把剑在陵墓北面的天空里散发，剑势带出的尾迹，就像一朵鲜花正在怒放。繁花似锦！这依然是一记剑招。草原的地面上，瞬间出现无数道深刻的剑痕。正在向陵墓涌去的十余只蛟蛇寸寸断裂，肉团在污血里不停抽搐。

还有无数把剑狂暴地穿行着，与那些妖兽锋利的爪牙拼杀着。妖兽的鲜血与剑的光泽混杂着，喷涂着这个世界。

落日余晖下，微微细雨里，剑鸣阵阵于草海之上。陵墓仿佛一艘巨大的渔舟。渔歌三唱。这依然还是离山剑法。

陈长生的脸越来越苍白，身体颤抖得越来越厉害。但他握着黄纸伞，站在微雨里，始终没有倒下，于是，那些剑还在继续战斗。

数百剑来到那座如山般的倒山獠前。倒山獠发出一声怒嚎，手里的石柱，带着难以想象的威力，向着那片剑雨砸将过去。草原上响起一阵暴鸣。剑雨稍一零落，便再次重整，向着倒山獠杀将过去。山鬼分岩。星钩横昼。露华零梧。这是当初在青藤宴上，七间与唐三十六战时，依着苟寒食的指挥，连续用的三招。今天被陈长生用来对付这只恐怖的妖兽。倒山獠如山般的身躯上，出现了数百道清晰的剑痕！

看着这幕画面，看着陵墓四周的无数画面，腾小明与刘婉儿夫妇脸上的凝重之色已然不见，只剩下一片苍白。他们在雪原战场上不知见过多少人类军中强者，再惊世骇俗的画面也见过，今日在周陵之前也见到太多神奇的事情。但此时，他们依然被震撼得无法言语。腾小明神情微惘，看着雨中的陈长生喃喃道："这……怎么可能？"

75 · 金翅大鹏现世

同时控制万把剑，需要万道神识，谁能拥有如此强大的神识？即便是周独夫复生，只怕也无法做到，但偏偏陈长生做到了，所以腾小明震撼之余，更多的是惘然，他想不明白这件事情。

当初在国教学院的藏书馆里定命星的时候，陈长生的神识散于京都上空的夜穹，圣后夜观星象，曾经做出过这样的评价——此人神识之强，意识之宁，极为少见，只怕是位苦读百年的老夫子，一朝明悟天地至理，才有此造化，便如当年的王之策，厚积薄发，自然不俗。在这段评价里，圣后把陈长生与当初一夜悟道，星耀夜都的王之策相提并论，可以想见陈长生的神识有多强，但再强也不可能强过周独夫去，他之所以能够把神识分作万道，关键点在于圣后两句评价中的后面一句。

神识能够分成多少道与神识本身的强度无关，只与神识的稳定程度相关。

周独夫这样的绝世强者，自然拥有比陈长生强大无数倍的神识，那种神识就像是一块坚硬而巨大的岩石，可以分作一道两道甚至数十道，但终究没有办法永远地分散，总会有某个时刻变成细小的石砾，再没有办法切割成更小的石砾。

陈长生的神识却无比宁静，虽然不可能像周独夫这种层级的强者那般坚不可摧，却更加绵柔，不似坚硬的岩石，而像是水，可以分成无数滴，变成水珠变成水雾，仿佛可以无穷无尽地分割下去。

无数把剑在陵墓四周穿梭飞行着，不时落向兽潮，带起一片血雨，或者会遇到极强硬的抵抗，有些残旧的老剑再次被断，看着有些惨不忍睹，在万剑与兽潮刚刚开战的时候，数十道最快也是保存相对最完好的剑，在山海剑的带领下，在陈长生神识的指挥下，专注而坚定地向着草原深处飞去，这时候终于来到了那只犍兽之前。

那只犍兽米粒般的眼眸里散发着残忍的幽光，与独角紧紧相连的细尾绷得极紧，四周的草丛早已因为它身上散发出来的狂暴气息而偃倒难起，只闻得空中暴出无数声密集而轻微的嗤嗤细响，它尾上数千根黑毫化作几乎隐形的利箭，向着陵墓射去。

当当当当！草原深处响起一连串的清脆撞击声，那些声音仿佛要挤在一起，变成一道长音。数十道剑光在犍兽身前数里外的空中，闪电般的穿行飞舞出，剑势圆融而出，在空中划出无数个密布的光圈。犍兽射出的数千根黑毫，尽数被那些剑光挡住。瞬息之间，空中出现数千道极小的白色气旋，那都是剑与黑毫相遇的结果，草原地面上出现很多像线一般的裂缝，那些侥幸苟活下来的鲶鱼与泥鳅，根本来不及向湿泥深处钻去，便被撕扯成了丝絮。

山海剑没有去挡那些隔着数十里距离射向陵墓的黑毫，从那些剑圈里狂暴地杀出，沉重的玄铁剑身破开空气，发出令人耳痛的呼啸声，居高临下直接斩向犍兽头顶的独角，正是苏离自创的那招燎天一剑！

草原里到处都是剑锋与坚韧的兽皮切割的声音，到处都能看到飞溅的肉团，无数剑光渐渐黯淡，无数妖兽倒在陵墓脚下或是水草深处，陵墓四周的微雨还在继续地下着，草原里的这场剑雨何时才会停歇？

南客依然着眼睛，身前的魂木越来越亮，光线洁白似乳，小脸被照耀得更加苍白。腾小明与刘婉儿在替她护法，散发着强大而决然的气息，没有让任何一把剑靠近她的身体。

不知过了多长时间，她终于睁开了眼睛，细雨落在她的脸上，漠然无情的眼眸深处的幽绿火焰没有被寒冷的雨水浇熄，反而不知道因为什么缘故边缘泛出一道神圣的金光，而且那道金边正在向绿意深处侵蚀。

陈长生也睁开了眼睛，望向飘在陵墓正门之前的她。

二人静静对视，没有说话。

南客把自己看作周园的继承者，她的手段来自于周独夫当年留下来的禁制。那些禁制已经把这万道残剑留在周园里已有数百年。今天陈长生想要靠着那万道残剑、带着那万道残剑离开，那必然要破坏周园的根本，这是她无法允许的事情。所以哪怕冒着被万剑斩杀的危险，先前她也要神游天地之间，启用最强大的方法，杀死陈长生，重收万剑，让草原重新归于平静。

陈长生当然不会接受这个安排，无论是命运的安排还是周独夫死前的安排。

万剑与兽潮的战争还在持续，只是对视的这么短暂片刻里，便不知道有多少惨烈血腥的画面发生。这场战争的双方是剑与兽，没有人，自然也没有人说话，只有剑啸与兽哮，听不到喊杀声，草原上却是杀意冲天。

没有过多长时间，兽潮渐渐平静，然后缓缓向陵墓外围退去，不知道是因为发现确实无法突破陵墓外的那万道残剑，还是南客通过魂木发布了命令，又或者是它们隐约感知到了些什么。

陈长生举起右手，细雨落在他的手上，草原里的无数道剑相应归来。

有数万只低阶妖兽死去，那只阴森诡魅的土狲最开始试图偷袭陈长生，结果反而被陈长生反制成功，被山门剑重创，两条后肢一断一残，无法再像人一样直立，抱着獠天兽的大腿，怨恨地盯着陵墓，发出愤怒的叽叽声，就像是在告状。

倒山獠如山般的巨大身躯，在兽潮海洋里极为醒目，但现在它坚硬的身躯表面至少出现了数千道或深或浅的剑痕，有的剑成功地破开了它恐怖的防御，伤到了它的肉骨，鲜血淋漓，顺着它手里那把断了的石棱淌落到地面上。

草原深处的那只犍兽看似受伤最轻，只是细尾上的那些黑色毫毛已经大多射光，只剩下寥寥数撮，看着就像是被火烧过一般，斑驳一片，很是狼狈惨淡，又有些可笑，再也不复先前那般恐怖。

无数把剑向陵墓飞回，有些剑再次折断，除了剑柄便只剩下短短的一截，看着同样惨淡，令人心酸，有的剑被妖兽的毒液击中，锈迹被蚀掉，重新恢复了明亮，却有些难承其荷，在途中摇摇欲坠。

没有一把剑坠到草原里，就此陨落，因为眼看着那些剑要坠落的时候，便会有别的剑飞掠而至，从下方将其承住，即便是先前在战斗里被妖兽打断、踩到湿泥里的那些剑，也被别的剑从地底里挑了出来，数剑相格，向陵墓飞回。

这幕画面很容易让人联想起真正的战场，血阳之下，听得胜归营的鸣金声，受伤且疲惫的战士们根本没有力气发出欢呼，互相搀扶着，缓慢地向着军营走了回去，无力行走的伤兵则被同袍用简易的树枝抬了起来。

陈长生没有让一把剑留在草原上，这似乎有些令人感动，但南客不会生出这种在她看来廉价的热血感，她从这幕画面里看到的是陈长生的强大，能够一心万用坚持到现在，举世罕见，便是她都很是佩服。

但越是佩服，越要去死。南客眼眸深处的幽绿火焰，已经尽数神圣的金色，一道难以用言语来形容的圣洁气息，从娇小的身躯里散发出来，在这一刻很难感觉到她是魔族的公主，而更像是南溪斋里的圣女。

那片恐怖的阴影已经完全落在了她的身后。她的身后就是日不落草原。那片阴影曾经遮蔽半个天空，落了下来，便掩盖了整片草原，远处的落日洒来的昏暗光线，落在阴影上，仿佛瞬间被吸噬，没有任何折射，就这样消失无踪。此时的草原上到处都是血，阴影微微起伏，仿佛因为那些血而要活过来。落日的光线不再继续被吞噬，与那些血色混在一起，变成金色，就是南客眼眸深处火焰的颜色。阴影的边缘被镀了一道金边，渐渐被勾勒出形状，随着缓慢的飘舞，形状越清晰。

那是一双翅膀。一双金色的翅膀。这双金翅无比巨大，其长不知几千里，横亘于天地之间。金翅大鹏鸟，终于显现出来了真容。随着它的出现，天地变色，陵墓上方刚刚重新聚拢的阴云，瞬间散去。

所有的妖兽都畏惧地低下头去，纷纷以它们所以为的最臣服的姿态降到血水与湿泥乱草里，兽潮掀起一道一道的波澜，即便是最骄傲霸道的倒山獠，也谦卑地跪倒在大鹏的阴影之中。

落日在大鹏的身后，无数道光线顺着它的双翅边缘散溢开来，在天空里变成无数光絮。这景象美丽的极不真实，就像是国教道藏里描述的神话画面。事实上，在离宫光明大殿里，确实有幅壁画，画的就是远古之前，金翅大鹏鸟在光云里出生时的天地异象。金翅大鹏，自出生于天地之间的那一刻起，便几乎踏进了神圣领域。无论是神话还是传说或者真实里，金翅大鹏都是与独角兽、神雀同阶的神兽，只在龙凤之下。

陈长生看着从那只遮蔽天空的金翅大鹏，沉默不语。从看到那片阴影的那刻开始，他就在等着这一刻的到来。然而就像死亡一样，无论你做多少准备，当它来临的时候，你才会发现自己还是没有准备好。现在，他就有这样的感觉。

这只金翅大鹏，仿佛就是死亡。

76·夜空中最闪亮的星

像金翅大鹏鸟这种级别的神兽，其威足以撼天动地，在先前已经过去的那段时间里，只要它愿意，随意振翅，没有万剑伴身的陈长生根本没有任何办法抵挡，必然身死魂殒，只是不知为何，它一直化作阴影安静地飘在天空里，始终没有向陵墓发起攻击，直至此时，南客动用某种秘法将神识投入那片阴影之中，才有了眼前这幕画面。

或者像徐有容和陈长生研判的那样，只有魂木没有魂枢的南客，并不能完全控制草原里的这些妖兽，至少是不足以控制像金翅大鹏这样的神兽，所以南客才需要这么长的时间，才能请出大鹏现世。

怎样才能应对这只恐怖的神兽？以陈长生通幽上境的境界，如果只靠自己，想要做到这一点无异于神话。黑龙还在他幽府外的湖水里沉睡，即便此时醒来，来到周园里的也只是黑龙的一道离魂，无法对抗一只真实存在的金翅大鹏。

即便有那万道残剑的帮助，也看不到任何可能性，毕竟他不像当年这些剑的主人那般强大，此时金翅大鹏的威压伴着那些光线落在陵墓上，万剑俱寂，虽然未生惧意，但这种沉默已经明确地表示它们不是这只金翅大鹏的对手。

只有山海剑与斋剑等十余柄最先出现的剑，剑首微翘，默然生厉，似乎时刻准备着出击，在万剑当中，就属这些剑最为强大、最为骄傲，其中一把剑更是剑身高速颤动，不停地发出嗡鸣。

剑身微颤，不是害怕，而是兴奋。看着恐怖的金翅大鹏带着万道光线向陵墓飘来，这把剑……很兴奋，急着去与对厮杀一场。

先前陈长生便注意到了这把剑。因为这把剑在万剑里飞得最高，最为高傲，即便是对黄纸伞里的剑意都没有任何退让之意，同时也最为明亮，反耀着草原边缘洒来的光线，就像是夜空里最闪亮的星，自有一种华服贵胄之气。

看着那把剑，陈长生很容易便联想起当初在青藤夜上，落落站在人群之前，第一次表明自己是白帝之女时的画面。这种骄傲并不会显之于外，那种高贵来自于血脉，哪怕对手是金翅大鹏，又怎会心生惧意？

这把剑现在正在陵墓的上空，距离地面极为遥远。陈长生把手伸向天空，通过黄纸伞的剑意传达了自己的想法，然后把那道分散出去的剑意收回了黄纸伞里，把自由还给了那把剑自己。

嗖的一声，那把剑化作一道明亮至极的剑光，自高空回到陵墓正中的石台上，落入陈长生的手中。握住剑柄，陈长生想起了这把剑的来历，再望向那片万丈光芒里的金翅大鹏时，眼神变得坚定了些。

这把剑叫龙吟剑，非常强大，先前曾经在他的手里，一招便重伤了腾小明。但更大的意义在于，这把龙吟剑曾经属于大周皇族某位亲王。

那位亲王叫做陈玄霸，是太宗皇弟最小的弟弟，自幼天赋异禀，很年轻的时候便已经修至聚星巅峰，即便在那个野花盛开、天才辈出的大时代里，也堪称不世奇才，因为他的身上流淌着的是真龙的血脉。换个比喻说，他就是那个时代的秋山君。

陈玄霸很年轻的时候便死了。他死的时候，来自天凉郡的大军刚刚攻下京都，皇朝尚未改元，大周尚未正式建国，他的亲王之位也是后来追封的，但没有任何人对此提出过质疑，与他的姓氏无关，而是因为整个大陆都清楚，天凉郡的大军横扫大陆，他发挥了怎样的作用。

大周皇族千年以来，这位早逝的英武少年是公认的最强者，虽然直到他死都没有与他的二哥，也就是太宗皇帝较量过，但没有人敢质疑这一点，因为他是在周园中与周独夫大战一天一夜之后，才力竭败亡。

到了现在，因为某些复杂的原因，还记得陈玄霸这个曾经霸道无双的名字的人已经很少了，皇朝正史上关于他的记载也很少，但那些还记得当年历史的人，每每想起陈玄霸这个名字以及曾经在他腰畔的那把龙吟剑，都会生出很多情绪复杂的感慨。

因为陈玄霸死得早，所以没有参与到太宗皇帝与亲兄弟们争夺皇位的血腥战斗里，对那个早逝的英武少年来说，这可以说是某种幸福，但对陈氏皇族来说却是极大的不幸，因为他如果还活着，在他强大的武力压制下，这场战斗完全可能打不起来，即便矛盾依旧，但或者也不会那般惨烈血腥，最终导致数百名皇族被杀，京都里血流成河。

当然还有一种流传更广的说法，如果陈玄霸能够活到后来，太宗皇帝根本不可能登上皇位——那些被慢慢销毁的天凉郡郡治及稗史里记载的很清楚，陈玄霸明显要与自己的长兄，也就是建王殿下要亲近得多。如果他也参加到那场皇位之争里，披着睡衣的太宗皇帝陛下，怎么可能在百草园里躲过那场伏杀？

于是，一个令人心寒的阴谋论出现了。

眼看着天凉郡大军即将攻克京都，大周即将建国，自己即将成为高高在上的皇子，拥有无比灿烂的未来，陈玄霸为何会主动进入周园挑战周独夫？是的，在现存的不多记载里，所有曾经的当事者都写得非常清楚，这场绝世强者之间的战斗，是由陈玄霸主动提出来的。为什么？按照皇族正史的说法，陈玄霸正是因为眼看着大周即将建国，自己不用再背负家族的重任，于是开始继续追求天道，只是这种说法总欠缺了一些说服力，最重要的是，即将败了，何至于死？就算周独夫不在意大周皇族的怒火，难道他不在意太宗皇帝的感受？要知道太宗皇帝是陈玄霸的亲二哥，也是周独夫的结义兄弟！

过去的历史再也没有办法理清，陈玄霸死了，太宗皇帝也死了，现在看着这座陵墓，基本上可以确定，周独夫也死了，英雄人物总被风吹雨打去，只剩下这把龙吟剑在周园里追怀着曾经的荣光，依然当年那般骄傲。

少年皇族，绝世战神，真龙血脉，这就是陈玄霸。他用的龙吟剑，自然贵气无双，傲气十足，哪里会惧怕大鹏？陈长生看着龙吟剑，感受着剑身里残留着的傲意，又莫名觉得无比亲切。这种亲切难以解释，无比强烈，竟让他心神激荡，难以自已。他的手颤抖了起来，于是，剑也颤抖了起来。

77·剑的传承

金翅大鹏鸟的阴影来到了陵墓前数百里的天空里，双翅的边缘散溢着金色的光线，却给陵墓带来了黑暗，在黑暗中望去，它的双眼就像两团燃烧的神火。南客黑发飘舞，娇小的身体静静悬在那两团神火之间，相形之下极为渺小，但给人一种感觉，她与金翅大鹏鸟之间已经形成一种难以切割的联系，换句话说，她现在就是金翅大鹏的神魂。

金光闪耀之间，一道难以想象的恐怖威压落在了草原上，随之而起的是一场飓风，即便是南海上最狂暴的风也不可能有这么多，碎裂的草屑狂舞难安，地面上的污水被震得粉碎，再没有一只妖兽能够站稳，纷纷扑倒在地，陵墓四周空中的万道残剑被吹得不停起伏摇摆，就像汪洋里的无数艘船，随时可能被惊天的巨浪吞没。

伴着一声冷漠而高傲至极的清鸣，金翅大鹏扇动双翅，向着陵墓加速飞来，给人的感觉就像是天空将要压向陵墓，双翅边缘的金光散离然后重聚，仿佛跳跃的火焰，仿佛要活将过来，于是整片草原开始燃烧，无论是血还是水都开始生出熊熊的火焰。

燃烧的草原上是无数只妖兽构成的黑色海洋，这片黑色海洋也在燃烧，变成了一片火海，无论是高阶妖兽还是草原土生的田鼠，都站在火海里，带着敬畏与虔诚望向天空里那双横越数百里的翅膀，发出近乎疯狂的吼叫声。

随着金翅大鹏的靠近，燃烧的草原变得一片明亮，草原正中间的陵墓却变得更加幽暗，万道残剑拼命地抵抗着那两道巨翅带来的罡风，纷纷飞到陵墓正前方。

密密麻麻的万道残剑，在陵墓前组成一道半圆形的剑阵。陈长生站在宏大的剑阵中间，相形之下亦是极为渺小，但他是这道剑阵的神魂。他的左手依然握着黄纸伞，没有将那道剑意从万道残剑的身上收回来，因为他很清楚，那些残剑在经历与兽潮的惨烈战斗后，已经有很多剑快要无法支撑，如果他这时候收回那道离山剑意，那么根本不需要金翅大鹏做些什么，那些剑便会陨灭。

他现在能够用的只是龙吟剑的剑意，只是时间已经过去了数百年，这把剑的剑意还足够强大吗？看着越来越近的金翅大鹏，他默默感受着龙吟剑里的骄傲与亲切，是的，那是一种让他很熟悉甚至亲切的骄傲意味，仿佛这就是他先天应该拥有。

这种莫名来由的亲切让他心神剧烈地震荡起来，就像折袖每次犯病时那样，心脏跳动的速度瞬间加快了一倍有余，真元在经脉里运行的速度更是变得快了无数倍，他握着剑柄的手不停地颤抖，颤抖得越来越厉害，以至于整个人都颤抖起来。

就连他身体里那片雪原也颤抖了起来。这片雪原曾经承载过的厚雪，是他从国教学院定命星以来数百个夜晚不停苦修的成果，是最凝纯的星辉，在大朝试里和数十日的战斗里曾经数次燃尽，现在还剩下浅浅的一层。

浅雪易松，随着那道来自体外的震动，雪片震离原野，抛向空中，遇着那片球形的湖水折射下来的光线，轰的一声开始剧烈的燃烧。星辉雪屑瞬间燃烧成清水，又变成水雾，化作最纯净的真元，充斥着他的身体，然后顺着那些干涸甚至断裂如山崖的经脉向前流动，一直不停地前进……对于陈长生来说，这是极为痛苦的过程，但他没有发出一声闷哼，只是盯着越来越靠近陵墓的金翅大鹏，继续坚持着，任由那些震动继续燃烧雪原，真元继续在体内侵伐向前。

某一刻，那道真元终于来到了他的手腕里，发自内心的震动与剑柄处的震动相遇，然后融为了一体，变成一道难以形容的战意！

龙吟剑已残，剑意不如当年，但战意犹存！带着这道骄傲而倔强的剑意，陈长生手执龙吟剑，向着天空里的金翅大鹏刺去！一声清亮悠远而难明其义的龙吟，在陵墓正门前的石台上响起！

一道极为瑰丽明亮的剑光，带着近乎真实存在的龙息，破开数十里的距离，来到了天空中，向着金翅大鹏两团神火般的眼睛之间斩去！

南客在那里……与这道龙吟剑的剑光相比，她是那样的渺小，只是一个小黑点。但她神情不变，向着那道明亮至极的剑光伸出了一根手指。通过魂木的联系，她与金翅大鹏已然一体。她就是金翅大鹏，拥有着近乎神圣领域的力量与精神高度。她只需要一根手指，便挡住了龙吟剑的剑光。

从草原和陵墓望去，金翅大鹏的双眼之间，出现一道极奇怪的黑色气团。那道气团在南客的指尖，那是两道极大力量对冲的结果。下一刻，那道黑色气团瞬间消失，隐隐约约间，空气里出现很多细小的裂纹，那代表着真实的空间都出现了崩解的征兆，同时，一道巨大的声音在草原上空响起，仿佛一道雷。

狂风瞬间从高空来到地面，然后到了千里之外。陵墓崖石间那些倔强的青草尽数被拔离到天空里，吹至不知何处，即便是底部那些崖石上附着的青苔都被剥落，甚至就连崖石表面的石皮都有些发酥。草原里燃烧的黑色海洋生出巨潮，金翅大鹏神火般的双眼下方，至少有数百只低阶妖兽直接被生生震死，而陵墓前的剑阵里，也有数十把剑摇摇欲坠。

陈长生没有听到天空里那道雷声，没有注意这些画面，盯着手里的龙吟剑，因为就在先前那一刻，龙吟剑上响起一道极轻微的声音。

那是断裂的声音。

龙吟剑断了，上半截剑身落到他身前的水泊里，发出啪的一声轻响。这声轻响在陈长生的耳中，才是雷声。一道雷在陵墓正门前的石台上炸开，轰！狂风之中，陈长生的身体向后倒掠数十丈，重重地摔在了石门上，烟尘微起。他脸色苍白，血涌至咽喉，但咽了回去。他觉得所有骨头都断了，但再次站了起来。

因为龙吟剑虽然已经断裂，但战意还在。只是……

即便战意狂暴至此，即便有万剑助威，依然不是金翅大鹏的对手吗？

陈长生望向断剑，注意到那道断口很整齐，很光滑，却不像是新的，然后才想起来，先前握住龙吟剑的时候，便隐约看到，龙吟剑的剑身上本来就有一道若隐若现的线。现在他才明白，原来那道线是刀痕。

无数年前，陈玄霸带着这把剑来到周园，败在了周独夫的刀下，他虽然死了，却不肯倒下，这把剑明明已经断了，却倔强地不肯让对手看到。直至无数年后，这把骄傲的剑再次面对一个同样强大的对手，终于承受不住。

他握着断剑，沉默着，缓慢地，再次走回石台边缘，望向晦暗的天空里。那只金翅大鹏，不知为何需要与南客合体，但它已经证明了自己的强大。南客已然消失不见，已经真正地与大鹏融为了一体。那两道神火依然圣洁却又狂暴，冷冷地看着陵墓中间渺小的他，越来越近。天地变色，阴云翻滚，万道闪电如蛇般在陵墓上空不停亮起。龙吟剑已经断了，他应该再用哪把剑？山海剑还是斋剑？还是说万剑齐出？

就在这时候，他忽然感觉右手的虎口处出现了一道热流。他还没有放下龙吟剑，这道热流来自龙吟剑的半截剑身，这是龙吟剑的剑意——这道骄傲的剑意，带着依依不舍，离开了龙吟剑的剑身，只是瞬间，先前只剩下半截却依然骄傲倔强，无比明亮的龙吟剑，变得黯淡无光，仿佛死去。

那道剑意进入陈长生的身体，然后进入到他腰畔的那把短剑里。他虽然剑心已然圆满，但囿于境界修为，剑意始终未能大成，所以只有通过黄纸伞借来那道离山剑意，才能驭使万剑斩杀兽潮。正是因为这个缘故，他的剑意与短剑始终没有真正的融为一体过，或者换种说法，这把看似寻常普通的短剑，认为他的剑意还配不上自己。

直到此时，龙吟剑的剑意来了。短剑还在鞘中，却开始微微嗡鸣。陈长生明白了龙吟剑的意思，这便是传承。他有些感伤。龙吟剑把剑意传给了短剑，然后死了，短剑却活了过来。他现在只能希望龙吟剑能够以这种方式延续自己的生命，或者说骄傲。那么，他需要胜利。

他把半截龙吟剑轻轻搁到地面，站起身来，握住短剑的剑柄向外抽出。随着他的动作，陵墓正门前出现了一个太阳。这个太阳随着短剑的剑身，在鞘口升起，照亮了幽暗的陵墓与草原。那是无数道金黄色的光线。那是一把无比明亮的剑。一道强大无匹的气息，随之而生，震惊了陵墓四周所有的生命。

一片安静。龙吟剑的剑意与短剑完美地融合在了一起，就像先前陈长生握住剑时的感觉一样，仿佛天生就应该在一起，但这还不够。

这把剑的魂还没有醒过来。

78 · 万剑成龙

燃烧吧。

陈长生对自己说道，很平静。

随着这三个字在他的心里响起，那片承载着星辉雪屑的原野，迅猛地燃烧起来，火势要比先前大了无数倍，只是瞬间，那些雪屑便燃烧干净，同时盈荡在灵台山四周的那片清澈湖水的表面，也生出了幽蓝色的火焰，看着极为美丽。

雪屑融为清水，化作云雾，或者再次凝结为水，或者便以云雾的形态蔓延，那些都是真元，狂暴地、迅猛地在他的身体里肆虐，强行冲开他堵塞的经脉，干涸的河床，不管前面是石林还是万丈深渊，始终坚狠地一路前行。

狂暴的真元点燃了他的血液，烧蚀着他的腑脏与经脉，带来难以想象的痛楚，让他的脸色变得极为苍白，又让他的眼神变得越来越明亮。陈长生毫不顾忌地把自己的境界提升到了巅峰，站在了生死之间的那道门槛上，他拿自己的生命在拼，唯如此才能给手中的短剑提供足够多的真元，唤醒它的魂。

陵墓前方天空里那只巨大的金翅大鹏漠然地俯视着他，有罡风与白色的气流在它的双翅边缘混进光线里，看着异常瑰丽，它眼里的神火更加森然，竟隐约有些敬佩的意思。

陈长生浴过龙血的身躯拥有近乎完美的防御能力，然而随着雪原的暴燃，直至那片湖水也开始燃烧，难以想象数量的真元在他体内暴生，他的身体终于承受不住，开始崩裂。

最先崩裂的是眼角，然后是耳膜，数道鲜血从他的五官里流出，紧接着他脸上的皮肤也开始裂开，道道鲜血溢出，画面看着异常可怖。在那些裂开的血痕里，可以看到肉骨，也可以看到隐隐若星点的火焰。血在他的脸上淌流着，在他的手上流淌着，打湿了他的衣服，湿了剑柄，落在石台地面上，然后继续燃烧。

一道无法用言语形容的香味，随着他的血向陵墓四周散发而去，随着那血的燃烧，香味变得浓郁了无数倍，传得更加远，直至要到草原的边缘。

对这道香味最敏感的自然是妖兽。陵墓四周的黑色海洋再次暴烈起来，那些被金翅大鹏神威镇压得不敢抬头的妖兽，无法忍受血香里那种仿佛来自生命最深处的诱惑，纷纷抬起头来望向陵墓上方，急促地喘息着，发着嘀嘀的声音，淌着涎水，兽眼猩红，兴奋而贪婪。

金翅大鹏也闻到了这道血香，遮蔽天空里的阴影里，它的眼睛就像两团飘摇的神火，在这时，那两团神火轰的一声暴烈地燃烧起来，漠然的神圣气息终于有了某种情绪。

那种情绪是对生命的赞美、向往、渴望，以及……欲望。

这是陈长生最害怕的一种情绪，是他曾经最害怕的事情，但现在他不怕，因为生死便在一线之间，他的脚已经踩在了门槛上，如果要燃烧自己才能唤醒这把剑的魂，何必在意那些目光？

金翅大鹏的阴影落在了陵墓上，它展开了双翅，便覆盖了这座方圆不知几千里的草原，无论天空还是大地都变得阴暗一片，陵墓之间更是所有光线，都被遮蔽，漆黑如这片草原未曾见过的真正的夜晚，万剑微颤，快要承受不住，有些剑渐如落叶飘坠。

一道绝对至高无上的威压，与那种最赤裸而本真的贪婪欲望混在了一起，仿佛变成某种实质的东西，落在了陵墓正门前的陈长生身上。瞬间，他身上流淌着的那些鲜血便凝了，燃烧的火焰熄了，被紧紧束在身后的黑发散了，然后从发线末端开始枯萎发黄，渐渐成灰，簌簌落下。

醒来。他看着手里的短剑在心里想道。

醒来。他对自己的内心默默说道。

内心是什么？是幽府。幽府在哪里？在灵台山上。陈长生的幽府门早已开启，灵台山上没有一片落叶，被那片似真似幻的湖水包裹着，山在湖里。

那片悬在天空里的湖水很清澈，透明至极，表面燃烧着蓝色的火焰，在湖水的最深处，黑龙的那道离魂正静静地漂浮着。随着陈长生的呼唤，一道极轻微的颤动从幽府里传到了灵台山的山道上，然后再传到湖中，湖水开始轻轻荡漾起来，轻轻地冲刷着黑龙的身躯，像是温柔的抚摸，像父亲当年没有离开家的时候每天清晨唤她起床。

黑龙缓缓地睁开眼睛，竖瞳里浮现出一丝惘然，看着身周的湖水里的冰粒，用了片刻才想起自己沉睡之前发生了什么，然后她感受到了湖水深处那座幽府里传来的震动，听到了陈长生的声音，只需瞬间便明白此时外面正在发生什么，甚至看到了天空里那只金翅大鹏。

一道冷漠的气息从她的眼瞳里散出，那是傲然与轻蔑，虽然此时的她只是一道离魂，也没有办法忍受金翅大鹏对自己的挑战，那抹傲然与轻蔑变成狂暴的怒意。

一声清亮愤怒的龙啸，在湖水深处响起，并未传远，激得湖水不停翻滚，湖水表面更加狂暴地燃烧，轰的一声巨响，黑龙破开湖水，离开幽府，飞越积雪已然燃尽的原野，顺着那道云雾与清水构织而成的真元河流，飞过不再干涸的河床，飞越断涧与深渊，随着陈长生的意识进入他的手臂，然后离开进入一个崭新的世界。

黑龙的那道离魂进入了短剑里，对她来说，这是一个完全陌生的世界，充斥着金色的光线，最令她感到莫名亲切的是，在这个世界里她感受到了两道极为熟悉的气息。那两道气息强大得甚至让她有些不安，但她生不出抵触的念头，因为那两道气息都是长辈。

没有人知道，就连陈长生自己都不知道，这把短剑与龙族之间有多么紧密的联系。

在西宁镇旧庙，余人将这把短剑赠给他，他拿着这把短剑参加过很多场战斗，这把短剑的锋利已经带给世界很多震惊，但事实上这把短剑真正的威力根本没有发挥出来过。因为他的境界修为太普通，没有办法修炼出配得上这把剑的剑意，也因为十五年前这把剑被炼制成功之后，一直处于某种不甘的情绪之中，不肯醒来。

直至此时，龙魂进入了短剑，与龙吟剑的剑意相遇，这把剑终于醒了过来。

真正地醒了过来。

陈长生不知道短剑发生了什么变化，但他知道这把剑已经醒了。

这把剑的魂醒了。

他抬头望向陵墓上空的那只金翅大鹏，神情平静，眼神明亮，充满了战意。陵墓四周的万道剑，随着他的目光，缓缓调整方向指向大鹏，将要出征。

去吧，他在心里对短剑说道，却不知道这两个字从自己的嘴里喊了出来。

"去吧！"

他把手里的短剑向着天空里掷去！短剑化作一道金光，离开陵墓正门前的石台，向着金翅大鹏疾飞而去！天地之间一片震动，陵墓前泛起万道金光，万剑齐鸣，发出或清脆或沙哑的剑响！万剑嗖嗖破空而起，随短剑而去！大放光明！黄纸伞在他的左手里轻轻摇动，似助威、似祝福。短剑在幽暗的天空里画出一道笔直的线。

一万道剑紧紧跟随在它的身后，变成一条约十里长的细带！万剑来至高空，金翅大鹏的双翼畔溢出的光线，落在它们的身上。万剑反射着那些光线，不停地闪烁着光亮，仿佛就像是鳞片。万道剑便是万片鳞，在天空里连在一起，在它们的最前端，是那把短剑。短剑散发着难以想象的威压与光明。

隐隐约约间，在那片神圣的光明里，仿佛出现了一只金色的龙头。

那是一只黄金巨龙的龙首，龙须飘舞，划破长天。

79·归一

一条金龙，出现在夜空里。一声龙啸，破开夜空。一道龙息，碾压了整片草原。

无数妖兽仆服于地，颤栗不敢动，即便是最强大、最骄傲的獠山兽也是如此，任何试图抬头去看的妖兽，都在下一刻暴成了一片血末。至于那些在战斗里侥幸存活下来的蛟蛇更是恐惧得浑身抽搐，似乎随时会把自己绞成肉段自杀以表示虔诚。

因为这是龙，这是比金翅大鹏更高阶的、真正至高的存在，已然近乎神明。

金翅大鹏两眼里的神火依旧狂暴却又诡异的寂然。它看着那只从陵墓里飞起的黄金巨龙，爆发出强烈的战意，它自光明里诞生，怎会害怕刺眼的光明，它的生命就是用来挑战龙凤的威权，又怎会害怕那道金龙散发的威压，而且……万剑成龙，难道就是真的龙？

一声暴戾的啸声响彻天空，金翅大鹏向着陵墓呼啸破空而去，整座草原的天空都被撼动得有些变形，随着它探起双爪，数十里的草原地面竟似被它抓了起来！它要用这撕裂天地的双爪直接刺穿这条金龙的龙首！

万剑凝成的黄金龙破空而起，龙眸漠然，高傲而冷酷。龙须飘舞，将天空高处的那些闪电尽数抽成碎屑。带着至高无上的威压与光明，但很神奇的是，它的龙息里却又带着极深的寒意，只是瞬间，陵墓四周的天空里便落下了大雪！

287

在那一瞬间，金翅大鹏双眼的神火忽然飘摇起来，因为龙息里传来的极度寒冷，也因为它骤然发现了一个震惊的事实——这条由万剑组成的龙竟是条真龙，更恐怖的是，这条剑龙里竟带着两种龙威！黄金巨龙和玄霜巨龙！龙族里最高强大、最高贵、最神圣，同时也是最势不两立的两种巨龙，竟在这道剑龙里得到了完美的统一！

在这一刻，这条万剑组成的龙，竟要比黄金巨龙和玄霜巨龙更加强大！

黄金龙与金翅大鹏在高空中相遇，在暴雪里相会！天空里响起一声愤怒不甘的悲鸣和一声带着些痛意的怒哮！金翅大鹏的右爪瞬间粉碎，投在天空里的那片巨大阴影，被万剑化成的巨龙，生生撕开了一道裂口！黄金龙身上也被大鹏的爪撕开了一道极为恐怖的伤口！万道光线摇晃不安，金翅大鹏鲜血狂流，化作金色的玉浆落到草原地面狂暴的燃烧，烧死了数千只妖兽，紧接着化作飓风，到处肆虐，掀起无数泥土。暴雪与流火，在天地间狂舞着，交织着。黄金龙咆哮着，向着金翅大鹏继续冲去，龙嘴大张，仿佛要将整个天地吞入腹中！

轰的一声巨响！天空里金光大作，夜色骤然不见。陵墓前的草原地面齐齐地向下陷去一层，数十里方圆，十丈深。无数妖兽死于其中。草石俱碎。即便陵墓最高处的崖石，都崩落了数块，伴着轰隆如雷的声音，滚进了草原里。到处都是气流撕裂的声音，到处都是空间苦苦支撑的吱吱声，到处都是狂暴的神威对冲声，到处都是妖兽的惨嚎声，直至最后响起一声狂暴的龙啸！

那声龙啸是如此的清亮悠远，仿佛来自远古，又仿佛是新生，无比骄傲而霸道！

万剑成龙，吞噬天地，把金翅大鹏吃了！

不知道过了多长时间，暴雪渐疏，雪花缓缓地飘落，那些狂暴纷杂的声音也渐渐消失，草原终于恢复了些安静。苟活下来的数万只妖兽，带着恐惧与不安抬头望去，只见天空里一片清明，虽然落着雪，却没有雪云，那片遮盖天空很长时间的阴影也已经不见了。

一个很小的黑点从高空上飘落，就像一片落叶。过了很长时间，那个黑点才落到地面上，发出一声啪的轻响，与先前大战时的狂暴动静相比，极难引起察觉。

从天空落到地面的是南客，她重重地摔到地上，喷出很多鲜血。她落下的地方正在陵墓之前，就在神道的起始处。

陈长生看着她，并不是刻意的，但自然居高临下。他知道在战胜那只金翅大鹏后，万剑已经残破疲惫不堪，但有些事情总是需要完结的。他抬起手臂，指向神道下方的南客，在心里默默说了个去字。陵墓上空骤然间再次明亮起来，在短剑的带领下，万剑转折而下，刺向南客。

依然是一条龙，只是颜色要比先前那刻淡了些。

魔将夫妇站在南客身前，对视一眼，看出了彼此眼中的决然与抱歉。事实上，先前当剑池现世、万剑凌空于陈长生身周时，他们就对视过一眼，当时的眼中就只有抱歉与决然。那一刻他们就隐约知道，军师对周园的计划完全失败了，无论军师再如何能算，无论南客殿下再如何强大，隐藏着什么手段，都没办法对付这名人类少年层出不穷的奇遇。

非战之罪，这是命。

他们觉得陈长生的命太好。他们对视时的眼中会有决然，是因为到了现在这种时刻，他们必须要破境。只有恢复到真正的实力，他们才能找到一线机会，可是在周园里，他们一旦恢复境界，便意味着死亡。

万剑如龙，从天空来到地面上。他们站在南客的身前，气息陡增，瞬间变得无比恐怖，如真正的山峰。这就是聚星巅峰的实力，虽然在雪老城，他们并不是这样称呼。黑色的盔甲覆盖在他们的身上，从这一刻开始，他们不再是普通的中年夫妇，他们不再是腾小明与刘婉儿，而是二十三与二十四魔将。

万剑已至，斩向南客。魔将夫妇站在了南客的身前。

龙首喷涌着龙息，带来无尽的光明。在这片光明里，看不见任何事物与画面，只能听到声音。无数密集的嗤嗤声，那是剑与盔甲，与铁棍，与铁锅摩擦，切割的声音。所谓龙息，就是剑的锋意。

不知道过了多长时间，金龙发出一声意味难明的长啸，完成了攻击，转身向陵墓而去。腾小明与刘婉儿站在南客的身前，静静对视。他们身上的黑色盔甲已然残破，强硬如石的身躯上到处都是剑痕。

腾小明看着她平静说道："抱歉，不能陪你回故乡种田看落日了。"

刘婉儿说道："该抱歉的是我，如果不是我一定要回老家，我们这时候应该还在前线，而不是像现在这样莫名其妙地被一条龙杀死。"

腾小明没有说话。

刘婉儿说道："家乡的落日比这里的太阳好看很多，但看得久了总是会腻的。"

腾小明说道："是的，先前万剑化龙的画面就很好看。"

说话间，天空里降下数道雷霆。为了替南客挡住万剑成龙的狂暴一击，这对魔将夫妇同时将境界提升至聚星巅峰，周园里的规则生出感应，自然开始攻击。他们没有避，因为他们已经死了。为了挡住万剑成龙，他们用了解体大法，注定要死。天雷不停轰落，显得有些愚蠢。

万剑回到陵墓里，一片光明中，陈长生伸手握住短剑。但万剑没有散去，而是继续向他涌来，仿佛要把他杀死一般。无数道剑啸生出，连绵不绝而至。他下意识里闭上眼睛。片刻后，剑啸消失，一片安静。他睁开眼睛，万剑已然不见。只有那把短剑，依然被他握在手里。

80 · 天青色

妖兽的惨嚎渐渐停止，日不落草原恢复了平静，只有高空里偶尔还会响起一道雷声，雷声里蕴藏着的能量，却不知应该落向何处，只好在空中便消散，震的那些云不停地碎散。

陈长生握着短剑，走上神道，随着他的脚步落下，震起一片水花，青石地面上出现无数道细密的剑痕，那是剑意外溢的迹象。他望向神道下方，南客已经醒了过来，两名侍女昏倒在她身后，但还活着。

南客浑身是血，坐在雨水里，脸色异常苍白，尤其是略宽的眉眼之间，更是煞白仿佛透明，她的神魂先前与大鹏合体，被万剑成龙重创，再也无法站起。她看着陈长生，神情微惘，想不明白这一切究竟是怎么回事，为何剑池要帮助这个人类少年，那条龙又是怎么回事，为何会有黄金巨龙和玄霜巨龙两种龙威？如果是徐有容，或者她还能接受战败的结局，因为她是凤凰，对金翅大鹏本身就有某种优势，可是陈长生怎么能够？龙……不应该是秋山君吗？

惘然只是片刻，她很快便清醒过来，有些艰难地抬起手，用手背擦掉唇角溢出的血水，看着他面无表情说道："你以为这样就可以离开周园？这种想法对陵墓里伟大的灵魂何其不恭。"

陈长生心想草原已经被毁成这样，剑池已然不复存在，这时候还要谈什么恭敬？他没有回答这个问题，因为他不擅长交谈，战斗至今，类似的两次问题，他都没有用语言回答，而是直接用剑做出了回答。

"你还是会死在这片草原里。"南客说道，"我们都会死在这里。"

陈长生不明白她为什么要说这样的话，想要在死亡到来之前争取一些时间，从而盼望奇迹的出现？南客看着他的神情便知道他不明白自己为何这样说，微讽问道："难道你从来都没有想过，为何周园里会有剑池？"

陈长生站在神道上方，望向辽阔无垠的草原。这个问题他当然想过。在很多人看来，剑池是周独夫的殉葬品，是他为自己树立的无言的石碑，但走进这片草原，经历了这场惊心动魄的战斗，怎能还把这件事情想得如此简单？

周独夫此生进行过无数场战斗，世人都说他嗜武如痴，可他并非痴人，如果是为了追寻天道，像魔君、陈玄霸、离山剑宗掌门这样的对手倒也罢了，可是很明显这些战斗里有很多对手没有资格成为他的对手。而且为何每场战斗胜利后，他要把对方的剑留在这片草原里？而这些剑无法离开这片草原，又究竟是什么在束缚着他们？

"你什么都不知道，结果你就这样做了，而且……居然还做成了，真不知道该说你命好，还是愚蠢。"南客看着他说道，神情有些复杂难明，说不清楚是怜悯还是嘲弄。

那对魔将夫妇决意赴死之前，也曾经生出过类似的感慨，他们觉得陈长生的命太好。但陈长生很清楚自己的命不好，那么如果南客说的是真的，自己做这些事情就是因为愚蠢？他不知道该说些什么。

进入周园之后，南客没有笑过，哪怕在雪老城她也很少笑，但这时候，她开心地笑了起来，笑容天真无邪，眼神却很邪恶，就像小孩子恶作剧成功后的模样："做了这么多事情，努力了这么久，甚至燃烧生命去拼一条活路，结果到最后居然还是会死，所有的一切都变得毫无意义，你这时候是不是很绝望？"

陈长生隐约察觉到她说的是真话，接下来可能会有什么事情会发生——虽然不懂这是怎么回事，他想了想后说道："就算稍后我们都会死在这片草原里，但总比……我们死了你们却活着要好，既然这样，那么我们的努力当然就是有意义的。"他的声音有些疲惫，很平静，却依然让人无话可说。但他的心里有个声音不停地响起，仿佛在催促着他离开。

经历了这场惨烈的攻陵战，妖兽死了无数，然而对于如海洋般的兽潮来说，依然只是小部分，可以想见妖兽们拥有怎样恐怖的数量与战斗力，但……这些妖兽不是用来压制剑池,而是用来守陵的。

一切存在都应该有其道理,像周园这种地方更是如此,既然妖兽是周独夫阻止人类或魔族靠近自己陵墓的手段,那么他为什么要把这万道残剑留在周园里,葬在草原的水泊当中?他又是靠什么把万道剑禁制在陵墓的四周?

陈长生没有答案,南客也没有。

在进入周园之前,她的老师黑袍曾经警告过她,草原里有道神秘的力量在禁制着剑池,同时剑池也是对那道神秘力量的禁制,二者之间达成某种平衡,才能保证这片草原的存在,所以进入周园之后不要试图寻找剑池,即使发现剑池,也不要做任何事情。

所以进入这片草原后,她为了寻找周独夫的陵墓,不惜让陈长生和徐有容逃了这么长时间,却对剑池表现得没有任何兴趣。然而剑池还是被发现了,原来是草原里的一片剑海,然后剑池里的万道剑被陈长生召唤了出来,从那一刻开始,她就知道,日不落草原的平衡被打破,周园会出大事,甚至会直接毁灭,为了阻止这一切的发生,她做出了很大的努力,可惜最终还是失败。

只是,那道神秘的力量究竟是什么?

陈长生看着草原深处,没有任何发现,然后转身,没有继续向神道下方走去。南客和那两名侍女已经废了,无法阻止他的离开,先前那对魔将夫妇在万道剑光里对视而死的画面,让他觉得有些累,而且他要抓紧时间。

走到陵墓正门旁的角落里,他伸手去扶徐有容,准备带着她离开。然而他的手就在距离她的肩头还有数寸的距离时,忽然僵在了微寒的风中,片刻后,他缓缓站直身体,转身再次向陵墓下方望去。

一道幽怨呜咽的哭声在草原里响起,就像是曾经的秀灵族人吹着叶笛。

是那只受了重伤的土狲在哭。在污水草屑和妖兽的尸体间,它抱着倒山獠粗重的大腿,在悲伤地哭泣,这个阴险狡诈甚至可怕的高阶妖兽究竟在哭什么?先前万剑成龙与金翅大鹏的战斗,波及了草原地表,倒山獠的身体上增添了更多恐怖的伤口,但毕竟是地兽榜第三的强大妖兽,明显还能支撑不会死去,土狲究竟在哭什么?哭自己的断腿?

陈长生不明白,却觉得身体里多了一道寒意,因为土狲的哭声很凄惨,闻者伤心,直欲落泪,非常惶恐,而随着它的哭声的传播,越来越多的妖兽都痛苦地嚎叫起来,这些低阶妖兽不会哭,它们的痛嚎与湿润的眼眶就是哭。

南客闭上了眼睛。她在等死，不是等着陈长生来杀自己，而是等着周园的毁灭。

陈长生沉默望着草原，此时天空已然恢复清明，清晨将至，青色重现，雷声已然渐隐，一片安详。只有妖兽们的悲声，在不断地提醒他，毁灭即将到来，一切都来不及了。草原没有任何异样，但在他的眼中，仿佛变得轻了一些，隐隐约约发生着某种他不能理解的变化。那是一种感觉，或者是因为草原里的所有剑，都已经被他收走的原因。

草原在变轻，天色在变青，天光在变清。一道清光从陵墓前的某处生出，从地面横穿无数里的距离，落在了青色的天空里。悄然无声，仿佛没有任何事情发生，就像是一滴墨，落入了一碗清水里。墨入清水，看似温柔，实际上，下一刻，那碗清水，便会尽数变成黑色。青色的天空，忽然间变淡了，或者说变清了。随着时间，天空的颜色变得越来越淡，淡其实就是透明，就是明亮。那道清光消失的地方，明亮而透明的天空，忽然飘落下来一片。那是一片真正的天空。那片天空的碎片，缓缓地向地面飘落。

陈长生盯着那片天空的碎片，脸色变得越来越苍白。所有的妖兽都抬着头，望着那片天空的碎片，停止了悲伤的嚎叫，死寂无声。天空碎片飘落的速度很慢，就像真正的落叶，看起来似乎可以躲避，但草原地表上的妖兽海洋没有躲避的意思。这里是周园，是它们全部的世界，显然，整个世界都将要毁灭，它们又能躲到哪里去？

陵墓四周的草原一片安静，只有土狍依然在悲伤地哭泣。无论那只倒山獠怎样轻轻抚摸它的头顶，都无法让它收起哀鸣。它和同伴们在这片广阔的草原里生活了无数年，现在这片草原终于要毁灭了。它和同伴们看守这座陵墓了数百年，依然还是没能守住。这让它们如何不愤怒，如何不恐惧，如何不绝望，如何不痛苦？

土狍的哀鸣回荡在死寂的草原之上，随着那片飘落的空间碎片不停起伏，仿佛一首无尽悲伤的歌曲。

81 · 周园的真迹

所谓天空便是空间的边界，没有重量，它的碎片，自然要比最轻的落叶还要轻,飘飘摇摇地向草原落下,时而在东,时而出现在数百里外的西边,根本不可能捕捉到轨迹。

不知道过了多长时间,在无数双恐惧绝望的目光注视下,这块天空碎片终于落到了草原地表上,不知是有意还是无心,正好落在兽潮后方那只如山般的犍兽身上,瞬间变成极其刺眼的白色火焰,喷吐出无穷的光与热,犍兽发出一声悲愤的鸣啸,就这样消失在白色的火焰里,不要说是残骸,就连灰与烟都没有剩下来!

草原剧烈地震动,数里范围里的妖兽纷纷跌倒在地,如蛟蛇一般贴着地面的妖兽,更是被震得吐血而亡,震动传到陵墓处,巨石之间以及青石之间的缝隙里喷出无数烟尘。

凝翠与画秋这两名侍女被震动惊醒,感受着远方那道恐怖的能量爆发,惊恐得脸色苍白,不知道发生了什么事情。南客闭着眼睛,感受着青色的天穹上那道裂缝,隐约明白了些什么,喃喃说道:"原来如此。"

已经发生的事情无法再改变,要做的是找到这件事情为何会发生的源头。陈长生迅速收回视线,望向先前那道投向天空的清光起处,发现那道清光由陵墓正前方的一根石柱发出来的。

在陵墓的四周,有十根形制相仿的石柱,昨日他与徐有容来到周陵时,便注意到了这些石柱——这些石柱高约数丈,表面雕刻着一些不明含义的花纹,随着时间与风雨的冲刷,那些花纹已经变得模糊不清,更无法看明白其中的意思。

他之所以会注意这十根不起眼的石柱,是因为让他想起了离宫外的那些石柱,也因为这些石柱和这座宏伟的陵墓相比,显得过于破旧寒酸,有一种很不协调的感觉,与陵墓显得有些格格不入,根本不是一体。现在看来,这十根看似不起眼的石柱果然有古怪。这些石柱里面竟蕴藏着如此恐怖的能量,散发出来的清光,能把天空撕下一道碎片!

天空碎片轻描淡写便将强大的犍兽化为虚无,同时自身也消失无踪,草原重新恢复安静,或者说死寂,无论是陈长生还是两名侍女或是无数只妖兽,都盯着那根石柱,有一种难以言说的紧张与不安。

忽然间,石柱表面落下了一块石皮,那块石皮厚约数指,宽约数尺,落在青石地面上砸成粉碎,发出啪的一声轻响。这声音很轻,在死寂一片的草原里却显得那样惊心魂魄,兽潮掀起波澜,不知多少妖兽吓得倒在了水草之间。

片刻后，又有一道气息透过石柱的表面，化作一道清光，悄然无声地飘离陵墓。就在这一刻，陈长生感知到了，那是一道无比古远、至高无上的气息。那道气息，甚至比这片大陆还要更加久远。

这些石柱究竟是什么？

这一次，清光没有向着青色的天空飞去，而是看似很随意地斜斜向着草原边缘飘去，不知要飞到哪里才会停止。无数双惊恐的视线注视着这道清光，仿佛目送，看着这道清光飞到千里之外、再也无法看清的地方。

过了很长时间，一道沉闷的撞击声与一道清晰的震动，从千里之外的草原边缘传回陵墓四周。因为距离太远，这道闷声并不如何响亮，但震动却依然狂暴，无数水草飞舞而起，陵墓里再次烟尘。

强烈的震动让陈长生险些跌倒，但他的目光没有任何移动，始终盯着那根石柱，注意到又有一块石皮落下。

石柱久经风雨，表面粗糙至极，色泽灰暗，看上去就像是普通的石头。前后两块石皮剥落后，石柱的内部显露了出来，在清亮的天光照耀下，看得非常清楚，那是……黑色的。

那根石柱里的气息继续透过表面，向外散去，化作道道清光，于草原之上飘舞，或者落在高远的天空里，或者落在遥远的草原边缘，或者就在陵墓不远处落于地面，撕裂天空，掀翻大地，带来恐怖的爆炸。

那些清光里蕴藏着极其可怕的能量，无法阻挡，陈长生就算万剑在身，也做不到，因为石柱里散发出来的气息已经远远超过了他能够理解的范畴，那是一种道藏上都没有记载过的能量。天地震动，狂暴的能量爆发笼罩了整片日不落草原，而且虽然看不到，也能够想得到，整个周园现在都处于这样的局面里。

随着那些清光的出现，石柱表面的石皮不停地剥落，在石柱下方摔成碎片，露出越来越多的真容，石柱里的里面依然还是石头，只不过颜色是黑色的，显得斑驳一片，就像没有做好的拓本一般。

看着石柱斑驳的表面，看着那些露出来的黑色石头，陈长生不知为何觉得有些眼熟。想到某种可能，他握着剑柄的手指节微白，身体轻轻颤抖，嘴唇异常干涩，先前面对金翅大鹏，他都敢执剑而战，然而此时此刻，看着那根石柱，竟似乎连拔剑的勇气都失去了。

他在心里震撼地想着……不会吧！

石柱继续散发出清光，石皮继续不停地剥落，里面的黑色露出来的越来越多。狂暴的能量爆发终于相遇，变成无数可怕的飓风，开始在草原上狂卷肆虐。周围四处的震动，尽数传到了陵墓处，传到了他的脚下。更加可怕的是，陵墓四周的其余九座石柱，也开始微微震动起来，石柱表面簌簌落下石砾，那些恐怖的气息即将出现。

陈长生握着剑柄，知道自己应该做些什么，却不知道应该怎么做，精神有些恍惚。

剑柄微微震动。

原来，埋葬在草原里的万道残剑，就是用来镇压这些石柱的，准确地说，是用来暂时封闭石柱里的这些气息。现在，剑海被他收走，于是隐藏在这十根石柱里的事物，即将现世。

这些石柱究竟是什么？

陈长生已经猜到，但他不敢相信，不愿意相信。可是，这件事情已经真实的发生。那根石柱表面的石皮，已经剥落大半。一块方形的黑石，渐渐显现在天地之间。矗立在天地之间。黑石的表面虽然还残留着些许石皮，但已经能够看到那些繁复的、意味难明的线条。陈长生当然应该感到眼熟，任谁曾经盯着看了那么多天，都没法不眼熟。在京都南方那座山陵里，他曾经看到过很多与这块黑石相似的事物。黑石表面有无数线条，线条是纹，是文，刻着文的方石，自然是碑。

原来，黑石是碑。

是黑石碑。

天书碑。

82·遗失的石碑，无力的少女

无数年前，天书化作流火降世，落于现在的京都南方，自有陵丘升起，那便是天书陵。无数石碑散布其间，与大地连为一体，根本无法分割，亦无法移动，无论道藏还是史书上，都没有这些石碑离开天书陵的记载。所以当陈长生在天书陵用一天时间看完前陵十七座天书碑，却在最后的碑庐下看到了一座断碑时，震惊想着究竟是谁，居然能把天书碑打断带着离开。

现在看着陵墓下方那根散发着清光，石皮不断剥落的石柱，他才知道，离开天书陵的天书碑就在石柱里。如此说来，当年把天书碑打断带走的人就是周独夫。也对，除了周独夫，世间还有谁能做出如此惊世骇俗的事情？他望向陵墓四周其余的九根石柱，身体越来越僵硬，如果这些石柱也是天书碑，那当年周独夫岂不是从天书陵里带走了十座天书碑？

原来，这才是周园最大的秘密。

无论是那些前代强者留下的传承，甚至是剑池又或者周独夫的两断刀诀，都无法与这些石柱里的秘密相比。

就在他震惊想着这些事情的时候，其余九座石柱也开始向外散发那道仿佛来自远古的气息，清光渐起。清光落在天空里，把天空撕成碎片，那些碎片落在草原上，爆发出难以想象的能量风暴，天地为之变色，在草原上肆虐的飓风变得越来越可怕，甚至卷起了那些沉重如山的妖兽和湿泥下的岩石。大地震动得越来越厉害，再没有妖兽可以站稳，纷纷跌倒在地，那些勉力飞上天空的妖禽，根本来不及飞出草原，便被无数道空气湍流卷至远方，不知生死。

草原以及更外围的周园世界，都变得混乱不堪，即将毁灭，便是这座宏伟的陵墓也开始颤抖起来，有巨石被能量风暴撕碎，变成沉重的石块，从高处滚落，发出雷鸣般的轰隆声，一路碾死了很多躲避不及的妖兽。

飓风来到了陵墓之间，南客闭着眼睛，在狂风中等死，瞬间被卷起，向着草原后方飘去。凝翠和画秋两名侍女发出一声悲鸣，拼命地燃烧灵体，化作两道灵光来到她的身侧，瞬间变成光翼，附在了她的身上。

呼啸的狂风卷着南客的身体向远方飘去，光翼迅速变成光点，转眼即逝。看着这幕画面，陈长生冷静下来，用耶识步突破狂风的撕扯，回到陵墓正门之前，左手握着短剑刺进厚重的石门里，右手伸向徐有容。他准备解下徐有容的腰带，把她与自己绑在一起。

徐有容醒来，看着眼前一片荒乱的草原，神情微惘，而当她看到陵墓前那十根石柱正在散发着清光时，很快便推演出了所有事情，脸色变得异常苍白，喃喃说道："果然是被他放在了周园里。"

一道清光落在陵墓正门前不远的地方，神道崩塌，一阵剧烈的摇晃。陈长生被震得撞回石壁上，右手紧紧握着剑柄，才没有被飓风卷走，没能抓住她。

徐有容手里的桐弓迎风而招摇，变回那棵青叶繁茂的梧桐树，树根紧紧附着石壁，帮她稳定住身形。狂风呼啸里，青叶片片凋落，黑色的发丝在她苍白的脸与略显失神的眼睛上飘过。

陈长生看着她喊道："怎么能让这一切停下来？"

进入草原以来，他习惯于听取她的建议，他知道她拥有怎样的智慧与见识，而且先前他隐约听到了她说的话，虽然不明白为什么她会对此事如此了解，只需要看一眼，便知道发生了什么事情。

徐有容在圣女峰日夜研读天书，又与圣后娘娘情分极深，所以才会知道这个基本上没有人知道的秘密，看着那十根石柱，震惊得无以复加，片刻后才醒过神来，自言自语道："……还少了两座。"

当年周独夫在天书陵里砍断了十二座天书碑，现在陵墓四周只有十座，还有两座天书碑在哪里？即便是如此紧张的时刻，日夜与天书经义相伴的她，还是下意识里首先想到这个问题，然后才听到陈长生的声音。

她的手指在地面快速点画，计算陵墓四周十根石柱的相对位置，推演石柱之间的联系。她本来就极虚弱、一直沉睡，刚醒来便要进行如此复杂的计算，心神消耗急剧，只是瞬间，脸色就苍白如雪。

狂风卷着石砾，落在陵墓间，发出极为可怕的声音，坚硬的崖石，瞬间被击打出无数孔洞，便是那株由桐弓化成的梧桐树也摇摇欲坠，青叶不断飘落，眼看着便要被打穿。看着这幕画面，陈长生未作思考，冒险把短剑从崖石里抽出来，趁着风势的间隙，艰难地移到徐有容的身旁，撑开了黄纸伞，替她抵挡那些如箭矢一般的石砾。

黄纸伞上不停发出蓬蓬的重击声。

黄纸伞下一片安静，陈长生没有说话，不想打扰她的计算。

不知道过了多长时间，徐有容摇了摇头，说道："算不出来。"

陈长生的视线越过黄纸伞的边缘，落在陵墓前那根石柱上，说道："总应该有办法。"

这不是盲目乐观，而是执着的相信，既然当年周独夫能够镇压住这些天书碑，他们也一定能够可以。他们现在的境界修为当然远远不及当年的周独夫，但那个方法应该就在那里，等待着被他们发现。

"这十根石柱的位置与相互关系有些微妙，应该是一种阵法，可以让这些石柱之间的气息彼此对冲，形成一种平衡，按道理来说，不应该像现在这般狂暴，我算不明白出了什么问题。"徐有容这时候很虚弱，说这句话的时候，竟极其罕见地流露出了挫败的情绪。

陈长生说道："以前应该是剑池负责镇压平衡，现在剑池被我收了，我如果这时候把万剑放出去，会不会有用？"

不用说太多具体的细节，徐有容通过他的简短数句话，便知道先前自己昏迷的时候发生了些什么事，来不及惊讶，她再次开始推演计算，然而即便加入剑池这个变量，她发现这件事情还是说不通。

想要让那些石柱重新变得平静，想要让这座大阵重新发挥作用，让天地归于平衡……还需要更多的天书碑。可是她能到哪里去找天书碑？谁知道当年被周独夫带离天书陵的十二座天书碑里余下的两座在哪里？而且即便找到那两座天书碑，周园的世界现在正在崩溃，谁又能阻止天空的落下？

所以，没用。

无论是剑池重现，还是重新让这些石柱恢复安静，都已经没有用了。

周园即将毁灭，留在里面的人魔妖兽都将随之化为灰烬，或是被卷进虚无的空间里。徐有容低头看着自己微微颤抖的手指，紧紧地抿着唇角，就像一个倔强的小姑娘正在伤心。她觉得自己很没用。

陈长生懂了，不再多说什么。他这时候一手执剑，一手撑伞，没有办法去拍她的肩膀表示安慰，更没有办法拥抱她给她温暖，所以他只好向她移了移，坐得更近了些，肩与她的肩轻轻地靠着，希望能够给她些依靠。

飓风卷着无数石砾，击打在黄纸伞的伞面上，带来极恐怖的震动与响声，仿佛是战鼓在被巨人擂响，如果不是黄纸伞的防御能力无比强大，他们这时候应该就已经死了。

伞里很安静。

徐有容靠在他的肩上，显得很无力。

83·彩虹何处升？

兽潮如海，阴影遮空，折袖背着七间，向相反的方向不停奔跑，七间撑着虚弱的精神，不停指路，纠正他偶尔会走偏的方向，只是这片草原里的空间与时间都有问题，折袖再快也没有办法跑出去，所以在距离那片阴影稍远些后，他便停下了脚步，稍作休息，同时思考随后应该怎样做，便在这时，草原的天空里出现了万道剑光——剑海就这样出现在他们身后的草原上。

七间在他肩上看着这幕画面，震惊无语，身体变得无比僵硬。

"出了什么事？"折袖问道。

七间声音微颤说道："好像……好像剑池现世了。"

折袖沉默，说道："继续说。"

草原里兽潮与万剑之间的战斗，没有波及远处的他们，那些波澜壮阔的画面，通过七间有些单调的言语描述后变得乏味了很多，折袖依然听得很认真，因为他知道这些异动可能是自己二人活着离开草原的最后机会，而当最后万剑凌空，化作一道金龙直接吞噬掉那只金翅大鹏后，他准确地捕捉到七间描述里的一个重点。

"最前面那柄剑……是把短剑？"

七间重伤未愈，在草原里逃亡多日，已经虚弱得不行，如果不是为了要给折袖指路，随时都有可能昏迷，但她自幼修行剑道，双眼有如慧剑一般，能够把远处的事物看得清清楚楚，很肯定地说了声是。

听到她的话，折袖毫不犹豫重新背起她，继续沿着先前远离战场的方向走去。

七间问道："你认出了那把剑的来历？"

折袖说道："那是陈长生的剑。"

七间不解，吃惊说道："是陈长生？那……我们难道不去帮忙？"

先前她看得清楚，那道短剑虽然带着万剑成功地战胜了那只金翅大鹏鸟，但明显已经快要不行，如果真是陈长生在草原深处与魔族战斗，折袖作为他的同伴怎么能够置之不理？

听着她的疑问，折袖脚步未缓，反而变得更快，说道："如果他能解决那个问题，就不需要我们的帮助，如果他解决不了，只能争取一些时间，那么我们转头回去，就是浪费他给我们找到的活着的机会。"

七间在离山剑宗长大，习惯同门间友爱互助，不离不弃，有些无法理解他这种思考问题的方法，正想争辩几句，听着折袖毫无情绪波动地继续说道："如果是我在那里与魔族战斗，陈长生背着徐有容在这里，相信他也不会回头。"

听着这句话，七间还是有些无法接受，但终究沉默了。因为折袖说陈长生也会这样选择，并且拿她和他的关系与陈长生和徐有容的关系做比较，这让她

300

不知该如何接话。

折袖背着她继续向她视线里的草原外围奔跑。就在这个时候，一道清光落到了天空里，下一刻，天空的碎片落到了草原上，一场爆炸发生，一阵狂风袭来，一道强烈的震动直接把他们震倒在了水草丛中。

折袖艰难地从水泊里站起，问道："什么情况？"

七间看着远方的天空，脸色苍白说道："好像……天要塌了。"

折袖沉默了会儿，把她从水草里扛起来，继续向草原外奔去。

确实是天要塌了，无数狂暴的能量风暴，席卷了整片草原，然后轻而易举地撕开草原边缘的禁制，去往周园别的地方，到处都是可怕的撕裂声，世界眼看着便来到了毁灭的边缘。

折袖和七间很幸运，一路上没有被一道清光带来的能量风暴命中，更幸运的是，天书碑现世带来的天崩地裂，直接冲毁了草原上的所有禁制，不同区域的时间流速消失，空间之间的区隔也随之消失。

他们就这样一路狂奔，跑出了日不落草原，来到了暮峪的下方。

周园里还是夜晚，暮峪映着远处那轮光团的光线，却不像平时那般静美，天书现世带来的能量风暴已经席卷到了这里，暮峪的崖壁上巨石脱落，仿佛刚刚发生了一场恐怖的地震，而且地震还在不断发生。

七间忍受着小腹处的痛楚与药物的作用，强撑着精神，在满山乱石间替折袖指引道路。折袖再次兽化，锋利的爪牙深深地刺进地面，在险峻的山崖间腾跃奔掠，险之又险地避过数次山崩，终于来到了周园边缘的一座园林里。当七间看到一名穿着青曜十三司祭服的女子时，一直紧紧提着的那口气瞬间泄掉，再也承受不住，昏了过去。

这里是畔山林语，是人类修行者聚集的地方，对于进入日不落草原的折袖、陈长生等人来说，时间已经过去了数十个日夜，对于这里的人类修行者而言，时间并没有过去太久，当然，对他们来说已经足够漫长。

因为魔族的阴谋，周园混乱无比，人们想要离开，却无法离开，时间对他们来说非常难熬，而此时，来自草原深处的那道恐怖震动和那些更加可怕的能量风暴，则是直接让他们感受到了死亡的危险，园林里一片混乱，到处都是焦虑的询问声，还有很多绝望的叫喊声，他们不知道周园的门什么时候能够打开，也不知道周园是不是真的就要毁灭了。

周园是一个结构很复杂的小世界，在山崖的那边还有很大的一片区域，那片大湖早已恢复宁静，南客双侍流的血已经被湖水涤清，那道阴险的剑刺穿七间小腹时流下的血，也已经被湖畔的沙砾掩盖。

梁笑晓和庄换羽站在湖畔，没有对视，也没有交谈，都面无表情，却代表着截然不同的情绪。看着远方天空那片不祥的血红色，感受着湖水深处传来的震动，梁笑晓看了庄换羽一眼，说道："先活着出去，然后再说别的。"

汉秋城外浓雾依旧，虽然是在夜里，那道来自万里之外的彩虹依然夺目，最终的那丝紊乱早已消失，然而已经发生的事情却没有办法回溯到时光的那头去让它消失，浓雾里那道无形的周园之门依然紧闭，不知何时才能打开。

朱洛站在夜林的最前方，看着那道雾中的彩虹，神情冷峻，不知在想些什么。

作为人类最强者的八方风雨之一，他这一生不知道见过多少风雨，无论是寒风苦雨还是腥风血雨，像魔族潜入周园，断绝园内园外联系这种事情，虽然令他有些震惊，但其实算不得什么大事，在他的主持之下，国教诸多教士与天凉郡的强者，正在使用某种阵法修复那道彩虹落处的周园之门，看雾中空间的扭曲程度，应该再过一段时间，就可以成功，然而……就在先前那一刻，他感知到了一些非常不好的事情，周园里似乎发生了什么事情，即将崩塌。

像他这等级数的强者，对空间法则的了解无比深刻，清楚任何小世界都有崩塌或者湮没的那一刻，就算是中土大陆或者在无数万年后也会消失，但……能够被发现并且利用的小世界，必然是构造相对稳定坚固的空间，教宗大人的青叶世界如此，周独夫的周园也是如此，怎么看，周园应该都还能稳定存在至少数万年，为何现在却忽然有了崩塌的征兆？

没有人能够凭自己的力量毁灭一个世界，哪怕是小世界，他不能，教宗不能，周独夫当年也不能，能够毁灭世界的力量，只能是世界本身。周园如果要崩塌，原因必然在周园本身，或者是某种超过空间的力量。

朱洛想起那个传闻，神情变得越来越冷峻，仿佛寒霜。

不知何时，梅里砂来到他的身旁。主教大人苍老的容颜上向来习惯性地带着倦意，但此时只能看到忧色，他的眼睛依然眯着，但只要站得近些的人，绝对能够很清楚地感知到那两道眼光里的寒意。他声音微哑问道："还有多久才能重新打开周园的门？"

朱洛散出神识，用洞微的手段感知着浓雾里的空间扭曲程度，给出了一个相对精确的判断："清晨之前应该能开。"

梅里砂的眼睛眯得越发厉害，说道："不行，太慢。"即便面对的是八方风雨这种级数的绝世强者，他的言语依然是这样的直接，甚至压迫感十足。

朱洛望向彩虹起处的南方夜空，说道："我们能做的事情已经全部做完，如果想要更快一些，要看离山。"

梅里砂明白他的意思，望着南方那座其实看不到的险峻山峰，沉默不语。没有人注意到，他的手在教袍袖中轻轻颤抖，自然也没有人能够听到这位德高望重的老人家在心里的声音：陈长生，你可不能死。

这道起于万里之外的彩虹并不是周园的钥匙，如果要进行更精准地描述，彩虹是那把钥匙打开周园的动作，黑袍用那张方盘影响这道彩虹从而让周园的门暂时关闭，实际上就是在这把钥匙插进周园之锁的那瞬间，往锁眼里多放了一些东西。

周园的钥匙从始至终一直都在离山，在离山最高峰最高处的那座洞府里，也正是彩虹升起的地方。伴着吱呀一声响，洞府的门被推开，一位仙风道骨的老者走了出来，手抚剑柄，双眼平静如湖，湖中却有千道剑，正是当代离山剑宗掌门。

84·落难的山鸡

在周园开启之前，彩虹未升之时，离山便已进入全部戒备的状态，小松宫与三名戒律堂长老分坐于山道各处，离山万剑大阵隐于云海深处，随时准备将来犯之敌斩杀，却依然没有能够做到万无一失，直到离山掌门动用真剑长啸，才让那道彩虹稳定下来，同时将彩虹里的异种气息完全排除，遗憾的是，却来不及阻止魔族把周园的门关闭。

想要重新打开周园大门，让进入其间的数百名人类修行者出来，除了汉秋城外诸多强者布置的阵法，最重要的依然还是这道起于离山的彩虹，毕竟钥匙在这里。在过去的这段时间里，离山一片寂静，所有人都注意着顶峰的动静，此时看着掌门大人终于走出了洞府，苦候多时的人们涌上前来，拜倒行礼，小松宫神情凝重询问道："师兄，情况如何？"

离山掌门望向东方的夜空，看着那颗依然明亮的星辰，说道："清晨时分，周园便能重启。"

听着此言，小松宫松了口气，却发现掌门师兄神情依然严峻，尤其是眼中静湖剑意隐隐欲动，不由生出极大不安，问道："难道还有别的变化？"

离山掌门收回望向东方的视线，顺着那道彩虹，落在了北方汉秋城的位置，说道："周园里有大事正在发生，已然有崩溃的征兆，我不知道里面的人们还能不能撑到清晨。"

在场的离山剑宗弟子闻言震惊，却是不敢喧哗，隔了片刻，一位戒律堂长老忧虑问道："可还有别的方法？"

离山掌门不语，人们自然明白意思。一位弟子问道："大师兄现在怎么样了？"

随着他的问话，很多离山弟子把目光都投向了洞府紧闭的大门，对于离山年轻一代弟子们来说，似乎什么事情都难不倒大师兄，虽然明知道师兄的境界修为肯定及不上师叔们，但还是下意识里把希望寄托在他的身上。

离山掌门看着众弟子说道："为了尽快重开周园之门，你们大师兄几乎燃烧了体内所有的真龙之血，还想更快？你们难道希望他废掉一身修为？还是说想他就死在这道彩虹之下？"

众弟子闻言再惊，不敢多言。

便在这时，一道声音从洞府里传了出来："师父，弟子……还想再试一试。"

这道声音是那样的疲惫，显得极为虚弱，却依然像平日里那般清亮，非常悦耳，声音里的情绪还是那样的平静，从容，自信，坚定，更重要的是，这道声音还是像往常那样，无论遇着什么境况，都毫不郁郁，自有一股洒脱甚至是散漫随心的意味。

听着这道声音，众弟子不知为何便觉得有些安心，就像平日里那样。

离山掌门看着洞府，沉声说道："你若再试，可能是死路一条。"

那道声音消失了片刻，然后再次响了起来，依然平静，无比坚定："师妹还在周园里。"

这就是理由，这就是道理，这就是全天下都知道并且愿意相信的理由与道理。离山掌门听出了自己最疼爱的大弟子看似平静的声音里第一次有了真正的焦虑意味，这让他如何忍心阻止？

到处都是能量风暴的日不落草原的深处，陵墓被狂暴的飓风包围着，草原上的水泊早已被尽数蒸发干净，湿泥也变成了干燥的沙砾，随着风在天地之间狂舞，有沙尘从黄纸伞的边缘飘了进来，昏暗的光线。

徐有容靠着陈长生的肩，轻声说道："我们会死吗？"

前不久才刚刚从死亡的边缘被拉回来的她，这时候非常虚弱，无论身体还是精神。陈长生的目光越过黄纸伞的边缘，盯着陵墓四周风沙里的那十根石柱，想着先前她推算的结果，正在进行着某种比较对照，忽然听着她的话，想了想后说道："也许……但我不会让你死的。"

徐有容轻声说道："先前如果不是你把血给了我，我已经死了，可其实那时候我不怕死，这时候却怕了，我不知道这是为什么。"

陈长生看着她的眼睛，说道："或者……是因为你有了活着的理由？"

徐有容想了想，说道："也许吧。"

陈长生发自内心地笑了起来，说道："我很高兴。"

徐有容看着他微笑说道："我也很高兴，但越是这样，我越不想死。"

陈长生认真说道："是的，所以我在想怎么才能活下去。"

徐有容打趣道："你很擅长想办法吗？"

"不，但怎么活下去这种事情……我想的次数比较多。"

说完这句话，他继续开始观察陵墓四周的风沙，风沙里的画面，尤其是某片先前被白草覆盖现在被沙砾与妖兽尸体覆盖的地方。已经有很多妖兽死去，更多的妖兽在与风暴对抗着，或者说被风暴席卷着到处飞舞，死亡或迟或早总会来临，除了陵墓正门前的这把黄纸伞，再没有任何地方可以给这些曾经强大暴戾的生命以庇护。

便在这时，一道黑影越过狂暴的能量湍流与呼啸的风沙，如闪电般来到陵墓正门前，顺着黄纸伞边缘极小的缝隙，来到了伞的里面，重重地落在了陵墓厚重的石门上，砸的石门发出一声闷响，上面生出数道裂缝。

能够避开天书碑释放的能量风暴，能够无视满天的风沙，险些把陵墓正门撞翻的……是一只鸟。这只鸟浑身杂毛，看着毫不美丽，右爪已残，身上满是血迹，看着就像是一只刚刚从猎户箭下逃出生天的山鸡。

这只山鸡从石门裂缝的中心滑落，落到地上，用一只脚艰难地站了起来，扭了扭脖子，扑扇了一下翅膀，将翅膀上的灰与水尽数扇了下来，显得有些满意，然后望向黄纸伞边缘的满天风沙，发出几声愤怒的鸣叫。黄纸伞下的空间很小，这只山鸡扑扇出来的沙砾尽数落在了陈长生和徐有容的头脸之上，两个人忍不住咳了起来。

听着咳声，那只山鸡才想起了些什么，那双有些妖异的、泛着金色的眼瞳骨碌碌转了两圈，然后瞬间变得异常安静，看也不看陈长生和徐有容一眼，悄无声息地向后退去，似乎想要避开他们的视线。问题在于，伞下就这么大一块地方，它又能避到哪里去？

85·消逝的黑石

一只秀气的手伸了过来，轻轻地摸了摸这只山鸡的脑袋。山鸡有些不满，却不敢有任何不满的表示，极为老实乖巧地挺着脖子，任由那只手摸着，看着就像是一只鹌鹑。那是徐有容的手——山鸡很清楚，这个少女的体内流淌着怎样的血脉，它非常不喜欢，但必须要承认那就是自己的克星。

陈长生的手也伸了过来，似乎也想要摸摸它。山鸡同样很清楚，这个少年有多么强大，最关键的是，他是这把黄纸伞的主人，如果它想要在这些恐怖的能量风暴里活下去，便不能得罪他，不要说摸两下，就算要它跳脱毛舞，它也要忍着。可是……不知道为什么，这只山鸡闪电般地伸出尖喙，在陈长生的手背上狠狠地啄了下去。

一道如金玉相击般的清音响起。

山鸡愣住了，不明白自己为什么会做出如此疯狂的举动。陈长生也愣住了，然后才想起来，虽然自己身上的伤口已经基本愈合，流出来的那些血的味道已经变得极淡，但对于这种生物来说，依然是难以拒绝的诱惑。

"虽然说落难的大鹏不如山鸡，但终究是只大鹏，有自己的骄傲。"徐有容看着他说道。这并不是那句俗谚的原话，原话是落难的凤凰不如草鸡，但她肯定不会这样说。

正如她所言，这只看上去就像只山鸡的杂毛鸟，便是那只先前遮盖了整个天空的金翅大鹏，只不过现在早已不复先前的威势。在进入黄纸伞的第一刻，陈长生便知道了它就是那只金翅大鹏，因为那道气息，因为它眼眸最深处狂暴的神火，即便它掩饰伪装的再好，能够穿过能量风暴与飓风，并且知道只有黄纸伞能够庇护它的，必然就是那只大鹏。

这只金翅大鹏的本体当年早已随着周独夫的死亡或离去而死亡,直至前些天南客拿着魂木回到周园,一直沉睡在草原阴影里的它的神魂才再次苏醒重生。现在的金翅大鹏还是只雏鸟,并没有全盛时的力量与境界,难怪一直都只能化作天空里的一片阴影,直到南客将她的神魂以及魂木的能量与大鹏融为一体,才恢复了绝大部分的神威。

陈长生没有尝试再次摸这只幼鹏。幼鹏渐渐平静下来,不像先前那般紧张与警惕,眼中那两抹神火里的狂暴意味消退,变成某种很复杂的情绪。

陈长生看懂了它想要表达的意思,不由怔住了。幼鹏想要传达的信息,全部在它的眼瞳里,那是恳求、请求、乞求,是悲伤、难过、黯然、绝望——周园里的无数妖兽,都是它的同伴和下属,这些妖兽在这片草原里生活了数百年,与世隔绝,与人无争,这片草原便是它们的家乡,现在它们的家乡马上就要毁灭。

陈长生在心里说道,不用你拜托什么,我也会尽可能地让这个世界保存下来。幼鹏似乎听到了他的心理活动,更加安静,显得十分乖巧,但有意思的是,依然不肯靠近他,相反宁肯向着本应更加忌惮厌恶的徐有容挪了几步,老老实实地靠在了她的怀里。

陈长生的余光一直都注意着陵墓四周的那片风沙。与徐有容对话、与大鹏进行心灵上的沟通的同时,他一直在心里默默地进行着推算。按照徐有容先前的说话,陵墓四周的十座天书碑之间的联系,属于某座阵法的变化,现在因为剑池现世,这座阵法的平衡被打破,再也没有办法复原,除非能够找到剑池替代的那个消逝的空白。

是的,在这座阵法里,剑池只是替代物。剑池替代的是什么?徐有容说周独夫从天书陵里带走了十二座天书碑,这里只有十根石柱,还有两座天书碑在哪里?

最开始的时候,陈长生总觉得自己忘记了一些什么,那是在天书陵观碑悟道时最后的记忆里的空白,后来他隐约想起来了一些什么,于是他的心里难以抑制地出现了一个猜想。

为了证明那个猜想,他一直注视着陵墓的四周,寻找可以证明那个猜想的证据——他必须得到足够的确认,才会去按照那个猜想行事,因为那会是极其冒险的举措,人只有一次生命,那么机会就只有最后一次。

风沙漫天,陵墓四周的地面时而积起小山般的沙丘,时而连坚硬的青石地面都被掀起。他一直注视着的那个地方，也正是徐有容推算出来的那个地方，那个曾经被白草覆盖、现在被沙砾与妖兽尸体掩盖的地方，终于露出了数百年前的真容。

那里有一方残破的石垣，看着像是一个座，一个碑座。此处应该有座天书碑——陈长生确定了这个事实，神识微动，取出一样事物握在手里，然后望向那只幼鹏。幼鹏本能里感觉到了不安，想要望向别的地方，不想与他对视，却发现因为太过紧张，颈子竟是僵住了。

一人一鹏对视，气氛有些诡异。幼鹏在心里想着，为什么是我？陈长生在心里说道：因为你是了不起的金翅大鹏，只有你才能撑得住能量风暴的肆虐，至少一段时间。幼鹏怨恨地想着，为什么你不去？陈长生握着伞柄的手紧了紧，在心里说道：就算我赌对了，周园依然会毁灭，我有更重要的事情要做。幼鹏的意识沉默下来，接受了他的说法。

陈长生张开手掌，掌心里是一块黑石。这块黑石约半指长短，形状细长，通体黢黑，石头表面仿佛蒙着一层淡淡的雾，如没有星辰、却有星光的夜空，令人睹之沉醉，直欲沉沦其间，明显不是凡物。这正是他在凌烟阁里，王之策画像后找到的那块黑石。

看着这块黑石，幼鹏的眼瞳里闪过一抹畏惧，片刻后才镇静了些，张开鸟喙把黑石衔了起来。陈长生把黄纸伞向旁边转了转，给幼鹏留下出去的通道。做这些事情的时候，他一直都用身体挡着徐有容的视线，不是不想让她发现自己的秘密，而是不想她阻止自己随后要做的事情。

风起，幼鹏化作一道黑色的影子，飞出黄纸伞，穿过陵墓间肆虐的狂风与那些可怕的空间裂缝，依循着陈长生先前视线的指引，于漫天风沙之中飞到那座很不显眼的残破碑座上方，松开鸟喙，片刻后……那块黑石准确地落在了碑座上。

仿佛星空来到了从来没有星空的周园里。很黑暗，却又很宁静。一道强大而又宁静的气息从那方碑座上生出。下一刻，残破的碑座上出现了一座黑色的天书碑。

86 · 碑与剑的过往

随着那块黑石落到碑座上，变成黑色的天书碑，一道悠远而古老的气息从石碑里散发出来，与其余十座天书碑散发出来的气息渐渐融为一体，那道隐藏在相对位置之间的阵法，似乎随着这道气息的到来，发生了某种微妙而又绝对重要的变化。

陵墓四周稍微变得安静了些，石柱表面的石皮不再继续剥落，那些已经露出来的黑色石碑表面，泛着幽幽寒冷的光芒，至少数百道像线一样细的空间裂缝，飘浮在这些石柱之间。

那些飘浮在石柱之间的细线般的空间裂缝，其实非常可怕，幽暗如深渊一般，任何事物触着那些裂缝，都会被切割开来，而一旦被那些裂缝吞噬，便将被送往异空间里，承受永远没有尽头的孤单漂流，好在现在被某种力量束缚着，不再继续飘散。

呼啸的狂风里响起幼鹏的清鸣，这道鸣声是那样的开心，充满了报复成功的快感，它前世是周独夫的坐骑，曾经亲眼看着强大的主人镇压住这些骄傲的石碑，现在仿佛昨日重现，如何能不得意？

陈长生的视线从那些空间裂缝上收回，望向陵墓四周的十一根石柱，按照徐有容先前说的推演方法再次做了一次验算，确认这座阵法控制住了天书碑现世带来的能量爆发，同时确认自己的记忆以及那个看似神奇的念头没有错。

当初他在天书陵里夜观天书碑，前陵十七座碑组成了一幅星图，却始终有所缺失，让他迟迟不能突破那道门槛，直至最后，那块从凌烟阁里拿到的黑石大放光明把星图补完，他才真正明悟了天书碑的真义，从而突破至通幽上境。

无数星光洗山陵，当时的他处于神游物外的状态中，根本不清楚自己的精神世界里发生了什么事情，事后更是忘却了黑石的作用，只有极隐约模糊的一点印象，好在他最终还是记了起来，并且得到了验证。

凌烟阁王之策画像后的黑石……是一座天书碑。

至此，天书陵最大的秘密，同时也是周园最大的秘密，甚至可以说是这片大陆千年以来最大的秘密，终于在他眼前展露出了绝大部分的真容，那些曾经的绝世强者之间发生的故事虽然已经湮灭不闻，但已经被他看到了某些真相。

很多年前，周独夫在天书陵里带走了十二座天书碑，这件事情本身就极为惊世骇俗，没有人能想明白他是怎么做到的，但同时，他能够在天书陵外保存这些天书碑，同样也是件非常匪夷所思的事情。

天书碑乃是天道圣物，碑中蕴藏着并不属于这个世界的、堪称狂暴的能量，那些气息与能量来自别的世界，对于这个世界来说，就像是无数的火星，而这个世界里的山川河海树木兽人，所有的存在都是一堆干柴。

干柴烈火一朝相遇，必然会生出无数的火焰，幸运的是，无数年前天书降世，自然生成某种禁制，天书碑与大地连为一体，借厚土之势静息，所以在天书陵时，这些能量可以很平静地贮存在石碑里。一旦离开天书陵，那些与这个世界格格不入的气息，便会自然离碑而出，点燃这个世界里的所有，那些悠远古老的气息看似平静，对于这个世界来说，却代表着毁灭。

所以，天书碑不能离开天书陵。

周独夫却偏偏这样做了，而且还成功了。有一座天书碑不知为何遗失在外，他带着其余的十一座天书碑进了周园，即便周园与世隔绝，即便他的能力近乎神迹，依然没有办法让这十一座天书碑隐匿气息，不让那些气息与真实的世界发生接触，所以他用惊天的手段与天才的智慧，想出了一个非常奇妙的方法——他让这十一座天书碑组了一座阵。

这座阵法是对天书陵禁制的一种高妙模仿，或者干脆说是天书陵的缩小版——徐有容能够在这么短的时间内看出这些石柱之间的联系，看穿周独夫当年的神妙手段，正是因为她自幼便一直在研读天书陵与天书碑的缘故。

依靠这种阵法，周独夫让离开天书陵的十一座天书碑的气息生生相克，源源不绝，自成独立世界，靠着这种看似脆弱的平衡，阻止了毁灭的发生，而为了防止有人破坏这种平衡，他在日不落草原里留下了无数可怕的妖兽。

如果事情就这样发展下去，或者当周独夫死亡之后，随着时间的流逝，周园的规则逐渐崩溃，陵墓坍塌，然而那十一根隐藏在石柱里的天书碑却依然始终无人发现，沉默地禁受着风雨，直至永远。

但世间没有永远这种事情。事实上，就在周独夫入天书陵夺碑之后没有多少年，有一个男人便悄悄进入了周园，打起了这些石柱的主意。单以境界修为和战力论，那个男人当然不如周独夫，但要说到别的方面，在世人心中他要比周独夫还要优秀。

那个男人就是王之策。或者是奉太宗皇帝的命令查找天书碑的下落，或者只是为了证实自己的某种猜想，王之策进了周园，然后不知道用什么手段，取出了其中一根石柱里的天书碑，同时很神奇地把那座天书碑变成了一块黑石。

周独夫自然发现了这件事情，然后便是问题出现。十一座天书碑少了一座，这意味着这座耗尽他心血的阵法就此破灭。当年的周园，想必和现在一样，充满了能量风暴和呼啸的毁灭飓风。周独夫当然可以凭借自己的绝世力量，强行压制住这些天书碑的爆发，但就像最开始那样，他不可能永远停留在这些天书碑之间，所以他必须修复那座阵法，换句话说，他必须再去找一座天书碑。

很明显，已经有过一次经验的大周皇族和国教，不会再给他这个机会。也许就在他坐在陵墓之间思索的时候，他看到了草海里一把依然不肯屈服的剑，可能是陈玄霸的龙吟剑，可能是南溪斋的那把圣女剑，这让他想到了一个方法。

既然很难再找一座天书碑，那么就找一个替代品好了。当然，那个替代品必须要足够强大，要有与天书碑相同等数的威力。周独夫选择的替代品是剑意。他用万道剑意，来替代那座天书碑。至此，周园渐渐恢复平静。日不落草原重新变得宁静。再没有人找到那座陵墓，更没有人能够发现那些石柱里的秘密。

直至其后某年，一把剑器魂分离，剑身顺着水泊流出了草原，穿过小湖，去往周园那面的世界，又顺着寒潭浮出，被溪河冲到河畔的森林里，被苏离拾走，于是汶水多了一把伞，那伞现在到了陈长生的手里。

陈长生拿着黄纸伞回到了周园，对草原里的万道剑意来说，这是归来。没有了万道剑意的压制，阵法就此毁灭，天书碑现世，开始毁灭天地。然而谁也没有想到，他也带回了那座遗落在外的天书碑，对周园来说，这才是真正的归来。

这有可能就是当年的故事，当然，这只是陈长生的猜想，此时的他并不知道黄纸伞里真正的秘密，这个他想象出来的故事里还有很多细节并不足够清楚，比如王之策为什么当年只拿走了一座天书碑？带走一座天书碑是他的能力上限，还是说他拿走天书碑的本意就不是为了寻找，而是为了破坏这座阵法从而毁灭周园，甚至是想通过这种方法对付周独夫？

没有人知道王之策当年是怎么想的，也没有人知道当年在周园里是不是发生过一场惊天动地的战斗，按照史册的记载，王之策和周独夫从来没有战斗过，按照民间的传说，他们是结义兄弟，但谁知道呢？那些曾经纵横大陆的强者、星耀京都的前贤，他们之间的相处方式以至战斗方式，都不是现在的陈长生所能够理解的，甚至不是他能够想象的。

幼鹏穿过那些恐怖的空间裂缝，飞回了陵墓正门之前。陈长生看着它的眼睛，没有说话。它看懂了，眼神变得阴沉起来，心想这是一场交易，既然我已经完成了,凭什么还要继续帮你做事?而且你看她那模样就知道死沉死沉的,我要来不及飞出去怎么办?

是的,依然还是有些来不及。那些石柱不再继续剥落石皮,天书碑不再继续散发清光,悠远古老的气息重新收回黑石深处,但周园的世界已然千疮百孔,无数能量风暴还在撕扯着草海与山峦,最可怕的是,天空还在不停地崩落。草原上的妖兽们似乎感觉到了一线生机,正拼命地向着远离陵墓的方向狂奔,然而远处的山岭也在崩塌,谁能知道在世界毁灭之前,它们能否跑出去?

陈长生回头望向徐有容。徐有容已经感受到了外面的变化,看着他的眼神里充满了震惊。周独夫用十一座天书碑组成的阵法,是她看懂的,也是她告诉了陈长生如何解决问题,但她没有想到,陈长生真的能够解决这个问题,这让她很震惊,甚至有些茫然——为什么他会有一座天书碑?只是来不及说这些,所以她什么都没有说。

天书碑安静下来,他们必须抓紧时间离开,一起离开。

陈长生却不是这样想的,他看着即将毁灭的周园,说道:"你先走。"

87·天塌了,得有人撑着

"为什么?"徐有容的脸色有些苍白。

"周园的门就要开了。"陈长生看了眼幼鹏,说的却是别处。

周园重开当然是好事,他的声音里却没有什么喜悦的意味,因为崩溃却还在持续,他按照徐有容的方法,让黑石变成了天书碑,阻止了毁灭的到来,但并不足够——雪山已经开始崩坍,最初的天地巨力重新静默,但正在逐渐下滑并且越来越大的那些雪谁能阻止?

一道能量风暴来到了陵墓前,伴着十余道恐怖的撕裂声,陵墓开始剧烈地震动,西南角上方的几块巨石崩落。湛蓝的天空因为破裂而变得晦暗起来,还有很多天空的碎片在狂风里到处飘舞着,不知何时会落到草原地表,远方的周园里流火无数,到处都是黑烟与火焰,妖兽仓皇地奔逃着,隐隐能够听到很多惨嚎与悲声,这个世界正在毁灭。

徐有容盯着他的眼睛——她没有力气抬起手来抓住他的衣领,但就是这个意思——先前她确实说过,就算这些天书碑重新恢复平衡也没有用,周园已经进入毁灭的过程，但如果周园的门真的马上就要开启，那么为什么不一起离开，为什么要我先走？

"天要塌了。"他看着她的眼睛，很认真地说道。

"然后？"她看着他的眼睛，很认真地问道。

"如果没人撑住，所有人都来不及离开。"

陈长生举着黄纸伞站起身来，转身望向她说道："我得留下来，想办法多撑一会儿。"

徐有容微颤的声音像被雨丝惊着的湖水："你？怎么……办？"

你怎么办得到？你怎么办？不知道她的这句话究竟更偏向哪个意思。

陈长生看着她很诚实地说道："我会看着办。"

天书碑回到周园，阵法重新稳定，为周园里的人与兽争取到了最宝贵的一段时间，周园的门正在开启，然而以现在的速度，极有可能来不及。如果外面的人来不及打开周园，天空便落了下来，生活在这里的妖兽和进入周园的数百名人类修行者，都会死在满天流火之下。

周园会毁灭，如此多生命可能死亡，最直接的原因就是因为他取出了剑池里的所有剑——不用去管什么魔族的阴谋、黑袍的阴森布局，不理会他与她彼此相救来到草原深处，不去谈那把黄纸伞与那道剑意的召唤，总之这些事情都是因他而生的，那么自然要由他来解决。

他曾经想过，如果不能阻止周园的毁灭，或者可以尝试用短剑把周园里的人类修行者和一些妖兽带走，可问题在于，短剑的空间有限，此时已经容纳了万道残剑，没办法再收留更多的东西，相信徐有容带在身边的那件空间法器同样如此。

他现在唯一能做的事情，就是让周园毁灭的速度变得再慢一些，让周园里的人们能够有时间离开，也是应幼鹏的乞求，为生活在草原上的无数只妖兽争取活下来的可能，所以他得留下来，希望能够再撑会儿，再争取一些时间。

可是……这是为什么呢？徐有容没有来得及问出这句话，便被幼鹏抓住了双肩，提起向陵墓外的天空飞去。大鹏说它只带得动一个人。陈长生也来不及做出最后的解释，便看着幼鹏带着她向远方飞去。

陵墓四周狂风劲舞。徐有容非常虚弱，根本无法做些什么，只能怔怔地看着站在陵墓上的他。她看得非常认真，似乎想要把他的脸全部留在自己的脑海里。看着陵墓上那个越来越小的身影,她喊道:"徐生,你这个傻瓜啊。"

风真的很大,她的声音传到陵墓上时已经很小,但陈长生听到了,对她大声喊了一句话,只是这时候的风真的很大,她没有听到。

"我不叫徐生,我叫陈长生。"

说完这句话,他转身向陵墓上方奔去。陵墓很大,从神道尽头的正门到最高处有数千丈的距离,而且构成陵墓本体的岩块巨大,非常不好攀爬,好在他拥有普通人难以企及的力量与速度,没有用多长时间,便来到了陵墓的最高处。

他站在陵墓顶的岩石上,看着远处不停落下的流火,看着那些黑烟与燃烧的园林,看着仿佛就在眼前的碎裂的天空与即将坍塌的苍穹,握紧了手里的剑——天真的要塌了。

落落以前对他充满感情说过一句话。

那句话是白帝对她说的:"天塌了,会有高个子替你顶着。"

现在他在陵墓的最高处,这里也是整个周园最高的地方,比暮峪峰顶还要高,离天空最近,离地面最远,看得最远,所以他就是现在周园里最高的那个人。

天塌了,当然应该是由他来顶。这和能力越大责任越大这句话没有关系,因为他认为这本来就是自己的责任,而且恰好他又有这方面的能力——谁他刚好在陵墓上,手里有把伞,鞘中有万道剑呢?

他把短剑和黄纸伞换了手。嗤的一声,锋利的短剑深深刺进岩石里,帮助他在狂风里稳住身形,然后他向着那片摇摇欲坠的天空伸出了右手里的黄纸伞。哗的一声,黄纸伞在狂风里被撑开,变成一朵瑟缩的小黄花,仿佛随时可能被飓风碾成碎末。

这把黄纸伞可以说是世间防御能力最强的法器,再加上那道骄傲强大的遮天剑意,如果落在真正的绝世强者手中,想必会绽放出极为夺目的光彩,但……依然不可能只靠这把伞便撑住一片天空,哪怕这只是周园这个小世界的天空,更不要说现在这把黄纸伞是在他手里,通幽上境的他在年轻一代里当然很了不起,可在这片天空的面前,却是那样的渺小。

请出来帮助我。陈长生在心里说道。

这是他的责任,所以他要撑着。这似乎也是那些剑的责任,但那些剑本来就是被迫留在周园里的,所以他用了一个请字。没有任何停顿,随着他的意念,陵墓顶处巨石四周的空中,响起无数道凄厉的剑鸣,生出无数道强劲的剑风,在那一瞬，竟是把肆虐在周园里的飓风都压了下去。

无数把剑从他腰畔的剑鞘里喷涌而出！嗖嗖嗖嗖！这些剑擦着黄纸伞的边缘飞起，然后迅速散开，就像一朵烟花。万剑变成数十道剑线，起于陵墓顶处，落于天空里，就像是伞骨。这是一把幅员千里的巨伞。被陈长生撑开，撑住了将要崩离的天空。

88 · 由周园而至雪原

一把由剑构成的巨伞，遮蔽了周园的天空，挡住了那些自天落下的流火，撑住了那些碎裂将落的空间碎片，那些正在坠落的天空碎片本应没有重量，但附在无形的伞面上，却生出了仿佛无限的重量。只听得啪的一声轻响，陈长生的双脚深深地陷进了坚硬的岩石里，边缘生出无数道细密的裂纹，裤子瞬间变成了无数碎屑。

下一刻，他的身体剧烈地颤抖起来，天空难以想象的重量与威压，直接通过万剑传导至他的身上，他身体里的每根骨头都仿佛在吱呀作响，随时可能断裂。恐怖的破裂声继续响起，他的双脚继续破开坚硬的岩石，他再也无法支撑，左膝一软就这样跪了下去，膝头重重地落在岩石上，砸出无数石砾与烟尘。

只听得下方一阵轰隆隆如雷般的闷声响起，烟尘大起，渐要遮住近处的草原与那条早已不复当初模样的白草道，整座陵墓都开始震动起来，然后竟在极短的时间里下沉了数尺！

这，就是天空的重量。

陈长生单膝跪在陵墓之顶，天空之下，脸色越来越苍白，神情越来越痛苦，他浴过真龙之血的身体可以说坚若钢铁，即便是南客的孔雀翎，都没有办法破开他的外防，然而在这道纯粹的、恐怖的重量之下，他的身躯即便是真的钢铁，仿佛也要给碾成铁片。

好在终究不是真正的天空，只是被能量风暴撕扯下来的天空碎片，虽然极为痛苦，险些被直接碾压的神魂俱碎，但他终究还是撑住了，身体渐渐不再颤抖。

陵墓四周的十一根石柱也已经真正的平静下来，黑色的石碑之间隐隐有某种气息在流淌。如果不是那块王之策留下的黑石，无论是他还是徐有容，还是周园里的人类修行者和妖兽，都不可能像现在这样，至少还保有着一线生机。

他跪在陵墓的最高处，左手撑着黄纸伞，右手握着插进岩石里的短剑，极其艰难地抬起头来，望向远处，希望那线生机已经到来。

破裂的天空本就很阴沉，此时被无数道剑影覆盖，周园的世界更是晦暗一片，天地的崩溃暂时停止，草原上的飓风还在狂舞，可以看到很多妖兽已经奔到了草原边缘，也可以看到远处那些燃烧的园林里，隐隐有气息正在高速掠离，是有人已经离开了吗？

然后，他的视线穿过狂舞的风沙落在远方，隐约可以看到，那只鹏鸟抓着那名少女已经飞出草原，消失在天边的山峦里。

你要活着，要好好地活着。他在心里默默地想着。

周园的门可能已经开启了，参加此次试炼的人们正在离开，那些妖兽也有可能逃出生天，然而他却无法离开，一旦他收了万剑，天空便会直接落下来，把他与周园一道碾成青烟。

草原上飓风依然狂暴，他的膝盖深深地锲在陵墓最高处的岩石里，疲惫地低着头，觉得自己的处境，就像国教神话里那个著名的悲剧英雄。那位在陡峭的山道上，用尽全身气力顶着滚落的巨石的英雄如果稍微松懈，便会被巨石碾死，只能日日夜夜，永远没有尽头地把生命消耗在与巨石对抗的过程里。

陈长生从未想过自己会进入如此绝望的境况。他不想做悲剧英雄，也没有舍生取义的念头，他没有那么伟大。只是他想活着，也希望很多人活着。

比如那些他认识的人，在意的人。

折袖，如果你还活着，那就活着吧，七间，你也应该活着，还有那个刚刚消失在山峦里、和自己同姓且有一个美丽名字的秀灵族少女……初见姑娘，你要好好活着。

至于接下来他该怎么办？他刚才对徐有容说，自己会看着办，看着办这三个字其实也就是不知道怎么办的意思，但他也是真的想看看会不会出现自己等待的变化。

国教神话里那位著名的悲剧英雄，之所以最后在与那块岩石的对抗里耗尽年华与生命，直至绝望化成一座石雕，是因为在那漫长的岁月里，没有一个人去帮助他。之所以没有人愿意去帮助他，因为他曾经很骄傲，从来不肯去帮助那些卑贱的庶民。

陈长生虽然经常让人无话可说，但没有任何人会认为他骄傲，自信和骄傲从来都不是同义词，而且他向来很愿意帮助他人，比如此时正在向周园外逃奔的那些人类修行者。

得道者，必多助。

像梅里砂主教这样的国教大人物，还有月下独酌朱洛这样的强者，都在周园的门外，只要他再坚持一段时间，这些人肯定会来救他。陈长生就是这样想的。只是，究竟要撑到什么时候？还要坚持多久？

天空恐怖的重量，让他的身体无一处不痛楚，随着时间的流逝，他右手举着的伞变得越来越沉重，直至他的手臂渐渐失去了感觉，仿佛废了一般。

不知道过去了多久，插在陵墓顶端石中的短剑里响起黑龙的声音："你……还好吗？"

陈长生低着头，问道："你还好吗？"

他更关心它现在如何，先前为了对抗那只金翅大鹏，黑龙的离魂从幽府外的湖水里醒来，然后进入了短剑里，之后竟是没有时间进行任何交流。

黑龙沉默了会儿，说道："还好。"

陈长生说道："我也还好，还能……再撑会儿。"

黑龙说道："我听得懂，这是你们人类语言里的所谓双关，但你知道，相对龙语来说，这种技巧或者说复杂程度，实在是可怜的不像话。"

陈长生疲惫说道："能说点别的吗？"

黑龙说道："嗯，有件事情你好像还不知道，我在想要不要告诉你……"

陈长生说道："无所谓了。"

黑龙的声音变得有些小心翼翼："你……不会死吧？"

"不会。"陈长生想都没想，直接回答道。

黑龙沉默了很长时间，说道："看来，你真的要死了。"

陈长生有些无奈，说道："为何这么说？我说了我不会死。"

黑龙说道："你刚才的回答太快……没走心。"

陈长生懒得再理它，又隐约觉得哪里有些不对。黑龙会人类语言，这并不让他意外，只是它的声音为何会如此清稚细柔，就像个女子……他没有问，因为他这时候真的很累，很疲惫，很痛苦，快要……撑不住了。

这是天空的重量，凡人能够撑几时？

他没有出汗，但感觉体内所有肌肉都已经撕裂，快要脱力。他的神志已经变得有些恍惚，真元已经耗尽，就连视线都变得模糊一片。万剑俱默，他也沉默了，甚至进入了一种物我两忘的状态，忘记了所有的事情。

不知道过了多长时间，呼啸的风声渐渐变弱，狂暴的能量湍流带来的威压渐渐消失，黄纸伞上传来的重量也渐渐消失，天地变得一片安静。陈长生睁开眼睛，疲惫到了极点，望向四周。

就在这时，一片雪落了下来，落在黄纸伞的伞面上。如此轻柔的一片雪，却让他的手腕一阵剧痛，险些握不住伞柄，周园……落雪了？

不是。

这里不是周园，这里是一片雪原。

他望向远方，只见天空的阴影下隐隐有座雄城。这里是哪里？他很茫然，不知道发生了什么事情。震惊与疲惫，让他无法动弹，依然保持着先前的姿势——他单膝跪在雪原里，左手握着短剑，右手举着黄纸伞。这里的天空没有崩裂，雪原静美，他这样子当然有些可笑。

脚步声响起，一个人走到他的身边，轻噫了声，说道："有把剑。"

然后那人伸手把黄纸伞从陈长生手里拿了过去。

第五章

数百年,真是好久不见。这让他如何不快意,如何不纵情大笑!

89·万里送剑

清晨的雪原很安静，不知道是不是那片阴影的缘故，还是因为云层依然未散，晨光很淡，从晨光里落下的雪也很稀疏，飘飘洒洒地落在地面上，没有发出任何声音。这场必将被记载入历史里的杀局，这场必将会改变大陆历史走向的杀局，至此时已经发生了很长时间，胜负依然没有分出，结局却似乎已经注定，四周如山般的魔将身影沉默而冷厉，那片阴影依然高悬于天，黑袍静静地坐在十余里外的雪丘上，被围在中间的那个身影依然挺拔，却不够有些孤单落寞。

忽然间雪原里生出一场风，卷起纷纷洒洒的雪片，场间的死寂刚刚被呼啸的风声打破，紧接着便被一道剧烈的爆破声完全撕扯干净，只见黑袍所在的雪丘上生出无数强大的气息，无数积雪向着天空与四周喷溅，那几盏飘浮在空中的命灯瞬间消失，黑袍的前襟被撕出几道絮丝，更可怕的是，那张看似坚不可摧的方盘……就这样变成了一块废铁。

无数双视线没有来得及望向黑袍所在的雪丘，便投向了雪原中间某处。雪原里，忽然多出了一个人。当今大陆上，有谁能突破那片阴影与魔族数万大军的重重防御，悄无声息地来到这里？

那是一个少年，他的右手举着一把旧伞，左手握着一把短剑，紧紧地闭着眼睛，清稚的眉眼间，尽是只有在生死之间才能看到的坚毅，当然，他的脸上也能看到无尽的疲惫。

不知道过了多长时间，那少年睁开了眼睛。

这名少年自然就是陈长生。他茫然四顾，只见眼中皆是雪白，完全不知道发生了什么事情，只隐约明白自己已经离开了周园，可是这里又是哪里？这里的天空中为何也有道阴影？这道阴影里的意志怎么比日不落草原上大鹏的阴影还要强大可怕？雪原四周那十余座如山般的身影又是什么？怎么散发着腾小明和刘婉儿那对魔将夫妇一样的气息？难道那些如山般的黑色身影都是魔将？十余里外雪丘上，那个浑身罩着黑袍的男子又是什么人？为什么他身上散发出来的气息如此阴森？他为什么会穿着一件黑袍？

陈长生看着雪原遥远外围那片隐隐若现的雄城轮廓，想着道藏上的记载描述，身体僵硬无比，张着嘴却发不出声音，心想不会吧？难道那座城便是传说中的雪老城？这里是魔域雪原？那些山般的黑影真的都是魔将？穿黑袍的阴森男人就是黑袍？那道阴影呢？

前一刻还在周园的陵墓顶上与坠落的天空相抗，下一刻便来到了万里之外的魔域雪原，看到了传说中的雪老城的身影，看到了那些过往只存在于想象中和书中的魔族强者身影，如果是精神力稍微差些、意志力稍微薄弱些，说不定会直接震惊得昏死过去，甚至有可能会直接被吓死，因为这幕画面实在太不可思议。

陈长生的意志力很强大，所以他没有昏倒，但这并不是好事，他必须清醒着承受眼前所见带来的精神冲击力，他甚至觉得自己的精神世界有了崩坏的征兆，身体更是僵硬得完全无法动弹。

一只蚂蚁忽然来到巨人的世界，一名普通人忽然误入星海里的神国，他这时候就有这种感觉。

溅飞到空中的无数积雪簌簌落下，然后来自云中的薄雪缓缓飘落，落在伞面上，雪原上依然死寂一片，无双数视线隔着数里、数十里甚至数千里的距离，看着陈长生，没有任何声音。

对于那些强者们来说，陈长生的出现也很古怪。神国忽然出现了一个普通人，那些高高在上的神明，想必也会很惊讶，这个普通人是怎么来的。

雪原陷入一种很奇异的寂静中。陈长生身体僵硬无比，难以想象的巨大精神冲击，让他的精神世界近乎崩坏的同时，也摧动他的思绪高速运转起来。

在非常短暂的时间里，他想了很多事情。自己为什么从周园来到了魔域雪原，这件事情短时间内肯定想不明白，所以他不去思考，那么为什么自己会看到这么多传说中的魔族强者？这些魔族强者是来伏杀自己的？

这不可能。他现在是国教学院的院长，级别看似够了，但一个通幽上境的少年对这些大人物来说，真的就像是蝼蚁一般，哪里需要这么大的阵势，就连最自恋的唐三十六都不敢这样认为。

魔族强者们要杀的对象另有其人，那个人是谁？

那个被魔族数万大军围困数日夜的中年男子，已然身受重伤，面临着必死之局，他眉眼间的神情依然散漫，显得毫不在乎，然而在看到陈长生手里那把伞时，他的神情却变得凝重起来。似乎是为了证实自己的猜想，他向陈长生走了过去，雪原上，他离陈长生最近，只需要十余步，便能走到身边。

"噫，有把剑。"那名男子伸出左手把那把伞拿了过去。

陈长生只听到了脚步声，还没有来得及去看，便发现手里的黄纸伞被拿走了。他望向那名男人。

那名男人穿着件长衫，但并不是太长，不像文士，腰间系着把剑，却又不像剑客，给人一种不伦不类的感觉。那个男人的身上散发着一道清冽的气息，仿佛一把剑尽情地展露着锋芒，令人无法直视。

这是陈长生第一次见到苏离，他只看到了苏离的背影，眼睛被刺得生痛。还要再过很久很久，他才能直视此人，而当时的他并不知道这个男人就是传说中的离山小师叔苏离。片刻后，他醒过神来，艰难地站直身体，下意识里右手微微握紧，伞柄已经不在，那种空荡荡的感觉让他有些不适应。

黄纸伞在那个中年男人的手里，不知道为什么，显得那样的融洽，仿佛这伞本来就是他的。看着这幕画面，陈长生再次惘然起来，忽然觉得周园里发生的一切都是一场梦，自己离开天书陵，从京都到汶水拿到这把伞，再进入那片草原，最后神奇地出现在这片雪原上，数万里风雨兼程，只是……为了把这伞送到这个男人的手里。

把黄纸伞还给这个男人。

苏离左手握着黄纸伞的伞身中段，静静地看着，看了很长时间，然后唇角露出一丝微笑。然后，微笑变成开怀大笑，变成长声而笑。他笑得如此开心，一朝开颜。

他望向远方如黑山般的魔将身影，望向盘膝坐在碎雪里的黑袍，望着天空里的那道阴影，说道："你们都说我差一把剑，是的，我确实差一把剑，但现在……我有剑了，是不是该轮到你们害怕了？"

陈长生不懂，这明明是一把伞，就算有一道剑意在里面，又怎么能说是一把剑?

他不知道,这把黄纸伞就是一把叫做遮天的绝世名剑。

数百年前,那一代的离山剑宗掌门,拿着这把剑,在周园里与周独夫大战三百回合,身死,剑却未折。这把剑是剑池里最强的一把剑,也是最不甘、最想重获自由的一把剑。这把剑,本就是应该由苏离继承的剑,这就是他的剑。这把剑的剑身,离开了草原,被苏离拾得,送去汶水,以此造了一把千机百变的伞。但剑意不在,所以不是他想要的剑。这把剑的剑意,一直在草原里等着剑身的归来与重逢。

数百年后,陈长生路过汶水,得唐家赠伞,携伞入周园,于草原里,让剑身与剑意相遇,从而召唤出万剑凌空。这个故事,至此似乎已经迎来了完美的结局,但事实上并非如此。

直至他来到了这片雪原,将这把伞交给了苏离,这个结局才真正完美。

苏离握着黄纸伞,想起数百年前,第一次走进离山峰顶的洞府,看见师父身后墙上挂着的这把剑时的画面,想起之后那些年,他强行把境界压制在通幽境,连续数次入周园寻剑的时光,很是感慨。

这是离山的剑,这是师父的剑,这就是他苏离的剑。

数百年,真是好久不见。这让他如何不快意,如何不纵情大笑!他在笑,黄纸伞仿佛也在笑。但快意的笑声里依然有一丝怅然,些许遗憾。师父,我重新握住了这把剑。但……周独夫已经死了,我没有机会把他斩于剑下,替你报仇。

清朗而放肆、却又怅然遗憾的笑声,回荡在寂静的雪原上,仿佛要传到千里之外。这笑声里的意思,清楚地告诉了整个世界,就连陈长生都听懂了。怅然于周独夫已死,遗憾于不能将其斩于剑下。这是何其自信,甚至狂妄的想法。但没有谁对此表示嘲讽与不屑,就连黑袍也只是沉默着。因为苏离已经找到了那把他的剑,谁知道他在剑道上会走到什么地方?

清朗的笑声渐渐敛没,苏离身上的剑芒也渐渐消失,仿佛变成一个普通的中年男子。他抬起头望向雪原四周,那些魔将们如黑山般的巨大身影,神情平静,伸手握住了伞柄。他的左手握着黄纸伞的中段,就像握着剑鞘。他的右手握着黄纸伞的伞柄,就像将要拔剑。陈长生注意到,他的手指很修长,很适合弹琴,当然,更适合用来握剑。

伞柄就是剑柄,就在苏离的手落到伞柄上的那一瞬间,一道凌厉至极的剑意，笼罩了整片雪原。数十里外的雪原上，一座如山般的魔将身影微微摇晃，然后重重地倒在了雪地里。一道鲜血出现在雪空之中。

90·一剑万里

苏离的手握着伞柄，并没有别的什么动作，那道剑意却已经侵凌至数十里之外。没有剑光亮起，也没有剑风，薄薄的雪片缓缓飘落，雪原四周却出现了无数道凄厉的声音。擦擦擦擦！那是剑锋割破空间的声音，是剑锋割破盔甲的声音，那是剑锋割破魔将强大身躯的声音。

十余座如山般的魔将黑影四周，出现了无数道细密的白色剑痕，寒风骤碎，重甲骤分，鲜血乍现，有的如山黑影闷哼声中倒在了雪原的，有的如山黑影暴喝声中连连后退，竟没有一名魔将能够在原地站住！

苏离望向十余里外的雪丘，望向盘膝坐在那里的黑袍。

黑袍身前那块方盘更是已经变成了一块废铁，上面到处是密密麻麻的洼陷，哪里还能像先前那样投影周园里的一切。正是因为方盘被毁，先前才会发生那场恐怖的爆炸，即便是他这等层次的绝世强者，也受不了轻的伤，衣衫破烂，看着竟有些狼狈。

周园方盘莫名破毁，让他受了伤，感知到周园之局已破，这让他很受伤，但最让他觉得警惕不安的是，苏离现在手里握着的那把伞，这个布置了很长时间，魔族出动了无数高手的杀局，似乎也要出问题了。

苏离如果想要破开魔族设下的围杀之局，需要在剑道上再作突破，然而正如他曾经所言，像苏离这等级数的剑道强者，即便是生死之间的大恐惧，也无法帮助他突破数百年都未曾突破的那道障碍，除非他拿到那把剑。

现在，那把剑来了。

这怎么可能？黑袍望向苏离身后的那名少年，默然想着，原来一切变数皆在于此。

他识得黄纸伞，知道黄纸伞的来历，他识得陈长生，知道陈长生的来历，他是大陆最擅筹谋的魔族军师，只需神念微动，便把周园里以及周园前后发生的故事推算得清清楚楚，不差分毫。然而即便算得再清楚，也无法改变已经发生的事情，也无法让那把黄纸伞离开苏离的身边。

黑袍站起身来，微微发青的双手，从袖子里伸出，仿佛要将雪原上的所有寒风尽数抓碎。

苏离静静看着他。二人相隔十余里。

苏离握着伞柄，手指微微用力。只听得铿的一声清鸣。一道明亮的剑身，从黄纸伞里抽出。原来，这才是黄纸伞的真身。那把剑一直藏在黄纸伞中。剑未全出。只有半截剑身出现在天地之间。雪原之上风雪骤疾，薄薄的雪片变化无数道无形的剑，呼啸席卷而去，瞬间来到十余里外的雪丘。

黑袍低头，揖手，微微泛着青色的双手，仿佛行礼一般，护在了自己的脸前，与那件垂落至雪面的黑袍一道，将所有一切都遮掩了起来，一道阴寒至极的气息，迎向那些如剑般的雪片。嗤嗤嗤嗤！无数声割裂声，在雪丘之上响起，黑袍身周的空间里，出现无数道清厉的剑光。下一刻，黑袍的末端离开了雪面，黑袍飘了起来，衣与人俱轻，伴着风雪与剑光，向后飘掠，消失于虚无之中。

剑光渐敛，剑鸣渐静，风雪渐缓。一道黑色的布片缓缓飘落在雪原上，同时，还有一道殷红色的鲜血。隔着十余里，苏离一剑便伤了黑袍。虽然说黑袍因为方盘的毁灭受了不轻的伤，不及最强之时，但请不要忘记，苏离手里的剑也没有完全出鞘，还有一半隐在黄纸伞中，那么，这是怎样的一剑？

苏离没有理会退走的黑袍，望向雪原深处那座若隐若现的魔城轮廓，望向天空里那道蕴含着无尽威压与恐怖意志的阴影，脸上的神情变得越来越凝重，眼神却变得越来越狂热，喝道："来战！"

伴着这声如剑鸣的断喝，一道真正的剑鸣响彻雪原。苏离的右手握着伞柄向外抽出，寒光四散的剑身，出现在雪原之上。时隔数百年，遮天名剑，终于重见天日，它见的第一个对手，便是魔君。这样的回归，何其霸道，何其嚣张！

剑名遮天，无论天空如何广阔，只要这把剑横于眼前，便可以不见。无论天空里的那片阴影如何恐怖，想不见便能不见。苏离左手握着黄纸伞，右手随意地提着遮天剑，看着天空里的那道阴影，自有一道呵天斥地的气势。这样的人物，何其强大，何其英雄！

看着苏离的背影，陈长生动容无语。他知道自己即将亲眼看到，大陆数百年来最高层次的一场战斗。或者他很快便会死去，死在这场战斗的气息对冲里，或者参加这场战斗的双方，根本不会注意到他的死去，但他不觉寒冷，甚至觉得有些热。

　　这道热意来自心里,来自血液。人生总有热血时。

　　哪怕刚刚离开周园,便莫名被卷进这场近乎神明之间的战斗,会突然的死去,他也不在乎。周园之行,果然不虚此行,能够亲眼看到这样的英雄人物,能够看到这样一把绝世名剑重现锋芒,生死何足道哉?

　　陈长生这时候已经隐约猜到,站在自己身前的这名了不起的人类强者是谁。他的手握住剑柄,便有数名强大的魔将倒下。他抽出半截剑身,黑袍便身受重伤,飘然远离。现在,他的剑已经完全出鞘,他的人也已经完全出鞘,向着风雪与天空里的那道阴影,尽情地释放着自己的锋芒。这第三道剑会有怎样的威力?可否会斩破天空,把那道阴影直接斩于剑下?

　　只是瞬间,陈长生便想了很多事情,觉得自己的精神世界,被那道笼罩整座雪原的剑意,无微不至地清洗了一番,自己获得了前所未有的勇气与战意,如果能够活下来,相信这些获得,一定会让他变得更加强大。

　　然而,就在这个时候,一道声音忽然传进了他的耳中。"握住伞。"

　　陈长生看着那名中年男子的背影,知道这声音应该来自他,只是不明白这是什么意思,有些无措。

　　"还不赶紧握着,不然我可自己先逃了!"苏离看着天空里的那片阴影,神情坚毅,气势非凡。谁能想到,他同时在对陈长生悄悄说着这样毫无气势的话。

　　陈长生愣住了,不知道这究竟是怎么回事,说道:"前辈……"

　　苏离没有转身,执剑望天,意甚从容。但他的声音却是那样的急促,显得非常焦虑。而且,为了不让魔族发现,他薄唇不动,说话更是有些咬牙切齿的感觉。"前你个头的辈,你这个猪头还不赶紧靠过来点!伸手抓住了!"

　　陈长生真的愣住了,甚至开始怀疑人生。前辈……您不是那位传奇强者吗?不是一把剑便能纵横大陆吗?您不是要与那道阴影战一场吗?你不是要对方来战吗?原来……您从一开始就没想着战斗,只想着逃跑吗?您……这时候的英雄气概,都是装出来的?这……难道不是假打吗?

　　陈长生无法形容自己此时的心情。这位前辈表面上壮怀激烈,大有壮烈慷慨之风,谁能想到,竟是如此……他找不到合适的词语,想说这样很贱,又觉得有些不敬。一座在他心里刚刚树立不到数息时间的偶像,就此轰然倒塌。但他没有任何选择,这位前辈都要逃跑,难道他还要留下来和那片恐怖的阴影战斗？陈长生的视线，落在那把黄纸伞上，神思有些恍惚，伸手过去握住。

苏离看着天空里的阴影，神情漠然，自有一派高手风范，只有陈长生能听到他齿缝里钻出来的那道声音："你这个猪头给我抓紧了，不然半道掉了，我可不会停下来拣你。"

陈长生很听话地紧紧握着黄纸伞的前端，还加了一只手。清朗而嚣张的笑声，忽然响起，在雪原里回荡不停。

苏离看着风雪里的魔族大军，看着那片阴影，沉默片刻，大声喝道："看剑！"

这是遮天剑重现天地后，真正斩出的第一剑。也是他被魔族围杀数日数夜里，威力最大的一剑。风雪之中，那些魔将的如山身影变得极其凝重，更远处的数万魔族大军更是敛气静声。便是来自雪老城、覆盖了半片天空的那道阴影，都变得凝重了很多。这一剑，必将凝聚苏离毕生修为。即便是魔君，也有所忌惮。

狂风骤然卷碎飞雪，笼罩雪原的剑意骤然间压缩，变成一道威力难以想象的剑势，向着天地斩了下去。苏离出剑。他一剑斩向天空。然而，却不是天空里的那道阴影，是与阴影相对的那半片天空。南方的天空。只听得嗤的一声轻响。魔族布置在雪空里的数千个元气锁，尽数被那道剑意斩碎。忽然变得暴烈的风雪里，出现一道极为清晰的剑道，通往雪原之外。

苏离以难以想象的速度，化作一道流光，掠进那条剑道里。他的左手握着黄纸伞，伞端挂着陈长生，陈长生的身体已经飘了起来。呼啸声中，苏离和陈长生变成了黑点，渐行渐远。下一刻，剑道消失，二人也消失不见。

91·让人无话可说的离山小师叔

风雪渐缓，雪原安静无声，然而没有过多长时间，地面便开始震动起来，积雪渐松，无数魔族大军疾驰而过，向着南方追去。天空里那道阴影缓缓收回雪老城。黑袍不知何时回到了场间，数名魔将沉默地站在他的身后。场间再次回复安静，很长时间都没有声音响起，这些魔族的大人物仿佛都不知道此时应该说些什么，谁能想到那位南方大陆的最强者，居然是这么样一个人。

"当一个真正的强者忽然不要脸起来，确实很麻烦。"黑袍的声音依然那般毫无情绪，偶有寒风掠过，掀起头罩的一角，露出微青的下颌。魔将们深以为然，强如苏离，居然在这种时候用这种不入流的骗术，实在是出乎了他们的意料。

这大概便是至贱者无敌的道理?

黑袍看着雪地上苏离留下的足迹,安静了很长时间,继续淡漠说道:"他的伤已经很重,虽然成功地瞒过了陛下的眼睛,但最后那一剑必然耗尽了他的心血,他没道理还能继续撑下去。"

一剑不可能真的万里,但能够在魔族强者们构筑的重重阵法间,斩出一条通往数百里之外的剑道,亦可以想象这一剑的威力强大到了什么程度,正如黑袍断言,即便强如苏离拿着那把剑,也要付出相当大的代价。

雪老城西南六百里外有一片雪岭,寒冷的气候并没有冻结所有景致,岭间处处冒着白色的蒸汽,原来山岭里竟有很多温泉,一道温泉旁忽然风雪大作,随着雪片缓缓飘落,苏离和陈长生的身影渐渐出现。

苏离已经把剑收回了黄纸伞里,右手轻轻掸飞来到面前的雪花,气度看着极为恬淡随意。相形之下,陈长生要显得狼狈很多,他的手依然紧紧地抓着黄纸伞的前段,坐在雪地里,就像是个要饭的小乞丐。

"魔族明明智商都不错,但不知道怎么回事,总表现得很愚蠢,那些魔将肯定带着人往正南追。"苏离回头看了眼来时的道路,如剑芒般的锋利目光穿透层层的风雪,不知落在何处,唇角微翘露出嘲讽的神情。

他这句话不是对陈长生说的,是自言自语,或者说是安慰自己。但陈长生并不知道,有些艰难地从雪地里爬起来,说道:"前辈,这里毕竟还是魔域,应该尽快离开为是。"

苏离这时候仿佛才发现少年的存在,看了他一眼,没有说话,也没有急着离开,反而向着旁边的温泉走了进去。陈长生的手松开了黄纸伞,看着走进温泉里的他,不知道这是怎么回事。

忽然间,温泉四周响起一阵密集的声音,有的声音非常凄厉,仿佛锋利的剑芒切割开空间,有的声音非常响亮,仿佛是铁锤落在岩石上发出的雷般轰鸣,有的声音非常沉闷,仿佛是数千丈的潭水深处有人在说话。随着这些声音的响起,无数道强大的气息从苏离的身体里飘逸了出来,那是魔将铁剑的剑意,是铁棒的风雷意,是黑袍的幽森意,温泉四周的岩石,被寒意冻得酥脆,然后纷纷破裂。

雪岭里到处都是剑啸雷鸣之声!就连汩汩冒着热气的温泉水面,也出现了无数道裂纹，直至很久之后，才重新归于平静。苏离站在没膝的温泉水中，长衫尽破，身上出现了无数道裂口，鲜血不停地淌落。

在离雪老城那般近的地方，被数万魔族大军围困，被十余名魔将围杀，魔族军师黑袍在旁静观，更有魔君的意志化为阴影遮盖着天空，这是数百年来声势最浩大的杀局，而苏离坚持了数个日夜。

他的衣服上没有破口，连雪花都没有一粒，根本不像受伤的模样，但事实上，他已经受了很重的伤，被他斩杀的魔将，与他交过手的黑袍，以至魔君的意志，在他的身体里留下了很多道可怕的伤势与杀意。

只不过那些伤势与杀意，都被他以强悍的意志与超绝的境界强行压制住了。直至他拿到了黄纸伞，抽出了遮天剑，在雪空里斩开了一条路，来到了数百里之外，确认暂时安全没有问题，不愿意继续消耗真元压制。

于是，那些伤势与杀意在一瞬间内尽数爆发了出来。大部分的杀意，被他强行赠给了这片雪岭，让天地代替自己承受，但伤势却还停留在他的体内。他脸色雪白，神情委顿，只有眉眼间散漫的气息依然如故。

听着雪岭里的剑啸雷鸣之声，感受着那些恐怖且寒冷的杀意外溢，看着浑身是血的苏离，和渐渐被染红的温泉水，陈长生震惊失色，声音微颤问道："前辈……您没事吧？"

苏离没有回答他的问题，而是问道："周园里的离山弟子有没有事？"

陈长生摇头，说道："我不知道。"

苏离沉默不语，看着雪岭远方的那轮灰蒙蒙的太阳，不知道在想些什么。

陈长生很是担心，重复问道："前辈，您没事吧？"

苏离转身看着他，说道："你知道我是谁吗？"

陈长生先前以为自己猜到了这位前辈的身份，但后来这位前辈的表现实在是和传言中的大不一样，在那一刻，直接让他开始怀疑人生，自然也开始怀疑自己是不是猜错了，犹豫着问道："请教前辈大名？"

苏离说道："我是苏离。"

陈长生很震惊，没想到自己猜对了，没想到自己真的猜对了。

因为他没想到传说中的离山师叔祖，居然是这样一个人。

"然后？"他问道。

苏离有些不悦，斥道："这个顺序不对，再来过。"

陈长生微怔，说道："啊？"

苏离看着他的眼睛，再次问道："我是谁？"

陈长生愣了愣，说道："前辈您是……离山小师叔苏离。"

苏离又问道："在传闻里，我是一个怎样的人？"

陈长生不知道为什么这位前辈浑身是血，看着委顿不堪，却要问这些问题，想了想后还是认真地回答道："您是不世出的剑道天才，一身境界修为早已出神入化，堪称传奇人物。"

这种评价当面说出来，很容易被认为是逢迎，但陈长生说得很认真，因为他说的都是实话，于是这话从他的嘴里说出来，便显得特别诚恳可信，这让苏离非常满意。他看着陈长生欣慰说道："你这晚辈虽说实力糟糕透顶，但还算有几分见识。"

陈长生这时候真的不知道该说什么了，看着他身上的血流得越来越多，忍不住再次问道："前辈，您真的没事吧？"

苏离微笑说道："你才说过，我是不世出的剑道天才，一身境界修为早已出神入化，堪称传奇人物。"

陈长生心想，能把自己的话一字不漏地记了下来，看来应该没什么大事。

"所以说，像我这样的人，怎么会有事呢？"接着，苏离喜气洋洋地说道。然后，他像根被砍断的石柱一样，向前倒下，跌进了温泉里。

水花四溅，被染成红色的温泉水不停地荡漾，苏离的身体在水里不停地起伏。陈长生过了会儿才明白，这位前辈竟是昏死了过去，赶紧跳进温泉，把他抱了出来，然后搁到温泉畔的地面上。几乎就在身体落到地面的同时，苏离开始打鼾，能撑到现在，他真的已经太累。陈长生并不知道一点，看着这位前辈，不知道该作何想法。

他刚才说的话是真的。

在年轻一代的修行者心目里，苏离虽然没有排进八方风雨，也没有圣人的尊称，但他才是年轻修行者的偶像，就连唐三十六这么自恋骄傲的人，也没有异议。因为和圣后娘娘、教宗陛下这些神圣庄严的圣人相比，和天机老人、月下独酌这些循规蹈矩的八方风雨相比，离山小师叔云游四海，剑歌处处，更代表着年轻人最向往的自由与随心所欲。

然而……原来离山小师叔竟是这样的一个人。陈长生已经记不得自己是第几次生出这样的感慨。他觉得这位前辈给自己带来的震惊,甚至要比周园里的剑池和天书碑还要更大。看着苏离熟睡中依然满不在乎的神情,听着他如雷般的鼾声,他忽然觉得和唐三十六有些像。然后,他又想起唐三十六曾经评价自己和徐有容都是让人无话可说的家伙。

这位离山小师叔,才真正让人无话可说吧?

92 · 泉畔的神与人

不知道受伤太重,还是被温泉水浸泡过的原因,苏离的脸庞有些微微浮肿,双眼紧闭,英气俱散,最开始的时候让陈长生无法直视的那道锋利剑芒,更不知道去了何处,看着就像是一个普通人。

便在这时,黑龙的离魂从短剑里游离出来,重新归附到他腰间系着的那块玉如意上,变回一条仿佛是真实的黑龙,飞到陈长生的肩头上,望向四周的雪岭,茫然问道:"这里是哪里?我们离开了周园吗?"

陈长生摇头说道:"我也不知道这是怎么回事,一出来便遇着这么大的阵势。"

黑龙在短剑中时,只能通过陈长生的神识感知外界的世界,并不知道先前发生了什么事情,不解问道:"什么阵势?"

"黄纸伞被这位前辈拿走了,居然是把剑……当然,这不是重要的,刚才在雪原上,那个浑身罩在黑袍里的魔族男子,有可能就是传闻里那位魔族军师,还有十几个魔将,每个都像腾小明和刘婉儿那么强,还有那片阴影,我真的很怀疑是魔君。"

陈长生把雪原上的阵势简单地描述了一番,黑龙听得震惊无语。不要说它现在只是一道微弱的离魂,即便恢复北新桥底的玄霜巨龙真身,遇着像黑袍、魔君这种层级的大人物,也只有死路一条。它望向温泉旁的那名昏睡的中年男子,问道:"那这个人类是谁?居然活了下来,还能带你逃走?"

陈长生说道:"他就是离山小师叔,苏离。"

听到这个名字,黑龙的身体颤抖起来,发出清脆的鸣响,玉如意竟似要碎掉一般。

陈长生不解问道:"怎么了?"

黑龙看着苏离,妖异的竖瞳微缩,显得十分惊恐,说道:"他很强大。"

陈长生想着在雪原上，苏离手落剑柄，便斩杀了一名魔将，剑半出鞘，便重伤了黑袍，心想这位前辈虽说行事风格有些荒诞猥琐，但要说剑道境界和修为，确实无比强大，只是黑龙前辈也是极骄傲霸道的神圣生命，怎么会听到他的名字就怕成这样？

"我没有见过他，但我知道他……杀过很多龙。"黑龙看了眼苏离手中那把黄纸伞，毫不犹豫重新归为一道离魂，藏进了短剑里，无论陈长生如何呼唤，再也不肯出来。

陈长生很不解，有些无奈，望向苏离，发现即便是在沉睡中，这位前辈依然紧紧地握着黄纸伞，不肯松手。然后他想起苏离昏睡之前问的那句话。他不知道周园里现在是什么情况，那些人有没有成功地逃离，折袖和七间是不是还活着，那个背叛人类勾结魔族的离山剑宗弟子梁笑晓是不是还活着，还有……她现在怎么样？可否无恙？

他很担心这些事情，也很心急，想尽快回到汉秋城或者京都，确认那些自己关心的人如何，同时告诉那些关心自己的人，自己安然无恙，没有任何事情，不然……落落知道周园的事情后，该会多么着急。然而，他现在怎么能离开？

听着如雷般的鼾声，他有些无奈地摇了摇头，蹲到苏离的身边，开始查看对方的伤势——再如何急着离开，他总不能丢下这位前辈不管，即便他这时候也很疲惫，真元消耗殆尽，也要继续撑着，因为这位前辈明显快要不行了。

苏离的衣衫已然破烂，那些伤势与剑气先前瞬间尽数爆发，直接从里到外穿透了他的身体，到处都是伤痕，到处都是极精纯的能量烧灼留下的痕迹，饶是陈长生医术精湛，经验丰富，一时间也不知道该如何下手。而且他现在手边没有药物，就连包扎伤口的布都没有，唯一能用的，便是指间缠着的那根金针。

金针穿过浓郁的热雾，准确地落在苏离的颈间，缓慢而又坚定地向里探入。

令陈长生有些安慰的是，他行针之后不久，苏离便醒了过来，看来这位前辈的境界修为果然与普通修行者不一样，如此严重的伤势对他来说算不得什么，如此说来，或者接下来便可以离开了？

苏离看了他一眼，情绪很冷漠，尽是淡然与疏离，就像看着一个陌生人。陈长生能够接受这一点，他和这位前辈本来就是陌生人。只是这位离山前辈眼眸深处的那抹居高临下，那道神明看着蝼蚁的俯视意味，还是让他觉得有些不舒服。下一刻，苏离的淡漠疏离情绪渐渐消失，或者是因为陈长生没有趁他昏睡时离开，还在想办法给他治伤，让他有些满意。

"你是谁？"他看着陈长生问道。

在昏睡之前，苏离曾经问过数次：我是谁。他当然知道答案，只是想通过这句话来引出骄傲的论断，我这样的绝世强者，怎么可能有事。这是他第一次想起来，要问一下这个少年的名字。

陈长生想了想，决定实话实说。然而没有等他开口，苏离便接着说道："你是谁并不重要，我想说的是，虽然这把剑本来就是我的，但毕竟是你送到了我的手里，为了表示感谢，我决定传授你一套剑法。"

苏离站起身来，看了眼手中的黄纸伞，不知道在想些什么。

陈长生站在他身后，显得有些犹豫。

苏离没有回头，冷漠说道："你不用感激涕零，也不用自报宗派山门，试图和我搭上什么关系，图谋更多好处。"

便在他说完这番话瞬间后，陈长生毫不犹豫地说道："国教学院，陈长生。"

他很清楚国教学院和离山剑宗，更准确地说是自己和离山剑宗之间的关系并不怎么好，甚至可以说是非常糟糕，但他不想撒谎，而且这位离山前辈的做派让他有些不喜，所以他说了出来，并且说得非常大声。

雪岭微寒，温泉畔寂静无声。

苏离站在泉畔石上，面无表情说道："我再给你一次机会。"

陈长生看着他的背影，觉得有些寒冷，但不知道从哪里来的一股劲儿，让他再次说道："国教学院，陈长生。"这一次他的声音更大，语气却更平静。

苏离缓缓转身，居高临下盯着他的眼睛，说道："看起来，你是一个不会珍惜机会的人。"

93 · 雪中的前后辈

十六岁未到，便入了通幽上境，与徐有容一道创造纪录，放在年轻一代里，陈长生毫无疑问是个天才，就算与历史上那些绝世强者的同龄时期相比，他也毫不逊色，但他现在毕竟还只是个少年。

他和苏离之间的距离，无比遥远，仿佛沧海，就算把天凉王破、画甲肖张、梁王孙这些逍遥榜上的高手全部扔进那片海里，也无法填满。在修行界，苏离就是一座神明，他只是神明之前的一个普通人。

被仿佛神明般的前辈强者居高临下教训，换成别的年轻后辈，只怕早已躬身认错，或者惴惴不敢言，陈长生此时也很紧张，身体有些微微颤抖，但声音却依然平静而坚定："我不明白前辈你的意思。"

他珍惜生命与时光，认为撒谎是一种非常不经济的交流方式，所以向来只愿意说真话，这就是一句真话，他不知道苏离说的机会是什么。那套他准备传给自己的剑法？还是活着离开的机会？

苏离看着他面无表情问道："我是谁？"

这一次陈长生有了经验教训，自然不会像最开始时那样误会，但他现在情绪不怎么好，所以倔强地闭着嘴，不肯回答。

苏离很明显对这种情况很有经验，脸上没有任何尴尬的神情，很自然地指着自己的脸，自问自答道："我是离山苏离。"他的声音骤然提高，无比寒厉："我只需要一眼便能看穿黑袍的功法，难道还看不出来你就是陈长生！就是因为我看出来了你是陈长生，所以才让你不要说自己是陈长生，我让你重来一次，你为什么非要说出来呢！你这是什么意思！"

暴喝如剑，陈长生只觉浑身生寒，心想前辈你到底是什么意思？

苏离的眼睛微微眯起，看着他说道："你如果不是国教学院的陈长生，或者不说自己是国教学院的陈长生，我可以装作不知道你是国教学院的陈长生，为了还你的送伞之情，传你一套剑法倒也无妨，遗憾的是，你错过了这个机会。"

听完这句车轱辘话，陈长生才明白这位前辈在想些什么，沉默片刻后说道："我是国教学院的陈长生，那为什么不能承认自己就是国教学院的陈长生？这比前辈所说的机会更重要。"

"不可能！"苏离大怒拂袖，只是衣袖已然破烂，又被温泉水打湿，所以动作看着绝不潇洒，反而显得很可怜。但他并不在意这一点，看着陈长生说道："能得我苏离亲授剑法，无论是哪家学院的学生，或是何方宗派的弟子，都必然惊喜交加，感激涕零，诚惶诚恐，谁舍得错过这样的机会！那是要被星空唾弃的！"

陈长生很无语，心想此人的自恋骄傲怕是唐三十六再活五百年也追不上了。

忽然间，苏离冷静了下来，神情也渐寒冷，看着他面无表情说道："我明白了。"

陈长生继续无语,心想我自己都不明白,你又能明白些什么?

苏离看着他嘲弄说道:"都说你在现在的这些晚辈当中天赋极高,见识极广,怎么可能不知道跟我学剑是何等样难得的机缘?你故意报出身份,原来就是想让我因此不能授你剑法,从而……让我欠你一份人情?"

陈长生心想这又是什么意思,这位前辈真是太喜欢自说自话,而且也真是太过自恋了,难道你的一份人情有这么重要?

"世人皆知秋山是我最喜欢的后辈,你今日让我欠你人情,将来你和秋山因为有容那丫头闹将起来,想用这份人情让我不便发话,至少不便出手?"苏离看着他微笑说道:"你这个少年……很早熟,很阴险啊!"这抹微笑很冷,很嘲弄,很居高临下,仿佛洞悉一切。

陈长生沉默,觉得很不舒服,知道此时不能再继续无语,解释道:"前辈您想多了。"

"是吗?你之所以要说出自己的姓名,是因为你道德高洁,不想占我离山便宜?还是说你重视荣誉远胜跟着我学几招剑法?如果真的是这样,你对我无所谋求,那么还站在这里做什么?"苏离看着他似笑非笑,说不出的嘲讽:"你抢了我离山弟子的大朝试首榜首名,还要抢吾家秋山的老婆,送剑的情分你自己又不要,还等什么呢?等着我心情不好的时候,一剑斩了你?"

这番话何其诛心,何其冷漠。

苏离这等做派,不说是恩将仇报,也是极霸道蛮横。陈长生气息微粗,想要压抑住心头的怒意,再解释几句什么,终究还是什么都没有说,沉默片刻后,把金针重新缠回手指,转身向雪岭外走去。

风雪渐起,不多时便遮住了少年孤单的身影。

"赶紧滚蛋!如果你能活着离开魔域,算你运气不错。"苏离看着他消失的方向,嘲笑说道:"扮这副傲骨铮铮的模样,给谁看呢?"

不知道为什么,说完这句话,他忽然沉默下来,望向北方的雪空,叹了口气。那小子离开周园的时候,也不说打听一下那丫头怎么样了,死了也活该。他脱下湿漉破烂的衣衫,只剩了条亵裤,走进温泉里,缓缓坐下,然后向后躺倒。无论是解衣,还是移步,直至躺进温泉里,他的动作都很缓慢,仿佛就连移动一根手指头,都是那么的艰难。

他靠在温泉边的白石上，伸手摘下石缝里的一朵茉莉花，伸到鼻前轻轻嗅了嗅。谁知道在这风雪连天的世界里，怎么会生出一朵鲜花来，就算有温泉，为何偏偏是茉莉花？他有些倦了，懒得去想这些问题，把黄纸伞搁到一旁，然后闭上了眼睛。此时，魔族数万大军和那些恐怖的强者，还在四处搜寻他的踪迹。他却像个度假的游人，在温泉里静静地睡着。

喀喀，那是松软的雪面被靴底踩实的声音。苏离睁开眼睛。此时距离陈长生离开，他在温泉里静卧，不过数刻时间。陈长生又回来了。

苏离没有转头，声音毫无情绪说道："怕了？"

陈长生没有回答他的话，走到他的身后蹲下，重新解下指间的那根金针。

苏离嘲讽说道："你的铮铮傲骨呢？寅老头最欣赏的晚辈，怎么忽然间变成了软骨头？风骤雪寒，前路难行，现在知道怕了？居然不分南北，来求我离山剑宗照拂，才继续向前走？"

陈长生依然没有理他，手指捏着金针，再一次扎进他的颈间。第一次替苏离行针的时候，他就察觉到了，金针很容易扎进去，没有遇到任何阻碍。但这一次他没有刻意控制针法，那么苏离自然感到了疼痛。

苏离吃痛，大怒说道："你这个小混蛋要做什么！"

陈长生还是不理他，取出刚才去雪岭外挖得的几株药草，碾成药末，敷在他的伤口上，又向四周望了望，拾起苏离解下的长衫，撕成布条，替他认真仔细地包扎。

"你这是在做什么？"苏离很是生气，骂道，"难道你这小混蛋以为我受了伤，不能走，需要你来照顾？"

陈长生还是不理他，低头做着自己的事。

苏离觉得此事太过荒唐，气极而笑："你知道我是谁吗？你又是谁？我还需要你这个废物来照顾！"

陈长生说话了，但不是回答他的话，他看着苏离身上那些恐怖的伤口，皱着眉头，有些恼火，自言自语说道："如果不是在周园里丢了那么多东西，这些伤治起来会简单得多。"

苏离真的急了，准备破口大骂，却被陈长生拿着一株药草直接塞进了他的嘴里，那些脏话都被塞了回去。

"呜呜噜噜……呜呜……"苏离好不容易才把那棵药草咽进腹中,大怒道:"你他妈的,要是老子能动,绝对一剑劈了你!寅老头也不敢对我如此无礼!我和天海都谈笑风生!你竟敢如此对我!"

陈长生真的生气了,说道:"前辈,您怎么能这么不懂事呢?我在给你治伤,你能不能安静些?"

于是,苏离安静了。他看着空中缓缓飘落的雪花,沉默了很长时间,忽然问道:"我……演得不好吗?"

原来刚才的一切都是假的、是演的。苏离知道自己重伤难行,魔族大军追杀在后,他不想拖累陈长生,所以用那些手段故意激怒他,就是想让他先行离开。

陈长生身体微僵,沉默了会儿后说道:"……挺好的。"

苏离自嘲一笑,疲惫说道:"那你怎么看出来的?"

"我……其实没有看出来。"陈长生犹豫了会儿,老实说道,"我不喜欢被人冤枉,所以刚才我真的很生气,觉得前辈太霸道,太不讲理,太……"

苏离咳了两声,笑着说道:"太贱。"

陈长生不敢重复这个字,低声说道:"总之有些……为老不尊。"

苏离笑容渐敛,问道:"那你为什么会回来?"

陈长生说道:"因为前辈你的伤真的很重。"

这句话他说的很平常,因为对他来说,真的就是平常事。

但在苏离听来,很不平常。

"也就是说,你很讨厌我,自尊很受伤,急着离开,但就因为……你很讨厌的我伤得太重,所以……回来救我?"

陈长生没有说话。这时候他已经知道,苏离先前那些令人厌憎的言语与举止都是故意的,自然再没有那些生气的情绪,只有感动。什么是真正的前辈高人风范?不是仙骨道骨,不是英雄无敌,不是战天斗地。这就是前辈高人风范。哪怕表现出来的很贱。

陈长生把苏离再次从温泉里抱了出来,背到身上,没有忘记拾起那把黄纸伞。

苏离在他背后感慨说道:"陈长生啊,如果你再这么好下去,有容那个丫头会不会为难我不知道,但我真的会很为难啊。"

就如先前他所说,世人皆知,秋山君是他最疼爱的后辈。这句话,毫无疑问表明了苏离对陈长生的欣赏。

陈长生有些不好意思，觉得有些尴尬，想找些话来冲淡这种氛围，忽然看到手里的黄纸伞，说道："我之所以会回来，除了前辈您的伤太重，也是因为想起来把伞忘在这里了。"

苏离不悦道："这是我的伞，怎么能是被你忘在这里了。"

陈长生认真说道："前辈，这把伞是唐家老太爷送给我的。"

苏离很是生气，说道："这是我的伞！"

陈长生笑了笑，不再继续争执，说道："等离开魔域，再来说吧。"

说完这句话，他背着苏离向雪岭外走去。

不多时，风雪便掩盖了他们的身影。

94 · 等一个人

"前辈，如果你想让我离开，完全可以直说，何必做这么多事情，故意激怒我，骗我？"

"我苏离行事，自有我的道理，难道还需要向你解释？"

"好吧……前辈，您刚才说的寅老头是谁啊？"

"教宗。"

"啊……教宗陛下姓寅吗？"

"是不是觉得很淫荡？"

"前辈……我可没这么想。"

"那你的意思就是怪我咯。"

"前辈，先前在雪原上，我还以为您真的会继续战斗下去呢。"

"魔君、十几名魔将、黑袍……还有魔帅那个变态不知道藏在哪里等着……还打？你当我傻啊！"

"可是……在出剑之前，您真的很英武，真没想到您会逃走。"

"兵者，诡道也，那剑道的魂为何物？"

"不知道。"

"剑道之魂，就在于一个剑字。"

陈长生背着苏离在风雪中翻山越岭，对话进行到此时，终于再也无法进行下去。他这时候觉得很疲惫，而且很郁闷，又因为郁闷更觉疲惫，心想同样是背着逃亡，这和在周园草原里背着初见姑娘时的差距怎么这么大呢？

数万魔族大军分作无数道铁流，从雪老城向着南方的荒原前进，只要给予足够多的时间，魔族大军绝对可以把数百里方圆里的雪岭原野翻过来，然而黑袍看着消失在风雪中的魔族大军，却没有任何放松的情绪。

便在这时，雪原地面震动起来，数日夜里被强者威压与恐怖剑意碾的极为密实的雪面，顿时变得松软了很多，伴着沉闷的声音，一只巨大的妖兽从风雪里缓步走出，长吻盘角，凶煞无比，正是地兽榜第三的倒山獠。

这只倒山獠身形非常巨大，要比周园里那只还要雄壮很多。足有四十余丈高。在倒山獠的盘角间，坐着一个魔族。那名魔族很瘦小，甚至比普通的人类儿童还要更加瘦小，与巨大的倒山獠相比，更是渺小至极，然而不知道为什么，在这名魔族的身下，倒山獠乖顺老实至极。

那名魔族穿着一身盔甲，遮住了所有的身体，包括脸，盔甲上面到处都是金线织成的复杂图案，像是太阳花，又像是雪老城里最流行的色块涂画，在这些金色图案的边缘，有很多幽绿的物事，分不清楚是宝石还是铜锈。

一道恐怖霸道的气息从这名魔族的盔甲缝隙里散溢出来，一双冰锥般的目光，穿透头盔，落在数十丈下方的雪原上，落在黑袍的身上，同时落下的还有他的声音，他的声音就像是一根笔直的金属线，没有任何起伏，线上却串着无数张破锣，每吐出一个字便像是破锣被敲响，非常刺耳："按照你的推算，这个杀局万无一失，陛下才会同意你的计划，现如今，神族付出了如此大的代价，我的小海笛都断了只胳膊，那个人却跑了，我很想知道，你说的万无一失到底在哪里？你准备怎么向陛下和我交代？"

恐怖强大的第二魔将海笛大人，在这名魔族的嘴里，是他的小海笛。他自然便是魔族大军的统帅，传闻中魔域雪原里，魔君之下的第一强者，魔帅。

黑袍在魔族的地位非常崇高而且特殊，虽然他不是魔族，但深得魔君的信任，曾经替魔族立下过不朽的功勋，更因为整个大陆都知道他的手段是多么可怕，无论人类还是魔族，他仿佛可以洞悉所有的秘密，掌握所有的情感。

所有曾经试图挑拨他与魔君之间关系的魔族大人物，最终都死在了他看似随意的应对之下，到了现在，雪老城里早已经没有人敢质疑黑袍的存在，更没有人敢对他有丝毫不敬，只有魔帅例外。因为魔帅也深得魔君陛下的信任，而

339

且非常强大，更关键的是，不知道因为什么原因，黑袍对魔帅很有耐心。但今天黑袍没有太多耐心，没有理他，静静看着南方的风雪，沉默不语。

寒风掀起黑袍一角，露出微青的下颌，数百年来，黑袍第一次专门针对一名人类强者布置杀局，整整推演了三十七次，苏离都必死无疑，然而谁能想到，最终苏离却成功地逃走了，他从未失败过的谋划布局，似乎第一次被破掉了。

破掉这个杀局的人不是教宗，不是圣后娘娘，也不是白帝夫妇，而是那个叫陈长生的少年——无论黑袍还是魔将们，只需要动动手指，便能把陈长生碾死，但偏偏就是这样一个不起眼的小家伙，让历史改变了方向。

黑袍非常清楚陈长生的来历，所以这次周园之局，他本就没有想过要杀陈长生，只是苏离出现得太早，而且陈长生的身边带着那把伞，所以他没有来得及把自己的意志，传给潜入周园的魔族们。最重要的是，他没有想到陈长生成熟的比所有人想象得还要更快。

周园之局就这样以黑袍的失败而告终？不，黑袍不这样想。只要苏离一天还没有回到人类世界，更准确地说，以苏离现在重伤难愈的状态，只要他一天还没有回到离山，这个杀局便还在进行之中。

就像他曾经对苏离说过的那样，这片大陆上，想苏离死的人太多了，因为各自不同的原因，无数人都希望他早些死，魔族如此，人类世界里的很多人也是如此，只不过苏离太强，没有谁敢试着去杀他。而现在苏离已经被魔族重创，那么人类世界里的那些势力便迎来了他们的机会——这种推论听上去有些不可思议，仿佛是魔族与人类联手一般，但黑袍很清楚，这是极有可能发生的事实。

因为，很多年前这种事情已经发生过一次。黑袍静静看着雪原的西南方向，寒风渐劲，他眼睛微眯，细长而秀气，却有着寒冷而复杂的情绪。

他想着那名离山弟子，不禁有些感慨，仇恨真是世间最有趣的东西，可以让一个双手不沾阳春水的闺秀变成双手染遍鲜血的魔鬼，也可以让一个名门弟子变成天才的阴谋家，不知道那名离山弟子还会带来怎样的惊喜。如此想来，即便苏离能够成功地回到离山，周园的故事也还没有结束。

他抬起左手伸进十余里外的一道冰川，遥遥一抓。只听得轰的一道声响，冰川骤然破裂，无数锋利的冰块，在天空下泛着幽幽的蓝色到处飞舞，同时飞出来的还有一道娇小的身影——那是紧闭着双眼，奄奄一息的南客。淡绿色的羽翼紧紧地裹着她的身体。黑袍抓住她，没有理会身后那座如山般的倒山獠和魔帅，向风雪深处走去。

汉秋城还是春天，自然不会下雪，但今晨却十分寒冷，城外那片树林里一片寒意，青叶上刚刚凝成的露珠，没有过多长时间，便被冻成了冰珠，从叶上骨碌碌滚落下来，发出密集的声音。

之所以会有此等异象，是因为树林后方的天地气息混乱无比。雾中隐约可见的周园正门依然紧闭，自万里外离山而来的那道彩虹，在国教布下的大阵帮助下，不停地试图打开那扇大门，竟让自然都生出了感应。

树林里外到处都是修行者，有来自离宫的教士，有各宗派学院的师长，自然也有汉秋城的城守，还有以朱洛为代表的天凉郡世家，黑压压的一片，却没有任何人发出声音，众人脸上的神情都极为凝重。时间缓慢地流逝，随着朝阳冲破天边的云层，汉秋城被照亮，那道彩虹似乎也变得明亮了数分。

"开了！"树林最深处，浓雾近前，一名离宫教士惊喜地呼喊道。

随着这声喊，场间顿时变得扰攘一片，很多人向着雾中那道缓缓开启的园门涌了过去。他们当中的绝大多数人没有办法进入周园，但离得近些，也方便稍后接应，现在所有人都已经知道周园关闭是魔族的阴谋，进入周园试炼的那些弟子们可还好？

不多时，便有一名修行者从周园里急掠而出，显得极为惊惶，直至看到自己的师父，才终于放下心来，竟险些哭出声。紧接着，越来越多的修行者从周园里走出，看着都有些狼狈凄惨，但终究他们活了下来。

离宫教士和朝廷官员站在一旁，仔细地记录着出园的人数，又有更多的办事人员，不顾有些年轻的修行者惊魂未定，便上前询问宗派与姓名，然后计算还有多少人未曾出园。

树林里到处都是慌乱的声音。朱洛和梅里砂站在林外，听着教士和官员们的回报，神情变得越来越凝重。从那些离开周园的修行者的描述里，他们先前的猜想得到了证实，那是最糟糕的一种猜想——周园马上就要毁灭了。

时间继续向前行走，越来越多的人逃出了周园。但按照离宫教士和官员们的记录，还有些人没有出来。梅里砂看着浓雾里那扇越来越淡的园门，感知着里面越来越紊乱的气息，眼神变得越来越寒冷。陈长生还没有出来。

朱洛望向树林外官道上的那辆车，神情稍微放松了些。

那辆车是青曜十三司的，车窗上青帘掩着，看不到里面。

徐有容坐在窗畔，沉默不语。她在等一个人出来。

95 · 死一个人（上）

徐有容看着窗外，一言不发，等着那个人从周园里出来，车窗上的青帘虽然落着，却遮不住她的视线。时间继续无情地流逝，太阳缓缓地上升，天光渐渐地移动，从汉秋城的城墙上移到官道上，直至照亮整个世界，也穿过窗帘，照进了车里，落在她的脸上，让她的脸色变得越来越苍白。

离开周园之后，她在第一时间里告诉了梅里砂主教和朱洛，里面究竟发生了什么事，周园的天空正在崩落，之所以这些人能够有时间离开，是因为有个少年正在草原里的周陵上，用一把伞撑着天空，必须尽快想办法去救他。

如果她不是徐有容，梅里砂和朱洛肯定会认为她疯了，但即便她是徐有容，梅里砂和朱洛相信她的话，却也没有办法去救那个独自在周陵撑着天空的少年——只有通幽境才能进入周园，而且真如她所说，想要救下那名少年，需要更高境界的强者。朱洛或者有这种能力，但周园现在正在崩塌，非常不稳定，他只要走进周园，那个小世界或者便会瞬间毁灭。

没有人能够救那名少年，只有那名少年自己，所以徐有容什么事情都不能做，只能等着他。此时，一名青曜十三司的师姐匆匆来到车窗畔，隔着青帘对她说道："没有叫徐生的，而且我查过了，雪山宗今年没有来人。"

徐有容沉默了会儿，问道："还有多少人没出来？"

"还有四十几个人。"那位青曜十三司师姐犹豫片刻后，低声说道："国教学院的陈长生……也还没有出来。"说出这句话，她很担心徐有容的情况，她以为徐有容关心自己未婚夫的安危，才让自己去打探这些事情，然而，徐有容没什么反应，这让她有些意外。

徐有容在等的人不是陈长生——进入周园的修行者登记名册上没有雪山宗弟子徐生，但她很清楚，那名雪山宗弟子徐生就在周园里，而且现在正在周陵上，撑着那把万剑形成的大伞。

进入周园使用化名，甚至在离宫的默许下改变宗派，是很常见的事情，在她想来，徐生既然是雪山宗寄予复兴希望的隐门天才弟子，那么和她一样用别的身份进入周园，在名册上查不到，是很有可能的事情。

事实上，她本就没有寄希望于能够在名册上看到那个少年的名字，出了周园后，她一直沉默坐在车窗畔，看着树林深处雾里走出来，或者被抬出来的每个人，她很确信自己一个人都没有漏过，因为她眼睛都没有眨一下。

她看到了很多长生宗的师兄师弟，看到了一些南溪斋的同门，看到了那些夜晚被自己救治好的伤者，看到了背着七间撞倒了四棵树才走到道畔的狼族少年，可就是始终没有看见他。

最后，数道身影互相搀扶着从雾中走出来，然后浓雾里暴出一道难以想象的恐怖气息，那道落在雾中的彩虹，瞬间摇撼不安，仿佛随时会断裂，同时雾中若隐若现的周园华庭，忽然间扭曲解构成无数画面，似乎将要消失。

看着这幕画面，梅里砂变得更加苍老了，朱洛飘然而起，掠至雾上的天空里。当那道彩虹终于断裂时，一道明亮盈美的剑光从他的手中斩落地面，直接构筑起一道无比强大的屏障，将浓雾后的世界与真实的世界隔绝开来。

轰的一声巨响，传遍了汉秋城周遭数百里。

即便朱洛身为八方风雨，堪称大陆最强者之一，全力斩落的这一剑，竟然也未能完全封住那道强大的气息溅射，一场飓风卷着青叶与泥土，向着树林里翻滚而至，呼啸不停，瞬间吞噬官道，直至撞着汉秋城坚固的城墙，才终于停止。

风停烟尘敛，世界重新恢复清明，树林里一片呻吟声与咳声。人们望向树林后方，只见那片浓雾已然尽散，然而本来应该就在雾后的那座青山……竟然也已经消失无踪！

周园的门消失了，周园也消失了，不知道以后还有没有人能够重新打开周园的门。即便能够打开，也已经没有任何意义，周园崩塌之前散溢出来的能量，便直接虚化了一座真实的青山，周园自身还如何能够存在？

林中鸦雀无声，那些惊飞的鸟儿也被周园湮灭时喷溅的气息直接震死，僵毙在落叶与泥土之间。打破安静的是悲伤的哭声，很多宗派学院的师长都面带戚容，还有很多年轻的修行者，跪倒在同窗同门的尸体旁痛哭不止。离宫教士和官员们收拾心绪，再次进行统计，确认进入周园的人类修行者，还有二十七人没有出来，只是不知道那些人是早就死在了魔族的阴谋之下，还是丧生于周园的湮灭过程里，而此时的林间，还有十余具尸身。

窗帘上染着厚厚的尘土，遮住了光线，也遮住了视线，让徐有容的脸也变得暗淡了几分。她闭上眼睛,长长的睫毛轻轻地眨动。她没有说话,右手轻轻地抚摸着身旁那只山鸡,微微颤抖。

"走吧。"她低声说道。

青曜十三司的车,顺着官道,向远方而去。官道上的风将窗帘上的泥土拂落,她能够看到道畔的景象,那些躺在担架上的伤者正在呻吟着。这让她有些难过。

在周园最开始的那些夜里,她和陈长生未曾相见,不停救人,这些伤者便是他们一起救下来的。而陈长生,也没能走出周园。她这才明白了一个事实,数年前信纸那头的小道士……也死了。她本来以为自己不会因为他而难过,但发现还是有些难过。

如果没有这份婚约,他不会来到京都,不会参加大朝试,不会进国教学院,也不会来到周园,自然也就不会死,他现在应该还在西宁镇那间旧庙里天天对着三千道藏吧?

她本来早就将那些书信都忘记了,但这时候不知道为什么,忽然记起来,当年陈长生曾经在信里说过,每天要背道藏,让他觉得很辛苦,可是……再如何辛苦,总比现在死了好,不是吗?

车轮碾压着官道,发出辘辘的声音,这就是别离。每个人都要学会别离。别离总是令人感伤难过的,哪怕她是徐有容,但她毕竟只是一位十五岁的少女。最令她难过的是,她要等的那个人,到最后还是没有出现。

你真的叫徐生吗?你真的是雪山宗的弟子吗?你还不知道我叫徐有容吧?有人知道我们曾经一起在草原里并过肩、同过生死、静静对对过吗?你的亲人师长或者会为你悲伤,可我……连悲伤的资格都没有,这才是悲伤的事情啊。

就在青曜十三司的车离开后不久,汉秋城外的这片树林里,又发生了一件悲伤的事情。

有人要死了。

今年周园开启,因为魔族的阴谋,人类修行者死伤惨重,按道理来说,死亡是很寻常的事情。但即将死去的人,是离山剑宗的梁笑晓。这件事情,就变得不再寻常,很令人悲伤。然后,这份悲伤,会很快地转变成愤怒。因为在场的所有人都以为,杀死梁笑晓的不是魔族,而是折袖。

96 · 死一个人（中）

青曜十三司的车离开了，女弟子们则留了下来。她们和南溪斋的弟子们，还有那些离宫的教士，在树林里替伤者们治伤。

这些年的修行界正是野花盛开的时节，今年的大朝试更是大年，加上天书陵里的那道星光，竟有数十名未满二十岁的年轻修行者越过了生死关、成功通幽，人类世界的将来看起来无比光明，然而谁能想到，这一次周园之行竟出了这么大的事，无论是国教还是朝廷抑或南方的那些宗派，自然无比紧张。

好在伤者们身上的伤并不是太重，大部分都是逃离周园的时候，被崩落的山石砸伤，经过简单的治疗，便没有大碍。还有数十名最开始那两个夜晚被魔族强者偷袭重全国各地的修行者，则是已经接受过了徐有容和陈长生的治疗，问题也不大。

在这些人里，七间的伤势最重，那道阴险的剑直接刺穿了她的小腹，震断了数道经脉，再加上数十日夜的奔波逃亡之苦，以及药物的作用，现在还在昏迷之中，不知道什么时候才能醒来，在一旁照看她的那位离山长老脸色难看到了极点。

七间有离山师长接手，折袖自然不便太过靠近，但也没有远离，他站在不远处的一株槐树下，闭着眼睛，与嘈杂纷乱的林间相比，显得那般孤单。

其实他也受了极重的伤，尤其是南客在他体内种下的毒早已泛滥，但他没有要求离宫教士替自己治伤，微显苍白的脸上没有任何表情，不说拒人于千里之外，别的人类修行者碍于他的相关传闻，也不会主动上前询问什么。

那名离山长老回头看了折袖一眼，眼神里有质询有警惕，想问些什么，却终究还是再次转过头去，把心神重新放在重伤昏迷的七间身上。

七间作为离山剑宗掌门的关门弟子，身份地位自然不同，刚出周园，便已经有两位离宫的红衣主教给她仔细地诊治过，确认性命应该无虞，但伤势极重，尤其是断掉的经脉与昏迷想不出好的方法解决，必须尽快带回京都或者离山。

那名离山长老知道七间的身世，更是不安，如果她真的伤重不起，谁知道师叔会发什么样的疯，而最令他不安甚至有些隐隐恐惧的是她小腹中的那道剑伤。剑有剑意，剑伤之上往往也会有剑意的残留，离山修的就是剑，这位长老

345

只需要看一眼便能感知出来，重伤七间的那把剑出自何处。

便在他不安之时，忽然树林深处传来数声惊呼与喊叫："快来人！"

这名离山长老转身看见那处的画面，神情骤变，再也顾不得七间，吩咐弟子在旁好生照看，自行急掠而去，拂袖震开围在那处的人群，大怒喝道："这是怎么回事！"

被人群围在中间的是一具担架，躺在担架上的人是梁笑晓。梁笑晓竟是不知如何受了重伤，身上有十余道剑锋割出来的口子，两名南溪斋的女弟子在旁替他包扎，然而却止不住鲜血不停从绷带下面溢出来，画面看着极其酷烈。

他脸色雪白如纸，双唇发青，眼神黯淡，气息微弱，曾经英姿飒爽的少年天才，现在距离死亡只差一线，两名南溪斋的女弟子蹲在担架在两旁，不停地用绷带试图替他止血，却始终无法把血止住，不由慌乱起来，其中一名年轻稍小些的女弟子更是哭出声来，泣声道："梁师兄，你可不能有事啊！"

树林里一片死寂，人群震撼无语。梁笑晓不是普通的修行者，是离山剑宗内门弟子，是神国七律之一，是去年大朝试的首榜首名，然而现在，他竟要死了。这是怎么回事？是谁伤的他？

一名离宫的红衣主教匆匆赶了过来，看着场间景象不由大惊，毫不犹豫地使用了圣光术，绝不吝啬地将清光洒落到梁笑晓的身体上。场间一片安静，众人紧张地等待着。片刻后，梁笑晓身上的血止住了，然而……他的脸色依然苍白，眼神依然黯淡，那位红衣主教缓缓地摇了摇头。

看着这位红衣主教脸上的神情，那名离山长老身体微微摇晃两下，强行支撑住，通过场间有些人的讲述，知道梁笑晓最后是被庄换羽背出来的，眼神微寒望了过去。

"这是怎么回事？"

庄换羽的身上也有数道剑伤，只是不重，脸色也很苍白，但应该不是伤势的缘故，而是心神激荡的缘故，听着这位离山长老的喝问，他看着担架上的梁笑晓，有些犹豫。

梁笑晓躺在担架上，精神比先前好了些，气息微盛，然而当天光洒落的时候，可以看到他的衣裳表面，隐隐出现了一些琉璃碎般的事物。那是散功的征兆，这位神国三律即将死去。林间更加死寂，悲意渐浓，那名南溪斋少女的哭声再起。

离山长老看着庄换羽暴喝道："说啊！"

伴着这声暴喝，一道剑意暴然而起，罩住了庄换羽，似乎只要庄换羽再慢几分，那道剑意便会将他直接斩成碎片！庄换羽也不是普通的修行者，他是天道院的学生，然而此时，这名离山长老竟是毫不顾忌这些，也可以看出他此时愤怒到了什么程度。

作为此次周园开启的主持者，朱洛已经来到场间，他自然不可能看着庄换羽就这样死了，看着那名离山长老说道："且冷静些。"

便在这时，一道虚弱的声音从担架上响起。"师叔，与换羽公子无关。"

离山长老望向梁笑晓，声音微颤说道："那是谁把你伤成这样？"

此时树林里的绝大多数人，都以为是魔族潜入周园的强者重伤了梁笑晓，要知道梁笑晓乃是去年大朝试首榜首名，又在天书陵里观碑整整一年，境界修为深厚至极，按道理来说，也只有那些魔族强者，才可能把他伤成这样。但离山长老很清楚，梁笑晓不是被魔族伤的，因为他识得梁笑晓身上的那些剑痕，那些剑痕就像七间小腹上的那一剑，都是……离山的剑法。

进入周园的离山剑宗弟子，就只有七间和梁笑晓两人。离山长老隐约有某种猜测，却无法相信，所以他的声音颤得很厉害。梁笑晓看着自己这位师叔，缓慢而坚定地摇了摇头。离山长老明白了他的意思，脸上流露出不可置信的神情。

梁笑晓处于回光返照的状态里，比先前的精神好了些，视线缓慢地移动，在看到远处的七间时，不易察觉地微微顿了顿，然后继续移动。只有那名离山长老和朱洛注意到了这一点，更看到了梁笑晓望向七间的目光里充满了自责、憫然、心痛以及伤心。

人们的视线跟着他的视线移动，隐约明白他在找什么。最后，梁笑晓的目光落在一株槐树下。槐树下是那名狼族少年。无数道视线，都落在了他的身上。折袖闭着眼睛，仿佛无所察觉。

"就是他。"庄换羽声音微显干涩说道，"斡夫折袖……是魔族的奸细，在周园里他偷袭了我们，梁师兄为了救我，才被他所趁。"

听着此言，林间先是一片死寂，然后一片哗然。

97·死一个人（下）

树林里一片安静，无数双眼光落在折袖的身上，情绪各异。朱洛微微眯眼，

347

不知道在想些什么，梅里砂则根本不在场，在那片消失的青山前，盯着已经消失的周园，苍老的脸上写满了莫名的神情。

"原来是这样。"离山长老望着折袖，面无表情说道。

树林里响起脚步声与破风声，属于南方长生宗与圣女峰的诸派修行者，不待吩咐，便各自散开，隐隐约约，拦住了折袖所有可能的离开方向，看情形，下一刻便会出手。按道理来说，断没有庄换羽出言指证折袖是魔族奸细，众人便坚信不疑的道理，问题在于担架上的梁笑晓一直盯着折袖，毫不掩饰眼神里的恨意与警惕，而且没有出言反对。

梁笑晓是神国七律，庄换羽是天道院的得意高足，他们两个人的指证非常有力量，最关键的是，梁笑晓现在身受重伤，真元涣散，马上便要死去，谁都不会怀疑他的话，谁会在临死前的一刻撒谎呢？

折袖不是人类修行者，与中原诸多修行宗派没有任何交往，但他在雪原上猎杀魔族，与大周军方配合，立下过不少战功，京都很多贵人很欣赏他，本质上是一种利益交换及考量，可并不妨碍有人想帮帮他。

离宫的地位比较超然，那位刚替梁笑晓诊治过的红衣主教微微皱眉，心想梁笑晓身上的剑伤并不像是折袖擅长用的杀戮手段，犹豫着说了一句："我看着最致命的……应该是剑伤。"

摘星学院的一位教官，望着庄换羽神情冷厉说道："不错，你如何解释？折袖屡立军功，在雪原上不知道杀了多少魔族，你居然说他与魔族勾结在周园里杀人，如何能令人信服？"

确实如此，尤其是梁笑晓身上的剑伤，明显并非出自折袖之手，这个疑问更加致命。很多人再次望向庄换羽，想听他如何解释，庄换羽犹豫片刻后说道："或者，前些年他都是在隐藏，就是想通过那些战功，博取我们人类的信任。"

"勾结魔族这种指责，不能用或者二字。"那名摘星学院的教官毫不客气地说道，根本不在意他的身份来历。

庄换羽双眼微红，不知道是急的还是恼的，张嘴欲要说些什么，却最终没有开口，似乎下意识里望向担架。

梁笑晓艰难地摇了摇头，说道："不要说。"

离山长老看着这幕画面，隐约明白自己的猜测变成了真实，脸色变得极为苍白，身体微寒。听着梁笑晓虚弱的声音，庄换羽紧紧地闭上了嘴，脸色苍白，身体微寒，只是他的寒冷与那名离山长老的寒冷并不是一回事。看着担架上浑身是血的梁笑晓，想着先前在周园里的对话，还有那数十道凄厉的剑光，他无法不心生寒意。

当时在畔山林语外，梁笑晓看到了折袖背着七间向周园外走去的画面，他很平静地对庄换羽交代了一些事情，然后毫无征兆、也是毫不犹豫地从鞘中取出剑，施展出了一记威力极大的剑招。

那记剑招是离山法剑的最后一式，最是壮烈决然，使用这记剑招，可以给敌人带去最大的伤害，但自己也必然会死在这一剑之下，当初在大朝试里，苟寒食最后退出对战，便是因为看出陈长生决定用这一记剑招。

梁笑晓把这样冷酷悲壮的一剑，用在了自己的身上。

庄换羽惊呆了，他从来没有见过这般冷酷的人，对自己都如此冷酷，如此之狠，那么何况是对别人。是的，这是梁笑晓临时动意的一个局，他用死亡与那些剑伤，指责折袖和七间勾结魔族，残害同门。他没有当着这么多人的面，说出七间的名字，因为他是友爱同门、重视宗门声誉胜过生命的离山弟子，哪怕就要死了，也不愿意离山清誉受损，对小师弟依然存有怜惜之意。

也正因为他是这样的一个人，说的话才会越发可信。用自己的死亡去换取利益，梁笑晓真的很可怕，最可怕的是，他在做出这个决定之前，没有任何犹豫，而且显得根本不在意庄换羽会不会按照自己的计划行事。

梁笑晓用自己的死亡构织的阴谋，让庄换羽无比惊恐，他想要逃走，但他知道自己不能逃走，从在湖畔，陈长生三人被梁笑晓和魔族强者暗杀，他却没有出现的那一刻开始，他就走上了一条歧途。

在过去的很多瞬间里，他都有机会纠正自己的方向，包括现在，他都可以说出事情的真相，然而……那样的他会是一个懦夫，所以他没有，然后，他便必须在这条道路上继续走下去，无法再回头。

对方似乎从一开始的时候，就已经算到了他会怎样选择。看着担架上浑身是血、奄奄一息的梁笑晓，庄换羽觉得自己看到的是一个魔鬼。梁笑晓也在看着他，眼神有些黯淡，却很平静。就在视线相对之时，一切都成了定局。

庄换羽沉默不语，缓缓低下头去，声音微颤说道："抱歉，我什么都不能说。"

在众人眼中，庄换羽显得很难过，又似乎很不甘。什么都不能说，其实已经说了很多，比说出来更加可怕。朱洛微微挑眉，望向人群外，依然昏迷不醒的七间。七间根本不知道发生了什么事情。

"你有什么话要说？"天道院的新任教谕来到了场间，听着情况，神情微寒，望向槐树下的折袖问道。

折袖面无表情说道："梁笑晓是魔族的奸细……但我没有杀他。"

场间又是一片哗然，那名离山长老神情寒冷说道："你说什么？"

折袖把当时湖畔发生的事情讲了一遍，他并不擅长言语，说话的速度很缓慢，但正因如此，却有些可信。

那名摘星学院的教官问道："你说的这些话，可有证人？"

折袖与梁笑晓互相指证对方是魔族的奸细，证据自然没有，只能寻求证人。此时场间没有多少人相信折袖的话，摘星学院教官的这番话，毫无疑问是折袖必须抓住的机会。

折袖沉默片刻后说道："我知道你们不会相信我说的话，等七间醒了，你们自然就知道了。"

那名红衣主教迎着众人投来的目光，摇头说道："伤得太重，而且经脉有些严重的问题，不知道何时能醒，甚至……"

庄换羽冷笑了一声，悲愤说道："醒不过来才……"

两个人话没有说完，众人却明白了两个人的意思。七间有可能永远不会醒来。如果这样，庄换羽会觉得很痛快。依然是那句话，有时候不说，或者不说透彻，要比说清楚的杀伤力更大。

这些细节，加上梁笑晓身上那些剑伤，已经有很多人以为自己大概猜到了那场发生在周园里的阴谋究竟是怎么回事，庄换羽为何如此悲愤，欲言又止，梁笑晓为何就要死了，却依然不肯说出更多。

"按照折袖的说法，当时你并不在场。"那名摘星学院的教官看着庄换羽问道。

庄换羽沉默了很长时间，终于抬起了头来，做出了选择，于是显得很平静。在一辈子的懦夫与一刻钟的勇士之间做选择，很容易。他已经做了一次懦夫，那么，在他讲述的这个故事里，他当然会是勇士。虽然他很清楚，这才是懦夫的行为。

听完了庄换羽讲述的故事，场间再次变得安静起来。槐树下，折袖感知着四周投来的异样目光，感知着那些渐渐变成实质的威压，微微低头，很是不解。他现在不能视物，所以更加不明白，为什么人类可以如此轻松地做到睁眼说瞎话。

要圆一个谎言，需要更多的谎言，难免会出现漏洞。庄换羽讲述的故事，完全来自梁笑晓在很短时间里的编造，当然不可能保证所有细节都很完美。一直沉默的朱洛忽然说道："陈长生也在场？"

在折袖讲述的故事里，陈长生扮演了很重要的角色，而在庄换羽讲述的故事里，有陈长生的出现，却被寥寥数笔带过。折袖不明白，说道："是的，陈长生可以作证。"

天道院教谕看着他微微皱眉说道："陈长生没能出周园，应该已经死了……你知道这一点，所以故意这么说？"

听说陈长生死在了周园里，折袖沉默了，不再说话。

梁笑晓的声音越来越虚弱："原来他没能离开周园……那就没什么了。"

说完这句话，他叹息了一声，有些遗憾，有些快意，有些微惘，总之，很复杂。

树林里再次安静，众人震惊无语。

难道……折袖与魔族勾结一事，居然还有陈长生的参与？

怎样才能编织一个完美的谎言？不是不停地用新的谎言去弥补，而像绘画一样，要懂得留白，给人思考的余地与空间。梁笑晓就是这样做的，而且做得很成功。

当然，到这一刻为止，这个谎言依然谈不上完美，因为活人说的话，始终没有死人说的话更值得信任——生命是世间最珍贵的东西，以生命发出的控诉才最强劲有力，很多时候，甚至比真相还要更有分量。

如果梁笑晓这时候死了，他对折袖、七间以及陈长生的陷害才堪称完美。他闭上眼睛，有些疲惫地笑了笑。他的脸上流露出很复杂的情绪，那是不甘、悲愤、解脱以及……宽容。然后，他死了。

98·跨雪原

离山长老看着担架上的梁笑晓，沉默了很长时间，然后望向槐树下的折袖，声音里毫无情绪起伏："你还有什么说的？"

折袖闭着眼睛，说道："他既然投靠魔族，谁都可以杀他，如果是我杀的，我不需要隐瞒，但，他不是我杀的。"

树林里微有骚动。那名离山长老面色如霜，寒声说道："梁师侄已经死了，你居然向一个逝者的身上泼脏水,未免太过无耻了些。"

折袖此时才确知梁笑晓死了,大概明白了这整件事情,忽然觉得好生疲惫。

"跟着我们回离山接受审问吧。"那名离山长老看着他就像看着一个死人。

随着他的话语,十余名长生宗的弟子向折袖围了过去,在四周还有更多的南方修行者监视着折袖的动静,防止他暴起发难。

便在这时,朱洛面无表情说道:"慢着。"

八方风雨作为人类最强者,身份地位自然特殊,他的话让即便是愤怒到了极点的离山长老也必须暂时冷静下来。

"我最不喜欢这种什么话都不说明白,就要把事情办了的场面。"朱洛指着昏迷不醒的七间,说道,"看你们的意思,杀死梁笑晓的除了折袖,应该还有七间,甚至还有陈长生?"

那名离山长老缓声说道:"这是离山的事情,还请先生予以尊重。"

"这不是离山的事情,这是周园里发生的事情。"朱洛看着他面无表情说道,"今年周园开启由我负责主持,里面发生的任何事情,你都得让我弄明白。"

那名离山长老抑着怒意,说道:"难道这件事情现在还不明白?"

"非常不明白。"朱洛毫不在意他的反应,随意说道,"折袖替我大周立下不少军功,你们说他与魔族勾结,倒也罢了,可如果七间也参与了此事,难道他也投了魔族?他是你离山弟子,有什么道理和这名狼族少年联手,对付他自己的师兄?"

那名离山长老想着梁笑晓死前那道目光里的意思,沉默片刻后,走到朱洛身前,低声说道:"事涉离山清誉,请先生不要继续深问。"

朱洛微微挑眉,须知声誉与清誉两个词看似相仿,实际上隐有所别。

离山长老压低声音说道:"七间师侄……与折袖之间发生了什么事情,我们暂时不知道,但绝对不能当着众人的面询问,因为她的身份很特殊。"

这番对话只有他们二人能够听见。朱洛见他如此慎重,问道:"他是何身份?"

离山长老沉默片刻后说道:"她……是女儿身。"

朱洛看着槐树下的折袖,若有所悟,说道:"难怪要说清誉二字。"

离山长老说道:"还请先生体谅。"

朱洛摇头说道:"这并不足够,离山声誉固然重要,也重不过真相与生死。"

离山长老犹豫片刻,咬牙说道:"她是师叔的女儿。"

朱洛神情微凛，看着他的眼睛，问道："哪个师叔？"

离山长老轻声说道："小师叔。"

听着这三个字，朱洛沉默了很长时间。八方风雨在人类世界里的地位无比崇高，只在五位圣人之下，按道理来说，任何名字都不会让他有所忌惮，但是这里要除去一个人。原来是苏离的女儿，竟是苏离的女儿，难怪会被离山掌门收为关门弟子，整座离山视若珍宝，就连秋山君和苟寒食都要把她捧在手掌心里。看着昏迷中的七间，朱洛想着这些事情，摇了摇头。

离山长老说道："多谢先生体谅。当然，如果七间真在周园里做过些什么……法剑在上，戒律堂肯定会动用门规，最后的结果，离山会尽快通知先生。"

朱洛没有说话，便算是默允。这确实是周园里发生的事情，但离山剑宗已经把话说到这个份上，而且事情牵涉到苏离，便是他也不愿意把事情揽过来。

但此时场间，说话最有力量的人除了他还有一位老人家。随着离山剑宗长老示意，有人抬着担架上的七间和梁笑晓的尸身离开，折袖侧耳听到那处的动静，身体微微前倾，似乎想要做些什么，但最终什么都没有做。就在离山剑宗准备把折袖也带走的时候，那位老人家终于说话了。

从周园毁灭，青山无踪的那一刻起，梅里砂大主教便一直望着曾经的那片浓雾发呆，苍老的面容变得更加苍老，浑浊的眼睛变得更加浑浊，根本没有理会树林里发生的事情，直至此时，他才转过身来，面无表情说道："把人留下。"

那名离山剑宗长老说道："这是我离山……"

"死的是你们离山的弟子，动手的似乎也是你们离山的弟子，你们离山内部的破事，我才懒得管，只是折袖你们凭什么带走？就因为梁笑晓死前说的话？那岂不是说陈长生如果还活着，你们也要当着我的面把他带回离山去？"梅里砂缓步走回树林里，望着那名离山长老说道，"有这个道理吗？"

那名离山长老没有说话，倒是天道院的新任教谕犹豫中开了口，"大人，如果陈长生真的涉及此事，说不得也要仔细审一审。"

"人死了无法再说话，就可以任由你们往他身上泼脏水？先前我好像听到有人这样说过。"梅里砂看着那名天道院的新任教谕，面无表情说道，"至于审……陈长生是国教学院的院长，你一个区区教谕有什么资格审他？除了教宗大人，谁有资格审他？"

他看了眼槐树下的折袖，说道："你们离山的清誉重要，难道我国教的声誉就不重要？这个狼族少年事涉我国教声誉，我要把他带回京都，谁有意见？"

朱洛说道："我没有意见。"

既然他都没有意见，那么在场的所有人都没有资格有意见，包括明明很有意见的那些南方修行者以及离山长老。梅里砂看着那名离山长老冷漠说道："离山如果有意见，让你们掌门来说，或者让苏离来说。"

那名离山长老再也无法隐忍，愤愤然说道："死的是我离山弟子！"

"死人就了不起？难道因为他死了，这件事情就不是错漏百出，乱七八糟？"梅里砂的声音更加寒冷，"而且我现在心情很不好，教宗大人的心情也即将很不好，整个国教的心情都将不好，因为陈长生死了，国教学院的院长陈长生死了！"

老人家看着树林外的那片天空，怅然说道："还有什么事情能比这更重要？就算神国七律都死光了，难道还能比这更令人悲痛？"

陈长生能够想到，汉秋城外的人们，肯定会以为他已经死了，因为他没有通过周园之门离开，而是以一种异常神奇的方法，直接出现在了万里之外的雪原上。他也能够想到，很多人在知道自己的死讯后肯定会有很多不同的反应，有些人应该会很高兴，有些人应该觉得如释重负，还有些人肯定会觉得非常悲伤难过。

那些人都是真正爱护他的人，比如落落、唐三十六、轩辕破、金长史，莫雨或者也会有些遗憾吧，他甚至觉得，苟寒食、关飞白这些离山剑宗的弟子，也是这些人的一员，更不要说国教里的那些长辈们，还有那位秀灵族的姑娘。

他不想让这些人难过悲伤焦急，所以他很着急，他急着赶紧回到人类世界，把自己还活着的消息，尽快传回京都，让所有人都知道自己还活着。可惜的是，魔域雪原距离人类世界太过遥远，而苏离前辈……真的有些重。

他们逃离魔域雪原的过程其实很顺利。

真正的剑道大家，必然有大智慧，无论在任何方面，比如厨艺、茶艺，因为万道皆有相通之处，逃亡可以说是撤退，本就是兵法里的一部分，苏离也很擅长。

他斩破天空的那一剑，很有讲究。那一剑斩开了数百里剑道，直接向南，极符剑道真义——最直者最近，最近则最快，而谁能想到，这一剑真正落下的地方，实在是在偏西南的某片雪岭里。黑袍隐约察觉到了些，但当魔族大军改变即定策略，由东西两面合围那片雪岭之时，温泉畔只剩下了些许血迹，还有一朵被摘下的茉莉花。那时候，苏离已经来到了四百里外的一片冰川里。当然，他是在陈长生的身上。

陈长生被龙血洗过的身躯，仿佛拥有无穷无尽的精力，提供着强大的力量，足以施展出来惊人的速度，能够在这么短的时间里，跑出四百里地，实在有些惊人。即便是苏离都觉得有些吃惊，只是迎面而来的风雪像刀子一样割着他的脸，每每当他想要称赞陈长生几句的时候，出口时都变成了恼火的斥责。

没有在冰川里做片刻停留，陈长生继续顺着冰缝向南方狂奔，觉得有些渴了，把手刺进身边的冰岩里，淡蓝而美丽的冰块上出现两道清晰的痕迹，冰屑四飞。他把冰块塞进嘴里，觉得因为奔跑而滚烫的身体稍微变得凉快了些，好生舒服。跑过冰川与雪原，翻过雪岭与大山，陈长生背着苏离狂奔不停，渴了就嚼些冰雪，饿了就……忍着，昼夜不眠，直至某一天，终于看到一座人类的城市出现在远方。

万里魔域雪原，就这样被他横穿而过。他再也撑不住了，直接向后倒了下去。

99·注视着夜色的雄狮以及它的跟班

陈长生醒过来的时候，发现自己还躺在雪地里，而天已经快要黑了，昏暗的光线从西方洒落过来，照亮了远方那座低矮的城，也照亮了苏离身上裹着的那块破布。那块破布是逃亡途中，他在一处废弃的猎户部落里找到的，边角早已破烂，此时被暮色照着，仿佛要燃烧起来。苏离盘膝坐在雪地里，低着头，破布罩着头，看着有些像黑袍。陈长生问道："我躺在雪地里，前辈……您也不管管？"

狂奔不止，终于穿过了漫漫万里雪原，远离了魔族的威胁，可以想象陈长生为此付出了怎样的努力与代价，疲惫到了什么程度，在看到人类城市的第一眼，就直接倒地难起，然而即便是在这种情况下，苏离也没想着帮帮他，这让他有些不舒服。

苏离的声音从破布里透出来，显得那样理直气壮："我要能搬得动你，还需要你背着我到处走？再说了，你倒地不起的时候能不能注意一下姿势？不要忘记，我在你的背上，你这么叭叽一下倒了，我被压得有多惨，你知道吗？"

陈长生很无奈，一路逃亡里他偶尔也会与这位前辈说些话，早已确认，本就不善言辞的自己，不可能在言谈上占得任何便宜，哪怕明明是自己占着道理。他撑着酸痛的身体慢慢地从雪地里爬起来，走到苏离身前把他重新背起，向着远方继续前进。

走到那座人类城市之前的时候，天色已然尽黑，好在城墙上燃着很多火把，照亮了城前的地面，才让已经疲惫不堪的他，没有因为路上的冰凌而摔倒。

这是一座非常简陋、却又极坚固的小城，更准确来说，这是大周西北军最前端的一座军寨。军寨没有宵禁的说法，但进入军寨的他们，要接受更仔细地搜身与检验，要知道除了那些最胆大的冒险者，这里很少会有平民出现。

被搜身的时候，陈长生很担心苏离会生气，一直紧张地望着那边，没有想到，在整个过程里，苏离都表现得极为老实，就像一个真正的病人般。

军寨里的士卒开始例行盘问，陈长生拿不出来任何通关文件，也没有路引，正准备表明自己身份，让军方派人来接自己的时候，忽然看到苏离不易察觉地摇了摇头，被罩在破布里的那双眼睛里露出不容抗拒的坚定。

苏离不知道从身上何处取出了两套通关文书，两套很完美、完全挑不出任何问题的通关文书。这里说的完美，包括文书的破旧程度，总之无可挑剔。士卒用挑剔的眼光打量了一番二人，听着苏离的回答，挥挥手示意二人进去，同时还交代了一番注意事项。

军寨里唯一可以供平民居住的是一家车店，没有任何意外的是大通铺，但今夜只有他们两个人住，冷漠而吝啬的车店老板，自然不会把炕烧得太热，就连热水都没有，于是陈长生和苏离两个人卷在酸臭的被褥里过了很长时间，都没有睡着。

陈长生睁着明亮的眼睛，看着满是油污的屋顶，想着一些有的没的事情，比如这家大车店可能是以前的灶房改造的，那个被车店老板骂了一顿的店小二看着好可怜，然后听到苏离的叹气声，好奇问道："前辈，你随身准备着各种文书，先前接受盘问时也极熟练，应该很有在外生活的经验，怎么还会睡不着呢？"

世人皆知离山小师叔苏离最好云游四海，很少回离山，要说起旅途上的经验，按道理来说，确实应该没有谁比他更丰富。

苏离恼火说道："你想什么呢？我是谁？怎么可能住过这么糟烂的地方。"

陈长生心想，先前如果报出你的姓名，这时候二人肯定不会在大车店里睡冷炕，不要说军寨里的将领，就连南边的将军府都得马上派人来接。一念及此，那个始终在他心头盘桓不去的疑问，终于被他问了出来："前辈，为什么我们不能表明身份？"

苏离说道："你知道我最出名的是什么？为什么整个大陆都怕我？"

陈长生心想自己从小在西宁镇乡下长大，道藏读的虽多，对世间事了解却极少，只知道你境界极高，剑道极强，为什么不是敬却是怕？

苏离的声音从冰冷的被褥里渗出来，显得更加寒冷："因为我杀的魔族多，杀的人更多，除了当年的周独夫，大概再没有谁比我杀的人更多了。"

陈长生无语，心想前辈又习惯性地开始自恋炫耀了，如果真是如此，那你岂不是一个双手染满鲜血的屠夫，离山剑宗怎么没把你逐出山门？

仿佛猜到他在想些什么，苏离的话再次响了起来："我在离山辈分最高，最强，所以我最大，戒律堂和那些山上的家伙们，早就看我不顺眼了，但他们敢对我如何？"

陈长生怔住了。

苏离没有继续介绍自己的杀人伟业，说道："我杀人自然有我的道理，斩草除根，抄家灭族这种没有技术含量的事，我是从来不会做的，所以这便带来了一些麻烦，那就是我杀的人越多，仇家也就越多，直到现在，我都记不清楚究竟有多少仇家。"

陈长生身体微僵，心想不会是真的吧？那你怎么还活到了现在？

"很少有人敢来找我报仇，因为我太强。当然，也有些被仇恨冲昏头脑，连生死都不在乎的家伙，总想着要杀我。"说到这些事情，苏离的心情明显很糟糕，恼火说道，"我清晨起床的时候，他们来杀，我睡觉的时候，他们来杀，无时无刻都想杀死我，一波一波又一波，我就不明白，那些家伙的水准糟糕到那种程度，怎么杀都杀不死我，还总要来找我做什么，他们就不嫌烦吗？他们不嫌烦，我也会嫌烦的好不好。"

陈长生更加无语，心想置生死于度外，那些人也要杀你，那必然是与你有真正的血海深仇，你竟然会说对方是被仇恨冲昏头脑，而且只是嫌烦？

苏离继续说道："所以我很少会留在离山，在大陆游历的时候，从来也不会表明自己的真实身份，如果你不想半夜被人用法器喊醒上茅厕的话，你最好也这样做。"

陈长生心想，今夜的情形应该与往常不一样才是。

房间里安静了很长一段时间，然后再次响起苏离的声音。只不过这一次，他的声音不再那般骄傲或烦躁，而显得很沉稳，很认真。"那些想我死的人，就像一群土狗，他们不敢对我动手，甚至就连远吠都不敢，只敢远远地潜伏在夜色里，等着我疲惫，等着我老，等着我受伤。"

陈长生看着屋顶，仿佛看到了夜色里的草原，一只雄狮注视着四野，在黑暗中隐藏着无数它的敌人，如果雄狮老去，那些敌人便会冲上前来，把它撕成碎片。

"我懂了。"他说道。

苏离说道："懂了就好。"

清晨时分，大概五时，陈长生睁眼起床，脸色有些苍白，看着有些憔悴，但要比在雪原上逃亡时好了很多，只是精神却比逃亡的时候更加紧绷。因为苏夜昨夜的那番话，他总觉得这家大车店甚至整个军寨都充满着危险，天光暗淡的街道与微显温暖的灶房里，随时可能出现一道带来死亡的剑影。

苏离这种层级的强者，他的敌人或者说仇人必然也都极为可怕，陈长生知道自己不可能是那些人的对手，只希望能够提前看破对方的行藏，做好战斗的准备。他也知道自己有可能过于敏感，但干系到生死的事情，他向来以为再如何敏感小心都不为过。粥稀无香，馒头硬的像石头，坐在桌旁吃早餐，他默默地注视着四周的一切，不像个游客，更像个保镖，苏离却很自然，仿佛什么都不在意。

陈长生默然想着，那名冷漠吝啬的店老板还算正常，昨夜被他痛骂的店小二倒有些问题，在生存条件如此恶劣的地方，怎么可能有如此热心的店小二？——昨夜住店时，那名店小二主动问他们要不要热水，结果被老板骂了一通。便在这时，不知为何店老板又开始骂那名店小二，各种污言秽语，难以入耳，苏离不停地喝着粥，不时挑眉，仿佛把这番吵骂当作了小菜送饭。吵完之后便是打，那店小二看着极老实，再如何被骂被打也没有血性，只是抱着头在店里到处跑，陈长生却越发警惕起来。

那名店小二跑到了他们的桌子旁。陈长生毫不犹豫抽出了短剑。那名店小二没有看见，仿佛要向他的剑上撞过来。如果他收剑，或者偏偏剑，那名店小二都会趁势欺近身。按道理来说，一名住店客人，看着昨夜对自己很殷勤的店小二要撞到锋利的剑尖上，哪怕本能里，也会偏一偏，让一让。陈长生呼吸微急，不知道自己该怎么做，收剑？如果这是一名真的店小二，那么他就是在滥杀无辜。如果这是一名假的店小二，他就是在自寻死路，还要连累苏离前辈。他不知道该怎么选择。

于是，苏离替他做出了选择。苏离拿着手里的筷子，在他的上臂某处轻轻刺了一下。这一下没有任何力量，也没有蕴藏任何真元，亦无剑意。陈长生的剑却闪电般地刺了出去。这一剑没有刺中那名店小二，因为在最开始的时候，剑便偏了偏。他的剑刺进追打店小二过来的店老板小腹里。扑哧一声。短剑深深刺入，直至没柄。店老板就这样死了。

100 · 全职教育（一）

鲜血顺着剑身回淌，被剑锷挡住，没有流到陈长生的手上，但不知道为什么，他仿佛还是能够感觉到血的温度，甚至觉得手有些湿黏黏的，很不舒服，然后他想起来，这好像是自己第一次杀人。从西宁镇去到京都，参加青藤宴、大朝试、对战，然后再入周园，他进行过很多场战斗，但除了死在周陵前的那对魔将夫妇，没有谁死在他的剑下，如此说来，这名店老板是他杀死的第一个人。

店老板在他的身前缓缓倒下，圆睁的双眼里充满了不甘与绝望的情绪，脸上早已看不到刻薄的模样，只有一片死灰。

陈长生沉默了会儿，把短剑从他的腹中抽了出来，然后再次沉默了会儿，望向苏离，用眼神表示自己的疑问——怎么看这名店老板都不像一名杀手，相反，那个店小二倒有很多可疑的地方，为什么前辈您要借我的剑杀死他？

他没有像那些热情热血的少年一样，误会苏离是在滥杀无辜，尽量保持着冷静，没有提前做出判断，而这就是最好的判断，所以苏离很满意，说道："如果你要问我为什么杀他的理由，我很难用简单的话来解释。"

陈长生说道："他的身上没有杀气，也没有修行者的真元波动。"

苏离把手里的粥碗搁到桌上，拿筷子指着血泊里的店老板尸体，说道："在军寨这种地方开大车店，店老板怎么可能一点杀气都没有？"

陈长生想了想，明白了他的意思，这确实是个疑点。

苏离说道："而且他太像一个大车店老板，刻薄，易怒……可事实上，这种像只是符合大车店老板在民众心目中的印象，真正的大车店老板，在这种鸟不拉屎的地方厮守着这么一间破店，可以冷漠，必然麻木，哪里会有这么多心情去教训自家的店小二？"

陈长生觉得他这番话是在教导自己，所以听得很认真。

苏离拿筷子指着店老板尸体，继续说道："当然，这些都只是疑点，并不是证据，证据在于，他的身上没有真元波动，但有气息。"

陈长生低头，在店老板的身上翻拣片刻，找到了一个做成玉佩模样的法器，这法器可以用来敛没真元波动。

"这个没办法教你，等你修行到我这种境界，自然能够感知到这种气息。"苏离说完这句话，端起粥碗，继续没有结束的早餐，看他眉飞色舞的模样，似乎对大车店提供的咸菜很是满意。

"我本来以为是店小二，因为他昨天晚上对我们太过热情，而且他的手……"陈长生望向那名站在桌前的店小二，视线落在他的右手虎口处，那里有一圈很明显的老茧，可能是长期握剑的迹象。那名店小二脸色苍白，浑身颤抖，明显已经吓傻了。

苏离一面吃粥，一面随意说道："虎口处的老茧，除了握剑，也可以是握刀，菜刀也是刀。"

菜刀和剑虽然是两个完全不一样的事物，但菜刀把和剑柄，真的没有什么区别，陈长生低头看着手里那把染着血的短剑，呼吸变得有些急促，因为他忽然很后怕。刚才如果不是苏离拿筷子戳了他一下，或者他真的会把手里的剑刺进店小二的身体里，那意味着他杀死了一名无辜的人。如果杀错人了，那怎么办？人的生命只有一次，杀错了便是错了，再也无法纠正弥补，这是他很难接受的事实。

"杀人啦！杀人啦！"这时候，那名店小二仿佛才醒过神来，看着倒在血泊里店老板尸体，发出一声极为惊恐地尖叫，向店外冲去，却因为恐惧慌乱，被店老板的尸体绊了一下，重重地摔到地上。他顾不得疼痛，手忙脚乱地试图爬起，却又被地上黏滑的血弄的东倒西歪，看着极为狼狈可怜。

陈长生有些抱歉，上前准备把他从地上扶起来。便在这时，苏离终于用完了早餐，满意地擦了擦嘴，把空了的粥碗再次搁到桌上，然后把手里的筷子扔了出去，显得很潇洒，很纨绔，只是他的筷子看似很随意地扔出，却正好砸在了陈长生的肋部某处。

一道很微弱却很巧妙的力量，进入了陈长生的身体，控制了他的动作，让他微微侧身，同时右手闪电般向前伸出。那把染着血的短剑，还握在他的右手里。扑哧一声，锋利的短剑轻而易举地破开一道看似坚固的软甲，深深地捅进了那名店小二的胸口，直接捅穿了他的心脏。店小二满脸震惊，喉头嘀嘀作响，唇角溢出鲜血，缓缓向前倒在地上，就此死去。

这一次陈长生是真的愣住了，脸色瞬间苍白。此时，短剑还深深插在店小二的胸口里，被他握在手里，他仿佛能够真切地感受到剑锋穿过的那颗心脏从缓慢地跳动直至完全安静的整个过程。

他有些不安地望向苏离，如果苏离这时候无法给出足够的证明，至少要比那名店老板更有力的证明，那么他很难接受现在发生的一切，好吧，既然需要有力的证明，那么便自己寻找。他用微微颤抖的手把尸体翻了过来，当看到店小二手里那把明显淬着剧毒的小弩时，终于松了口气。

"前辈您……这又是怎么看出来的呢？"他看着苏离的目光不再有不安，而是充满了佩服。

苏离说道："你没有听到店老板一直在骂店小二什么？"

陈长生当时的注意力都在店老板和店小二的动作细节之中，没有注意这些内容。

"店老板骂得很精彩，很有内容，我指的是具体内容，比如店小二好吃懒做……这证明什么，证明他们是真正认识的。"苏离站起身来，看着桌前那两具尸体说道，"或者有可能是从小一起长大的伙伴？谁知道呢。反正我只知道，一个杀手的伙伴，肯定也是杀手。"

陈长生再次生出佩服的情绪，心想果然细节才能决定成败，经验高于一切，只是这些终究是有猜测的成分……如果杀错了怎么办？

"杀错了？那就错了呗，还能怎么办？"苏离面无表情说道，然后张开双臂，说道，"等什么呢？还不赶紧过来。"

陈长生醒过神来，问道："这就走了？"

苏离没好气道："难道还等着军寨里的士兵来抓？"

陈长生不敢再说什么，趁着大车店里的血案还没能惊动军寨里的人们，背着苏离在风雪中离开，向着南方而去。

361

在军寨东南面的一片黑柳林里，二人停下暂作歇息。陈长生其实很不解，既然那些想要杀死苏离的人已经知道了他的踪迹，那为何还要隐藏身份，还不如直接和大周军方联系，从而获得保护。

苏离说道："那两个家伙只是上不得台面的杀手，甚至都可能不知道我是谁，只是恰好在这个区域活动。"

陈长生问道："这两个杀手是谁？"

苏离真的有些烦了，说道："都说了是上不得台面的人物，我哪里知道他们是谁？"

陈长生想了想，说道："您的意思是，这两个杀手只是拿钱做事，而如果您的身份暴露，来的可能就不是这么弱的杀手，会是真正的强者？"

苏离说道："很简单的道理，还需要做这么仔细的解释？你这个小家伙怎么是个话痨？"

陈长生心想自己虽然谈不上沉默寡言，平时也不怎么擅长言辞，只是前辈你行事神鬼莫测，不问明白总觉得有些没底。他坚持问道："既然如此，那魔族为什么不干脆把您的行踪放出去？"

苏离说道："因为黑袍也不确定我在哪里，他在人类世界里勾结的人物，或者说与他有默契的那些人物，现在也只是满天撒人在找我，当然，就算那些人确定了我的行踪，也不会把这个消息放出去。"

陈长生不解问道："这又是为什么？"

苏离说道："因为除了很多想要杀我的我，也有很多想要帮我的人。"

陈长生不明白，难道前辈您的行踪被世间知晓后，就会有很多人千里迢迢前来帮你？

"我是谁？"苏离看着他认真问道。

陈长生现在已经习惯他的这种对话方式，有些腻了，也有些麻木了，回答得相当机械："离山小师叔，剑道至强者，年轻一代修行者的偶像。"

和黑龙相比，苏离明显只在乎表面的东西，没有指责他的回答毫不走心，骄傲说道："这不就结了。既然我是很多人的偶像，知道我受了伤，遇着困难，那些人还不急着来救我？"

陈长生不想继续这个话题，问道："前辈，那接下来怎么办？"

苏离说道："当然是要瞒过世间所有人的眼光，偷偷把我送回离山。"

陈长生心想离山远在大陆南方，距离此间不止几万里，送回离山何其困难，而且还不能让人知道……那些担心自己的人们会急成什么模样？

"前辈，为何不能让离山的人来接您？"

"愚蠢，离山离这里最远，等我那些徒子徒孙过来，黄花菜都凉了。"

陈长生心想离这里最近的就是大周北军，可是您又偏偏不肯去找，不由认真说道："前辈，我不明白为何您不想求助大周军方，如果是面子上的问题，那么我可以去求助，他们肯定会派人把我们送回京都的。"

苏离看着他冷笑说道："你这个国教学院的院长很了不起吗？"

陈长生心想虽然自己这个国教学院院长在前辈你的面前算不得什么，但对于大周来说应该还是有些分量。

苏离说道："可是你有没有想过，当所有人的眼光都落在你的身上，我的身份怎么隐藏？"

陈长生看着他诚恳说道："既然那些想杀您的人，已经出现，那么您的身份和行踪总是会暴露的，现在要争取的应该是时间，离山确实太远，京都也太远，可是大周军队真的很近，只要表明身份，哪里还需要担心什么呢？"

说来说去，又回到了最初的建议，也是他最不理解的事情。

苏离看着他叹道："真不知道你这个小家伙是天真还是愚蠢。"

陈长生怔住了，不明白这是什么意思。

苏离看着他似笑非笑说道："你总在说，我应该求助大周军方，难道你不知道……这片大陆最想我死的，就是你们周人？"

他的声音方落，黑柳林上的积雪，忽然簌簌落地。天地一片寒冷。

大地微微震动，远方有数百铁骑在雪原上高速奔掠。

那些正是大周北军最精锐的雪骑，他们似乎正在搜寻着什么。

101 · 全职教育（二）

陈长生的视线穿越黑柳林，落在雪原里那些大周铁骑上，明白了苏离刚才的那句话。除了魔族，这片大陆最想他死的就是周人。这些明显四处搜寻目标的大周铁骑便是明证，但他还是觉得或者会有别的可能，比如这些大周铁骑是来救我们的?

"为什么总喜欢把事情往坏的方面想?"苏离听着他的问题,微讽说道:"因为所有事情往往都会按照人们最坏的设想的发展。"

仿佛是要为他的这句话做证,数百铁骑里分出数十骑,向黑柳林驶来,在单调的雪原上涂出一道黑色的线条,来到黑柳林前,那些骑兵纷纷自鞍畔抽出兵器,落下面盔,显得非常警惕——怎么看,这些骑兵都不是来救人的,是来杀人的。

骑兵入林,蹄声密集,偶尔还会响起黑柳树枝被折断的声音,无论救人还是杀人,他们都不需要隐藏自己的行迹,而如果他们正在搜寻的那个目标,真如情报里说的那样,只是一个废人,那么接下来的事情,应该非常简单才是。

不知何时,陈长生的右手已经落在剑柄上,随时可以抽出短剑。

他现在的身体真的很强,哪怕横穿万里雪原,所有的疲乏和隐伤,随着在冷炕上睡了一夜,都尽数消失无踪,真元渐复,便是连在周园里受的伤,都好了很多,他有信心战胜甚至杀光入林的数十名骑兵,哪怕这些骑兵肯定都是洗髓成功的精锐。但他没有任何信心能够悄无声息地杀死这些骑兵,而不惊动雪原上正在向东面行进的骑兵大队,更关键的是,这些骑兵都是大周的军队,而他是周人,他实在没办法不问任何缘由就暴起杀人。

他不知道应该怎么办,沉默地盯着黑柳林里隐隐约约的骑兵影子,随着那些影子越来越近,他的呼吸也越来越急促,越来越紧张,握着剑柄的手,指间越来越白,如果任由事态这样发展下去,用不了多长时间,那些骑兵便会看到他和苏离的身影。

"前辈,我们走。"

他终于做下决定,转身示意苏离靠上来,便准备背着苏离逃走。

既然没法继续躲藏,又没办法拔剑杀人,那就只能跑了,好在他现在拥有难以想象的速度,相信那些骑兵在短时间内无法追上来,至于周军发现自己和苏离的行踪后,会带来怎样的麻烦,他现在暂时顾不得了。

苏离没有走的意思,说道:"把伞撑开。"

陈长生不明白,接过他递过来的黄纸伞撑开,然后按照苏离的指点把真元渡进伞柄里,同时激发了伞骨上的某个机关。一道若隐若现的气息,从黄纸伞的伞面上垂落,就像是无形无质的瀑布一般,遮住了四周。寒风无法吹进黄纸伞里，天空里却开始落起雪来，微雪落在伞面上，悄然无声。

数十名骑兵来到了黑柳林的深处，来到了他们的身前不远处。陈长生很紧张，看着十余丈外的那些骑兵，甚至可以看清楚那名为首的骑兵统领眼瞳的颜色。那数十名骑兵却仿佛什么都没有看见，继续向着黑柳林四周散去。

不知道过了多长时间，确认那些骑兵已经出了黑柳林，陈长生骤然放松，才发现握着伞柄与剑柄的两只手因为紧张变得有些僵硬。

"收伞。"苏离说道。

陈长生依言把黄纸伞收好，系到腰上，然后准备离开。

"不要太急，那些骑兵应该还在外围等着。"苏离又说道。

陈长生没有质疑，重新在树旁的雪堆里坐了下来，然后望向黄纸伞，感慨说道："真没想到这把伞还有这般妙用。"

苏离唇角微翘说道："你也不想想我是谁。"

陈长生没有接话，他是真的有些厌倦了，而且知道自己就算不接话，这位自恋的前辈肯定也有办法把话自己再接过去。

果不其然，苏离双眉微挑，似欲飞起，骄傲说道："这是我和唐老头子一起设计的法器，以遮天剑为器枢，以无数珍稀材料为器身，就算是坐照境的修行者，都不见得能看破幻象，这些普通骑兵难道还想看穿我这把伞？"

陈长生欲言又止。苏离的眉挑的更高了些，说道："有话就放。"

陈长生说道："前辈，这伞……是我的。"

黑柳林里很安静，雪落无声。

当初离开雪岭温泉时，他们便因为此事发生过争执，陈长生想着他伤重，所以没有继续，但这时候终究还是忍不住了，因为他认为这把伞本来就是自己的。

苏离看着他冷笑说道："你知道这把伞的来历吗？"

陈长生听折袖说过一些关于黄纸伞的故事，再加上在周园里和雪原上的见闻，基本上都知道了，点了点头。

苏离却不理他，依然把这把伞的故事讲了一遍，最后盯着他的眼睛说道："我找到的剑，我设计的伞，结果你说这伞是你的？"

陈长生说道："可是这把伞的材料都是唐老太爷找的，当初前辈把这把伞留在了汶水唐家，不就是因为您出不起钱吗？"

苏离神色渐冷，说道："你再说一遍。"

陈长生心想出不起钱这种说法确实有些不准确，重新组织了一遍语言，说道："不是因为前辈您赖账，所以黄纸伞归了汶水唐家吗？"

苏离怒极而笑，说道："我乃离山辈分最高的长老，云游四海，打家劫舍，无恶不作，难道还差钱？"

陈长生没有在意他话中"打家劫舍无恶不作"这八个字，认真地解释道："可是您没给钱啊。"

苏离发现自己无话可说，所以不说话了。

场间的气氛变得有些尴尬，陈长生讪讪起身，爬到黑柳树上观察了一下远处大周铁骑的动静，同时把脸上的热意吹散一下。过了会儿时间，他从黑柳树上落下来，对苏离说道："前辈，那些骑兵应该真的撤了。"

苏离没有理他。

陈长生说道："前辈，如果这些骑兵真的是来追杀您的，那现在还需要隐藏行踪吗？您不信我们周人，但总有您能够信任的人，就像先前您说过的那样，会有人来杀你，也会有人来救你，离山虽然远，但那些想救您的人可能很近。"

苏离看着他的眼睛，说道："问题在于，是想杀我的人多，还是想救我的人多？谁更迫切？"

陈长生有些犹豫说道："前辈……您是不是把人性想得太阴暗了。"

"不是人性，是人心。人性是不能考验的，人心也无法猜忖。狂热的喜爱与厌弃，归根结底都是利益。太宗皇帝明明是个弑兄逼父的无耻之徒，周独夫明明是个杀人无算的屠夫，为什么在普通人的眼里，他们的身上都有一道金光？因为太宗皇帝和周独夫给他们带去了足够多的利益，他们把魔族赶回了雪老城，让生活在中原的人类免于刀兵战火，免于被异族奴役，那么他们自然便是人心所向。"苏离看着他认真问道，"而我呢？我生活在没有战争的和平年代，除了杀了几名魔将之外，没有做太多事情，我为人类世界做过些什么？给修行者和民众谋取过怎样的利益？值得他们不远万里而来帮我？就因为我剑道强大无敌，气度潇洒非凡？"

明明是很认真甚至很严肃的探讨或者说教导，却因为最后那两句话变了味道，陈长生完全不知道该怎样接话，问道："那南人呢？"

在普通概念里，离山小师叔苏离是现在南方世界的最强者，也正是因为他的存在，南方才能在盛世大周之前保有最后的尊严与骄傲。

"当然有很多感谢我的南人，但也有很多恨我的南人，前些天说过，我杀过很多人，既然我自幼生活在南方，那么杀的人当中肯定大部分是南人，他们都有亲戚同窗同门后代，怎么可能喜欢我？当然，这些与我有仇的人再多，也不可能是主流，不然我岂不是要成为人人喊打的过街老鼠。问题在于多年前我曾经做过一件让整个南方世界都很失望的事情，所以不喜欢我的人越来越多。"

"什么事？"陈长生好奇问道。

"十几年前，国教学院的血案，你应该是知道的。"

"知道。"

"说起来，计道人真的是你师父？"

"前辈……其实这件事情，我真的不清楚。"

"好吧，说回正题。总之国教学院一案后，教宗重伤，军队内乱，朝堂相争，周通乱杀人，京都乱七八糟，你周国一塌糊涂，在南人看来，毫无疑问，这是最好的一次机会，而且不得不承认，那时候的长生宗确实很强，有与离宫一争之力。"

"然后？"

"南人准备数年将要发动的时候，我因为某事去了趟长生宗，把那些长老全杀光了，于是他们准备做的事情，自然只能不了了之。"

"前辈，这种秘辛听着确实很震惊，不过我怎么总觉得，您是在变着方法赞美自己？"

"这么悲惨的事情，有什么好赞美的。"

很难得，苏离没有接过话头继续赞美自己，神情平静的令人有些心悸。

102·全职教育（三）

苏离面无表情说道："南人最好也是最后的机会就这么失去了，他们会感谢我什么呢？周人，除了觉得我是个疯子之外，也不会感谢我。"

陈长生想了想后说道："……不喜欢，不感谢，不代表就想让前辈死。"

苏离说道："转眼间，十余年时间过去了，天海、寅老头和圣女峰上那个婆娘，还是一心想着南北合流，可我还是不同意。我不同意，离山就不能同意，长生宗就不能同意，南北合流……永远就只能是纸上画着的一只大饼，你说这些圣人难道不想我死吗？"

听着苏离这句话，陈长生沉默了很长时间，想着刚从周园离开时，在雪原上看着的那等大阵势，说道："魔族……也很想前辈死。"

"是不是觉得这很荒谬？记住，敌人的敌人不见得是朋友，因为中间有个东西叫利益。我如果死了，大陆会动荡起来，魔君和天海又是世间最自信的两个人，他们有信心能够利用乱局，从中获得他们想要的东西，所以当然他们都很想我死。"

陈长生看着苏离，很认真而且很诚恳地说道："前辈，那为何你不支持南北合流呢？怎么看，这件事情对人类都有好处。"

"对人类有好处的事情，我就要做吗？好吧，这句话太像大反派说的，我收回。"苏离看着他平静说道，"但你能不能回答我一个问题，被天海统治和被魔族统治，有什么区别？"

陈长生很想说这之间的区别太大了，种族之间的战争动辄会有灭绝的危险，人类之间的战争不过是谁低头的问题，不过他知道，对于苏离这种人来说，被统治本身就是无法接受的情况，二者之间确实没什么太大的区别。

"前辈，难道您眼中的世界，一直都这么黑暗吗？"

"不是黑暗的，而是没有颜色的、寒冷的冰，我说过，那是利益。"

"难道……我们就不能把世界往好处想？"这已经是陈长生第三次问出类似的话。

"不能，因为这样的事情以前已经发生过很多次，所谓历史，不过就是当下的证据，所谓现在，也不过就是历史的重复。"苏离看着他说道，"我不想成为第二个周独夫，所以无论魔族还是你们周人，我都不会相信。"

黑柳林里再次安静，陈长生沉默了很长时间后，忽然开口问道："前辈，您是在教我吗？"

从进入军寨开始，苏离与他的交谈便多了起来，其后无论遇着刺客，还是遇着大周骑兵，还有交谈里看似随意、实际上颇有深意的话题选择，都表明他在试图教陈长生一些东西——应该怎样看待这个世界以及怎样活下去。

苏离看着他微嘲说道："到现在才明白会不会太迟了些？传闻中说你通读道藏，为何我在你身上根本看不到半点悟性？"

"可是……这是为什么呢？"

陈长生没有在意这位前辈的嘲弄，只是相当不解。他是周人，苏离是南人，他是国教重点培养的新一代开山怪，苏离是辈高位重的剑道大自在，二人之间本无关联，所属阵营甚至暗自敌对，更不要说国教学院和离山剑宗之间糟糕的关系、他和秋山君以往直至将来都可能会发生的竞争，苏离没有任何道理像位师长般教导他。

"因为我很欣赏你。"苏离看着他面无表情说道，"这个理由够不够？"

陈长生很诚实地摇摇头说道："前辈，当然不够。"

苏离有些语塞，如果换成别的晚辈，被他这样耐心教导着，不说感激涕零，至少在他给出一个理由后，绝对不可能还要继续向下追问。他看着少年清澈明亮的眼睛，忽然笑了起来，心想也对，如果这个小家伙不是这样的人，如何能投了自己的脾气？

"因为我希望你能好好地活下去，活的时间越长越好。"他对陈长生认真说道。

陈长生微惊，心想难道前辈知道自己已经脉断截、命不久矣的事情？

苏离接下来的话，表明他并不知道这个秘密，他说道："因为只有活的时间足够长，你才能变得足够强大，我希望你能一直强大下去，直到最后。"

"最后是什么？"

"下一代教宗咯。"

"……前辈希望我成为下一代教宗？"

"不错，因为你成为教宗，对南人来说是最好的事情。"

"为什么？"

"因为你不愿意杀人，更不会陶醉于杀人，你对生死之外其余的事情看得很清楚，我从来没有见过，像你这般年龄，便能够对名利如此不在意的年轻人……当然，你对我那把黄纸伞的执念，有时候会让我开始怀疑自己的判断。"

"我不知道前辈如何看出我不在意名利……只是这样就能成为教宗？"陈长生下意识里看了眼灰蒙蒙的天空，看着不知从多少高远的地方落下来的雪花，说道，"感觉好遥远。"

苏离颇有兴致地看着他，说道："难道你一直没有这种自觉？"

陈长生收回视线，微怔问道："什么自觉？"

"离宫如此重视你，培养你，让你成为历史上最年轻的通幽上境，最年轻

369

的国教学院院长……如果不是想让你成为下一代教宗，那些老家伙想做什么？"

陈长生沉默无语。他现在已经知道梅里砂主教大人为何对自己如此照拂有加，教宗大人又是什么想法。离开天书陵后，所有的谜团早已有了答案。但他一直不是很明白这件事情，下意识里不想记住这件事情，在周园发生的事情太多，以至于他以为自己真的忘记了这件事情，直到现在被苏离再次点醒。

他是国教的继承者。

只是，他的眼光还是习惯性地落在身前不远的地方，不习惯抬头望天，无论是灰蒙蒙的天还是湛湛青天，光线都是那么的刺眼。如果回到京都，自己作为国教的继承者，或者便要直面圣后娘娘的威严了，这让他很不安，当然，首先他必须回到京都。

103 · 全职教育（四）

"当我提到计道人的时候，你说自己什么都不知道……是在骗人？"苏离看着他脸上的神情说道。

陈长生还是只能沉默，因为他不怎么会撒谎。

苏离自言自语说道："那这些老家伙把你推出来究竟是要做什么呢？"

对话时常发生，结束也往往不需要什么答案，陈长生寻找不到答案，苏离也只用了很短的时间想了想。

确认大周的骑兵真的远离，陈长生把他背到身上，穿过黑柳林，向着南方继续行走。随着行走或者说奔跑的继续，气候渐暖，二人看到的风景也越来越靠近真正的天时。在京都，现在应该正是浓春，在南方的离山更是已经到了暮春时节，这里却还有些偏寒，放眼望去还能看到星点般的残雪，好在也已经有了些星点般的绿意。

看着那些在去年死去的杂草里重新生出的青色草芽，陈长生想起，距离自己离开西宁镇已经过去了整整一年时间，这一年里发生了太多变化，即便他还是个正值青春的少年，每每回头望去，都难免会生出一些中年人才会生出的感慨。

在经过一个名为卧梨屯的农夫聚居地后，二人的身边也多出了些变化，多了一辆车，拉车的是两头健实的毛鹿。

陈长生坐在车前，拉着套在毛鹿颈间的绳索，不时发出几声意义不明的呼喊声，可能想模仿那些农夫的手段，但很明显，那两头毛鹿听不懂他的指挥，好在大方向没有错，总之是在向南方行走。南方还很遥远，不过只要坚持走，那么总会越来越近。

苏离躺在车里，身下垫着厚厚的被褥，身上盖着顺滑柔韧的兽皮，黄纸伞搁在身边，酒食也在身边，竹笛横拿在手，凑在唇边，不时发出清丽的声音，看着惬意到了极点，哪里有半分重伤逃亡的凄惨感觉。

又走了两日，在官道前方，隐隐可以看到一座土黄色的城，与最初见到的那个军寨不同，这是一座真正的城，看城郭方圆至少可以容纳数万人，想必里面极为繁华热闹，如果想要重新和人类世界联系上，毫无疑问，这里最是方便不过。

陈长生回头看了苏离一眼，用眼神询问要不要进城。苏离拿着一块袤绒，正在仔细地擦拭竹笛上的孔洞，理都没有理他。陈长生明白了，可还是有些不明白，摇了摇头，拉动手里的绳索，让两只毛鹿拉着车驶下官道，穿过微硬的田野，绕过那座土黄色的城。

城南有一片桦树林，数千棵桦树并不粗，显得有些细直，就像是剑一般，从地面生起，刺向天空。时值深春，地处寒带的这片桦树林却还没有生出太多青叶，视线没有受到任何滞碍，便能看到数里外的树林对面。遇林莫入，这不是苏离教给陈长生行走世间的经验，而是他在那些杂记闲篇上看到过无数次的老话。陈长生轻轻拉紧绳索，示意两只毛鹿停下脚步。他没有感知到任何危险，只是下意识里这样做。

苏离坐车厢里艰难地坐起身来，手里的竹笛不知何时已经插腰间，换成了那把黄纸伞。他看着这片寂静的桦树林，忽然说道："来了。"

什么来了？自然是敌人来了，想杀苏离的人来了。

陈长生的心情瞬间变得紧张起来，从车上跳到地面，用最快的速度解开套在毛鹿颈间的绳索，用剑鞘在它们的厚臀上啪啪重重打了两记，毛鹿吃痛，向着桦树林相反的方向跑去，只是这种牲畜性情温驯，竟是没有跑远，站在数十丈外看着陈长生，显得很是困惑，似乎是不明白他为什么要打自己。

"你担心它们的死活，我怎么办？"苏离很是生气，看着陈长生说道。

陈长生握着剑鞘说道："那前辈您到底要不要进去？"

刚刚离开雪岭温泉的时候，他就曾经问过苏离，只不过苏离不愿意，而且看起来，到了现在苏离也没有改变主意。只听得苏离冷笑说道："我要进去了，你死了怎么办？我可不愿意把自己的命全部寄望在别人的身上，更何况是你这么弱的一个家伙。"

陈长生心想这确实也有道理，前辈虽然现在无法战斗，但战斗的经验与智慧远胜自己数百倍，他在身边，总能帮自己一些。安静的桦树林里没有任何动静，他有些不安问道："接下来怎么办？我是不是应该冲进树林里？"

苏离完全不明白他的意思，问道："你冲进树林里做什么？"

陈长生说道："昨天前辈说过，战斗里最重要就是反守为攻的那一瞬间，如果能够做到真正的出其不意，那么再强大的对手也可能会败。"

苏离瞪着他说道："所以你准备冲进这片树林里，把那个人找出来，然后杀死？"

陈长生很老实地点了点头。

苏离扶额说道："你知道树林里那个刺客是什么境界？"

陈长生很老实地摇了摇头。

苏离大怒说道："那你就准备这么冲进去？你想去送死啊？"

陈长生很茫然，不知道该点头还是摇头，想了想说道："这不是……按前辈的教导做事吗？"

苏离出离愤怒，无奈说道："你得明白，我说过的那些，首先要建立在你和对手的水平差不多的基础上，就算差些，也不能差得太远。"

陈长生说道："可是前辈的原话里明明说的是……再强大的对手也可能会败。"

苏离恼火道："修辞，这是修辞！你懂不懂修辞！夸张是一门语言艺术！"

陈长生沉默低头，过了会儿后，忍不住抬头问道："那如果真的遇到了远强于自己的对手怎么办？"

苏离给出的答案异常简洁明了，干脆清晰："逃，或者跪。"

逃？陈长生背着苏离的速度不见得能快过树林里一直没有出现的刺客，要知道从事刺客这种职业的人，向来都拥有比普通修行者更快的身法与速度。跪？陈长生和苏离一样，都不会把自己的生命完全托付给别人，哪怕是再信任的人，更何况是一个要杀自己的人。

不能逃也不能跪，其实还有一个方法来应对，那就是：等。陈长生抽出短剑，看着寂静无声的桦树林，看着那些远看渐要郁郁、近看却很难发现的青芽，等待着那个人的出现。那个人始终没有出现。

时间缓慢地流逝，他握着剑的手都变得有些酸软了，对着树林里喊道："出来吧，他看到你了。"

苏离完全没想到他会做这样的事情，对着天空摇了摇头，有些耻于为伍的意思。

树林里依然没有人回应，陈长生压低声音说道："前辈，看来诱敌的方法也不好用。"

先前他和苏离那番对话，甚至可以说是争执，自然不可能真的是争执。

看着安静的桦树林，苏离若有所思说道："那人走了。"

"嗯？"陈长生有些意想不到。

苏离重新躺回车厢里，放下黄纸伞，拿起竹笛。两只毛鹿在陈长生的召唤下，慢慢地踱了回来，温顺地被绳索重新系到颈间。竹笛清扬，再次出发。

接下来的旅程，陈长生变得沉默了很多，或者说更像平时的自己——只有在面对唐三十六和苏离的时候，他的话才会多起来。他现在的沉默，当然是因为那个不知何时会出现的刺客。正如有时候不说比说更有力量，一个不出现的敌人也永远要比站在你面前的敌人更可怕。

苏离却一如往常，在他的身上根本看不到丝毫不安，竹笛继续吹着，小酒继续喝着，伤继续养着，就像当日躺在雪岭温泉里一般，很是惬意平静，仿佛自己并没有身受重伤，只是在进行一场寻常的旅行。

陈长生警惕地注视着视线里的一切景物，心理压力很大，想到的一些事情更让他的心情越来越沉重。

在军寨里遇到两名杀手，大周骑兵四处搜捕，说明如苏言猜测的那样，黑袍算到了他们逃离的方向，并且把这个消息传给了人类世界里的某些势力，那些势力接下来会怎样做？如果是圣后娘娘指使追杀苏离，那么她知道不知道自己和苏离在一起？如果知道的话，会不会让那些强者与刺客顺手把自己也杀了？如果是……离宫里的大人物们想要苏离死，那么他们可否知道自己还活着？还是说魔族会刻意隐瞒自己的存在？

某天傍晚，在距离天凉郡还有八百里的地方，鹿车再次停下稍事休息，暮色浓的如血一般。陈长生把自己的不安毫无隐瞒地全部对苏离说了，现在无论他和苏离的阵营之间有何问题,既然他当时在雪岭里没有把苏离丢下,那么便没有半途把苏离丢下的道理,他们现在坐着一辆车,自然要一起面对即将到来的狂风巨澜。

"不会有太多人知道我身受重伤的消息,原因我前些天已经对你说过了。我们分析一下军寨里遇到的那场暗杀……如果把那样粗陋可笑的行为也当作暗杀的话,再联想一下那数百名周骑,便可以看得很清楚,无论是想杀我的他们还是要被他们杀的我,都不愿意让整个大陆知道这件事情。"

苏离拿起一根树枝在泥地里画了一幅地图,指着那条直线说道:"他们不需要围点打援,所以之所以到现在都没有动静,只有一个原因,我们的速度太快,以至于突破北军一线后,那些人还来不及派出足够强大的人手来杀我们。如果把这看成一场战争,他们的主力正在赶来的途中……"

陈长生蹲在一旁,专心地听着。这些天,这样的场景发生过很多次,苏离平时经常表现的极不正经,但在这种时候,却非常认真,他教陈长生怎样分辨野兽与人的痕迹,怎样区分哪种植物可以吃,哪种菌有毒,战斗时最重要的是什么,甚至还教他如何行军布阵。除了剑与修行,他教了陈长生很多东西。

陈长生再次问道:"前辈,您到底为什么要教我这些?"

要替南人选择一位未来的教宗?这有可能是真正的答案,但并不足够。

"因为,我教过秋山。"苏离将树枝扔掉,说道,"他跟我学了一个月时间,如果路上的时间足够,我也会教够你一个月。你把黄纸伞还给我,我把你从雪原带走,已经两相抵销,但你在雪岭没有离开,所以我欠你一个人情,你就当我是还你人情好了。"

"人情?"

"将来,你总会和秋山开始竞争的,我希望你不要落得太远,尽可能的公平,就是我还给你的人情。"

继雪岭温泉后,陈长生再次感动于苏离的前辈高人风范,然后认真说道:"那把黄纸伞不是我还给前辈的,只是借您用的。"

苏离静静看着他,忽然笑了起来:"不习惯这温馨的场景,所以要刻意打破?"

陈长生说道:"是的。"

苏离说道:"我也很不习惯,所以以后不要再问我类似的问题。"

陈长生看着他认真说道:"前辈,您真是个好人。"

苏离看着他认真说道："这种话以后也不要再说。"

"为什么？"

"因为以后你会知道，我从来都不是传统意义上的好人，我喜怒无常，一言不合，便会暴起杀人。"

"可是真看不出来啊……好吧……前辈，虽然刚才那句话是刻意说的，可事实上，黄纸伞确实是我的呀。"

"噫，看来你真不相信我会暴起杀人啊！"

"前辈，您现在如果还能暴起杀人，我们何至于大半夜才敢动身。"

话不投机，便不用再说，在越来越浓的暮色里，陈长生开始准备晚饭与露宿的用具。苏离看着火堆旁忙碌的少年，微微眯眼，缓缓摩挲着手里的竹笛，不知道在想些什么。暮色渐退，简单地吃完烤肉后，陈长生把火堆浇熄，确保不会变成夜里的明灯。

一夜无话，清晨到来，晨风微凉，带着露水与青草的味道，令人心旷神怡，两只毛鹿欢快地迈开了步伐，不多时便走出了十余里地。大片的原野上生长着青色的植物，可能是高粱，只是这些高粱才刚刚开始生长，没有传说里那等青纱帐的模样，更没办法遮掩身影。所以陈长生一眼便看到了田野里的那个人。那是一个英俊的男人，全身盔甲，背后有七柄长刀，在晨光下无比明亮。怎么看都不像一个刺客。

104·杀人的神将

那个男人很英俊，虽然满脸风尘，明显兼程而至。他身上的盔甲也蒙着厚厚的尘土，但依然明亮，就像他的人一样，站在青青的高粱地里，就像一个太阳。这样的人，怎么看都不像一个刺客。事实上，这个男人也确实不是刺客，虽然他是来杀苏离的。这个男人没有释放善意，也没有敌意，但也没有隐藏自己的杀意，非常纯粹的杀意。

看着晨光中这个明亮的男人，陈长生觉得眼睛有些刺痛，就像当初在雪原上，第一眼看见苏离时的感觉。来自远方的光线，洒落在这个男人的身周，未曾真的落下，反射光线的不是盔甲与他的脸，而是一道无形的屏障，所以才会如此明亮。那道无形的屏障，这片光亮，无不在说明，对方是一名聚星境的真正强者。

只看了一眼,陈长生便确认,这名男人不是前些天在桦树林里的那个刺客——此人太过明亮,无法隐藏自己的存在,而且看得出来,此人似乎根本没有想过要那样做——他就这样站在晨光里,堂堂正正地等着陈长生和苏离的到来。

陈长生下车,解开毛鹿颈间的绳索,轻轻拍了拍它们的肉臀。现在,这两只毛鹿已经能够与他心意相通,明白他的意思,自行小步跑到数百丈外的高粱地里,然后回头望向场间,等着稍后年轻的主人继续召唤自己回来。

陈长生回头望向车里。苏离躺在车厢里,闭着眼睛,裹着裘皮,耳朵里塞着裘绒,好像正在睡回笼觉。

"前辈。"陈长生说道。

苏离耳里的裘绒明显起不到莫雨耳中的裘绒的隔间作用,说道:"嗯?"嗯这一声的时候,他依然闭着眼睛。

"前面……来了一个人。"陈长生指着身后高粱地里那个男人说道。

"然后?"苏离还是没有睁眼的意思。

陈长生说道:"那个人……很强,我打不过。"

苏离闭着眼睛说道:"我教了你这么多天,如果你还收拾不了一个杀手,那为什么还不去死?"

陈长生说道:"可是前辈您昨天才说过,那是修辞,是夸张,遇着差得太远的对手时,除了跪就只能跑,我想问一下,我们这时候是跑还是跪?"

片刻安静,苏离终于睁开了眼睛,起身望向前方那片青青的高粱地,说道:"聚星境……你又不是不能打。"

陈长生在心里再次快速权衡了一番,摇头说道:"这个……真打不过。"

苏离这才看清楚那名浑身盔甲、无比光明的英俊男子,眯了眯眼睛,说道:"啊……是这个家伙啊,那你真是打不过了。"

陈长生说道:"那咱们赶紧逃吧。"

苏离没好气道:"且不说我苏离这辈子没有逃过,就算真要逃……逃得了吗?"

陈长生正想说我要真跑起来,大陆上还真没几个人能追上自己,忽然看到远方的青色原野里有一匹浑身火红的战马。

有些眼熟。他忽然生出些极不好的念头。因为他终于认了出来,远方的原野上那匹浑身火红的战马,其实是一只……红云麟。

苏离说道："薛醒川的亲弟弟，第二十八神将，薛河，嗯，他的坐骑和薛醒川的坐骑也是兄弟。"

陈长生断绝了逃跑的想法。这里没有白鹤，他不是金玉律，怎么也不可能比能飞的红云麟更快。他没有想到，南归途中真正遇到的第一个刺客，便是如此强大的人物。转念一想也对，要杀苏离，哪怕他已经身受重伤，来再多普通的强者也没有意义，来的理所当然便应该是薛河神将这种层级的人物。

"见过苏先生，恕末将全甲在身，不便行礼。"站在刚刚没膝的青色原野间，薛河光明威武仿佛一座神像，但对苏离说话的语气却极客气。

苏离面无表情看着他，说道："以我对你的认知，你应该很欣赏我才对。"

任何自恋到令人作呕的言语，从这位离山小师叔的嘴里说出来，不知为何，便让人觉得诚笃可信。

薛河缓步走了过来，反射着晨光不停变幻，盔甲撞击发出哗哗的声音，用沉默表示认同。

苏离问道："你出现在这里是谁的意思？"

薛河的兄长薛醒川乃是大陆第二神将，汗青神将守天书陵后，便是世间最强大的神将，只在五圣人与八方风雨之下，最重要的是，世人皆知，薛醒川是圣后娘娘最忠诚的追随者，按道理来说，薛河出现在这里，自然揭示了一个残酷而可怕的事实，要杀苏离的人是圣后娘娘。但苏离不会就这样简单认为，所以他发问。

薛河面无表情说道："不是任何人的意思，是我自己的意思。"

苏离沉默，明白了他的意思。

但陈长生不懂，既然不是圣后娘娘的旨意，也不是国教的命令，这位神将既然欣赏苏离，为何要来杀他，而且还是乘人之危，问道："为什么？"

薛河没有理会他，看着苏离平静说道："唯南北合流，我大周统一天下，才能真正战胜魔族，却因为先生的存在，始终难以前行，无论是朝堂还是国教，有很多人都指望先生能改变态度，但我知道先生不会改变态度，所以……您必须死。"

苏离正色说道："我……会改的。"这是句笑话，并不好笑，而且没有人信。但苏离表现得很相信，情真意切说道："只要你肯放我们离开，我绝对会改变对南北合流之事的态度。"

薛河沉默片刻后说道:"我视先生为偶像,我知道先生不会改。"

苏离微窘说道:"你这人怎么如此死心眼,我说了会改就一定会改。"

"会因为外力而改变心志,那就不是先生了。"薛河看着他平静说道,"如果先生不再是先生,我杀你又哪里还会有任何心理障碍?"

苏离沉默片刻,望向陈长生说道:"我是不是没说好?"

陈长生点点头。

苏离说道:"那该你说点什么了。"

陈长生说道:"前辈,我真的不擅长说话。"

看着苏离与陈长生交谈,薛河的眼中闪过一抹异色,旋即收敛心神,肃容说道:"先生重伤、正在南归的消息,暂时还只有很少人知道,死在我的刀下,总比死在那些宵小之辈手里,或是被那些杀手用阴招更好。"

苏离摇头说道:"怎么死都不好,只要活着才好。"

薛河不再多说什么,右手伸向身后握住一把刀的刀柄。自周独夫后,大陆上的强者很少有人用刀,因为珠玉在前。大陆三十八神将很多都习惯用剑,又因为太宗皇帝那把霜余神枪的缘故,用枪的也不少。用刀,并且还把刀用的这么好的神将,只有薛河一人。随着这个动作,薛河身后的其余六把细刀未曾出鞘,却有六道刀意凌空而起,笼罩青色原野,是为刀域。

苏离神情渐敛,他也没有想到,第一个来杀自己的人,便是如此棘手的人物。

陈长生声音微涩问道:"前辈,怎么办?"

苏离面无表情说道:"你也看得出来,这家伙和你烤的肉一样,凉拌都不成,还能怎么办?"

陈长生回头看了他一眼,不解问道:"肉?"

"油盐不进。"

苏离没好气说道,艰难下车,看着青色的原野,忽然再次眯了眯眼睛。

高粱还很矮,但原野里居然还藏着另外一个人。

大概便是桦树林里的那个人。

105 · 苏离的眼光(上)

此时的天凉郡北还有些凉,高粱并不高,却可以藏一个人,想来那人极擅隐藏自己的行踪，是个真正的刺客。苏离没有理会藏在原野里的那名刺客，那种见不得光的家伙就算再危险，在他的眼里，也没有明亮的薛河重要。

薛河继续向着二人走来，盔甲发出撞击声，刀意发出破风声，脚步稳定而坚定，越来越近，望向陈长生有些警惕问道："你又是谁？"

陈长生没有刻意收敛自己的气息，所以薛河能够看出，他已经进入通幽上境。能在这样年轻的时辰，便进入通幽上境，必然不是普通人，薛河甚至没有遇到过这样的人物，面无表情说道："如果我不是知道秋山君因为周园之事重伤，远在离山，如果不是你生得过于平凡，我真的会怀疑你就是秋山君。"

陈长生终于确认，魔族或者说那名神秘的黑袍，因为某种原因，没有把自己跟着苏离的消息传到南方。他忍不住开始思考，如果薛河知道自己的身份，会不会停下脚步？就在这时候，苏离声音响了起来："如果是你的兄长薛醒川在此，绝对不会误认他是秋山君，这小家伙才通幽上境，吾家秋山已经聚星成功，这等分别都瞧不出来？"

也只有苏离这样的人物，才会在点评此事时用一个才字，而现在年轻一代的修行者里，大概也只有秋山君才能稳稳压过陈长生一头。这是事实，但不知道为什么，陈长生觉得有些郁闷，可能是苏离提到秋山君时的语气很亲热，一时间竟忘了告诉薛河自己的身份。

而就在这时，薛河已经来到二人身前不足十丈的地方，他的手已经完全与那道刀柄合为一体，那六道刀意已然圆融一体，自成世界。薛河已经做好了出刀的准备，气息已然提至巅峰，只有聚星境强者才能召唤出来的星域完美至极。他用刀，所以他的星域就是刀域。

陈长生再如何天才，毕竟太过年轻，修行时间有限，而且经脉本身就有问题，能够施出的真元数量有限，根本无法破开这道完美的刀域。境界之间的差距，很多时候，没有办法凭着勇气、毅力、决心、技巧这些手段就能弥补。他盯着薛河在晨光下明亮至极的面甲，缓缓抽出鞘中的短剑。在很短的时间里，他在识海里进行了很多次推算，在道藏和国教学院藏书里看过的无数战例变成画面在他的眼前飘过，却依然没有任何办法。

大陆第二十八神将薛河，毫无疑问，这是他开始修行以来，遇到的最强大的对手，单从境界实力而言，与周园里那对魔将夫妇相当，但那对魔将夫妇为了进入周园，强行动用秘法，将境界压制了下来，因为周园的规则限制，与他战斗时，几乎没有展露过聚星境真正的水准。

南客燃烧神魂唤醒的那只金翅大鹏，被他万剑成龙斩落天穹，但那一剑的威力，绝大部分来自于剑池里的万道残剑积蓄了数百年的渴望，那种意志气势与他没有任何关系，而且时机不再，现在他剑鞘里的万道残剑，也再没办法发挥出来这么大的威力。

怎样才能战胜这名强大的对手？

陈长生握着短剑，盯着越来越近的薛河，心情越来越紧张。

薛河知道他便是自己的对手，然而却没有怎么关注他，视线落在他的身后，始终看着苏离。不要说身受重伤，哪怕现在已经奄奄一息，只剩下最后一口气，只要苏离还活着，那便是这个大陆最可怕的强者。

苏离也在看着他。但事实上，苏离没有看他，而是在看他的刀域。忽然间，苏离的视线落在他身前空中某处，同时，伸手握住了黄纸伞的伞柄。黄纸伞里是遮天剑，伞柄就是剑柄。当初在雪原上，苏离握住剑柄，剑意侵略如火，直接将数十里外的一名魔将斩杀。此时薛河就在他的身前，更能够感觉到那道强烈的危险。

毫无任何征兆，纯粹是本能里的一种警惕，让薛河暴出了无比强大的一道气息。晨光如前，他身上的盔甲瞬间变得无比明亮，呛啷一声，铁刀出鞘，隔着陈长生的肩头，向苏离握着伞柄的手斩落。

一场狂暴的飓风，在青青的高粱地里生起。

一路相随南行，陈长生最清楚苏离现在的状态，不要说动剑杀敌，就连走路都没有办法。他不明白为何苏离会握住伞柄，会用剑意逼迫薛河暴然出刀。这是苏离给他出的一道题目。陈长生思考的时间很短暂，便得出了答案，因为苏离教了他很多，而且他学得很认真，每字每句都不曾忘记。

前些天，苏离曾经对他说过，战斗里最重要就是反守为攻的那一瞬间，如果能够做到真正的出其不意，那么再强大的对手也可能会败。薛河出刀，看似是因为苏离的动作，因为警惕与不安，被迫的行为，但其实也是顺势而行，因为唯如此，才能真正地出其不意。想要杀死苏离这种层级的强者，薛河在出刀之前，必然已经算清了所有的细节。

果然，战斗里最重要的时刻就是由守转攻的那一刻，可仅仅是因为只要做好这一点，便能带来好处吗？不，陈长生记得很清楚，苏离在说完这句话后，还给出了另一个解释：再强大的对手，在由守转攻的那一瞬间，总要付出更多的心力，那么这时候也最容易露出破绽。

换句话来说，强大到近乎完美的敌人，唯有在由守转攻的那瞬间，变得不那么完美。陈长生的眼睛明亮起来。因为薛河落下的如雪刀光，也因为渐盛的晨光。他的剑已然刺了出去。汶水三式，夕阳挂。短剑嗡鸣作响，带着高粱地上的所有晨光，高速颤抖着，刺向薛河的胸口。

身为聚星境强者的薛河，由七把刀组成的领域坚不可摧，即便在由守转攻的这一瞬，可能会留下某个防御相对薄弱的点，他又怎么会让陈长生看出来？陈长生确实看不出来，但有人能。苏离只看了一眼，便看出了薛河刀域的弱点在哪里。他伸手握住了黄纸伞的伞柄，激使薛河出刀，视线一直落在薛河身前空中的某处。

陈长生的短剑，顺着苏离的眼光刺了过去。噗的一声轻响，仿佛一个充满酒的皮囊被刺破，又像是正在吹涨的糖人被顽皮的孩子拿竹签偷偷刺破。笼罩着薛河的那片明亮晨光，忽然间出现了一条通道。锋利的剑芒，已然来到他的胸前。明亮的盔甲上，甚至能够看到那把剑的影子。

106·苏离的眼光（中）

陈长生的剑到了薛河的身前，真正犀利的剑是苏离的眼光。可如果一名聚星境强者会这样轻易被击败，道藏上又如何会把星域称作每个人单独的世界？

明亮的晨光忽然变幻了一瞬。薛河的手伸到身后抽出了第二把刀，因为他的动作实在太快，以至于出现了一道残影，仿佛晨光里多出了第二个他。锋利的雪亮刀锋比声音更快的落下，斩向陈长生的头顶。陈长生此时剑势正要去尽，根本无法改变短剑的走向，更不要说格挡这一刀，他能怎么办？

青色的高粱地里再次响起一道嗡鸣声，一把沉重的铁剑不知从何处出现，拦在了薛河的刀锋之前。以薛河的修为境界都没办法把这把铁剑斩断。这把铁剑正是山海剑。

薛河面无表情，残影再起，以难以想象的速度，抽出身后的第二把刀，再次斩落。他的动作实在太快，当第二刀落下时，山海剑刚刚与第一刀相遇。按

381

照陈长生的境界实力，根本没办法跟上这么快的速度，因为通幽境的修行者不可能拥有这么快的出剑速度，但他的出剑本就与世间其余人不同。他出剑不需要抖腕，不需要有任何动作，甚至连手指都不需要动，只需要神念微动，便有一把剑从鞘中横空出世，向着薛河手里的刀格去。

第二把剑是南溪斋的圣女剑。薛河眼瞳微缩，明显被陈长生这两把不知何处出现的名剑撼动了心神，但他手上的动作没有丝毫减慢，于晨光里残影再现，再出第三刀！

几乎就在第三刀落下的同时，陈长生召唤出了第三把剑。只有真正的强剑、保存相对完好的剑，才能格挡薛河神将的强刀，所以第三把剑是魔帅的旗剑。

一切都发生得太快，只在瞬息之间。晨光微闪，残影再现，薛河仿佛变成了六个人，抽出了六把刀，向着陈长生的头顶砍落，陈长生仿佛就在他的身前静止不动，却有六把剑凭空而生，拦在身前。连绵不绝的撞击声，直至此时才响起，仿佛一连串春雷，绽放在青色的原野间。

薛河的刀太快，如果陈长生只凭借自己的本事，断断无法接下，只是薛河大概也想不到这个少年竟然有如此古怪的手段，那些剑又是什么剑？这并不是结束。薛河的六道残影同时敛没，归为本体，只见他斩向苏离的那一刀竟斜掠而下，再次向着陈长生的颈间斩落。

这是他的第一刀，也是最后一刀，是真正的一刀。当这刀落下，七刀重新变成一个完美的世界，他的刀域再次回复圆满，曾经的漏洞尽数消失无踪。

落刀之际，薛河的目光很冷漠，仿佛在问陈长生，你还有剑吗？七把刀带来的恐怖刀势，碾压得陈长生呼吸都极困难，连思考都仿佛变得缓慢起来，不然或者他会想到一句话：我还有一万多把剑也要告诉你吗？只是这个时候即便他万剑齐出也没有什么样意义，因为薛河刀域再临，他的短剑无法突破，无法刺进对方的身体，境界之间的差距，就是这样难以弥补。

好在苏离还在他的身后，看着薛河，平静的眼光像秋水洗过的剑。

"天府。"他的眼光落在薛河的肋下，说道。

陈长生的短剑随之而去。薛河神情微凛。他凭借高妙的手段重构刀域，谁能想到，苏离依然只看了一眼，便看穿了唯一的弱点。但他并不担心，因为苏离已经重伤，只能出声，不能出剑，作为聚星境的强者，加上他的盔甲，不是还处于通幽境的这名少年能够击破的，所以他未假思索，决定快些结束这场战斗，不再理会陈长生的那把剑——如果事后分析这场以弱胜强的战斗，除了苏离的眼光和陈长生远超年龄的实力与沉稳心态，最重要的原因便是薛河在最关键的时刻犯了一个致命的错误。

他没有想到陈长生手里那把看似寻常的短剑，实际上是世间最锋利的剑之一，尤其是经过周园里的风雨洗礼之后，这把短剑拥有了龙吟剑的剑意，有了自己的剑魂，继承了无数年前陈玄霸壮烈无双的遗志，竟能够发出超越境界的威力！

扑哧一声轻响，陈长生手里的短剑刺穿了薛河身上明亮的盔甲，破了他洗髓之后坚若金石的身躯，像一场暴烈的风般继续前行，似乎要摧毁剑锋之前的一切事物。

一声夹杂着震惊与痛楚的怒啸响起！薛河完全没想到一时不谨，竟让这个通幽境的少年得手，把自己置于如此危险的境地里，体内真元狂暴而出！

陈长生的剑锋难以继续前行，薛河使出毕生修为，聚星域于胸前，硬生生凭借真元把这把剑挡住，手里的刀继续砍向陈长生的脖颈！不要说陈长生的剑难以继续深入，就算能够，也顶多重伤薛河，但这一刀却一定会砍掉他的脑袋！

就这样了。陈长生知道自己败了。

他没有想到，聚星境的强者，在生死关头居然能够爆发出如此可怕的战斗力，居然能够把真元变成仿佛实质的存在。

他这个年龄能够修行到通幽上境，已经算是绝世天才，但在聚星境强者的面前，依然显得有些不堪一击，哪怕有苏离的指点，哪怕他已经超水平发挥。他败给薛河，其实是很理所当然的事情。只是为什么还有些不甘心呢？不甘心去死，还是说不甘心马上就要死去，却没有办法真正的伤到薛河？陈长生不是这样想的，他知道自己可以伤到薛河，所以他继续出剑，不在意自己下一刻便可能死去。

在修行者的战斗里，极少出现在最后时刻临时改变剑势的画面，因为那违背修行常识与自然之理，除非在出剑之前，这种改变已经提前隐藏在剑招里。这样的剑招，非常罕见。最近这些年，这种剑招最出名的叫做燎天剑。

燎天剑是离山剑法，是苏离自创的秘剑，单以妙诣论，甚至还在金乌秘剑之上。陈长生用的就是燎天剑，他会这种剑法，大朝试上曾经用过，只不过那时候他是以拳为剑，而现在才是他真正第一次用这一记剑招。

陈长生的剑以一种难以理解的方式向上挑起，在薛河明亮的盔甲上画出一道仿佛浑然天成的线条,坚硬的盔甲不停碎裂喷溅!就像被雷电点燃的原野,向着天空喷吐着火焰。擦!一道清楚至极的声音响起。一道鲜血迸射,薛河的左臂被切断,飞向天空里。

几乎同时,薛河的刀落在了陈长生的颈上。一声如雷般的巨响炸开,原野上的火焰尽数熄灭。陈长生的膝头重重落在车前的地面上,大地一片震动,烟尘大作。山海剑等六把残剑,这时候才从空中落下,伴着声响,落在他的身边。

107·苏离的眼光(下)

一片安静。

薛河左臂已断,从胸腹到肩头一片鲜血。他脸色苍白,右手执刀,搁在陈长生的颈间。陈长生的头没有被砍掉。薛河的刀势已尽,无法继续向前。在刀锋与陈长生的颈间,不知何时出现了一把旧伞。

一道有些疲惫的声音响了起来:"你败了。"

那把旧伞被苏离拿在手里,这句话出自他的口。

薛河收回手里的刀,缓慢而沉重地向后退了两步,望向苏离,脸色苍白,略带惘然问道:"这……就是那把黄纸伞?"然后他望向车前的陈长生,看着这个浑身尘土的少年,确认他的头还在颈上,脸上的惘然神色更浓,喃喃道,"怎么这么结实?"

先前他拼着刀域被破也要斩落的那一刀,凝聚了他的毕生修为,聚星境强者的全力一击,即便苏离出乎所有人意料的还有一战之力,即便那把黄纸伞可以阻挡世间一切锋锐,但无法阻止力量的传递,按道理来说,陈长生的颈无论如何也应该断掉,然而现在看来,竟是没有受到什么损伤。薛河很不解,这个少年的身体究竟是什么材料做的,竟比完美洗髓还要夸张无数倍。

忽然间,车厢垮塌,变成无数碎屑,车下的原野地面,也整齐地向下陷落半尺。苏离跌落在地,被灰尘呛得连连咳嗽,不停地挥着手。陈长生艰难地站起身来,横剑挡在了他的身前,准备应对薛河接下来的发难。他这时候很痛苦,识海震荡的仿佛随时可能破裂,眼前的世界一片模糊,随时可能昏倒。好在苏离的眼光很准,所以能够看破他的刀法,能够轻而易举指出他刀域里唯一的破绽,他说薛河败了,那薛河就真的败了。

陈长生的短剑，在他的盔甲上割出一道深刻的伤口，虽然未能破开他的真元防御刺破心脏，但燎天一剑的剑势，已经将他左半身的经脉尽数震裂，短时间里，薛河再没有战斗的能力，如果他能活着离开，也不知道还需要多长时间才能复原如初。

薛河捂着不停流血的断臂处，看着陈长生，情绪很复杂，他怎么都想不到，自己居然会败在这个少年的剑下。忽然间，他想到一种可能，神情微变问道："你是……陈长生？"

陈长生刚在生死边缘走了一遭，神思还有些恍惚，薛河那一刀的威力还在他的识海里泛滥，根本没有听清楚他在说什么。薛河以为他是默认了，不由怔住了，想要说些什么，最终却什么都没有说，转而望向苏离，说道："没想到苏先生原来还能出剑，我此行真是自取其辱。"

苏离微微挑眉，有些不满意说道："这就是一把伞，不是剑，如果我出剑，你还能站着，那就该轮到我觉得羞辱了。"

薛河沉默片刻，发现这句话竟是无可置疑，沉默片刻后，诚恳请教道："先生，难道我的刀真的比不上王破？"

大陆三十八神将，很少有人用刀，没有人像薛河的刀用的这么好，但在这片大陆上，还有一个强者用刀，而且被认为是周独夫之后，刀最强的一个人，那个人就是天凉王破，所有人提到薛河时，都会称赞他刀法如神，但必然会加一句，只是不如王破。

薛河今天是来杀苏离的，但在生命即将结束的时刻，他最放不下的事情，不是苏离的生死，也不是自己的生死，而是这件事。他想要听听苏离怎么说，如此才能走得心安，或者说服气。

"你当然不如王破，无论刀还是人。"苏离没有给这位临死的神将任何安慰与温柔，很直接地说道。

薛河没有生气，认真请教道："这是何道理？"

苏离说道："王破只用一把刀，你用七把，所以你不如他。"

薛河若有所悟，知道自己如果能够参透这句话，必然会在刀道上大有进益，正生喜意，忽又想起，自己马上就要死了，不由自嘲地笑了起来。

陈长生被那一刀斩得有些神不守舍，此时终于慢慢清醒过来。苏离没有说话，薛河也没有说话，场间一片安静。他看看薛河，又看看苏离，有些惘然问道：

"接下来……怎么办？"

苏离像看白痴一样看着他，说道："怎么办？当然是赶紧把他杀了，然后继续赶路。"

薛河看着陈长生，也觉得很莫名其妙，心想你这少年在等什么呢？

"啊？前辈您要我杀了他？"陈长生才是觉得最莫名其妙的那个人。

苏离瞪着眼睛说道："难道您还准备要我动手？"

薛河微怒说道："难道你要我自己动手？"

陈长生怔了怔，说道："谁都不动手不可以吗？一定要杀吗？"

场间再次回复安静，青色的原野里吹着清新的风。

长时间的沉默后，苏离感慨说道："我是越来越不理解现在的年轻人了。"

薛河点头表示赞同。

陈长生看着薛河说道："神将大人，能不能当成今天的事情没有发生过……嗯，我的意思是说，能不能不要记仇？"

薛河忽然觉得这个少年看着很顺眼，难怪兄长在信里说这个少年看着很顺眼，越看越顺眼，说道："你饶我一命，我记你的恩情。"

陈长生望向苏离，用眼神表示询问。

苏离很烦，说道："既然不动手，还愣着做什么？走啊。"

陈长生把散落在地上的那六把残剑收回鞘中，然后把手伸进嘴里，吹了两声口哨。他的技术不行，吹出来的口哨有些喑哑，并不好听，也无法传远，好在那两只毛鹿没有跑远，听着声音寻了过来。陈长生把苏离扶到一只毛鹿的背上，然后骑到另一只毛鹿的背上，牵着两道绳索，向着高粱地的远处走去。看着渐渐消失在青色原野里的两人两鹿，薛河沉默无语，不知道在想些什么。

苏离坐在毛鹿上，看着陈长生说道："我真的服了你了。"

陈长生有些不好意思地笑了笑，说道："前辈，您太客气了。"

苏离强忍怒火，说道："客气你家祖宗十八代，我是说这个吗？"

陈长生不解说道："那您服我什么？"

苏离说道："现在的年轻人都像你这般愚蠢吗？"

陈长生说道："您是说……我没有杀他？我想，如果是苟寒食，刚才也不会动手吧。"

苏离冷笑说道："妇人之仁，难成大器！如果人类的将来就是你们这样的家伙,那还有什么前途,迟早被魔族灭了。"

陈长生想了想,说道:"前辈不就是因为我是这样的人,才愿意教我,想让我成为下一代的教宗吗?"

苏离沉默了会儿,说道:"似乎……有些道理。可你难道没有想过,薛河会把我们行踪透露出去?而且将来会对你进行报复?"

陈长生说道:"没有仔细想过……前辈如果能够活着回到离山,谁还敢来报复我呢?"

苏离说道:"隐藏在高粱地里的那个杀手,有可能会把薛河杀死,然后说是你杀的,这你想过没有?"

陈长生转身望向他,吃惊说道:"这……还真的没有想过。"

苏离看着他明亮清澈的眼睛,忽然间不想再继续说下去了,感慨道:"我怎么会指望你这样的家伙能成为教宗呢?"

陈长生不知为何觉得有些抱歉,安慰说道:"前辈的眼光应该不会错的。"

108 · 周通会知道

晨光渐明,晨风不起,刚刚过膝的青苗不再摇动,薛河松开右手,断臂处已经不再流血,他从地上拾起七把刀,缓慢地插回身后的鞘中。在整个过程里,他苍白的脸上不时闪过痛楚的神情,很明显,这些简单的动作对现在的他来说都极为困难。

苏离和陈长生已经骑着毛鹿离开,他却没有离开,而是就这样坐了下来,一面包扎伤口,一面想着些事情。经过青藤宴和大朝试,陈长生早已声名鹊起,远播京都之外,兄长薛醒川给他的信中专门提到过这名少年。薛河知道这个少年是历史上最年轻的国教学院院长,甚至可以说代表着国教与旧皇族势力向圣后娘娘发出的声音,只是这少年应该在周园里试炼,为何会忽然出现在天凉郡北,和苏离一道?

当然,此时此刻他没有即刻离开,最主要的原因不是思考,而是等着隐匿在青色原野里的那名刺客现身。他不知道那名刺客是谁,虽然是从对方那里得到了苏离的行踪,他只知道那名刺客既然没有远离,便意味着自己很危险——在离开的时候,苏离对陈长生说过,那名刺客极有可能趁着薛河重伤的情况杀死他，然后把这件事情安到陈长生的头上——薛河自己也是这样想的。

清静的原野上忽然毫无征兆地拂起一阵清风，青青的高粱秆在风中微微低伏，露出一个像极了石头般的身影。倏乎之间，那道身影再次消失，应该更近了些。薛河右手伸到身后，握住了刀柄。身为大周神将，即便无力再战，也要在战斗中死去，如果真的命中注定要死在这些鬼蜮之辈手中，还不如死在自己的刀下。

清风继续吹拂，那名刺客却始终没有出现。不知道过了多长时间，阳光渐烈，失血过多的薛河渐要支撑不住的时候，他忽然发现，那名刺客已经走了。那名刺客为什么会走？薛河不明白，用刀撑着身躯艰难地站起来，然后看见了前方不远处的地面上，有人用剑锋写了一行很清楚的字。那名刺客应该是看到了那行字，所以最终没有动手。

"刘青，周通会知道你做过些什么。"

薛河神情微变，他没有想到那名刺客竟然便是传说中的刘青，更没有想到，苏离和陈长生离开之前居然会留下这样一句话。

就是这句话保住了他的性命。

在天凉郡北面五百里的一处湖畔，两名毛鹿正在低头饮水，陈长生正在按照苏离的教导清洗毛鹿稍后将要食用的青草与山果。湖水有些微凉，他望向躺在湖边休息的苏离，好奇问道："刘青是谁？"

那片高粱地外的字是他用短剑写的，内容却是苏离说的，他完全不知道那句话是什么意思。

苏离说道："就是桦树林里，高粱地里，那个始终不敢露面的家伙。"

陈长生有些吃惊，说道："那个刺客？很厉害吗？"

苏离随意说道："天机阁里的那些老家伙无聊的时候，曾经私下给大陆上的杀手排过一个榜，刘青排在第三。"

"杀手榜第三……"

陈长生想着一路被这样可怕的刺客在暗中跟踪，顿时觉得湖面上拂来的风变得有些寒冷，下意识里向四周望去。只是……杀手榜第三的可怕刺客，居然名字会如此平凡普通？他有些不解。

苏离睁开眼睛，说道："越专业的杀手越不会引人注意，一直在榜单上排首位的那位了不起的刺客，连名字都没有。"

陈长生觉得这句话听着有些怪异，那位杀手榜首位的刺客是什么人物，居然让苏离也会称赞一句了不起？要知道就算是天海圣后和教宗大人在苏离的言谈中也得不到太多尊敬。他想不明白，转而问道："您让我留下那句话的意思是？"

"薛河是薛醒川的弟弟，薛醒川是周通唯一的朋友，如果让周通知道刘青杀了薛河，刘青的下场一定很凄惨。"

"刘青也怕周通大人？"

"越是见不得光的人，越怕周通。"

"包括杀手榜首位那个了不起的刺客？"

"那位当然是特例。"

"可是前辈您先前说过，他杀死薛河之后，可以伪装成是我做的，既然是杀手榜第三的刺客，肯定有办法布置的没有任何疑点。"

"我知道他是刘青，那么只要我活着，周通就会知道。"

"周通大人会相信您的话？"

"不需要相信，只需要周通怀疑是刘青杀的就足够了。"

"可是……没有证据。"

"周通做事，什么时候需要证据？"

陈长生想着关于周通大人的那些恐怖传闻，心想确实如此。京都民众说周通之名可以止婴儿夜啼，现在看来，还能震慑住一名杀手榜第三的刺客。他说道："我还是不明白，那名刺客为什么要杀薛河。"

苏离看着他挑眉问道："我更不明白，你为什么不杀薛河。"

"薛河神将是来杀前辈的，又不是来杀我的。就像您说的那样，他知道我是谁后，明显对我没有任何杀意，既然如此，他已经没有办法再杀前辈您，我为什么一定要杀死他？前辈……您好像忘了，论起阵营，我与薛河神将怎么都应该比与您更亲近些。"陈长生说道，"相反，前辈既然想我杀死薛河，为何离开前要我留下那句话？"

苏离说道："既然你不肯杀人，当然就要让他活着，人情做足，免得吃亏。"

陈长生不知道该怎样接这句话，转而说道："那个刺客不知道什么时候会出手。"他望着晚霞里的湖面，很是担心。离山小师叔的威名自然只会比周通更强，但现在的苏离已经没有了那种威慑力，尤其是清晨时他替陈长生挡了薛

389

河的那一刀后。

"刺客是最要求成功率的职业,所以必须最保守。"苏离看着湖中的晚霞说道:"在没有完全确认我的伤势还有你的能力上限之前,他不会出现,更不会出手,只会像个弱智一样地等下去。"

109 · 天才的对话

天边的晚霞渐渐消失,湖中的晚霞同样如此,湖面吹来的风越来越冷,湖畔的火堆已经熄灭,只留下些余烬,没有什么温度,陈长生紧了紧衣衫,望着湖山很长时间没有说话,那个始终没有现身、不知何时便可能忽然出现的刺客,究竟在哪里?

苏离知道他此时的心情,说道:"我说过,他既然决定要等,便会一直等下去,像个弱智一样的等下去,直到把自己等进死地。"

这句话明显有所隐指。陈长生想着那名刺客如果等不下去了怎么办?他不认为自己在这样的强者面前能够有任何机会。

"前辈……还有一战之力?"从雪原南归,苏离连走路都做不到,今天清晨在最关键的时刻,却拿着黄纸伞挡住了薛河的最后一刀,这让陈长生不免生出了些希望。

苏离教训道:"我这些天好不容易积蓄下来的一点力气,早晨的时候全部都用来保你的小命了,这时候哪里还有力气,你以为我是那两头累不死的毛鹿?"那两只毛鹿在不远处的湖畔,屈着前蹄休息,模样很是温顺。"说起来,你最后重伤薛河的那一剑……很不错,居然能够在剑势已尽之时,陡然上挑,直接逆转战局,这是什么剑法,竟然如此帅气?"

陈长生听着苏离的问题,很是无语,心想您难道会看不出来那是什么剑法?但就像和苏离最经常做的那种对话一样,他知道自己必须回答。

"是……燎天剑。"说出这三个字的时候,他觉得很尴尬,脸上露出窘迫的神情。

但苏离的脸皮明显要比他厚很多,啧啧赞叹道:"能创出这记剑招的人,真的很了不起。"

陈长生再也无法继续下去了,抱着双膝,低着头,就当自己什么都没有听到。——燎天剑是离山剑宗的秘剑,和金乌剑一样……本来就是苏离自创的剑法。

他不肯再说话,苏离没办法继续吹嘘自己,沉默了片刻后,神情变得严肃起来,看着他面无表情问道:"你为什么会我的燎天剑。"

这,确实是一个问题。修行宗派向来讲究法门不外传,敢窥窃者必遭追杀至死,更何况燎天剑不是离山剑宗普通的剑法,是苏离独创的秘剑。

"燎天剑……被录在离山剑法总诀里。"陈长生看着苏离的神情,有些紧张地分辩道。

苏离想起数百年大战尚未结束,自己尚未出师,还是离山剑宗一个懵懂的小男孩,自创了这招决然猛烈的剑法,最终碍不过师长们的请求,抄录了一份……他看着陈长生面无表情说道:"原来我离山的剑法总诀在你手里。"

经历过青藤宴和大朝试的离山剑宗弟子,比如苟寒食和关飞白等人,早已确定了这个事实,但苏离云游四海,根本不会关心这些事,所以这才是第一次知道。他说离山剑法总诀这几个字的时候,盯着陈长生的眼睛,咬字格外清晰,有些沉重。

陈长生自幼在西宁镇旧庙读书,进入国教学院后也是孤身一人,没有师长亦没有同窗,根本没有什么宗派山门的概念,自然不知道那份离山剑法总诀对离山的意义,点头说道:"前辈的燎天剑,我就是在上面学会的。"

苏离双眉微挑,问道:"剑法总诀上只录着剑谱,有招式剑路,却没有剑元的运行法门,徒有其形无其神,你又是怎么学会的?"

陈长生诚实回答道:"我自己设计了两条真元运行路线,经过计算和推演还有两次出招,威力肯定不如前辈的燎天真剑强大,但还算能用。"

听着这句话,苏离沉默了很长时间。

陈长生问道:"前辈?"

苏离看着他说道:"难怪看着你出剑的时候,感觉有些怪……自己设计……什么时候设计剑路变成这么简单的事情了?难道你竟是个真正的剑道天才?"

陈长生不敢接受,说道:"那都是前辈的智慧,我只是做了些调整。"

"调整有时候比开创更难,我十四岁创燎天剑,你十五岁改燎天剑,我是绝世天才,你难道会是个蠢材?能够自行开创真元运行通道,你当然是个真正的天材,甚至是千年难得一遇的奇才,只不过京都里那些真正的蠢材,从来没有发现这个本应该最值得重视的事情,只怕就连苟寒食都错过了。"苏离看着他,满脸赞叹说道："只有经脉与人类不同、却心心念念想着要修行人类功法的妖族，大概才能明白你做出来的这些事情是多么的重要……难怪白帝夫妇会允许自己的宝贝女儿拜你为师，甚至把我离山的剑法总诀都给了你。"

陈长生从来没有觉得自己有什么了不起，除了通读道藏这件事情。——那还是因为世人都说苟寒食通读道藏很了不起，他才知道自己和余人师兄也很了不起。今天却有人说他在剑道和修行方面也很了不起，甚至是不世出的奇才，而且说出这句话的人，本身就是举世公认的奇才，这让他很吃惊，很高兴，又有些惘然。

然后他再次听到苏离提起离山剑法总诀，终于醒过神来，说道："前辈，离山剑法总诀是落落给我的，但不是我的，所以我没办法给你。"

苏离见他终于明白了自己的意思，正准备微微一笑，毫不在意地伸手接过他恭敬递还回来的离山剑法总诀，就此告慰师父的在天之灵，不料事情却没有这么发展……他很生气，心想我刚才对你那番表扬赞美难道都被猪听了去？

陈长生看他神色不善，想缓和一下气氛，笑着说道："前辈可不能抢晚辈的东西。"

他真的不擅长言辞，这个笑话不好笑。如果苏离这时候能动手，绝对会直接把离山剑法总诀从他的身上抢过来。所以场间的气氛没有得到任何好转，反而变得更加尴尬。

"我离山剑法总诀是白帝一族抢走的，我也只会从他们的手里夺回来。"苏离看着他说道。这句话他说的是豪气干云，云破月出。但他知道这只是个借口，或者说台阶。他这时候连陈长生都打不过，没法抢，那只能不抢，留待后时再说。

问题是陈长生不知道，他以为苏离真是这样想的，好奇问道："前辈这些年为什么没有去白帝城要回离山剑法总诀？"

在他看来，以苏离的剑道修为和性情，既然离山剑法总诀失落在白帝城里，他应该早就杀将过去追索，所以他问了出来，也就把苏离脚下的台阶抽走了。

苏离的脸色有些难看，心想刚才自己对这个小东西的表扬真是不如给猪听。

没有台阶，还是要下山，被一句话顶到墙上，还是得回答，苏离看着陈长生充满好奇心的眼睛，脸色难看说道："白帝城……我迟早会去。离山剑法怎么可能一直留在妖族？谁能想到，白行夜那个家伙太不要脸，居然娶了个老婆。"

陈长生心想要妻与不要脸有什么关系？然后才明白了苏离的意思。

苏离冷笑说道："我是不会怕白行夜的，说打也就打了，但问题是，他成亲之后，这要打便是二打一，不说别的，太不公平。"

陈长生心想要与两位圣人为敌，即便是前辈您，也觉得棘手难办啊。

苏离看了他一眼，开口反击道："那些剑是怎么回事？你有没有什么想说的？"

清晨的时候，陈长生用了山海剑等几把名剑，自然不可能瞒过苏离的眼睛。他沉默了会儿，把周园里的事情拣重要的说了说，只是有些细节没有提，比如那十座天书碑，金翅大鹏，还有……那位秀灵族的白衣少女。

"居然瞒着我这么多事。"苏离看着他沉声说道。

陈长生有些不好意思地笑了笑，说道："前辈，每个人总得有些自己的秘密。"

苏离嘲笑说道："能把秘密藏到咽气的时候才叫秘密，可你是个会撒谎的人吗？"

陈长生心想自己虽然不擅长撒谎，但还藏着很多秘密，没有任何人知道，前辈你也不知道，不知道为什么，竟生了些小得意。

苏离忽然毫无征兆地说道："今后途中就只能靠你这个小家伙，所以我改了主意，还是决定传你几招。你不要误会这是雪岭谈话的继续，我当然支持秋山，我只是替自己的安全着想。"

陈长生这才确认，清晨挡了薛河那一刀后，前辈真的没有再战之力，听着他话里的那些解释，没有觉得有趣，只是觉得心酸，又觉得肩头的压力重了很多——他不想看到气度潇洒、敢于呵天骂地的前辈变得如此谨慎小心，于是想让谈话变得更快活些。

"前辈愿意教我剑法，是因为惜才。"他看着苏离认真说道，"因为清晨那一战，我证明了自己有学剑的资格。"

苏离怔了怔，大笑说道："你这自恋的模样还真有我几分风采。"

陈长生心想，这都是被唐三十六影响的。一念及此，他再也无法压抑对京都和京都里那些人的思念。说来很奇妙，离开西宁镇后，他会挂念师父和余人师兄，却很少思念，然而现在离开京都不过月余，他对京都却思念极甚，每日不止一次。

国教学院里的大榕树，在树上与他并肩站着的落落，在树下对着湖中落日骂个不停的唐棠，在湖对面灶房里煮菜的轩辕破，远处门房里的金长史，总是睡不醒的梅主教，你们都还可好？还有那位姑娘……姑娘姑娘，初见姑娘，你可无恙？

陈长生归心似箭，心想自己一定要回去，活着回去，尽快回去……他站起身来，对苏离郑重行礼，诚恳说道："请前辈教我剑法。"

苏离看着他问道："你会什么剑法？"

陈长生站起身来，望向远方渐黑的湖山与初升的星辰，清了清嗓子，说道："我会的有，钟山风雨起苍黄、八百铁剑过大江、国教学院倒山棍、国教真剑亦无双、十三柳杨枝、雪山宗凝霜，我还会天道院的临光剑、宗祀所的正意剑、摘星学院的破军剑、汶水唐家的汶水三式外加唐家宗剑、离山剑宗的繁花似锦、山鬼分岩、法剑、迎宾剑、转山剑、燎天剑，南溪斋的梅花三弄、白鹤西来、墨书大挂……"

湖畔很是安静，只有少年清朗的声音不停响起，无数种剑法的名字随着夜风飘舞在水面上，不知何时才会停止。直到繁星挂满了夜穹，有人终于顶不住了。

"停！"苏离看着他说道："你这是在说贯口吗？"

陈长生一头雾水，问道："前辈，什么是贯口？"

"临安城里的说书艺人爱说相声，贯口是他们练的基本功，有一条便是这么说的，我做的菜有，烧鹿尾、烧熊掌……嚯，我和你说这干吗。"苏离有些无奈，摆手说道："总之，说到这里就成，够了。"

什么够了？他听够了，陈长生会的剑法也足够了。

陈长生很听话，没再继续往下说，只是有些意犹未尽的感觉。

"你小子……会的剑不少啊。"苏离看着他说道，脸上的神情却不止赞叹，很是复杂。

陈长生老实说道："都是死记硬背，没能融会贯通，不敢说真正掌握。"

"废话，想要掌握这么多剑法的真义，你得在出生之前六百年开始练起。"苏离看着他面无表情说道："而且也没有必要，只有那些蠢货才会试图学会这么多剑法。"

陈长生总觉得这句话是在骂自己。

苏离继续说道："不过这至少表明你在剑道上有足够广博的见识，那么我今天的话，你应该能听得明白，不会以为我是在骂你。"

陈长生觉得这句话还是在骂自己。

苏离没有任何停顿，也没有任何提示，便开始了教学："世间所有强者都知道薛河不如王破。今晨他问我，你也在旁听着我的回答。他用七把刀，那么就怎么都打不过王破的一把刀，这和贪多嚼不烂无关，和分心也无关，只与剑的本质有关。"

陈长生问道："剑的本质是什么？"

苏离从黄纸伞里抽出遮天剑，横搁在膝头，指着说道："这像个什么字？"

这是陈长生第一次近距离观察这把事实上跟了他很长时间的绝世名剑，正在仔细端详，听着问题，想也未想便说道："像个一字。"

苏离肃容说道："不错，剑道之魂，便在于一。"

陈长生沉默了会儿，说道："可是……前辈您那天不是说剑道之魂在于剑？"

苏离生气道："还能好好聊天不？"

111 · 慧剑（下）

陈长生本来还想说，剑道之魂在于什么和王破、薛河之间的刀法高下又有个什么枪的关系，但看着苏离生气的模样，哪里敢说出来，老实应道："能。"

"那就继续，剑道之魂，就在于一。"

这次在说到一字的时候，苏离加了重音，于是听着很像忆。

陈长生认真请教道："是说……剑道修行要一心一意的意思？"

苏离想了想，说道："是也不是。"

陈长生想了想，说道："那……到底是还不是？"

苏离盯着他的眼睛，说道："总之，一字记之曰一。"

陈长生再次低头，说道："是。"

"都说剑者乃凶器，非圣人不得用之，那么这其实也就说明，剑者亦是圣器。"苏离静静看着手中的遮天剑，右手握着剑柄，左手的中食二指并拢在剑身上缓缓滑过，说道："剑横着便是平原上的山脉，便是大江底的铁链，直着便是行于高空的羽箭，自天而落的雨点，向下便要开地见黄泉深渊，向上……便要燎天。"

"之所以如此，便在于其形，在于其意。剑的形是一，剑的意也必然是一。形意合一，其魂亦是一。你懂再多剑法，都不如把一套剑法练到极致。你就算有千万把剑，也要从中择一把自己的剑。"苏离看着陈长生说道，隐有深意。

陈长生若有所思，真有所思——苏离关于剑道的观点其实并不新鲜，道藏上有过很多相似的记述，只是并不符合他的想法。

苏离说道："当然，最开始的时候还是得多学点，见识广博，才能从中挑出最合适的，又不会挑花眼，像我十五岁的时候，会的剑法已经多到我都记不得名字，才会有后来的成就，总之，就是看山看水那些话，有些复杂，你尽量体会。"

陈长生不需要认真体会，便明白大概意思，只是这种教导层次有些太高，那是以后的事情，可现在怎么办，要知道那名刺客正隐藏在夜色里，南归的道路上不知道还会遇到多少强敌，甚至可能有无数人正在向他们赶来。

苏离看着他说道："说到具体的战斗，你的状态有些奇妙，明明体内的真元数量不少，但不知道为什么，战斗时的输出却很糟糕。"

听着这句话，陈长生佩服得五体投地。在京都和周园里，他被很多人用嘲笑或者怜悯的语气说过真元太过稀薄，只有苏离看出来他真正的问题所在。

这确实是很麻烦的问题，他想着落落、南客这些特殊的天赋血脉，在战斗中磅礴的真元数量挟带的声势，便很是羡慕，只是这个问题涉及他体内的经脉问题，没有办法说得太透，只好沉默等待着苏离接下来的话。

"聚星境最大的特点，就是星域的存在，想要破防，或者以更高的境界直接镇压，或者用剑势碾压，或者通过足够数量的真元强攻其一点，你的境界不够，通过剑招输出的真元数量不够，即便你的剑足够锋利，也进入不了他人的世界。"

苏离看了一眼陈长生的短剑，接着说道："好在现在大陆上的聚星境大都只是徒有其名，星域距离完美还有很远的距离，都会有薄弱处，都有破绽。如果对手不动，或者可以凭境界和气势掩盖那些薄弱处或者破绽，但只要他动起来，便一定能够被看破，所以你现在最需要学的，就是如何看破一个聚星境对手的薄弱处。"

陈长生想着清晨那场战斗，说道："就像您看穿薛河的破绽一样？"

"不错，但是如果真要等到对方动了，你再看出来，有时候往往也会来不及，所以按照你现在的境界，最好的方法是提前计算，哪怕是猜也要猜几个位置作为备选。"

"怎么计算？"

"年龄、境界、体力、身体状态、最可能出的招式、星域特点、真元多少、宗门背景、文化沿袭、地域特点、饮食习惯、可曾婚配、儿女数量……"

"前辈……可曾婚配和儿女数量有什么关系？"

"结了婚的人，理所当然的胆气要弱些，体力也要弱些。"

"那儿女数量？"

"如果刚生孩子，那人必然壮勇难敌，因为他对这世间有太多爱恋不舍。"

"如果已经生了七个孩子？"

"那人也很可怕，因为他极有可能不怕死。"

"……如此说来，结婚时间太久，也极可怕。"

"你这是典型的夏虫语冰，那种对手有啥可怕？只怕天天都想着自杀。"

"……前辈，我们能说些正经事，不要再无理取闹了。"

"谁无理取闹了？"

"……"

苏离确实不是在无理取闹，他给陈长生列出来了六十七个具体事项，无论是年龄、境界、体力、身体状态、宗门背景、皮肤颜色对战斗都是有意义的，按照他的说法，如果陈长生能够真的能够学会这种剑法，便可以很轻易地看穿一名聚星境对手的破绽。

这种剑法没有招式，不需要多强的真元与境界，只需要智慧与强大的计算能力，能够给执剑者一双看破世界的慧眼，所以叫做：慧剑。

夜色漫漫，星辰在天，苏离以剑为笔，在湖畔的地面上写写画画，为陈长生讲述着这些看似全无关联的事情之间的关系与变化，陈长生渐渐接受了关于慧剑的说法，听的非常认真专注，思维不停快速地运转，不肯错过哪怕一句话一个字。

结束完慧剑的讲解，苏离躺到两只毛鹿的中间，开始睡觉。陈长生坐在湖畔，没有去睡觉，因为睡不着。他的眼前是一片密密麻麻的文字和那些复杂到了极点的推算过程。他擅长死记硬背，这方面的能力真的很普通。没有足够的智慧，怎么可能学会慧剑？他根本没有办法掌握这种看似简单、实际上繁复到了极点的剑法。

便在这时，他忽然想起那位初见姑娘，眼前的湖面上仿佛有白衣飘飘。如果是在计算推演方面天赋过人的她来学这套剑法，应该很快就会学会吧。

112·临阵磨剑（上）

如果把慧剑看作一道题目，这道题目的初始条件太多，参数太多，信息量太大，想要确认都非常困难，更不要说还要计算出最终的结果。

陈长生确认自己无法完成这种推算，至少无法在激烈的战斗中完成一次推算，甚至开始怀疑有没有人能够完成这种计算，只是苏离在清晨那场战斗里已经证明了至少他可以做到——苏离当然不是普通人，但他能够做到，就说明这件事情可以做到。

夜湖与远山就在眼前，他很快便从气馁畏难的情绪中摆脱出来，想着耶识步的方位那么多，自己都能倒背如流，并且能够使用，就算自己没有计算以及看透人心的天赋，但说不定也能用这种笨方法达到目的，在战斗的时候来不及做演算，那就事先做无数道试题，直至把这种演算变成本能，或者真的可以节约一些时间。只是怎样才能提前做无数套试题？如果回到京都或者还有可能，现在他到哪里去找那么多聚星境的高手来战，而且即便做不出来那套题，还不会被对手杀死？

他注意到眼前的夜湖里有无数光点，那是星辰的倒影。他抬起头来，望向夜穹，只见漆黑的幕布上繁星无数，就在那里静静地看着自己。

人类是世间最复杂的研究对象，因为他们有不同的智力水平，有不同的生活经历，情绪变化与心理活动更多处于一种随机的状态里，所以最终呈现出来的客观容貌各不相同，无比复杂，只有我们浩瀚的星空才能比拟。

这是很多年前，那位学识最渊博、对人类智识贡献最大的教宗大人面对星空发出的感慨，被记录在国教典籍里。在那个年代里还有一位魔族大学者通古斯，在南游拥雪关，看到满天繁星时，也震撼说出过相似的话语。

看着星空，陈长生想起了这句话，感知着那颗遥远的、肉眼都看不见的、属于自己的红色星辰，然后举起右手指着夜空里的某片星域，从那处摘下一片星图，放到自己的眼前——当然，这是一种形象的说法，并不是真实发生的事情。

在天书陵观碑最后那夜，他把十七座前陵碑上的线条组合在一起，构成了一张星图，就是此时他眼前的这张。这张星图对于整个星空来说只是极小的一片，但上面有着亿万颗星辰，在他的眼前散发着或明或暗的光线，看似肃穆永恒、静止不动。

但他知道，这些星辰每时每刻都在移动。每颗星辰，便是一个条件，移动的星辰，代表着星辰在变化。比如年龄的增长，比如体力的衰竭，比如勇气减退，比如死志渐生。如果星空里的痕迹代表着命运，那么这些星辰的变化便代表着决定命运的诸多因素的变化？

星辰轨迹的组合便是命运，一切皆在其间。聚星境强者的星域，也无法超过这个范围，繁星流动，就像气息流动，星辰的明暗，就像气息的强弱，任何条件，任何信息，都可以以星辰的轨迹相拟，只不过那些条件更加真实，不再那般玄妙，或者简单地说，那些条件是可以被计算的，被观察的。

如果能把浩瀚的星空看至简明，如果能从满天星辰里找到出路，那么自然能够找到一名修行者星域的薄弱处，只是……星辰在移动，构成一名修行者整体的诸多因素也在不变停化，那么如何才能得出最终的那个明确的结果？

没有用多长时间，陈长生便明白了，就像这张星图一样，星辰的位置并不代表那颗星辰永远就在那里，而是亿万年里，它最经常出现在那里。这是一个概率问题，一颗星辰最有可能出现在某处，它就在某处，一道剑最有可能刺向何处，便会刺向某处，一道星域最有可能怎样变化，便会怎样变化。这很难用言语来描述清楚，但他懂了，然后他开始做第一次解题。

他第一次修行慧剑，斩的不是聚星境的对手，而是整片星空。他静静看着星空，明亮清澈的眼睛里有无数道流光划过，每一道流光便是一个条件或者说参数，他认真地记录着眼前的所有，然后计算，直至入神。

清晨五时，陈长生睁开了眼睛。整整一夜时间他都没有睡，无数星辰的方位渐渐被他烙印在识海里，那些复杂至极的计算更是让他耗费了无数神识与精力。然而不知道为何，他并未觉得疲惫，晨风拂面甚至觉得有些神清气爽。

他已经触到了慧剑的真义。当然，他很清楚距离自己真正掌握慧剑，至少还差着很多个夜晚。苏离斜靠在毛鹿温暖的身体上，看着他有些意外，然后笑了起来。

此后数夜，陈长生继续观星空而洗磨自己那把连雏形都没有生出的慧剑，苏离没有再对他做任何指导，每夜睡得很是香甜，但却刻意把南归的速度降了下来。苏离很清楚，陈长生现在处于很关键的时刻，如果他真的能够掌握慧剑，那么此后在面对聚星境对手的时候，说不定真的可以出其不意获得胜利，所以他宁肯牺牲一些速度。

是的，无论是传剑的苏离，还是学剑的陈长生，自始至终都把南归途中可能遇到的对手限定在聚星境内，因为聚星境以下的修行者基本上都打不过陈长生，而万一来的真是聚星境以上的、那些从圣的老怪物，临阵磨剑又有什么意义？

如果事情就这样发展下去，或者再过个数十夜，陈长生还真有可能借满天星光把自己的慧剑洗磨成形，遗憾的是，这个世界不可能给重伤的苏离留这么长时间，更遗憾的是，陈长生的对手终于出现了，战斗在前，磨剑这种细致活路怎么看都已经来不及。

在距离陈长生洗磨出慧剑还有数十个夜晚或者数千个夜晚的寻常无奇的深春某日里，在距离天凉郡两百里外的一座荒山里，出现了一个妖魅至极的男人。那个男人涂着口红、穿着舞裙，看上去就像一个舞伎。总之，就像前些天遇到的薛河一样，怎么看都不像一个刺客。

陈长生不解问道：“为什么他们登场的时候都不像个刺客？还是说，要成为一名优秀的刺客，就要看着不像刺客？这就是刺客的信条？”

"刺客的信条？扯什么蛋呢？"苏离嘲弄说道，"以这副鬼模样登场，你以为他们乐意？只不过来的太急，哪有时间给他们换衣服。"

113·临阵磨剑（下）

除了心存死志的复仇者，没有人敢来杀苏离，因为世间所有人都知道打不过他，自然更杀不死他，想来杀他除了自取其辱、自取死路没有任何别的结局。但现在的情况发生了变化，他被魔族围杀数日夜，侥幸逃脱亦身受重伤，对那些想杀他的人来说，这毫无疑问是最好的机会，而且是必须抓住的机会。

薛河知道苏离重伤的时候，正在下城的军寨里巡视，盔甲未除便被几名老下级拱着喝了好些酒，脸红耳热之际，忽然收到这个消息，他想也未想，反手掷了夜光杯，泼了葡萄酒，一巴掌抽昏两个还要劝酒的军官，骑着火云麟便冲进了雪原，一心只想着尽快找到苏离然后杀死苏离，哪里还顾得上别的事情。

现在，这名出现在荒山里的男子同样如此。四天前，他正在浔阳城府里唱戏自娱，请的是兰陵城最好的戏班子，只有数位最亲近、也是最有权势的客人，唱的是那出著名的春夜曲，演的是那个娇媚可人的新娘子。正唱得兴起，眉飞眼柔之际，忽瞧着坐在下方的主教大人朝自己使了个眼色，紧接着便听到了一道传音。

苏离身受重伤，可能就在天凉郡北?! 他倒吸一口冷气，斜眼望天，说不出的轻蔑与悲怆，静了数刻，台上只闻板响，他纵身跳下戏台，踢掉云靴，扔了头巾，夺了浔阳城守的闪电马，便出了州城，直奔郡北而去!

陈长生说他们不像刺客，那是因为他们本来就不是刺客，而且正如苏离所言，他们来得及急，他们很怕来不及——苏离重伤这种事情，等一辈子也不见得能出现一次，哪里来得及换衣裳? 于是薛河盔甲明亮，男子舞衣翩翩，犹带残妆，穿得就是平时的衣服，当然没有刺客模样。

薛河明亮的盔甲上满是尘埃，这名男子的舞衣上也带着泥土，他的神情有些疲惫憔悴，带着没有被风完全拂去的红妆，别有一种妖异魅丽的感觉。他看着苏离，眼睛越来越亮，眉眼间的笑越来越浓，提袖掩唇，妩媚至极，得意至极，却又有一抹仿佛来自灵魂最深处的痛意。

"如此辛苦，终于找着你了，真不容易，不过想着马上你就会死在我的手下，再多辛苦都算不得什么，三千里北原，居然能够相遇，我必须说我的运气很不错。"

听着这话，苏离也有些感慨，对陈长生说道："你的运气真好，刚好需要来一个比你强，但不至于强太多的对手，这就出现了一个。"以他的眼光，很轻易地看出来，这名男子正是聚星初境。

那名男子细眉微挑，有些意外说道："你们不知道我是谁?"

陈长生很老实地点了点头。

那名男子轻提水袖，轻声细语自我介绍道："我是梁红妆。"

梁红妆是个名人，在天凉郡甚至整个北方大陆，他都很出名，因为他的家世，因为他那位兄长，因为很多人都知道他喜欢唱戏，喜欢跳舞，因为他很强。

陈长生和苏离对视一眼，依然不知道对方是谁。对道藏典籍，陈长生能够倒背如流，但对真实的修行世界，他真的很孤陋寡闻，至于苏离……这片大陆上需要他记住名字的人很少，梁红妆很明显没有达到那个层次。

这毫无疑问是极大的羞辱，梁红妆蹙眉，却没有动怒，叹道："有些伤自尊，但如果能把苏先生杀了，或者会有更多人知道我的名字吧。"

陈长生说道："难道……你来杀人就是想出名？"

梁红妆没有回答，只是笑了笑。

苏离忽然问道："梁王孙的梁？"

梁红妆神情微肃，说道："梁红妆的梁。"

苏离听到此处，明白了这个疯疯癫癫的家伙为什么披着件红嫁衣便要来杀自己，转身望向陈长生说道："他真的要杀我，所以你得杀了他。"

陈长生听到了这几句简短的对话，没有完全听懂，但大概猜到了些什么——这个穿着红色舞衣的刺客，想必与梁王孙有什么关系。看着越来越近的梁红妆，看着风中轻摆的舞衣绸带，他的大脑快速地运转着，不停地观察分析计算，试图找到那件舞衣里的破绽。

要战胜你的对手，首先你要了解对手，无论是慧剑还是最普通的战斗，都会提出这样的要求，他不知道这个叫梁红妆的舞者是谁，但他知道梁王孙。梁王孙，是逍遥榜上排名极前的强者，是真正的名人。什么样的名人才能被称为真正的名人？连陈长生这样孤陋寡闻的家伙都听说过，那就是真正的名人。

陈长生对修行世界里的宗派山门不是很了解，但对梁氏一脉很了解，因为梁氏是前皇族，他们的修行与生活以及血脉传承，都记载在国教的典籍里。

梁王孙的华丽奢阔做派，梁王孙的功法，梁王孙的剑法风格，梁王孙对王破和肖张二人的态度，梁王孙的年龄，梁王孙的三名妻子……无数信息碎片，在极短的时间里从他的识海底浮了起来，然后快速地他的眼前闪过。就像那片星域里的万千星辰般，从夜穹里来到他的眼前，开始闪烁。他要在这些星辰里找到最关键的那处空白，那个通道。

"能行吗？"苏离问道。

陈长生摇了摇头，他现在的慧剑还没有磨洗至锋利，不，应该说连剑坯都还没有成形，根本无法看穿一名聚星境修行者的破绽，哪里能够用来对敌。

"看不出来你也得猜一个。"

"前辈，既然你可以，为什么不能像上次那样指导我？"

"我说过，为了挡薛河那一刀，我把攒的全部力气都消耗掉了。"

"想要看破星域，需要力气吗？"

"不然咧？"

"总觉得没道理。"

"等你有机会累到眼睛都睁不开的时候,才有资格懂这个道理。"

"好吧,那接下来怎么办。"

"我说了,那就猜好了。"

"猜?"

"也就是蒙。"

说话间,梁红妆已经来到二人身前。陈长生再也顾不得那么多,短剑闪电般出鞘,向着飘舞的衣带那头刺了过去。

远处的山坡上,两只毛鹿正在低头吃草,看都没有看这边一眼。

114 · 剑入舞衣,耳垂坠血珠

对毛鹿来说,陈长生和梁红妆的这场战斗远没有青草吸引。如果有别的旁观者,大概也会这样认为,因为战斗的双方强弱悬殊,因为苏离最后的力量已经用来挡薛河的那记刀。但不知道为什么,场间唯一的观众苏离却看得全神贯注,眼睛眨都不眨。

梁红妆一身红色舞衣,绸带飘舞于身周,聚星境强者的气息,随之而舞,周游各处,无所不在。这是一个完整甚至完美的领域,根本看不出来哪里有漏洞。

陈长生看不出来,但正如苏离最后对他说的那句话一样,即便是猜,即便是蒙,也要做,也要赌一把。当然,既然是猜,既然是蒙,怎么看都没有什么赌赢的希望。唯一对他有利的是,他不像别的通幽境修行者,对聚星境没有任何了解。

当初在国教学院里,他以为自己洗髓不成的时候,其实就已经洗髓成功,他以为自己不敢坐照的时候,其实就已经在引星光通幽。在前陵观碑的时候,将天书碑里的线条叠成星图,这种手段,本来就是在聚星。他是修行界的一个异类,永远在以超越现有境界的手段修行,换句话说,在修行路上,他走的不比别人更快,但看得更远——他知道聚星是怎么回事。

修行者引星光洗髓,坐照观化星辉为真元,再借星光之力推开幽府之门,接下来要做的事情是继续引星光入体,于灵台山里点星,将那些星辰与自身的窍穴相对应,激发真元,画出自己的星图,重筑自己的体内小世界,形之于外,那便是星域。

星域,就是聚星境修行者的世界,就是星空在修行者身体与识海里的投影。真实的星空宁静而永恒,肃穆而庄严,在普通的修行常识里,聚星境修行者的星域,也应该是完美的、没有任何缺陷的,即便更高境界的修行者所看破的虚无处,也并不是真正的虚无,而是修行者境界有限,未能完美地控制自己的神识与真元。

陈长生不这样认为,他认为根本就没有完美的星域,因为……真实的星空并不是静止肃穆、永恒不变的存在,而是始终处在一种动态的平衡里,既然是动态的平衡,那么一旦引入外力,这种平衡的态势总会在某个特定的时刻被打破——这听上去便是苏离指导他破薛河刀域的道理,事实上,他的这种认知甚至已经超过了苏离的慧剑的概念。只不过现在,无论苏离还是他自己都不清楚他究竟明白了些什么,发现了些什么,自然也想不到,这种认知会对他日后的修行与战斗以至整个修行界的历史会带来怎样的改变。

看着舞衣飘动的梁红妆,陈长生的识海里无数信息片段高速掠过,不停计算着,感知着那些绸带上附着的气息,还有荒山里异常鲜明的真元波动,仿佛看到了无数颗星辰出现在眼前,没有人能够在这么短的时间里,看清楚这些星辰之间的相对位置,更没有人能够在这么短的时间里,通过这些星辰的明暗程度与相对位置,推算出这片星域的运行规律,从而找到这片星域里最薄弱的地方,人类的计算能力有上限,在这种时候必须让位给没有上限的那些能力。比如说直觉,当然,依然可说成是猜测。

数百颗星辰或明或暗,在他的识海里变幻着颜色,明明没有动,他却仿佛看到了那些星辰在动。人是所有关系的组合,命运是人与人的运动轨迹的总论,星空是描述及解释这一切的画布,梁红妆的人在不停发生着变化,以每过一年增长一岁的速度老去,以每多喝一罐烈酒便慢一分的速度迟钝,以每过一刻便恨多一分的速度痛苦,那么他的星域自然也在不停地运动。

星辰移,明暗变,自有新画生。隐隐约约间,他在那片星域里的繁星密布处,忽然看到一片黑暗。四周的星辰仿佛要变成甬道,那片黑暗便是甬道的尽头,不知通向何处,可能是虚无。陈长生不知道那是什么,不能确定自己看到的是否真实,因为在这片星域里,还有很多类似的地方。但此时此刻,他只能相信自己,哪怕是猜测,也要信以为真——他向着那个位置,一剑刺了过去!

嗤的一声轻响。荒山间微寒的空气被刺穿。红色的舞带飘舞不停。陈长生的剑明明眼看着要刺到舞带上，却神奇的消失，然后从别的地方出现。苏离神情微凛，剑眉微挑。好快的一剑，居然能够破了梁红妆的星域。好快的一剑，梁红妆竟然没有任何反应。一声清啸，起于山野，梁红妆急掠掠而退，直至十余丈外，才停下脚步。红色的绸带缓缓飘落，落在他的脚下。他的左耳上镶着一颗明珠，此时那颗明珠已然不见，只剩下了一滴殷红的血珠。陈长生的这一剑，刺的就是他的左耳，刺的就是那颗明珠。

梁红妆抬起手，摸了摸自己的左耳，触手微湿，蹙眉望着陈长生，震惊之余，很是不解。居然能够破了自己的星域？这少年究竟是谁？

越境战不是不可思议的事情，但大多数都发生在一个大境界之间，比如通幽下境可以尝试挑战通幽上境。但坐照挑战通幽，通幽挑战聚星，这种跨越整个大境界的挑战则非常罕见，即便数万年的历史记载里，都没有太多成功的案例。

当然，肯定会有例外，比如那些天赋血脉非凡的天才们。当初的秋山君还在通幽境时，哪个聚星初境的修行者就敢说一定能胜过他？再比如陈长生离开京都的时候，落落尚未通幽，但哪个通幽境，包括他在内敢说她不如自己？

可是陈长生很明显没有任何特殊的天赋血脉，他的真元很一般，气势也很寻常……梁红妆忽然想到一种可能，问道："难道你就是……"

陈长生揖剑为礼，说道："国教学院，陈长生。"

115 · 简单少年

梁红妆神情微凛，被勾画的极细的眉梢向上挑起——最年轻的国教学院院长，国教重点培养的对象，教宗大人和梅里砂主教最偏爱的晚辈，原来就是这个少年——他知道陈长生，不然也不可能猜到，只是他有些想不明白一些事情，比如：陈长生以十六稚龄通幽上境，他那位极不亲近的远房堂兄都觉得不可思议，他也很是佩服，但他想不明白陈长生先前那一剑。

世人皆知，陈长生的天赋在于修行，在于通读道藏这四个字里隐藏的毅力、勤奋以及悟性，但他的血脉天赋很普通，根本无法与秋山君、徐有容、落落殿下相提并论，那么他的这一剑怎么可能超越通幽境与聚星境间的分际，直接破了他的星域？

难道他在出剑之前就已经看破了自己的舞衣？梁红妆望向苏离——聚星境的星域看似完美，终究不是真正的完美，但也只有苏离这种层级的大强者才能够看破，可先前苏离一直没有出声，甚至目光都一直落在陈长生的剑上，没有落在自己的身上。

"你用的……到底是什么剑？"

梁红妆看着陈长生手里的短剑，细眉挑得更高，越发妖魅难言。陈长生不知道该怎样回答这个问题，苏离教剑的时候，说得很清楚，这记剑法应该算在慧剑的范畴里，但他总觉得其间隐隐有某种差别。

苏离这时候也提出了一个问题。他看着陈长生，带着不解和疑惑的神情问道："你真是猜的？"

陈长生点头，诚实说道："就是蒙的。"

苏离的眼睛微亮，似是第一次看见这个少年，继续问道："概率？"

陈长生在心里估算了一番，有些不确定说道："七？"

苏离的声音陡然变高："七成？"

即便剑道天赋傲然当世的他，也觉得这个答案太过惊世骇俗，无论是数百年前他在离山学剑，还是秋山君当初跟着他初学慧剑的时候，都没可能做到这一点。这是不可能的事情。

是的，所以不可能发生。

陈长生有些不好意思，低声说道："我是说百分之七。"

苏离心想这还差不多。饶是如此，陈长生的表现也已经超出了他的推算，感慨说道："够了，至少已经脱离了蒙的范畴，来到了猜。"

陈长生有些蒙，问道："蒙和猜有什么不同？"

苏离说道："猜需要依凭，蒙是瞎混，当然不同。"

陈长生想着先前出剑之前那瞬间的感觉，忽然有些分不清楚，自己到底是猜还是蒙。他这一剑更多靠的并不是计算，而是直觉。直觉，很多时候就是大量计算及练习后产生的类似本能的反应。他隐约觉得自己那一剑、对梁红妆的舞衣的破解，与苏离教他的慧剑有些极细微的差别，却不知道这种差别到底是什么。

梁红妆站在十余丈外，看着二人对话，忽然笑了起来，带着残妆的秀美脸庞上满是嘲讽的意味："这就聊起来了？"

苏离看着他说道："你想聊？那一起啊。"

梁红妆怔住，没有想到会听到这样的回答，略一沉默后，竟真的加入了这场聊天。因为他有些话想要说，要对陈长生说，至于苏离，他没有什么好说的。他看着陈长生说道："你为什么会出现在天凉郡北？为什么会和这个魔头一路？为什么要帮他？"

陈长生在京都听到的以及印象中的苏离大多数时候就是离山小师叔这样一个世外高人形象，这一次万里同行，他发现这种印象并不准确，或者说不足以形容，苏离自己也承认杀过很多人，但这还是他第一次听到有人如此直接地指责苏离为魔头。

"他杀过多少人你知道吗？他的剑被血洗过多少次，才会如此锋利，你知道吗？"梁红妆看着陈长生微讽说道，"他杀过那么多人，早就应该死了，结果却一直没死，天道循环，报应却爽了期，到了如今，他终于迎来了死期，你却要回护于他？"

陈长生没有说话，因为不知道该说些什么。

梁红妆伸手整理了一下舞衣，再次走了过来，说道："他是南人，你是周人，他杀过那么多周人，你有什么道理帮他？"

这看似不是问题，实际上仔细来想，确实是个问题。

在雪原上，陈长生背着苏离逃亡，可以说是报他的救命之恩，而且也只有苏离才能帮他回去，但现在，横跨万里雪原之后，再多的救命之恩也已经报了。现在已经回到了大周境内，他完全可以安全地离开——离山因苏离而强，国教中人则是因国教而强，现在苏离如重伤落难的雄狮，而只要国教还没有覆灭，以陈长生国教学院院长的身份，以传闻中教宗大人和梅里砂主教对他的赏识，谁敢对他如何？只要他愿意离开，无论薛河、梁红妆还是随后陆续会到来的那些强者，都会在第一时间里礼送他归京。

无论从哪个角度看，他都没有道理继续站在苏离的身边。

陈长生看了苏离一眼。苏离神情淡然，没有说话，因为这也是他一直想弄明白的问题，只不过他没有问，陈长生自然也没有回答。现在梁红妆问了出来，他想听听陈长生的答案究竟是什么。

陈长生沉默了会儿，说道："我是从周园里莫名其妙到了雪老城前。"

梁红妆微微挑眉，没有想到竟是如此。

"在周园里的时候,我以为自己死定了,当我离开周园,看到那座雪老城的时候,也以为自己死定了,然后……苏离前辈救了我,而且我想前辈被魔族设局围杀,或者与我在周园里遇到的那件阴谋也有关系,好吧……其实没有这么复杂……道理其实很简单,前辈救了我,我自然不能眼看着他去死。"陈长生看着梁红妆认真解释道。

苏离说道:"万里雪原和薛河的刀,你的命早就已经还清了。"

"前辈,账不能这么算,准确来说,性命这种事情是没有办法算账的。"陈长生明确了自己的心意,语句也变得流畅起来,"对于您来说,只是救了我一命,对我来说,这一条命就是我的所有。"

苏离和梁红妆听明白了这句话的意思,只是作为在修行世界里生活很多年、身心皆尘的人,很难接受这种道理。

苏离摇头说道:"我认为你已经不再欠我什么。"

陈长生说道:"我不这样认为。"

苏离微怔。他很清楚,陈长生不是自己的崇拜者,也没有什么意趣相投,更谈不上什么忘年交,所以才会好奇陈长生为什么一直没有离开。直到此时此刻,才知道,原来就是因为这么简单的一个道理,当然,能够坚持这种道理的人,真的很不简单。

"旁人眼中的一条命,实际上是你的所有……那你准备怎么还我?难道你准备这辈子就守在我的身边,给我做牛做马?"苏离看着他微嘲说道,眼神却有些温和。

陈长生微窘说道:"也不必如此吧?"

苏离笑了起来,梁红妆也笑了起来,一者欣慰,一者嘲笑,意思各自不同。

"就算真的算账,互相救一次便能抵销,我也不认为已经还清。"陈长生望向梁红妆说道,"我要还救命之恩,所以我要确认前辈真的安全、性命无虞,才能离开,就像一个在水里奄奄一息的病人,你把他从河里救起,却不理会他病重将死,就这样离开,那怎么能算是你救了他呢?"

梁红妆想了想,说道:"有道理。"

陈长生说道:"多谢……阁下理解。"看着梁红妆媚若女子的容颜,红色的舞衣,他真的不知道该怎么称呼对方。

梁红妆看着他平静说道:"我要报杀父之仇,是不是也很有道理?"

陈长生沉默了会儿，点了点头。杀父之仇这四个字，是谁都无法辩驳的道理，是最高的道理。

"既然你坚持要救他，那我只能杀了你。"梁红妆说道，"事后若教宗大人降罪，也不过一死了之，你知道我是不会怕的。"

陈长生知道对这样的复仇者而言，一旦下定决心，国教的威严并不能改变他们的心意，说道："明白。"

梁红妆的气息越来越凌厉，没了绸带的舞衣在山风里轻轻飘舞，星域较诸先前更加稳定强大。他看着陈长生面无表情说道："你最后还有什么话说？"

陈长生诚恳说道："还请阁下手下留情。"

116 · 七道剑，敲伞六记

梁红妆千里奔波来此，为的是找苏离复仇，他说得很清楚，那是杀父之仇，既然如此，这场战斗分的便不是胜负，而必然是生死。

在一场生死之战开始前，请对方手下留情，而且诚恳真挚得完全不是套话，是发自内心的请求，陈长生的这句话真的很令人意外，梁红妆完全不知该如何作答，摇了摇头，但接下来发生的事情，没有任何意外，因为不可能有手下留情这种事情。

红色的舞衣在青色的荒山里飘舞起来，数百里的尘与土尽数被震到天空里，梁红妆飘然而至，仿佛一团真正的火焰，即将燎原。侵掠如火，世间很难找到比火势蔓延更快、更暴烈的物事，这个少年能看破自己的领域？那我快到看都无法看清楚，你又如何看破？

按道理来说，以梁红妆的境界以及在北地的盛名，断不至于面对一个通幽境修行者还要用上这种手段，但陈长生不是普通的通幽境修行者，而为了杀死苏离，梁红妆便是连羞辱都愿意承受，当然不会在意更谨慎一些，哪怕是完全不需要的谨慎。

一个聚星境强者面对明显弱于自己的对手，竟然如此谨慎，这是很可怕的一件事情。看着如火焰一般燃烧荒山的红色舞衣，苏离的剑眉再挑，神情却变得淡了些，这里的淡是淡漠，也是淡然，对生命的淡漠，对结局的淡然——他已经看到了这场战斗的结局，陈长生先前一剑伤了梁红妆的耳垂，但没有办法

409

应对现在的局面。数百年前，他最后一次离开周园时，已经是通幽境巅峰，即便是那时候的他，面对此时的梁红妆，除了以杀换杀，也想不到更好的方法应对，陈长生又能怎么办？

陈长生不知道该怎么办，他的悟性再高，修行再勤勉，境界的差距终究存在，更何况在战斗方面，梁红妆的经验要比他强大太多，而且……来得太快。

很难有什么事物比侵掠的火势更暴烈更快，通幽境的他根本没有办法跟上梁红妆的速度，但他有两件事情比梁红妆更快——耶识步以及思考的速度。——神识一动，能越千山万水。他看着漫山遍野而至的如火般的舞衣，拼命地思考着。

道藏里记载过的前皇朝旧事，梁王孙横行北地的功法特点，梁红妆冷酷的眼神、恐怖的红袖、暴涨的气息、磅礴的真元、一株青草被踩过后躬身的角度，无数的数据或者说描述，在他的识海里出现，然后不停地互相组合、搭配，变成一张复杂至极的星图。

他慧剑未成，就算再给三天三夜时间，都无法通过这些算出梁红妆星域的薄弱处，也无法看清这片星图里的联系，而片刻后，梁红妆的舞衣便将把他燃烧成灰烬。

他还是只能蒙，不，是猜。苏离说过，猜和蒙是不一样的。蒙是瞎猜，猜的时候却是睁着眼睛，看着世界，看着星空，有所依据，然后听从直觉，或者说内心的感觉。他做出了自己的猜测，然后抢先动了。

荒山里有风，都来自梁红妆的舞衣，陈长生的身周却很静寂，诡异而可怕，忽然间，他在原地消失不见，下一刻，便来到了梁红妆的身前。他动的是简化版的耶识步。一道明丽至极的剑光，在荒山间亮起，伴着一声低沉的吟唱，带着一道仿佛来自远古的肃穆恐怖威压，刺向满山遍野的火焰之中。他动的是新一代的龙吟剑。与梁红妆飘舞衣裳间的强大领域相比，他的这道剑意并不强大，但格外森然。剑光骤然照亮山野，仿佛一道闪电。短剑以难以想象的角度，直入骤折，绕过漫天大火，来到梁红妆的身前。

山野间响起一声饱含愤怒与震惊意味的清啸。梁红妆急掠而退，纵在半空中，都能看清他的左肩上出现了一道清晰的剑痕，鲜血从那道剑痕里溢出，陈长生的剑竟是再次刺中了他！火势未有减弱，反而暴涨，梁红妆暴怒至极，红色的舞衣自天而降，把陈长生笼罩在其中，便在这时，又有一道明丽至极的剑光亮起!

山野间剑鸣不断,但并不急促,一道一道,甚至有些缓慢,而且剑意也并不如何强大,然而那片如火的舞衣,却始终无法落下,无法把陈长生罩进去。

时间,就在剑光与火舞之间前行。不知道过了多久,荒山间忽然响起一道恐怖的撕裂声。满山遍野的大火骤然消失无踪,那道剑光也不再继续亮起。两道身影分开,在山野间隔着数十丈相对,之间有山风轻拂。陈长生的脸色很苍白,握着剑的手不停颤抖。梁红妆的脸色更苍白,浑身是血,舞衣已然尽数碎裂。陈长生出了七剑,竟是一剑都没有落空。战斗至此,胜负已负。

残妆与血滴,在梁红妆苍白的脸上格外清楚,鲜血从破烂的舞衣上不停滴落,他看着陈长生,瞪着眼睛,似乎怎么也想不明白,这一切是怎么回事。陈长生有些茫然,哪怕到了这一刻,他也不是很明白究竟发生了些什么。

苏离看着陈长生,情绪有些复杂,通幽境的少年对聚星境的名人,以前者胜结束——修行界历史上很少见的越境杀,就这样在他眼前发生了。他当年曾经完成过数次越境杀,他相信跟自己学了一个月剑的秋山在通幽上境的时候也能做到,但陈长生能够完成这样的事情以及他用的方式,依然让他很受震动。

这场战斗是如此的平淡无奇。苏离清楚,唯因其平淡无奇,所以更惊心动魄。陈长生完成这次越境杀,靠的不是天赋血脉,不是天成剑道,不是天地与星空的馈赠,而是完全靠自己的努力与领悟,这不是天才,却远比天才更强大。在时间的长河里,在广阔的大陆上,曾经出现过这样的人吗?苏离看着陈长生,默默想着这个问题,手指轻轻敲打着黄纸伞。直到最后,他也只敲了六下。

117 · 酒后吐真言

梁红妆望向苏离,面无表情,仿佛死人般问道:"为什么?"

一片安静,没有人能回答这个问题。

他惨笑说道:"我以为天理终究循环,不是不报只是时候未到,只是迟了些,但终究会有一个结果,哪里想得到,根本就没有什么天道,为什么像你这样的人可以一直活得好好的,如今眼看着就要死了,又冒出来了一个他。"

陈长生低着头,没有看他,握着短剑的手微微颤抖。

"我们梁家到底哪里得罪你了？天凉陈氏到底给了你什么好处？十几年前你要灭我梁家满门！"梁红妆的笑声越来越大，身上的血流得越来越快，声音越来越凄厉。说到最后一句时，质问已经变成嘶吼，那是受伤的野兽发出的嘶吼，充满了愤怒与不甘，绝望与痛苦，直要深深地刺进听到的人的灵魂最深处。

陈长生的头更低，脸色更苍白，手越来越颤抖，仿佛下一刻就会握不住剑柄，他不想去看已经状若疯癫的梁红妆，也不敢看苏离。因为他很担心如果自己看上一眼，便会对自己做过的事情生出难以抑制的悔意，从而陷入痛苦与挣扎之中。

听着梁红妆悲愤的质问，看着低着头的陈长生，苏离依然面无表情——已经发生的事情，再也无法改变，那么后悔不后悔，没有任何意义，不需要进行检讨，即便有，那也只能发生在他自己的内心，他绝对不屑于向这个世界解释什么。

他就是这样性情的人，如果换作以前，无论梁红妆再惨，他都会面不改色地离去，今天他同样面不改色，但不知为何，在离开之前说了两句话。或者，是因为陈长生的头垂的太低，握剑的手太抖？

"你梁家历代祖宗当皇帝的时候，又在南方杀了多少人，灭了多少门？"苏离看着梁红妆面无表情说道，"至于灭你梁家满门……如果我真想这么做，你怎么还能活到今天，梁王孙如何还能活着？"

他的心情忽然变得有些烦躁起来，望向陈长生寒声说道："不赶紧走还傻站着做什么？模仿孤独还是冒充绝望？不要以为你救了我的命，就有资格对我说教。"

说完这句话，他向着荒山那面走去。经过这些天的休养，他依然伤重，但可以慢慢走两步了。两只毛鹿吃饱了青草，回到场间，看着向远处走去的苏离和依然低头站在场间的陈长生，显得有些困惑，不知道该跟着谁。

陈长生抬起头来，看着梁红妆，想要说些什么，最终只说了两个字："抱歉。"

终于说出这两个沉重的字，他的心情却没有因此而变得轻松些，伸手揽起两只毛鹿颈间的缰绳，沉默向前方那道有些孤单的身影追去。

荒山那面是南方。

梁红妆再也无法支撑，跌坐于地，看着渐行渐行的二人，痛声喊道："你以为你们真的能回到南边吗？你继续跟着他，你也一定会死！"

陈长生没有回头，低着头继续沉默地走着。苏离走得很慢，没有用多长时间，便被他追上。毛鹿屈起前膝，伏在了地上，他把苏离扶了上去。

从始至终，没有交谈。

走过这座荒山，又翻越了另两座荒山，毛鹿停在一片青青如茵的草坡旁。陈长生从鹿背上下来，奔到道旁，弯下身便开始呕吐。

苏离看着他嘲讽说道："那个家伙又没死，有什么好吐的。"

陈长生摆摆手，想要解释两句，却无法压抑住胸腹间的难受，再次吐了起来。与梁红妆的这场战斗，是他第一次正面且独自战胜一名聚星境强者。这场战斗如果不是太过平常无奇，显得有些轻描淡写，或者能更配得上这场战斗在历史里的地位。但他付出的代价并不是平常，越境杀的战斗当然不像表面上那般轻描淡写。在梁红妆的星域威压之下，他也受了很重的伤，浑身的骨骼都仿佛想要裂开，先前他的身体一直微微颤抖，那是情绪问题，也是身体真的有些撑不住了。

但真正的伤势不在身体，而在精神。他没有徐有容那样的推算天赋，更没有足够强大的天赋血脉，对慧剑的学习才刚刚上路，便要强行摧动慧剑迎敌，而且一动便是七剑，这不是现在的他能够承荷的。大量的甚至可以说是海量的信息采纳与分析，如大海般甚至如星空般浩瀚无穷的复杂计算，直接压榨干净了他所有的精神，让他的识海震荡直至将要崩溃。

他的神识尽数消耗在那七剑之中，识海变得空空荡荡。修行者的身体是精神海洋里的一艘船。他现在的精神海洋枯竭了，那艘船在虚无的空间里不停坠落，永远没有止境，这是很恐怖的一个过程。他觉得四周的一切，荒山与草坡都在不停地转动，变化，湛蓝的天空仿佛正在向头顶落下，这让他无比烦恶、难受、眩晕、痛苦、虚弱。就像连续喝了七天七夜的酒，那酒是烈酒，甚至还是劣酒。

这种感觉非常痛苦，非常难受，而且这是精神层面的事情，根本没有办法从身体里驱逐出去。他把昨夜和今晨吃的烤肉与野果全部吐了出来，把胃液也吐了出来，最后吐出来的东西只剩下清水般模样的事物，直至什么都吐不出来了，还没有停止，他开始干呕，仿佛要吐到海枯石烂、天荒地老，如此才能表明自己对这个世界的态度。

苏离看着在道旁呕吐的少年，沉默不语。不知道过了多长时间，他以黄纸伞为杖慢慢地走到陈长生的身后，慢慢地举起黄纸伞，打在陈长生的颈后。啪的一声，陈长生慢慢地倒了下去。倒下前，他用尽最后的力量，保证自己向后倒下，不会沾染到自己吐出来的那些秽物。但他没有昏过去，依然睁着眼睛，看着天空，痛苦无比，虚弱至极。

苏离淡漠说道："你如果不肯昏，就有可能疯。"刚才那一击，他把这些天暗中积蓄的力量全部用了，本以为或者不足以杀敌，但可以用来救人，却没想到这少年的身体如此坚韧。

陈长生像濒死的鱼儿一样张着嘴，虚弱说道："前辈，山上有棵草。"

"你不会是临死前想写首诗吧？"苏离说道："别这样，会让人不自在。"

陈长生艰难地抬起手，指着那棵草说道："那是百日醉。"

就像苏离说的那样，如果再这样下去，他的识海真的有可能破裂，直接死去或者变成白痴，而且最关键的是，他现在真的很难受、很痛苦。如果他这时候能够保证视线不模糊，能够看清蓝天里的白云，他绝对会第一时间解下金针，把自己弄晕过去，但他做不到。幸运的是，在倒下的时候，他看到一棵能够让自己昏迷的草。

苏离明白了他的意思，把那棵草摘了过来，有些粗暴地用手扯成碎段，塞进他的嘴里。陈长生终于闭上了眼睛，脸色依然苍白，睫毛微微颤抖。苏离有些疲惫地呼吸了两下，盘膝坐下，看了一眼静寂无人的荒山，右手落在伞柄上。

片刻后，陈长生忽然睁开眼睛，有些失神地望着天空。

苏离眼帘微垂，说道："还不肯昏？"

陈长生疲惫说道："药力没那么快。"

苏离说道："那就闭嘴，闭眼，等着。"

陈长生艰难地说道："可是我有句话想对前辈说。"

苏离沉默了会儿，面无表情说道："放。"

"前辈……以后还是少杀些人吧。"

说完这句话，陈长生觉得终于做完了必须做的事情，心神松懈，闭上眼睛，就此昏睡过去。

118·新的剑法

看着昏睡中的陈长生，苏离微微挑眉，若有所思，因为他之前说的最后那句话，也因为陈长生这些天说过的很多话，做过的很多事。在云游四海的漫漫数百载旅程里，他见过很多优秀的少年，那些少年有的很天才，有的极有毅力，他最欣赏的几名少年现在都在离山剑宗。但他没有见过像陈长生这样的少年。

他总以为少年总有少年独有的精气神，所谓朝阳与晨露，新蝶与雏鸟，那种青春的生命的气息是那样的清楚与激昂，陈长生也有这方面的气质，却更加淡然，这个少年也是一缕春风，但是初春的风，很是清淡，于是清新的令人心旷神怡。

苏离看着沉睡中的陈长生，沉默不语，仔细观察着。一般的少年在醒着的时候，往往会刻意压低音调，故作平静从容，以此博得长辈老成的赞许以及同辈沉稳的评价羡慕，而在睡眠里则会回到真实年龄段应有的模样，露出天真无邪的那一面，陈长生却并不这样，他的眉眼是少年的眉眼，清稚的仿佛雨前的茶园，但神情却还是像醒着时那般平静，甚至……反而有些哀愁。

为什么即便在沉睡中，这个少年的眉头依然皱的这般紧？他在想什么？他在担心什么？他在忧虑什么？如果他的身上始终承载着梦乡里都无法摆脱的压力，那么他醒着的时候，为何却是那样的平静从容，根本让旁人感受不到丝毫？

苏离很清楚，陈长生的心里肯定有事，但他不想问，也不想去探询，不是他不好奇，而是因为现在有更重要的事情要做——他抬头望向莽莽的荒山原野，面无表情，眼眸如星，寒意渐盛，握着黄纸伞柄的手比先前略松，却是更适合拔剑的姿势。

那个叫刘青的杀手，现在就在这片荒山原野之间，应该正注视着这里。大陆杀手榜第三，对一般人来说毫无疑问很可怕，但放在平常，不能让苏离抬头看上一眼，只是现在的情况并不是平常。陈长生在昏睡中，他身受重伤，怎么看都是那名刺客最好的出手机会，除非那名刺客把保守主义的教条决定继续背下去。

苏离忽然有些紧张，于是脸上的情绪越发淡然。他已经有很多年没有这样紧张过了，因为已经有很多年没有人能够威胁到他的生死。他以为自己早就已经看透了生死，但在薛河和梁红妆出现后，他才知道，哪怕是剑心通明的自己，依然不能在死亡面前让心境继续保持通明。或者是因为，他刚刚经历了一场最艰难的生死考验。

这辈子他遇见过很多次生死考验，战胜过无数看似无法战胜的强敌，和那些对手比起来，薛河和梁红妆这种级数的人物根本不值一提，但他很清楚，他这辈子最接近死亡的那一刻，不是在雪老城外的雪原里，也不是在长生宗的寒涧畔，而是就在不久之前那座无名的荒山里，当梁红妆舞衣如火扑过来的那一瞬间。

之所以那是他此生最接近死亡的一刻，是因为梁红妆一定会杀死他，因为刘青当时肯定隐藏在不远处，最重要的原因是，他没有办法把命运掌握在自己手里。无论在雪老城外面对魔君的阴影和数万魔族大军，还是在寒涧面对那十余位修为深不可测的长生宗长老，当时他的手里都有剑，他能挥剑。只要剑在手，天下便是他苏离的，死神在前，他也不惧。但……先前那一刻，他什么都不能做，他只能把自己的命运交给这个叫陈长生的少年。

幸运的是，那名少年证明了自己很值得信任。

"这次是真的欠你一条命了。"

看着沉睡中的少年微皱着的眉头，苏离摇头说道。

那名刺客依然隐藏在山野间，不知因何始终没有出手，或者是因为陈长生的表现或身份让他有些忌惮，或者是因为苏离的手始终没有离开黄纸伞柄。

到了傍晚的时候，陈长生终于醒了过来，脸色苍白如雪，眼神不似平时那般清澈明亮，就像是宿醉一般，好在识海终于平静，应该没有什么危险。

他看向苏离，还没有来得及说什么，苏离面无表情说道："想说什么？"

陈长生沉默片刻后说道："前尘往事，我这个做晚辈的，不知其中故事，不好判断是非对错，前辈或者真没有杀错，但身为人子，替父报仇也不为错，如果都没有错，却要杀来杀去，那么这件事情肯定有什么地方错了。"

苏离说道："果然还是说教。"

陈长生说道："在雪原上，前辈总说自己不是好人，因为杀过太多人，由此可见，前辈也知道，杀人太多终究不是好事，何不改改？"

苏离眉头微挑，似笑非笑说道："可我何时说过自己想做个好人？既然不想做好人，那为何要改，要少杀人？"

陈长生语塞，有些无奈说道："前辈，何必事事争先，处处要辩？"

"百舸争流，欲辩忘言，不争不辩，那叫什么活？"

苏离说得很是平静坦然。陈长生却沉默了很长时间，他自醒事以后便一直在读书，知晓身体不好后便想着怎样活的更久些，觉得生命真是生命中最好的一件事情，活着便是最美好的事情，很少去想怎样活着才叫活。

他想了想便不再继续想这个问题。他明白，在对生命的看法上自己是一个饭都无法吃饱的乡下少年，而像苏离这样的人则是天天大鱼大肉吃了好些年，现在开始追求清淡与养生、在食物里寻找传承与精神方面的意义，本来就不是一个世界的人。这不代表他对那个世界的人有何抵触或反感。相反，他很羡慕那个世界的人。因为那个世界的人，就是这个世界上的大多数人。活着，本来就应该那样活着，至少比某些人那样活着更有意义。

"那个叫梁笑晓的离山弟子……"

陈长生在周园里遇到的事情，他愿意讲的那些，大部分都已经对苏离说过，也说过梁笑晓的事，只是湖畔的一些细节直到今天才完全补足。

在他想来，既然周园之门重新开启，只要七间和折袖还活着，梁笑晓现在肯定已经被治罪，只是经历了与梁红妆的这场战斗，他对梁这个姓氏有些敏感，所以说出来供苏离参详，却没有想到苏离的反应会如此大。

听到梁笑晓一剑刺进了七间的小腹，苏离的脸色便阴沉了起来，仿佛有暴雨在他的眉眼之间积蕴渐生，随时可能斩出数道雷霆。

最后，苏离说道："他会死。"

陈长生心想那是你们离山自己的事情，而且确实该死，只是他没有想到，那个该死的梁笑晓已经死了，而且用他的死留下了很多麻烦。

苏离已经想到梁笑晓为何会与魔族勾结，只是事涉离山清誉，关键是涉及十几年前长生宗和北地那两场他一手造成的血案，所以不愿对陈长生说太多。

"你究竟是怎么看出来的？"他看着陈长生转而问道。

这句话问的自然是陈长生用什么方法看破了梁红妆的星域，如果说第一剑是猜，那么后面的七剑呢？剑剑不落空，自然不可能是猜的，难道他已经学会了慧剑？

陈长生很仔细地想了想，确认了一下当时的情况，说道："真是猜的。"

苏离当然不信，但看他的神色绝对不似作伪，最重要的是，陈长生没有欺骗他的理由，最最重要的是，陈长生真的没有道理这么快就学会慧剑。能在满天星辰里猜到那颗会移动，本就是极不可思议的事情，能够猜到聚星境修行者星域的漏洞，更是难以想象，不要说他连续猜中了七次。

"如果你真是靠运气，那么你的运气已经好到不只是运气。"苏离看着他说道,"你是个有大气运的人。"

陈长生不明白,问道:"气运?"

"修行最重要的是什么?"

"毅力?悟性?"

苏离摇头说道:"不,是运气。但凡最后能雄霸一方的强者,所谓圣人,无不是拥有极好运气的人,如此才能逃过那么多次危险,当然,运气只是一时,气运才是一世,所以他们都是有大气运的人,包括我在内。"

陈长生想了想,说道:"气运由什么决定?"

"当然是命。"苏离看着他的眼睛说道,"所以换句话说,你的命很好。"

听着这句话,陈长生竟无言以对——他从出生开始,便被认为命不好。谁能想到,现在竟被人说命很好。这让他觉得有些荒谬,有些安慰,又有些心酸。

继续南归,二人二鹿终于近了天凉郡,学剑也到了新的阶段。

经历过与梁红妆的那场战斗后,陈长生很清楚自己现在的弱点在何处。

首先是他需要有更强大的神识与意志力。他明白了苏离为何事先会说,只有经历过,才有资格知道想要施展慧剑必须需要足够的力气,因为慧剑更需要超凡的精力,不然使剑者根本无法承荷那种海量计算,只怕在出剑之前就会提前昏死过去。

其次,想要战胜一名聚星境修行者,他需要提高自己的输出,这样才有可能在抓住转瞬即逝的机会,直接给予对手重击,从而避免连落八剑,都没能直接杀死梁红妆的情况发生,要知道那种情况真的很危险,如果梁红妆再稍微强一些,能再多支撑片刻,陈长生便将识海震荡而倒,他和苏离必死无疑。

于是在暮时的一道溪畔,苏离开始传授他第二种剑法。

"你的真元输出太糟糕,就像拿绣花针的小孩子,就算再快,在对手身上扎了三千六百个洞,也没办法把对方扎死,所以前些天我想了一种剑法。"苏离看着溪水里的陈长生,说道,"你想不想学。"

陈长生没回答,因为这种事情不需要回答,但凡用剑者,谁不想跟苏离学剑,更不要说,这种剑法很明显是苏离专门为他设计的,而且他这时候很震惊。看着溪畔的中年男子,他张着嘴,半晌都说不出话来。按照这句话,岂不是说那天发现他的真元输出有问题后,苏离便开始思考这个问题,然而只用了这些天,便设计出了一套全新的剑法？什么是真正的天才？什么是剑道宗师？这就是了。

苏离像是没有看到他的模样，继续说着话，看似平静地介绍着这种新创的剑法，至于内心会不会有些得意，从他微微挑起的眉梢便能察觉一二。

这种剑法叫做燃剑，依然只有一招，准确来说是一种运剑的法门。如果说慧剑是帮助用剑者看破聚星境强者的弱点，那么燃剑则是帮助用剑者爆发自己的剑势真元，在短时间里获得极大增幅，以此对聚星境对手带去更大的伤害。

苏离教他的这两种剑法都很有针对性，仿佛就是专门为了帮助通幽上境的修行者对聚星境的对手完成越境杀。陈长生的真元输出有问题，燃剑就负责解决这个问题。问题在于，想要解决问题一般都需要付出代价。未成形的慧剑，险些让陈长生变成白痴，这道可以解决他真元输出问题的燃剑，则需要他付出更多东西。

"类似于魔族的解体魔功，虽然不会死，但肯定极惨。"苏离说道："我说过，传你剑法是指望你护着我回离山，对你并未存过好意，所以学与不学，全在于你。"

陈长生从溪里走了回来，手中的树枝上穿着一只肥嫩的大白鱼，赤着的双足踩碎了溪面上燃烧的太阳，笑了笑，并没有说话。

苏离嘲笑道："这么死倔憨直的，一点都不讨人喜，比吾家秋山差远了。"

陈长生想着，前辈明明想教自己剑法，却要找这么多由头，就是不想让自己记着情分，这才是真正的死倔憨直，不过倒也有趣。

苏离看着他说道："剑势来自燎天剑，剑招用的是金乌剑的秘法，但最最关键的是真元燃烧的那一瞬，我需要你与离山法剑最后一式的气势完全同调。"

陈长生正拿着短剑剖鱼，听到这里时停下，回头吃惊问道："离山法剑？"

"不错，这是燃剑最大的难点。"苏离说道，"燎天剑增剑式，剑招增光辉，真元暴燃则需要不要命的气魄。"

陈长生沉默了会儿，说道："明白了。"

苏离盯着他的眼睛说道："出剑的时候，要抱着必死的决心，你真的明白了吗？"

陈长生抬起头来，说道："前辈，我用过那一剑。"

苏离很意外，看着他的眼睛沉默了很长时间，说道："你这个小家伙怎么一点都不懂得惜命？记住，不要因为命太好就放肆。"

陈长生说道："前辈，您知道的，我不是那种人。"

苏离再次沉默，说道："我现在真不知道……你这少年到底是哪种人。"

119·燃烧吧，我的剑（上）

陈长生说的并不准确。当时在大朝试对战的最后一刻，他只是准备用离山法剑的最后一式，但没有真正出手。不过离山法剑最后一式的关键在于心意，苟寒食看出了他的心意，从而退场，那么说他用过那一剑也不为错。

苏离很清楚离山法剑最后一式意味着什么，所以觉得越来越看不明白这个少年，但既然陈长生懂这一剑，用过这一剑，学习燃剑最后大的难关便不复存在。

燃剑是一记剑招，也是一种运行真元的方法，是苏离通过这些天对陈长生的观察，为他量身打造的手段。

修行者输出真元的数量或者说效率，取决于星辉燃烧的速度，经脉通道的宽窄，有一定的上限，天赋越高，资质越好，燃烧星辉的速度，传递真元的速度就能越快，像徐有容和秋山君这样的天赋血脉，经脉的限制更是可以不用考虑，只要他们身躯里的星辉数量足够多，甚至可以无穷无尽地输出真元。

陈长生体内的星辉数量不少，坐照自观也没有任何问题，最大的问题就是真元通道太过狭窄，甚至有很多条经脉都是断的，真元输出的效率自然极低。

作为一代剑道宗师，苏离最了不起的地方在于对世界的认知远远超出普通人的范畴，解决问题的方法非常出人意料，实际上却又最合情合理。他没有在陈长生的真元数量上落笔，也没有尝试解决他的经脉问题，而是以一种大无畏的方式直接把解决问题的希望，放在了星辉燃烧的方式上。

当然，需要冒险的是陈长生，要大无畏的还是陈长生。

"燃烧有很多种方法或者说形态，一般而言，讲究中正平和，将星辉融成清水，涓滴意念而行，如此才能细水长流，但这一剑要求你用更暴烈的方法燃烧真元。"苏离看着他说道，"就像无数木屑，被封闭在一个空间里，忽然间出现一个火源，那些木屑，会几乎同时燃烧，释放出极大的热与威，就像爆炸一般。"

陈长生听着他的话，在识海里想象着那种画面，点了点头。

苏离说道："暴燃的方法可以帮助你的真元瞬间提升到某种程度，突破你那些乱七八糟的经脉，从而让这一剑的杀伤力达到勉强可以看的程度。"

"明白了。"陈长生说道，"但这和法剑最后一式有什么关联？"

苏离看着他的眼睛说道："无数真元在你的身体里同时燃烧，仿佛爆炸，有可能会通过剑势照亮原野，刺眼你对手的双眼，但更大的可能是直接把你烧成白痴，或者炸至粉身碎骨，如果你不能有必死的决心，根本无法完成最后那一步。"

陈长生感知到短剑里黑龙的那缕离魂隐隐有所反应，想起当初在北新桥地底洞穴里坐照自观时的场景，不禁有些感慨，心想原来发生过的一切都是有意义的。想着先前说自己会离山法剑最后一式时苏离的反应，他忍住没有对苏离说，自己有过多次类似的经验，他虽然年纪小，但对生死的态度却已经很沧桑。

苏离把燃剑的招式与剑意仔细地讲解了一番，便不再多言，让陈长生自行领悟，然后他望向暮色里的山野，溪对岸的青草地，沉默不语。

那名刺客现在可能就在那片青草地里。

陈长生没有急着去悟剑，而是把剖好的鱼抹上粗盐，然后挂到火堆上开始炙烤。既然确定敌人一直都在，那么篝火便不再是值得注意的问题。伴着轻微的焦香味，他顺着苏离的目光望向小溪对面的青草地，片刻后摇了摇头，心想那名刺客真是极有耐心，居然跟了这么多天却始终没有出手，折袖或者可以做到，但自己绝对是做不到的。

那名始终隐藏在山野间的刺客，对他和苏离来说，是极大的压力，二人很清楚，在某个时刻，那名刺客肯定会出现，只是不知何时。

"就像前辈说的那样，你再这样等下去，哪怕等到死也不等不到任何机会。"陈长生在心里对那名始终没有朝面的著名刺客说道，"因为前辈在教我用剑，我会变得越来越强，到时候你就没办法杀死我们了。"

肥嫩的大白鱼配高粱米饭，很简单但美味的晚饭过后，苏离靠着毛鹿闭着眼睛休息，陈长生收拾完东西，走到溪畔坐下，开始正式悟剑。

他看着小溪对面的青草地，想着身体里的万里雪原。那些雪都是他日夜不辍收集的星辉，是真元的初始形态，是一切战斗能量的来源。

他现在只需要微动神念，便能把这些雪原甚至是雪原上空那片包裹着灵山的湖水尽数点燃，变成源源不绝的力量与精神。但这一剑要求他不能这样做，因为那种燃烧的方法依然太温柔，不够暴烈，星辉转化成真元的速度太慢。

燃剑，就在于一个燃字。要狂暴地、决然地、焚身以火地燃烧。

陈长生坐在溪畔，沉默不语，看暮色渐退，看繁星遮眼，直至晨光再临。他用了整整一夜的时间，终于学会了用神识落于雪原却不点燃那些雪屑，而是用那种无形的力量把雪原变得更加蓬松，直至雪花离开地面，重新在天空里飘舞。

朝阳出来了，红霞满山野，溪水尽红。

看着小溪对面仿佛在燃烧的青草地，陈长生的手缓缓离开了剑柄。

开始学习燃剑的第三天，在一条官道旁的茶肆里，陈长生和苏离遇到了他们南归路上的第三名刺客，那名刺客叫李平原，乃是北地大豪，手下有无数死士效命，据说此人与雪原里那些暗中投靠魔族的熊人部落有些不清不楚的联系，或者正因为如此，他比其他人更准确地判断到了苏离南归的路线，在这里等到了他们的到来。

因为这件事情太过重要，同时也是太急的缘故，北地大豪李平原只带着十余名最忠诚的下属，但在这间小小的茶肆里，已经显得有些拥挤。

茶肆里没有客人，飘着淡淡的血腥味，煮茶的炉子已经冰冷，看起来已经好些天没有燃烧过，老板应该早已经死了，只是不知道尸体被埋在了何处。

陈长生坐在茶桌旁，看着碗里泛着异味的茶水，沉默不语，不知道在想些什么。

"恭喜。"苏离看着他说道，"杀死这个人，相信你不会有太多心理负担。"

120·燃烧吧，我的剑（下）

林平原身为北地大豪，自然极为豪气，纵使在深春时节，也穿着裘皮大氅，纵使是来杀苏离这样的人物，也要带着十几个下属，似乎毫不担心会走漏消息。

"什么叫大豪？就是大的豪强？但豪强只能横行乡里，能横行整个北地的大豪应该被称为枭雄才对，我以为我自己就是个枭雄。"他看着苏离说道，"枭雄是不能要脸的，我不会像梁红妆那么愚蠢，我带着最信任的下属和必杀的决心而来，绝对不会讲什么公平道理，能围攻就一定围攻，能在你们的茶里下三十种毒就绝对不会少一种，陷坑能挖多深就多深。"

如果是平时，苏离对这种人物搭理都懒得搭理，但今天不知道为什么，他

422

却显得颇感兴趣，问道："我觉得你带的人少了些。"

林平原笑着说道："如果前辈没有被魔族的强者围杀至重伤，我就算把三千人马全部带过来，也不是您一剑之敌，但前辈现在虎落平阳，我带十几个人也就够了，而且今天这件事情需要保密，带人太多不合适，万一让离山剑宗的神仙们知道我杀了前辈，我还想不想活了？"

苏离笑着说道："既然你怕，还敢来杀我？"

林平原说道："对方开的价太高，不得不动心来赌一把。"

苏离感慨说道："果然不愧是北地大豪，不，是北地枭雄，只是按照枭雄的做派，稍后你把我们杀了，这些下属也应该被你灭口才是。"

林平原豪迈地挥了挥手，说道："前辈不需挑拨，我们这些人平生无恶不作，除了彼此再不会信任别的任何人，所以很信任彼此。"

苏离笑了笑，转身对陈长生说道："你看，他都说自己无恶不作了。"

陈长生一直看着地板上那些或新鲜或陈旧的血迹，听到苏离的话后嗯了一声。

林平原望向他，眼中流露出一丝疑惑："你这少年是什么来历？莫非是离山剑宗的弟子？那说不得也只好请你一道去死了。"

陈长生没有理会他，依然看着茶肆地面上的那些血迹。这里不算繁华，但毕竟在官道之侧，想必每天都会有很多旅客商人经过。从血迹上来看，这些天这里已经死了很多人，茶肆的老板肯定死了，又有多少无辜的旅客商人死去？

茶肆外的山坡上有风拂落，窗后响起一阵嗡鸣，他抬头望去，只见一片蚊蝇飞了起来，密密麻麻，看着有些恶心。虽是深春，但北地算不得热，哪里来的这么多蚊蝇？那些蚊蝇再次落下，离开了陈长生的视线，降落到窗口下方的水沟里。

那里横竖伏卧着很多尸体，画面惨不忍睹。苏离对他的恭喜很有道理。这个叫林平原的北地大豪还有茶肆里的这些人，都是可以死的。薛河来杀苏离是为了国族，梁红妆来杀苏离是为了家恨，这个人和这些人来杀苏离则是为了利益，他们无恶不作，那便无理可活。

林平原站起身来，说道："陷坑没能困住你们的毛鹿，茶里的毒看起来也没有用，但你们还是走进了这间茶肆，我想知道你们能不能扛得住我们这么多人。"

茶肆里有很多人，而且这些人很强，都已经洗髓成功，有四人是坐照境，还有一人竟已通幽，至于他自己更是聚星境的强者。陈长生不能用慧剑，因为就算他真的看破了林平原星域的弱点，成功战胜此人，也可能像上次那样昏睡过去，剩下来的这些人怎么办？

好在他刚刚新学了一招剑法，可以试一下。

茶肆里骤然爆发起喊杀之声，林平原毫不在意所谓大豪枭雄的颜面，指挥着那些下属向陈长生和苏离杀将过来，自己则是站在人群后面压阵，随时准备出手。

陈长生站起身来，抬起头来，视线穿过那些面目狰狞的人们，落在林平原的身上。

呛啷一声，龙吟短剑出鞘。剑气纵横，茶肆之内，狂风大作，桌椅尽数被切成碎屑。一道炽烈的气息笼罩了整间茶肆，一道明亮的光线从短剑上喷涌而出。围攻上来的人群，看到了一把燃烧的短剑，那把短剑仿佛飞出了无数传说中的金乌。只是瞬间，场间的气温便陡然上升，变得酷热无比。茶肆地面上的那些血迹，无论新旧，被尽数净化。短剑之上喷涌出来的光与热，代表着磅礴至极的真元。人群里，连续响起惊呼与痛苦的惨呼，那些惊呼惨乎都很短促。人群后，林平原神情骤变，变得极为凝重。陈长生运起耶识步，身形骤然一虚，穿越正在坠地、崩解的人体，来到了他的身前，一剑刺出。

燃烧的真元，金乌的剑招，燎天剑的剑势，离山法剑最后一式的决然，都在这一剑之中。

燃剑。燃烧的剑。

茶肆里变得更加明亮，仿佛那些剑上飞出的金乌合在一处，变成了一轮太阳。太阳是如此的刺眼，甚至就连苏离都没有看清里面的画面。不知道过了多长时间，茶肆里的风停了，明亮渐敛。陈长生手握短剑，缓缓收回，仿佛收回燎天的火炬。

噗的一声轻响，林平原的眉心里多了一个极深的血洞。茶肆里到处都是死人。林平原也马上就要死了。他瞪着眼睛，看着陈长生，满是不可思议的神情，问道："你凭什么能杀我？"他是聚星境的强者，北地大豪，无恶不作的枭雄，凭什么被一个通幽境的少年杀死？

"因为你该死。"陈长生说道。

林平原听不懂，也不需要懂，因为他死了。他倒在地面上，在残余剑意的切割下，变成十余块血肉。

茶肆里没有还能站着的人，除了陈长生。茶肆里的桌椅都已经碎了，所有物事都碎了，只有苏离身下的凳子与手里的茶壶是完好的。茶壶里的茶水有剧毒，不知道他提着茶壶做什么。

陈长生走到他的身前。苏离提起茶壶，把壶中的凉茶慢慢地倒在他的身上，只听得嗤嗤响声，那些凉茶触着陈长生的脸与身体，便骤然蒸发成了水汽。因为真元暴燃，陈长生的身体一片滚烫，此时稍微降了些温，脸上依然通红一片，眼眸里还残余着狂暴的余烬，看着有些可怕。

"这剑太暴……我还是顶不住。"说完这句话，陈长生毫无预兆就这样倒了下去，就像上次战胜梁红妆，翻过两座荒山之后那样。

"又昏了？"苏离看着地面上的他，恼火道，"那个人来了怎么办？赶紧醒醒。"

陈长生已经昏迷不醒，自然没有办法回答他的问题。茶肆里到处都是死人，到处都是碎裂的肉块，惨不忍睹，血味刺鼻。苏离平静下来，缓缓闭上眼睛，不知何时，右手握住了黄纸伞的伞柄。时间缓慢地流逝。窗外的蚊蝇飞到了窗内。无论善恶贤愚，死亡都是一样的，对神明和这些蚊蝇来说。

苏离睁开眼睛，面无表情说道："起来吧，看来他不会出现了。"

茶肆里除了死人，就只有昏迷不醒的陈长生，他这是在对谁说话？陈长生睁开眼睛，有些困难地站起来，扶着他离开茶肆，唤来远处的毛鹿，继续踏上南归的旅程。

片刻时间后，茶肆里的死尸堆里忽然爬出来了一个人，那个人走到官道上，看着南方人鹿的身影，沉默不语，然后再次消失不见。

121·浔阳城的春光

继续南行，又遇着三批刺客，陈长生继续杀人，然后继续昏倒，如是重复，次数不多，但每次都极为凶险，而在这个过程里，那名始终藏匿在山野间的刺客刘青始终没有出现，甚至有时候他怀疑那个刺客是不是已经被甩掉了。

虽然他们已经遇着了六拨刺客，但和现在在天凉郡周边寻找他们的各方势力相比，这已经是最好的结果，苏离对局面的掌握非常清楚，对那些意欲杀他的人会出现在何处也非常清楚，更清楚如何应对这种局面，这种本事是哪里来的？

路线选择全部由苏离安排，从来不去人多的地方，却又并不一味在荒山野岭间行走，更多的时候是伪装成普通的旅客，在官道上和普通人一道南下。陈长生对他的安排越来越佩服，也生出更多的疑惑，某天，终于压抑不住心头的疑问，问道为何如此，苏离说道："天地之间不好藏人，最好藏人处便在人间，所以在人间行走最是安全，也最是危险，如何选择，存乎一心。"

陈长生又问道，所谓存乎一心里的心指的是什么，如何进行判断。苏离想了想后说道，等你像我一样杀过这么多人，被那么多人杀过，便自然会有这方面的能力。陈长生想了想后说道，如果需要这样才能学会，那还是不学为好。

关于黑夜里的刺客的故事与本事，陈长生没有学也学不会，这方面的天赋明显有些欠缺，但他在剑道方面的天赋，随着苏离的调教开始崭露锋芒，他对慧剑的掌握越来越深，只是精神世界还是支撑不住，他对燃剑的运用越来越顺心如意，当然不免还是会因为真元的暴燃而付出极惨重的代价，但又有两名聚星境的强者败在他的剑下。

如此算来，他已经先后完成了五场越境杀，而且这五场越境杀是连续的，他的对手里有薛河这样成名已久的神将强者，也有林平原这样的北地大豪。

他现在还只是个未满十六岁的少年。

以前的修行界历史里不知道有没有发生过这样的事，以后也不知道，但至少在苏离下山后的这数百年里，这样的事情没有发生过，他自己也没有做到过。当然，这并不表明陈长生就比当年的苏离更强，因为有很多具体的分别，比如苏离当时的精神更多地放在周园里，而且那时候也没有机会让他不停地与聚星境的强者做这种生死之战，但陈长生表现的已经足够强，强到苏离都有些动容，然后动心。

在某天夜里，苏离开始传授陈长生第三招剑法。陈长生只用了昨夜冷肉汤锅刚刚热熟的时间便背熟了剑诀，苏离看着他感慨说道："你真的很适合学剑。"

陈长生有些不好意思，说道："前辈过奖。"

适合学剑，这是极高的赞誉，更不要说是出自苏离之口。

苏离看着他说道："如果我不是有秋山和……继承衣钵，说不定真的会选你。"

陈长生摆手说道："不用不用，晚辈是国教正宗的接班人，没办法另拜名师。"

苏离清楚以陈长生的性情，拒绝是理所当然的事情，只是他拒绝得如此之快，便是想和假意的为难犹豫都没有，还是让他觉得很不舒服。于是他面无表情把陈长生遇着的六次战斗分析了一遍，用翔实的数据与计算，最终得出一个结论："你也就是运气好，不然早就死了，有什么资格得意？"

陈长生想了想，不得不承认，他和苏离能够活到现在，最重要的不是苏离的眼光，苏离传剑，他在剑道上的天赋，而是运气……在路上，苏离已经赞叹过很多次他的运气或者说气运，很肯定地说既然他和陈长生都是有大气运的人，那么相伴而行，想死都不容易。被说得多了便有些麻木，偶尔有些时候，陈长生甚至已经开始接受自己的命很好，只是想着自己的命真的很不好，这让他经常生出很多悯然。

吃完昨夜剩下的冷肉汤，陈长生紧了紧衣裳，揉了揉因为虚弱而苍白的脸颊，开始去静悟苏离教给他的第三剑，不肯浪费半点时间。苏离靠在毛鹿的背上，看着少年的背影沉默了很长时间，然后望向南方默默想着。

"秋山，你后面来了一个很不错的家伙，你得跑快些，不然真就要被他追上了。"

在荒野与官道之间的逃亡终于结束，二人来到了浔阳城外。陈长生把两头毛鹿送给了城外一位农户，拿出银两与短剑，威逼利诱对方不得泄露消息，要好生照看这两头毛鹿。苏离面带嘲笑看着这幕画面，没有说什么。

浔阳城是天凉郡北的第一大城，城中很是繁华热闹，苏离和陈长生扮作普通旅商，悄无声息混进城中，寻了间客栈住下，竟是没有任何人发现。这是进入周园之后，陈长生第一次睡到床上，他的头沾着枕头便开始打鼾，就像当初苏离在雪岭温泉酣睡一般，这一觉他睡了整整一天一夜，可以想见这一路行来他的精神压力有多大，又疲惫成了什么模样。

醒来后，陈长生走到窗边，看着浔阳城里的热闹街景沉默了很长时间，觉得不能再这样继续下去了，因为他真的已经很累，很虚弱——他不想继续上路，然后等着那些刺客与强者一波一波出现，他不喜欢等待未知，不喜欢这种感觉。他找到苏离说道："已经有很多人来到了天凉郡，相信离山剑宗的人现在也已经收到了消息，既然如此，我们为什么还要隐藏自己的行踪？"

苏离说道："我说过，我只信任自己。"

陈长生沉默不语。一路行来，他看得非常清楚，苏离表面上是个很散漫、甚至有时候会很可爱的前辈高人，但实际上他就像他的名字一样，对这个世界很疏离。苏离不相信人性，不相信人心，不信任自己这个世界，不与这个世界对话，所以他永远不会向这个世界求援。他孤单地行走，已经走了数百年。

但陈长生不想这样行走，他总以为自己对世界保有善意，世界便会对你释出善意，当你看青山妩媚的时候，青山也会看你顺眼很多。

"这样下去我们太吃亏，一睡遇着的都是敌人，根本找不到一个帮手。"

"哪里有帮手？"

"世界是由黑夜与白天组成的，前面这些天，我们一直在黑夜里行走，所以看到的都是夜色，遇到的都是黑暗，但如果我们走进阳光下，或者我们能看到阳光。"陈长生看着苏离很认真地说道，"前辈为什么不愿意尝试一下？"

苏离说道："哪里来的酸腐词人腔调？我可不愿意拿命去证明你的看法是错的。"

陈长生说道："但我很想证明前辈是错的。"

苏离挑眉，看着他说道："你不可要乱来。"

陈长生问道："什么叫乱来？"

苏离很恼火，说道："我知道你这小子想做什么，你不要忘了，这是我的命，我命由己不由天，更不能由你！"

"可是……前辈能活到现在，不正是因为我的努力吗？"陈长生认真地看着他，睁着亮晶晶的眼睛，看着很可爱，在苏离的眼中很可恶。

苏离觉得手有些冷，压低声音喝道："你这个小疯子，我……"

话没有说完，陈长生直接走到窗边，双手向外用力推开窗子。

深春里的浔阳城，人声鼎沸，春光明媚。窗户被推开，阳光与春风灌进了房间，照亮了幽暗的黑夜。一道清亮如春光般的喊声，响彻浔阳城的街头。

"离山小师叔，苏离在此！"

第六章

盛宴已经开始,如何能够提前离席?

122 · 人间处处是麻烦

客栈下方的街道出现了片刻安静,行人与商贩们抬起头来,带着一丝愕然望向喊声起处,看到了陈长生,随后又听到了他的下一句话。

"我是陈长生。苏离就在我身后的房间里,无论是想杀他,还是想救他,要来的人都赶紧来。"

就像先前那句话一般,这句话同样飘荡在春光明媚的浔阳城里,飘得极快极远,相信很快便会出城而去,直至大陆各处。无数双目光落在客栈的窗口处,落在陈长生的脸上,浔阳城的街头继续安静了一会儿,然后被一片嘈乱的声音打破,迎来了一场兵荒马乱!

有瓷碗落在地面碎成十八块的声音,有窗户被近乎粗暴关上的声音,有带着哭腔的喊声,有满是疑惑的孩童稚声询问,有父母打骂呵斥的声音,有急促向着远方奔去的马蹄声,远处甚至隐隐传来了沉重的城门关闭时发出的颤鸣!

只是片刻工夫,浔阳城街道上的行人商贩尽数消失不见,长街变得空空荡荡,只剩下包油饼的废纸在街道上飘着,还有远方城门处飘来的几缕烟尘。浔阳城似乎瞬间就变成了一座空城——不是所有空城都是计,有时候空城意味着这是一座死城,或者随后会变成一座死城。

陈长生站在窗边,看着寂静无人的街道,听着渐远渐没的人声,看着那些紧闭着的门缝里怯怯窥视的眼睛,愕然无语。他想不明白,自己只不过喊了声苏离在此,为何引发如此大的动静?隐隐约约间,他觉得自己似乎做错了什么事情,或者说还是低估了这件事情。

深春的浔阳城,穿行在街巷里的风本应是微暖的,但此时道旁的火炉已熄,人烟全无,这风便多了些寒意,陈长生下意识里重新关上了窗户,回头望去,

430

只见苏离坐在椅上，有些无奈又有些嘲讽问道："怕了？"

陈长生的声音有些紧张，说道："总不过是赌一把。"

苏离的左手不知何时握住了黄纸伞，右手轻轻敲着椅扶手，看着他的眼睛说道："那么我现在就可以告诉你，你……赌输了。"

苏离在此，这四个字以难以想象的速度传遍了整座浔阳城，即便是大周军方最快的红鹰或者红雁也没有办法把这个消息截回来。浔阳城一片死寂，死寂的背后却是真正的混乱，不知道多少普通人家里的碗碟遭了殃，不知道多少人崴了脚。

气氛最紧张的地方，当然就是苏离和陈长生所在的这间客栈，这间客栈同时也是这场混乱的源头，用餐的客人以最快的速度跑掉，住在客栈里的旅客更是很多连行李都顾不得拿，便随着人流消失，就连客栈的老板与小二们都已经顺着偷偷溜走。

此时的客栈里安静无声，到处都是倒着的桌椅，看着狼藉一片。唯有靠着墙的柜台处，还站着位算账先生，那位算账先生双眉倒挂，看着便有些寒酸，身上的一件长衫洗的极为干净，却更显寒酸，不知道是不是太过寒酸的缘故，他舍不得这份工，竟到此时还没有离开客栈，依然站在柜台后面拨弄着算盘，计算着账目。

消息已经传了出去，人自然陆续到来。令陈长生有些高兴的是，最先来的是国教的人。

浔阳城主教是国教在大陆最北方的主教，位秩极高，权柄极重，当前这一任的浔阳城主教叫华介夫，是教宗大人的亲信，所以在浔阳城乃至整个天凉郡里的地位都极为尊崇，无论是浔阳城主还是那座王府，他都很少需要亲自前去拜访，但今天他必须亲自来这间客栈，而且表现出来的态度，让整座浔阳城都有些不适应。

华介夫没有让随侍的数十名教士进入客栈，站在石阶前整理了一下红衣，便单身一人走了进去，表现得很低调，甚至隐隐有些谦卑。如果苏离没有身受重伤，命不久矣，这份尊重自然是给他的，但现在，这份尊重是给陈长生的。

陈长生现在是国教学院的院长，用梅里砂大主教的话来说，在国教内部，除了教宗大人，他不需要向任何人行礼，相反，别人应该向他行礼。只是一位身份尊贵的红衣主教恭敬地向自己行礼，还是让他很不适应，下意识里侧了侧身子。

华介夫直起身体，看都没有看旁边紧闭的房门，对陈长生说道："我们刚刚获知您还活着的消息，只是无法确认，今日看到您，真是件欣喜的事情，相信这个消息传到京都后，教宗大人也会很欣喜，无数人会在京都翘首期盼您的回归。"

话没有说尽，但已经够直，主教大人开门见山，请陈长生离开浔阳城。如果陈长生同意，浔阳城教殿毫无疑问会派出强大的护骑，甚至华介夫会亲自护送他。

陈长生望向紧闭的房门，沉默片刻后说道："你知道，我现在有点麻烦。"

"我承认，这位先生确实是个极大的麻烦，甚至有可能是数百年来最大的一个麻烦。"华介夫看了一眼房门，说道，"但这不是您的麻烦，也不是国教的麻烦，如果您坚持留在这间客栈里，这个麻烦便会变得越来越大，直至大到我都没有办法解决。"

陈长生问道："那些……麻烦什么时候会出现？"

华介夫说道："很快，而且京都传来消息，说槐院某人可能来到北地，暂时不能确定他的身份，但可以确定的是，那是个大麻烦。"

陈长生沉默了会儿，问道："我不能带着苏先生一起回京都吗？"

华介夫不需要思考，直接说道："离宫没有说过。"

陈长生再次沉默，明白了他的意思——从遇到那两名刺客和薛河，到现在已经有一段时间，离宫方面肯定知道了苏离和他的消息，却只要求下属的教殿护送陈长生回京，对苏离则是只字不提，这已经代表了离宫的态度。

"我可能要在客栈里再等一段时间。"

"我们肯定会护着您的安全，但我们没有办法因为您要护着屋里的这位先生而护着这位先生，您应该明白，这是不公平的事情。"

"是的。"陈长生看着华介夫说道，"所以你可以当作不知道我在浔阳城。"

华介夫说道："可是您就在浔阳城，而且您要留到什么时候呢？每个人的麻烦终究要自己解决，更何况那位先生自己本身就是个麻烦。"

陈长生想了想，说道："我想等到离山剑宗来人，或者……有他信任的、有能力保护他的人到来。"

华介夫感慨说道："世人皆知，苏离从来不信人……他没有朋友，一个也没有，您要等到这样的人出现，又要等到何时？"

"也许吧……但我总觉得应该有人愿意帮他才是。"说完这句话,陈长生转身向房间里走去。

华介夫在他身后忽然说道:"您大概还不知道……周园外发生了一些事情,您真的需要尽快回京都解决。"

陈长生停下脚步,问道:"什么事情?"

华介夫说道:"梁笑晓死了。"

陈长生没想到会听到这样的消息,怔了怔后说道:"他是魔族的奸细,被谁杀的?"

华介夫神情略有些复杂,说道:"他说是被您杀的。"

陈长生很吃惊,问道:"他说的?我杀的?"

"是的,他临死前虽然没有说明,但所有人都知道他的意思。"华介夫看着他的眼睛说道,"他死在离山剑宗法剑最后一式之下,周园里只有七间和您会这种剑法。"

陈长生怔住,想不明白这是怎么回事。

华介夫最后说道:"梁笑晓说您和折袖是魔族的奸细,折袖……已经下了周狱。"

听到这句话,陈长生沉默了很长时间,他知道自己必须尽快回京都,但现在他怎么走?他望向紧闭的房门,觉得好生麻烦。

123 · 开门见山梁王孙

陈长生推开房门,走到椅前,对苏离把刚刚听到的这些事情讲了一遍,没有任何遗漏。

苏离轻轻敲着椅扶手,沉默了会儿,然后笑了起来:"人间处处是麻烦,我们要做的事情就是解决这些麻烦。你的麻烦其实并不是太麻烦,虽然梁笑晓这一手确实很漂亮,但只要你回京都便能解决,如果我能回离山,当然就更好解决。"

陈长生明白他的意思。梁笑晓的死如果是他想用自己的命来做一些事情,那么这个麻烦确实极难解决,但他毕竟是国教的当红人物,只要教宗大人依然信任他,问题便不大,至于离山剑宗方面,只要苏离能够活着回到离山,随便发一句话，谁敢质疑？

　　苏离这段话看似简单，其实很不简单，他把两件麻烦合并成了一个麻烦，解决了陈长生当前最大的一件麻烦，陈长生不需要再做选择，只要保持原先的想法就好。

　　"随后浔阳城里会出现很多麻烦，我似乎低估了……这件事情的严重性，国教方面不愿意出面，我没办法解决这些麻烦，您说的对，我似乎是赌输了。"陈长生走到桌边，端起茶杯喝了口，润了润有些发干的嗓子。

　　苏离的眉挑得更高，笑容更盛，说道："你当然会赌输，不过你喊这一嗓子还是有好处的，至少你替我解决了最大的麻烦。"

　　陈长生放下茶杯，有些不解，心想自己做了些什么？

　　"你喊破了我的行藏，全大陆的人都在看着浔阳城，寅老头终究是要些颜面的，总不能让国教的徒子徒孙在光天化日之下来杀我。"苏离敛了笑容，平静说道，"如果不是这样，现在门外那名红衣主教，现在肯定在想如何能够杀死我，所以你至少解决了离宫这个大麻烦。"

　　陈长生想了想，确实是这个道理，只是国教的大麻烦解决了，不代表他有能力解决接下来的那些麻烦，华介夫先前的态度表现得非常明确，国教现在确实不会出手对苏离如何，但也绝对不会帮助苏离，最多是两不相帮的立场。

　　他想着这些事情的时候，客栈外寂静无声的街道上忽然传来一声巨响，他走到窗边推开，只见对街房屋院落后方溅起无数烟尘，院墙与房屋不停倒塌，仿佛是有个巨大的怪兽正向着这边走来，又像是一场地震正在向此间蔓延。

　　客栈外的教士们发出惊呼："王府……动辇了！"

　　陈长生闻言微怔，看着街对面越来越近的烟尘，感受着地面的震动，心想这是什么意思，是谁正向着客栈而来？来不及做更多思考，他直接翻窗而出，落在了客栈前的石阶上，此时华介夫也从客栈里走了出来，站在他的身旁，神情严峻至极，显得异常凝重。

　　"谁来了？"陈长生问道。

　　"梁王府的大辇。"华介夫看着街对面深处的烟尘，微微皱眉说道："这座大辇已经近百年未曾离开王府，没想到今天却动了。"

　　依然是那个梁字，果然是那个梁字。

　　陈长生与苏离一路南归，知晓了很多修行界的势力分布，对于梁这个姓氏更是警惕到了极点，因为梁笑晓姓梁，梁红妆也姓梁。

梁这个姓是曾经的国姓，梁氏便是前代中原王朝的皇族，与如今的大周皇族陈氏曾经有无比紧密的姻亲关系，千年之前，陈氏取梁而代之，对梁氏一族依然尊敬有加，或者是因为曾经的姻亲关系，或者是因为惭愧，总之是给予了各种殊遇。

大周建国以后，梁氏离开京都，回归天凉郡，被封为郡王，但毕竟是曾经的君主，哪里可能心甘情愿接受这样的命运，依然心心念念想着回复旧日的荣光，只是时间总被风吹雨打去，现在的梁氏除了血脉依然高贵，依然颇受世间万民敬畏之外，早已没有了改天换地的能力，大概也正因为如此，才能在大陆北方存在至今。但曾经统治整个大陆的姓氏，自然拥有非同一般的天赋血脉，千年以降梁氏出现过无数强者，到如今这一代，最出名的便是梁王府的那位年轻王爷梁王孙。

正如华介夫所言，梁王府的大辇已经很多年没有动过了，今天大辇出了王府，一路破墙踏院向客栈而来，如此大的动静，说明必然有大事发生。世间唯一有资格坐在那座大辇上的人，当然就是梁王孙。

在那名来北地游历的槐院强者出现之前，这位王爷应该就是苏离和陈长生要解决的最大的麻烦。梁王孙并不是那位王爷的本名，那位年轻王爷叫做梁朕，但是整座浔阳城里没有人敢用这个名字称呼他，渐渐的，整个大陆都开始称他梁王孙。

——逍遥榜第三，开门见山梁王孙。这个名号来自于梁王孙的性情，拥有最尊贵的血统、最强大的修行天赋，这位年轻的王爷做起事情来，向来很直接，很干脆，或者说很霸道。梁王府的大辇实在是太大，根本没有办法来到客栈所在的这条长街，于是王府的随从便开始拆房子，从浔阳城北一路拆到此间，真是霸道到了极点。

轰的一声巨响，客栈对面街上的建筑倒塌，烟尘大作。一座华贵至极的大辇，在漫天烟尘里缓缓呈现。这座大辇宽约十丈，长也是十丈，上面铺着名贵至极的黑曜石，不知是哪家大师亲自雕刻了数百层花瓣，看着就像一个莲花座。莲花座两旁行着数十名低眉顺眼的童子与少女。

如此大的莲花座上，只坐着一人。

那人极为英俊，黑发束得极紧，衣衫看似简单实则极为讲究，一身贵气，坐姿极为挺拔,在莲花座的正中,右手扶膝,左手握着一把杵,身体微微前倾,仿佛雕像一般,眼神也仿佛雕像一般,没有太多生气,有的只是寒冷的意味。

这人便是梁王孙。他直接在浔阳城的万千广厦里开了一道大门。要来见山。然后推倒这座山。

124 · 一场盛宴的开端

梁王孙要见的、要推倒的那座山,自然是离山。

整个大陆都知道,苏离就是离山。

在以往,这座山峰高不可攀,即便是王破、肖张、梁王孙这样在逍遥榜高高在上的强者,也无法向他发起正面挑战,但现在,苏离受了重伤,这座山峰已然摇摇欲坠。梁王孙相信自己有足够的资格和能力把这座山峰摧毁,所以在收到消息后,他毫不犹豫地乘着大辇离开了王府,来到了这间客栈之前。

只不过现在这座山峰之前,还站着一名少年。

他想要推倒这座山,首先便要过少年的这一关。

"你就是陈长生?"梁王孙看着客栈石阶前那名少年,平静问道。

陈长生没有回答这句话,因为他这时候很紧张。除了在天书陵门口远远看过王破一眼,这是他第一次看到逍遥榜中人,这些人才是人类世界真正的中坚力量,野花盛开的年代,便是从梁王孙等名字出现开始。

当然,从西凉镇到京都后,他已经见过很多真正的大人物,但那些大人物太过高高在上,无论是教宗还是苏离,哪怕关系已经称得上亲密,他也无法有实感。但黑莲花辇上的这位年轻王爷不同,因为以陈长生现在的境界与名声,早已经超越了青云榜的范畴,进入了点金榜,换句话说,他和逍遥榜已经很近。唯接近,才能感受到真正的压力,或者说差距。

梁王孙的眉微微挑起,陈长生的沉默让他有些意外,不知为何,他没有动怒,而是再次平静问道:"你就是陈长生?"

陈长生这一次真的醒过神来,才知道对方是在问自己。

对方是来杀苏离的,敢杀苏离的人,首先却把注意力放在了他的身上,如果换作别的少年,或者会生出一些骄傲与得意,但他没有,因为他没有身为名人的自觉。事实上,无论是青藤宴、大朝试、天书陵观碑,以及随后接任国教学院院长，种种事宜，已经让他成为这个大陆最出名的人物，即便是梁王孙这样的人物也要先对他说几句话，哪怕是不咸不淡的场面话。

客栈前的长街一片安静，烟尘渐敛，除了散在四处的教士，隐隐约约还能看到很多身影，那些人应该便是王府的死士，随时准备向客栈发起进攻，但暂时没有动，因为所有人都在等着陈长生的回答。

西宁镇的少年道士现在已经有与梁王孙这样的人物进行平等交流的资格。但出乎所有人的意料，陈长生什么都没有说，直接转身走进客栈，关上大门，然后化作一道青烟跑到二楼。

梁王孙正襟危坐于黑莲花间，眉挑得更高了些，似笑非笑。

推开紧闭的屋门，陈长生来到苏离的椅前，说道："我们跑吧。"

苏离睁开眼睛看了他一眼，说道："已经买定离手，想认输也来不及了。"

陈长生低着头，没有说话，胸口微微起伏。他想带着苏离逃跑，自然说明他已经推翻了自己最开始的想法。他认输了，因为实力差距在这里，不得不认。因为只看了一眼，他便知道自己绝对没有任何可能战胜梁王孙。比头发丝更细的一丝可能都没有。

客栈外，长街寂静如前。

梁王孙居高临下看着浔阳城的主教大人，问道："国教会管这件事情？"

华介夫的脸上也没有任何表情，说道："无关的人的死活，我不会管，但陈院长的安危，我们是必然要管的。"

先前陈长生对这位主教大人说可以当作不知道自己来到浔阳城，然而整座浔阳城都知道他在这里，国教中人又如何能够不管他？

"我不明白这位年轻的陈院长为何要管这件事情，但……我不管。"梁王孙从袖子里取出一块雪白的手绢轻轻擦拭衣上沾着的尘埃，说道，"王府的大辇既然动了，这件事情总要个结局。"

华介夫看着他神情凝重说道："教宗大人在京都等着陈院长的归去。"

梁王孙的动作微微顿住，沉默片刻后说道："那你们就把他送回去。如果他不肯走，说不得我也只好把他一道杀了。"

华介夫摇了摇头，说道："那样的话，梁王府会绝后的。"

主教大人这句话说得很平实，没有半点威胁的意味。因为这是客观的事实，如果陈长生死在浒阳城，国教会做出什么反应，谁都能想到。

但唯因平实，所以强硬。

梁王孙再次沉默，把变得微灰的手绢扔到辇下，有些意兴索然说道："绝后？十几年前那件事情之后，你觉得我梁王府的存在还有什么意义？我今日在光天化日之下杀了苏离，难道不怕离山杀我全家？所以这对我没用。"

华介夫觉得春风骤寒。十几年前，那场国教学院血案之后最恐怖的杀戮被圣人们强行掩去了真相，所以他并不是很清楚那件大事的所有细节，但他很清楚梁王府付出了多么惨痛的代价。他看着辇上的年轻王爷，劝道："何至于如此决绝。"

黑莲辇很高大，梁王孙坐在其间，便似坐在楼上，恰好与客栈的二层楼平齐。他看着客栈二层楼那扇紧闭的窗户，叹道："谁让他那四个字喊得这么绝。"

浒阳城变成一座寂静的死城，一场杀戮近在眼前，所有这一切都是因为陈长生推开窗户，对着明媚的春光喊了四个字。

苏离在此。

这四个字把陈长生和苏离逼进了死地。其实何尝不是把那些想杀苏离的人逼进了绝境。国教没办法对苏离动手了。大周军方没办法动手了。想暗中杀死苏离的人，比如梁王孙，只能这样来明杀了。世间有很多事情只能做不能说，更不能让人看见，不然不好交代。无论是向南人，还是向史书。

比如杀苏离。

这只能是一场隐藏在历史阴影里的血腥事，就像当年落柳原之盟，就像当年百草园之变，就像当年周独夫消失的真相。

陈长生却只用了四个字，便把这件事情变成了天下皆知的一场盛事。

"盛宴已经开始，如何能够提前离席？"客栈幽暗的房间里，苏离坐在椅上，看着身前低着头的少年微笑说道，"我教了你行军布阵，教了你慧剑如意，你学得很好，甚至超过了我对你最高的期望，居然能把万千变化尽数化到先前那声喊里……现在我真的有些好奇，你到底能护我到何时。"

125 · 有时候，救人得先学会杀人

喊破苏离的行藏，将隐藏在夜色里的所有人与事尽数逼到了阳光底下，陈

长生做这件事情并不是刻意的，是按照心意行事，他最在意的便是顺心意。但在做这件事情之前他当然仔细地考虑过后续，觉得好处应该会大于坏处，正如梁王孙所感慨的那样。

这是一种谋略也是一种计算，一路南下苏离教给他的那些道理，比如战策比如剑法都被他用了出来，换一个角度来说，他对着春光明媚的浔阳城喊出那四个字，便等若对着漆黑一片的夜色刺出了一记慧剑，终于撕开了一道口子，觅着了些光亮。

可当他亲眼看到梁王孙的那一瞬间，他忽然发现自己的计算推演出了些问题，这里说的问题并不是像他所说的那样打不过必须逃，而是他认为梁王孙本就不应该出现。梁王孙不顾王府传承，民意汹汹，竟在光天化日之下来杀苏离，究竟是为什么？

"为什么？"陈长生看着苏离问道。

苏离说道："因为他们都姓梁。"

梁笑晓、梁红妆、梁王孙……这三个表现出来最想苏离死的人都姓梁，他们都是梁王一脉？苏离与梁王府又有什么化不开的仇怨？

"做过皇帝的人谁甘心一直做王爷？"苏离看着窗外隐约能见的那座黑莲大辇，说道："梁王府的历代主人最想做的事情，就是回到京都，重新坐上皇位，只是他们根本没有机会，直到十余年前，京都那场内乱，才终于让他们看到了可能。"

陈长生听苏离说过当年的事情，有些不解问道："当时想要起事的不是长生宗吗？"

苏离："要谋天下，其虑必深，梁王府数百年前便开始渗入长生宗，十余年前长生宗挑动南北相争，正是他们的好手段。"

陈长生不解，当年长生宗的长老被苏离一剑尽数杀死，梁王府隐藏数百年的图谋被碾碎，确实极恨，但何至于对苏离如此恨之入骨？

苏离说道："那些长老里有个姓梁的，应该便是梁笑晓的祖辈。至于梁王孙和梁红妆为何会如此恨我，或者是因为当年我在长生宗杀人之后，顺道来了趟浔阳城，把梁王府里的那些老家伙也全部杀了。"

陈长生沉默无语，心想这等若是杀人全家，如此血海深仇，难怪梁王一脉的年轻人们对苏离如此仇恨，梁笑晓甚至不惜与魔族勾结。

窗外隐隐传来梁王孙与浔阳城主教的对话声。

陈长生沉默听了片刻后,忽然问道:"前辈,真的需要……杀这么多人吗?"

苏离的脸上流露出嘲讽的神情,说道:"又准备开始说教?"

陈长生摇了摇头,说道:"只是觉得这件事情本不应该流这么多血。"

苏离没有直接回答,说道:"当年长生宗和梁王府意欲以南征北,其时京都混乱至极,朝堂与国教依然分裂对峙,南人唯一解决不了的问题也是最大的问题,那就是天海的存在,他们最后找到了一个解决这个问题的方法。"

"什么方法?"

"他们要我去京都杀天海,就算我杀不死天海,相信天海也会身受重伤。"

"前辈,您去了吗?"陈长生刚刚问出口便知道这是句废话。

苏离当然没有去京都杀天海圣后,不然历史就不会是现在这副模样。果不其然,苏离像看白痴一样地看着他,说道:"我看着像有病?"

陈长生心想那些南人才真有病,居然会想出这么一个不可能实现的主意,问道:"他们当时是怎么劝您的?"

"他们抓了我的妻子,把她囚禁在长生宗的寒潭里,然后用大义劝我。"苏离说这句话的时候,脸上没有多余的表情,但即便已经时隔十余年,陈长生仿佛依然能够感受到他的愤怒。

"没有人喜欢杀人,我也不喜欢。"苏离最后说道,"血流的多了,剑要洗干净很麻烦,更不要说衣裳,所以我也不喜欢流血,但有时候,人必须杀,血必须流。"

陈长生懂了。这段他曾经听过的往事在今天被完全补完,苏离是想通过这件事情告诉他一个简单的道理,同时不想再听他那些劝告。

存在于人世间,想要自由地活着,想要保护自己心爱的人不受伤害,你必须足够强大,并且让整个世界都承认你的强大,畏惧于你的强大。如何证明,如何让世界承认这一点?你要敢于杀人,敢于让整个世界流血。

苏离就是这样做的。他把长生宗的长老全部杀死,险些让梁王府灭门,让大陆血流成河,他虽然没能挽回自己妻子的生命,但在那之后的十余年里,没有任何人再敢威胁他、利用他,也没有任何人敢去威胁他的女儿。

懂了不代表就能接受,但陈长生也没有办法再对苏离说些什么,那只好和别人去说。他走到窗边推开窗户,望向黑莲大辇里的梁王孙,简单说道:"我要护着他。"

梁王孙英俊而贵气的容颜上露出一抹意味不明的笑容，说道："很多人都以为你死在了周园里，没想到，你却会死在浔阳城。"

陈长生的话很简单，梁王孙的回应也很简单，他既然在无数双目光的注视下来杀苏离，便说明他已经不在意任何人的威胁，哪怕是国教。

"他当年没有杀死你，没有杀死梁红妆，也没有杀死梁笑晓。"陈长生说道，"他给梁王府留了一条后路，梁王府或者也可以给他留一条活路。"

"可是当年能活下来的人很少，而且你真以为那是一条后路吗？不，王府失去的，是数百年里无数人的希望，不过我倒确实可以给他留一条活路。"梁王孙冷酷说道："你让我砍断他的四肢，废了他的经脉，我就让他活着。"

陈长生沉默了会儿，说道："这不公平。"

梁王孙说道："以血还血，以死亡还赠死亡，最是公平不过。"

陈长生说道："前辈是为了人类才去的雪原，被魔族围攻才受的重伤，不然你们根本没有可能杀死他，所以他不应该死在人类的手里，至少不应该是这一次，至少不应该是这么死，无论他曾经杀过多少人，哪怕他或者真的不是好人。"

听着这番话，客栈四周的教士还有梁王府的那些死士的情绪都生出了些变化。

梁王孙看着窗口处的他，平静说道："你说的或者有道理，一代传奇就这样死去，杀死他的我想必在史书上也只会留下宵小之辈的名声，但……我不在意，这个世界也不会在意，因为这是唯一可以杀死他的机会，而这个世界上的所有人都想他死。"

陈长生问道："哪怕这等于是和魔族合谋？"

"这是一场无耻的谋杀，不要说与魔族合谋，就算是与魔鬼交易又如何？"

梁王孙话音方满，客栈四周的房屋纷纷倒塌，不知道多少修行者的身影出现。浔阳城的城门虽然已经关闭，又如何拦得住这些想要杀死苏离的人？

天空里忽然闪起一片火红的光线。随着温度的提升，烈风扑面，一只火云麟降落在长街的那头，薛河坐在上面，盔甲上依然残留着当日留下的血水。紧接着，一身舞衣的梁红妆出现在长街的另一头，他妩媚的容颜已然满是灰尘，身上的剑痕依然清晰可见，也不知道他是怎样支撑着赶了回来。看着梁红妆出现，华介夫微微皱眉。当日正是这位浔阳城的主教，暗中告诉梁红妆苏离的行踪。

"你看，就连国教其实也很想他去死。"梁王孙看着陈长生说道，"你又如何能够对抗整个人类世界呢？"

陈长生看着客栈四周与街巷里的那些身影，他不知道这些人是谁，在大陆北地拥有怎样的声名，属于哪个宗派山门，只能从气息中感觉到这些人的可怕。这些都是来杀苏离的人。薛河是大周神将，应该不会出手。梁红妆应该已经无力出手。但这些人会出手。更不要说，还有那名一直藏匿在黑暗里的著名刺客刘青，今日这场战斗，除了梁王孙之外，最可怕的就应该是此人。

苏离重伤，向整个大陆发出了盛宴的邀约，来参加这场宴会的宾客已经到场，他们以剑为筷，准备饮一杯血做的美酒，享用一顿人肉的大餐。陈长生不知道这场盛宴还会不会有宾客到场，他想试着把餐桌掀掉。

他站在窗边，看着黑莲辇里的梁王孙，神情不变，真气缓运，神识落入剑鞘里，联系上黑龙的离魂，唤醒了那些已经沉睡多日的剑。

无数把剑。

他开始计算推演，开始准备燃烧真元，开始准备万剑齐发。慧剑、燃剑，这是苏离教给他的剑，万剑是他的剑。他想试试看，能不能用剑道上的提升，补足万剑剑意的消耗，从而重现周陵前的那幕画面，然后直接一举杀死梁王孙。

陈长生是通幽上境的少年天才，梁王孙是逍遥榜上的真正强者，无论在谁看来，甚至他自己也清楚，彼此之间的实力差距有若城地。但他依然想试试看能不能杀死对方。因为现在的局面注定了，他必须杀死梁王孙，才能让苏离活下去。

这，或者是他从苏离身上学到的最新的道理。

126·有人乘着风筝来

梁王孙是这场盛宴的第一位宾客，以他的身份、实力以及在江湖、庙堂、修行界的地位，他绝对有资格做主宾，所以陈长生要杀他，哪怕明知远远不敌，也要杀他，如此才能震慑整座浔阳城，再加上他在国教里的地位，才有可能让人们不敢继续向苏离动手。这就是陈长生的安排，唯杀人方能救人，唯不讲道理才能讲通道理。

客栈外的长街一片寂静，明媚的春光洒落在刚刚息落的尘埃与街面上。伴着破物声响,陈长生撞窗而出,带着碎裂的石砾与木屑,于瞬息之间来到了街上。梁王府的大辇有二层楼高,在客栈之前,他破窗前行,便是来到了辇间。他的脚没有落到辇上,短剑已经破鞘而出,直刺梁王孙的眉心。

这一剑悄然无声,没有任何威势可言,也感受不到多么磅礴的真元波动,仿佛只是替明媚的春光增添了一道不起眼的明亮,然而却震撼了很多人。就连梁王孙的神情都变得凝重了起来。

陈长生这一剑的剑意精纯至极,强大至极,竟仿佛已经超越了剑势的存在。街巷里看到这一剑的人们,无论是那些敢来杀苏离的修行强者,还是浔阳城教殿的教士,抑或是梁王府的死士与那些不懂修行与剑道的普通仆役婢女,都觉得自己的眼睛有些泛酸。

那道酸意来自陈长生的剑意,无比锋利且带有先天威压的剑意——他的短剑现在是新一代的龙吟剑,他的这一剑,仿佛龙出沧海,光耀四野,看似不起眼的明亮,实则像极了一轮太阳,刺得所有人都眯起了眼睛。

众人震惊,这才知道陈长生的剑道境界已经修行到了这等程度。只有与陈长生交过手的薛河及梁红妆早有心理准备,没有什么反应。

陈长生现在虽然已经很出名,被很多人视作年轻一代修行者里,排在秋山君和徐有容之下的那些最具天赋的少年行列中,但毕竟没有多少人亲眼看过他的境界,尤其是浔阳城在北方,这里的修行者只知道他必然不凡,却没想到他小小年纪竟然已经修行到了通幽境的巅峰,更可怕的是,在剑道上的造诣如此精深。在这很短的时间里,包括浔阳城主教华介夫在内的很多人,都忍不住生出一个平时根本不可能有的想法——难道陈长生的剑真有可能威胁到梁王孙?

坐在辇间直面剑锋,梁王孙要比街巷里的所有人对陈长生的剑意感知的更为真切,然而令人不解的是,他始终没有任何动作。他静静看着陈长生的剑,眼神平静而漠然,自有一道高贵而不可侵犯的感觉,右手握着的那道金刚杵骤然间大放光明,瞬间把陈长生剑身上的明亮吞噬一空。这就是近乎完美的星域吗?陈长生正这样想着的时候,忽然觉得有些不对劲,因为……

他的剑非常轻易地刺进了那片光明里。人剑合一。当短剑刺进那片光明的时候,他也进入了那片光明。他的双脚终于落到了梁王府的大辇上,踩到了实地。但他的剑却没能刺进梁王孙的眉心,而是停留在了眉心之前。

梁王孙垂在身畔的左手,不知何时抬了起来,拦在了陈长生的短剑之前。

他只用了两根手指,便夹住了这一剑。那两根看着有些细柔、甚至有些像女子的手指,实际上就像是两座山峰。陈长生的剑即便是真正的龙,说不得也要被这两座山峰夹住,无法前进。

在破窗出剑之前,陈长生对这场战斗做的最多的推演计算,都是放在如何找到梁王孙星域的弱点或者说破绽方面,他完全没有想到,梁王孙竟然根本没有施展出星域,只用了两根手指便制住了自己的这一剑,这就是逍遥榜强者的自信与威严吗?

看着梁王孙威严的眼睛,陈长生忽然觉得身体有些寒冷——此人的实力修为太过深不可测,比他强大太多——但他身体里的寒意并不是来自这种实力上的差距,因为他还隐藏着手段,他那道真正的剑还没有刺出来,而是来自于某种隐约的感觉。

梁王孙没有展开星域,与自信无关,与轻蔑无关,应该也不是想羞辱他,因为那不符合他的身份气度,也不是真正的强者会犯的错误,那么他究竟想做什么?果不其然,就在下一刻,就在陈长生来不及施展出真正的剑之前的那一刹,梁王孙动了。他神识微动,黑莲花辇上星屑飞舞,一道气息隔出了两个世界。

梁王孙展开了自己星域。此时,陈长生在他的身前,于是也进入了他的星域里,或者说,被困在了他的星域里。对聚星境的强者来说,星域最重要的作用,是保护自己不受到任何攻击,梁王孙这样做是何用意?陈长生知道对方此举必有深意,只是一时想不明白,但他剑心不乱,剑意沉稳如前,右脚向前踏出一步,身体里的真元瞬间猛烈地燃烧起来。

梁王孙的眼睛变得更加明亮,更加严肃,也更加认真。很明显,他感知到了陈长生真元的暴涨,也察觉到了可能的危险。梁王孙知道片刻后,陈长生真正的那一剑便会来到,此时的他并不知道,那一剑至少是数千剑,他只知道,同样是片刻后,苏离便会死了。

都只需要片刻时间,但陈长生不见得能伤到梁王孙,梁王孙却很肯定苏离会死。于是稍后陈长生便明白自己没有机会等到这片刻时间结束。因为在这片刻时间开始的时候,有一片雪花飘落到梁王府的辇上。无数片雪花,落在客栈四周的街巷上。深春时节的浔阳城,忽然落了一场雪。

陈长生看着梁王孙的眼睛,在里面看到了很多情绪,却没有看到杀意,于是他懂了,梁王孙从始至终就没有想杀他。是的,哪怕是梁王孙这样的人物,

444

不到万不得已的情况下,也不想杀死深受教宗大人和梅里砂主教信任甚至宠爱的国教学院少年。

他冒着风险后展星域,把陈长生留在辇上,只是不想他出手。这场战斗,并不是发生在他们二人之间。真正动手杀苏离的另有其人。那个人是谁?这场盛宴,最后到场的宾客是谁?

春光已然被风雪淹没。

雪空里,忽然落下了一个人。那是一个怪人,脸上蒙着一张白纸,白纸上挖了两个洞,露出两个眼睛,其余的地方,则用简单的线条画着鼻子与嘴巴。那个怪人的眼睛里无情无神无爱,冷漠却让人觉得无比疯狂。那个怪人的腰间系着一根线,线的另一头在天空里,系在一只无比巨大的纸风筝上。那只纸风筝不停地向地面洒着纸片。哪里有什么风雪。飞舞在浔阳城里的雪花,原来都是纸片。

那怪人的境界修为强得可怕,离地面还有数十丈的距离,一身霸道而疯狂的气息已然来到街巷之间,境界修为稍弱的修行者闭目对抗,那些普通人更是直接昏死了过去。

客栈顶部的黑瓦旧檐,转瞬之间被尽数碾压成废砾。沉闷的声音里,客栈的楼顶尽数坍塌,墙壁皆断,露出了里面的景象。

烟尘与飞雪间,人们隐约能够看到满地残断的梁木与家具。在废墟里,有一把椅子。一个中年男人坐在椅中,手里拿着一把陈旧的黄纸伞。街巷里骤然死寂。这是很多人第一次看见苏离的真面目。

从天空里落下的那人,一枪刺向苏离的身体。铁枪骤出,纸雪骤散,风雷大动!客栈四周的人们惊呼出声。

"肖张!"

"画甲肖张!"

有个人乘着风筝来到了浔阳城来杀人。他提前洒下纸做的雪花,给那个要杀的人送行。因为他认为自己既然来了,那人便必然要死了。哪怕那人是苏离。这么疯狂的事情,除了逍遥榜第二的那个疯子,还有谁能做得出来?这么嚣张的出场,除了画甲肖张又还能是何人?

铁枪一出,浔阳城动!

这是肖张的嚣张一枪,即便是苏离未曾受伤,境界最盛之时,想必也要认真应付，现在他重伤未愈，又如何能接下这一枪？

此时，陈长生被梁王孙困在长街上，谁来替他挡这一枪？

127 · 笨少年的笨剑

客栈废砾间，苏离坐在椅上，闭着眼睛，似睡着，其实醒着。他的手握着黄纸伞，却没有落柄抽剑的意思。那道自天而至的铁枪，距离他只有数丈的距离，他的黑发已然飘散。曾经不可战胜的绝世强者，此时此刻终于被逼入了绝境，谁能来救他？

苏离没有朋友。他也从来不相信别人，除了离山里的人。然而离山太远，现在的浔阳城里，只有陈长生。能帮他挡下这一枪的人，也只有陈长生。陈长生必须帮他挡下这一枪。

于是，出乎所有人的意料的事情发生了。客栈外的街道上忽然变得无比炙热，自天飘落的纸雪飞舞更疾，有些落到辇上的纸片甚至被烤得焦卷起来。这道热量来自陈长生的身体。他以一种近乎狂暴的方法燃烧着自己的真元。这就是苏离教给他的第二剑：燃剑。剑意狂暴地提升，填满了辇上的整个空间。这一记狂暴的剑法，有着燎天剑的冲天剑势，有着金乌剑的无双秘诀，在真元燃烧的那一瞬，更有离山法剑最后一式杀身成仁的决心与魄力。这一剑本来就是苏离专门为他越境与强者战而专门创造的。当初在官道畔的茶肆里，陈长生的燃剑直接将聚星境的北地大豪林平原斩成了废物，此时面对这一剑的梁王孙即便实力深不可测，也有些动容。梁王孙松开手指，化为剑诀，金刚杵呼啸而起。

陈长生的燃剑没有真的刺出。他转腕收剑，再次刺出，刺的却不是梁王孙的眉心，而是大辇右前方的一片虚空。这一剑看似轻描淡写，其实极具深意，剑锋所指之处，大有学问。这是苏离教给他的第一剑：慧剑。慧剑需要海量的计算、推演的天赋，通明的剑心以及……很好的运气。梁王孙这种境界的聚星境强者，星域堪称完美，即便陈长生这一剑是由内而外，想要击破也极为困难，所以他这时候在拼命。或者是因为他的命不好，或者命太好的缘故，每当他拼命的时候，运气总是不错。只听得嚓的一声轻响，梁王孙的星域被短剑刺破了一个小洞。

陈长生的身影骤然一虚，散着热气，卷着纸片，回到了客栈楼里。这是耶识步。楼内一片狼藉，苏离坐在椅中，闭着眼睛，仿佛在等死。那道铁枪破雪空而至，正要刺向他的胸口。陈长生出现在了苏离的身前。

所有看到他的人，都觉得眼睛有些酸。这与最开始的剑意无关，而是因为他的身体正在散发着恐怖的热量。他的身上看不到真实的火焰，却给人一种感觉，他正在燃烧。面对这道自天而落的铁枪，陈长生横剑于身前。短剑没有变得明亮，龙威也没有展露，看着很寻常，就像是石头，像是沙土。石头和沙土混在一起，可以为堤。这道来自雪空的铁枪，无比恐怖强大，仿佛泛滥的洪水。随着陈长生横剑，肆虐的滔滔洪水之前，似乎出现了一道大堤。这就是苏离教他的第三剑。这一剑有个很蠢的名字，叫做：笨剑。

按照苏离的说法，这是一种很笨的剑法，所以只有最笨的人才能学会。这也是一种最本质的剑法，因为这一剑根本不能用来迎敌，只能用来防守。之所以叫笨剑，还因为要学会这一剑，没有别的方法，只能不停地重复练习，练到海枯石烂，练到斗转星移，练到天长地久，你却没办法确认自己有没有练会。

陈长生当时听到这些话后，根本没有学这一剑的念头，直到苏离说道，这记笨剑堪称世间防御最强的剑法，才改了主意——剑出离山，苏离在剑道上的造诣修为更是举世无双，见多识广，他的判断自然不会有错。

然而当他正式开始学这记笨剑之后，他就后悔了。因为，苏离自己都没有练成这一剑。整座离山，整个大陆，都没有人练成这一剑。甚至在整个历史的长河里，都没有人练成这一剑。换句话来说，这记剑法只存在于书籍里，存在于想象的剑道之中，从来没有真实出现过。

苏离说之所以他没能学会这一剑，因为他太过天才，剑心自由随意，不愿意受到束缚，而陈长生却真有学会这一剑的可能。因为……在某些方面，陈长生真的很笨。陈长生自然不会再相信他的话，但却真的很笨地开始学习这一剑，日夜不辍地练习着，某一刻，他甚至觉得自己似乎真的学会了这一剑。

但这无法确认，因为没有试过，直至此时。那根嚣张的铁枪，破雪空而落。万剑齐发的最后手段也没法用，因为那个乘风筝而来的怪人，明显是疯的，为了杀死苏离，他根本不在意身上被刺出千万个窟窿。陈长生只能用这一剑。既然是挡枪，当然只能挡。他横剑于前，看着越来越近的铁枪和那抹飘舞的红缨，心情紧张到了极点，身体无比僵硬，剑心却无比平静，神情甚至显得有些呆滞。

这时候的少年，看着真的有些笨。

红缨飘舞，撕破纸雪。

铁枪来到楼间，明亮而嚣张的锋尖与黯淡而沉稳的剑身相遇。只是瞬间，铁枪的锋尖便与短剑撞击了数千次。客栈上飘舞的纸片纷纷碎裂，变成粉末，雪势更盛，更真。轰的一声巨响。气浪向着客栈四周喷涌，纸雪弥散开来，笼罩了数百丈方圆的街巷。

寂静里，响起酸厉刺耳的声音。那是铁与铁摩擦的声音。铁枪缓缓后移。陈长生依然站在苏离的身前。他脸色苍白，身体不停颤抖，尤其是双腿。似乎下一刻，他便会倒下，但他没有倒。他甚至一步未退。

他自己并不知道这一点，因为那道铁枪实在是太强大，太恐怖。在最后的时刻，他甚至闭上了眼睛，直到此时依然没有睁开。真元狂暴燃烧的后果还在，他的身体温度极高，滚烫无比，偶有纸屑落在他的身上，便被点燃烧，冒出几缕白烟，看着有些怪异。人们看着冒着白烟的陈长生，震惊无语。

于不可能之际，强行破开梁王孙的星域，回到客栈，硬挡了那道破空而至的铁枪，这个少年究竟是怎样做到的？要知道他再如何天才，毕竟才十六岁，他今日面对的，可不是大朝试里的那些同龄对手，而是逍遥榜上的真正强者！

"了不起，居然能挡我一枪。"楼里响起一道没有任何情绪的声音。

陈长生睁开眼睛，终于看清楚了那个乘风筝而来的怪人。这个怪人身形有些瘦长，穿着件破旧的短衣，露出了半截手臂与小腿，脸上蒙着一张白纸，白纸上画着鼻子与嘴，只露出了两只眼睛。

——陈长生确实很了不起，在场的人们都是这样想的。

因为他能挡住这个人的铁枪，因为这个人是画甲肖张。

从近四十年前那场煮石大会开始，修行世界正式迎来了野花盛开的年代。无数天才纷涌而出，画甲肖张始终是其中最夺目的那个名字。他与天凉王破齐名，乃是人类世界的真正强者。而在很多人眼中，他要比天凉王破更可怕，因为他是个疯子。

很多年前那场煮石大会之后，王破拔了头筹，荀梅与梁王孙等人居于其后，肖张极不甘心，为了超越王破，强行修行某种有问题的功法，结果走火入魔失败。就在所有人以为他会就此陨落之际，谁能想到，他竟然散去了一身修为功力，从头开始修行，竟只用了短短数年时间，便又重新进入了聚星上境！这等心志何其疯狂强大！

因为那次走火入魔，肖张没能参加第二年的大朝试，同时，他的脸受了重伤，几近毁容，也就是从那时候起，他的脸上便盖了一张白纸，再也未曾取下过。世人称他为画甲肖张，除了他的出身宗派以画甲闻名之外，更多的就是因为这张白纸。

相传那时候天机老人曾经问过他，为何不用面具，肖张回话说，自己用白纸遮脸，只是不想吓着小孩子，又不是耻于见人，为何要用面具？只是当时的肖张大概也想不到，在随后的三十余年里，他脸上的这张白纸不知道给对手带来了多少恐惧。

这就是画甲肖张，他很疯狂，也很嚣张，他的铁枪无坚不摧！以陈长生现在的年龄与境界水准，居然能挡他一枪，确实是非常匪夷所思的事情。

梁王孙这时候也在看着陈长生，想着先前陈长生刺向自己的那一剑，以及破开自己星域的那一剑，有些不解——第一剑为何如此狂暴？第二剑更是竟仿佛能够思考，有生命一般，这又是什么剑法？为何自己在国教典籍里从未见过？

他和肖张都没有想到，这个少年比传闻里更加强大。最初得知京都里发生的那些事情，比如大朝试时，这些真正的强者并不以为然，要知道三十几年前的那场大朝试，如果他们也去了，踏雪荀梅不见得能够拿到首榜首名。直至陈长生在天书陵里一日观尽前陵碑，他们才感觉到陈长生的天赋惊人，但何至于如此之强？

但再强终究有限，也就到这里了。

微风拂过白纸，哗哗作响。陈长生就这样倒下，坐在了满是灰砾的地上。他没有流血，但腕骨已碎。他坐在椅前，无力再举起手中的剑。

梁王孙望向了陈长生身后的那张椅子。肖张也望向了那把椅子——他们不会忘记椅中坐的是谁，于是想明白了陈长生的剑为何如此之强。

苏离坐在椅中，不知何时，已经睁开了眼睛。他抬起右手，拍了拍陈长生的脑袋，嘲讽说道："你可真够笨的。"

陈长生的声音很虚弱，却依然倔强："我哪里笨了？"

苏离说道："你刚才走了不就是了，还留在这儿干吗？"

陈长生说道："我走了你怎么办？"

苏离问道："就这么简单？"

陈长生不解问道："难道没这么简单？"

苏离沉默了会儿，感慨说道："难怪秋山学不会这一剑，我那丫头没学会，就连我自己都没有学会，你……却会了。"

128 · 我们活着的意思（上）

苏离又问道："你刚才下楼的时候，为什么不把黄纸伞带着？"

黄纸伞的防御能力极强，可以抵抗聚星境强者的全力一击，在汶水的时候，陈长生也听折袖说过，只是这些天这把伞一直在苏离的手里，而且自雪原那日后，他总觉得这把伞是剑，根本没有想到这一点，此时听着苏离的话不由怔住。

他诚实承认："我忘了。"

苏离叹道："真是笨死了。"

二人说话的时候，肖张没有动，梁王孙没有动，客栈四周街巷里的人们都没有动。因为在说话的人是苏离。

在过往的数百年里，苏离是修行界无数人的偶像，是人类世界的气魄剑魂，他可以被杀死，但不能被羞辱，因为那等若是羞辱人类世界本身。在这种时刻，即便是最疯癫的肖张，也不介意等上一段时间。

结局已经注定，世人皆可杀，唯一站在苏离身前的陈长生也已经败了，双方之间的实力相差太过悬殊——修行界野花初开的那个年代，最强者有四人，踏雪荀梅死在天书陵的神道之前，还剩下三人，其中有两人来到了浔阳城，陈长生能做什么？

客栈楼后的一堵断墙，承受不住风的轻拂，轰然倒塌，烟尘再起。烟尘落时，浔阳城主教华介夫出现在楼内，他看着陈长生严肃说道："您已经无法再改变这一切，那么何不让这件事情结束得更平静些？"

陈长生低着头，没有说话。

苏离再次抬起右手，在他的肩头拍了拍，笑着说道："我是什么人，你这个小孩子难道还真准备一辈子守在我身前？"

陈长生明白了他的意思，艰难向旁边移了移。梁王府的辇到来的时候，他站在窗前。肖张的枪到来时，他站在椅子前。即便他倒下，也倒在椅子前。他已经尽力了，现在到了最后的时刻，无论是出于尊重还是别的原因，他都应该让苏离自己来面对这场风雨，于是他让开了。

苏离坐在椅中，握着黄纸伞，看着身前的肖张，辇上的梁王孙、街中的人们，神情平静，满不在乎，仿佛这些人都只是闲杂人。

浔阳城的天空变得有些阴暗，纸雪已止，忽然落下微雨。

微雨里的街巷，鸦雀无声，很长时间都没有人说话。

肖张偏头看着苏离，眼神里透着前所未有的专注与狂热，仿佛在欣赏一件名贵至极的瓷器，而随后，这件瓷器便将由他亲手打破。他脸上的白纸被雨丝打湿，有些变形，于是显得更加滑稽，更加恐怖，下一刻，他略微颤抖、就像铁丝不停被敲打的声音，从白纸后透出来："真是有意思，你这样的人也会死。"

说出这句话的时候，肖张的声音更加颤抖，很激动，又有些惘然——他激动是因为即将亲眼看见、亲自参与历史的重要转折时刻，惘然的原因则更加复杂。

苏离就像看着一个受伤的小兽般看着他，怜悯说道："每个人都要死，这么简单的道理你都不懂？都说你的疯癫有我几分意思，现在看起来怎么像个白痴？"

如果被别人说是白痴，肖张绝对会立即发疯，不把对方凌辱至死断不会收手，但这时听到苏离的话，他却连生气都没有，眼神反而变得无比真挚，说道："你看，今天到场的不是些王八蛋就是些废物，死在他们手里多没意思。"

苏离没好气道："你真是白痴吗？死在谁手里都没意思。"

肖张挺起胸膛，说道："你看我怎么样？死在我手里总要有意思些。"

陈长生忍不住说道："你们这样有意思吗？"

都在说意思，却不是相同的意思。

肖张看着他，眼神骤冷，声音却更加癫狂，喝道："当然有意思！他是苏离！怎么能死在那些废物手里？当然只能死在我的枪下！"

是啊，在很多人想来，哪怕不能战斗，重伤近废，苏离终究是苏离，他在这个世界从未平凡地存在过，又怎么能如此平凡的离去？

陈长生无言以对，苏离自己却有话说。

"我反对。"他看着客栈内外的人群，非常严肃认真地说道："无论怎么死，我都不同意。"

微雨里的街巷再次变得鸦雀无声，只不过与前一刻的气氛不同，这一刻的安静来自于错愕，不是所有人都见过苏离，没有人想得到传说中的离山小师叔竟是这样的人，在生命的最后时刻依然显得如此散漫轻佻，哪有半点传奇人物的风范。

"反对无效。"梁王孙走到客栈的废墟里，看着椅中的苏离沉默片刻后行了一礼，说道，"十几年前你杀我王府三百人时，就应该知道会有今天。"

然后他望向苏离身边的陈长生说道："刚才我说过，用生命还赠生命，这是最公平不过的事情，更何况他这一命要偿还的是三百条命。"

苏离把散乱的黑发拨到肩后，很不以为意说道："随便你说咯。"

听到这个咯字，陈长生很莫名地想起了落落，然后想起了国教学院里的那场暗杀，想起那名魔族刺客，想起黑袍，想起雪原里的那场战斗，于是他还是坚持认为这不公平，但他已经没有坚持自己看法的能力。

雨丝缓缓地落着，飘着，如丝如弦。数百道目光看着客栈废墟里，看着椅中的苏离，炙热却寒冷，快意又敬畏。苏离的左手握着黄纸伞，右手始终没有握住伞柄的意思。

从雪原到浔阳城，数万里风与雪、尘与路，人们已经无数次确认那个消息是真的，苏离确实已经伤重，无力再战，但依然没有人敢轻视他。数百年来，黑袍亲自布置的、魔族最可怕的一次谋杀，都没有杀死他。这样的人怎么可能就这么简单地死去？奇迹，似乎就是先天为他这样的人创造出来的名词。

街巷死寂，气氛压抑而紧张。

不知道肖张和梁王孙何时出手。就在这个时候，有人抢先出手了。一块被雨水打湿的石头，从街上飞来，砸在了苏离的脸上。啪的一声闷响。一道鲜血从苏离的额头上流下。陈长生已经没有力气帮他挡下这块石头。苏离自己也没有力气挡下这块石头，甚至没能避开———一剑能斩魔将，一眼能破聚星的传奇强者，现在竟连一块石头都已经无法避开。

街巷里依然安静，气氛却骤然间变得有些不一样。微雨里，传来一阵大笑。人们望过去，发现是那人是星机宗的宗主林沧海，正是他扔出了那块石头。

林沧海看着客栈楼上，带着怨毒和快意笑道："苏离，你也有今天！就算是条狗，也知道躲开石头，你现在竟是连狗都不如了！"

微雨里，苏离衣衫尽湿，脸色苍白，鲜血缓流，看着很凄凉。

看着这幕画面，众人虽然都是来杀苏离的，却心情各异。

129·我们活着的意思（下）

客栈四周街巷里的人大多数都是通幽境的修行者，少数已经聚星成功，在修行世界里已经算得上是强者高手，对普通人来说更是高高在上的存在，可如果放在以往，这些人对苏离来说，不过是一群蝼蚁罢了，只是现在面对蝼蚁的耀武扬威，却已经做不出来任何反应，只能在雨中低着头。

苏离沉默看着从眉角淌落到胸口的血水，被雨水洗过的脸庞有些苍白，那是受伤的缘故，或者也与情绪有关，一道悲凉的感觉随着落在客栈废墟上的雨丝弥散开来。

正如陈长生说的那样，他如果不是与魔族作战，何至于身受重伤，离开雪原后便被不停追杀，直至现在终于被围困在了浔阳城中，何至于会被这些人羞辱，甚至稍后还要死在这些人的手中，这个事实如何能不令人悲愤，直至悲凉？

长街远处，薛河微微挑眉，对那名星机宗宗主的言行十分不喜，被他牵着缰绳的火云麟低着头，任由雨水从烈火颜色的鬃毛上淌下，似不忍看接下来的画面。

肖张和梁王孙保持沉默，浔阳城主教华介夫用眼神示意，自有教士走到人群里，来到那名星机宗宗主林沧海的面前，低声说了几句什么。

带着怨毒与快意的笑声停下，林沧海看着客栈二楼里的人们，冷笑说道："杀都杀得，我羞辱他几句又算得什么？真是虚伪。"

他是星机宗宗主，家里是北地豪强，修为境界又高，已至聚星中境，故而养就了骄纵跋扈的性情，并不畏谁，哪肯错过羞辱苏离的机会。

苏离抬头望向客栈下方，把雨水打湿的头发拨到后面，神情平静，看似并没有受到那块雨中飞石和先前那番辱骂的影响："你是谁？"

"嘿嘿……如果是以往，你这种做派，或者还真是一种羞辱，但现在，你连一条落水狗都不如，何必还强撑？只是徒增笑谈罢了。"林沧海看着客栈楼上，冷笑说道，"前些天在道旁，你杀了我林家大郎还有我林家数十精锐，今日说不得便将这条命还回来吧！"

苏离看了陈长生一眼。陈长生这才知道，原来这人是北地大豪林平原的亲人。一路南归，他在苏离的指点下战斗，杀了一些人，只有在杀林平原的时候，没有任何心理障碍，因为林平原是个无恶不作的强盗，是个双手沾满无辜者鲜血的贼子。

他说道:"林平原是我杀的。"

林沧海闻言微怔。

不等他说什么,陈长生接着说道:"如果你想要报仇,应该是来杀我。"

林沧海神情微变。

依然不等他开口,陈长生盯着他的眼睛,紧接着说道:"但我知道你不敢来杀我,因为我是国教学院的院长,你哪里敢动我?"

林沧海心情微凛。

陈长生最后说道:"所以今天如果我还能活下来,一定会想办法杀死你。"

他这时候是真的很生气,所以说的非常认真。

林沧海身体里涌起一阵寒意。

他在修行界里颇有地位,尤其是在北方大陆,但又如何能与国教相提并论?以陈长生在国教里的身份地位,若真是一心想着要对付他,他和他的宗门如何能顶得住?他忽然很后悔,茫然间向着四周高呼道:"国教就能仗势欺人吗!"

喊完这句话,他本以为会获得一些声援。要知道大家都是来杀苏离的,怎么也应该是同道。然而他没有想到,街巷里根本没有人理他。他这才想明白,大家都是杀苏离的,但没有人敢得罪离宫,自然也就没有人敢得罪陈长生。

"怎么和小孩子一样,尽这么幼稚的话。"苏离理都没有理会街上的林沧海,看着身旁的陈长生说道,"杀人这种事情,直接做就好了,哪里需要提前做什么预告。"

陈长生没有说话,从袖子里取出手绢,把他脸上的雨水与血水仔细擦掉。

"不过你生气也有道理,扔石头这种事情,太小儿科,太猥琐,没意思。"苏离由他替自己擦血,有些含混不清说道。

肖张在旁说道:"不错,确实很没意思。"

苏离说道:"那你让让。"

肖张沉默不语,毫不犹豫地让开了一条道路。一条从客栈二楼废墟通往街巷里的道路。

很多人都注意到了这一点,有些不解,林沧海更是如此,望着苏离冷笑说道:"你这条爬都爬不动的老狗,又待如何?"

苏离面无表情看着他,握着黄纸伞的左手忽然动了动。他的左手拇指向着伞柄的方向推了推，只听得嚓的一声，伞柄微微抽出了一截。伞柄就是剑柄。黄纸伞里是遮天剑。剑半出鞘。

这时候，林沧海还兀自在街里骂着死狗之类的污言秽语。忽然间，他的声音戛然而止。他的咽喉上多出了一道极细的剑痕，鲜血从里面缓缓地溢出。离他最近的数人看到了这个画面，脸色瞬间苍白，震惊无语。

林沧海却仿佛根本不知道自己的咽喉已经被割断，依然指着客栈二楼骂着什么，只是已经没有声音能够响起，画面看着极为诡异可怕。片刻后，他终于反应过来。他下意识里摸了摸自己的咽喉，收回手只见一片鲜红，然后才察觉到了剧痛。他脸色苍白，眼中满是恐惧与惘然，痛苦地嚎叫起来，却无法嚎叫出声。他转身便想逃离客栈，然而一迈退，却发现自己的双腿已经齐膝而断。林沧海重重地摔倒在了血泊里，捂着咽喉，嘀嗒作响，双腿已然齐膝而断。

看着这幕画面，人群惊恐四散，远他而去。

没有过多长时间，林沧海停止了挣扎，就此死去，只是咽气之后，依然没能闭上眼睛，眼睛里满是惊恐与惘然，他不明白这一切到底是怎么回事。苏离重伤将死，就是条爬不动的老狗，为何却还能一剑杀死自己？

与林沧海同样震惊恐惧不解的人还有很多。街巷里再次变得死寂一片，人们望向客栈二楼的废墟，看着椅中的那个男人，充满了敬畏与不安，果然不愧是数百年来最强大的剑道大师，哪怕看着已经奄奄一息，一道剑意便能拥有如此大的威力，便能斩杀一名聚星境的强者！

陈长生有些愕然，然后释然，觉得好生快意。前辈说的对，杀人这种事情，确实只需要做，不需要预告。

伞柄渐回，苏离的锋芒渐渐敛没，重新变回普通的中年人。他坐在椅中，看着倒毙在长街上的林沧海，面无表情说道：" 虽然爬不动了，但一剑杀死你这样的角色还是不难。"

梁王孙的神情异常凝重。肖张隐藏在白纸后的眼睛里，情绪却越来越狂热。这一剑，真的太强。不愧是苏离。苏离果然不愧于剑！

" 这才是剑。" 肖张看着他，毫不掩饰自己的欣赏甚至是崇拜，说道："你这一剑完全可以重伤我们其中一人，为何要用在这等不入流的废物身上？"

" 因为我最讨厌这种苍蝇，很烦，所以杀了完事，至于你和梁王孙，我不怎么讨厌，为何要杀？当然，最关键的是，我这数十天，也就攒了这一剑。"

苏离说道，"如果能够攒下两剑，同时杀死你们两人，那自然要节省些。"

梁王孙沉默片刻后说道："我不会领你的情。"

肖张则说道："佩服，佩服。"

这种层级的人物都不会说废话，两声佩服，自然就是要佩服两件事情。他佩服苏离的剑。更佩服苏离把这一剑用在杀死林沧海，而不是他们的身上。这意味着，对苏离来说，快意永远是要比恩仇更重要的事情。

这么活着，真的很有意思。

130 · 曲终，刀现

浔阳城街巷里的人们，都被苏离的这一剑给惊住了，即便疯癫如肖张，也不得不表示佩服。

陈长生却不这样想，相反，他觉得有些悲伤。在众人看来，苏离手握黄纸伞，一剑破雨而去，轻而易举、悄无声息地斩杀了一名聚星境的强者，这真是惊世骇俗的剑道修为与境界。但他离开周园去到雪原时，曾经看到过苏离真正的剑。那时候的苏离，同样手握黄纸伞，柄未全出，剑意破雪而去，直去数十里，雪原边陲的一名魔将应剑而倒，如山般的黑影骤然切断。与那名魔将相比，林沧海这等鼠辈又算得什么？和当时那一剑相比，今日浔阳城雨中的这一剑又算什么？

数十日南归，苏离终于攒下了一剑，不及全盛时十分之一，却亦有惊天之威，如果他能够回到全盛时，不，哪怕只要伤稍微轻些，谁又能杀谁他？谁敢来杀他？可惜的是，人类的世界只有冰冷的现实，从来没有如果。

一切真的都结束了，在这一剑之后。

"没有人来了吗？"苏离看着雨中的浔阳城，看着来参加这场盛宴的宾客，沉默了很长时间，然后摇了摇头，平静说道，"看样子，确实不会再有人来了。"

问是他问的，答也是他自己答的，一问一答之间，有着说不出的沧桑与怅然。他的神情却依然那般淡然，对陈长生说道："你看，终究事实证明我才是对的。"

陈长生沉默不语，心想到此时再争执这些有什么意义。

苏离的神情变得严肃起来，语气也极沉重："除了你这种笨蛋或者说痴人，谁会无缘无故地帮助他人呢？世间哪里有人值得信任呢？"

直到此时此刻，离山剑宗依然没有来人，甚至连句话都没有。长生宗别的宗派山门以及圣女峰，也都没有说话。天南固然遥远，但话语与态度应该来不及出现在浔阳城里，出现在世人之前。有些悲凉的是，那些话语和态度都没有出现。或者，这便表明了整个人类世界对苏离的态度。

地不分南北，人不分贤愚，都想他死。

看着雨中沉默的苏离，陈长生忽然觉得好难过，鼻子有些泛酸，眼睛有些发涩，声音有些发紧，说道："也许……也许离山出事了。"

所谓传奇，落幕的时候往往都是孤单的。陈长生却见不得这一幕，无论在话本故事里还是国教典籍上，他都不喜看见宴散的语句，他不想苏离这么悲凉地离去。

苏离看着他微笑说道："你这个笨蛋，这算安慰吗？"

雨中的浔阳城，安静而微寒，越来越冷。远处不知何地忽然传来一道琴声。不知是何人在拉琴，可能是梁王府的乐师，或者是梁红妆的知音。琴声呜咽，歌声沙哑，隐约可以听到忠魂、故城之类的字样，却听不真切。

梁红妆闻曲而沉默，一身残破舞衣随风雨而起，负袖而走。

薛河牵着火云麟，对客栈楼上沉默行礼，转身离去。

琴声渐消，歌声渐没，然后……

"咿呀！"

肖张一声断喝！覆在脸上的白纸哗哗作响！铁枪直刺苏离！梁王孙手执金刚杵，步沉如莲，神满如玉，气息笼罩整个客栈。狂风起兮，陈长生被掀翻在地，难以起身。

一曲即将终了。

那便是苏离的死期。

然而，有人不肯让这首曲子停下。不是转身而走，舞衣破离的梁红妆。不是牵麟而归，盔甲残旧的薛神将。不是王府里的乐师想继续奏曲，也不是知音人要一曲到天涯。那琴声，那歌声，确实已然终了，然而客栈里，更准确地说是客栈楼下，响起了一声清脆的撞击，仿佛响木，仿佛竹琴，总之延续了这首琴曲。清脆的撞击声，极富节奏感地响起，仿佛让这曲子有了新的生命！

在长街上分头离去的梁红妆与薛河同时停下脚步，霍然转身望向客栈，脸色震惊。

啪！啪啪！啪啪啪！到底是何物发出的声音？

客栈楼下的柜台很旧,漆皮渐落,上面有个算盘。算盘的珠子正在不停地撞击。拨弄算珠的人,却已经不在柜台旁。

伴着清脆的撞击声,数十道白色的空气湍流,出现在客栈废墟里。

看着那些空气湍流,梁王孙神情肃然,王袍呼啸而起,双眼亮若星辰。肖张的神情则瞬间变得无比震惊,然后暴烈起来!刺啦一声!客栈一楼与二楼间的地板,就像是张脆弱的纸般,就这样碎了。一把刀破地板而出,破数十气团而现,带着无比恐怖的啸鸣声,斩向肖张!

肖张的登场何其嚣张,这把刀却要比他更嚣张。因为这把刀根本没有拦他铁枪的意图,斩的是枪后的人。这是在明确地告诉肖张,我的刀一定比你的枪更快,更沉,更狠。在你的铁枪杀死苏离之前,我的刀一定会先把你的头颅砍下来!

看着这把迎面斩来的铁刀,肖张震惊,然后愤怒。他识得这把刀。他知道这把刀是由汶水唐老太爷亲手打造并且免费相赠。他知道这把刀看似普通,实际上有神鬼难抵之威。他想要说些什么,却发现自己难以发出声音。

刀声呜咽,就像一个寒酸书生在哭,像一个破家的孩童在哭诉。

这刀,好怒。

肖张和把这刀打过无数次交道。在荀梅入天书陵后,这世间就属他和这把铁刀战斗的次数最多。当然,也属他败的次数最多。但他从来没有看到过这把刀这般恐怖过。

浔阳城天空里的阴云,仿佛被斩开了一道口子,隐约有蓝天出现。

肖张知道自己不能退,不然他一定会败在这把刀下,甚至可能道心与战意都会被这把怒刀斩碎,今生就此变成废人。他双手紧握铁枪,横直砸向那把刀!

轰的一声巨响!白纸在空中飘起,有鲜血落在纸上。肖张倒掠而飞,一路喷血,重重地砸在客栈对面的院落里。烟尘碎石屑里,响起他愤怒不甘的吼声。

"王破!你居然偷袭!"

131 · 天凉好个王破(上)

清啸响彻客栈楼间,梁王孙终于出手,掠至那人身前。他的身法光明正大,堂堂正正，虎踞龙盘，飘然而来，却沉重如山。他的手中拿着金刚杵，散着无限光明，仿佛春阳，其暖醇美。总之，无论身法还是功法，都有王者气度，令人根本生不出躲避之意。这是梁王孙真正意义上的第一次出手，他的眼神无比明亮，神情无比凝重，出手便是自己最强大的手段。因为他很清楚自己的对手有多强大。

陈长生心生凛意，心想先前在辇上，如果梁王孙出手便是威力如此之大的手段，他可还有机会破开这片光明，回到客栈里？以他现在的境界修为，根本没有办法应对梁王孙的光明手段，因为这手段太过光明，堂正无双，无法破，也无法应，只能硬撑，死扛，然后身死。因为这是梁王孙最强大的手段，即便是那人，也无法避开，无法破掉。

那人选择的方法是硬接。

一只手掌破开垂落的雨丝，在苏离与陈长生的眼前，悄然无声却其疾逾火地来到前方，挡住了梁王孙的金刚杵。那只手掌很细长，很适合用来握刀，掌心却显得有些厚实，很明显握刀的时间太长，或者正是因为这个缘故，这只手掌很轻易地握住了金刚杵的杵尖。就像握住刀柄一般。

无限的光明，尽数敛没，于五指之间。

两道强大的气息，两个近乎完美的星域，便在这一握之间相遇。

便在这时，长街对面传来一声怒喝，肖张如飞石般疾射而回，带着满身灰尘与雨水，带着满天石砾掠到楼间，铁枪挟风雷再刺！受伤后的肖张变得更加疯狂。覆在他脸上的白纸上到处都是血点，衬得他的眼睛，无比幽深而恐怖，更有炽热胜日的暴烈气息！

那人站在苏离与陈长生身前，左手握着金刚杵，看着梁王孙，平静而专注，似是根本没有留意到肖张的霸蛮归来。

然而就在铁枪落下的那一瞬间，他的衣袖动了。微雨微风间，青色衣袖微起涟漪，然后刀势再起。那人挥刀向着肖张砍了下去，动作异常简单，可以说是挥洒如意，也可以说是轻描淡写，甚至给人一种感觉，似乎极不在意。依然铁枪先起，依然刀势后生，但刀锋所向依然不是铁枪，而是枪后的肖张，那张苍白的纸张，因为这把看似寻常无奇的刀，就是比这霸道的铁枪更快，更强！

肖张愤怒、不甘、痛苦、疯狂……却不得不横枪，挡！这世间，没有几个人能挡住肖张铁枪。这世间，也只有这人从来不会挡他的枪，只会逼着他用枪来挡,所以肖张很讨厌这个人,一看见他就烦躁痛苦到了极点。

轰的一声巨响!铁枪与那把刀在客栈楼间再次相遇。其时,梁王孙的光明还被那人握在手里,还在燃烧,还在喷吐着能量。

这三人的名字,都是世间最响亮的名字。分隔多时,他们终于在浔阳城里相会。三道恐怖的气息在此相会。三道强大的领域在此相会。刀锋破空而起,枪势直欲揭天,光明笼罩四野。气浪向着客栈外喷去,浔阳城里骤然起了一场大风。然而客栈废墟间,却是诡异的安静,没有风,甚至连声音都没有。梁王孙的眼神明亮的仿佛星辰,鬓角的发却已经湿了。肖张脸上的白纸不动山,却有血水在上面行走,仿佛蚓痕。那人站在苏离和陈长生身前,一手执刀,一手握杵,仿佛站在门槛之前,却不知道他是要开门,还是要关门。

最终,他的刀落了下来。原来是关门。不请而来的客人,被请出了门槛之外。铁刀落下,势不可挡。便是肖张都挡不住。铁枪主速颤抖,嗡鸣不止。肖张被迫再次后掠。那把刀一直跟着他。白纸飘舞,风筝不知飞去了何处,肖张一路后退,不知撞毁了多少庭院。

刀锋落下,雷声不绝,响彻整座浔阳城。到处都有房屋在垮塌,烟尘处处,灰砾乱飞,只隐约能够看到肖张的人影。最终,肖张压过了这一刀的刀势,站稳了脚步。其时,他已经到了城西,距离客栈,已有七里。他望向远处的客栈,发出一声愤怒至极的喊叫。

"王破,你疯了!"

铁刀离手而去,那人没有兵器。他不需要兵器,他的左手还握着那把金刚杵。梁王孙的万丈光明被他握在手中。他望向梁王孙,眼神里带着毫不掩饰的凌厉意味。退,或者败。梁王孙的眼睛越发明亮,仿佛星辰将要毁灭。作为一代君王的后代,荣光与骄傲,便在这一步不退之间。

那人懂了,于是不再多说什么,握紧了手掌。握,便是握刀,握刀,便是握拳。那人出了一拳,把光明拢在拳中央,然后击破。轰的一声巨响,仿佛在很远的地方,是千里之外的春雷,是深渊底部的涌泉。实际上,是手指间的能量湮灭。梁王孙的脸色瞬间苍白,眼神里的光明迅速黯淡,仿佛星辰失去了光彩。

他看着那人,满是不可思议,震撼说道:"你疯了?"

刀锋落下，是雷声。拳碎光明，是雷声。无数雷声，响于浔阳城里，最后一记，最响的一记雷声，来自那人的身体。轰！狂风劲吐，气息碾压，客栈终于完全垮塌。碎掉的石砾与瓦片到处溅射，不知多少人被击中，纷纷跌倒。烟尘大作，旋即被雨水打湿落下。眼看楼垮了，本来在楼里的人们，已经出现在雨空里，本来在二楼的人们，这时候来到了地面，苏离依然坐在椅中，仿佛无所察觉。

肖张从雨街那头走来，脸上的白纸已经烂了一角，露出下面恐怖的伤口。他握着铁枪的手不停颤抖着。梁王孙脸色雪白，握着金刚杵，手也同样颤抖。

那人依然沉默如故，平静如故。那人一身青衣，有些瘦高，安静沉默，双眉微垂，一身落寞。不知为何，看到他便会觉得寒酸。不是普通的寒酸，而是富贵过后的寒酸，是繁花过后的萧瑟。他不顾盼，不自豪，只是这样站在苏离和陈长生的身前。但画甲肖张和梁王孙联起手来，都无法过去。

因为他是王破。

逍遥榜第一，天凉王破。

132·天凉好个王破（下）

数十年前，天凉郡出了一个年轻人，他叫王破。从他出现的那一天开始，修行世界野花盛开的年代正式到来。

他是修道的天才，亦是战斗的奇才，无论是修行天赋还是战斗能力，在同时代的修行者当中，他永远都是最强的那个人。在周独夫之后，他是唯一超越本身年代境界的、无疑问的最强者。从青云榜到点金榜，再到逍遥榜，他都是榜首，比起当今的秋山君和徐有容还要更加风光。无论是曾经获得大朝试首榜首名的踏雪荀梅，还是世家传承、积蕴千年而一朝迸发的梁王孙都难以望其项背。荀梅甚至因为他的缘故，在天书陵里苦苦修道三十余载而不得出其门，以狂傲疯癫著称的画甲肖张为了能够超越他，甚至走火入魔，险些变成废物。

如今他已修行至聚星境巅峰，仅在五位圣人与八方风雨之下，除了苏离这种云游四海的绝世强者又或是汗青神将这样的前代传奇，再无人比他更强。而不要忘记，他正式开始修行不过数十载，他被人类世界看好能够进入从圣境，成为下一代的圣人或者是接替某位八方风雨，甚至极有可能走得更远，进入传说中的神隐境界！

街巷一片死寂。

人们看着客栈废墟里那名身着青衣的中年男子，哪里敢发声。长街一头，梁红妆脸上的神情异常复杂，想着多年前的往事，妩媚不似男子的容颜上涌现出几抹不健康的红色，明显心神激荡过度，在长街的另一头，薛河神将看着他随意提在手里的那把刀，想起前些天苏离对自己说过的那番话，心里生出无以复加的挫败感觉。

当时薛河请教苏离，为何世人都认为他无法追上王破。苏离对他说，无论刀还是人他都距离王破太远，他追问原因，苏离说，因为他要用七把刀，而王破只用一把。这番对答让他若有所悟，以为明白了些什么，然而直到先前那刻，看着王破手里的刀把肖张斩飞两次，斩的浔阳城里墙倾院塌，他才知道，原来苏离的答案是在敷衍自己。

他不如王破，和用几把刀没有任何关系。就算王破愿意用三百六十五把刀，每天换一把刀来用，他还是不如王破，他和王破之间的境界差得太远，这和毅力意志无关，只与天赋有关，这种认知是何等样的令人绝望而伤感。

王破的出现给准备离开的梁红妆与薛河带来了极大的精神冲击，也给这整座浔阳城尤其是城里这些想要杀死苏离的人带来了极大的压力，以至于一片死寂。唯有陈长生在震惊之余，生出无限温暖。

是的，不是狂喜，而是温暖。

狂喜往往是惊喜，来自于意想不到。温暖，更加平和，更加深远，更加悠长，那是一种所想所愿与现实完美重合的欣慰——他不知道王破为什么会出现在浔阳城，他感谢王破的出现，替苏离也替自己，替那些天真的、幼稚的那些想法感谢他的出现。

便在这时，王破的身体微摇，然后咳了起来。他咳的是血，每口血水里都有精神气魄。所有人都看得到，他咳一声，便疲惫憔悴一分。即便他是王破，面对肖张和梁王孙这等级数的对手，尤其是以一敌二，也难言必胜，想要一刀退敌，他用了极强硬的手段，以至于受了本不应该受的伤。

微风吹拂着客栈的废墟，肖张脸上的白纸哗哗作响，眼中的困惑却无法散去，梁王孙的神情前所未有的凝重，同样也有极浓郁的震惊及不解。在战斗里，肖张和梁王孙都曾经发出过惊呼——他们觉得王破疯了。

都是逍遥榜中人，自少年时便时常切磋，他们其实和王破很熟，他们知道王破的性情，王破的境界，王破的阵营，王破的喜恶，王破的行事风格。他们知道王破现在虽然是槐院的半个主人，但他从来不认为自己是南人，而且王破不可能对离山有半点好感，最关键的是，王破不喜欢苏离——苏离太散漫，像云一样，王破则太自律，像一本翻了无数遍的账簿，他为什么会救苏离？

都是聚星巅峰强者，他们很清楚王破的境界修为。王破当然强的不像话，但绝对不可能如此轻描淡写地击败他们二人的联手，甚至让他们受了短时间内无法复原的伤势，唯一的可能，就是王破动用了他最强硬的手段，以至于也受了重伤。

肖张和梁王孙现在伤得不轻，无力再战，王破看似犹有余力，实际上付出的却更多，甚至有可能影响到他将来的修道生涯。为什么？他为何如此强硬决然，不惜代价？为什么为一个南人愿意付出如此大的代价？

"你为什么要救他？"白纸上是点点血迹，仿佛梅花，衬得肖张的眼神愈发血腥恐惧。他死死地盯着王破，感受着经脉里的真元肆虐，声音嘶哑喝问道，愤怒而且不解。

王破有些疲惫，双眉的眉尾向下垂得更多，于是显得更加寒酸，配上那身洗至微微发白的青衣，看上去真的很像一个普通客栈的账房先生。他向肖张反问道："你为什么要杀他？"

肖张未假思索，理直气壮甚至气壮山河说道："因为我不爽他。"

王破沉默了会儿，不再理会这个疯子，望向梁王孙。

梁王孙脸色苍白，眼神渐由黯淡转为明亮，说道："我与他有仇。"

这是平静而强大的理由。

王破说道："不争一时。"

梁王孙说道："只争朝夕。"

王破说道："不合道义。"

梁王孙说道："你的义不是我的义。"

王破说道："义者，大利也。"

梁王孙不再多言。

王破又望向肖张，看着白纸后的那双眼睛，说道："你不爽他，所以要来杀他，我不爽你们要杀他，所以我不让你们杀他。"

就像先前苏离与陈长生的问答一般，世间很多事情，就是这么简单。

天凉王破，果然不简单。

133·风雨阻城

长街上安静无声，数百人竟没有发出任何声音。

陈长生站在客栈废墟里，看了华介夫一眼。先前，这位浔阳城的主教大人曾经警告过他，有位槐院的大人物正在北地游历，极有可能带来极大的麻烦。现在看来，国教果然是大陆最强大的势力，连这般隐秘的情报都能准确地察知，只是主教算错了，那人不是麻烦，除此之外……苏离也错了。

陈长生看着王破的背影，对苏离说道："你看，终究还是有人愿意帮助你，这个世界并不是一味黑暗，值得信任。"

在微寒的细雨里，王破站成一棵孤树。他击退梁王孙和肖张，以无比强硬的手段砍得二人无力再战，为此也受了重伤，咳着血，声音显得有些虚弱。

"走吧。"他没有转身，直接说道。

陈长生知道这句话是对自己说的。他把苏离从椅中扶起，跟着王破，深一脚浅一脚走过被雨水打湿的断梁碎石，向着街上走去。

苏离觉得这般有些辛苦，最关键的是，他要被陈长生扶着，便不能走的潇洒随意，更还要被数百个人看着，这严重有损自己的传奇色彩。

"进城之前我就说了，那两头毛鹿别急着放走，你偏不听！"他对陈长生恼火地抱怨道，"我不管，你赶紧给我找个坐骑来。"

陈长生很无奈，心想这时候到哪里去找坐骑，说道："等出城再说。"

苏离指着街那头薛河手里牵着的火云麒说道："这畜牲不错，能飞。"

陈长生心想整个大陆都知道那不错，问题在于那不是你的，也不是我的，而是一个心心念念想要杀死你的大周神将的坐骑，不赶紧离开浔阳城，还弄这些做啥？

苏离看着他脸上的神情，勉强说道："实在不行，梁王府的那座辇也可以。"

陈长生沉默无语，心想自己真的错了，当时在雪岭温泉的时候就不该走回去，便在二人说话的时候，王破一直在前面安静等待，显得极有耐心，忽然间，他转身向人群走去，来到一名修行者身前，伸出右手——那名修行者牵着一匹黄骠马。

蹄声嘚嘚，王破牵着马走回来，把缰绳交到陈长生的手里，然后转身，提着那把刀继续向长街那头走去。看着他的背影，陈长生微怔，没想到他竟然也是个妙人。他看着就像个寒酸的算账先生，但是个极妙的算账先生。

"王破是个很有趣的人，当年他在汶水城做账房先生的时候，我就很看好他，只不过……他的眉毛长得不好，太寒酸，太愁苦。"苏离骑着黄骠马，心情好了很多，有了闲谈忆旧的心思，指着前方的王破说道，"如果他能长得好看些，我当时一定会对他好点。"

王破应该听到了他的这番话，脚步微顿，然后再次前行，踩破街上的雨水，便在这时，天空里落下的雨也渐渐停了，远处的天空露出碧蓝的颜色。

这场浔阳城的盛宴，来了很多赴宴者，有画甲肖张、梁王孙这样的逍遥榜中人，还有很多势力，至此时这场宴会即将落场，但还有很多不肯离席的人。

那些人与苏离之间有血海深仇，有化不开的旧怨。王破的刀能够杀退肖张和梁王孙，却无法震慑人心。那些人既然是来杀苏离的，已然置生死于度外，连死都不怕，自然也不会怕王破。街上的青石被雨水打湿，变成无数块黑砚，街旁站着很多人。

王破提着刀在前，陈长生牵着缰绳在后，嘀嘀嗒嗒，那是雨水从檐下滴落的声音，也是血水淌落的声音，也是心脏跳动的声音。人群的目光很复杂，敬畏、恐惧、愤怒、不甘。

王破脸上的神情没有任何变化。陈长生看着脚下。苏离依然望着天空，散漫至极，在他的仇人眼中，自然显得特别可恶。

有人终于忍不住了，掠入街中，喝道："苏离，纳命来！"

陈长生依然沉默，左手已经握住了剑柄，苏离依然看天，毫不在意。从雪原一路南归，数万里归程，二人已经迎接过太多次袭击。现在，南归的队伍里多了一个人，从两个人变成三个人，他们更不会担心什么。

凌厉而沉稳的刀意破空而起，只听得一声闷响，那人根本没有来得及掠至街心，便被震飞了回去，重重地摔在墙上，伴着烟尘昏死过去。又有人至，然后再次被铁刀击飞。浔阳城的长街上，到处都是飞起的身影，喷出的鲜血，闷声的惨呼，痛苦而绝望的嘶吼。

王破提着刀，当先而行。他只是提着铁刀看似随意地击打，便没有一个人能够越过他的刀，靠近苏离，无论那人是北地的聚星初境强者，还是哪个宗派的天才。自始至终，他未动刀锋，所以没有人死去。长街两旁，到处都是倒地难起的修行者。果然是逍遥榜上的最强者。除非是圣人亲至，八方风雨到场，谁能阻得了天凉王破？

陈长生依然紧紧握着剑柄，沉默而警惕。他的视线没有停留在王破的身上，也没有落在那把神鬼难测的铁刀上，虽然他很清楚这是很难得的学习机会，而是一直落在街旁那些很容易错过的地方。

——断墙，垂檐，受伤的修行者，痛骂的少年。

即将离开浔阳城，却也是最危险的时候。他从来没有忘记那个始终隐匿在夜色里的刺客。那个已经沉默跟随他和苏离数千里之远、耐心强到令人惊怖的天下第三刺客。那个有一个非常普通名字的刺客：刘青。他觉得刘青会出手。王破已经来了，刘青如果不趁着浔阳城最后的混乱出手，一旦他们离开浔阳城，刘青便极有可能再也找不到出手的机会，最后如苏离那样，把自己陷进最尴尬的境地。

浔阳城头渐近，转过前面那个街角，便能看到紧闭的城门。便在这时，梁王孙说了一句话。从离开客栈开始，梁王孙一直跟着他们。他现在已经无力出手，却不愿离去。他想看看苏离是不是还能活下去，想看看这天究竟会不会睁眼。

他对王破说道："天下虽大，已无苏离能容身之所，你又能带他去哪里？"

王破停下脚步。黄骠马停下脚步。王破转身望向他，说道："我送他回离山。"

陈长生带着苏离走了数万里。那么，他也带苏离再走数万里，走回离山又如何？

"可是……就算你送他回了离山，又还有什么意义呢？"长街那边响起一道淡漠的声音。

陈长生心想是啊，如果离山真的有变，苏离就算回了离山又能如何？难道世间如此之大，却真的已经容不下他了？然后，他忽然间警醒，望向声音起处。是谁在说话？

王破的神情变得极为凝重，肃然无语。他很警惕，甚至要比面对肖张和梁王孙一起还要警惕无数倍。

看着街道转角处缓缓出现的那个人，陈长生觉得身体变得很寒冷。不会吧。他在心里默默想着。忽然间，愤怒无比。故事，不应该有这样的结局。一场吃人的盛宴，凭什么就要按主人的意愿收场？愤怒，源自于无助。陈长生这时候感觉很无助，因为他真的绝望了。

466

无论是在荒野里面对薛河还是梁红妆，还是在客栈里看到梁王府的大辇，他都没有绝望过，哪怕面对着肖张的铁枪，他连剑都举不起来的时候，他还是不绝望。因为他还活着，苏离还活着，他相信这个世界肯定有人会来帮助他们。他对着浔阳城的明媚春光喊出那四个字，就必有回响。

果然，王破来了。他欺风踏雨而来。

然而现在，这人……居然也来了。再明媚的春光，终将消散。念念不忘的回响，也将消散。就算还有人愿意来帮助他们，又还有什么用呢？现在，还有谁能帮得了他们呢？

街道转角处出现的是个中年人。那人长发披肩，里面却隐隐能够看到很多如雪般的痕迹。以至于无法分清他究竟活了多少年，修行了多少年。数十年还是数百年？那人很高大，很瘦削。那人气度非凡，潇洒无双，因为他是世家领袖。那人神情很冷漠，因为他是绝情灭性的绝世宗宗主。看着王破和陈长生，他自有一份霸道与居高临下的气势。即便看着苏离，他也毫不掩饰自己的自信与狂傲。名动八方，风雨如晦。来人正是八方风雨。

朱洛。他是大陆的最强者。他是修行世界的神明。

浔阳城的长街上一片安静，然后响起无数声音。数百名修行者纷纷拜倒。梁王孙长揖行礼。肖张脸上的白纸动了动。王破没有动，没有行礼，静静看着对面。陈长生也没有行礼，他忘了行礼。

苏离坐在马背上，居高临下。他看着朱洛说道："你们这些老家伙终于忍不住了。"

朱洛说道："只是不忍亲手杀你，所以不想相见。"

苏离安静了会儿，感慨说道："看来，我当年的看法果然没有错。"

朱洛问道："什么看法？"

苏离看着他认真说道："你们几个都是王八蛋……老王八蛋。"

朱洛身为八方风雨之一，极少会出现在世人眼前，但今天他必须来，而且说实话，对于他的出现，无论王破还是浔阳城里的这些修行者，都并不觉得意外。

苏离是何等样的人物？为了杀他，黑袍不惜以周园为引构织出一个阴谋，魔族在雪老城前的荒原间，摆出了如此大的阵势。现在人类世界同样想要杀死他，只凭沿途那些杀手与薛河、梁红妆这等层级的高手哪里足够？

即便加上现在浔阳城里的数百名修行者，哪怕再加上王破、肖张、梁王孙这三位中生代的最强者，依然不够。无论是来送行还是请魂，事涉苏离生死的重要历史时刻，即便圣后、教宗这些圣人没办法出现，八方风雨无论如何也必须到场。

在世人眼中仿佛神明一般的朱洛，从天空降临地面，来到嘈杂而纷乱的人世间，出现在浔阳城里，出现在长街的那头，正是因为这个原因——他是来杀苏离的——想着汉秋城外的树林，林外那间凉亭，亭下长发披肩的世外高人形象，陈长生感觉很不好，然后听到了苏离的那番话，才明白了过来。都是生活在世间的人，哪里会真的存在风餐露宿、不食人间烟火的世外高人？

既然是世间人，难免要做些混账事，无论是主动的还是被迫的。陈长生看着朱洛漠然的脸庞，沉默不语，想起唐三十六在国教学院榕树下说过一句话，没有人会随着年岁增长品德就天然提升，绝大多数时候都是一个年轻的傻逼变成了老傻逼——老混蛋，老傻逼，都是污言秽语，放在此时此刻，却是那样的掷地有声。陈长生不会说这样的脏话，看着街对面的朱洛，却忍不住想着这些词。

他的感觉没有错，此时的朱洛不再是汉秋城外亭下那个清冷缥缈的世外高人，也不是数百年前在雪原月亮的照拂下一剑斩杀第二魔将的人类勇士。这时候的朱洛，是世家领袖，是大周门阀，是大陆强者，是人，是一个普通的人。

一个可以为了利益杀人的普通人。

王破行完礼后，便一直安静地站在苏离和陈长生的身前，没有说话也没有动作，自然也没有让开道路的意思，就连手里的刀都没有收回鞘中——面对辈分、地位、实力都远在他之上的八方风雨，这份沉默与不动很不恭敬。

朱洛看着他说道："我不想出现，但你让我不得不出现。"

这说得是王破那看似沉稳、实则疯狂的一刀，以将来的惨重代价直接重伤肖张和梁王孙，继而连破浔阳群豪，眼看着便要带着苏离出城。如果朱洛这时候再不出现，说不定王破真的可以逆人类世界大势所趋，帮助苏离活下来。

以朱洛在人类世界里的地位，他的这句话对王破是极高的赞誉，虽然他说这句话的时候，脸上没有任何表情，当然，赞誉不是赞美，更不代表欣赏，准确来说，朱洛用这句话清晰甚至有些不悦地表明了自己对王破的欣赏与不欣赏。

说完这句话，朱洛望向陈长生，喝道："教宗大人在离宫忧心忡忡，师长亲友都在担心你的安危，千万人在京都祝福你，盼你活着，结果你活着，却在路上耽搁了这么长时间！你想做什么？难道你准备不回去了！"

与和王破说话时的前辈口吻相比，他对陈长生说话的语气更加不客气，陈长生虽然现在是国教学院院长的身份，但毕竟年龄尚幼，而且从梅里砂的角度来说，他认为自己就是陈长生真正的长辈，自然难免显得有些严厉，最后那一句，更是近乎教训与喝骂。

陈长生没有开口说话，不是因为无颜以对京都师长，也不是惭愧于长辈的教诲，而是他这时候依然很生气，他担心自己开口辩驳会显得不够尊重长者。王破也没有说话，因为他觉得不需要说话，他不需要别人的欣赏，哪怕那个人是朱洛。

街道一片安静，没有任何人说话。

从朱洛出现之后，除了苏离散漫的声音之外，整座浔阳城便只听得到他的声音。八方风雨是最强者，无论是这座浔阳城抑或整片大陆，所以哪怕他说话的声音很淡然，也轰隆如春雷，整个世界都必须仔细地听着。更何况他今次出现在浔阳城街头，还代表着大周朝廷的集体意志，与陈氏皇族亲密无间的他，与圣后娘娘以及国教系统，很明显早已达成了某种协议。

圣后娘娘，离宫，朱洛，这是大周朝的三座高山，陈长生本是生长在其中一座山里的青青幼松，因为所在的位置高，所以很受尊重，地位也很高。但现在，他要与脚下这座高山的意志相对抗，还要直面另一座高山的阴影，他能做什么？

他望向王破。王破瘦高的身躯在微寒的风里轻轻摇晃，真的很像一棵已然茁壮的松树，还没有完全粗壮至雷斫不倒，但至少不会轻易地被东西南北吹来的风改变形状。朱洛来了，他没有拜倒，没有让开，没有退却，被风拂得微微低头，沉默不语，不知道在想些什么。

然而，只是这些没有任何意义。他是逍遥榜第一的中生代最强者，但不可能是朱洛的对手。朱洛是八方风雨，是已经踏入神圣领域的人物。在此时的浔阳城里，在整个大陆，唯一敢直视甚至是无视五圣人和八方风雨的人，除了他们彼此，就只剩下一个人。

苏离毫不掩饰自己的轻蔑与嘲弄，说道："你们这些老东西现在就只会吓唬小孩子？"

　　这说的是朱洛分别对王破和陈长生说的那两句话，不待朱洛回答，苏离剑眉微挑，又说了一段话。"我知道你们很想我死……从很多年前你们都想我死了，无论是天机老人还是你，因为当我还很年轻的时候，你们就已经杀不死我，所以你们越发想杀死我，基于同样的道理，我想，其实你很想王破这时候出手，然后你好找借口杀死他？"

　　这段话很诛心，所以街上很安静。人们只能装作没有听到这段话，包括王破自己也不便有什么反应。朱洛面无表情，没有说什么。

　　"随着我越来越强，你们越来越想我死。"苏离感慨说道，"天海、白夜行那对夫妻，你们这八个废物，现在就连寅老头儿都想我死了……"

　　五圣人、八方风雨，除了苏离自己，这片大陆有十三位最强者。他此时点了十二个人的名字。他指控这些神明般的存在，都是意图谋杀自己的凶手。

　　"我没有什么不爽，因为我从来没有兴趣在神国里与你们这些家伙站在一起。"他撇了撇嘴，最后说道，"我只是有些后悔，当初就应该把你们八个废物杀掉再说。"

135 · 三棵松（下）

　　作为在人类世界德高望重，在黎民百姓眼中有若神明的八方风雨，在苏离的口中就是八个废物，更不要忘记在最开始的时候，他就说过对方是老混蛋。这还罢了，听他的口气，似乎说杀便能杀死这些大陆的最强者，真是何其狂妄骄傲，即便他是传奇的离山小师叔，场间听到这番话的人，依然觉得太过夸张，甚至荒唐。

　　朱洛的脸上没有露出因荒唐而生出的嘲弄神色，也没有愤怒，还是那般的漠然，作为绝世宗的宗主，他的道心修的便绝情灭性，这四个字并不是冷酷暴虐的意思，而是仿佛明月照雪原，孤清冷绝，不为外物神识所惑的意思。

　　他看着苏离说道："你没有机会了。"

　　是的，苏离就要死了，无论他全盛之时有没有能力杀死八方风雨，甚至威胁到那五位圣人，他即将离开这个世界，未曾发生的事情只能成为消失在历史长河里的谜团。

但苏离不这样认为,他看着朱洛说道:"待我养好伤,我首先就去汉秋城杀你。"

他这话说得极其随意淡然,仿佛根本不知道朱洛是来杀自己的,仿佛不知道浔阳城就是他的葬身之地,仿佛下一刻他就会回到离山。

朱洛披在肩头的长发被微风拂动,双眉同时微动,终于露出一丝讥诮的意味。

"不对,不应该是去汉秋城杀你……而是去汉秋城杀你全家。"苏离纠正道。然后他望向人群前方的梁王孙,说道,"这一次,我要吸取曾经的经验教训,再不能犯这些错误。"

"前辈,您这样是不对的。"陈长生牵着缰绳,回头望向他说道。是的,杀人全家这种事情怎么都是不对的,哪怕斩草不除根,可能会带来日后的燎原野火。

一路南归,苏离以为自己很了解陈长生这个小孩子,但到了这时候,他才发现自己并没有完全了解对方,沉默片刻后笑着说道:"那就不杀他全家,只杀他。"

这番言谈听上去就像是笑话,事实上本来就是笑话。即将死去的苏离,说将来要杀朱洛全家,他哪里还有将来?

朱洛看着他,肃容说道:"离开这个世界的时候,难道你不能正经一次吗?"

先前浔阳城的主教大人华介夫对陈长生说过类似意思的话。

"平静地迎接死亡就是正经?那我不会喜欢这正经,死在沙场上、万山里,还是死在舒服的床上和美人的怀抱中,我当然选择后者。"苏离说道,"说起来,我真的不理解你们这些老家伙究竟为了什么而活着……如果说利益,我看不出来你能从这件事情里获得多少利益……看来你也挺惨,毕竟这里是天凉郡……那些老家伙可以躲在自己的洞府里、都城里,你却没办法躲。"

朱洛沉默片刻后说道:"有些事情,总是要解决的。"

自始至终,这位德高望重的天凉郡大人物,都没有在浔阳城现身的意思,因为哪怕是他也不愿意亲手杀死苏离,至少双手不能沾上苏离的血。直到王破出现,刀破雪空,群豪避退,他不得不出现。

苏离看着他嘲讽说道:"那你有没有想过以后的事情怎么解决呢?虽然说南边也有很多人一直想我去死,但怎么说我也是天南的偶像人物,如果你的双手沾了我的血,那么南人的愤怒就要由你朱家和绝世宗来承受了,你有没有做好心理准备?"

朱洛没有说话,像他这样的人物,道心无法,世事洞明,哪有算不清楚时

471

局的道理，只是正如他所言，这件事情既然发生在天凉郡，那只好由他来解决。

"活了几百岁，终究还是要被人当刀来使。"苏离看着他同情说道，"你妈怎么生了你这么个白痴？你爸在九泉之下得知朱家会因为你今天的决定日渐衰弱，会不会后悔生出你这个白痴来？"

锋利刺耳，字字诛心，却不仅仅因为这是污言秽语，而是因为这些话没有错。无错之言，便是剑，以苏离的本事，哪怕朱洛道心定如磐石，也要被留下些痕迹。

朱洛看着马背上那个已然虚弱，连手臂都快要抬不起来的家伙，说道："滔滔大河分两岸，哪怕只看不语，也总要选一边。"

这说的是苏离，说的就是为什么整个大陆都要杀苏离。

十余年前，大周在国教学院血案之后，正处内乱之中，长生宗与梁王府联手，意欲北伐，苏离却不愿意，甚至凭手里一把剑把这件大事给破了。百余年来，无论天海圣后还是教宗大人，都想着要南北合流，可苏离还是不干，凭着手里的一把剑，站在天南生生阻着天下大势无法向前。

在这两件事情上，无论苏离怎么选，他都不会陷入当前的危局，然而他却偏偏什么都不选，他的态度非常骄傲而明确："我若是砥柱，就该站在大河中央，我若是浮萍，就该顺水而下，我是苏离，我凭什么要站在岸边？"

朱洛不再多言，说道："离山会继续存在，只不过不再有你。"

这是尊重，也是宣告。

浔阳城的街头，安静无声，阴云渐盛，又有雨点缓缓飘落。

"没有我的离山，还是离山吗？"苏离面无表情望向南方，想着离山上此时可能正在发生的事情，心情沉重。

这不是狂傲的宣言，而是担忧。整个大陆都认为，苏离就是离山，他自己其实并不这样认为，他自幼拜入离山剑宗，知道离山自有剑魄精神，但事实就是，这数百年来，他就是离山顶上的那棵青树，洒下荫凉庇佑离山弟子，如果他不在了，离山将会如何？离山现在肯定有事，是什么事？离山的弟子们能撑得住吗？这是他现在唯一关心的事情。

"终究，我还是不如黑袍……在这方面。"苏离收回眼光，望向朱洛说道，"他杀的人虽不见得有我多，但对人性阴暗面的认识却确实在我之上，神圣领域里依然有滚滚红尘，他太清楚你们这些所谓人类世界的守护者的心意，可是你们究竟清楚自己在做什么吗？"

朱洛说道："有时候，历史的河流需要倒退才能更有力量地前进。"

"攘外必先安内？"苏离看着他嘲讽说道，"那你劝陈氏皇族里的那些人不要想着当皇帝可好？或者你去劝天海主动退位如何？"

朱洛沉默片刻，说了一段道藏里的经卷，隐有深意。

"我最不喜欢你们这些神神道道的做派。"苏离根本不想理会这段道藏里有多少深意真理，说道，"太不好玩。"

"确实不好玩。"一直没有说话的肖张，大摇其头，脸上那张被雨水打湿的白纸发着啪啪的声音，像是在抽谁的耳光，然后他转身背着那把铁枪，向长街那头走去。

他来浔阳城是杀苏离的，这时候有人来杀，苏离必死，他还留着做什么，像苏离这样的人物，哪怕重伤不能还手，杀死他也是有意思的，看着他去死却不好玩。

梁王孙没有走，那数百名修行者也没有走，他们站在越来越大的雨水里，沉默不语看着街中的那数人，他们要等着看苏离怎么死。

苏离摸了摸身下骏马湿漉的鬃毛，说道："你们可以走了。"

这六个字当然是对陈长生和王破说的，他虽然极为厌憎平静迎接死亡或者说回归星海这种调调，但终究还是要讲些气度，毕竟他是离山小师叔。

人的一生要怎样度过，苏离想过很多次，最终也没有得出结论，大部分时间还是在凭着自己的喜恶行事，但人的一生怎样结束，他早已有结论。死在八方风雨的手中，虽然和他的想象有很大差距，但也算勉强可以接受了。

陈长生牵着缰绳，低头看着靴子前的雨点，沉默不语。事已至此，再做别的事情没有任何意义，是这个世界要杀苏离，现在在雨街那头的是这个世界的最强者，他的剑再快再强，都不可能拦住对方。

王破也没有说话。但他开始卷袖子。他的动作很慢，很专注，很仔细。他把右臂上的衣袖卷至肩间。如此一来，挥刀应该能更快上一分。

苏离神情微凛。先前他那番诛心的言语，说朱洛这些八方风雨想找机会杀死王破这样的晚辈，就是想保住王破的命……他手上的鲜血太多，朱洛事后可以找到很多借口，但要杀王破则不同，在没有足够坚定的理由之前，任何对王破的举动都可以被理解成嫉贤妒能，因为不想被惊才绝艳的后辈取代地位，从而不顾人类的整体利益痛下杀手。

只要王破不主动出手，在数百道目光的注视下，朱洛便没办法对王破做些什么，甚至他和其余的八方风雨在随后的一段时间里，还要格外注意王破的生命安全。

但王破没有让路的意思。他卷起了衣袖，露出了手臂，准备出手。雨街愈发安静。苏离静静看着王破。朱洛静静看着王破。王破像是什么都不知道，开始用衣袖擦拭铁刀，神情平静专注，动作缓慢认真。

朱洛忽然笑了起来，因为他终于真正的怒了。从他的笑容里感觉不到怒意，但浔阳城感觉的非常清楚。天空里的阴云压得更低，雨水瞬间变得滂沱。这就是神圣领域的威严，仿佛天威。然后他敛了笑容，看着王破面无表情说了一句话。

"你，准备向我出手？"

136·铁刀惊风雨（上）

朱洛的这句话看似平淡，实则极为强硬，极为霸道，每个人都清楚这句话实际上应该是：你居然竟然胆敢向我出手？

王破双脚不动，卷起袖子，开始擦拭铁刀，只是备战，尚未出手，便已经让朱洛隐怒至极，因为已经有很多年没有人敢向他出手了。八方风雨近乎神明，任何试图攻击神明的行为，都是挑衅、亵渎、找死，哪怕只是一个姿态，都不可以接受，哪怕那个人是天凉王破。

雨街上的人们也很震惊，不明白王破为什么要这样做，他不可能有任何机会。朱洛的境界层次早已超越了世俗，进入了神圣领域。如果不算白帝夫妇，人类世界有十二位最强者，他便是其中一位。王破是逍遥榜首，中生代毫无争议的最强者，当初在不惑之年便入聚星上境确实惊世骇俗，但距离从圣境的距离，有如星海与泥沼。很多人看好王破将来会进入神圣领域，成为新一代的八方风雨，甚至可能拥有更高的成就，但那必然是数十年甚至数百年之后的事情。现在的王破在朱洛的身前，只是个只能俯首受教的晚辈。

然而，他却要向朱洛出手？

"晚辈不敢。"王破抬起头来，平静甚至有些木讷地看着朱洛。

朱洛眉眼渐宁，雨街上的气氛略轻松了些。

王破举起铁刀，隔着雨帘指向这位不可撼动的大陆强者，说道："请前辈先出手。"

街巷间一片哗然,便是渐趋暴烈的雨声,都无法掩盖人们的惊呼与议论。

朱洛的眉猛然挑起,磅礴的气息破天而起,震得暴雨骤散。然后他再次大笑起来,冷漠而疏淡的笑声,响彻整座浔阳城。

"可惜了。"朱洛漠然说着,显得有些遗憾。因为人类世界最有机会进入神圣领域的数人里,今日之后将会有一人死去,再没有任何机会。

"可惜了。"苏离叹道。他不想王破死,为此做了一些事情,但王破不接受,因为王破的刀道与他的剑道不一样,与当年周独夫的刀道也不一样,他的刀讲究一个直字。

当王破卷袖擦刀的时候,苏离忽然间觉得,这个家伙的刀将来有可能爆发出与自己和周独夫截然不同,但或者更有意趣的光明。所以他觉得很可惜。这个世界没有机会看到王破将来的那一刀,想必这个世界也会觉得遗憾吧。

梁王孙看着雨中的王破,什么都没有说,心情略复杂。为了完成某些事情,完整自己的生命体验,为此而放弃生命,向不可挑战之处进军,对他们这样的天才而言,并不是太难理解、无法接受的事情,所以他哪怕付出生命也想杀死苏离,只是他的精神世界里有一片血腥的汪洋大海,王破又是为什么呢?难道真的只凭心中的理念?

一念及此,他忽然生出很多佩服,心想难怪三十余年来,自己始终无法追上此人,难怪三十余年来,肖张再如何疯狂修行也不如此人,难怪三十余年来,苟梅都只能把自己囚禁在天书陵里,直到死前才凭着对生死的超越与此人并肩。

同样看着王破的人还有陈长生。他没有说话,也没有想太多,只是下意识里生出无尽赞叹。他觉得王破好帅,而且不知道为什么……总让他感觉有些亲近。

然后他想明白了,王破很像自己身边的很多人……不,应该是他认识的很多人都像王破,在某些方面,比如折袖比如唐三十六比如苟寒食比如……自己。

那些相似的地方,往往是最闪光的地方,比如执着,比如温和,比如坚定,比如毅力,比如骄傲,比如沉默,陈长生在王破的身上看到了自己和朋友们的所有。一身旧衫,却有无数光亮。他在王破的身上还看到陈初见姑娘的美好,甚至还看到了南客。

明知不敌,我还是要战,战死你。这样的人,真了不起。除了师兄余人,陈长生觉得自己的修道生涯又多了一位学习的对象。

于是，他开始学习。他把袖子卷了起来，同时抽出了鞘中的龙吟短剑。便在这时，王破把刀柄插进鞘口里，喀的一声脆响，刀与鞘合为一体，变成了一把大刀，然后他双手缓缓握紧刀柄，直视前方的朱洛。陈长生心想真是极巧，把剑柄插进鞘口，于是短剑变成了一把剑柄很长的横剑，同样双手握紧剑柄，盯着街那头的朱洛。就这样，他们隔着十余丈的距离，一前一后站在雨中。

苏离坐在马背上，雨水冲洗着他的脸，有些苍白，眼神却越来越明亮。

朱洛走了过来，雨水没有变大，风却变得更加湿冷，光线昏暗无比，有人抬头望天，只见天空里那片阴云的颜色深沉了很多。月下独酌不相亲，他的道就是绝情灭性，清孤无双。随着他的脚步抬起落下，雨水里的落叶忽然被震了起来，带着水珠被寒风吹拂的到处飘舞，随着这些湿叶的飘舞，自有一股萧索的感觉，笼罩了长街。

人群里响起数声闷哼与痛呼，那些被劲意拂来的湿叶，竟仿佛劲矢一般，割伤了数名修行者，人们这才醒过神来，想明白接下来这场战斗是多么的可怕，纷纷向着更远处的街巷避去，只是瞬间，长街上便变得更加安静，空荡荡的。

空荡荡这个词并不确切，因为还有暴雨。暴雨里，有这片大陆真正不可抵挡的风雨正在缓步行来。王破提着刀，陈长生牵着马，苏离坐在马上，直面风雨。

站在最前面的，是王破。嚓的一声轻响，铁刀迎雨而起，横于身前。王破没有出手，因为他是晚辈，朱洛是前辈。朱洛自然也不会占他便宜，抬起手来，在重重雨帘里轻点一下，便等于是出了手。一声闷雷，在王破身前响起，狂风大作，雨丝倾泻，仿佛那处有瀑布倒生。湿漉的落叶，依然在雨中飘舞着。朱洛缓缓走来，黑色大氅也在雨中飘舞。王破的脸苍白了数分。

他的刀域承受着难以想象的力量碾压。他身前的空中，雨丝乱飞，数百道痕迹不停显现，然后消失。那些痕迹正是朱洛的气息与他的刀域的冲撞。朱洛没有刻意提升气息，只是这样缓步走来，他便要如礼大宾。他和朱洛之间，实力境界的差距太过明显。朱洛的气势剑意并未尽情释放，便让长街为之一空，就连街道两侧无声的墙，都被风雨里的飘舞湿叶切割出了无数道深刻的痕迹。

王破握着刀柄的手微微颤抖，指节有些发白。暴雨打湿了他的全身，无数雨水淌落，不知里面有多少是汗水。一朝相逢，便知金风吹不动玉露，他不可能是朱洛的对手，但他依然没有转身离开的意思，一步都没有退，铁刀依然横于身前，如堤如山。纵使风雨再如何暴烈，那堤依然不溃，那山依然在眼前，横直无双。

看着那把被雨水洗的愈发寒冷的刀,感觉着刀里传来的不屈意与超出想象的力量,朱洛微微挑眉,感觉有些意外,而更远处的薛河更是震撼无语。王破的刀竟比所有人想象得还要强。他的刀竟能承受住神圣领域的威压。他是怎么做到的?

薛河用刀,此刻看着雨街上那个瘦高的男子,他终于完全明白了苏离对自己说过的那句话是什么意思。

——王破只用一把刀。

只用一把刀,只有一种刀道,如此才够纯粹,够强!

在王破之前,这个大陆最著名的刀法大家,是周独夫。周独夫也只修一种刀道,那是杀生道,他以生死破生死。王破学不会周独夫的刀,所以他走了一条自己的路。

他走的是一条直路。

王破的刀道,一字贯之曰直。这个直,是直接的直。他走路直,记账时写的字笔画很直,数字绝对不会算错。他看事情,做事情,向来只凭自己的喜恶爱憎,似乎就连肠子都是直的。所以他的人哪怕寒酸难言,但他的刀出鞘便必然锋寒,笔直如山间的断崖。再暴烈的风雨,又如何能在这么短的时间内毁掉一片山崖?

朱洛已经出手。接下来,就该轮到王破出手。他出手当然就是出刀。他出手就是一刀。他握着刀鞘变作的长柄,一刀隔着暴风暴雨,向着朱洛斩去。

毫无疑问,这肯定是王破此生最强的一刀,因为朱洛肯定是他此生遇到的最强的对手,如果不是因为苏离的缘故,按道理来说,在踏进从圣境的门槛之前,他没有任何理由和朱洛战斗,而基于人类的整体利益,朱洛也不会向他出手。换句话说来,这场战斗提前发生了数十年,甚至百年。

刀势大盛,锋芒刺破所有的雨帘,来到朱洛的身前。朱洛依然没有动剑的意思,他再次出手。这一次,他出了两根手指。王破的刀停在了暴雨里,再也无法向下。隔着十余丈,朱洛的两根手指化为风雨,夹住了王破此生最强的一刀。就像先前梁王孙用两根手指夹住了陈长生的剑一般。陈长生与梁王孙之间的实力差距有多遥远,王破与朱洛之间的实力差距便有多远,甚至还要更远!

世俗与神圣之间本就遥不可及。

风雨与铁刀，在长街上相遇，相持，湿漉的落叶还在飘舞。嗤嗤利响里，王破的衣衫上出现了数道裂口。他的刀域终究不是完美的，尤其是在出刀之后。朱洛这样的大陆最强者，他的眼就是慧剑。一片落叶，暗合天地至理，避开王破的刀势，飘落在铁刀之上。难以想象数量的真元，尽数随着这片落叶，同时落下，铁刀之上落了一座大山。王破脸色雪白，鲜血溢出唇角。他的刀域已破。怎么办？他忽然向前踏了一步。然后他沉腰，屈膝，转腕。他……收刀。铁刀破雨空而回，只听得一声轻响。那片落叶瞬间化为碎缕。

暴雨里响起苏离的喝彩。

"好刀！"

137·铁刀惊风雨（下）

王破最开始斩向朱洛的那一刀，是他生平最强的一刀，苏离没有任何反应，此时王破收刀而回，他的喝彩声却穿透了暴雨，落在所有人的耳中。因为场间除了朱洛，便只有他是在神圣领域里行走的强者，只有他才能看懂王破能够收刀而回是多么困难的事情。

而且这一刀斩破了那片湿叶！这说明什么？这说明王破看破了朱洛挟来的满天风雨！

一个聚星上境的修行者，能越过门槛看到那个世界的运行规则，这是多么不可思议的事情。看破已是极难的事情，更何况还能斩中，王破在刀之一道上的领悟，实在是深刻的不像是只修行了数十年，仿佛已经浸淫了数百年的漫长岁月！

苏离此生见过无数修道天才，亲自教导过秋山君、七间和陈长生，但依然被这一刀蕴藏着的才华所震撼。

雨水洗寒的刀锋与湿漉的落叶在空中相遇。任何事物湿了就会变重，这片落叶此时重若大山，然而却依然抵不过铁刀的劈斩，只听得轰的一声闷响，那片湿叶变成了无数碎屑，向着四面八方激射而去，阴暗的雨街上仿佛出现了一个急剧变大的圆球。

狂暴的真元伴着无数的落叶絮丝而去，坚硬的青石地面被射出无数密集的孔洞，早已留下无数刀痕的街畔街壁被切割成沙堆。

王破横刀于前，刀域再布。他的身体，以及更后方牵着缰绳的陈长生，马背上的苏离，都被护在了铁刀之后。

雨街上响起密集的清脆撞击声，就像数万根针同时落在光滑的金属表面，连绵不绝。暴雨里的风也变得更加迅疾，吹拂着所有的事物，数里外后方的客栈废墟里，一把精巧的算盘躺在污水中，被风拂动算珠，发出啪啪的脆响，真的很像一首乐曲。风雨渐止，长街渐静，算盘上的算珠转动着渐渐停下。

王破依然站在原地，一步未让，铁刀依然在手中，没有放下的意思，但他的脸色已经非常苍白，朴素的衣衫上到处都是破口与血迹。

街上一片安静，残存的屋檐上淌着水，嘀嘀嗒嗒的，却没有人会感到心烦，因为没有人会在意这些事情。

陈长生的手里已经没有缰绳。他双手握剑，认真而专注地看着前方，隔着王破的肩头，看着那位仿佛神明一般不可战胜的强者。王破已经受了极重的伤。而朱洛直至此时，还并没有真正的出手。无论怎么看，王破都已经败了，但他毕竟挡住了朱洛片刻，这已经很了不起。

接下来，自然该他来挡了。

朱洛没有留意陈长生的动作，神情微异看着王破说道："没想到……你还没有修至聚星境最巅峰，离半步从圣更是还极遥远，便能窥到神圣领域的边缘法则一二？"

王破说道："万物同理，世俗与神圣自有相通处。"

朱洛说道："如此天赋，如此悟性，难怪敢向我出刀……只是又有什么意义？"

是的，对于整件事情来说，王破的才华与坚毅，没有任何意义。因为他无法战胜朱洛。朱洛的剑依然在鞘中，便能让逍遥榜的最强者浑身是血，身受重伤。名动八方，风雨如晦，果然强得难以想象。二人之间的差距在于年月，在于境界，在于分隔神圣与凡俗的那道深渊，根本不是天赋与意志便能够抹平的，王破岂有不败的道理？

但有些人不这样看。

"你输了。"苏离说道。

远处的人群观望着场间，听着这句话，生出很多不解，心想这怎么可能？王破此时浑身是血，明明身受重伤，哪里有半点胜机？

苏离坐在马背上，看着朱洛说道："输给这样一个晚辈，难道你不觉得丢脸吗？"

朱洛散在肩头的发被风拂着缓缓飘起,双眉同样如此,然而,就在他准备说些什么的时候却又安静下来,低头望向自己,那里没有伤口,也没有血迹,只有一角衣袂缓缓飘落。他的左袖被割下了极小的一块。

无论是对朱洛,还是对任何境界的修行者来说,这都不会影响他们的战斗力。但看着飘落到脚前雨水里的那块布片,朱洛很长时间没有说话。看着这幕画面,人群安静无声,心想难道真的输了,输在何处?

没有人懂苏离的话以及朱洛的沉默,陈长生也不懂,梁王孙隐约懂了些。王破懂,但他不接受。

胜负和输赢从字面上看怎么都是完全相同的意思,只是在某些时刻、某些特定的环境上,你败了不代表你就输了,比如,穿着黑白衫的小混混脑袋都被砸进了水泥地里,却依然摸了一根木头,轻轻砸了绝世大反派的秃头一下,这没有意义,但他赢。苏离自然不会用这样的价值判断来评价王破和朱洛的第一次交手,王破当然是败了,毫无争议、理所当然、天经地义地败了,但他还是认为输的人是朱洛。

朱洛此时的反应,说明在某种程度上他认可苏离的说法。

周独夫三岁的时候,难道就能打败天下无敌手?天海娘娘刚进宫那时节,又能打得过谁?你在王破这么大的时候,打得过他吗?这就是苏离要对朱洛说的话。听上去有些强词夺理,实际上很有道理,只不过这种道理要放在大陆最强大的这些人的领域里来明的。

陈长生懂了,有些神情茫然地想着,如果按照同年龄来比较,那自己……噢,还有徐有容,还有陈初见姑娘,岂不是最强大的?苏离不知道陈长生这时候的心理活动,不然一定会好生嘲笑他一番,他接着对朱洛说道:"还有一个问题,就是你退步得太厉害。"

朱洛不语,不悦,微雨落下,不敢接触他身上的大氅,避而飘走。

"当年你能一剑映月杀死第二魔将,现在的你又怎么可能是海笛的对手?曾经写诗杀人的潇洒男儿郎,如今已然垂垂老矣,全无锐气,这倒也罢了,偏生你这个人行事又毫不大气,连天海那个女人都比不上,数百年间不敢踏进京都一步,现如今竟想借势杀了可能威胁到自己位置的晚辈,啧啧,你可真够出息的。"

苏离继续说道:"为什么?你老了,已经快一千岁了,早就该死了。老而不死,是啥?是贼,是老贼。人啊,就和树一样,最茁壮的时候就该拼命地在春风里招摇,活的年头太久还拼死拼活地活着,身躯苍老变成腐木,直到最后被雷电劈成焦灰,这有什么意思?"

朱洛终于开口,望着他说道:"你说完了吗?"

苏离说道:"骂完了。"

朱洛说道:"你说的有理。"

苏离剑眉微挑,来了些兴致,问道:"何如?"

朱洛说道:"这是你的第二剑。"

字字诛心,句句皆剑,苏离重伤难战,但剑心犹在,出言亦能伤人。苏离静静看着他,确认这个老家伙果然有狂傲决然的资格,竟没有受到任何影响。

"我接了你两剑,那么,现在也该我出剑了。"说完这句话,朱洛的右手如龙破层云,来到腰间,握住了剑柄。

阴云重临,大雨重落,天光重暗,落叶重重而至,漫天飞舞于水珠之中。

朱洛抽出鞘中的剑。那剑并不明亮,看着也无甚出奇处。然而,笼罩浔阳城上空的阴云边缘,却忽然间变得明亮起来,似被镀了层银。那是光晕?云层后是什么?是太阳?不,那是本不应该出现在人类世界的魔族月亮。

那是朱洛的过往,最大的荣光。

很多年前,他在雪原里,看到那轮明月,吟了一首很美的诗,杀了一个很强的对手,就此成为大陆一代强者,有了月下独酌的称号。

终于,这位强者向浔阳城展示了从圣境界的真实景象。

隔着重重雨帘与万千湿叶,陈长生感知着那道磅礴庄严的光明力量,觉得身体越来越僵硬,甚至下意识里便想要避开。这就是从圣境界?原来这里的领域不是聚星境的星域的意思,一片光明笼罩所有,根本没有分野,那么该怎样进攻呢?他自幼通读道藏,要论起见识与学识,绝对不输于人,却看不懂阴云边缘的光线与那把剑带来的光明,因为神圣领域的运行规则已经超过了他的理解能力。

漆黑的暴雨,明亮的剑,仿佛要燃烧的铅云。在这样壮观的大背景前,王破的身影显得更加渺小,似乎随时可能被吞噬。

"算了吧!"陈长生对着他喊道。

王破没有转身,说道:"我还想再试试,能有这种经验,不容易。"

暴雨冲洗着他的脸,无怖亦无喜,像声音一样,平静的令人心生悚意,心生敬意。那是真正的平静,朝闻道,夕死可的平静。陈长生不再多说什么,知道自己又学到了一些东西。

朱洛的剑到了。

世界或者光明,或者黑暗。剑来,黑暗的风雨挟着光明而来,世界再大,也没有哪个角落可以躲开,王破也没办法躲开。他再次出刀,毫无新意的笔直挥刀,刀势落处,却新意十足。他斩的不是那道剑光,不是漫天飞舞的落叶,不是十余丈外的朱洛,而是风雨。风雨行于空间里。王破的铁刀,笔直地落下,斩断雨柱,斩碎风缕,斩破了空间。嚓的一声,雨街之上出现一条幽暗的破口。只要在这个世界之中,便没有任何办法避开朱洛的这一剑?

那么,便斩开一条新路,一起去新的世界吧!

138 · 出剑(上)

王破的这一刀很强,强在够锋利,以聚星上境的真元凝练程度便能破开看似脆弱实际上最为坚固的空间壁垒,同时强在应对够妙,唯有切割开来的空间才能帮助他超越世俗与神圣之间的深渊抵抗朱洛那带着月光而来的一剑。

浔阳城上空的云依然低沉晦暗,边缘依然明亮如银,仿佛来到了夜里,街上的满天风雨忽然消失,变得异常安静,只隐约能够听到吸气的声音。那是远处围观人群的震惊叹息。这场战斗已经超过了很多人的理解范畴,但人们能够感觉得到,朱洛的剑竟似乎真的被王破拦住了,他是怎么做到的?

苏离这一次没有喝彩,神情变得凝重起来,不是因为王破的这一刀不够精彩,反而是因为他觉得这一刀太过精妙,似乎就在转瞬之间,就在两次出刀之间,王破便通过这场与大陆最强者的战斗领悟了些什么,竟在刀道之上再进一步!

如果这是真的,王破的修道天赋真可以说是惊世骇俗,而且这等机缘也可以说是千载难逢,如果这场战斗后他能够活下来,把这场战斗的珍贵经验完全消化吸收,说不定可以在很短的时间里突破至聚星境巅峰,甚至极有可能看到从圣境的门槛。

只是王破还能够活下来吗?尤其是在他这两刀已经充分地证明了自己有在数十年后威胁到朱洛八方风雨位置之后?苏离对此不抱任何希望,所以神情愈发凝重。他觉得太可惜了。

风雨再起,雨落其声如鼓。

朱洛的剑带来无尽风雨，风雨过后会彩虹，风雨的背后，在更遥远北方的天空里则有一轮明月，有光明也有黑暗。那些光明与黑暗绝大多数，都被长街上的那些空间裂缝所吞噬，威力被消减了很多，这也是为什么王破的铁刀到现在还能举在大雨之中的原因。

然而八方风雨终究不是普通的修道强者，他们是大陆的最强者，拥有难以想象数量的真元，拥有难以企及的智慧与战斗经验，拥有最夺目的光彩。王破的铁刀终究无法敛去那些光。就像浔阳城空中的阴云无法遮住那轮月，云的边缘终究被镀上了一道银边。雨街之上晦暗如夜，铁刀斩开的空间裂缝更是幽黑的令人心悸，然而那些漆黑的空间裂缝边缘不知何时亮了起来。

那些亮光来自于朱洛的剑。

剑光伴着狂风暴雨，来到王破的身前，此时他的铁刀要继续斩破雨街，维持足够多的空间裂缝数量，才能让朱洛的映月一剑不能突破到他的身前，直到他身后的陈长生与苏离，他没有办法去理会那些剑光。

那些剑光并不如何明亮，甚至显得有些黯淡，王破堪称完美的刀域却起不到任何阻拦的作用。剑光落下，只听得嗤嗤声响，王破衣衫骤碎，完美洗髓的身体表面出现数道清晰至极的剑痕，鲜血便从那些剑痕里缓缓地溢了出来。剑光不停地越过他的铁刀，落在他的身上，看似轻描淡写，实际上铭心刻骨。每一道剑光，便会在他的身上切开一道伤口，带出一道鲜血。

王破的脸变得更加苍白，没有半点血色，在昏暗的雨街里显得格外惊心动魄。他的神情依然平静坚定，只是那双很有特别的眉毛耷拉得更加厉害，显得有些垂头丧气，要比平时的时候更加酸苦难言，是的，他这时候的境遇真的很苦。

朱洛的剑光切割着他的身体，近乎凌迟，如何不痛苦？这份痛苦还在精神世界里，在心里，作为成名已久的刀道天才，他现在更已经是天南大豪的身份，然而在故乡天凉郡遇着朱洛，依然只能如此凄苦地苦苦支撑煎熬，天赋意志再强大又如何，终究无法改变实力与境界的差距，就像很多年前王家在天凉郡的遭遇一样，是那般的令人绝望，如何不苦？

除非他这时候收起铁刀，离开雨街，选择避让，才能逃离这些苦处。然而生命里有很多苦处，是无法避让的。王破自幼过惯了苦日子，非常清楚这一点。所以他根本没有避让的意思。他耷拉着眉毛，神情愁苦，微低着头，紧握着刀，站在暴雨中，任凭那些越过自己刀意的剑光在自己的身上留下一道又一道的血水，任凭那些血水被越来越大的暴雨冲洗干净。

雨街上的刀意还是那般的直，切割开的空间裂缝还是那样的直，于是乎暴雨落入其中不见，就连朱洛都暂时无法上前，他的绝大多数剑意都到不了这边。

王破站得也很直。只是他还能站多久？他手里的铁刀还能握多久？

暴雨苦寒，狂风渐骤。客栈废墟里的算盘上的算珠，重新被拨动，发出啪啪的脆响，仿佛在打节奏。

更远处的侧街上，梁王府的乐师们早已逃跑，各种乐器扔得满地都是，此时被大风吹得到处乱跑，锣撞在墙上，墙上崩落石头，石头落在鼓面上，笛子飞到空中，空气灌进笛子的孔洞里，发出呜咽的声音，还有一把古琴，琴弦纷纷断裂……

铮铮铮铮。好一首急促混乱的曲子。

风雨何时止，曲声何时终？没有人知道。

雨街后方，人群站在那里，死寂一片。梁王孙站的最前，神情莫名平静。梁红妆站在街的另一边，似乎不想与王爷远房堂兄站在一起，又不知为何，他看着远处风雨里的王破，神情有些怪异，似乎想要哭，又似乎想要笑，总之很是复杂。没有人知道接下来会发生什么，甚至没有人想到随后会发生的事情。

阴云遮天，白昼如夜，浔阳城里的普通民众紧闭着门窗，或躲在床底或藏在缸里，哪里敢出来，此时还在街上的都是修行者，而这些修行者都是来杀苏离的。如果是平常时刻，像朱洛与王破这样的强者在战斗的时候，他们绝对不敢有任何异动，万一触怒了对方，谁知道自己以及身后的宗门会付出怎样的代价。但今天很多人顾不得这些，他们踏进浔阳城的时候，就已经做好了付出生命代价的准备。

梁王孙和梁红妆，还有薛河都没有想什么，那些人却想了很多。

苏离这时候骑在那匹黄骠马的背上，在满天风雨里看着非常醒目。所有人都知道，他现在已经等于是个废人，而且先前林沧海，成功地逼出了他的最后一剑。而陈长生先前为了抵挡肖张和梁王孙的攻击，又付出了多少，现在应该很疲惫。至于王破这时候被朱洛的剑镇压得难以动弹。那么，如果这时候攻击苏离，谁能救他？谁还能替苏离挡枪？

很多人在这样想，于是他们开始这样做，他们借着风雨声的遮掩，从街巷里走了出来，向着雨街上那个骑在马背上的男人走去。梁王孙和梁红妆看着从自己身边走过的那些人，感受着他们身上的寒意与杀意，沉默不语，没有阻止他们，也没有发出任何声音。

黄骠马的缰绳垂落在地面的雨水里。不知道是不是因为马种的缘故，还是苏离的原因，朱洛的剑带来的异象、十余丈外那恐怖的战斗气息波动，竟没有让这匹骏马受惊奔走，而是老老实实地低着头。

陈长生也低着头，看着雨水里的涟漪，沉默不语。龙吟短剑与剑鞘终于相连，还是在离开西宁镇旧庙后的第一次。当初在西宁镇，余人师兄也只是在去后山猎杀那些强大妖兽的时候，才会选择这种组剑方式。今天他这样做，是因为知道今天面对的敌人太过强大，也是向王破学习。

忽然间，他抬起头来，然后转身。那些修行者没有想到，他原来一直注视着后方。陈长生和这些修行者对视，沉默不语。不远处，那道狂暴而神圣的剑意已经变得越来越强。陈长生不理会那边，那边有王破。他现在只需要理会这边。他已经想明白了所有事情，所以很平静。他的眼神很平静，纵然落在脸上的雨水再如何暴烈，都无法扰动。

一名修行者暴喝一声，身形骤然化成三处，向着苏离袭去。陈长生双手握剑，向着雨空里斩落。剑落处，在数丈之外，只一剑，却同时斩向雨空里的三道身影。三人。这不是慧剑也不是燃剑，这是离山剑法里的一招梅花三弄。是三天前，苏离无意间说给他听的。

嚓的一声！紧接着又是一声。仿佛同时，大雨里响起三道剑声。那三道身影同时停滞在雨空里。然后两道身影消散，那名修行者闷哼一声，捂着胸口倒在了雨街上！龙吟剑在陈长生的手中，仿佛活了过来。不过数个回合，那些准备偷袭苏离的修行者，便纷纷倒下。便在这时，他在余光里看到，王破……似乎也要倒下了。

瞬间，他便做了一个决定。

139·出剑（下）

陈长生决定，不能等王破败后再出手。站在雨街上，变成先后两道墙，看着挺悲壮，实际上无意义，先前他之所以这样想，是因为他当时根本没有自信，只是想着尽人事听天命——他再如何天赋惊人，终究修行不过一年有余，不要提体内依然断裂的经脉，只说这点时间，从想要与八方风雨战斗，这真是很荒唐可笑的事情。

他原本以为自己稍后就算出剑，也只不过是为了尽些心意。但现在他改变了主意。因为每一名修行者倒下，便让他的信心增添一分，通幽境的修行者已经无法威胁到他，刚才甚至有个应该进入聚星初境不久的修行强者，竟被他在雨中一剑斩落！

如果不是雨街那头的战斗层级太高，太过耀眼，或者会有更多人注意到陈长生做到了这件不可思议的事情。在天书陵里获得的提升、在周园里的收获、跟着苏离南归一路学剑，王破在暴雨里的形象，在这一剑里得到了完美地呈现。

看着在风雨里苦苦支撑的王破，看着他身上不停流出又被暴雨迅速冲淡的血水，渐强的信心与渐复的真元让陈长生的心里涌出极强烈的渴望——他想试试看自己能不能刺朱洛一剑，哪怕对方是传说中的八方风雨，他还是想刺出那一剑。说实话，他根本不知道应该怎样出剑，这一剑应该刺向何处，但他以为，既然自己决定出剑，那么在出剑之后，自然就会懂得这一剑应该怎样运行。

陈长生走过那数名倒在雨水里的修行者，离开苏离马前向王破走去，在行走的过程里他开始静心明意，眼睛变得越来越明亮。

对方是朱洛，从圣境界可以轻松碾压他的燃剑，月华之前，萤火如何能够明亮？雨街上如月光般的剑意缥缈不定，根本无法计算，慧剑自然也是无法用的。那么他该出什么剑？什么剑才是他最强大的一剑？

陈长生知道自己最强大的剑是什么。在周陵上，他曾经向着遮蔽半片天空的阴影刺出过那一剑。他不知道自己现在还能不能施出那一剑，他想试试。他的神识落在龙吟剑上。此时的龙吟剑以鞘为柄，合为一体，神识落下的瞬间，便唤醒了剑里的那些魂。他唤醒了万道残剑，准备再借剑意一用。黑龙也醒了过来。

他深深地吸了口气，他的真元狂暴地燃烧着，身体变得无比滚烫，不停落下的雨水触着衣衫便瞬间变得蒸汽，笼罩住了上半身。断裂的经脉发出难以承受的声响，剧烈的痛苦从身体各处传进识海，狂暴的真元终于成功地突破几处阻塞，运至手腕间，他已经做出了出剑的准备。剑里的无数剑意与黑龙的那缕离魂也沉默地做好了准备。

然而就在这时，陈长生忽然觉得周遭的雨街变得幽暗了些。是因为缭绕在自己眼前的这些雾气吗？不是因为雾，是因为有人遮住了在雨街里弥散的光线。陈长生忽然觉得很冷。他的身体早就已经被寒雨打湿了很久，按道理来说，应该麻木了，但在这一刻，他却仿佛能清晰地感觉到一缕寒风在颈间拂过。寒意由心底生起，他的身体变得僵硬，无法动弹。直到此时，他才想起来，自己忘记了什么事情。那是最重要的一件事情。更准确地说，他忘记了一个人。

一个不能忘记的人。

他背着苏离穿过数万里雪原，从魔域回到人类的世界，一直有个刺客跟着他们。

那个刺客很著名，所以苏离有些瞧不起对方。当然，也只有苏离才有资格瞧不起那名刺客。要知道，那名刺客在天机阁的刺客榜上排名第三。从来没有人敢瞧不起他，瞧不起他的人大概绝大多数都已经死了。

陈长生知道自己绝对没有资格瞧不起那名刺客，而且一路上苏离时常看着远山的沉默不语，从那些画面里他知道，就连苏离内心深处对那名刺客都有些忌惮。

苏离和他一直都很警惕，无论是与薛河还是与梁红妆惨烈地厮杀时，哪怕被逼入绝境，哪怕看着随时都可能死去，他们依然没有忘记那名刺客的存在，准备着后手。直到刚才，陈长生终于忘记了这件事情。

——就在他最有信心，感觉自己最为强大，战斗意志最为坚决的时候。

他向着朱洛走去，却离开了苏离。

他不知道那名刺客就在他与苏离之间，被大雨淋着，躺在地上，正是先前一名假装被他击倒的修行者，而那名刺客此时正站了起来。连续数十个日夜的隐匿等待，刺客终于等到了一个最完美的机会。那名刺客没有蒙面，平常的容貌，随处可见的眉眼，雨水落在他的脸上，没有留下任何痕迹，他的模样也很难在人心里留下痕迹。这是一个很平凡无奇的人，就像路边的石头，废墟里的瓦片。

陈长生感受着身后的动静，身体僵硬无比，想要转身，但知道来不及了。确实来不及了，那名刺客不会再给他任何机会，不会再给苏离任何机会。那名刺客在雨中飘掠至马前。他的身法看着很寻常，但很快。然后他出剑。他的剑很寻常，剑法看着也很寻常，但很快。总之，一切都发生的很快。

487

但这名刺客的境界很不寻常，那把寻常的剑的锋尖，悄然无声地耀着无数星屑。一道强大至极却又幽寂至极的气息，随剑同出。聚星上境！一名聚星上境的刺客？这已经超出了很多人的理解范畴。已经修行至聚星上境，为何还要以杀人为生？这名刺客为何要杀苏离？这名刺客该有多么可怕！

大雨不停地落下。陈长生双手握剑，站在雨街上。在他身后，那名刺客像幽灵一般，向苏离出剑。一切都发生得太快。一切似乎都已经来不及改变。

雨声如怒。忽然一道有些轻的声音响起。

那是剑与血接触的声音。

140·最后一式

刺客在陈长生的身后，他用这种最简单、甚至显得有些笨的方法，便让陈长生的所有警惕与防御落在了空处，现在他已经掠至苏离的身前，只有一丈的距离。对于一名聚星上境的刺客来说，这点距离等于并不存在，除了神圣领域的强者，便只有像金玉律和南客等寥寥数人能够凭借天赋异禀的速度优势比他更快。

刺客与苏离的目光在暴雨中相遇。

现在已经是无可更改的必杀局面，所以他们的眼神很平静，但平静里却又隐藏着一些极复杂的情绪，刺客看着苏离，无情的眼睛最深处隐隐可以看到一丝难以磨灭的痛楚与积蓄了无数年的恨意。而苏离看着破雨而至的这名刺客，眉眼之间的情绪很散漫，显得对此人对自己的生命都极不在意，然而为何却又显得那般凝重？

黄纸伞在苏离的左手中，被雨水淋着，他的右手离伞柄还有段距离，他可还有一战之力？下一刻他会否像在雪原，或者先前在客栈里那样伸手握住伞柄？

数十个日夜的沉默跟随，无论陈长生和苏离面对薛河和梁红妆时如何惨烈，那名刺客始终都没有出手，甚至就连先前在客栈里，梁王孙和肖张到场时，他依然没有趁机出手，不得不说这名天下排名第三的刺客果然拥有难以想象的谨慎与敏锐度，那时候他认为场间的局面还有变化，所以他始终未动，直至此时，王破登场，朱洛出剑，陈长生少年热血向雨街那头走去，所有变化走到了尽头，他才选择了出剑。

当所有变化都已经完结的时候，他的出现就是唯一的变化。山穷水尽，水落石出，太阳落山，走到最后了，自然无法再回头。就像陈长生离开了苏离，哪怕只有十余步，却也已经来不及回头，更不要说转身去救。

陈长生的身体很寒冷。他不是金玉律，也不是南客，虽然他会耶识步，但也没有办法在这么短的时间里，抢在那名刺客之前回到苏离的身边。世间最快的事物不是红鹰也不是红雁，不是金玉律不是南客，不是那名刺客，而是思想。当他带着绝望想着这些事情的时候，他的身体已经动了。他甚至自己都没有意识到自己动了。

他动的是耶识步，没有转身，没有计算星位，完全凭借着对耶识步数千个方位的倒背如流，回忆着苏离的位置，然后消失在雨空里。他知道自己很难成功抢在那名刺客之前回去，但他想试试。

或者是因为世界都觉得苏离不应该这时候死去，或者是世界都被他强烈的悔意与弥补之意感动，或者是因为他的境界提升让耶识步变得更加迅疾，也或者可能是那名刺客的身法与剑并不如人们想象中那般快，又或者是他在耶识步上附了一道剑意……

雨街上响起一声轻响，扑味。那是剑与血接触的声音，那是水囊破裂的声音。陈长生出现在苏离身前的雨空里。他竟真的用耶识步抢在了那名刺客之前！他低头望向自己的胸腹。刺客的剑刺进了他的腹部，鲜血缓缓地溢了出来。那名刺客看着陈长生，原本淡漠的眼睛里出现了些微惘然的神情。他想不明白自己的剑怎么会刺进了陈长生的身体里。

陈长生也有很多事情想不明白，比如聚星上境的刺客原来真的这么厉害，居然能够轻而易举地刺破自己的身体，虽然刺得不算太深，但真的还痛。他看着缓缓溢血的腹部，有些惘然，又有些欣慰地想着，为什么这时候流的血，没有什么味道了呢？

刺客想不明白陈长生为什么能这么快回来。——有残余的剑意，在大雨里缭绕不去。刺客感受到了，然后知道了，那是离山法剑的最后一式。离山法剑最后一式，玉石俱焚，舍生忘死，是不要命的一剑。连命都不要了，自然很绝，因为很绝，所以很快。

从大朝试对战到雪原，再到修习燃剑，陈长生对这一剑很熟。世上再也找不到比他对这一剑更熟的人。在绝望的时刻，他来不及出剑，只来得及出了这一剑。这一剑不需要剑，只需要那份壮烈。幸运或者说不幸的是，他赌赢了。

他用离山法剑最后一式回到了苏离的身前。他用自己的身体，挡住了这名刺客无比阴险强大的一剑。

鲜血缓缓地流出，然后被雨水冲走。雨街安静。看着这幕画面，人群震惊无语。

没有人想到，陈长生居然真的拼命也要护苏离。更没有人想到，他为此身受重伤。

此时浔阳城里的人，都是来杀苏离的，但没有人想杀陈长生。他是国教学院的院长，他是教宗大人的子侄，这……只是一场意外。是意外吧？确实很意外。无论是雨街那边的朱洛，还是马上的苏离，甚至就连他面前的刺客，都很意外，那么，接下来怎么办？

紧接着，又一声轻响在雨街里响起。鲜血飙射，剑离开了陈长生的身体。那名刺客再次向苏离出剑，很平静，甚至显得有些木讷。陈长生踏星位，破雨帘，以剑起身法。他再次出现在刺客剑前。扑哧一声，剑锋再次没入他的胸腹，带出鲜血。他脸色苍白，却有两抹红晕。那是痛苦与失血带来的颜色，也是执着与意志混成的壮烈。刺客微低着头，静静看着他，没有说话，眼中的意思很明确：你会死。陈长生伤重，无法说话，雨水在脸上流过，意思也很明确：又怎样？